U0622822

张冰丽／著　　作家出版社

所惧何处

一

一九七五年夏天。

一束淡紫色的浮云将麦黄色的西天断开，阳光从云间射出，像一把燃烧的团扇，云影黄中带红，红中透紫。路边的白杨树潇洒地颂扬着夏天的故事，翠绿的风景坦荡地铺展到天边。

一辆212军绿吉普车慢慢爬上陡峭的斜坡，停顿了一下，便沿着石子路颤抖着向东驶了下去。坐在副驾驶上的高顿，贪婪地嗅着带着海腥味的空气。

高顿的父母是军人，作为军人的子女，便像袋鼠胸前的幼崽，不得不随父母辗转迁徙。对于只在梦里见过大海的高顿，海滨小城贝地，无疑像未来一样迷人。

吉普车在岔路口停下，应该左走还是右走？

河堤下传来女子欢快的歌声，颤动的音节充满柔情和快乐。驻目远望，天地间连狗和羊的影子都看不到。那歌声要么有着童话般的美丽，要么有着巫术的诡异。

高顿循着歌声向河堤走去。

"你好，请问……"

唱歌的女子正用手绢撩着河水擦洗着脖子和前胸，没设防背后有人，脚一滑，顺着油亮的三棱草没入河里。河水打着小漩儿，瞬间吞没了雪白的乳房。她呛咳着露出了水面，头发油亮地贴在脸上。

趁人不备好处多多，你永远不会知道将看到什么。

"吓我一跳，不会敲门吗？"叫崔梅的女孩没在齐胸的水里，双拳砸着水花，突然为自己的混乱羞红了脸。

除了湍急的河水、绿绿的垂杨，哪里有门？高顿被女孩过激的反应弄蒙了，不知是该闭眼转身，还是该伸手救人。

水里的崔梅匆忙系上了纽扣，一只手伸向高顿，高顿用力把海豚般湿漉漉的她拉了出来。在离开水面的那一刻，崔梅突然萌生了一种说不清道不明的复杂。

她衣服贴在身上，像拔了毛的鸡。高顿忐忑地将手绢递给她，她一把抢过手绢，手绢停在左脸上，右眼睛圆圆地瞪着高顿，忽闪忽闪地眨着。她突然体会到一种异乎寻常的感情，脊背滑过一阵阵温暖的热流。她有充分的理由相信，命运用一次天意的落水嘉奖了她的青春。她粲然一笑，擦脸的瞬间，擦出了十八岁淋漓的梦想。

一直是司机和崔梅搭讪，副驾驶上的高顿沉默不语。

高顿一向不喜交谈，父母觉得这是儿子的缺点，而之后的生活却证明这正是高顿的长处。有时沉默比发问能得到更多的信息。

高顿不认为崔梅吐出的任何热情都是为了他。可年轻的司机总是斜睨他。司机参军前曾是以打群架著称的不良少年，总喜欢把油门当成女人，军纪可以约束他的手脚，却限制不了他的意念。司机调侃的眼神似乎有烈性毒液的气味，目光闪烁着好色的火焰。而眼下，司机发现，后座女子的性欲之酒，慷慨地落进了高顿的小小杯子里。

这个姑娘用语言和湿漉漉的智慧，精致地向着高顿弥散着一波又一波的香味。他是她喜欢的那道菜，英俊、文雅，干净的衬衫和银光闪闪的手表……理想的白马王子。

崔梅滔滔不绝地说着贝地的高山、大海、帆船，以及"将文化大革命进行到底"的热情等等。欣赏美女是一回事，听美女果然是另一回事。当崔梅还在炫耀着口才时，司机看着路边的厕所问高顿："尿不？"

高顿摇了摇头。

被打断了话语的崔梅终于意识到自己的多余，闭上了嘴。片刻的内省，让这位女子意识到，得到高顿的心，像得到月亮一样难。

不，人人平等，恋爱自由，理论上，她和他有手拉手在海边散步的可能。

吉普车在供销社院子里停下了，崔梅跳下车。一位提着绿水瓶的女子，悠悠地立在那里，笑或不笑，动或不动，都像一幅随风飘浮的美女图。

她叫洪界凡，修长、漂亮，眉目间透着高贵、贤淑和儒雅。

喜欢一个人或讨厌一个人不需要更多的理由。

眼前的世界瞬时变得光怪陆离，仿佛一道幸福无边的光，照亮了高顿的身心。他灵魂附体、青春激荡，在一种几近幻觉的状态中飘飘然地下了车。高顿以为那美女正看着自己，又发现不是看自己而是看崔梅。她的眼睛里没有高顿，但高顿感觉自己就是为她而来的。或多或少，在看到她的那一瞬间，他感觉自己是疯子，理解了诗人和情人都是疯子的断语。

高顿望着几步远的她，涌起了一股难以言说的安适感。

崔梅扯了一下贴在身上的衣服，像欢叫的喜鹊似的介绍了高顿："我差点被凶恶的帝国主义的鱼吞没，是这位共产主义战士英勇地救了我！"

高顿像咽喉卡了根鱼刺似的，干张着嘴，急忙向洪界凡伸出手，他握手的力气足以捏碎石头。他从没后悔自己这么迫不及待，也没觉察自己像盲人似的直直盯着界凡，是第一次，也必定是永远。他想搭句话，大脑却空得像气球。情人的心就是恋人的玩物，高顿恨不得把心掏出来给她。吉普车车笛着急地响着，他不得不上车，吉普车驶向了部队驻地。而随着这一天的结束，供销社院子里的惊喜，成了过往十八年里他所有大大小小快乐的总代表。

崔梅无限幸福又无限遗憾地挥着手。好心情像蛋壳般脆弱，当吉普车消失在拐角处，她才意识到自己的狼狈相。

"没想到啊，你比种马还猛！"司机调侃着高顿，高顿的脸瞬间红得像墙上的标语。

多年以后，当了市长夫人的崔梅回忆起一九七五年夏天的相遇，内心依然翻腾着初恋的美妙和伤感。

供销系统二百多名职工聚集在大会堂，要传达中央的紧急通知。崔梅反复端详镜子里的模样，寻找笑容的最佳表情，这样的集会是对小伙子们散发香味的最好机会。

洪界凡第一次参加大会，没有崔梅的引路，她真不知该怎么走进会堂。

小伙子们放哨似的从窗口向外张望着，当崔梅和洪界凡刚刚拐进院子，就有小伙子悄悄喊着："小仙女来了！"

当崔梅和洪界凡走进会场时，顿时响起敲桌子、敲铁皮和跺脚的嘈杂声。崔梅双颊飞红，羞涩得像小鸟似的跳跳蹦蹦地跑到座位上。界凡却被这混乱的声音搞蒙了，脸色苍白，目光慌乱，紧紧跟随在崔梅的身后。

几分钟后，崔梅就明白，那热闹的声音并不是献给她的，而是献给新来的洪界凡。洪界凡无论形体还是五官都太别于时代女性的形象。她长得太高贵、太文雅也太美丽，像草丛里一棵芬芳的香水百合。肥大的灰工装锁不住她健美的躯体，柔美的笑意传递着无限的温情。

生活总是不公平地把有些人塑造得精致，而把另一些人打磨得粗糙。只要界凡值班，柜台前总挤满了眉开眼笑的小伙子们，连几天不洗脸的懒汉，也在河里细细地搓掉脖子上的泥灰，挤在人群里悄悄地观望。她像黎明雨后的第一抹阳光，给人以无尽的想象。

界凡总是沐浴在一种深沉的宁静中，仿佛是月光女神守护的女孩。那种高贵气质像童话里穿着纱裙的公主，而假装购物的男人们心甘情愿当小矮人。

崔梅和界凡白天在供销社里工作，晚上又在同一宿舍里生活。

"高顿是来自大城市的白马王子！"

"我不认为大城市的白马一定好！"

崔梅每次回忆时，总生出一种无法抑制的激动，强忍住不让自己在黑暗里笑出声来。界凡说她太痴，世上根本就没有完美的人。

奶奶告诉界凡要笑不露齿，看人不能直视，说话轻声细语，走路要缓慢沉稳。奶奶说界凡生就是贵族小姐。

奶奶是妈妈的保姆。关于童年的记忆界凡都是听这位奶奶说的。妈妈未出嫁时有四五个丫鬟侍候着，爸爸是留洋的青年才子。

在这特定的时代，隐秘的富贵像黑洞，千万不能观望，更不能探究。界凡的中学老师，因父母是留洋学生，怀疑被策反，在给同学们讲社会主义道德时，被革命小将像绑粽子似的抓走了，打成走资派，判了十年。

要生存，先闭嘴。早上还是人民群众，下午就成了反革命分子，就连最爱捕风捉影的邻居都怕被别人捕风捉影了。生活在现在，却没有现在，每个试图独一无二的人，最终逃不掉头破血流的命运。

供销社主任养了一只鹦鹉，费尽苦心教鹦鹉喊口号。鹦鹉果然霸气，能一口气喊出五句革命口号。上级来检查的那天，全社员工等着鹦鹉表演，可那鹦鹉竟然也怕领导，一时口吃起来，把"一不怕苦，二不怕死"，说成了"一怕苦，二怕死"，把"农业学大寨，工业学大庆"，喊成了"农业学狗屁，工业学狗屁"。上级领导脸都黑了，供销社主任差点昏倒。妻子听说鹦鹉惹了大事，而关于"狗屁"的话恰恰是早上她对丈夫发牢骚时说的，竟然被鹦鹉学去了。多事的人告诉她，她丈夫可能会被打成反革命。胆怯的女人内疚不已，拿了条晒衣绳，把自己像风干肉似的吊在了房梁上。埋葬了妻子后，供销社主任也把那鹦鹉给剁了。多年之后，每每想起鹦鹉，他嘴里依然回荡着麝香的味道。

与众不同在那个时代是很严重的病，强迫自己与他人一样才能平安无事。当全民说谎时，真话就显得卑鄙无耻了。

因一个人而迷恋一个城市，说到底，爱情就是一门最难表达的艺术。

那天偶然一瞥，成为高顿一生金石不渝爱情的源头。天真的他开始了孤独狩猎的秘密生涯。他慢慢地将洪界凡的形象理想化了，把一切美德和善良的情感全部送给了这位梦中的女人。从此他希望永远留在有她的任何地方。

向阳河穿城而过，清澈的河水在岩石上溅起洁白的浪花，发出心碎的颤动声，这些起源于雪山，流过几千公里的河水，像执着的战士勇敢地赴向大海，盲目地融入咸涩的海水里。界凡喜欢伏在桥栏上欣赏奔腾而去的河水、欣赏那短暂开放的浪花，还有那被岁月冲洗的渐渐光滑的岩石。河水逝去不应该由河床负责，浪花幻灭也不应该由岩石负责。存在就要快乐，界凡感受着河水的快乐。

一对四五岁的双胞胎女孩，手拉着手从桥上走过，界凡认识这对双胞胎，父母是叛徒，被关在监狱里，这对双胞胎被奶奶抚养着。界凡每次见到穿着补丁衣服的双胞胎，总要拉着她们的小手护送回家。

跟踪而至的高顿眼看着界凡拉着两个小女孩的手离开了。他多想自己的手立刻变小，被界凡温暖地握在手心里。

高顿的篮球突然碰到了界凡的脚，高顿弯腰抱起篮球，在和界凡对视的瞬间，脱口而出："为人民服务！"

嘴像河蚌一样紧闭的界凡突然被高顿的招呼弄蒙了，如果不回应显然有对路线不忠的嫌疑。

"为人民服务！"界凡立刻补了回话。

"八十五个小时前，我们见过的！"

高顿步步紧逼式的谈话让她落到无礼又慌乱的境地。界凡心虚地看了高顿一眼，天知道这一眼是什么感觉，最终，她为了说不清的原因，转身领着双胞胎离开了桥栏。

"嘿，带子开了！"高顿大声喊着。

界凡下意识摸索着腰带。

"鞋带！右脚的！"

界凡脸红得像西天的晚霞，低头逃也似的离开了。

"明天晚上十点，我有重要思想问题要向你坦白！"

和界凡在一起的几分钟里，高顿竟然美美地回忆了一生。

"这分明是在约会！是不是告诉崔梅，让她来见他？"界凡像喝了蜜又像喝了醋般地往宿舍走去。

回到宿舍才发现崔梅留的字条，她回家了，三天后才能回来。

三天，足够葬送一个国家，或消灭一种传染病。三天，也足够完成或结束一场姻缘。

崔梅的床铺空着，没有她的夜晚显得那么安静空旷。那个"为人民服务"的男生便毫不犹豫地占据了界凡的夜晚。介绍高顿的正是一向唠叨的崔梅。高顿仿佛一直徘徊在她朦胧的意识里……她在混乱中等待睡意，像个十足的牺牲者，不由得开始怀疑自己的脑子。

她觉得人人都那么骄阳般的热火朝天，唯有她忐忑得像经历了霜冻的杨柳。

这个城市正处在时代的高温里，鲜花会生锈，大海会喷吐出肮脏的泡沫。泛着颤动光影的街道，一头沉入水汽蒸腾的河边，另一头则吞没在建筑夹缝中，积木般的石板路一块搭一块地延伸下去，消失在拐角处。

高顿像忠实的士兵坚守着灵魂的高地，绝不向时间投降，不向风雨雷电投降。他的世界只有爱情一条路径，他的幻想里只有界凡一个身影。恋情让人变成幸福的傻瓜，让天才智商归零。

轰轰的雷声惊醒了界凡，她看了看表，夜里一点。硕大的雨点啪啪地砸在玻璃窗上，像砸在头皮上般的轰响。她突然想起了桥，想起了十点的约定。眼前晃荡着高顿那道结结实实的目光，仿佛手指似的触动了她的神经。她的勇气像劫匪拦路的尖刀，突然架在了暴风雨的脖子上。之前所有的坚持和冥想瞬间付之一炬，一种神迹在内心兴风作浪。"为什么不去见他？为什么不？"

界凡披上雨衣就冲进了风雨大作、电闪雷鸣的夜里。青春等于冲动，成熟等于有权决定模棱两可的事情。雨丝抽在脸上，激情沸腾在血液里，狂风几欲把她卷走，她踉跄地贴着墙跟或抓着护栏。她以十八岁所能付出的全部疯狂与热情赶赴雨中的约会。那次经历虽然疯狂且冒险，却给她留下了此生最大的幸福，让她有了一个模糊的信念，那就是不管此生多长，有没有未来，有没有风雨，如果没有恋爱过，那根本就白活一场。

桥上空无一人，只有狂风、暴雨和河水愤怒的声音。世界在人们入睡时疯狂了，天地在午夜迷乱了。

滔滔的河水身不由己地滚滚而去。

她伏在栏杆上往下看，阴森的河水似乎也在看她。

"你在找我吗？我可不在河里！"

界凡猛然抬头，高顿穿着雨衣站在她身边。她突然窒息，喉咙好似被什么东西塞住了，心律像暴雨似的越来越急，灵魂已随风雨而去。

闪电的银光照亮了他们挂着雨水的脸，他们被自己的痴情吓坏了。好像都为此刻而羞愧、惊讶，甚至为自己赤裸的大胆而退缩。

高顿一时不知说什么好，他痛恨闪电偷窥了他们的存在，恨闪电干扰了他的思路。他尴尬地苦笑着。随后明白黑暗里界凡是看不到他的苦笑的。他感觉此生就等待着这一刻，仿佛瞬间由男生成长为男人。他大胆地拥抱着惊恐颤抖的她，冰凉的雨水和湿滑的雨衣阻隔了肉体的温暖，但阻隔不了来自异性的力量。突然之间，他们疯狂、笨拙、不顾体面、万分痛苦地相爱了。他们紧紧依偎在一起，任何风雨，任何"资产阶级情调"的谴责都拆分不开了。

他们彼此的怀抱就是世界的中心。雨水无法浇灭爱情，雷电也恫吓不了爱情，狂风更消散不了爱情。黑夜从来没有这么富有过，雨水也从来没有这么多情过。他们的头发呼吸着爱情，脚趾里也全是爱情。

再次见到崔梅，界凡并不感到抱歉，却感觉羞愧。她希望崔梅也会遇到一位爱上她的英俊男子。

他们保守着这份秘密，越是隐秘，似乎也越甜蜜。他们沿着夜晚的海岸线缓缓走着，脚下海浪睡意蒙眬地晃荡着，泛着雪花般的泡沫。渔船上闪烁着微弱的红光，远处便是沉静而神秘的大海。月亮在云间游移，风随夜色远去，空气里飘落着爱情和大海的味道。他们像所有沉浸在爱情里的傻瓜们一样，以为自己是天下最幸运、最幸福的一对。他们聊今天、明天，聊梦想、聊春天。夜晚才是一天的开始，黑暗中，他们的爱情浮在彼此的脸上，传递在彼此的气息里。有好多次，当甜蜜滑过高顿的舌头，冲下喉咙，拂过血脉，性欲和理智在高山和大海间徘徊，在肉体和灵魂里激荡，来时迅雷不及掩耳，去时坎坷跌宕狼藉遍地。

界凡不知高顿下身的邪恶和激情，不知他正经历着战争的洗劫，她依然快乐地挽着他的胳膊，一起看海，看夜空，看飞鸟。

"你是我的城堡，什么风雨都不怕。"

她的话消解了高顿内心的邪恶，膨胀的欲望瞬间归于平静。他终于明白灵魂之爱在肩膀以上，肉体之爱在肩膀以下。他必须让肩膀以上的灵魂，压制住肩膀以下的肉欲。

界凡是一个好奇而安静的女孩，总喜欢听他介绍军队的生活，聊他童年的故事。高顿的父母非常注意儿子的教育，从小就养成了爱读书的习惯。天文地理历史军事政治，无所不读，部队的图书馆几乎就是他的家，没有哪个同龄人能有这种灵性和优势。聪明的界凡并不多问，她知道军队有更多禁忌，眼前的这个男生是爱她的。爱情多么美妙。她心中的天堂，染上了大海的湛蓝。

幼儿园的老师像母鸡照看小鸡似的带着一群孩子们出来游玩，在河岸宽阔的广场上做游戏、堆沙堡。总有那么几个孩子喜欢玩水，在浪花飞溅的石缝里寻找漂亮的石子或惊慌的小鱼。

民兵连长的儿子小米突然发现有条小青鱼甩着尾巴在巴掌大的沙坑里

游来游去。他怕沙坑的水太少，便和那对双胞胎到河边捧水。翻腾的河水脾气非常大，一个巨浪拍过来，瞬间把三个孩子卷进了汹涌的河里。

高顿和界凡在两块巨石间欣赏着沸腾的河水，突然看到这悲惨的一幕，两人纵身扑进了水里，河水将他们向下游推去。两人水性不错，界凡抓住了靠近河边的孩子，高顿向河中心冲去，拉住了一件红色的衣服，奋力推给了靠近河岸的界凡。眨眼之间，第三个孩子被卷向了远方，高顿扑向水势凶猛的河中心，借着水势向下游追去。

河边尖叫声、哭喊声、水声、机车声响成一片，界凡像掉进了地狱里，感觉世界崩溃了。

河水里没有高顿和民兵连长的儿子小米。

二十分钟后，当人们抱着溺水身亡的男孩从下游走来时，界凡慌乱地沿岸而去。

幼儿园的老师拉住她、安慰她，说她是英雄，救了两个孩子。可又一想，她救了两个反革命的孩子，并没救民兵连长的孩子，这个中的滋味，像吞了苍蝇。

河岸上瞬时聚集了上百人，感叹无情的河水和不定的命运。

界凡盼着高顿从下游走来。她细细回忆她和高顿在一起的最后时刻，高顿像鱼一般钻进水里，浪头拍在他身上……那危机的瞬间，她的大脑里曾浮现过一组画面，两个身穿粉红衣裙的双胞胎女孩，头戴着黄色蝴蝶结，坐在地毯上玩洋娃娃，一位绿衣裙的漂亮女人从地毯上走过。

这组镜头，总是不停地在大脑里播放。她想往深处地探查，却像隔着毛玻璃，什么也看不清，记忆成了褪色的棉布，洗净了存在的痕迹。

奶奶说那是上海公馆里的画面，那时的生活很幸福。

军营坐落于城南，一排排军舍积木似的整齐地排列着，路面龟背般伸向营房。一位士兵跑步到界凡面前，啪地敬了个军礼，界凡说明来意，士兵指了指挂着红十字的军营医院。

界凡贴在玻璃窗上向里望着，医生正用白床单盖住了死者的躯体，护士推走了各种仪器。房间只留下那具孤零零的尸体……界凡眼前突然发黑，仿佛深夜顷刻来袭。她晕倒在窗台下。

老天的旨意总是以片段的形式出现。那具盖了白床单的人体模型，刚刚被一位实习医生操练了胸外心脏按压技术。

太阳升起来了，眼前是一片灿烂的油菜花，界凡一时想不起发生过什么，自己又在哪里？一个声音在头顶响起，轰隆隆的像雷声。界凡的左眼皮被扯开，强烈的光线刺激眼皮本能地哆嗦了一下。

"醒了！"

界凡睁开眼睛，额头上缠着绷带的高顿像大头娃娃似的出现在眼前。高顿笑了，他紧紧握起界凡冰凉的小手，坐在病床边，界凡以为是梦里。

高顿第二次冲进水里，顺水而下追赶被河水卷走的孩子，一个浪头拍过来，高顿呛了口水，仓促间乱了击水的节奏，被冲击而下的浪头重重甩到岩石上，一阵目眩，成了折断在水里的败叶枯枝。当灌满水的军绿色的裤子被浪花推向高空时，正巧被操练的士兵们发现。

界凡笑着笑着哭了，哭着哭着又笑了。虽然两人头晕目眩、周身疼痛，却像拥有整个世界似的幸福。这次事件也让他们有机会幻想着未来，无论什么惊涛骇浪或艰难险阻，都无法拆分他们的感情，却也让他们明白，生命很脆弱，人生不慷慨，河流很残酷。

窗口黑黑的，崔梅还没回来。界凡用钥匙旋开了锁，便听到嘤嘤的哭声，她赶忙打开了灯。崔梅赤裸地跪在地上，衣服东一件西一件扔得满地都是，两道鲜红的血印子从脖子划到前胸，两腿间油彩般沾满了血，她披头散发，双眼红肿，哆嗦得像中弹的母鹿。看到界凡，哭得更崩溃了，仿佛要哭一辈子似的。

界凡吓蒙了，呆在门口。如果不是崔梅痛哭的眼神，她依然不相信会发生这种事。她像母亲保护孩子般紧紧搂住绝望的崔梅。崔梅的头依在界凡的胸前，泪水和汗水抹擦在她衣服上。界凡感觉受伤的不是崔梅而是自己，仿佛周身的血都流干了，像昏死过去似的。

无论是崔梅还是界凡，都不会意识到这悲惨事件的后果，摧毁的不是一个人的未来，而恰恰是她们两个人的人生。

"坏蛋都会受到法律制裁的！"

"受制裁的不一定是坏蛋，他却是个正人君子！我诅咒他不得好死……不得好死！"

崔梅仿佛随时都会昏死过去。她面庞青紫、四肢冰凉。界凡把冰块似的崔梅抱到床上，用热水为她擦净身上的血，替她换上干净的衣裤。

界凡搂着崔梅挤在一张床上，两人一夜未眠。与室内湿润暖意的空气相比，两人灵魂的气息冰冷得像巴掌。

"我要阉了他，喂狗……"这绝望无法诉说，就像无法向一条咬人的疯狗讨个说法。多年以后，当崔梅回忆起那个疯狂的夜晚，却发现自己无法从那些支离破碎的片段中分离出来，仿佛受辱的不是自己而是洪界凡。

上床不等于结婚，母狗也清楚其中的区别，可崔梅有时模糊了这种差异。崔梅感谢上帝的幽默，也感谢上帝的慷慨。上帝对她不薄，这是后话。

界凡努力安慰着同伴，却又感觉任何语言都那么苍白。心灵有了漏雨的洞，就难免会有漏雨的人生。她觉得人活着很容易从悬崖峭壁边掉下来，不管是风吹的，还是误撞的，就像民兵连长的儿子，只能眼看着被洪水带走；就像高顿，差点被摔成碎片。

昨天黑板报上又出现了批斗的口号，揪出了一批潜伏的反革命、走资派和罪犯！是应该狠狠地批斗，应该杀掉的是强奸犯！界凡这样想着，仿佛看到那卑鄙的强奸犯被五花大绑地游街，群众愤怒地向他扔石头和破鞋。

当黎明的光辉驱赶了悲伤的长夜，天空渐渐变成了烟灰色。虽然崔梅是个坚强、泼辣、能吃苦的姑娘，界凡依然担心她，怕她把自己也像风干肉似的吊起来。

洗漱完毕的崔梅换了个人似的，收敛起如海的忧伤，像即将赴刑场的囚徒冷冷地命令界凡："你要像保护眼睛一样保守秘密。如果一旦有第三者知道，阉割的不是睾丸……可能是眼睛！"

崔梅转身走了，她要回家住一段时间。

她的话造成的伤痛比刀剑的伤痛强烈一百倍。

界凡独自在柜台前值班，似乎每位进进出出的男人都是强奸犯，人人都有着强奸犯的笑容、强奸犯的虚伪和阴险。每串悄悄走近的脚步都会让界凡的心跳加速，每一个陌生的声音，都会让界凡后背发凉。她怕那强奸犯，却也怕崔梅。崔梅的冷硬让她寒心。

界凡想借工作摆脱悲惨的印象和突然袭上心头的憎恨，但假装的欢乐比苦闷更难受。

"你病了吗？"

高顿在院外等了好长时间，发现人们陆续离开后，才悄悄地进了供销社。

界凡面色苍白、双眼发红，像生了重病一样。

高顿温柔地看着她，让她裹进了一团温暖惬意的云朵里。他叮嘱界凡，一定少说话，要沉稳、多读毛主席著作。界凡点头答应着，惊慌的表情暴露了如临深渊般的恐惧。

他是来和界凡告别的，他要到省城济南参加一个重要的测试，非常机密，大约一月左右。

一个月？多么漫长！界凡没有理由不让高顿离开，可内心万分不舍。她脸上努力挂着笑容，可那笑容比哭还伤心。她的目光让高顿心痛，他恨不得马上结婚，恨不得日日夜夜在一起。

这仅仅是妄想，高顿刚刚十八，这次去济南是非常严肃的政治任务。结婚的路可能比到月亮的距离还遥远。

离别的时间到了，吉普车早已停在路口。高顿把金光闪闪的毛主席像章别在了界凡的衣服上，希望能保她平安。像章的背面用细细的针尖刻着："我爱你！顿！1975"。

界凡激动地吻了高顿的脸颊，泪水弄湿了两人的脸。她的爱恋、莫名的恐惧，以及刺痛灵魂的不舍，统统杂糅在这酸楚的泪水里了。

界凡从脖子上取下祖传的玉饰，是一块黄金镶嵌着牡丹的翡翠雕饰，黄金像迎春花，翡翠绿得像柳芽。

"让它保你平安！"

"你平安我才平安！这合适吗？"

"没有比这更合适的了。"界凡不容商量地挂在了高顿的脖子上。

吉普车鸣着笛。高顿在她额头上匆忙吻了一下，转身上车的瞬间，一股寒气从膝盖往上升腾着。

他哪里知道，这一去竟是永别！

二

供销系统召开紧急会议，界凡忐忑地坐在会议室里，观察着进进出出的男人们，他们的言行、身姿、表情、眼神总会透露内心的秘密。界凡像警察似的分析着、判断着。突然，窗外站着一位陌生的男子，他像老鹰扫荡猎物似的阴森地扫瞄着人群。有人和他搭话，虚假的笑容一闪而过，像电影里短得不能再短的镜头。界凡的心突然疼痛起来，眼睛里像飞进了尘埃似的磨出了泪水。她闭上眼睛，细细感受内心的微澜，倾听心弦的颤动。

会议开始了，刚才站在窗外的男子健步走向了主席台，他就是新来的革委会主任，叫陈文革，这是他第二次在这里任职，属于老牛反刍。界凡盯着他，捕捉着他的任何表情。直觉像满弓射箭，强烈地指向这个意气风发的年轻人——强奸犯！

陈文革站在主席台上，瘦削高挑，像吃不饱似的，衣服空荡荡地挂在身上，目光像冲锋枪似的扫射着会场。"最近突然刮起了一股'右'倾翻案风，这股风很猛，竟敢恶意攻击伟大的无产阶级文化大革命。他们是不肯改悔的党内的走资派、大汉奸，我们要彻底清除那些潜伏在人民群众中的走资派、叛徒和汉奸。"

强奸犯！直觉如潮，激荡着界凡的胸膛。

会议结束，界凡从陈主任身边走过，她感觉到陈主任凌厉的目光正洒落在自己身上。

"崔梅捡到了一支钢笔！"她突然对身边的同事说："听说谁丢了吗？"

陈主任的右手瞬间抬向了左胸前的衣袋，本能地检查钢笔在不在，抬到第三个纽扣的地方，突然停止，像明白了什么似的，又垂了下来。

陈主任下意识的动作和慌乱的目光没能逃过界凡的余光。

他掉进了界凡的圈套。

陈主任若有所思地盯着界凡的背影，内心涌动着一股疯狂可怕、荒谬可笑的狂潮，使他无法安宁。他一直为自己庆幸，无意中却窃取了一阵甘美甜蜜的亢奋，并不是疯狂地占有崔梅，而是互惠互利。然而这位叫界凡的女孩，却像刺针过长的玫瑰，给人怪异的感觉。

热闹非凡的反击"右"倾翻案风运动开始了。崔梅还没回来，界凡深知，没有崔梅的授权，她不能对强暴事件发表任何意见。

供销社门外是一条穿城而过的公路，沿路的红砖墙用白灰刷出了十几块雪白的宣传栏。每当有重要事件发生，宣传栏上就会适时变换政治口号。白墙成了风向标，只要白墙更换新内容，政治就有了新动向。

当界凡提着糨糊桶，用刷子刷糨糊准备贴标语时，王香笑着走到她身边。"加强纪律性，革命无不胜。崔姑娘呢？"

"回家了。"

"敢情是加强纪律性，她胜我不胜！"王香诡异地调侃着，"绸缎小姐也干这粗活？"

界凡的刷子突然掉在了地上，沾了一层土，像沾满了芝麻的老婆饼。

王香的丈夫腾四因时常和小青年们挤柜台，见了界凡像猪八戒见到美女一样，总忍不住口嘴流涎，心头撞鹿，好似雪狮子向火。王香对穿绸缎棉袄的界凡早就恨之入骨，她曾经扬言说："不打断腾四的那熊玩意，就挖掉勾引他的女人的眼睛！"

"那是你救的双胞胎吧？"王香向远处望，穿着打着补丁棉袄的双胞胎正在和小朋友们玩石子，"他们反革命的父母该多么感激你啊！"

王香的口气里散播着辛辣的讽刺味道，像狐狸迷恋着小鸡似的，透着强烈的戏剧感。

天突然暗了下来，一片深厚的乌云遮住了太阳，狂风也越刮越紧，好像把人卷走似的。界凡拾起刷子，看着乌云，无心地说了句："要变天了！"

"无产阶级的天是晴朗的天，咋会变？只有走资派的黑干将才梦想变天！"

"黑疙瘩厚云，我是说要下雨了。"界凡像踩到地雷，有口难辩。

上帝的麻木造就了人性的弱点，词语的多义可以陷害纯洁的心灵。她忐忑地望着王香，王香像得了枣儿的猴子般的兴奋、痉挛，轻易地暴露了卖弄风情的政治本色，毫无怜悯、毫无愧疚地从别人的痛苦中诈取着轻狂的欢乐。

界凡茫然望着厚厚的云，除了这无际的天空外，一切都是空的，一切都是欺骗。界凡因恐怖而屏住呼吸，心底流淌着滚热的泪水。

批斗大会开始了，主席台上方悬挂着毛主席的巨幅画像。界凡觉得他老人家正温和又严肃地望着自己。

全场起立，高唱《东方红》。陈主任不知是中午吃得太多还是胃肠道不适，竟然在合唱收尾时响亮地放了个屁，那屁像是受到压迫似的，悠扬而尖锐地拐了个高音。群众好奇而诡异地瞪着他，不知高音之后该怎么收场。在这政治敏感的场所，陈主任被自己肠胃的不觉悟吓了一跳，他急忙解释说："中午吃多了，打了个饱嗝。"

台下有女人捂着嘴笑了，像抽泣似的。

界凡永远也搞不明白是如何挖出走资派的。

在平静的生活里，果然潜伏着那么多"邓小平的黑干将"和"还在走的走资派"。教育局的局长，泥瓦厂的厂长，还有两位退休的文工团的职工，他们脖子上挂着用纸壳做的牌子，牌子上白纸黑字写着"走资派""黑干将"或"还乡团的头子"，名字上打着黑"✕"。

得知相邻的几个城市在反击"右"倾翻案风中成绩突出，有的城市一天就揪出了几十个黑干将和走资派。陈主任和新提拔的腾四副主任非常着急，发誓要深入揭批，彻底肃清反革命流毒。为了完成追赶先进的任务，他们分解了指标，从身边揭起，从家里纠肃！这消息雾霾般，瞬间覆盖了大街小巷，人人岌岌可危。

半个贝地城的人刚从噩梦里醒来，还有一半人正沉浸在噩梦里。

贝地城与它所拥有的大海一样，既充满魅力又教人难以捉摸。

推开房门，一个多月不见的崔梅真像个厚礼，竟然安静地坐在宿舍里。界凡像见到亲人似的惊喜。灯光将她们模糊不定的图案映现在墙壁上，像无声飘荡的云影。

"你回来我可踏实了！"

"这世界根本不让人踏实！"

界凡哪里知道，崔梅是被革委会接回来的。

房间的光线很暗，像海边的黄昏。

崔梅的深沉和冷漠，让界凡心怯，即便目光相触，界凡也感到一阵凉意爬过心头。

界凡自以为理解她的沉默，体会她的感受。可她还是太单纯了。正是她的单纯和善良让崔梅嫉妒，正是她天生的美貌让崔梅痛恨，也正是她那与生俱来的优越和贵气，让崔梅倍感萎缩和无奈。一直以来，崔梅把这些复杂的感觉强压在心底，可那次被强暴，让她变成了另一个人。

地雷为了爆炸而存在，子弹为了射杀而上膛，有些友谊是为了伤害而准备的。

界凡去食堂买了两人的饭，当她端着地瓜、玉米饼、提着热水瓶上楼时，遇到腾四和崔梅下楼。崔梅收住脚，目光生硬地盯着界凡，突然一把搂住界凡的脖子，在她耳边低声说道："与其被打成反革命，不如被强暴。贞节不值钱！别怪姐没提醒你！"

界凡没弄明白崔梅的话，"文革"副主任腾四一把拉过崔梅，下楼去了。界凡迷惑地站在那里，甚至想劝她吃了热玉米饼再走，但最终没敢开口。刚转过身，发现新上任的革委会主任陈文革，墓碑似的立在楼梯上。

生活像一个不规则的雷区。

陈主任有重要事情要和界凡谈谈。界凡忐忑地推开了门，手里绿花纹的搪瓷碗抖得像心跳似的。她急忙放下绿水瓶和搪瓷碗，搬过一把椅子，请陈主任坐下。

陈主任像大哥哥疼爱小妹妹似的，微笑着让界凡先吃饭。

即便给她一千个胆子，她也吃不下了。界凡把晚饭端到了窗台上，她背对着他，心底回荡着一个声音："他是强奸犯，坏蛋！"

"我丑得不配和你这贝地城的玫瑰待在一起吗？"

"当然不是……不是……"

界凡面色苍白地坐到陈主任的对面，放在桌子下面的双手微微颤抖着，表情异乎寻常……

这女孩透着一种超凡的美，一种不容抵毁的神圣。陈主任突然体会到一种从未有过的激动，瞬间，五脏六腑仿佛被太阳照亮，通体都变得更加有趣、更快活、更有意义。

陈主任在房间里踱着步，偶尔站到界凡的身后，偶尔站在她旁边，有时伏在她耳边，近距离地嗅着她的气息。

"我对你的背景着实下了番功夫，你是资本家的娇小姐，你爸妈有成箱的珠宝，我个人认为，这不是你的错。"

他像抚摸一匹马一样用手滑过她的脊背，她猛然挺直了胸膛。

"'要变天了'，这话是你说的吧。"陈主任一只手轻轻放在了界凡的肩膀上，像按摩式的捏了捏。界凡感觉那肩膀已经不是自己的了，她跌进了深渊，窒息得要死。

"这话说重也重！"陈主任站在她对面，静静看着她。空气里有电流丝丝地飞过，"你明白现在的局势吗？"

界凡不知该点头还是摇头。陈主任盯着她的脸，像盯着一张价值连城的名画。他从桌子上轻轻拿起了一只空玻璃杯，高高地举在眼前，像是观看杯子的花纹，然后，手指松开，水杯啪地掉在水泥地上，玻璃瞬间粉身碎骨地四溅着。

界凡猛地闭上了眼睛，仿佛破碎的不是水杯，而是谁的生命似的。

她突然明白了崔梅的话。

"你可知道……你的命运……"

界凡大胆地抬头看着他，仿佛他的脸上写着命运的答案。

陈主任的手伸到洪界凡的脖子里，把她的头猛然拉到自己的小腹上。她的头在他的手里，仿佛也不是一个美女的头，而是一颗美味的甜瓜，真想伸嘴啃一口。洪界凡闻到了一股芥末的气味，吓得心快跳出来了。

"现在有两条路可走，一是嫁给我，一是当黑干将。"他深吸了一口气，像鼓足了勇气似的，"嫁给我吧，别糊涂！"

界凡紧闭着眼睛，长长的睫毛合成了一条黑线。她急速地理清全身回荡的惴惴不安，她的沉默宣告了她的决定。

陈主任退回到门口，静静地站了一会儿，世界安静得像午夜。他又突然走到桌边，双手像讲话似的按在桌面上。

"如果我像个傻瓜似的约你看电影、给你送小礼物，天天追在你屁股后面，你是不是就会嫁给我？"他恼怒地居高临下地看着她，声音像跑了调的提琴，"可你那没有智慧的言行，那不光彩的出身，谁敢约你？"

界凡依然像聋哑人似的望着窗外，梧桐树的枝杈上高高地挑着小铃铛。她肚子里有座疼痛的火山。

"你却是我唯一想娶回家的女人！"

界凡感觉每秒都过得异常漫长，心跳得像敲鼓似的。

"成为最幸运女孩，或最悲惨女孩，全取决于你。明早七点，我希望听到漂亮的消息！"

他拉开门出去了，那急促而愤怒的脚步声，像冲锋枪嗒嗒地射击着。她一言不发，可她把什么都表达了。

她静静坐在那儿，冲着虚无的空气微微一笑，仿佛责备自己似的摇了摇头，然后呆呆地望着黑黑的窗子。大雾开始下降，下弦月从雾幕后升起，朦胧地照着这个昏沉沉的世界。

刚才发生的事像梦，真希望是一场梦。只有嫁给他才能避免灾难，这简单的推理突然让界凡思路清晰了。她感觉从没有过的镇静，是丧失全部希望的镇静。

她突然意识到也许永远见不到高顿了。

她的渴望、她的灵魂、她的头发仿佛隐隐作疼，望着窗外湛蓝的天空，迷失在幻想里。

崔梅被腾四带到会议室写界凡的反革命材料，包括"要变天了"的话语、穿绸缎的资产阶级生活、不时晚上出门和男人鬼混的破鞋习性，以及宁可救反革命的狗崽也不救红色后代……

那晚崔梅再没回来。界凡坐在窗前望着黑黑的夜，听着街道上偶尔的汽车声和人语声，反思着一个问题：怎么就成了走资派、黑干将了呢？心灵的撞击在昏暗中进行着，和高顿在一起的浪漫时刻已非常遥远，仿佛一场梦。现在的生活对她是那么陌生，那么深不可测。她的目光转向了心灵深处，她所关注的是记忆深处而不是现实的东西。

这个世界压根儿就不在乎一个小女子的疑惑，甚至不在乎一个小女子的存在！

她希望这夜再长再长、黎明永远不要到来。那对穿着漂亮衣裙的双胞胎，那位美丽的妇人，那铺着厚厚地毯的家，她们在哪里？那对双胞胎中有一个是自己，是的，有一个女孩是自己，那另一个女孩又去了哪里？奶奶说她不会在这里待太久，会有人来接她，到另外一个美好的地方去。可谁来接她？如今成了走资派，奶奶该多么伤心？高顿会不会伤心，他会怎么看自己。人不能只靠玉米饼和地瓜活着，还要依靠精神充当饮料。除了尘世和人类，还有一个看不见的国度，那是精神的国度、爱的国度。

陈主任的心肠是狼骨和生铁制成的。

那一夜，界凡成了等待处决的囚徒，灰暗的断头台已高高地耸立在黎明的光辉里。内心里另一场战争在奋力地厮杀，爱情和正义联手，将利剑挥向那无尽的黑暗，挥向那隐形的恶毒。在这不眠的长夜里，她第一次懂得了失去的意义，这之前幸福的一切都不过是痛苦生活的准备。

天亮的时候她哭了，对悲惨命运的哀悼也就从天空开始变灰的时候开始的。她的心思老是钉在一点上，都磨坏了，像一枚生锈的铁钉。为什么不去找高顿，直奔济南，死也要死在一起！

界凡悄悄下楼，世界酣睡着，连浓雾都困乏得昏昏沉沉。供销社的院门从来没关过，今晚却被两道铁锁死死地锁住了。铁门上的尖刺生硬地指向天空，铁柱冰凉、湿滑地挡住了界凡的欲望。宿舍楼灰暗而沉重地隐藏在夜雾里，没有一丝光亮。谁也帮不了她，她也无可求助。她望着高高的铁门，努力向上爬去。翻过那些尖刺就可以到达爱情的天堂，翻过去就是新生。终于爬到了五米高的顶端，刚想翻过一条腿，突然裤角被铁钩挂住了，她重重地摔了下来，头不设防地碰在了砖块上。她昏迷在冰凉的水泥地上。

她试图逃跑的行径，惹恼了陈主任。嫉妒犹如一条毒蛇，咝的一声，喷出了致命的毒液。

界凡以坚定不移的昏迷，获得了坚定不移的批判。她成了黑干将、走资派，和新鲜出炉的女叛徒！谁人知晓批斗的魅力？而有些人却始终知道。批斗美女所带来的刺激和诱惑，足以使这次运动更加绚丽多彩。

她苏醒后，直接被拖到学校的操场临时搭起的批斗舞台上，四位白发老人像秋霜打蔫的枯藤随风摇摆。贝地城最美艳的玫瑰、那朵姣美的喜悦，突然被五花大绑地押上了主席台，以"黑干将、走资派和女叛徒"的罪名，接受广大革命群众的批斗。

人们像第一次看彩色电影般的诧异、惊喜，继而又惋惜、错愕。昨晚在这操场上，刚刚放映过美丽女特务反共的影片，没想到他们心目中的玫瑰，竟然也是女特务。人们在一片欢快而不安稳的大海上颠簸着、兴奋着。理智混淆了痴想，判断力减弱了活力。美女洪界凡没有惶恐不安，没有畏罪的样子，甚至连一点异样也看不出来。她眼睛又大又黑，像珠宝般明亮。

识字不多的群众黑压压地举着标语、打着旗帜，目光集中在界凡身上，关于她的消息像神话般传播着：资本家的千金、潜伏的特务、宁要资本主义的毒草、不要社会主义的秧苗，时刻盼着变天的……

陈主任声音洪亮、陈词激昂地宣读洪界凡的罪状，声音里有一种奇异的力量，眼神中有一种古怪的激情。许多年后，当他成为白鹭市的副市长或代理市长，他无数次想忘记今天的发言，想从记忆里抹掉这次集会，可这铿锵的声音、激愤的语气，总像按入水中的葫芦瞬间浮上水面，肆意霸占着他风起云涌的大脑。

"抬起她的头！"

台下一个男人高声喊着，那声音仿佛来自一只海螺，颤抖得令人紧张。大家屏住了呼吸，盯着台上。果然，腾四猛地扯了一把界凡的发辫，界凡的脸便像一张画饼似的面向观众。她紧闭着眼，紧闭着嘴，送给大家的是一副酣睡或死亡的面容。人们传言，正是腾四这怨毒的一扯让他精神失常，最终忘记了自己是谁。这是后话。

"真美！"

不知谁感慨地说一句。声音不大，却很快被风传递着。"真美……真美……"

界凡像被放在凸透镜的焦点上，内心宛如烧焦般的疼痛。一种痛苦又火辣的快感弥漫着她的周身，她像渴得要死的人，明知爬过去的井里有毒，仍然迫不及待地饮鸩止渴，痛饮而亡。

会场像无风的大海，沉默的乌云越来越浓，压得人喘不过气来。就像国王让军队去攻打一窝老鼠似的，会场游戏的成分多于政治。

人们会相信任何东西，除了真相。真相已被谋杀，时代已变得躁动、狂野，人群成了被铁棂封闭的笼中鸟，相互吵闹、争斗、厮杀，直到相继成为盘中餐。

崔梅缩在人群里，胸部急剧起伏，那无耻混蛋、卑鄙的手撕扯着她的衣服，强暴地擗开她的双腿，双手按住她的手腕，猛烈地撞击撞击……崔梅的泪水不知为谁而流。冷血是不能发热的，血管里奔流着的全是冰水。她不再为自己的言行而愧疚，毕竟自己也是受害者。原来人只靠冷漠和坏脾气一样活得快活，活得长久。她的悲痛被一阵突然的绝望吞没了，人群的讥笑声不只回荡在那个上午，而是回荡在她长长的一生里。不过，那次强奸的唯一好处，让她过上了二十多年尊贵的婚姻生活，从这个意义上说，那次遭强暴可以说是一次婚前的性行为了。

生活就是这样，周围是熊熊燃烧的大火，人人都可能是下一个祭品。

如果不想被批斗，就要尽力批斗别人。

一群疯子对抗五个"疯子"，胜利的是数量，而不是正义。

被批斗的女人应该没有灵魂，界凡用自酿的毒药麻痹着自己。她独自固守在宁静的世界，周围的嘈杂仿佛只是陪衬，在展示丑的舞台上却不合时宜地洋溢着非凡的美。她的目光透射着梦幻的、忧郁的温柔，向四周望去，又似在凝视着远方——遥远的世外。

寒风总给人不友好的感觉，挟持着沙尘和人世的讥笑，扫荡着界凡的灵魂。

"知道真相为何偏信谎言？"

"因为真相要么无聊，要么可怕。"

路人低声议论着，仿佛空气里也掩藏着暗探。

这个生来便被祝福的女人，这个总被夸赞吉人天相的女人，这个曾经静静地欣赏明月和大海的女人，如今失去了方向。

中午，她被押回到宿舍。崔梅再也没回宿舍，没有谁有足够的勇气与叛徒待在一起。

界凡庆幸高顿没有看到她狼狈的模样，庆幸拥有过一场爱情。无法拥有全部，就放弃一切，包括生命。站在爱情的制高点瞭望尘世，她永远是胜利的一方。除了爱情，人生不过是一场过于惊悚的长梦。

她从容地打扮着，头发梳得整齐，指甲修得漂亮。

她有足够的时间完成和这个世界的告别。生活中不可能有比恋人更好的关系，她用一秒钟结束了分手的程序，却用一辈子纪念爱情。人和人之间的疏远冷淡像一场精心构思的骗局。

黑干将、走资派和女叛徒终于畏罪上吊自杀了。

陈主任在报告中如此写道："一名女走资派上吊自杀，反击'右'倾翻案风取得了骄人战绩。"

当那位七十六岁的老奶奶得知孙女自杀了时，瞬间昏倒了，人们掐人中、揉胳膊，她才缓过气来。无论解放前还是解放后，她的使命都是照顾洪界凡的家人。这个以乞讨为生的小女孩，十一岁被洪家收留，渐渐地成了她家的用人，从此像掉进粮仓里的老鼠，赶也赶不走，侍候了她家三代人。界凡死了，她的使命失败了。她自以为和界凡是一体的，现在却从自身深处分裂了。她本来有些问题要问革委会，可当悲哀袭来，她却舒服地犯起糊涂来。

革委会不再介入对阴魂的批斗，界凡的魂魄自由了。

这位甘愿做奴隶、甘愿受资本家剥削的老人悲恸欲绝。她像照顾初生的婴儿，给她一层层穿上为结婚准备的绸缎衣服。那是她从上海带来的扎染的衬衣、绸缎的棉袄、漂亮的裙子，把界凡打扮得像出嫁的公主。老人用崭新的棉被把棺材的四周铺满，仿佛怕她受冻似的。

最后，老太太把那枚金光闪闪的毛主席像章别在了界凡的牡丹花图案的绸缎棉袄上。老人成了悲哀与尘土的怪物，胸中只有伤痛，从前心之所在的地方，而今是一片空荡，与其说是活着，不如说是死了，然而相比那个苦命的孙女，她又是实实在在地活着。

向阳的山坡上出现了一个潮湿的坟，那堆新鲜的泥土下埋藏着十八年的生活。没有等到要等的人，也没有等到故事的结尾。

同情弱者是本能，山头也懂得被踢和绊倒的区别。批斗的热情减退了，空洞而没有意义的感觉给围观者带来了一阵痛苦。谎话说了上百遍，还是谎话。

第二天，习惯早起的退役军人、人称"老将军"，沿着山路散步，远远望见了怪异的新土。他像冲锋的战士急速跑去，越趋近目标，越心惊肉颤。

坟被盗了，女孩的衣服和棉被被偷走了，女孩赤裸的像洁白的雪人躺在棺材里。

"卑鄙无耻！丧尽天良……"寒风把老人的愤怒传播着，晨练的人们急忙赶往出事地点。

"老将军"脱下打着补丁的军大衣盖在了雪美人身上，把破损的棉帽戴在了她的头上。

人们再次盖上了棺盖，填上土，像昨天一样，堆起了新坟。

"老将军"是贝地城的名人，兄弟五人跟随着共产党的队伍分别参加了在平型关战役、百团大战，四个哥哥没一个活着回来。"老将军"参加了淮海战役，落下了一身病。固执的老爹坚持让唯一的儿子复员守着祖坟，家里各种奖章堆满了铁皮水桶，塞到床下，落满了灰尘。复员后，他淡出政治，成了机械厂的一名普通工人，是这个城市深受尊敬的老人，兄长们的牺牲和那些装满水桶的奖章为他提供了世俗的美好：安全、和谐和免于政治批斗。无论吹什么风，"老将军"都能毫发不伤。

洪界凡的奶奶得知孙女的坟墓被盗，一头栽倒在墙上，再也没有醒来。善良的人们把她埋在了孙女的旁边。这世界如此善良，老人又可以和孙女做伴了。

北风萧瑟、冰雨如注，随后大雪纷飞。奇怪的事情发生了，凡是落在界凡坟头上的雪花，无论东北风还是西北风，轻柔的雪花再也不会被吹走了。她的坟头盖着厚厚的雪，而其他坟头上的雪花要么化掉了，要么被风卷走了，光秃秃地裸露着泥土的颜色。好奇的人不相信传说，便亲自爬到北山坡上观看。远远的，那唯一有雪的坟头，像晶莹的钻石在阳光下闪烁着诡异的光芒。

人们衰弱的心脏瞬间回荡着宗教般敬畏的心声。人们对不可解的现象无所适从，所惧无处。真理和谎言之间布满了复杂的河道，无法凭直觉航行，无法尊严地存在。

高顿连夜赶到济南，在部队招待所住下。从全国各地选拔的上千名青年人，将参加无数次的考试、考核，名目繁多的培训和比赛等。第一天考试、面试就淘汰了四百人，第五天培训后的突击测试又刷掉了一百人。三十天仿佛三十年，离开得太久太久，行走的太远太远。他往供销社打电话，可无人接听。黑暗中他浑身打战，摸索着挂上电话，好像不小心摸到了一条蛇。

不祥的预感像乌云飞过大脑。发生了什么？一定发生了什么？

真想连夜返回，可纪律像钢铁！回到贝地城的时间就像猿猴变成人那样漫长。

那晚他们紧急集合，连夜跑步行军四十公里。四十公里，对部队长大的高顿并不是什么难事，爸爸为了锻炼他，经常要他跟随越野部队集训。

高顿刻苦地坚持着，他要以优秀的成绩向界凡证明他是最优秀、最智慧、最全面的选手！

一个多月后，上千名优秀选手里只选三十名，他以综合排名第二名的成绩光荣加入特种部队，成为一名特种兵。

人不能选择什么时间降临这个世界，但能选择以什么方式介入未来。济南之行决定了高顿必将经受紧张、刺激、惊险而颠沛的人生，命运选中他虽然像中了头等彩票般光荣且稀少，但这却并非是人人羡慕、人人能承担得起的一种人生。他还太年轻，尚不知道出头的鸟永远是猎枪的首先目标。

高顿匆忙返回贝地，一分钟都不想耽误，他像猫头鹰似的瞪大眼睛帮助司机分辨着路径。城市的灯光消失在身后，从雪亮的车灯望出去，黑暗的前方永远是几十米的距离。夜路狂奔，寂寞是唯一的粮食，夜间的话语便带着一点诡异而神秘的味道。为了提神，司机讲了贝地城发生的离奇盗墓事件，雪白的尸体横陈在寒风里，坟头的积雪多日不化，夜晚的风里夹杂着女子的低泣声。

高顿以为司机在胡编乱造，便讲了从报纸上读到的新闻，据说向阳河里的乌龟都有了政治觉悟，走资派掉进河里，乌龟就伸着长长的龟头，恶狠狠地咬他们，仿佛怕他们肮脏的思想污染了纯洁的河水；如果政治觉悟高的人掉进水里，乌龟们就纷纷救援，用龟背搭起一片浮桥，把落水者送到岸边。

随着夜色渐渐退去，黎明的烟灰色缓缓而来。吉普车奔跑在贝地城街道上，就像奔跑在一个荒凉的无色彩的梦里。寂静给人以不祥的感觉。高顿越来越觉得寒冷噬骨，像爱斯基摩人漂浮于寒冰之上。他跳下车。快速奔到楼上，在离别后第四十三天的清晨，轻轻地敲响了界凡的门。

心狂躁着，仿佛一生都在等待这一刻。

崔梅惊喜地看着高顿，从那天把她撞入水中，就再也没见过这个梦中情人。

"嘿，界凡呢？"

崔梅被当头泼了一盆冰水，热度瞬间消散了。"他招呼我就像招呼狗。"崔梅疑惑地看着高顿，大脑急速地搜寻着、思考着，突然意识到，清算旧账的时候到了。

"去世了。"崔梅平静而淡然，仿佛在说一件陈年往事。

"我说的是洪界凡，现在哪儿？"

"对啊，界凡，在北山，去世四天了！"

高顿突然感觉自己不是自己，却也不是他人，而是供人欣赏的一堆怪物。他呆呆瞪瞪地站了许久，觉不出自己活着。世界突然静止了，清空了，似乎没什么能证明界凡存在过。有那么一刻，他感觉自己不断地消失在泥泞中，消失在天空发烧的寒战中，消失在铅灰色黎明的痛苦中。

"都说界凡是美丽的女孩。"

"她应该是一个活着的女孩！"

生活无非是一场无限的赌博。

之后的许多年，高顿总是回忆那天望见那座白雪覆盖的坟的心情。上山的碎石路湿滑生硬，高顿双腿发软、周身疲惫，仿佛整座北山都压在了他身上。

过分的指望会带来过分的沮丧，任何回忆的片段都充满柔情和温暖。时光安静无奇，寒冷丝丝入怀，那一天既无预感又无征兆，却成了他们生死两隔的分界线。简直难以置信。

突然，一位中年妇女从山路上疯也似的奔跑下来，那失魂落魄的样子好像被强暴了似的。随后又一位老太太像漏气的皮球，磕磕碰碰地滚了下来。高顿突然发现，似乎山上的人们都慌忙地从山上逃下来。他拉住一位中年男子，忙问出了什么事。吓坏的中年男子吞吞吐吐指了指山上："闹鬼了，洪姑娘从坟里钻出来了！"

诧异间，中年男子就一溜烟儿消失了。

高顿躲在果树后。界凡徘徊在坟地周围，时而望望南方的贝地城，时而望着东方的海湾。

果然是"界凡"，是她！

三

"界凡"下山了，高顿远远地跟踪着，当她走在街道上，那些认识洪界凡的人们像见了霍乱病人似的四处逃散。"洪姑从坟里出来了……"瞬间，这恐怖的消息像寒风吹遍了大街小巷。

"自杀是假的？或者是双胞胎？"高顿坚信自己的猜测。拐过街角，他突然站在"界凡"面前，甜蜜的感觉好像一阵狂飙，吹遍他的灵魂。他忘情地握着她的手指，觉得又温暖、又颤抖，如同一朵百合花，娇艳美丽，香气袭人。

"界凡"被这男子的动作惊呆了，她突然看到了他脖子上的黄金玉饰。一时间，像只斗鸡，愣愣地瞪着对方。她的敌意瞬间给高顿泼了盆冰水，赶忙松开了她的手。彼此的猜忌弥漫在空气里，笼罩在街道陌生的气味中。

"玉饰哪来的？"

"你是哪来的？"

高顿全身心都在颤抖，仿佛提琴的弓弦在拉他的神经，他竟然天真地以为风魔人心的爱情依然储存在她身心里。

他的微笑惹怒了洪界平，啪的一巴掌抽在高顿脸上，她为高顿的无耻而愤怒，为妹妹的冤死而愤怒！

高顿猛地抓住她再次挥起的手，捏得她骨头疼了，目光紧张地扫射着这张热爱过的脸，内心某处突然柔软，他抱歉地松开了她。

"我要告你，杀人犯、盗墓贼！"

"我也要告你，却不知到哪里告状。你竟敢和我的恋人长一个模样！"

这回答偏离了界平的猜测，也过于正确了，反而不能信服，不足以显示个性，甚至有点欺诈。她瞪着高顿的脸，那冰冷的眼神像透湿的木炭。她不相信高顿的话，但又感觉他的话是真。感情的阵阵隐痛依然存在，就跟明明知道而又一时记不起来的俗语，又会隐隐约约闪现在大脑里一样。

"我是她姐姐！"她声音突然哽咽了，"我却没见过她……"

爸爸在咽下最后一口气前才告诉她，她有一个妹妹在贝地城。

原来界凡真的别他而去了。高顿无法把持住眼泪，两个人匆匆含泪告别。

高顿坐在雪白的坟边，捧起一把雪，十八年的岁月在手指间碎成闪光的雪尘，折射着迷幻的天光。雪在手心里慢慢融化，冰冷的感觉浸透骨髓，弥漫到灵魂里。"界凡……"

雪水从指缝里缓缓流了下来，像泪水，不是流自心里，而是流自上天。他感到极其寒冷、孤独和沉痛……骨骼发酸，头皮疼痛，周身如细针在扎。

逆风吹起，瘦削的枝杈在呻吟叹息、集体舞蹈，一时间，森林似乎化为深灰的海洋，风暴流转，恒同日月，难以揣测。"我要报仇！"寒风扫过，头发像马鬃般倒伏着。坟头的雪粒也随风起舞，形成了一团白雾，旋转着下山去了。天空灰蒙蒙的，太阳显然不想多看这个世界。一只孤独的麻雀落在杂草上，低头啄了几下野草，诧异地晃着浅咖色的羽毛，睁着圆圆的黑眼睛，瞅了瞅高顿，扑扇着翅膀飞走了，消失在树枝间。

"界凡……快回来……"界凡永远留在了十八岁，而高顿终于明白，在这个淬火的世界上，人生如梦，且终有一死。

海浪无情而机械地涌动着，从咸涩的气息里，他嗅到了自己冰冷的灵魂。他的生活永远留在了那个午夜的暴雨里，留在了海边的拥抱里，留在了永远也翻不回的昨天里。悬在生活的龌龊和死者的悲痛之间，他唯一的责任就是复仇。他不断痛苦地自问：究竟谁是亡者，是界凡，还是他这个满心荒芜的人？

夜晚的海滩寂静无人，船灯悠悠地铺展着，在海面泛起油彩般的光束。随着波浪起伏，一个人头仿佛浮在起伏的波浪里。高顿拿不准是人头还是皮球，凝望着海面。"该死！"他踢掉鞋子，脱掉大衣，纵身扑进冰冷刺骨的深海里。

就在海水淹没女子头顶的瞬间，他架起她向岸边游去。她已呛进了好多海水。高顿立刻拦腰抱起她，头朝下，控出一股哽咽之水。济南培训，他已掌握了丰富的求生技能。

至此，他才知道这个女子就是洪界平。

他把军大衣穿在她身上。

界平无意中摸到了衣服里的两个玉饰。

"我恨它们！"洪界平用红绳缠绕着玉饰，使劲儿往海里扔去，那对玉饰，伴随着浪花破碎的声音，落进了海里。

"你不该把界凡给我的礼物扔进海里！"

"你也不该把我捞出来！"

"我倒希望捞的不是你！"

界平看着愤怒的高顿，仿佛高顿是盗墓贼似的。"要不是这玩意妹妹也死不了！如果不给她穿绸缎衣服，她也死不了！如果不是因为那些虚假的财宝，她也不会被盗墓！"

寒风鼓动着寒风，海浪涌动着海浪，一个季节正穿透另一个季节。时间是一个更深的结构，生活其间的人是那么无助且渺小。界平觉得被人从悬崖峭壁上摘下来，放在潮湿的地面上，然而这大地之上已没了她的亲人，没有属于她的家。漂浮无根的危机感一直折磨着她。痛苦和快乐根源于每个人的思考和感觉，根源于历史与现实、天体与个体的交集。除了偶然，没有什么比命运更深不可测的了，像之前的界凡，以及现在的界平。

高顿为界平围上围巾，一起向城里走去。路过米字形路口，界平迷了方向，坚持把西方说成是东南方向，固执地向西方走去。其实，她入住的宾馆在东南方向。高顿看着坚定而去的界平，突然想起，界凡也曾在这个地方迷失过，也如这位姐姐，固执地以为西北就是东南。

界平收住了脚步。她向一位带着孙子玩耍的老太太问路，老太太体内像有螺栓松了似的，站立的姿势像鸟一样突兀。老太太坚定地指向了相反的方向。

"我的方向感很强的，怎么会迷路呢?"

高顿突然记起界凡也说了相似的话。这瞬间的回忆让他如在梦里般的虚无。

高顿不知道界平的理智是否清醒，或者自己的理智是否清醒，这可真是个科学命题，值得深入研究。犹太人认为，一个碎罐意味着一个人的死亡。如果这样，高顿宁愿天天做瓦罐，召回永远的界凡。两个双胞胎之间的差别，也许小于她们之间的相似。可是，在高顿眼里，界平和界凡根本就没有任何差别。

刚刚踏上向阳桥，界平不怕风寒天冷，立刻扑到栏杆上，她惊奇地望着四周的风景。

"我梦到过这地方。"界平拍着栏杆，"我梦到在这里，和一位男子约会，可男子藏了起来，当时正下着大雨，电闪雷鸣，河水滔滔的很吓人。我刚想离开，那男子出现了。"

"你可能并不信任我，我……"

"别担心，我连自己都不信任。"

界平没让高顿开口，她讲的正是高顿和界凡初次约会的情景！高顿惊讶得牙都快掉了。一段时间以来，高顿参加各种训练，心理素质已非常强健，甚至鞭炮突然在身边炸响，心律都不会发生任何改变。而此时，却为界平的梦，心跳快得像急促的鼓点。

高顿惊讶地看着界平，感觉整个人生就像演一段电影，自己的眼睛流着别人的眼泪。"我们第一次约会正是这样的！"

她出神地看着高顿，仿佛不相信高顿的话似的。

她甜蜜柔情的侧影好比夜晚的枕头，她伏向栏杆的动作、微微弓起的后背，和界凡一模一样，以至于高顿的皮肤都回忆起和界凡在一起的感觉。他打了个寒战，立刻将头转向别处。

"我梦到和一群年轻人在山腰植树。我从山下往山上提水，有两个小青年故意给我一个大水桶，还把水装得满满的。其中一个小青年对我说，如果亲他一下，他就替我换小水桶；另一个小青年说只要亲他一口，他就给我装半桶水……"

"请别说了！"高顿连忙制止了她，他被现实和梦境弄糊涂了。他干脆抢着说出了那次植树的结局。"军车开到山下，军民共建，开荒育林。军人负责将水从山下提到山顶。你逃过了一劫。"

这回该洪界平惊讶了。"你这个冒牌军人，借替我提水的时候，偷偷拉我的手。"

高顿茫然地点了点头。

在远处，机车发出了一声凄凉而沮丧的尖鸣。无数的感觉在言语之外。万物创造之始，各种生物就包括了过去和将来。难道双胞胎的过去和将来，能在燃烧的时间长河中交融混合在一起，一如白糖浸在水里？高顿和界平对望着，他们如此之近，却又比月亮还遥远，他们虽然能看清对方的脸，可大脑却停留在彼此触摸不到的地方。

两只蝴蝶要相互碰撞，各自身上的五彩缤纷的粉末沾到了对方的翅膀上，从而延续未来。可界凡和界平，这两只悲情的蝴蝶，根本没机会欣赏彼此的美。高顿幡然醒悟，继而得出结论：最重要的并不在于到达一条路的终点，而在这条路的过程本身。

"妹妹把她生活的片段推进了我的梦里！"

也许这是一种奇特的双胞胎感应。界平的眼睛像花朵，在寒冷中变颜色。高顿还是被弄糊涂了，突然意识到身边的人或许就是洪界凡，他忘情地拉起她的手，对界凡汹涌的爱，就算石栏杆也不能不动情。

界平推开了他，这推开的力量让高顿清醒了。对他来说，现实和梦想就是这一推的距离。当他凝视河流，听着远处树上鸟儿一串清脆的叫声，月亮在云间时隐时现，他试图理解这一切的深意，头突然眩晕起来，现实的伤感变得难以忍受了。

赶到招待所时，他们已抖成了两枝干芦苇。高顿提着水瓶出去了，他让界平尽快换上衣服。

高顿跑到招待所的餐厅，给了厨师两块钱，要他们煮了姜糖水。

喝上滚烫的姜糖水，界平的情绪才慢慢平和下来，她央求高顿讲讲界凡。

她像在水中睁着眼睛搜寻着妹妹的世界。未曾圆过的梦犹如未曾拆过的信。妹妹已尘封的生活是她永远也拆不完的信和做不完的梦。

"我们经常散步，看海，拾贝壳、捉小鱼，有时我们一起背诵诗歌。她给我讲她奶奶，那老人对她非常好。你们家族产业很大，先是资助过国民党，后来又资助共产党。解放后，上海的许多资本家都逃亡香港或台湾，可你爷爷坚持不离故土。二十世纪五十年代，资产合作化运作时，私人企业的资产也将入归合作社。你爷爷去世了。有人专盯着那些大资本家。就在这时，你爸爸把你们分别送走了。奶奶只告诉她等她长到十八岁时，会有人来找她，亲人会团聚的。"

洪界平静静听着，仿佛听别人的故事，又仿佛是自己的故事。她是爸妈的独生女，妈妈许多年前得肺结核去世了，当时是不治之症。医生们不让她靠近妈妈，以免传染。她和妈妈隔着玻璃窗说话，趁医生和爸爸不注意时，她总是像老鼠似的跑到病房里，趴在妈妈的被子上。被子上有股中药糖浆的甜味，非常好闻。每次闻到那绵软的甜味，总想舔舔妈妈的药杯。妈妈去世后，他们把妈妈用过的东西都烧了，连同妈妈最漂亮的牡丹棉袄都没留下。爸爸临终前才告诉她，她不是他们的女儿，是妈妈在上海当用人时抱回来的孩子。有一个妹妹在贝地，和她长得很像。爸爸给了她一封信，信是从中间撕开的，她拿一半，妹妹拿一半，找到妹妹就能解开家世之谜。

她不像姐姐，倒像界凡天真的妹妹。她收集着界凡的信息，整合着她的音容笑貌，似乎这样就能丰富关于妹妹的记忆，追回姐妹失却的十八年的时光，填补十八年的空白。

一阵又一阵炽烈又冰凉的疼痛交替着在界平的体内流动，仿佛流出了春夏秋冬。

夜晚静得出奇，有一种要出事的感觉。高顿走在回部队驻地的路上，街道没有一点火光，夜间的黑暗和嘴巴里的黑暗融为一体。仿佛界凡的身影在前面晃动。记忆是靠不住的底片，有那么一瞬间，睡在招待所里的女人就是界凡，是那个让他心动的女人！他们曾在海边比赛捡贝壳，界凡被贝壳划破了手，这鲜红的事件是记忆里的一块痒痒，想挠却又够不着。

他伏在向阳桥的栏杆上，想着界平和界凡的事情。她们漂浮在同一个子宫里，吸食着同一个胎盘。或许她们会有自己无声的语言，会有独特的灵犀。在她的记忆中，现实和梦境纠缠在一起，打了个死结，说不清哪是梦，哪是现实。然而对高顿来说，也已分不清哪个是界凡哪个是界平。

对那个形象的爱像一顿难以消化的盛宴反复在大脑里重现。条条道路通向黎明，但没有一条回路。错过了此刻就错过了人生。跟随着自己的心走。他又折回到招待所，站在招待所前面的树下，仰望着三楼的某个窗口。

他突然看到界平走出了招待所，这么晚了，她一个人！

夜晚清冷，街道空旷，空气里飘浮着神秘的气息，树木楼房的暗影里似乎隐藏着杀人越货、劫色劫财的狂徒。界平走向学校的操场。午夜的操场像睡着了的大海，被升起的月亮照得一片朦胧。他远远地跟踪着那个影子，只见她站到主席台上，散开头发，女巫般立在那里。低头弯腰，模仿着妹妹被批斗的情形。

随后她脱掉上衣，赤裸着上身，那白玉般晶亮的皮肤反射着月的微光。她用藤条一下一下地抽打着自己，狠狠地抽打着，像远道而来的海浪凶狠地扑向岩石，以粉身碎骨对抗着绝望。

她在用妹妹的死惩罚自己！

那不是她的错！一股奇特的感觉漫入高顿的心里，强烈的自责像电流般滑过全身，台上站着的人应该是自己，是自己没保护好界凡，是自己没能给界凡活下去的力量。眨眼之间发现界平不见了。

不见了！发生了什么？高顿几步蹿到主席台上，透过淡淡而朦胧的月光四处观望，突然看到两个男人拉扯着界平。他跃上高高的主席台，飞脚向两个男人的心窝踢去。瞬间把他们练得像肉火烧。道德可不是流氓的强项，抽筋的世界观差点让他们在主席台边送了小命。

界平一动不动地躺在地上，一副将死未死的模样。她自残，甚至宁愿被强暴蹂躏，不呼救，不对抗……她疯了吗？

把自己急切地认同于死亡，那也是一种堕落。她想带着隐喻寻找妹妹的路径，示弱就会挨刀子。医生只负责治病，上帝负责人生，可是对于一心求死的界平，对生的概念已相当模糊了。

高顿夺下她手里的藤条，紧紧地抱着呆愣、冰凉的肉体。她的上身满是伤痕。高顿惊讶得像独自站在鲨鱼成群的浅滩里。

"看看周围，所有人都是骗子，都比妹妹会撒谎。"因为妹妹，界平为自己构建的深墙比贝地城最高的楼还高，她以为这会很安全，如今可没那么确定。

高顿心碎地拥抱着她，吻着她的脸，她的头发。

界平感觉自己成了一个没有筹码的赌徒，成了一头失去了牛角的斗牛，成了遗落在人间的孤儿。她木讷地任高顿扶持着，就像将死的人幻想着自己的葬礼似的！这简直太可怕了。

"对这个世界，你真是一知半解。不能为难自己，否则，灌到你耳朵里的永远是嘲笑的声音。"

"你说的是界凡?"

"她在这里吗?"

高顿越来越担心，像担心一场即将打响的战争，担心埋在路途上的地雷。界平身上的每个细胞都震颤着他，她的心灵成了他的宝库，即使破碎了，也仍然是他的宝库。一种在心底蔑视自己的痛苦刺痛着高顿。他希望自己是灯塔，是那抹高悬于山崖之上的灯火。可他不是，他不知道该怎么安慰她、引导她。高顿沮丧地想道，界平沉浸在受伤的昨天里，那痛苦的一页似乎永远也翻不过去了。

高顿把她安放到床上，后背全是抽打的伤痕，目不忍睹。两天来，她一直折磨自己，抽打得越狠，越靠近妹妹。她以为，那是她求得妹妹原谅的唯一方法，那是接近妹妹灵魂的唯一途径。

界平伏在床上，高顿给她涂上了消毒药水。她闭着眼，像睡着了一般。她不想看他的脸，也不想让他看到自己的眼睛。她不想把自己置于任何人的显微镜下。

高顿关掉了灯，坐在床边的椅子上。剑就是剑、盔就是盔，谁的手伸进火里都会烧伤。两人淹没在黑暗里，彼此听着对方的呼吸，各自想着心事，谁也没有说话。高顿觉得以佛教徒的心态对待生活，心悟很重要，言语是多余的。一切东西在他眼里就仿佛被太阳照亮，一切变得更有内涵，更厚重，更有意义了。他凭借那热烈的性格和热爱祖国的豪情壮志，彻头彻尾地投身于神圣的事业中，此时，面对不可知的命运，他隐隐感到疼痛，竟然蒙生了逃避或退缩的种种可能。

黎明的深灰慢慢地把黑暗驱赶，酣睡的人们正做着最后一个梦。早班车还没有启动，夜间工作的环卫工人正准备收场。窗子的烟灰色已映亮了屋内的一切。高顿头靠在椅背上，睡得很香甜。

界平醒了，发觉椅子上的高顿还在睡着，她偷偷观察这位美男子。高顿的存在像左右手般成了妹妹身体的一部分，成了妹妹灵魂的一部分。她轻轻抬起上身，伸出手想抚摸他的嘴唇、眼眉和额头上的短发。恰在这时，高顿醒了，界平的手悬在半空。她倍觉尴尬，脸也瞬间羞红了。

高顿忐忑不安，急忙告辞离开。他得好好整理思路。

高顿刚刚做了个梦，梦到自己在百花盛开的花园里，一位美女在前面若隐若现。高顿手捧着玫瑰，去追寻那女孩，那女孩蓦然回首，冲他粲然一笑。原来是界凡，后来一想，也不对，也可能是界平。高顿想喊她的名字，突然困惑了，惊醒了。睁开眼恰好发现界平的手伸了过来。

早班车启动的时候，高顿来到海边。界平一怒之下把那两块玉饰扔到了海里，正是这地方，这块如火箭般伸向大海的岩石正对的地方。

一群海鸥鼓动着翅膀在天空盘旋，围着一艘早早出海的渔船起起落落。鱼儿啪嗒啪嗒地跃出海面，声音好似下雨一般。停在浅海里的小船随海浪荡漾，影子在水中如触须般伸展收缩。那是界凡送的礼物，高顿决心找到它。

高顿像眼花的老太太，头伏身到膝盖间，观看着脚下的水泥地。

海滩上散落着赶海的人了，打着补丁的衣服仿佛特能抵抗风寒似的，那弯腰低头的样子，不像拾海货，倒像在捡金条。高顿站在海里回望海滩，突然内心颤动不已。也许找错了方向！

昨天正是涨潮的时候，而今，这火箭的般的岩石已退出几十米开外了。

他匆匆返回岸边，在海水荡涤过的地方、在距岸边不远的地方重新寻找。一只螃蟹从他脚边仓皇逃走，一位少女抢到他前面一把抓住螃蟹，仿佛螃蟹是她的白马王子变的似的。

沙石里露出一点红绳，像太阳不经意地从东海里露出一点边儿。他提出红绳，正是那两块玉饰，红绳还一圈圈缠绕在玉饰上。他喜欢海腥和沙石强烈刺激的味道，喜欢海水和泥土挤进指缝的感觉，喜欢海浪破碎的轻响，那声音既像丝绸，又像钢铁。

高顿幸福地亲吻着沾着沙石的玉饰，像吻着大地般的庄严郑重。

高顿被爱情灌醉了，他已分辨不清是界凡的或界平的爱情，分辨本身太伤痛，他也不敢背弃她们姐妹的深情，那也太沉重。爱上一个模样相似的人是毫无意义的，可他却像陷落的赌徒，宁愿被误导，宁愿受幻影的欺骗。每当他禁不住诱惑想亲吻界平，想像个情人似的抚摸她迷人的肉体，他就不得像流氓般别过脸去。

红彤彤的太阳跃出海面，蹿入天空，大海和街道也苏醒过来。高顿像一匹脱缰的骏马，背着一身的阳光，紧握着一对玉饰，向招待所飞奔而去。一辆自行车上戴着大红花的结婚车队挡住了高顿的路。这是当地新式结婚方式，五男五女，十辆崭新的金鹿牌自行车，象征着人生旅途的新开始。太阳升起时在伴郎伴娘的陪伴下，从新娘家将新娘接到婆家。高顿一眼发现了身穿崭新中山装的新郎和穿着红棉袄、胸前别着毛主席像章的新娘。眨眼之间，高顿发现那新娘竟然是界平，霎时心律加速、目瞪口呆。但当新娘的自行车驶近时，他才发现，这位圆脸新娘和界平除了都是女人外，简直毫无相似之处。

界平一再从自己的生命里逃跑，这也是一种不懂餍足的痛苦。她为失去妹妹而悔恨，悔恨是自残的毒药。她总觉得妹妹在召唤着她，姐妹应该亲密地团聚在一起。高顿对界凡一直心怀惭愧，在她最需要的时候，没能给她以爱人的关怀。此时，巧遇了别人的婚礼，高顿又有了拥抱界凡的感觉，无论是界平还是界凡，都是他最亲爱的人。济南培训的日子里，他都毫无保留又不知疲倦地思念界凡，如同失去她的那个瞬间。而今，界平或界凡，根本就是一个人。看到别人幸福地结合在一起，高顿像从牢房里逃出来的危险罪犯，不顾一切地抓住唯一的所有。

界平烧得很厉害，腮像桃花般潮红。高顿将两个玉饰放在她的手心里，玉石的清凉抵消着手心的灼热。她脸上浮出了一层塑料人偶的笑意，两串泪水向耳际滚去。她像失去双脚的鸟，痛苦地丢掉所有生存的可能。

他擦掉她的泪水，闻着湿热的气息，体察着绝望的感觉。仿佛看到美丽女子，赤脚在海滩上跳舞，沉迷在她自己绝望的世界里，来自地狱的风轻轻吻着她。他痛苦地捧着她的脸，吻着她的额头、脸颊和嘴唇。在悲惨命运的尽头，他们感受着彼此。

她艰难地拉起高顿的手，放在腮下。两人都露出了心照不宣的梦悠悠的表情。他们同时想起了界凡。

他们拥有一切，却又不知道如何获取。

高顿帮助界平吃药，界平的胳膊绕着高顿的脖子，抬着上身，吻着高顿，仿佛不吻就没有机会似的，像个不顾一切的荡妇。

她快速脱掉衣服，露出满是疤痕的上身和光滑的长腿，那团悠黑的阴毛像海洋深处的岛屿，迷人地展现在高顿面前。

她神志不稳，好像万事如意，有着一心求死人的不顾一切。

"来啊！"她孩子似的召唤着高顿，要高顿参加她捉迷藏游戏。她的睫毛迷人地弯着，目光跃动，闪烁着彩虹的光晕。

高顿脱掉衣服，躺在她身边，盖上薄被。他们像结婚二十多年的老夫妻似的，静静地依偎着，没说话，没亲吻，没有抚摸，也没有任何多余的动作。他们随心所欲地躺着，不疾不徐地呼吸，房间里流淌着果园般的宁静。晚风在窄窗上微声叹息，远处，某个角落，传来猫咪激动的叫声。

药物起作用了，她很快睡着了。睡眠是传染的，高顿也一天一夜没怎么休息，紧张得像战场上赌命的士兵。现在周身放松，睡意排山倒海地涌来。他也很快睡熟了。

他们从早上一直睡到了太阳落山。

在一个女人身边醒来，那种恍惚的感觉像梦里。苏醒的身体散发着青春的光芒，阳光十足的皮肤混合着花圃的清香。

界平的手轻轻划着高顿的眉毛，静静吻了他的额头，微闭双眼，像在倾听心灵瀑布的鸣响。她想用吻当作精致的糕点招待客人。她本想把这份真情献给妹妹的……特别是想到明天她或他也许会死掉，也许会遭遇非常事故，谨慎就无足轻重了。她弯下腰来，好像在辨认图案似的，将火热的嘴和潮湿的热情献给了高顿。

界平是坠落凡间的精灵，晶莹剔透。高顿咬紧牙关，生怕会情不自禁地抽起风来。

"界凡！或者，我的界平！"高顿在心里默默念诵着，生殖器火箭般升了起来。她的手涩涩地向那里探去，像握着方向盘似的。

"好大，我那里可放不进去！"

高顿突然也被这个问题困惑了。这确实有点那个！

亲吻淹没了所有，高顿握着她的乳房，像握着整个世界。

她的小手像温柔的阳光，漫洒在高顿身上。他们沸腾了，她两腿间的湿滑，淹没了所有。

她幸福得想哭，她宁愿这是妹妹的幸福，或者是妹妹恩赐给她的幸福。她和这个男人融为一体，这个男人的昂扬倾注到她柔情的身体里。在冲向天堂的那一刻，她感觉到了妹妹的快乐，感受到了妹妹的兴奋和祝福。她爱这个男人，代表妹妹，她爱上了这个男人。

此后的两天，他们像癫狂的新婚夫妇，一直没离开房间。

他们走进了热情、销魂、魔幻的神奇世界，周围是一望无际的碧空，鲜花烂漫，百鸟啼情，感情的极峰在心头闪闪发光，而未买单的旧恨情仇只在遥远、阴暗的深夜出现。裸体的人少有秘密，裸了灵魂的人便没有秘密。迄今为止，这场爱情猎捕和林间放马没什么两样。

界平感觉自己是妹妹情感的继承人，她在延续妹妹的未尽旅程。当她们没有恋爱时，等于在睡觉，一旦爱上了，就像创世第一天那么纯洁。这纯真的想法竟然左右了她大半生，二十多年后，她才恍然明白，她一直在替妹妹爱着，替妹妹生活着，心甘情愿地活在妹妹的阴影里。

他们不谈论界凡，界凡在他们心里。他们延续着界凡要他们做的一切。这奇特的存在，让他们既激情又神圣。

恐惧比子弹更伤人。两个年轻人都处在人生旅途刚刚起步的年龄，新的人生体验让他们激情澎湃、所向披靡。界平像终于等到约会的情人似的，不再是那个一心求死的绝望女孩，将时间打包带走，幸福和喜悦主导着她。

十岁时妈妈去世，爸爸一直未娶。夏天夜里，他在湖里教十二岁的女儿游泳，和女儿肌肤相亲，笑闹逗乐。当她柔软如柳枝般的肌体漂浮在水上，不会游泳的她离不开爸爸的手掌。爸爸的手可以抚摸她的任何地方。她是孩子，孩子般粘在他身上。他们是父女。许多年之后她才明白，无意中碰触的东西是爸爸坚硬的生殖器。

她第一次来月经时，女同学告诉她可以生孩子了，不来月经的人是不能生孩子的。她吓坏了，害怕哪一天自己肚子里会有孩子。女同学说只要和男人睡一张床就会生孩子。有一天，她从睡梦里醒来，发现喝醉的爸爸挤在她床上，粗大的胳膊紧紧地搂她的肚子，强烈的酒气喷到她脖子上。她生气地推开了爸爸，爸爸反搂得更紧了。她索性坐起来，大声地说："你走，要不我会怀孕的！"

爸爸起身走了，那晚再也没回来。人们说爸爸和一个寡妇相好了，爸爸不再疼爱这个女儿了。界平担心失去爸爸，爸爸喝醉再次爬到她床上时，她不再推开他。有那么几次，侧卧而眠的她睡梦里醒来，发现爸爸坚硬的手指抵在她屁股上。她翻了个身，推开爸爸。有那么几个周末，她总是毫无理由地酣睡十五六个小时，沉得闹铃都听不到，错过了和女友的约会。奇怪的是她的两腿间总是流满了黏黏的东西，散发着难闻的怪味。

有一天，界平的女友悄悄告诉她已怀了情人的孩子，要她陪着去做人流。看到产科门诊五颜六色的宣传挂图，界平才朦胧地理解怀孕的秘密。

从那一天起，界平锁上了卧室的门。

也是从那一天起，爸爸的脾气越来越坏，无端地发火谩骂。自爸爸去世以来，界平总是分析那些长长酣眠的日子，肯定饭里加了催眠药。她沉入睡眠后发生过什么，永远成了她心底不断发酵的毒源。然而这毒源却像废弃的核电站，不断散发着强烈的射线，足以使心灵扭曲或器官癌变。她不得不以生的强大和选择性的遗忘，深深地埋葬过去。但在某一个伤感的夜晚，不可言说的痛恨又排山倒海而来。

爸爸突然得了流行的出血热，医院里人满为患，死亡率很高。爸爸在入院后第二天，便牵着女儿的手，离开了人世。

回忆像茅台一样高贵和毒烈。十八年人间沧桑，世间万物瞬间即变，甚至来不及描述。父母的声音每天都回响在耳边，但界平已无法理解他们，甚至感觉从没真正介入其间。他们爱她吗？她一直想问清这个问题，却只能听到自己的叹息。每次想到父亲延伸的手、床上的猥亵，她就全身发抖，呆若木鸡，试图寻求援助，或寻找一个可以从记忆里逃掉的机会。

"我们结婚吧！"他们一起登上了北山。在星辰的陪衬下，上弦月皎洁而明亮，月亮上的闪光像水晶建成的宫殿，几丝云彩调皮地从月亮上闪过。不知名的鸟儿也不甘寂寞地对月啼鸣，贝地城灯火灿烂，大海自在地玩着波浪。

高顿和界平依偎着赏月，仿佛世界只剩下他们俩。他们相约到了法定年龄，立刻登记结婚，单是这美好的憧憬，就让他们甜蜜得像一对新人。

界平说在这世上，她只有高顿和这轮明月了。

一种神圣的使命感笼罩着高顿，他轻轻吻着界平的额头，眼里泪水闪烁，那是来自心底的潮流。

在贝地城最高的山上，在北山寂静的山顶，他们向着妹妹起誓相爱永远。他们相约每年的这一天——十二月六日来北山相聚，让妹妹见证他们的爱情！当他们人到中年，每每想起这次青春的誓约，对未来的期许既是生命灵感的源泉，同时也成了心灵的监狱。为了十二月六日的誓言，他们享受了多少灵魂的感动，又遭受了多少难言的折磨。

月光诗行般飘洒在他们身上。高顿始终处于一种奇怪的兴奋状态，时而倾听飞舞的风声，时而想在天空作画。望月太久，月亮就会和你交流。他们觉得月亮懂得他们的爱情，他们的深意。晶亮的月亮缓缓向西天滑行着。高顿突然有一种良辰易失的伤感。

伤感像病毒，一但植入内心，很容易繁衍传播。高顿告诉界平他是特种部队的军人，任务险重，涉及重要机密，不能向任何人透露工作情况。界平把界凡的护身符套在高顿的脖子上。

"你平安我就平安的!"姐妹俩先后将玉饰套在高顿脖子上，似乎也说着相似的话。高顿感受到了一种神性的召唤，一种玉石传递的灵性，他再次陷入把持不住的兴奋中。

平安，这是多么奢侈的字眼儿，高顿此后的一生都走在通向平安的钢丝绳上。他抚摸界平如五月阳光般明媚的脸，但不敢表现出滋生于心底的忐忑。

"你虽坚强，但并不像你想象的那么坚强。"

"我也不像你担心的那么软弱!"

"生活里不缺口口相传的谎言，千万别当真。"

担心界平的心墙不够厚实，护卫自己的力量不够强大。这是高顿内心的疼穴，优势并不在他手里，他不敢往不该去的地方挖掘。

爱情是一种命运，命运是一列不能回头的火车，一旦驶出了车站，只有循迹前行。

世界在游荡，寻找着它的启示。

咸涩的海风吹得窗子吱吱地响。界平醒了，这一夜平静无梦。她侧过身，发现高顿不在身边。乌云飞过意识的天空，觉察什么地方出了漏洞，她猛然坐起，张望着室内。高顿的衣服安静地挂在衣架上，一切如故。

"高顿。"

她听到只是自己的回响。她哪里知道，这墙壁折射的空洞回声，回荡在她此后的二十多年孤寂的生活里。她最终也没能分辨出那声音是来自心灵的颤抖，还是来自幻想的绮丽。

她不明所以地走到窗前，从窗口向外望去。晨光悠蓝，大海在远处慢慢地苏醒，渔船像婴儿般睡在黎明的摇篮里，街道绳索般蔓延着，楼房发出青灰的光彩。

服务员告诉界平，高顿是被部队的车接走的，他匆忙中留下了口信：事情紧急，来不及告别，请保重，后会有期。

界平感觉后脑勺被子弹洞开了，冷风呼呼地灌进大脑，扫荡了所有思维的温情。一想到没有告别的离开，她就觉得被活埋了。她一步步走下楼梯，不让任何人看到内心的深渊。清晨薄雾缭绕，机器叮当，东方正酝酿着一场盛大的演出，太阳忙着最后的梳妆。

"也许他想给我一个惊喜！"

早起赶海的人珍珠般散落在海滩上，与人争食的海鸥，幸灾乐祸地嘲笑没有翅膀的人们。它们忽地全部起飞，盘旋在蓝蓝的天空，拍打出脆响，舞蹈般围成一个大而破碎的圈。在它们眼里，人不过是可怜的物种，残缺的一类。界平搜寻着，没有她熟悉的人。

再没有比煎熬更让人易老的了，再没有比思念更让人心碎的了。界平站在窗前，留心着走廊里的脚步，甚至每辆驶入招待所的汽车，都让她心动加速。时间飞快地过去了，界平像丢失了主人的狗，睁着一双乞求的大眼睛。夜晚很快来临，她盲目地赶到北山上，明亮的月亮缓缓地升起，可并没给她带来任何消息。

不是某人的存在就能让人有家的感觉，界平却视高顿为家。

扔掉的玉饰可以找回来，丢失的希望可以找回来，可是高顿呢？界平游荡在大街小巷，在米字形路口，界平突然觉得永远失去了他。树下一个女人合上眼睛，踮起脚去亲男人的嘴。界平觉得双腿发软，肠子里灌满了蜜糖和死亡的感觉。她终于相信，像所有失身的女人一样，她被抛弃了。可几分钟后，她又否定了自己的想法。

界平带着寻找妹妹的希望来贝地，带着失去亲人的旧恨和被恋人抛弃的新仇离开。她感觉自己像一块抹布，一再被命运蹂躏，仿佛太阳永远照不到她身上，月亮也永远看不到她流泪的脸庞。在她的心灵深处，应该燃烧起爱情的地方却一片空白。苦难是上帝施爱的工具，上帝似乎过于厚爱她了。终于她像经历几十年风霜的白发老人，对生命，对死亡，投以冷眼。

四

界平回到济南,再次守在纺织机旁。车间里充斥着蜂鸣般的噪声,线轴群舞,丝线抖动,机床繁忙得好似抽筋的生活。界平像一个木偶,精神游离在他方。她知道这很危险,曾有位女工睡意昏沉,头发卷进了机器而丧命。她竟然盼望着高顿出现在机车边,出现在下班的路上,甚至出现在宿舍门口。她知道自己在自欺欺人、在妄想、在逃离现实。他因使命而离开了,无须任何借口就跳过了良心的所有深壑。

车间技术员马柱在界平身后走来走去,指导着界平操作,带着猎人对猎物的热情,身体时常碰触界平的后背和胳膊。而此时的界平,再也不是从前那个单纯的姑娘,吓得像刺猬似的缩起头和四肢,卷成一个刺球。她再也没力气去做从前的自己,其实她和同事们一样,需要有家的支撑、亲人的关爱才能幸福。女人的成熟,有时三天就完成了。

劳累一天的界平总是早早休息。同宿舍的刘紫荆每晚都像发情的猫,男友敲门后,他们便消失在迷人的夜色里,给界平制造了享受孤独的空间。她躺在床上,大脑里满是高顿,枕头是他,被子是他,窗子是他,空气是他,思念让她陷入巨大的混乱中。他散发着咖啡色光泽的肌体,他温情的拥抱,他渊博的知识,都勾起界平深深的爱。她恨他,恨意不超过五分钟又会思念他。她不再哭,她已没有了泪水。教训诚然可贵,却终究无法改变一个人的本性。给她一万扫把,她也没法把高顿清扫出梦境。

午夜醒来,黑暗发出邀请,她再次肆无忌惮回忆那美好的爱情。有那么一刻,界平感谢上苍,让她享受了轰烈的爱情,仅凭那三天的回忆,就可幸福地度过此生。她沐浴在一种深沉的宁静中,再一次伏到窗口,仰望着夜空，繁星点点，新月如钩，将光华温柔地洒向她的所在。她再次感到爱情与永恒携手并肩，永不终结，永远温暖着她的世界。

刘紫荆像叽叽喳喳的麻雀，不停地赞美男友的可爱和真诚，赞美他的智慧和善良，他似乎有数不尽的优点。他的吻、抚摸、拥抱和……界平茫然地望着黑夜。幸福果然都是相似的。恋爱女人的快乐，原来根本不是唯一，甚至很普通也很低贱，猪狗一般的低贱。

如果不想万劫不复，就要学会思维。激情的生活过后，男人外出饮酒傻乐，而女人还在灯下等着，等到后背长满蜘蛛网，眼里尽是委屈，心底无声无息地呜咽。就像被抛弃的小男孩追在一群大孩子后面跑，这种断然而安静的哀伤，注定是痴情女人的命运。

刘紫荆怀孕了，还没来得及将消息告诉男友，就收到了男友的分手口信。当刘紫荆哭诉着说已怀孕时，男友生硬地从电话里回了两个字：做掉！

刘紫荆大骂他卑鄙无耻流氓，至少应该给一笔人流费和保养费。就像闯了红灯又撞了护栏的司机，逃脱不了罚款的处罚。最好的敌人就是立刻死掉的敌人，刘紫荆咒男友出门就撞到车轮下。由愚蠢和绝望所生的行为，彼此常常难以区分。

刘紫荆是贞女又是荡妇，是女奴又是女王。正是对爱情的希冀让她坐在了地狱之火上。她诅咒肚子里的孩子，用拳头不停地打自己的肚子，仿佛那里盘着一条毒蛇似的。她伏卧在床上，哭得稀里哗啦，仿佛带给她痛苦的不是那个负心的男人，而是肚子里的孩子。界平无言地陪着刘紫荆。悲剧原来也是相似的，疼痛却各有不同。

界平陪刘紫荆做了人流。刘紫荆像死过一次似的苍白、痛苦、委顿、乏力。刘紫荆告诉界平，她要嫁一个比前男友好一千倍的男人，气死那狗操的。

"时间是最好的医生。"界平安慰她。

"下一任男友才是最好的医生。"

"让媒人在医院里寻找了吗？"

"你没有恋爱过，不知道男人的妙处。"

界平突然被刘紫荆逗笑了，她爱得疯狂、恨得热烈。对她来说，生命是活给前男友看的。很多人不敢爱，是因为太多的记忆与未来纠缠不清，而刘紫荆不同，她只有现在，只有肉欲的爱情。

爱上混蛋和爱上圣人，都要看缘分。

刘紫荆慢慢从肉体和精神的双重伤痛中恢复过来时，界平发现自己月经也过了预定的日子，这新奇的担忧像干旱的沙漠突然乌云滚滚，带来的是别样的幸福和满足。"高顿的孩子，要是能怀上他的孩子多好！"

在那遥远的世界里，那个比月亮还要遥远的世界里，爱情无坚不摧，创造着奇迹。清晨，界平突然有了想吐的感觉，她看着镜子里的脸，笑了，笑得非常私密和幸福。她掐算着日期。"如果高顿某一天出现，发现了我牵着长得非常像他的男孩，又会怎么样呢？"界平想象着，编织着无数种可能的未来。她爱他，她觉得能怀上他的孩子，绝对是上天的旨意，是命运绝佳的安排，更是妹妹的期许。

界平低调地活着，除了工作，她尽量避开人群，缩在自己狭小的空间里。

刘紫荆誓将男女追逐的大戏延伸到世界尽头。刘紫荆再次热烈地恋爱了，奔放地投入另一个男人的怀抱。她是个绝对派，是那种没看到过鳄鱼就以为鳄鱼不存在的人，仿佛也只有她能分辨出狗和鱼的不同。她生命不息、爱情不止，天堂还是地狱，完全由情欲决定。

身体里突然有了一个孩子，无疑是界平划时代的事情，是人生的另一种概念。界平固执地认为，这是妹妹的精心安排。高顿走了，孩子来了，但愿是男孩，像高顿一般英俊的男孩。孩子占据了界平大脑的所有空间。在她的意识里，已穿过清醒、穿过睡眠、穿过生死，尝到了爱情的味道，尝到了做母亲的甜美感觉。

她从没真正做过自己，当母亲的感觉让她异常富有，仿佛她是王后，有一个富饶的王国在等待着小王子继承！

界平的灵魂在赞美上苍。绝不会像爸爸妈妈那样把女儿们送给别人！富可倾城的人怎么会有那么多不得已。所有的不得已都是荒唐的借口！

界平永远不会原谅爸爸妈妈！大逆不道的手在她灵魂上划了一道永远不能治愈的伤痕，像风湿一样，每逢阴雨天，都会难以忍受地抽疼起来。她的内心成了一座奇特的岛屿，一个慈母、一个聪明的娇儿居住之地。昔日的悲伤已经远去，而她的幸福才刚刚开始。

车间技术员马柱买了两张电影票，邀请界平晚上看电影。

夕阳在高楼和树梢间告别了天空，五彩祥云布满了西天。一群白鸽滑翔而过，带着监视者的眼神，滑过楼群、越过大明湖，往千佛山的方向飞去。界平在工厂门口把电影票送给了云寡妇。云寡妇总是用探照灯似的眼睛贪婪地扫射着马柱。

电影开演后，大厅里黑了下来，云寡妇坐在了马柱的身边。云寡妇一个暗示性的微笑，省略了许多步骤，受到暗示的马柱将手向大腿深处探去。突然，马柱大脑喷血，呼吸窒息，手停在了毛茸茸的世界里。这女人没穿内裤！

电影还没结束，他们就滚到了云寡妇的床上，当然，他们可不是去聊天的。云寡妇坚信任何一把剑唯有试过之后方知其效果。

"我的英雄战士。"

"没穿衣服的能连续战斗的战士，你说是吧？"

有那么一刻，她奢望高顿会来敲她的门，会陪着她生产，儿子会在爸爸的手心里慢慢成长。界平倒在床上，为自己不切实际的幻想而心碎。高顿把生命的种子放进她的子宫里，把爱种植在她的心灵里，他却不见踪影。一走又怎能了之！爱恨交错，她时而愁云惨淡、悲伤沉入心底，仿佛冬天的风，在荒凉的海角啸叫着；当抚摸日渐饱满的腹部、感受婴儿的踢动时，她又会如沐春风，甜蜜而温柔，备感生命的伟大和爱情的神奇。成千上万的可怜人在时间里无望地行走，那是昨天，这是今天。界平终于明白高顿永远是她的现在。

一九七六年夏秋时节，界平去了贝地城。那里有妹妹，有爱情的故乡，有太多太多的美好回忆。她要在贝地城把孩子生下来，让妹妹啼听来自她们家族的喜讯。

南风携带的海腥气味，比界平闻过的任何一种花香都诱人。界平住进了从前的招待所，长得像面饼式的服务员边给界平办理手续边和同事聊天，一副做了噩梦似的表情议论着北山闹鬼的传闻。

"晚上，洪姑娘从坟里出来，在北山上唱歌。有人说唱的是《北京的金山上》，也有人说是'贝地的北山上，有黄金万两，那埋藏的宝箱里是人间天堂……'"

从别人嘴里听到妹妹的生前身后事,她觉得好像妹妹被活埋了。世人的心已成了不毛之地,除了贪婪,没有东西能够生长。在这个没有同情心的社会里,必须学会无氧生存。她好几次试图把脸转过去,不瞧面饼式的服务员,可她依然存在,活像一座奇怪的雕塑盘踞在那里。界平心中产生了一股异样的冲动,犹如重要的话要脱口而出,却被结巴阻碍着一样,这股冲动就堵在了喉咙里。

界平入住了从前的房间,家具摆设与之前没有变化,依然是那个向阳的窗台、依然是南北向的床,以及紫红的写字台和椅子。十个月过去,中间有许多人在这张床上睡过,有许多人伏在窗口向外张望过。她和高顿的三天在时间的那头,她和腹中的孩子在时间的这头,仿佛扁担挑起的是两个世界、两种生活、多种悲喜了。人们总以为知道为什么不幸,却很少知道为什么幸福。从别人的灾难中获得的幸福长不过一次性高潮。

"假如我向服务员坦白我是谁,议论就会自动瓦解。"一种恶意报复的思绪制止了她,仿佛有什么东西紧紧拽住她的衣襟。

她坐在洁白的床单上,抚摸着柔软的被褥,像抚摸着高顿的肌肤。一阵冰冷的感觉蹿过体内,仿佛血液、心脏、思绪全停摆了。她一直以为,对高顿的感觉像阳光下久晒的花布,慢慢褪了色彩,可当再次坐在这个房间,泪水像突然造访的阵雨,簌簌地落了下来。高顿曾埋在她怀里,亲吻着她的乳房,她曾想他们会永世在一起,会生一大群孩子。

无论时间过去多久,他永远不会成为过去。

晚饭后,界平出门向北山走去。光滑的石板路上,几只灰黑的、棕黄的珍珠母鸡,扭动着肥胖的身子,不愁吃穿似的迈着贵妇般的步子,走走停停,斜眼瞅瞅,像探听闲言碎语。界平感觉自己有母鸡的笨拙,却没有母鸡的悠闲。因怀孕浮肿失形、步态扭捏,即便在人前走十多遍,也无人再怀疑像界凡了。胡同口坐着几位缺牙花眼的老太太,穿着褪色的斜襟灰布上衣,缝着精致针脚补丁的黑裤子,用破布条在脚裸处扎紧绑腿,露出一对尖尖的裹脚。老太太们咧着孩童般天真的笑脸,凭自己生育多个孩子的经验,猜测着界平肚子里的孩子是男是女。

界平拐过街角,一股浓烈的桂花香气飘然而至,界平深深吸了口气,那优雅的香气仿佛浸入到身体的每个角落。海边的花期晚，一片片的桂花在公园边灿烂地怒放着最后的繁华。如果妹妹再坚持哪怕几天，就会有不同的人生。因为妹妹去世不久，周总理就去世了，各地的批斗便被纪念活动冲淡了。

界平采了一束桂花。

一团悠悠颤动的香气，让她撞到妹妹的灵魂。她有一种灵魂把肉体甩掉的感觉，一种脱离形体飞翔起来的感觉。

上山的路越来越狭窄，石子路也高低不平。夜色宁静而晴朗，蟋蟀们吱吱叫着，水沟里的青蛙清亮地呼朋唤友，两旁的松树、白杨树高耸入云。携着海腥味的南风吹过，树叶沙沙作响，阵阵声息悠悠升起，又融融而去，它似乎裹挟了一些灰暗、隐秘、神圣的东西，在寂静的山路上散布着恐怖的味道。界平想起服务员们的议论，妹妹真的会出来唱歌跳舞吗？

妹妹的坟前，一个白色的影子像狗一样卧在那里。界平诧异又恐惧，激起了一层鸡皮疙瘩，双腿不受控制地颤抖着，不由得抱紧了肚子。难道真是妹妹的鬼魂从坟里出来了？她突然感觉内心有个无法修复的东西正在崩溃，一股永无止境的绝望海啸般吞噬着世界。

黑暗影影绰绰，树木忽而竖直，忽而倒斜。界平隐隐听到说唱声，是一个男人的声音，可因为太远，听不清内容。她悄悄地向前挪着，移到另一棵树的后面。那狗一样的影子突然站起来了，原来是一个男人，正在坟前行叩拜大礼，边叩头边念叨着。"洪姑姑，我就是您的儿子了，原谅我的罪过，以您那枚毛主席像章发誓，我世世代代侍候您。托个梦给我，那箱珠宝在哪里……"那人双膝跪地，额头及地叩拜下去。叩头大礼一次又一次地进行，似乎没完没了。

虽然关于妹妹走出坟墓的鬼话她一点也不相信，但这位男人拜伏在妹妹坟前，却激起她的愤怒，仿佛这个卑鄙男人的手已掘开了墓地，惊扰了死者的灵魂。就像一个渴得要命的人，走到泉水旁边，却发现那里有一只狗在饮水，并且把水搅浑了。

一阵南风吹过，也许那男子闻到了桂花的香味。他突然站了起来，向界平方向走了两步。树木摇晃、海风送爽。那人似乎觉得有什么异常，突然收住了脚，冲着她的方向瞅了一会儿。界平的心像镰刀碰在石头上。

那人急忙转身，像一个逃犯，兜起地上的祭器，慌不择路地向东跑了下去。东边就是大海。贪婪会让人变成野兽，再勇敢的野兽也惧怕火焰和死亡。

他们彼此恐惧着对方。界平稍定了定神才从树后闪了出来，把桂花放在妹妹的坟边。一只陶瓷酒杯歪倒在地上。界平拿起酒杯，闻了闻，浓烈的酒精直冲脑门。或许他手里有妹妹的另一半地图？

人们不满足于自己的财富，却都满足自己的智慧。一种无法想象的刺痛刺穿了界平的心灵。通往时间隧道的另一个入口是不存在的，谁也不能逆时而生进入妹妹的生活。

界平无畏地循着那人的路线追了过去。那是条陡峭的山路，不要说在无灯的夜晚，就是白天也很少有人冒险从这里下山。无知无畏，界平攀着矮松或岩石艰难地往下挪着。

界平突然听到山石滚落到山崖下的声音，她断定那男子就在下面不远的地方。界平继续往下追着，山脚下就是波涛翻涌的大海。

界平攀着一块石脊，慢慢落到一块巨石上，从这里能望见幽黑的大海，望见海面点点渔船灯火。无论那人是谁，界平终于明白有人知道她们家族的秘密，知道那枚毛主席像章，记挂着那虚妄的财宝。

突然背后有衣服的窸窣声，界平刚想回头，一掌猛烈的击打，她尖叫着摔下悬崖。

可见，鬼魂和诸神一样，都不存在。即便在妹妹坟墓旁边，妹妹依然不能保护姐姐。活在人间，倘无法自卫，就必须为别人让路。那致命的一击无论来自谁的巴掌，却也证明了力量是统治这个世界的真正主角，千万别相信旁的说法。

世界是由一片紫红的玫瑰花组成的，活动的人形是红色世界里朦胧的影子，声音通过影子散播荡漾。界平第一次发现红色世界是如此的清静、美丽，甚至比阳光都灿烂，比月光都诗意。界平以为自己是在天堂，天堂里的灯光才会这么漂亮。何处传来婴儿的哭声。婴儿！界平突然明白了什么，寻着婴儿。另一张产床上，一位妇女正搂抱着婴儿，那婴儿颤颤地举着娇嫩的小手。界平望着天花板，大脑空洞得像气球。直到助产士的针扎在屁股上，界平终于明白这是产房，自己躺在产床上。

助产士理了理界平散乱的头发。"没能保住！"

界平哭了，抽泣得像一只漏气的塑料玩具。

"想要孩子，干吗还自杀？"

界平满眼泪水看着助产士，想搞明白她在说谁的故事。

"要不是一对夫妇把你送来，你可能命都保不住了！"

床头橱上放着那个陶瓷酒杯，鸭蛋绿的。"这是你身上唯一的证件！"

助产士讽刺的语气让界平更加混乱了。她牺牲了孩子的生命，换得了这只陶瓷酒杯。

那产妇和孩子被推出了产房。

界平淹没在泪水里，仿佛全世界的海洋都比不上她的泪水苦涩。

"孩子……"界平呼唤着，刹那间，看得见的世界消失了，似乎只有回忆和想象。

慢慢地，她回忆起了发生的一切。那个山崖，那个男人……黑夜宛如一份难以解读的手稿，用神秘的奢望引诱着无端的命运。各种死亡的念头从门窗间悄然向界平袭来，像蚊蝇嗡嗡地爬进她的脑壳。

孩子没有了，身体空了，能捡回一条命真是不幸中的万幸！老天的仁慈是有限的。她要的是一个孩子，不是一个关于孩子的借口。

界平再次跌入了忧郁的深渊。仿佛老天让她活着，就是要反复剥夺她珍爱的一切。世界是为重要时刻缔造的，现在又是界平的一个重要时刻。她已经挥霍了狂热的精力和眼泪，沉沉地睡去，又疲惫地醒来，当心脏疼痛时，不再哭泣。

那击打在后背的手掌，烙在了她的心上，烧灼着她的梦。出院那天，回望贝地医院高高的门诊楼，青灰色三面红旗的浮雕，又窄又长的窗子，在晨光中闪着血红光芒的十字，让界平头脑发昏，神志在拙劣的挣扎中消融……她真想一把火烧掉医院，把每块石头都化成齑粉。

救护车呼啸着从界平身边开走了，不知哪里又有等待施救的病人，不知今天要死的是谁。

至少不是自己。

一个时代怎么可能如此清纯而正义呢？一九七六年十月，持续十年的文化大革命终于结束了。人们悲哀的方式倒蛮开朗的，抽打在别人身上的鞭子，疼痛的很难是自己。

　　新时代开始了，政治的宽容像春风拂动的三月，到处弥漫着无花果的幽香。

　　界平像一条忧伤的鱼，游离于快乐的鱼群之外。苦难让她的嘴紧紧地闭着，仇恨让她越来越冷漠、沉静，满腹的心事让漂亮的五官多了一层难以描述的神秘魅力。和姐妹一起排队买饭，饭菜好坏她不在乎，菜量多少也无所谓。车间里评先进，不但有丰厚的奖品，还可能调到更好的岗位。评不评先进她也无所谓，工作调不调也事不关己。她高贵得像公主，无私得像雷锋，冷漠得像猫，霸气得像轻易不出山的老虎。谁都看得出，她有毒液，藏在内心的某个角落。

　　一九七六年十一月某个周日的黄昏，窗外迟落的梧桐树挂满了一树黄叶；靠近大楼后墙的无花果树，竟然骄傲地夹着几颗青绿的果子，肥厚的绿叶尊贵得像皇家女人。传达室的老大妈高喊界平接电话。是崔梅的来电，她惊喜地告诉界平，陈文革跳楼自杀了。《贝地日报》上刊登了公安局侦查的结果，并有遗书为证。

　　界平突然想笑，想感谢崔梅，想说句喜庆的话，却满脸泪水，最后竟哽咽起来。

　　世界并不是交织着罪恶和善良的一团混沌。当展开《贝地日报》，陈文革自杀的消息跳入眼帘时，界平突然意识到生活并不复杂，复杂的是人自己，生活是单纯的，单纯的才是正确的。恶人总是恶报，毫无例外。

　　世界仿佛坍成了一条通道，一头是十二月六日这个特殊的日子，一头是现在。为了这一天，她宁愿抹掉中间的许多日子。

　　去年的今天，她和高顿在北山对妹妹发誓，他们相约每年都要到那里，让妹妹证明他们的爱情。贝地城的北山跟任何一座北方的山头没有什么不同，却亲密而牢固地连着界平的心。

　　今年的十二月六日，正好是农历的十月十六日，圆圆的月亮昏沉地高悬在夜空。界平再次爬上北山，站在妹妹的墓前，她突然觉得高顿不会来了，他们像地球和木星联姻般不可能。内心的失落像迷茫的夜空，乌云淹没了星星，仅留下月亮淡淡的踪影。

恋人的心就是时间的玩物，在时间的战场上，有谁不是赌棍，携着性命仓促前行。一直以来，界平逃避那些说辞，不想掉进假定的陷阱里：他已有了漂亮女友？他当军人的父母不同意？再或者，机密的工作让他不得已？界平很快否定了最后一种可能，再怎么不得已，总会留句口信的，又怎么能像风一样无影无踪。叫人感伤的渔火，在暗沉沉的海平面上闪闪颤动，忽远忽近，忽明忽暗，装模作样地显露迷人的魅力。

她默默地转动着脑袋，好像一只聆听猎物动静的猎犬。教人心绪不宁的月光，忐忑地照着她。界平拜访崔梅时，惊恐的崔梅曾悄悄告诉她，谁穿那绸缎衣服，谁戴那毛主席像章，谁就是盗墓贼。

"盗墓贼会隐藏得很深。"

"没有什么比相互栽赃更能分裂一个团伙的了。狗窝里留不住包子，他们总会炫耀你妹妹的丝绸衣服或金光闪闪的像章，会感觉自己胜人一筹……"

"如果他们藏而不露？"

"放心，狼不是为了喜欢月亮才嗥叫的，老鼠也不是为了偏爱蝙蝠才昼伏夜出。"

崔梅曾答应帮助界平状告腾四。然而，事情并不像崔梅承诺的那么简单。时间是一副消音器，时间越久，对"文革"的记忆越淡化、越疏远。许多人不愿回忆"文革"，就像丑陋的人不愿意照镜子。有谁没振臂高呼过揪斗的口号、没在别人的痛苦中释放自己的快乐？人们怕在清算"文革"的错误时，碰触到自己良心上的隐痛。

因为遗忘，所以美好！大海抚平了船行的线浪，时间抹煞了惭愧的印痕。可是感情上的阵阵隐痛依然存在，就跟一时记不起来的诗句会突然闪现一样。

界平敲开崔梅的房门，开门的是一位陌生的女孩。崔梅不在，也不知何时回来。陌生女孩邀请界平在房间里等待。这是妹妹曾居住过的房间。环视四周，一套淡绿色的酒具吸引了界平。那是一把精致的酒壶和三把鸭蛋绿的酒杯。界平颤抖着拿起了酒杯，杯底印着一个线条饱满的"福"

字，她又拿起另外两个，杯底的字分别是"寿"和"喜"。在妹妹的墓前，界平捡到的那个酒杯杯底刻着"禄"字。

"这是崔梅亲戚留下的！"

她吐出的每一个字都像一条绳子，紧紧勒住了界平的咽喉，她窒息得头晕恶心，胃里翻江倒海。那晚正是那个装妹妹儿子的男人，把她推下了悬崖。

"这亲戚是什么样的人？"

"据说他像豆荚里蹦出来的豆子一样诚实。……他去了新疆。"

"这个五星级孬种，逃得倒足够远！"界平暗自懊恼地想着，她以为这事会有一个满意的结局，但显然混淆了敌友。

这世上只剩下一种事情可做了，那就是欺骗。界平觉得崔梅的话像苍蝇发誓不叮血似的不可信。厌恶的情绪像上涨的潮水，一波涌动着一波。她谢过陌生女孩的茶水，起身告辞，趁她回身放暖水瓶时，界平像惯偷犯似的，顺手把一只酒杯放在了衣袋里。

杯底印着一个"喜"字。在回济南的车上，她在想这个刻着"喜"字的酒杯就要和那个"禄"字酒杯团聚了。许多年后，当"福""禄""寿""喜"这套价值连城的酒具得以重聚时，这古董最有意义的价值竟然是指证了凶杀犯的身份。

事态的发展给人的印象就跟元宵节一样热闹。在这之前，界平总是莫名其妙地深信，谁要是无视盗墓事件，就是抹杀妹妹被批斗的事实，就是与盗墓贼同伙。对于崔梅的突然变故，不由得使界平相信，所谓"文革"，恍如一个长睡不醒的噩梦；所谓批斗，恰似一次群体性吸毒的舞台表演。

君子报仇，十年不晚。带着新的怨怒，界平回到了济南。而今，她除了仇恨，再次一无所有。所有的孤勇无畏和心灵的创伤，随着时间一路滑行，日日磨洗，月月新生，带着浩劫与幸运，演绎成一场永无尽头的悲喜剧。

云寡妇像只火蝎子，叫马柱心里发毛，但她的毒对马柱有独特的诱惑。任她什么时候骑到身上，无论是香梦正酣，还是酒后萎靡，他都得揠苗助长地侍候她。起初，他心头兜起一种近乎肉感的喜悦，随后便明白自己是那粒无辜的豆子，将被榨干最后一个油分子。

没有爱情的性欲，就像公猪和母猪，过了交配的火候，冷漠是必然的。云寡妇的欲望像天边的火烧云，而马柱突然明白自己沦落成了满足她欲望的工具。云寡妇认为天下女人都一样，不管脑袋有多么聪明、多么美丽甚至多么清高，只要遇到一个优秀的带把的，理智就会被蒙蔽。当云寡妇向着高大的拳击教练媚笑时，马柱失落地回归单身的床上。

承担着他糟粕身子的床板，纯属怜悯主人的失败，而主人却根本不领情。

此时，他已升为车间主任。作为四十七名工人的头儿，像北极星般耀眼。他非常崇高地、非常仁爱地靠近了界平。

坎坷的生活让界平总算明白，活在寂寞中是可能的，甚至可以说是容易的。这种状况会持续一生，而自己会习惯孤单老去的年华。

马柱再次邀请界平去看话剧。正在操作织机的界平头也不回，像是对着快速转动的线轴说话："那要问厂长的儿子同意不同意？"

马柱大脑快速旋转，两腿像通了电的织机，匆匆离开了。他意有所舍，心犹未甘，只好把她放在非凡的境界。

界平迅速换上线轴，深深吸了口气，随后冲着嗡嗡转动的机器，无声地笑了。她突然幻想着，就在此刻，她答应做他的妻子，他会拉着她的手，跑遍车间的每个机床，向纺织厂的所有员工宣告，他终于得到了厂花，他可以娶她为妻了。然后在众人的祝福喝彩声中，他们照相、登记、结婚，她可以骄傲得像一只下蛋的母鸡，甚至娇媚得像得到了西门庆的潘金莲。人有无数种可能，路却只有一条。

厂长的儿子、书记的侄子……一时间，界平像秦汉时代的古董，价格不断攀升，总赢得媒人的青睐。

界平一一回绝，她说自己有男朋友了，是军官。

军婚是政治，那个时代，谁也不敢和政治开玩笑。

界平在军人未婚夫的保护伞下安静地生活着，但细心的马柱终于发现，界平从没有收到任何来自部队的信件，也从没有寄往部队的任何信件。所谓军婚，纯属瞎扯。这意外的发现，似乎为马柱打开了一扇通往界平卧室的暗门。

霸气如虎的马柱大有被嘲弄的感觉！无论江山如画，还是权势如天，都赶不上界平肉体的吸引。他趴在云寡妇的身上，如果不幻想着界平，根本就不会勃起。甜蜜的感觉渗透了那些秘密的欲望，好像一阵狂飙，掀起沙砾，香风习习，吹遍他的灵魂。

能说服她的情话根本就不存在。

马柱命令界平到他办公室去。他从她身后走过，她的身体散发着一种暖融融、香喷喷的感觉，一种含混不清的恼人的快乐在马柱心里汩汩涌现。"我至少得吻她一回，哪怕赴汤蹈火也在所不辞。"

马柱坚信，再过几分钟就能享受梦幻般的销魂的战栗。

马柱对界平的任何动机，都会让界平像斗鸡一样高度警觉。她忐忑不安地往马柱办公室走去，好像一步步在迈向地狱。一个人的地狱也好过和马柱在一起的天堂。

马柱亲自给她开门，界平刚走进办公室，钢锁啪地落了下来。马柱自己也没想到，单独和界平关在一起的瞬间，竟然浑身酥软，心脏疯狂地哆嗦，那种轻飘飘的感觉，比醉酒还快意。此时他才明白，自己深爱着这个女孩，碰碰她的手指都会让他的每一根神经快乐得颤抖。

马柱发现界平无声且威严地站在门口，不像他因禁了她，倒像界平监督着马柱。之前马柱对女人都是公蛤蟆对母蛤蟆的欲望。而今天一种神圣的感觉灵光闪现，再也弄不清楚，自己是想以主任的身份占她的便宜，还是永远地让她当孩子的妈妈。

"丫头，和我结婚！"遥望未来，恩爱的日月悠悠展开。他笑着就走到了界平跟前，"如果不同意，我现在就脱光了你！"

界平沉静得像受过训练的女特工，任何喜怒哀乐也软化不了她那暗淡的视线。"我男朋友是军官！"

"那我女朋友就是皇后娘娘！"

马柱笑了，他突然再次双腿发软，手指打战，一步远的距离，说近也近，说远也远。"没有军官，没有人从部队给你写过一个字。你前段时间去流产，也没有一个男人陪你。别在我面前装清纯，更别装烈女！你我半斤八两！嫁给我，不然，我让你一辈子嫁不出去！"

界平被马柱的话吓蒙了，大脑混乱，心慌得像狂风下的大海。

一本正经加上多愁善感无疑会使人变成完美的傻瓜蛋，显然界平除外。马柱很想在界平的脸上亲一下，仅仅这想法就让他肠子灌满了醋。他猛地抱紧了界平，他闻到了她肉体的香味，感觉到了她的恐惧，他突然心疼得难受，心头发酸，眼睛发热。他扭了一把她的脸蛋，说："先回去考虑考虑，明天告诉我。"

界平往外走时，他又追了一句："你早晚是我孩他妈！"马柱突然觉得自己既是上帝的亲戚，也是魔鬼的子民，他们已一劳永逸地统治了他，让他一半是好人，一半是恶棍。

然而，站在空空的办公室里，他像笼子里的猫一样不耐烦。

五

界平感觉自己像拉磨的驴，两眼蒙住，兜着一个地方转，一转就是八个小时。她往宿舍走着，鞋跟有节奏地敲打着水泥路面。街道悠长地伸进了橱窗的侧镜里，这种虚幻的延伸像电影镜头般演绎着大街上的故事：一辆从左向右经过的汽车会陡然消失，街道沉着地等待着它，可它不再出现，如掉进了黑洞一般；另一辆汽车，从相反的方向突然开来，也消失在镜子里。

镜子的幻影混乱了她的思维，她想理清马柱的问题，可大脑混浊得像泥浆。很长一段时间，她聆听内心纷纷扬扬的雪片，滋生心底的寒气冻结着发梢。生的困惑、身体的欲望以及心灵的贫血，让她迷失了双眼。路边是新华书店，她像只觅食的小鸡，隔着玻璃窗向里斜溜一眼，抬脚拐了进去。

这里人少，安静，飘着淡淡的油墨香味。界平随手翻着一本散文。书架拐角处，一位军人也在翻书，那翠竹般挺拔的身材，劲松般坚毅的形象，还有那专注的神情，界平内心突然波澜翻涌，周身如电流激荡。任何一位挺拔的穿军装的男人，都会让她毫无防备地想到高顿。界平惊诧于浑身涌动的舒爽、陶醉，她痴迷地沉浸在军人英武的幻觉里。现实和幻觉纠缠着她的神经，蹂躏着她的血脉，她感觉双颊发烧，手心出汗，双膝发软。

书店里爆发出尖锐的争吵声，原来一位八九岁的小男生买了一本漫画书，出书店时被服务员拦住了，漫画书里还夹杂着另一本书。服务员指责他是小偷，小男生脸红得像晚霞，强辩说他表哥刚才替他交了书费的。

饿汉是聋子，强词有时可以夺理。

"你表哥呢？不会没出生吧？"服务员质问着。

解放军放下手里的杂志，走到门口，"您好，老总。"

服务员听到这天外飞来的头衔，受宠若惊，殷勤趋奉。解放军拍着小男生的肩膀说："小强，怎么不等着我。"

小强含泪望着付费的解放军。

军人的侠义之举犹如新出炉的烤地瓜，香气迅速弥漫。界平悄悄拿起解放军放在柜台上的书，似乎有靠近军人的错觉。那是一本国际时事杂志。她毫不犹豫付了账，不管是否喜欢，今天，她买的是感觉。

拿着那本透着油墨气息的杂志，走在青石板路上。一位拉二胡的艺人正专注而悠扬地拉着《二泉映月》，音乐悠扬而凄美，灰白的山羊胡子，起了毛边的中山装，以及那和善而无原则的五官，给人一种同生同乐的亲切感。老人坐在马扎上，一把陈旧的二胡支在腿上，微闭双目，如痴如醉，身子随音乐起伏着。不时有行人驻足丢下一些零币，他并不理会，也不在意，依旧沉浸在自己的音乐中。这行云流水般连绵起伏的旋律，犹如在倾诉人世间的辛酸苦辣、坎坷不平。界平掏出仅剩的五角纸币，放在艺人前面的生锈而发黑的铁盒里。

一位十七八岁的脸上有刀疤的男子走到拉琴的老人面前，推开界平，弯腰拿起铁盒，一把抓净纸币，随后又将硬币像倒豆子似的倒进自己的衣袋里。

抢劫老人，真卑鄙。

"喂，放下！不然我打断了你的鼻子。"界平还没开口，一位中年男子一把扯住了刀疤男子的衣服。

"小心他打断你的腿！他是我爹，会少林拳！"

老艺人睁开了蒙眬的眼睛，冲中年男人点了点头。围观的人群散开，该干吗干吗去了。

界平觉得那音乐不再那么美了，尽管整个过程老艺人都没中断《二泉映月》的旋律。

"人是世上最好和最坏的动物。"回家的路上界平这样想。

济南的盛夏，清冽甘美的泉水从地下涌出，汇为河流和湖泊，家家泉水，户户垂杨。趵突泉、黑虎泉等汇集的护城河，深不见底，清澈甘甜，垂柳依依，荷香四散。

界平的内心像风景般的秀丽，那杂志像抛光过的玉石，由于无法想象的原因，在界平的手里熠熠发光。她抱着杂志，像抱着一个陌生的小世界。界平依在被子上翻着新买的杂志，那火药味十足的东南亚局势、新奇的异国风情，吸引着她。突然，一幅照片让她把眼珠子差点瞪出来：高顿陪美女站在阳光灿烂的游艇上，高顿穿着军装，搂着穿着黄色连衣裙的美女，他们脸上荡漾的笑容海洋般湛蓝透明。

界平所有的坚强像海浪冲击的沙堡，瞬间粉碎了。妹妹的冤死，自己未婚先孕的艰难，以及孩子夭折的悲痛，终于像灼热的子弹，击穿了她的胸膛。她没发觉流下泪水，她倒希望能淌尽最后一滴血。她羞愧、煎熬、惴惴不安，仿佛身体里沸腾着疼痛的火山，正烧灼着她的青春和生命。她终于丧失了对肉体、精神和梦想的全面掌控。

长篇通讯报道了高顿如何练就成了军事人才、战争英雄，顺带介绍了他一见钟情的婚姻，女方是部队文工团的演员。

界平由着自己滑入痛苦的深渊，谛听深渊里坠落的风声、死亡的哀鸣和种种破碎的响声。她曾坚信他的爱，给他的离开编造了许许多多可信的理由，只要他能出现，她依然会毫不犹豫地扑向他的怀抱，抛弃所有怨怒和悲伤。然而她期望的正是他稳如磐石的弃绝、遥无音信的背叛、卑鄙的操行。她一点也没有想到，花容月貌，风魔人心，爱情已走出她的生命。她看着杂志上被记者偷拍的照片，心好似炮火轰炸后的土地，硝烟还没散尽，默默不作声的蜘蛛，已在暗地里结网，侵占了内心的每个角落，吞噬了她所有的欲望。

可以丢掉一切，但绝不能动摇希望。高顿一直是她坚强的希望，是她生命的氧气。她可以不要历史，不去回忆艰辛的过去，可以忽视养父猥亵的摧残，忍受马柱的恐吓，甚至，忍受命运赐予她的一切灾难。她相信有一天高顿会突然回到她身边，过上美满幸福的生活。而今，他的爱情果然碧海蓝天、星光灿烂，甜蜜得像五月的花海，幸福得像雨后的彩虹，可女主角却换了别人！

绝情绝义！

再没有比打碎希望更残酷的事情了。希望是蛋壳，壳不存，蛋清和蛋黄必然随之消亡。那天夜晚，在刘紫荆甜美的酣声里，界平想到的都是各种各样的悲惨故事，包括那位拉二胡艺人的不孝儿子……

这世界还真是在病中！这不是她梦想的世界，但这就是世界。手放在钢琴上并不意味着音乐，拥有过爱情并不等于拥有爱人。今夜，天空和她一起精神错乱。她额头滚烫、脚踝发软。那美好的爱情，将永远埋葬在过去的时光里。真情换回的是猜疑和谎言，然而从他的世界离开又是多么困难。她巴望着变成一滴雨，消失在河流里、淹没在夹缝里。

泉城一夜暴雨，夜深的风像巫婆的披风，惊雷滚滚似炮火轰鸣。黑暗中影影绰绰，摇曳披拂，忽儿竖直，忽儿倾斜，仿佛巨大的黑浪，翻滚向前。河流暴涨，街道似川，狂风得意忘形地肆虐着，仿佛这是人间地狱。

钟的秒针奔跑着，就像一只凶狠的藏獒，扑向垂涎已久的时刻。界平影子般急匆匆钻进了暴风骤雨里，像射向靶心的箭，奔向护城河……雨，雨……只有那淋漓的雨才能冲刷她的烦恼……只有那狂暴的风，才能席卷她的愤怒……

杨柳疯狂地抽打着，河水像发狂的魔鬼拍击着巨浪，溅起凶恶的愤怒。小船斜翻在浪涛里，转瞬不见了踪影。界平站在护城河的桥上，双手紧紧握着护栏，狂风撕扯着她的头发和衣衫，像要剥夺她仅存的尊严。她意识到这承受风雨的洗礼不是今天才决定的，而是在很久以前，当她站在妹妹的墓前、当高顿离开、当失去婴儿的瞬间，她都曾想让淋漓的暴雨洗净自己的骨骼和灵魂。闪电在夜空炸亮，天地通明，高高的桥头上，界平火红的衣裙、披散的长发和晶亮桥面、愤怒的河水，成了独特的风景画。

"每个人心里都有自杀的种子，但绝不是我！"

突然，惊雷炸响，狂风吹得护栏咔咔作响，界平来不及撤离，随着破碎的护栏，被卷进了滚滚的浊流里。

天漏泉城，大街小巷积水如川，商店、教室雨水倒灌，地势低洼的房屋像沙堡似的倒坍了。

军队紧急行动，抗洪抢险。一支连队沿着护城河向低洼居民区冒雨急进。突然，白光光的闪电劈开黑云。一个红衣人坠入河里，像电影镜头，赤红的颜色随着惊雷，没入黑暗中。连长张连喜收住脚步，喊了句"救人"就跳入了湍急的水里，瞬间没了踪影。另有一位叫崔加的战士，也像鲤鱼似的没入水中。

河水浊浪滚滚，势如破竹，凶恶地扫荡着一切。战士们焦急地望着河面，不见张连长和崔加。整个世界就是一个水系的黑色偶然，模糊不定的波浪突然出现又漠然消失，一轮轮地涌来抹去，好似魔鬼的戏法。

一分钟、五分钟……绝望蹂躏着战士们的心。

突然，在洪水翻卷的岸边，露出了三个人头。士兵们像看到太阳一般惊喜，从张连长和崔加的手里接过了昏迷的女人。

界平被战士们送到了就近的部队医院。

愤怒的天空终于恢复了平和的性格，露出了热情的笑脸。阳光清新而热情地照耀着泉城，幸存的鸟儿欢快地在枝头鸣叫，凉爽的南风越过千佛山，扑面而来。仿佛昨夜不过是一场没有色彩的梦。

界平一直昏迷不醒。时间是失踪的面具，现实生活如同宏伟的海市蜃楼被风雨扯破了，背景弥散，露出水雾的原始形态。

张连长也不知道这女子叫什么、哪里的人，那入水的一团红色，是被风吹的还是自己跳下的？

界平慢慢睁开了眼睛，梦游似的看着前方。草原尽头，月亮升起，又圆又红，一队人字形的大雁从月亮上飞过，片片云影像彩带，浮在月亮周围，左遮遮，右露露，月亮终于升到清冷冷的天空，白晃晃一片晶莹，朝泉城洒下一片皎洁，高顿站在桥头上……

"高顿……"

界平的手微微抬向张连长，张连长迟疑地接过她苍白的手指。错乱的界平感觉那已不是自己的手了，两颗泪珠滚下眼角。她像看到一线希望，在未来摇摇晃晃，又像发现了一枚火红的柿子，孤独地挂在枝头。

"高顿……马上就到！"张连长安慰着陌生女子。

监护仪突然报警，心脏骤停，病人再次昏迷。护士按了急救铃，医生们推着仪器拥进来，立即进行电除颤，心脏注射三连针。被安排陪护的崔加吓得面色苍白，仿佛该急救的不是那女子，而是心律狂乱的崔加。他见过人的死亡，初中时，老师要崔加站起来背诵课文，他刚刚站起来，老师就心脏病发作倒下了。他被死亡的迷雾弄得晕头转向，储存在膀胱里的废水不受控制地顺着腿温暖地流了下去。

看到医护人员在急救，崔加第一个反应就是憋住水管，以免再尿湿裤子。对他来说，忍受别人的病痛比忍受自己的小便容易得多。

女性的病态有不可言传的美妙，崔加有生以来，还是头一回玩味，他从来没领略过这种雅致的昏迷、美丽的五官、睡鸽似的姿态。他哪里知道，他尿急的反应正是因为床上这位如诗般的女人。一想到如此美丽的女孩，却差点以惨剧收场，而军营里那些粗糙的战友，却嘲笑他的看护任务，就愈发感慨造物者的残酷。他日夜陪伴着她，想象着牛郎陪着织女、宝玉陪着黛玉……无际的幻想让崔加走火入魔。

马主任接到界平自杀的电话着实吓了一跳。界平差点被洪水冲走。如果"威胁"这个词不露出伤人的射线，马柱也不会那么自责和恐惧。那小小的阴影像快速挖开的坟墓，散发着令人惊慌的恶臭。

被人误解为自杀，界平不知道自己是该哈哈大笑还是痛哭流涕，不知道是该庆幸还是该认倒霉。她一心一意活在幻想的世界里，仿佛一位即刻行刑的死囚，不拿未来搁在心上。

她终于明白一个人只能走在上天设定的宿命之路上。

她以一种无所畏惧的从容，开启了另一种生存状态。

界平像一座高压变电站，马柱再也不敢靠近，再也不敢伸出多情的手了。国王也有禁忌，何况一个车间主任。

月亮羞羞答答地升起，又圆又白，缓缓移动着步子，向泉城洒下片片月华，大大小小的泉眼喷勃着晶亮的快乐，穿城而过的河流承载着道道银光，这些白光好像一条条无头蛇，遍体明鳞，盘来盘去，一直盘到河底。

明晃晃的河道里银波流窜。

河水很健忘。

她还是第一次看到自己站在一大群人当中，又是音乐，又是舞蹈。她的痛苦化作一股对世界、甚至对自己盲目的怒火，这反而增强了独自面对孤独的勇气。暴雨之夜似乎已经离她很远，仿佛相隔了半个世纪，中间到底出了什么事，使前后的自己如此陌生。界平小心翼翼地不让任何表情泄露内心的痛苦。这些人挥霍如王侯，一腔没有着落的野心和荒唐无稽的狂热，旋转在舞池中间，骄傲得不可一世。界平想离开，希望自己和牲畜待在一起，也像牲畜一样喑哑、安详。

张连长拦到她面前，邀请她跳舞。这个人救过自己，无论如何她都不好拒绝。张连长被评为"抗洪抢险英雄"，事迹在各大报纸上连载。他们随音乐进入了舞池，她僵硬地挪动着身体，像被绑架了似的，努力调整着情绪，尽可能露出温和的笑容，可连自己都感觉虚假。她的手被握在张连长手里，觉得又生硬、又颤抖，如同一只鹦鹉，虽然被捉住了，还试图飞走。

窗子打开，微风灌了进来。一股独特的气息向她飘来，高顿身上特有的气息，瞬间唤醒了冬眠的欲望，混淆了长梦与记忆的细微区别，好像记忆还有一种深沉、持久的呢喃，驾驭声音的呢喃之上。

看向张连长的目光软化了，他英武的侧影，和善的表情、放在她后背有力的手掌，悄悄地感染着界平。玫瑰红的色彩伴随着浪漫的音乐，和着习习香风，好像一阵狂飙，吹遍了她的灵魂，氤氲了她深藏的欲望。她有些微醉，有些眩晕，像喝了酒。

"你冒充了小强的表哥，替他付了书费吧？"

"那你也是小强的表姐，你也做过小强的算数题！"

"也许你怂恿了一个小偷。"

"孔乙己怎么说的来，窃书不能算偷也。"

有了这段序曲，两人似乎跳得更和谐了，像老朋友似的。她的手是温暖的，这温暖让他回忆起别的场景，虽然有些感觉永远埋藏在心里。二人笑容拘谨，仿佛在睡眠里，梦境汇合在同一领地，与外部声响隔绝。

"谢谢你！"

"谢什么，我连猪都救了……"张连长感觉比喻得不恰当，不好意思地笑了。

两个一百八十度旋转，张连长把界平带出了舞池中心，慢慢晃到角落里。他不想让人注意他们的谈话。

"你曾把我当高顿！"

"我也曾把你当雷锋！"

一层乌云飞过界平的脸颊。他哪里知道，"高顿"这个名字不但是界平的毒药，也将是让他足以发疯的毒药。

很多人不敢爱，是因为太多的事情，太多的过去与未来纠缠不清，而她不同，她只有现在。他们聊起了中越即将开始的战争，聊起了风吹落叶似的命运。

"没有人能毫发无损地走过战争，这必然是一场恶仗。你赌高顿，我赌战争！说句掏心窝的话：我没打算活着回来，因为老天不会给我这种奖赏！"

"我在和将死的人跳舞吗？"

"别忘记了，是我救了你。"

"我正努力记着，我在想该怎么救你一次。"

"你上演了一出可怕的悲剧。"

"你刚说什么来着……没有人能毫发无损地走过战争……"

空气里有一种怪味，好像米饭变质，变酸了一样。界平不敢看他的脸，伏在他的肩头默默望着人影晃动的舞厅。两人都没发现，他们彼此靠近了，几乎是衣服贴着衣服。

张连长的灵魂将置于炮火之上，战争将他推到另一条路——血流成河的艰难之路。说到底，战争就是肉体扼杀肉体的艺术。在这条血腥之路上，无论是不是英雄，每位提着生命冲锋的战士，都已超过了人与梦想之间的深壑。界平望着这张男子汉十足的脸，她想记住他，甚至用这张脸覆盖另一张让她痛苦的脸。她知道，她稍表现温情一点，就会把自己毁掉，也就是说，就会把自己跟他联系在一起，拆不开了。

他们谈话时所体验的沉重心情至今没有离开她。经过很长时间的间隔，她忽然感觉到悲伤的并不单是她自己，还有那些即将上战场的战士们。内心的感觉疲沓了，甚至停顿了，心里仿佛堆满了垃圾，很难清扫出去。

他们慢慢舞着，任何语言，此时，都是第三者。

从界平进来的第一秒钟，崔加就成了俘虏，目光被她牵着，心思被她带着。这位让自己差点尿失禁的病人，成为整个青春期、乃至在整个战争时期滋润着他的柏拉图式的爱情源头。真理让猪吃掉。他已经很久没有这样精力旺盛地迎接一天了。天真而多情的他开始了孤独的狩猎生涯，慢慢地将她理想化了，为她写诗。把一切不可能的美德和想象中的情感全部归附于她，称她仙女、天使……可除了远远地看她，他什么都不敢做，不是怕尿失禁，而是怕心失禁了。

崔加像地下党似的一首一首地写情诗，可没有一首敢送到界平的手里。有一次，他将美女比喻为月亮的诗誊写得干干净净，郑重地装进信封里，虔诚地守在纺织厂的门口。可当远远地看到界平走来时，他竟然双膝发软，差点摔倒，不得不扶住老槐树。当界平高傲的身影消失在人群里，他的膝盖才像大脑似的灵活起来。被爱情俘虏的他像被捉住的小野兽，茫然失措地往四下里张望。

多年以后，当他试图回忆界平的模样时，却发现无法将她从那些诗化了的意念中分离出来。

人们都说张连长从河里捞了个漂亮媳妇。

界平曾经历过骤然来临的爱情，仿佛九霄云外的雷霆，电光闪闪，颠覆生命，狂飙吹过心灵，席卷意志。然而那璀璨的爱情像流星，光芒四射地划过天际，短暂而美丽，从此却坠入永夜的黑暗、无尽的痛苦深渊。而张连长的温暖却像冬日的阳光，虽不热烈，却能驱除冰寒，虽不耀眼，却能照亮长夜。发自灵魂的热乎乎的温暖，踏实而厚重的感觉，让界平答应嫁给这个军人！

意有所舍，心犹未甘，她只好把高顿放在超凡的境界。她已经不思念他了，他安放在她心灵深处，比埃及国王的木乃伊在陵墓里还有尊严，还要安静。这伟大的爱情如同加了防腐香料，只能在沉重的金字塔下散发出迷人的柔情蜜意。

听见张连长的脚步，她就心跳加速，但两人久坐在一起，心就沉了下去，像多年的老夫妻，少言且默契。自从决定嫁给张连长的瞬间，界平感觉心头卸下了全世界的重量。有了这张油亮的烫金红纸，她成了有家的人，成了有人关心、有人在乎的人，也因为有了这场婚姻，那些贪婪的、流氓的目光或酒后试图乱伸的手，就会自动离她而去。

当崔加得知张连长要和界平结婚时，他突然感觉自己全身的骨头都碎了。仿佛张连长是魔鬼，抢了本属于他的新娘子。崔加被幻想的痛苦压得喘不上气来，和吃了不洁食物的战友们一起病倒了。战友们吐空了肚子后便恢复了健康，他却搭乘着食物中毒的幸运之车，痛痛快快为爱情死去活来了一回。在病床上，他每时每刻都想念着她，为她而痛、为她而吐、为她而失眠。眼泪是必不可少的润滑剂，有了它，他一厢情愿的爱情就有了足够的戏剧效果。他试图为爱情牺牲生命，感动于自己伟大的真情。自此，他诗歌的主题由对爱情、生活的歌颂，变成了对恶势力的诅咒、青春的伤感和未来的幻想。

因为是战前，又是英雄的军婚，总是低调行事的界平无意中成了媒体关注的焦点。作为英雄故事的女主角，身体已风化成形象，灵魂变得透明。婚姻只是途径不是结局，媒体相信这喜庆的照片，相信神奇的力量会在亿万民众的心里发酵。界平感觉自己的鞋子还沾着过往的泥浆，就被推到了明星婚礼的红毯上。当读到报纸上战前军婚的报导，界平感觉自己像偷了东西被当场揭发了一般，说不出多狼狈。

爱情是比欲望更强烈的东西，也是抵制诱惑的唯一理由，而婚姻不过是用来抵制欲望最脆弱的武器，就如同拿着玩具枪对付老虎。明白这一点，需要付出很多眼泪或心血。

在商店试新娘装时，界平从镜子里看到了面色苍白、神情忧郁的自己，一个并不开心的出嫁姑娘。

镜子里突然出现了高顿的形象，界平无声地笑了，这笑容背后的苦涩，只有自己知道。界平不在意时间，不在意闹钟的嘀嗒，感觉那些逝去的时间沉淀出冰冷的分量，而未来依然终结在冰柱上。时间停留在那特定的一天，那天战友们和工友们有酒喝，有糖吃，可以放肆地跳舞。在时间的边缘游走，界平感觉被永久地困在这里，困在军营里，困在一种规则里。这是她选择的婚姻，她渴望喜庆的红光能渗透她，驱赶她灵魂的阴霾与寒冷。许久以来，从贝地城那个男人不辞而别开始，没有东西能温暖她的灵魂了。

在商店，界平被人撞了一下，撞她的小青年泥鳅似的溜进了人群里。回到宿舍界平突然发现包里有个信封，抽出折叠的信纸，上面歪歪斜斜地写着：我的女神！你不能嫁给张连长！！！

界平以为是某个战士在和连长开玩笑。她哪里知道崔加为了这几个字一夜无眠，闻着被窝的臭气，借着手电筒的光亮，写了三十几页的情书，十多首情诗，可打包准备寄给界平时，又退缩了。他既怕被张连长发现，又怕被战友们嘲笑。天亮的时候，才在战友们的咄声中，用左手匆忙写了那句话。

崔加已跋涉过，在无爱的生活里游泳。如果没有爱，每一块石头都会失去自己的影子，每一棵白杨都会枯萎，每一眼井的水都会被人从源头下毒。他坐在美好生活的废墟上，几乎被痛苦击垮，因绝望而不知所措，因痛苦而茫然。"今天必须把爱留在心里，否则我怎么活过每一天。"

界平往玻璃窗上张贴红喜字，张连长从后面抱住了界平，轻轻地在耳边问道："亲爱的，开心吗？"

难道他看出了界平的忧郁？或者感受到了界平的不安？

界平转过身来，捧着他的脸，像审视一块做衣服的面料，把头埋在准新郎的肩头。

不论什么时间问她在想什么，她总是说，在想事情。看到这情景，他总是不由自主地现出那种唯命是从的奴隶般的忠诚。

"我会让你幸福的！"

这话好耳熟，当年，高顿也说过。

界平用阅读的双手，已把高顿翻译成自己的书。

张连长闻着她身体散发的香味，喜形于色。她的整个体态、她的头、脖子和双手，他每次看到都为之倾倒。他觉得人生从没这样好过，他真希望生一群孩子，没有战争，洞天福地，有界平在的地方就是世外桃源。

崔加知道自己无法阻止那场军中的婚礼，溃败的感觉连呼吸都变得异常艰难。他感觉会死一百次，然后再一百零一次地爬起来爱那个女人。当全连都为连长的婚礼而喝彩时，他提请去站岗值班，远远地躲开那欢庆的音乐、喜庆的笑脸和飘香的美酒，更远远地躲开绝望的深渊。他甚至觉得为心爱姑娘的婚礼站岗放哨，既伟大又痴情，既无私又郑重。

多情的风把婚礼的喧闹残酷地送到崔加的耳朵里，他不得不咬住舌头，以免骂出臭气熏天的话来。他第一次，也是最后一次在站岗时莫名其妙地哈哈大笑，笑声里包含了对整个世界的嘲弄。

军队领导主婚，纺织厂领导讲话，战士和纺织女工们为这革命意义的联姻，狂热地兴奋着，仿佛今晚他们也入洞房似的。记者们在讨得喜糖之后，抓紧赶写战前婚礼的报导，这具有特殊意义的婚礼，昭示着军队和整个社会对战争的信心和激情。

界平穿着火红的新娘衣裙，戴着红头花，像一朵精致的玫瑰。

大厅里推杯换盏、欢声笑语，祝福的话一箩筐。新郎被战友拉去喝酒，稍得喘息的新娘到院子里透透气。内心有一个冰点，似乎别人的欢笑与她无关。当事人总是明白得那么晚，缺乏必要的敏感，在理解珍贵的、优雅的和美丽的东西时，总是那么迟钝。虚妄的欢乐已封闭了心灵的窗户，生活中充满了令人窒息的静止。

她向灯光照不到的院子走去，突然收住了脚，惊得魂飞天外。

六

　　高顿坚实地站在雪松下，静静望着穿着新娘装的界平。界平以为是错觉，惊讶地捂住了嘴，当看到高顿标致性的微笑时，她像沙滩上的城堡，倒了下去。高顿一个箭步蹿了过去，扶住了界平。界平慢慢恢复了神志，像一只被捕的鸟儿那样扑腾挣扎，惊慌失措地推开高顿，扶着雪松。良久，他们无言相对，静静地审视着对方，观察着曾让彼此心疼的容颜，内心却翻江倒海、电闪雷鸣。

　　就像人心一直是午夜一样，他的到来如此可怕，以至于新娘子无法用言辞来表达内心的痛苦、尴尬和悲哀。有悲哀的地方就有神圣。当智慧对她已毫无用途，当婚礼也变得空洞乏味、当那些喜庆的话语在心里变成尘土和灰烬的时候……看到高顿，界平感到生活再次为她打开了一道怜悯的泉源，使沙漠变成绿洲，把她从心灵的监狱中解救出来。

　　他们就那样静静对望着，像在梦里，无数的梦里，他们守在一起，或手牵着手。周围是无边无际的黑暗，远处的房间传来喧闹声。

　　"我丈夫和你一样，是军人。"

　　"没有人能和我一样，你知道的。"

　　界平尝到了苦涩的味道，尝到了责备的冷箭。路灯的光线在光秃秃的树影里摆来摆去，洒下一片深灰的影子。

　　"你们订婚的游艇很漂亮！"

　　"你更漂亮！"

　　"你不该来！"

　　"谁该来？他们吗？"

高顿新闻播音员似的脸上看不出是幸福还是不幸福。

他们再次沉默，似乎能听到对方的心跳。不知什么鸟在树端呜呜地叫着。

"我们有……"界平刚开口，高顿就接过话头，"一千一百一十三天，我们有一千一百一十三天没见面了。"

界平的脸扭曲了，好像巫婆用烧得通红的针刺进她身体似的。四目对望，黑黑的眼睛燃起了一团团生机勃勃的火花，不再是刺探、观察，而是关爱、倾诉、热恋，仿佛只有热烈的拥抱才能消解彼此的相思，只有肉体的缠绵才能化解致命的痛苦。

一个军人大步走出来。

"有客人吗，请他进来喝一杯吧！"

"那就给风安排个座位吧！"

眨眼间树下空荡荡的。

新郎诧异地左右望了望，不安地搂着新娘的肩膀回房间了。进屋前，还回头向黑暗探寻着，仿佛那里藏着外星人的飞碟似的。

诚实成为负担不起的奢侈品，而撒谎变成了不得已的交流方式。

因为软弱、冲动、绝望或不得已，界平被动地走到了这羞耻的一天！她真想永远沉入绮梦，千丝万缕，缠在里面不再醒来。一千一百一十三天来窒息了她的生命，窒息了身上一切有生气的东西。从今以后，她将永远得不到恋爱的自由，却从此成为有罪的妻子。她不得不留在新房里，留在同她的爱情格格不入的婚姻中。

她变得绝望了，她的悲哀是属于哭不出来的那种。分离的一千一百一十三天后，她成婚的这天，让她痛苦到死的人，像流浪鬼似的出现了，像无辜的看客。

"报道有误？"

黑暗一层层地退去，界平看到了灵魂深处炽热的炭火，发现内心是一座沸腾的火山。这火山烧灼了她一千一百一十三天，这火山差点夺去她的生命。凡是灵魂存在的地方，她感觉自己错了。她不得不冰冷地参加一场热闹而虚假的婚礼，不得不扮演着舞台的角色。她陷入一场自制的狂风暴雨，没带雨具，淋得透湿。今天是平安夜，相传耶稣今晚降临人世。今晚，却是界平的炼狱。

新娘躲在角落里独自出神，她好比一朵被掐断的牡丹花，花瓣还没脱落，就已萎靡不振，失去了香气。

新郎返回到院子里，茫然地站在新娘曾站过的地方，寒风阵阵，松树摇来摆去。

"难道高顿没死？让她伤心绝望的人，依然活着？"

这真是个哲学难题！是个无法清扫的碉堡！他召唤记忆重塑新娘子的形象，派出灵魂去寻找被风带走的意念。世俗的狡猾，波浪似的撞击着张连长的胸膛，诡计的箭从耳边滑过，他听到智慧的夜空在低吟和讥笑。

在世人的眼里，苦难是更容易谈论的话题，幸福对人们来说太过简单。新娘满腹心事地坐着，像一只打碎的花瓶又拼凑起来了似的。橘黄的灯光透过大红的灯罩，映得满屋发红。张连长突然意识到自己的婚姻是一次仓促的军事比武，破绽百出、事故频频。如果早知道高顿还活着，就不会向她求婚。可是，她既然答应了，就应该把那人忘记。或许刚才仅仅是偶然，或许，她根本不爱那个人了，也或许，她是因为结婚而紧张，或因为丈夫要上前线而难过……

为情所困就像猩红热一样，害过一次才能有免疫力。张连长默默向里望着，如果像牛郎一样需要一架鹊桥，他宁愿做成钢的。可惜，心桥无岸，他不知该如何唤回这个从河里捞出来的新娘。他现在的心情，就像独自回家，却发现门锁着，而自己没带钥匙。活着必须遵守人世的规则，必须甘自屈辱，必须学会欣赏生活的清冷寂寥的美妙。军人捍卫国家的尊严，却有时捍卫不了人性的尊严。

有些人像终生跋涉的香客，不停地寻找一座根本不存在的神宙。

张连长走进新房，拉上窗帘。房间暖和，崭新的紫红床铺、贴着红喜的桌椅，陈设喜庆，光线柔和，似乎一切专为颠鸾倒凤而设。他们也本应色授魂与，如胶似漆，相约活到老死，宛如一对神仙夫妇。

"张连长，需要帮忙吗？"不知谁捏着鼻子、吊着嗓子，像猫叫似的趴在窗台上喊话。

"报告连长，酒瓶的圆孔插了个方塞子，不合适咋办？"窗外腾起一片压抑的笑声。

张连长苦涩地笑了，此刻，看着他的新娘，他和她的距离，说近也近，说远，可也真远。

张连长牵起界平的手，轻轻地握在手心里。界平微笑着，这微笑像隔着一层面纱般的不真实。张连长心里一阵酸楚。

界平摆过头去，眼泪突然就流了下来。大喜的日子，所有的悲怆竟然翻江倒海似的折腾出来了。张连长不知道该怎么安慰新娘，他一直不知道她和高顿到底有着怎样的故事。但他坚信，人不能生活在回忆里，不能活在过去。

生活必须永往直前！

新娘似乎坐在了沉睡的火山口上，那火山千年万年地沉睡着，但在她结婚的这天，火山却苏醒了，似乎要摧枯拉朽地毁灭即成的一切。

显然，新娘的什么东西被带走了，留下的只有眼泪。她被无名的力量引导着，迷失了航路。她害怕有一扇看不到的门，这扇门可能随时会打开，吞没她爱的人。树下的分分秒秒，她都黄金般地珍藏着，一遍遍回忆着那时那刻的情景。点滴语言的残片，瞬间就降伏了暴怒的江河，安定了彷徨的神经。

界平也不知道哪来的力量脱口而出："对不起！"

新郎听到了自己血涌上头的声音，骨头嘎嘎作响。他一直坚信自己会成为好丈夫，成为好伴侣，可新娘却把他拒之千里万里之外，拒之情感之外、肉体之外。

当灾难落到头上时，新郎不仅不考虑怎么样结束这种局面，甚至根本不愿正视它，因为这实在太可怕、太不体面了。

他像在钢丝上行走一般，头晕目眩，又想立刻逃往前线，一秒钟也不想停留。他想发火，想揍人，想拿着冲锋枪对天狂射。

关了灯，新郎抱着被子躺在了沙发上。

新娘和衣倒在了床上，头花都没摘。

再没有比此时更尴尬、更气愤，甚至更悲催的了。现在怎么办？明天怎么办？他们需要时间、对策和智慧。他们混浊了。

世界就是泪谷。那一夜就像一辈子那么长。残月的光辉洒在床头上，界平抚摸着床单，回忆着高顿，是的，高顿！他从哪里来？或者，他从没有离开过？嫁给军人的婚姻难道必须以欠账收场吗？

所有的问题都没有答案，困惑像云团般缠绕着她。沙发上的新郎在酒精的作用下，鼾声均匀地响了起来。

第二天集合号响起时，被子整齐地叠放在沙发上。界平茫然地坐在床上，木偶般扫视着陌生的房间。这位没被启封的新娘，像欠了账般的不自在。战前非常忙碌，一整天都没见新郎的影子。原来一周后出发的队伍，临时接到任务，第二天就要开拔南下。她真希望地球能倒转到她被救起的那一刻，一切重新来过，她不会给他任何诱惑。老牛太忧郁不肯耕地，公鸡太伤感不肯报晓。

一切都是借口。

如果婚姻是一场盛宴，那肉体肯定是一道美味大餐。新郎就要上前线了，她头一次清楚地意识到，要把如此乏味、空虚、不自然的独身生活变成勤劳、贤惠、幸福的夫妻生活，关键全在自己。

新郎看到自己的船漏水，却并不寻找漏洞。也许是故意麻痹自己吧。界平却不敢再欺骗自己了，无论如何，她不敢将这样的丈夫送上战场。俗话说欠裁缝的债可以不还，欠赌棍的债必须还。她不敢欠上战场的新郎的债。界平一件件脱掉衣服，搭在椅子背上。脱光的了新娘子就躺在大红的被子里，洁白的肉体等待着新郎的侍奉，这是战前的大礼，是婚姻的第一道美餐。

界平迷迷糊糊被半点的钟惊醒，也不知是几时的半点，沙发上空空的，新郎还没有回来。界平有些失望，甚至有些企盼。一股淡淡的酸楚和着甜甜的幸福涌向心头。她感觉自己喜欢他了，也许会爱上他。

有钥匙转动声，门恰恰这时打开了，界平的心突然狂跳起来。台灯亮了，新郎显然审视着椅子上的衣服，审视着床上的新娘。灯啪地灭了，张连长站在床前，好久，一动未动。黑暗中，界平听到了他沉重的呼吸声。

界平真想从被子里蹿出来，搂着新郎的脖子。可她控制了自己。

新郎走到沙发边，脱掉了鞋子，脱掉军装，再次倒睡在沙发上。

她听到了他沉重的叹息声。那声音击碎了她的坚强，粉碎了所有的假设，无情地讽刺了她的存在。

界平突然感觉委屈，鼻子一酸，泪就流了下来。新房可不是军营，他不需要威严地进出。她起身下床，赤裸着走到沙发边，掀开蒙在新郎头上的被子，摸索他的脸，她摸到了一手潮湿。

终于，新郎用他所有的狂妄和贪婪，用他即将上战场的赌棍式的最后一搏，把他的新娘，变成了灵魂的一部分，变成了男子汉完美的战场。他将自己怨气、怒气、霸气，一股脑和着精液灌注到界平的玉壶里。他以完全的投入取得了完美的胜利，却像打了败仗似的丢铠卸甲，像不睡觉就会死似的崩溃而眠。

界平哭了，她不知道这泪水是感动、是怕、是无奈，还是悲催。和高顿在一起的第一夜，她也曾哭过，她清晰地记得，那是幸福的泪水。

第二天，新郎的部队奔赴了前线。新郎把新娘紧紧地抱在怀里，他要永生永世地爱她。他答应活着回来。

这话听起来就像山谷的回声。

界平哭了，胳膊勾住丈夫的脖子，泪水沾湿了丈夫的军装。丈夫狠劲地吻着她，像不使狠劲再也没机会似的。

崔加躲在火车靠窗的座位上，胸脯的衣扣随着强烈的渴望上下起伏。他发现生活的全部幸福、全部意义，就是看到界平。他看到她，心就荡漾起来，充满了月光般的喜悦。当发现新婚夫妇热烈地拥抱在一起，崔加感到自卑的恶心，在那仿佛无穷无尽的两分钟里，他四次转身，想出去透透气或点支烟，又四次折回来。他无法忍受张连长的特权，无法忍受他那么用力的搂抱那个女神，无法忍受他吻她的额头和乌发。接下来的几天几夜，就连全能的上帝也无法将她泪水蒙眬的脸从崔加脑海中抹掉，仿佛她的泪是为他流的似的。

他以十九岁所能付出的全部疯狂与热情，爱着连长的新娘。他从未和人说起过她，因为他无法在说出她的名字时，不让别人看出他嘴唇的颤抖和面色的苍白。即便战友们聊起张连长的新娘，他也惊慌失措得骨髓酸疼。上战场前痴迷、残酷的单恋，让他有了一个模糊的信念，那就是不管有没有婚姻，有没有战争，甚至有没有法律，如果心里没个倾心热恋的女人，那日子根本就不值得过。

界平相信命，相信茫茫中上苍主导着一切。她断定她和高顿有缘无分，断定必然成为过客，不然，为何那么多事情都无望地发生过，又再次错失着。他们不知道自己是谁，更不知道如何使爱情的花朵开放，命运在开着怎样的玩笑，前方还有多少混乱的局面，该怎样去清除明堡暗碉？一个人要做一件愚蠢透顶的事，往往是出于崇高的动机。以是或否的态度对待生活是荒谬的，因为人生在世不是来发表道德偏见的。婚姻的真正弊病是使人某些禀性更加复杂，如保留了利己主义，并增加了其他自我意识。

在丈夫上战场的日子，界平不知道自己思念的到底是谁，是高顿还是张连长？显然，她总是梦见巨松下站着一个人，她惊喜地跑向那个人，喊着高顿的名字，可那人还是消失在黑暗里。

她总是哭湿新婚的枕头，总是怀念那个搂着她入睡的男人，那男人没有一次是张连长。每次睁开眼睛，她都盼着高顿会再次站在面前，哪怕一言不发。

界平觉得自己很卑鄙，很龌龊，甚至很淫荡。

这就是爱情！不懂爱情的人，没有真爱过的人，不会理解这种替换的痛苦和喜悦，不会理解梦幻与现实错位的美丽。

界平在成为新娘子的第六十三天，收到了新郎阵亡的噩耗。

人们都以为界平被噩耗震惊了，茫然望着前来安抚她的首长，犹如在梦里。"谁牺牲了？哪位？"

良久，她才回转过神儿来，她的心怦怦直跳，就像刚杀完人一样。她浑身颤抖，像一朵摇曳的带露水仙。与她的悲哀相比，整个世界都微不足道。悲哀是天性的考验，她感觉自己是多么对不起他，多么亏欠他，亏欠他一大笔爱情，亏欠他满满的如江海般荡漾的爱情。至此，这位新寡的女人说不出有多么可怜丈夫，又是多么应该爱自己的丈夫，应该真情真意回馈他的深情。然而，就像不相信实弹手枪将成为六岁孩子的玩具一样，不相信战争夺走了一切。

她崩溃了，绝望地哭喊着让她大梦初醒的男人，那个从洪水里将她捞上来的男人。丑陋的罪孽，像难堪的记忆一样，是悲伤的特权。

人生的机遇不会像熟透的樱桃般掉进衣兜里，厄运却像鸟屎样落在肩头。她还没看清手里的牌，命运却抢先夺走了运气。她不希望是丈夫的陌生人，却并不比他的战友了解得多。

悲伤的日子里，时间长得像一辈子。悲伤困住她，却困不住时间。没人能看出来，这场婚姻，成了界平保护自己的防弹衣，成了她护卫自己家园的防火墙。

七

一九九九年，白鹭城。

时间是河、命运是船、心灵是帆，从二十世纪七八十年代走来，时事拯救了人们。人不可能从海浪里采出葡萄，从云朵里采出无花果。对那个时代的人来说，正义和真理比贫穷和悲哀更像一出不折不扣的悲剧。当人们淡忘"文革"、漠视过去时，不是为了那些受害者，而是为了自己。

界平成了设计院一名权威的设计专家、副院长。女儿张薇在白鹭大学读书。不管命运有过怎样的曲线，生活总在继续。除了一些相似的偶然，没有什么比命运更能出人意外的了，谁也不会知道将遇到谁、离开谁或者爱上谁。

"文革"后，凡有点文化基础的青年都加入了高考的行列。界平积极备考，终于以不错的成绩考入大学的土木工程专业，毕业后在白鹭城的某设计院工作。那个时代，妈妈学生或爸爸学生并不少见。

二十多年的寡居生活让她明白，谁要是过分地谦让、恭顺，往往会很快变得过分苛刻、挑剔。她努力形成自己的处世原则，不和任何人过分亲近，不贪占，也不会无条件地仁慈。距离是她的防火墙，她喜欢活在防火墙划定的世界里。

女儿张薇非常像爸爸张连长，凡是见过父女俩的人，无不说张薇是张连长的翻版。界平没有再婚，独自养育着女儿。

白鹭城的三月，山青水绿，繁花似锦，和风拂面。正是各种建筑破土开工的大好时机。界平设计的立交桥图纸刚刚交付了城建部门审核，一旦通过，将极大缓解城市的交通，彻底解决白鹭城东城拥堵现象。

界平轻松地行走在大街上，今天是周五，女儿电话说回家，给妈妈一本书，是反映中越战争的，里面有她爸爸张连长的故事。

女儿永远是母亲的兴奋剂。

周五傍晚的街道，荡漾着一股轻松快乐的气息。柔和的轻风、淡淡的阴影、无花果树幼芽的清香、玻璃橱窗平静的闪光……流动的魅力悄悄浸润了人们的心灵。

界平路过蛋糕店，透过玻璃窗，发现了女儿爱吃的慕思蛋糕。精致、漂亮，白色的奶油上点着火红的樱桃。界平到了不敢放开吃甜点的年龄。去年到青岛疗养，丰富的美食、休闲的生活，主要是可口的甜点……短短一个月的时间，就胖了六斤。迅速增粗的腰身，吓得她赶忙收住了嘴，节食加锻炼，才勉强恢复之前的体重。

漂亮和形体好，永远是美女的法律，不管这美女是寡妇还是单身女郎。

界平拐进了蛋糕店，付了钱。一个青年男子看了一眼蛋糕，转身走了。界平急忙跟了出去，任店员提着蛋糕追出来，她头也不回地随着那影子冲进了人群。

那青年太像高顿了，或者简直就是高顿。不过即便是那个高顿，高顿也应该人到中年了。

他也许是高顿的儿子？

得找到他，一定要追上他！

界平仿佛端着一个盛满幸福的杯子，唯恐把它泼翻。

贝地城的月光仿佛是三万年前的事情，界平突然感到自己变得脆弱而酸楚，像嘴里咬着一枚酸杏。在经历漫长的时光旅行后，她发觉自己竟然再次被激情驱使，所有的平和与安逸在看到那个人的刹那间，烟消云散了。

那青年进了商场，站在浮梯上，又去了男装，或者进了男厕所，总之，界平在楼层的拐角处，失去了目标。

界平像热恋的少女，痴迷地等待在大门口。进进出出的人真多，仿佛这个城市的居民都来抢不收钱的东西似的。多年的寡居生活，她把爱和恨深深地掩藏起来，她认为被人爱和恨，纯属一种鲁莽的事。而此时，她却比任何人都鲁莽。

天渐渐黑了，人影也朦胧起来，春雨不知何时洋洋洒洒下了起来。天地一片迷蒙，那青年正钻进一辆出租车。界平毫不犹豫地冲了出去，出租车冲进雨幕，甩着雨滴开走了。"高顿"就坐在玻璃窗里，他们如此之近，却如此陌生。她想立刻坐车紧紧跟上，熙熙攘攘的大街上，不见一辆出租开过来。如果神色可以传情的话，连傻子也看得出这个中年女人，快被爱情之火烧成了炽热的煤炭了。

界平突然想起许多年前的那个清晨，一觉醒来，发现高顿睡的地方空空的，他走了，从此，他再也没睡过她的床。她却为他留守了大半辈子。一想到他宽厚的肩膀、智慧的眼睛，以及真情的拥抱和亲吻，她的痴情就毫无掩饰地流露在脸上。

站在灯火灿烂雨水晶亮的街头，泪水竟然和着雨水流了下来。她不知道该怎么回家，就像不知道怎么步行去华盛顿一样。她曾经以为不管在农村还是在城市，一个头脑清醒的人有影子做伴就够了。此刻，她却孤独得像世界只剩下了她一个人，恐惧、无助、忐忑……

"他不是高顿，或者，仅仅是高顿的孩子！"界平以为自己的心早已死了，但一个偶然的机会，她才明白，她的心依然如二十三年前般多情、执着且脆弱。兽性和美感在过去曾交融在一起，而随着时光的流逝，界平渐渐有了一种苍白的感觉，一种灰蒙蒙叫人麻木的感觉。

淅沥的雨中，五彩的灯光为街道涂上了梦幻般的迷离。雨伞、雨衣，以及机车上飞溅起的水珠，隔离了人和人的距离。一把撑开的雨伞气球般落到地上，在风的鼓动下，跳跃着滚到路中央。主人追赶着，雨伞却毫无人性地自杀在车轮下，恍然变成了纸片般的垃圾。丢失了雨伞的女子推搡着男友，歇斯底里地尖叫着，仿佛丢掉的不是一把雨伞，而是少女的尊严。

风雨中，人们围观着这对争吵的恋人。

风雨中，界平感觉自己成了那把躺在水泥地上的雨伞。

界平的包不知何时丢了。钱包、手机、钥匙，以及工资卡等都在里面。夜里十点，她才失魂落魄地回到家里，女儿张薇焦急得差点报警。桌子上赫然放着界平的皮包，和那个付过账的蛋糕。

"蛋糕店老板说你看到了一个男子……他是谁?"

"肯定不是店老板!"

界平显然不想谈这事,起身去了洗澡间。

"高顿!"

她低下了头,像是在和地面交流。

"很多人路过我的人生,只有你,左右着我的人生。"她是有理由带着一颗骄傲的心和一个空肚子上床的。无论过去多少年,高顿永远不会成为她的陌生人。她变得脆弱了,她的悲哀属于哭不出来的那种,尽管温热的水线淋红了她的眼睛,也淋红了她的心情。

妈妈怪异的行为,让女儿张薇很不安。其实更让张薇不安的是这本暗红色封皮的书。她像只失去巢穴的蚂蚁焦急地徘徊在门口,可妈妈像在洗澡间睡着了似的。

女儿递给妈妈一本书。"这书,把你写成了一个谋杀犯,把爸爸写成了自杀的懦夫。我非得找那王八蛋算账不可!"

"别忘了带上算盘!"

"算盘? 不,我要带上刀子!"

界平可不想让任何人解剖她的婚姻,不想让任何人透视她和女儿的生活。她像捧着一个定时炸弹,不由微微颤抖。《我的老战友们》,作者叫王子。

界平一夜未睡,读完了这本中越战争回忆录。王子是张连长连队的一名普通士兵,转业后当了报社记者。这本《我的老战友们》全面回顾了战争的残酷,以及战士们的幸福或痛苦的情感世界。关于她和张连长的描写引起界平的强烈关注:结婚的当晚,一位陌生人出现在婚礼的院外,和新娘私聊了很久,搅乱了新婚夫妇原本幸福的初夜。新婚之夜新郎睡沙发……新郎上战场近两个月里,没收到新娘的一个字,而其他战士的妻子,总是两天一封甚至一天一封信。张连长总是发呆,子弹在他身边飞都不在意;他总是第一个冲锋,上帝在关照着他,他虽冲在最前面,左右的战士都倒下了,他却一直像神似的迎着炮火。其实,他没那么无畏,他只有一个决心,自杀——用战争的方式。

仿佛不明来路的子弹洞穿了她的胸膛,破碎了她的灵魂。她震惊了,把拳头放在膝上，那红红的脸蛋罩着一层冥想而不安的云雾，目光却像锯齿一样粗、岩石一样硬。她专心于书本带来的伤痛，似乎世界只剩下风雨、枪击和炮弹的爆炸声。刀就是刀、炮就是炮，谁被诽谤都会不安且气愤。

《我的老战友们》首印五万册。五万，阅读的人可能更多，传播故事的人更会不计其数……界平感觉仿佛有人用CT等仪器剖析了她的生活，触摸了她的神经，透视了她的灵魂。且不说王子是怎么知道张连长新婚之夜睡沙发的，关于张连长战场上的描写显然让界平很紧张，仿佛她曾杀过人，二十年后又把鲜活的证据摆到法庭上一样。

那场战争结束很久了，他牺牲也好多年了。伤感的岁月过后，时光安静下来，开始沉淀和思考。固守英雄主义的头脑是不开化的，追求英雄主义的想象力是僵死的。人们的思想是从沸腾的报纸上借来的——这是一个没有独立灵魂的时代。个人没有理由向公众展示他的生活。说出这真理是一件痛苦的事情，但被迫说谎更痛苦。

一个人高尚的时刻莫过于跪在地上，敲打着胸膛说出自己生活中的一切罪恶。界平想跪，却找不到那块承载灵魂的土地。她曾经幻想赤脚在海滩上跳舞，陶醉在月光温柔而安静的世界里，跳给丈夫看、跳给那些和丈夫一同埋在南疆的战士们看，海浪轻轻吻着，飘逸出诗情画意的浪漫——这是梦，可这梦不做也好多年了。

难道，他真的想死在战场上？

不，绝不是那样的！

界平感觉自己坐在一架失控的飞机上，不知如何全身而退。

张连长给了界平一个婚姻的贝壳，二十年来，她在这个贝壳里躲风避雨、安度四季。假如当初丈夫能猜透她的心思，她不知道该高兴还是苦恼。有多少时刻想过那个男人，有多少泪水是为他而落，界平确实感到惭愧。二十年人间沧桑，世界已经截然不同，细纠过去的每一次疼痛、每一次绝望、甚至每一次独自疗伤，还有什么意义呢？贝地城的月亮如此遥远，远得像初恋；战争如此之近，一本书又将战争的炮火置于眼前。可与丈夫的距离却无法丈量，不知近远，像缥缈的梦，虚无的残酷。好在她为女儿付出了全部的爱，把女儿抚养成优秀的大学生。也许仅这一点，可以弥补对张连长的所有不公，可以填补那场婚姻的漏洞。

她觉得丈夫的命抵不上一个无花果，但当初"闪电张"的牺牲何等感人，那血染的风采、那无畏且勇于担当的光荣，无疑曾像流星般照亮过战争时代。时光飞逝，硝烟散尽，中越建交如兄弟。英雄像落败的花朵渐渐没入了尘埃。没有人再提起她是"闪电张"的妻子，电视台的主持人不再逼她上节目，记者不再追着采访，但热情的街坊老大妈，依然盯着那些试图靠近她的男人，用能杀死人的老辣的目光，维护着英雄寡妇的贞节牌坊。

寂静占领了寡妇的天空，像有预言降临。

界平在婚姻的贝壳下，可以堂而皇之地思念另一个男人，一个永远占据着她心灵和肉体的男人，至于张连长，却像过世了千年的古人，只有在特殊的日子、在政治的特殊时期，才得以提起。

爸爸一直是张薇心目中的英雄，是她的偶像和精神支柱。在多事且漫长的青春期，爸爸成了张薇内心倾吐的对象。她总是以爸爸的标准审视那些追求她的男生，在爸爸光环的映照下，她骄傲得像鸡群里的凤凰，嘴角挂着神秘的微笑，面部勾勒出诡异又不可一世的线条。

一些作家极不负责，为了赢得读者的眼球，不惜捏造或歪曲事实，颠倒黑白甚至恶意攻击。当八卦和谎言被亢奋的大众持续消费，搞红一个人和搞臭一个人，仅仅是手指点键盘的事儿。审丑时代，有时越是臭名昭著，反越有人喝彩。

上班时间还没到，张微早早来到了白鹭日报社，她要会一会那位叫王子的作者。为了爸爸的声誉，她有起诉他的想法。正像班主任说的："人必须活在尊严里。"班主任为了一条短命的哈士奇狗，和楼上的老邻居打了三年官司。原因是楼上邻居的花盆，在风雪之夜，落在了哈士奇的头上。三年官司结束，班主任虽然熬白了头，却得到了两千元的赔偿和全班师生的倾情支持。那只倒霉的哈士奇不知是否在天有灵，而感动于这样的好教师。

张薇故意把自己装扮得老成，像尖刻的白领，戴上长长的假睫毛，穿了紧身的连衣裙，踩了十公分高的皮鞋，走起路来像调试中的机器人。

大厅的广告栏里贴着王子的照片，一张端正的国字脸。张薇右手做出手枪的姿势，眯着右眼，冲着照片啪啪地射了两枪，像电影里似的将手枪举到嘴边，吹吹了枪口上飘荡的假想的烟雾。

突然，一个人站到身边，张薇发现，此人正是照片上的人。张薇尴尬地将手放在衣袋里，像检查一张试卷似的看着国字脸。张薇非常失望，作为爸爸的战友，这位王子也太矮太胖了，怎么能扛得起枪，又怎么能跑得过敌人。

电梯里，王子偷窥这女孩，张薇表情生硬得像大理石。当王子走进办公室时，她像飞蛾粘在蜘蛛网上似的也跟着进来了。

"新来的?"王子好奇地问。

"比你早一分钟!"排演了多次的说辞在王子突然的发问中荡然无存了，张薇尴尬一笑，露出了学生妹的青涩。

王子双手掐着肥腰，上上下下地打量张薇。"你叫什么?"

"张连喜。"这个名字可是她进入爸爸故事的通行证，心跳的扑通扑通声暴露了她的胆怯。

像骨头能调动狗的神经一样，老连长的名字，无疑引起了王子的好奇，一双松鼠眼滴溜溜乱转。他恍然大悟，用粗而短小的手指指着张薇："张连长的女儿? 怪不得眼熟呢!"

"你为什么丑化我爸爸?"

"我说他长得像刘德华，也没人信啊!"

"我爸爸武功超强，一个人灭掉十几个对手；他智慧超群，会德、意、英等六七个国家的语言；爸爸还能驾驶坦克、飞机……"

王子哈哈大笑，眼泪都出来了，如果身边有条狗也会被他笑得发毛。张薇真想抬起一脚，直踢他滚圆的肚子，用尖尖的鞋跟在那里戳个窟窿。

走廊里的同事伸进头来，想沾染点王子的笑料，王子摆摆手，像赶蚊子似的赶走了同事。

"你是说你爸爸是海豹队员?"

"你写他憨得像刚从麦田里直起腰来的老农，不要说外语，就是普通话都脱不掉浓烈的山东味。你明明在捣毁我爸爸的形象!"

"好像你有两个爸爸似的!"

王子吐出的话串成了一把匕首，慢慢刺入了张薇的胸膛。关于爸爸的故事，都是界平按照高顿的形象，一点点灌输给女儿的。女儿一向以有如此卓越的父亲而深感荣幸，仿佛血液里也流淌着父亲高贵的基因，也感染了优越于他人的无畏力量。

张薇内心涌出一股强烈的恐惧感，品出了其中错位的情势，感觉自己整个人被抛入了深渊。

妈妈仿佛和某人通奸而生下了自己似的。显然这种假设不对，谁都看得出，她和照片上的爸爸长得非常像，眼睛、耳朵、嘴形，无不像一个模子刻出来的。到底是谁歪曲了爸爸，是谁在欺骗她，是妈妈还是王子？显然是王子！他以狂妄和嫉妒、夸张和忘本，流露出对英雄的不敬。真是哪里有法庭，哪里就有冤案。

《我的老战友们》如同钢针，刺在了界平的胸口上。难道丈夫真有自杀的想法？真的用敌人的子弹达到了自杀的目的？整个上午界平在办公室坐立不安，心乱如麻，似乎在估量着这个从天而降的陨石有多重。这问题像夏季的蚊子，总围着她转来转去，想拍拍不着，想赶赶不走。等到肚子发出饥饿的咕噜声，才发现午餐时间早过了四十分钟了。

午后，界平拿着书来到白鹭日报社，年轻的门卫看到那熟悉的书，没等界平开口，便主动告诉她王子出差了，得三天后才回来。

警察用警棍思考，作家用文字思考。界平不想再逃避，她已逃避了二十多年。二十年的生活像腾云驾雾，活得那么虚拟而无我。这书让她从云中瞬间跌到了尘埃里。王子把人生的悲剧说成一种启示，仿佛只有悲剧的痛苦，才能从中发现新的人生感觉。悲哀是人类所能表达的最高贵的感情，同时也是一切爱的试金石。王子根本就是在炒卖别人的痛苦，在无病呻吟地酝酿廉价的哀伤，妄图演绎灵与肉既合又离、既高贵又低贱的存在模式——这根本就是戴着面具的表演，根本就是无耻的出卖和背叛。

自己的花季匆匆地丢在了二十多年前，而今却为那时的绽放疗伤。如果真像书里写的，丈夫在战场上自杀，明白了这一切又会怎样？无非给自己再加一笔灵魂的债？难道伤痛还少吗？界平的视线迷失在层层绿意中，穿过环绕着广场的芬芳，直通远方的高楼。她突然明白女人靠回忆编织生活，男人的离去是女人坚强的契机。

一阵南风吹来，界平闻到了花香。她四处寻找，发现广场南缘有几株翠绿的植物，悄悄开放着白色的小花，无声地散播着香气。记得那遥远的一天，在贝地，她给妹妹带去一束花。那时妹妹的墓前有一个男子在祈福。而今妹妹成了当地有名的洪姑，想生儿子的，想发财升官的，都跑到洪姑墓前祈愿，传说很灵验。界平当然不会相信，但每年的十二月六日，她都要去妹妹坟前祭拜，然后到北山山顶等待着那个未尽的约会。山顶的风光阴晴不定，像她忐忑的人生。

王子从战争中偷出断章残句，以丑化别人、装饰自己，明里装圣徒，暗地里却依然被各种欲望焚身。人人都在自己的路上逃亡，如果想诽谤哪位死者就诽谤哪位死者，终会发现自己也无家可归。

再没有比误解更完美的舞台了，不明真相的人才会向江湖骗子致意。

界平走到垃圾桶前，把书扔了进去。

这一幕正好被楼上的王子看到。王子早就注视着拿着书的女人。最近时常有读者来质问或考证一些事情，搞得他不胜其烦，于是让门卫统统以出差在外回绝了。

王子在广场出口拦住了界平。界平转过身来，看着这位跑得气喘吁吁的中年男子。

"我是王子。"他扬起一侧嘴角，笑中饱含着功成名就的得意。

这位肥胖而粗短的王子让界平想起了几年前去世的同事，也姓王，叫王努力。王努力的死从来不被同事提起，却又永远不会被同事忘记。他在和情人幽会时，赤条条死在情人汗津津的肉体上。到现在，王努力的妻子依然不给丈夫烧纸进香。

王子粗短的手伸了过来，向界平表示友好。界平却暗想这位王子是不是也会有王努力那样垃圾的死法。

"嫂子依然这么美啊！"

"书可不美，扔到垃圾箱里了！"

界平径直往外走去，刻薄得像仙人球，仿佛王子是个乞丐，她有不施舍的特权。

她实在记不起这位王子当兵时的样子了。

"我有张连长没来得及发出的信！"这女人的刻薄，点燃了王子的恶毒，"你不想知道关于结婚初夜他说了些什么？"

界平突然心慌意乱，恐怖像墨汁滴在水盆里四处蔓延着。

"您的女儿来找过我，她说她的爸爸精通六七种语言、武功超强、能驾驭飞机、坦克，我想，这可不像张连长吧！"

王子像讨债鬼似的掀动着落满尘土的陈年旧账，一笔一笔清算着界平的罪恶。"谁是张连长绝望的推手……"

修改图纸一夜未眠的界平像偷情的贵妇被拖到大街上般的难堪、羞辱，身体像掉进了深井里，突然踏空了高高的台阶，眼前一黑，滚了下去。

王子见过战友牺牲，可没见过女人像面条般滚瘫在地上。他像丢了船的水手一样毫无用武之地，进进出出的同事立刻围了上来。几分钟后，120急救车拉着昏迷的界平呼啸着赶往医院。

界平的过激反应，超出了王子的预料。看到医生和护士争分夺秒地急救着，真怕老连长的寡妻死在自己手里，他求神似的忙给战友打电话。

"老崔，我才说了一句，她就昏倒了！"

"嘴臭到这程度还值得炫耀？"

"当然，你曾给她写过千万首诗，她不也不知道你是谁吗？"

"她如果死了，全世界就都知道你嘴厉害了，你就名人了！"

老崔，就是当年的崔加，一度为界平写过上百首情诗。转业后工作不得意，原来的时代骄子，突然摇身一变，成了时代的弃儿，在食品加工厂做保安，看管小偷和野狗不得进入厂区。在驱赶一群流浪狗时，被狗咬伤，腿上缝了十三针。妻子当初嫁给他时，军人正像骄阳般红火，她也是战胜了三五位对手才得到崔加的。可是，战争结束，骄子的身价像过季的衣服。眼看着别人的丈夫不是经理就是主任，而自己的丈夫却只能像狗似的看家护院。嫉妒会让人滋生出野兽的灵性，生下了儿子才八个月，她便挎着一位大学生在丈夫面前出出入入，爽快地结束了六年的婚姻。说不清是狗的原因还是妻子的原因，崔加一气之下辞去了工作，在木材厂当起了临时工。扛木头、数木头、看木头，柳桉木、银口树、山樟木、花旗松……他一口气就能数出二十种。

以战场上眼观六路的精神，以舍生取义的劲头，他借遍了亲戚和朋友的款项，与人合伙做木材生意，现在成了独霸白鹭市的建筑公司老总。崔加是转业军人的主心骨，也是战友们的热心人。人命关天，王子要他赶快带钱来交住院费。

崔总说在开会，让一位相熟的女医生马上送一万，有什么事请她协调。

"对女人只能送玫瑰，不能送利剑！"

"不是说要好好折磨那娘儿们吗？"

对方啪地挂断了电话。垂死病人不会挑时间。王子感觉倒霉极了，好像人家给了他一件昂贵的礼物，他在拆开包装时，不小心把礼物弄坏了。

一位漂亮的女医生，披着垂肩的大波浪，双手抄在白大衣的衣袋里，款款地迈着天使的步态走到了王子身边。"王子吧，王子还缺钱？"

王子立刻恢复了掌控大局的信心。

女医生粲然一笑，王子感觉她像夕阳般无限美好，美好的不仅仅是笑容，更是鼓囊囊的衣袋。她从衣袋里拿出一万元，递给王子。"听说你一开口就吓倒了一个美女！"

"我要有这本事，您恨谁我就去吓唬谁！"

女医生感觉自己有崔总强大的富翁支持，像慈善总会的代言人，骄傲地向急救间走去。她是儿科医生，不会参与对界平的救治，但她有兴趣欣赏这枚二十年前频频出现在报端的美女。昔日的幸运人物而今淡去了光环，成了枯萎、干扁的老芸豆。

声誉对人的影响就像抽水马桶，平凡中没觉得它重要，但在堵塞的时候，大家才发觉它有多重要。

像蜂是蜜的制造者一样，某些女人永远是流言蜚语的传播者。一会儿的工夫，抢救室的医护人员们就知道了这女病人的故事，战友们是怎么样设计报复二十年前红杏出墙的新娘的。

王子的电话瞬间冲开了崔加的记忆闸门，那尘封已久的岁月和那个光鲜的女人，像五月的风吹拂着他的脸庞。他带着对张连长新婚妻子刻骨的眷恋奔赴战场，带着对战争的恐惧、对未来的美好期望，甚至也带着对张连长恶毒的诅咒，投身到那场残酷的战争中。

战前高度绷紧的情势考验着每一位战士，茂密的森林、倾泻的暴雨，以及蚊虫的叮咬更加重了紧张的气氛。战士们在写信和阅读中自我安慰、自我放松。那段特殊的日子，崔加把自己比喻成为爱而战的英雄，一首首爱情诗，带着炮火的光亮和战争的激情流淌在信纸上。他真想把一首首情诗寄给张连长的新娘子，幻想着她读到那些火热的诗歌时的感觉，幻想着她终于爱上了自己，一段惊天地泣鬼神的爱情便久久流传……

战斗开始了，崔加和张连长冲锋在一起，弹药不停地在身边爆炸，巨大的树木瞬间倒地，像燃烧的天灯喷着滚滚的浓烟，燎烤着战士们的心。崔加想如果自己牺牲了，张连长至死都不会知道自己和他爱过同一个女人。

他盯着张连长看，张连长一巴掌拍在他的脑门上，让他集中精力看前方。几分钟后，一颗炮弹击中了张连长，一句交代都没有就报销了短短一生。多年之后，崔加一直被噩梦纠缠，那带着怒火的炮弹不停地在身边爆炸，他总是尖叫着醒来。

崔加吓坏了，他为自己诅咒的应验而双腿发软，被战友拖了下去。在那遍地尸横的战场，他感觉自己成了走了气的气球、没有牙的看门狗和没有了枪的战士。

然而，故事却出现了个反高潮。崔加和战友们读到张连长没能寄出的信时，他对新娘子界平的眷恋，像那枚燃烧的炮弹，瞬间成了虚无。她原来是个淫荡的、邪恶的、无耻的、肮脏的女人！

在炮火的轰鸣中，他突然意识到，清算自己的时候到了。绝望的崔加忍受着羞愧、自责和屈辱，烧掉了所有的情诗，像清理战场似的彻底清理了大脑。关于那个让他激情澎湃的女人，随着一九七九年战场上的那场大雨，永远消失了，不留一点痕迹。

余生里，战友反反复复讲述在炮火轰鸣中，他们是如何看见死神的降临，然而，从没有人知道那些没能回来的人到底看到了什么。

二十多年后，界平竟然出现在白鹭市。

医生们讽刺的口气，让界平想起宁愿忘掉的一切往事。她就像四月里得到雨水滋润的牡丹花，从暗淡悲凉中重生了。"他们在说谁？谁是出轨的新娘？"

有好长一阵子，那场夹生饭似的婚礼是她寡妇心上的一根软刺。

"怎么会羞耻到这种地步？"界平发现自己有双重人格，一方面漠视庸人们的冷嘲热讽，坚强无畏地活着，不招惹任何人，像风一样无形无影；另一方面又退缩到面具的后面，逃避着世人的评价，孤独地疗治着脆弱的心灵，舔舐流血的伤口。

她相信世上只有一种流派，就是流言派。

医生检查了界平的CT及血液化验结果，断定她是一时受刺激，大脑供血不足，再加上一夜未眠，身体虚弱，抵抗力低所致。

发生的一切都不是偶然。机体是一个复杂的系统，当昏迷的界平被送进抢救间时，谁都以为她得了非常严重的疾病，可输了两瓶营养液后，各项指标均恢复正常。就像疯子以为自己是上帝一样，每个病人都认为自己离死亡很近。

人会慢慢习惯于自己的身体，就像习惯于自己的衣裳。

这病来得蹊跷，去得也迅速。王子在广告栏前讲着电话，像写小说一样夸大着美人昏倒在怀里的悲壮而唯美的场面。反正吹牛也不会吹白了头发。

界平躲过他的视野，到住院处办理了出院手续。各种化验检查及抢救用药，共消费了3723元。界平没带那么多钱，只好先欠着王子的，改天奉还。

走出医院大厅，依然脚步发软，浑身轻飘飘的。救护车又拉来一个病人，病人像头肥猪似的瘫在担架上，吸着氧，裙子被监护仪的电线挂住了，露着内裤的一角。界平联想到自己也是这副状态，感觉很没有尊严。尊严是她一向比较在意的感觉，她总怕别人瞧不起她的寡妇身份、甚至怀疑她女技术专家的水平。远处传来火车呜呜的鸣笛声，哀愁得就像在沙漠上行驶似的。阳光灼得她睁不开眼睛，再加上本来就有些迷糊，有车开过来都没发现。一辆宝马痛苦地急刹车，擦出撕心裂肺的摩擦声。

"洪界平！"司机突然醍醐灌顶，"我是崔加啊！是来接你出院的。"

他深情地望着界平，目光之亲切有如一吻。

丈夫已成了一位没有东西可输的英雄。界平再也不敢听战友们的话了，不想让他们以廉价的怜悯嘲笑过世的丈夫。她加快了逃离的脚步，似乎那宝马是昂着三角头的眼镜蛇。

界平钻进出租车，走了。寡居的她随身披着一件防弹衣，绝缘的防弹衣就是她安宁的家。她明白如果能从他们那里找到庇护和怜悯的话，那她也休想从他们那里逃走。

界平仓促逃离还另有原因，衣服已被揉搓得满是皱褶，头发散乱无形，脸苍白无神，她不敢，也不愿这样面对丈夫昔日的战友……她凝视出租车后视镜里病弱的自己，似乎洞见了另一种人生，另一种平衡。

崔总遗憾地望着消失的出租车，像发现一只梅花鹿消失在森林里。对她灵魂的了解，如同对自己十指的了解一样透彻。女人，就像这手里的方向盘，只要启动发动机，挂上前进或后退的挡，想怎么转就怎么转、想怎么握就怎么握……想到这，崔总安然了许多，又恢复了一只眼正经八百、另一只眼狗胆包天的状态。

远处，金属般的天穹下，楼群静立，蓝光幽幽，在迷蒙中重叠着。没有人因为追不上一个中年女人而失落。

界平时常到外地参加会议，相对于和同事一起出差，她更喜欢一个人的自在。这样她就可换掉职业装，怎么休闲怎么穿，还可以丢掉院长或专家的身份，像个地位低微的初学者，没在人群里，讲得好就听，讲得不好就看闲书或干脆逛商场。

这次会议遇到了一位"高大上"的领导，他们分配在同一小组。这位"高大上"一米八的个子，硕大的鹰钩鼻极具特色。这位新任副院长所在的设计院不足白鹭设计院的一半大，业务也仅限在狭小的本市或乡镇里。可"高大上"副院长狂妄地认为，人的智慧与身高成正比。基于这坚强的理论，便很抢镜头，就餐时自觉地端坐在主位，讨论时抢先发言。他认为讲得对错不重要，重要的是气势要足，语气要像迫击炮似的硬朗。"高大上"对待同组成员，完全一副大领导对待实习生的派头。见界平默默无语地听报告或听人讨论，便以为界平是刚毕业不久的美女大学生，施舍似的对界平讲起了他的卓越成才史，正讲到精彩处，没心没肺的会议组织者却把界平请到主席台，隆重介绍界平获得的国际大奖。这位"高大上"当即逃出会场，遇人便说界平剽窃了他的设计理念。

"你永远剽窃不了她的人品！"但那人没说出口。

渣男太多，这是界平不想和人交流的理由之一。

界平坐火车返回白鹭城，火车的电视里转播着中央新闻。中国驻南斯拉夫大使馆被炸，五枚精确制导炸弹从楼顶直穿地下室，并有多名人员伤亡。乘客们躁动得像火车的某个地方也隐藏着炸弹似的。

坏消息像只火蝎子，叫人心里发毛。

界平在靠近过道的座位上看书，靠窗坐着两位中年男子。爆炸事件让其中瘦子极其神经质，滔滔不绝地讲起了他最近从南斯拉夫逃亡的经历。

"我学的是斯拉夫语系，我的祖先曾是巴尔干半岛的居民，经考证在马其顿附近。也许我的祖先和亚历山大国王有血缘关系呢。你仔细看看我是不是有点儿南斯拉夫人的特点？"瘦子正敛了表情，像照镜子似的嘴闭得紧紧的，接受对方目光的检阅。

界平坐着没动，书摊开在腿上，冲着没有读完的那一行字淡淡地笑着，露出了一副心照不宣的梦悠悠的表情。

同伴边吃着瓜子边摇了摇头。

"我和第二任妻子结婚后，便带她到塞尔维亚、保加利亚等蜜月寻根。当时南联盟和北约口水战打得很厉害，但每个喘气的人都猜测不会有战争，特别是新婚旅行中的人总以为，头顶飞着炸弹的日子像天堂一样遥远。突然，睡梦中，飞机轰轰，炸弹遍地开花，梦都炸碎了。交通、电力、饮水全部中断，难民像遇到了吸血鬼似的四处乱窜。

"炸弹将加油站炸成一片火海，一个个火人手舞足蹈地迈着太空步求救，他们伸出着了火的手，注定是一场空，但依然努力把姿态做完。我突然想起，要是愿意，就在此刻，我可以跑到街上，满嘴脏话，挑个斯拉夫女人往怀里一抱，要么见人就给他一枪，或者砸烂一家已关门的店铺……世界大乱，已无法无天……

"听说有个开餐馆的中国人，像《辛德勒名单》里的男主角一样，有办法能把同胞送出战区。

"我们在他的船形餐厅里等待了六天，也洗洗盘子、擦擦餐具，像等待上帝一样，等待当地的一名军人。不知老板花了多少钱，让那人把我们带出了战区。"

"他为什么不离开呢？"一直在吃瓜子的男人百思不得其解，他嗑瓜子的动作，总让人想起松鼠。

"发财！他的餐厅天天顾客爆满。各国留在战区的记者、使馆工作人员总要吃饭。而他却能弄到粮食和水，保持着战时简单的饭菜供应，当然他把价格翻了四五倍。这人是为战火生的，炸弹在距他五十米的地方爆炸，眼睛都不眨一下。"

"编故事吧，我才不相信呢！"

"有人喜欢马匹交易但并不爱骑马，他就是那种人。"瘦子站起来，从货物架的旅行箱里，取出了一个牛皮纸口袋，啪地甩在同伴面前，震飞了一片瓜子皮。

瘦子从牛皮袋里掏出一沓照片，"这就是关老板和他妻子！他们夫妇拒绝和我们合影，可经不住我小妻子的热情。"

照片在他们两人手里转换着，界平用余光看到了照片，突然心一沉，一种新奇的、前所未有的战栗飘进了她的寂静，把她的世界搅得粉碎。她的手哆嗦了，嘴唇也哆嗦了。她看到了高顿，据说旁边的是他圆脸妻子。

生命的墙坍塌了，悄然无声，像默片一样。

二十世纪末，关老板像许多才华横溢而又找不到伯乐的头脑发烧的青年一样，怀着发财和见见世面的梦想，走出了国门。他先是辗转到了希腊、匈牙利等地后，落脚于塞尔维亚的首都贝尔格莱德。贝尔格莱德位于萨瓦河和多瑙河的交汇处。他向来喜欢河流穿城而过的城市，总感觉那样的城市既浪漫又温馨。很快他在多瑙河岸边的船形餐厅里，当了服务生。半年后，他买下了这个餐厅，成了名副其实的老板。

现实生活如同纸制的布景被扯破了，背景倒地后，露出了后面的东西。贝尔格莱德历史上战争频发，曾先后被匈奴人、东哥特人、阿瓦尔人和奥斯曼帝国征服。多种文化的碰撞使这个城市具有独特的迷人气质，像T型台上的混血美人，总是有着说不出道不明的炫惑魅力。

当时，掌权的塞尔维亚政府与联盟内的科索沃、黑山等民族矛盾尖锐，最终爆发了大规模的武装冲突，并升级成了内战。

贝尔格莱德弥漫着炸药、桃花和烧烤的混合味，幸存的人们总洗不掉身上的尘土。时间是失踪的面具。在城内见到的一切，都是无依无靠的意象，是意象的碎片。城市是个可怕的处所，没有人能在此起彼伏的爆炸声中保持十分钟的理智。

一夜醒来，关老板竟发现自己处于战争的中心，这特殊的待遇像坐在了炽热的烤炉上，祖国像太阳系般遥不可及。"自由"一词让他听起来像在无畜的田野里抽鞭子。几年来他金钱铺路，和各方都建立了不错的关系。战争初期，帮助了一些中国侨民、游客顺利脱离了战区。战争中，他的餐厅成了中国、日本、韩国、美国和俄罗斯等国记者就餐互动的场所。贪婪之念掩盖在狭义之举的外衣里，关老板也大大发了笔战争财。

炮弹的阴影像个快速挖开的沙漠古墓，散发着令人惊慌的魔力。河水静静地流着，城市已炸成了传说。这种操蛋风景不是给娘儿们看的。晚上七点多，身处战争中心的各国风流人物会集在船形餐厅里交换着有价值的新闻。高空望下来，船形餐厅像一个璀璨的宝石，闪烁在河边，吸引着炸弹的心灵。突然，像天降馅饼般，船形餐厅腾起一团美丽的火焰，然后魔术般消失了，一半沉入河里，一半燃烧在岸边。河里漂着如山似的木板、桌椅、铝盆、餐巾和水晶杯。堆在岸边的残骸燃着熊熊的大火，当时餐厅里的人不是淹没在水里，就是燃烧在了火里。人就是这样，他活过，活得自在；他消失了，消失得也自在。但也有人说，这人不是关老板，关老板一个月前就逃往欧洲了，这人是关老板的朋友！

界平像挨了电棍似的打了个哆嗦。

在长长的二十多年的生活里，她不相信高顿已结婚，不相信松树下的对话。他甚至怀疑这个人讲的关老板是不是高顿。可照片上，高顿的胳膊亲密地搂着圆脸女子，像搂着全世界。

被炸的不仅仅是船形餐厅，还有界平的梦想。那胳膊里的女人，界平感觉更应该是自己。谁人知晓那个照片上老板的迷人魅力，然而她始终都知道。她大脑里的爱情神经无法受控，而由此所带来的那种心慌，足以使一切缺憾变得值得。如同永恒一样，爱情是一种野心，一种永远魅惑的野心。鸟儿都知道千万别把白芦竹的种子吞进肚子里，不断生长的种子使鸟儿迅速解体而死。而今，界平吞进了嫉妒的种子，这种子正如蚂蚁噬骨般地折磨着她，摧残着她。

界平装作看书，无意中将书放在小桌板上，压住了一张照片。果然，当车到沧州时，两位靠窗的乘客下车了。

界平拿起书下的照片，细心地抚摸着，仿佛二十多年的思念都在那轻轻的触摸中潮水般地荡漾了。她任由时间冲刷记忆，任由泉水无止境地涌出。

"他成了别人的丈夫，一个永远香睡不知失眠为何滋味的成功男人，一个绝情的有情人。"界平沉浸在想象的世界里，在她失去他怀抱和双唇的二十三年里，他一直到梦乡里来找她，他们在梦里相会。她安生于他的名字之上，一如桨手坐在小船里。如今看到他丰满幸福的妻子，界平恨不得像落在沙漠里的雨滴，马上消失得无影无踪。

界平觉得那渗入车内的阳光也正在穿透她的身体，把她的血液变成了蒸汽，她已没有力量控制自己的蒸发。另一辆火车呼啸着和这辆火车交错驶过时，那瞬间的飘忽使她感觉人生就像演一段电影，临时抓来的群众演员对于参与拍摄的电影故事一无所知。而自己在高顿的故事里身不由己地充当了群众演员。

车到白鹭城，界平随着人群走出了出站口，立刻有拿着广告册的人围上了她，向她推荐宾馆、旅行和房产的信息。她漠然地突出重围，像走在自家院子里似的从容自信，仿佛把照片引起的阴霾心情，统统丢在了火车上。四十多岁的独身女人就是这样，能把锥心的疼痛和傻瓜才会有的幸福合成一种装聋作哑的独特美。高顿像睡美人似的沉睡在心底，虽然他无知无识地睡着，但他终是她的，只能是她的……她坚信酣睡的爱人终会在一次山崩海啸中突然惊醒，高贵而真实地立在她面前。

突然，长得像高顿的男生微笑着向她走来，他的微笑可以用来炼金！瞬间，二十多年的渴盼和惊喜海啸般吞没了她，事先没有一点预兆，体内的河流开闸了，心底涌起一片粉红色的浪花。

"高顿"的形象有着启示录里的沉重和地狱般的绝望。思念和忘却交战着，对于这场实力悬殊且掩藏在心底的战役，二十年多里，没有一次纯粹的胜利或失败。梦里，他的声音像敲打水晶杯的清脆，纯净空灵……仿佛她人生的每一天都在银铃鸣响中度过着。

手里拿着高顿中年照片，面前走过来的是二十多年前的高顿的形象，界平像中了巫婆的魔咒似的不知所以。这位向她走来的年轻"高顿"，如同雨后的黎明般彬彬有礼，又如月夜的大海无拘无束。七千多个夜晚她都试图了解这个男人，可如今，依然无法掌控。她曾在他身上看到过似火的激情，但她比以往更清楚地意识到那不是因她燃起。

"高顿"坐进了停在广场上的车里，车子开走了。界平的心立刻无所不在。

在短短的一分钟里，她重温了二十多年的香梦。

世界说大真大，说小还真小。不管你懂不懂水性，会不会游泳，生活像大海般吞没了所有的青春和激情。崔总二十年前的战友们，转业安置在白鹭市的只有王子。说来也巧，如果不是王子的书，崔总也不会知道洪界平在白鹭市，并且已升到设计院的副院长。崔总由木材生意扩展到建筑领域，中标的第一个项目，就是由设计院操刀的，与他们发生了许多摩擦，受了很多波折。他深知设计人员在工程中的重要作用，得罪了就会付出利润丢失的悲惨代价。洪副院长，那位曾让他疼痛到抽筋的女人，竟然在二十年后，再次相遇。团结好这个女人，岂不一路绿灯了。当今社会是一个不规则的淘金地，里面的例外比规则多，致富的过程就是学会在规则的暗流里游泳的过程。

对于建筑公司的老总来说，洪界平真像份厚礼，整个世界就是一个偶然。

在世纪之交的中国，建筑领域是一个暴利的蛋糕，只要得到合适的项目，金钱就像丰收的稻谷般哗哗地流到账户上。公路越修越宽越伸越远，高楼像雨后的竹林，竞争着往高里钻。现代化的楼堂馆所，赶超发达国家的设施。无论大城小市，都快速地以崭新的市容迎接着日新月异的时代。涉足于房地产或建筑领域的商人们，大都变成了中国第一批富翁、完成了贫富差距扩大的首次变革。当崔总捞得第一桶金时，他知道有上百桶金在等待着他去提。他被自己的欲望吓坏了，仅一刻钟的工夫，他又习惯了自己的欲望。他仰面躺在宾馆豪华的床上，望着天花板上华丽的水晶灯，倾听着自己过去的回音。想到过去曾那么贫穷，以至于连妻子和狗都瞧不起他，这感觉太可怕了。

腿上的狗齿印，让他心脏疼痛了好多年，至今他仍不敢穿短裤，怕人问起像狗般看家护院的岁月，问起孩子八个月时，跟别人私奔的前妻。如今儿子在美国上学，学习很尽心，父子关系良好。听说前妻和那位小丈夫去了深圳，并且混得不错。崔总每次到深圳出差，似乎也盼着在街头或在商场遇到前妻。说也奇怪，在异国他乡，他默然遇到过许多同学、老乡或战友，竟然从来没遇到过那个女人。看来缘分结束得也真干净，但遇到又会怎么样呢，无非相识一笑罢了。

女人的多变与贪婪，让这位诗情画意的军人不敢再相信婚姻。迅速膨胀的钱包和急速围拢上来的美女，让这位穷苦军人出身的老板，立刻变得多疑且狡猾。一定意义上，女人可以明码标价，像衣服或手表，出的价位不同，商品的品位也有高下之分。商场如战场，拼智商也拼情商，但绝不像对待女人那么简单。崔总看到的爱情，总是散发着珠宝的光彩，然后以失望收场。

对方是企业家还是老骗子，这一点过去和现在都不重要，重要的是他受骗了。有的狗先咬人，后汪汪叫；有的狗光咬不叫；还有的狗先狂吠，然后才咬人。人类的头脑对于寻找食物，和狗鼻子一样。在建筑这个行当混久了，难免会被吓着或咬伤，几次跌宕之后，兵不厌诈，崔总也寻到了制胜的捷径。

设计院副院长洪界平，是崔总一定要攻下的堡垒，不是作为女人，当然也可以作为女人，而更是作为设计院里的卧底。洪院长如果大笔一挥，他的钱包可能会千百万地鼓胀起来……

打听到界平返回的车次，崔总亲自等候在车站。她是他的一盘精致的菜肴，他已准备好了胃口。

夏天给人一种潮湿的感觉，树叶更是染上了浓重的色泽，天空留下了鸟儿掠过的湿漉漉的痕迹，阳光下蒸腾着黏人的气息。在半煌半暗的光线中一切显得很陌生。火车的轰鸣、音乐的轻响、人声的嘈杂，这一切比界平生活其中的现实要神秘得多、模糊得多。崔总像瞄准敌方阵地似的，盯着涌出的人群，寻找着他的目标。

界平出来了，她茫然地寻觅着人群，崔总以为是在等接她的人。

"嘿，真巧！"

界平立刻意识到他是谁了，从前的小崔，现在的崔总。她欠了他的治疗费。界平慌乱地伸出了手，对自己不识眼前人表示深深的歉意。记忆可以使一切重现，但无法重现感觉，只有一度与之相联系的感觉才能使过去完全复活。

"我要接的客户，却被别人抢走了，我送你一程吧？"

界平根本就不想和这人靠得太近，无论是他，还是王子。

"你不会烦我吧？"

"我有资格烦丈夫的战友吗？"

眼前这位丈夫的战友，就像《我的老战友们》里写的，他们对她怀有很大的误解，甚至怨恨，但界平根本就不在乎他们的想法，就像鱼不在乎山羊的想法一样。

二十年来，界平总是和男人保持着一定的距离，除了场面上的握手礼仪外，即便站着交谈，也总是保持着一米远的距离。小于这个距离，她就有压迫感、有被侵犯领空的愤怒。现在，高大的崔总站在面前，和蔼地看着她，她不由得后退了两步，像裹脚女人站不稳似的。

在崔总启动车子的时间，界平翻出钱包，像刚做成一笔买卖似的，数出一沓钱，还给崔总。崔总一把按住了界平拿钱的手。"不用还，要还你就下车！"

界平看了看崔总生气的表情，微微一笑。这瞬间的笑容让崔总明白，这个女人可不是一般的固执。果然，界平根本不在乎他兄弟般的情感表达，把钱放在仪表盘上，任话没说拉开车门下去了。

"好，你的行李就算付利息了，再见！"崔总一踩油门，拉着界平的行李走了。

界平像遭遇了抢劫似的，气得茫然无措。她不是气他拉走了行李，行李必定是要还的，而是气他对她表现的那份亲昵，那种自家人似的从容。她根本不想和任何男人有过分亲密的关系，特别是丈夫的战友们。那缱绻的阳光、林荫草坪上天鹅绒般的寂静、梧桐树阔叶上闪烁的光斑——这一切使她倍感颓废。

她站在广场上，人们像蚂蚁般来来去去！这个城市，大家都一样，谁对谁表示优越感都很无聊。

每次战友们聚会，崔总、干子等战友们总是以特别的形式纪念着张连长，对那位新婚夜就让张连长睡沙发的新娘，怀着难以言表的报复心理。部队展现的是男人最为英勇的一面，而战争则让没有血缘关系的战友们亲如兄弟。当初，新婚之夜，她让张连长难堪，就是让整个连的人难堪！

每次回忆战争，总像拖欠了牺牲者散发着血腥和噩梦气息的巨债。折磨一个让他们集体怨怒的女人，必然有无穷的乐趣。如今，界平依然守寡，尽职尽责地养育了女儿，精于事业，成了严谨的专家，这确实又让崔总惭愧难堪，怀疑当初对界平的判断是否正确，对这个女人的认知是否遗漏了什么。

然而现在的界平，无论如何也不是当初让崔总诗情勃发的女孩，人到中年的他才明白，他当时爱的不过是青春的幻想，不过是意念里的女人形象。

显然这个女人有跋扈的一面，也有高傲的一面。她的高傲刺伤了崔总，就像当年刺伤了张连长一样。崔总看不惯的就是自以为是的女人。崔总特地来接她，竟然被她排斥到千里之外，多重气愤造成了他折磨这个女人的想法。

界平恰恰是商业园的设计者，刚刚承揽了这项工程的崔总，内心暗喜，有自己人设计，让她把设计搞得复杂些、高档些……这可是天上掉馅饼，老天爷有意让他大发一笔。他犹如陶醉在五一长假里，阳光、沙滩、海浪，平静而快乐，烦恼总在海的另一端。

"女人，低级动物。"军人出身的崔总自信可以摆平任何女人，多年的商场经验告诉他，争取合同比征服女人更能满足他的创造欲和占有欲。他再也不是那个写情诗的小战士了。她不相信他的真诚，真是调皮到家了，但对于功成名就的钻石王老五，给她当司机，她还能指望什么呢？

"开创事业需要智慧，而征服女人，有钱就行了。"崔总觉得他如果不是企业家，完全可以成为有特色的哲学家。

同样，对付界平这样高傲而顽固的女人，钱，依然是最有品格的敲门砖。

当崔总拉着界平的行李独自离开时，他有替张连长报复这女人的惊喜。仿佛她是一个碉堡，就应该这样狠狠地摧残。

界平下了出租车，刚拐到四楼的楼梯口，就看到崔总倚在墙上，旅行箱放在脚边。界平用一秒钟稳定了情绪。对于她，玩笑一词多少与调侃、错误和棍子有关。她一步步走上了台阶，从包里拿出钥匙，旋开了门，提着行李箱进了屋。崔总推着门问："不请我喝杯水？"

界平生硬地关上了暗红色防盗门。

崔总一时没回过神儿来。是自己玩笑开过了头，还是她确实没有幽默感？

良久才转身下楼，走到拐角处，还回头望了一眼，希望那暗红色的门能及时打开。

把女人简单的归类，是崔总犯的重要错误。寡妇的一生不会复杂得像妓女，也不会简单得像天使，在诱惑和反诱惑的挣扎中，崔总这种自作聪明的无聊男人，界平见多了。

返回时，崔总才顿悟到，自己成了一盘被界平丢弃的菜肴！

界平在整理行李时，突然从旅行箱的侧面发现了一笔钱，正是她还给他的那笔住院费。界平拿着钱，像拿着一团麻烦，仿佛又看到了那张通晓世故、善于讥讽的脸，那双能看透一切的棕色眼睛。她不是乞丐，不能被施舍。即便穷到被人救济的地步，也绝不会捡拾这人遗落的金币！

饱汉是瞎子，在崔总的眼里，贫穷的女人，包括情感贫穷的女人无异于一个夜间谋生的妓女。

界平拿起放在桌子上的照片，再次审视着搂着圆脸妻子的高顿。她被忧伤淹没，像贝壳被大海的波涛淹没一样。

"为什么还在乎他？要到何时才罢休？"

要想不被思念的潮水淹没，唯一的办法就是不要做爱情的一分子。生活是有缺陷的，只有女儿才是熨平她焦躁灵魂的一服汤剂。

世界只是尘土而已。

二十多年来，她无数次地恨自己，无数次忏悔这无望的痴情，可痴情是久治不愈的风湿，总是在一定的气候、一定的季节再次发作。直到今天，她仍然记得那些倒吸一口冷气的日子，这冷气仿佛是从魔鬼般肆虐灾祸里飞出来的。回忆像催眠剂，带着青春的悲伤，令界平无法抵抗。

八

　　参加会议最大的好处是能点燃求知的欲望。在界平看来，如果半年或一年不参加学术会或培训班，便会感觉自己站在了设计领域的高点，岂不知是半瓶醋而已。人果然像丛林里的木棉，只有置身于高大的丛林中，才会懂得什么是矮小无知，才会不停地往高处攀升。然而太多同事没能悟到这点，不想学，也不用心学，包装精美的著作放在桌子上，成了充当门面的饰品，半年也不翻动一页，所以设计水平总像短小的花草，只能在低处招摇。

　　界平需要一本建筑方面的书，刚到书店就下起了雨。在三楼建筑类书的专柜前，她翻看着各种翻译的版本。突间，从书架的间隙，她再次看到了那张魂牵梦绕的脸。自从上次在火车站瞬间相遇并消失，界平便暗自发誓，如果再次遇到这男子，一定不会对不起自己二十三年的疑惑，一定要面对面地问个清楚。这男子现身的意义是言语所不能表达的，也是她此生难以解释的奥秘，没有人知道，没有人见过，也永远不会有人理解，在时间的怀抱里一粒爱情种子是怎样生长、生长……永远生长，却难以开花和结果的。

　　界平担心狂妄的心跳会被这青年听到，担心瞬间潮红的脸会透露内心的欲望。她以书做掩护，缓缓地转到书架的侧面，像侦察兵似的察看着这个年轻人。他的身材、脸形、耳廓，还有那站立的姿势太像二十多年前的高顿。那青年转到了文学的书架前，界平装作选书似的也拿起了一本《安娜·卡列尼娜》。书拿倒了也没发觉，依然做出对安娜·卡列尼娜的命运关心的样子。

将手放在方向盘上并不意味着会开车。界平以为自己在看书，别人却以为她看着虚无。

青年下楼、走出了书店，急匆匆地汇入自行车和步行大军的潮流里。雨飞成了细细的沫，飘在脸上凉丝丝的，天地间一片迷蒙。界平冲出了书店，左右张望着，终于发现了那男青年的身影，紧步小跑着跟了上去。"太像了，连背影都像。"

界平做梦都不会想到自己会跟踪一个男人。女儿十岁时，界平曾被一个衣着讲究的男子跟踪了好几天。谁都以为那男子喜欢她，可她更觉得那男子想害她。当那男子午夜敲她的家门时，她果然报了警。事实证明她是对的，那男子是从精神病院逃出来的疯子，曾把一位女医生勒死在厕所里。疯子总以为界平是那位抛弃他的女友，他逃出来就是寻找那位女友的。

疯子的故事让界平明白，有时恋爱也是一场很危险的战争。

此时，再没有比她的行为更疯狂、更危险的了。对于今天的她来说，全世界再没有别的藏身之地了。那青年放慢了脚步，随后向商务宾馆走去，推开旋转门，消失在宾馆里了。人在疯狂的时候很少问为什么。界平不假思索地也拐进了宾馆，站在大厅里慌乱地张望着，像黄昏里找不到家的燕子。

"女士，你是在找我吗？"青年从方柱后闪了出来，立在界平面前。界平慌张得没有了应对能力，张口结舌，呼吸粗重，心跳加速，像初恋的女孩似的潮红似霞。

信任是一种冒险。对高顿的爱，是她一生中最真挚又无助的感情。界平激动地望着这张脸，像X射线般地在他五官上扫来扫去，她仿佛又回到了贝地城，依然是十八九岁的年龄，面前是她用手指读了无数遍的脸，是她用思念的画笔绘制了无数次的神情。她像画家激动地欣赏着《蒙娜丽莎》的真迹一般。在经历人生的风风雨雨之后，她变得越发专注、痴情。她觉得自己真的疯了。

"我的五官很对你的口味？"青年上上下下打量着界平，目光像喷着火光的枪筒，"你想包养我吗？可你不像有钱人。想和我一夜风流吗？可我对你这个年龄的女人没兴趣！如果没记错的话，这是你第二次跟踪我了。

如果再发现你……我就不会这么客气了!"

仁慈点吧,每个人都有一场硬仗要打。年轻人却不懂这个道理,枪膛里有多少发子弹,就会痛快地射出多少吨的仇恨。

界平感觉头脑发蒙、发胀,傻子似的呆住了。"他说了什么?什么意思?他是谁?"她呆呆地看着这男人的眼睛、眉毛和嘴唇,无法不被眼前的"高顿"带走。又被带到了贝地城……她无数次地欣赏着那样的五官。她再次像初陷爱情的傻子。她已痴傻了一辈子。在这年轻人嘲讽的眼神里,她变得十分脆弱,飘忽不定,想大笑一回,也想痛哭一场。

他的声音,让她迷乱。

等界平回过神儿来,那青年已消失在茫茫的雨幕里。

你有你的道理,请给我伤感的权利。他如此伤害了她不重要,重要的是她再次丢失了他。在这场灵魂缺席的排演中,剧情都是虚构的,演出失败了。

面对陌生男人,第一次,界平感觉自己如此无力且卑微,但她强烈地意识到,她永远不会再遇到这个男人了。

永远有多远?不是上帝就无权断言。

设计院要招收三名研究生,十九人报名,通过专业知识的考试,选取前十名进行面试。

长得极像高顿的腾法哲进入了面试阶段。面试九点开始,八点五十五分,腾法哲像奔跑的烈马冲进了设计院大厅,焦急地按着电梯的开关。可电梯偏偏像木讷的老太太,行动迟缓地挪动着。

洪界平随几位同事进了大厅,几乎同一时间,她和法哲彼此认出了对方。界平脸色瞬间苍白,仿佛对空气过敏似的,呼吸困难、心跳加速。但她不忘记展现出优雅的亲昵的表情,给电梯里的空气注入了些许的浪漫。

多心的法哲察看着这群人的情势,界平优雅而亲昵的微笑,在他眼中反转成了诡异而冰冷的讥讽。在上升的电梯里,他忐忑地预感到自己正往地狱里坠去。

界平想起了黎明时做的梦,满天五颜六色的繁星疾速地在眼前飞旋,伸手就可摘到。但她没摘,因为星星正流水般地流进她的衣袋里,惊奇中，她醒了。这梦预示着一天都会有好心情。

这惊喜，何止是梦能承载得了的！

面试厅里聚集着一群学生，女生打扮得光彩靓丽，男生们精干智慧。

法哲深呼吸，调节着紧张的情绪。墙上贴着公司简介和机构设置表。果然，洪界平的照片像黄昏出现在天边的星星，淡淡而坚定地笑着。法哲像可卡因溶化在胃里，温柔地给人以不祥的感觉。她是副院长！

那一刻，法哲又说不出有多么可怜这位女院长。

自从灭世的洪水暴发以来，人心就变得永远的潮湿了。法哲准确地估量自己走到了什么地步，评估这个女人埋在心底的癫狂。他清楚地意识到秋后算账的时候到了。

法哲因紧张而端平的肩膀也像螺丝松了似的塌了下来。走吧，再招十个研究生，也不会有自己的份儿。冤家路窄。

法哲的绝望完全是自己的推测，没有任何证据表明他将遭受拒绝。他转身向电梯走去，就在这时，走廊里响起了他的名字。工作人员点了他的名，他将以专业知识第一名进行面试。

法哲很快恢复了恶意报复的自信，恢复了初生牛犊的胆略。当这位英俊的男生走到面试官面前，那翠竹般的笑容、多神的眼睛和灵秀的长相给面试官留下了不错的印象。

恰在这时，界平推开门，以女王般的沉静向室内走来，优雅而从容的步态好像从来没有慌乱过似的。腾法哲惊讶地看着这位他羞辱过的女人，他感觉好像有人正锯他的脊椎骨。"你想包养我吗？可你不像有钱人。想和我一夜风流吗？我对你这个年龄的女人没兴趣……"法哲的自信和初生牛犊的胆略，瞬间像火焰里的纸马，化为了灰烬。

界平抬起头，再次看到坐在前面的"高顿"，仿佛新婚之夜看到松树下高顿般的惊讶。她又嗅到了自己体内十八岁的气息，看到他坐着的样子，她的痴情就表露在脸上，不得不借低头沉思的瞬间调换成面试官的表情，向"高顿"露出了温和、宽容，甚至鼓励的笑容。但任何笑容也挽救不了腾法哲了，他去意已决。否则，他在设计院里的前程必定充满浪漫色彩。

"请你用一句话表达你设计的楼堂馆所的理念。"人力资源部部长提了一个问题。

"诚实，表里如一！"腾法哲略微沉思了一下，从容地说道："我设计的建筑要像做人一样……远远看去既符合城市的品位，而内里要实惠方便；既要张扬形象的美感，又要体现文化的内涵……我讨厌金玉其外、败絮其内的品性。"法哲觉得整个面试像披着一层诗意盎然的神秘纱幕，他不仅看不到洪副院长卑鄙而好色的品性，而且隔着这层纱幕，仿佛感觉她也被赋予了崇高的感情和完美无瑕的品德。

腾法哲走出面试厅，长长地出了口气，毕竟这突然的变故让他颇费心思，刚才那慷慨陈词，无非是"最后的晚餐"。在含讽夹刺地发表完竞聘演说之后却神清气爽，好像洗过冷水澡。他把恼恨埋在心里，始终都心平气静。当走在光洁的走廊里，他感觉到某种模模糊糊的、微小的残余的嫉妒，突然把他的愤怒激活了。

他向秘书处索要档案，秘书慢慢地抬起头来，惊喜地看着他。

腾法哲也认出了这位美女，她是在同一个家属院里长大的伙伴。她叫陈文文，是陈乾坤副市长的女儿。

文文得知他要退出竞聘，非常惊讶。"天哪，他们怎么折磨你了？"

"你应该问他们吧！"

"我好像已知道答案了！"

"你什么也不知道！"

其实，文文从抬头看到他的那一秒钟起，对这位儿时的哥哥，有股莫名的亲近，她嗅到了自己体内一股解释不清的气息，甚至，盼着和他一起共事。

"小时候，你还往我家的花盆里尿……"文文突然脸色赤红了，两人哈哈地笑着，回忆载满了柔情蜜意，甜蜜沿着那几乎看不见的海平面缓缓滑行。往事充满阳光，散发着玫瑰浓浓的香味。当缺少爱情时，唯一的疗治之法就是倾诉。文文如经验丰富的新娘，深情地望了一眼法哲。法哲却另有心事，根本没发觉文文的深意。

"洪院长怎么样？"

"她虐待你了？不会啊，她人不错，资深美女一枚。"文文嫣然一笑，以为正中靶心，一股温暖的气息顺着鼻孔一直钻进了身体的最深处。

腾法哲发现文文眼睛里有一样东西闪烁着，他恍然顿悟，那个从前的小不点儿，已长成大姑娘了。

有些人生来就靠太阳近。丘吉尔的祖先是英国著名的贵族；纳博科夫的先辈功绩显赫，俄罗斯有以他们姓氏命名的河流和城堡；张爱玲的外祖父是李鸿章。当别人还在为温饱而苦挣时，他们却可以被家庭老师们侍候着学习各种知识。作为陈副市长之女，文文感觉自己是靠太阳最近的人，不得不说，她的神经挺健康的。

作为副市长的独生女，文文自然被精心地培养着。爸爸要送她去英国读书，而文文深知留学的艰辛，有爸爸这座靠山，又何必挣那个高的学历。像妈妈，生得好不如嫁得好，找一个好男人，让爸爸好好帮扶，过人上人的美好生活是不成问题的。作为市长的公主，她表现得十分开朗，十分安详，十分温柔又十分自信，像王侯贵族锁在深宅里的大小姐。可一旦有了捕捉的目标，她立刻暴露出丛林动物的本性，变成了贪婪的土狼，每根汗毛都像寒光闪闪的利剑。

喜欢文文的人很多，文文喜欢的人也不少，可顶尖的那个位置一直空缺。空缺的感觉让文文很美好，又很受煎熬。固定的婚姻生活让她恐惧，整日守着个男人在床上，到最后，看他就如同看一个褪色的枕头，这可不是她想要的生活。歌手们声嘶力竭地颂扬纯真的爱情，金币却总是恶意地引导着歌手上错了床。在爱情多义的时代，文文择偶的标准也总是深浅不一、高低多变。

法哲或许是她网里的鱼，目前，她网里的鱼可不多。她幻想自己能像肖邦弹奏钢琴一样弹奏爱情，幻想有个像肖邦那样的人宛若抚弄琴键般轻抚她。

她已把他放在非凡的境界。

界平站在办公室的窗前，四月的阳光像漂亮的小姑娘在地上游戏。当她抬眼间发现腾法哲站在面前，就猜测他是来竞聘的，她早已打定主意录取他，即便违规违纪也在所不惜。通过腾法哲，进而了解他的家人、他的爸爸才是她行走的终点。然而，要走烂多少双鞋，才能找到通向终点的那条唯一的隧道。法哲在宾馆对她的侮辱像她的军中婚礼一样难以忘记，命运似乎总在关键时刻让她措手不及，以便增强悲剧效果。

"他离开一定是因为我，或许他应该叫高法哲，或许他跟了妈妈的姓……"

界平又有了当年失去妹妹那种痛彻心肺的遗憾，又有了想鞭打自己的强烈欲望。仿佛离开的不是腾法哲，而是高顿，是让她姐妹俩痛爱一生的男人。

看到他的模样，她就心跳，听到他的声音，她感到莫大的惊奇，临了又陷入蓝色的忧郁。他面试时讥笑的表情让她心碎，她像失去了信心的马拉松运动员，栽倒在距终点几步远的地方，只能像落败的狗一样舐舐伤口。

命运又一次拿她开涮了！

多年的寡居生活让界平明白，当有人用剑向你挑战，你要果断地回应利矛；当有人向你怜悯、施舍，你更应该毫不留情地还以冰冷的颜色。尊严的生活必定要靠高贵的自卫赢取。

界平在意的不是崔总的医疗费，而是作为英雄连长寡妻的自尊。

界平赶到英雄连建筑公司，门卫礼貌地拦住了她，没有预约是不能走进大楼的任何房间，包括厕所。

门卫接通了办公室。所有的光彩和时间的积淀都抵不过规则。界平突然有后宫嫔妃等待皇帝翻牌的的感觉。

大厅装潢高档、大气，宽敞的大厅像教堂般的高耸雄伟，四壁精美的装饰突显建筑艺术的奇效。界平停在镀金的公司简介前：英雄连建筑公司是国家一级资质建筑企业，企业理念是："军人雄风，品格为上"，国家AAA级资信等级，通过ISO9001国际质量管理体系标准认证。英雄连建筑公司拥有一支业务齐全、工种配套、经验丰富、技术先进、机械设备齐全、服务质量上乘的施工队伍……

界平正欣赏着，门卫突然立正并打了个敬礼，随后响起崔总明亮的声音："果然梦到鱼就有好事，原来是洪院长大驾光临了！"

崔总忙伸出两只手，想热切地捧住来宾的手。界平却只把装钱的信封塞到他手里，她的手像怕触及毒蛇似的迅速缩了回来。

崔总尴尬地捏着信封，夸张地放到嘴边吻了一下。

"我惦记着这笔钱，都失眠了好久了！"崔总感觉自己和这女人总像牛和双人床似的归不到一类。

界平并不被崔总的玩笑打动，甚至没感到幽默之处，就像老虎对兔子说它改成吃草不吃肉了，兔子不觉得可笑。

"快饿死的人终会向乞丐讨饭吃的！这女人在装蒜！"崔总没敢把这话说出来。

任何喜怒哀乐也软化不了界平那暗淡的视线，完成任务，她便告辞离开。崔总如何也不会让这个送上门的"猎物"逃走。"我带你参观公司吧，也算是给我宣传英雄连的机会！"他观察着她，仿佛要看清她如何把自己装扮得高雅可爱，而把张连长掠夺得一无所有的，也想探寻自己当年疯狂的出处。

如果机会恰当，每个女人都是媚狐。崔总坚信自己是女人通，坚信对女人的了解，像十指一样清晰。

丈夫所在的连被称为英雄连，作为连长的寡妻，她再不想参观，也要装装面子。

在这所六层办公楼的大厅里，以浮雕的形式展现着公司军事化的管理内涵。崔总滔滔不绝地讲着："当兵的经历是我巨大的财富，没有部队的锤炼，就没有我的今天。公司要做大做强，就必须实行品牌战略，像英雄连一样遵循着一流的精神。一座桥梁，一栋楼，就是一件工艺品……"

界平不会为崔总滔滔不绝的介绍感动，她深知宣传是一回事，实干是另一回事。吸引她的仅仅是英雄连、军事化这几个笼统的概念。她仿佛站在英雄连的历史里，眼前又是枪、又是炮、又是军人的铮铮誓言。她心中惶恐，不知该往前走，还是离开。毕竟自己是军人的妻子，享受着烈属的待遇，可对丈夫的部队生活了解得太少。丈夫真有没能发出的信吗？

崔总觉察出界平精神的游移，尽管自己卖命地介绍，可她并不像其他参观者那样给予必要的赞美。她听着，仿佛又没听，她随他一层楼一层楼地参观着，又仿佛心思早已离开。她仿佛走进一个只有战火点燃的特殊世界，周围是一望无际的火焰，感情的极峰在心头闪闪发光，而日常生活只在遥远、低洼、阴暗的山谷出现。

"这女人，真是魔鬼！"崔总始终把人类分为皱纹朝上和皱纹朝下两种。他觉得界平打破了他的分类法，她是那种介乎于两种之间的没有表情的第三种。这另类的表情无形中把靠近她的人拒之很远。

真有隐藏得如此之深的人吗？崔总喜欢攻关，喜欢挑战，如果这个女人真是海洋，他倒宁愿做个搏浪的人，虽然二十多年前在情海里呛过水。

参观到第四层楼时，工作人员叫住了崔总，说楼下有一位叫王子的求见。

"皇上来了也免见，不会客！"

界平不愿见到王子，崔总理解她的感觉。

王子是个散漫而多事的人，总将自己怀才不遇的怨仇，发泄到朋友身上，并且酗酒成性，醉酒后又哭又闹，总不安生。经历战争的洗礼，崔总和王子情同手足，但手足毕竟是手足，有的是手，有的只能是足。对王子而言，劝说不听，训诫不听，有时也不得不臭骂一通。王子扬言只要给他一点微小的机会，他就可以创造一个全新的上帝，写出旷世奇有的名作。

"王子说，有封信……"界平迟疑地说出了内心的纠结，玻璃窗折射到墙上游移的光线，也不及她的脸色苍白。

"您真想读那信？我本人可比信更有魅力！"

"我丈夫的信，难道……有毒？"

"这得因人而论！"

"你怎么知道？"

"许多战士都知道！"

真有没能发出的信？界平一直以为是王子信口胡说的，没想到这信竟然保存在他们手里二十多年。不知是这件事本身，还是对信内容的担忧，界平突然心潮起伏，血涌大脑，仿佛走在飓风里，看到了丈夫浑身是血，身体摇曳，头发像抖擞的旗子，影影绰绰，淹没在巨大的黑浪里。

两封信用一条绿丝带绑着，上面的一封开着口，信封的折痕和污迹仿佛被几百人传看过似的。

界平翻转着两封信，查看着上面的每一个油腻腻的指纹。仿佛她根本不在意写的什么，而只在乎信封的清洁似的，那表情既单纯又复杂，既静止又骚乱，既惊恐又谨慎。

"可能张连长没来得及封口，战士们……"

界平掂量这件事的后果，仿佛有无数张多事的嘴，在她周围响个不停。她瞪了崔总一眼，心如捣蒜，转身往外走去。如果手里有枪，她肯定会让他胸口流血。

界平摔门而去，迎面遇到了怒气冲冲的王子。王子像看着天外来客似的看着脸色苍白的界平。

王子打个了招呼，界平像受惊的马，把持不住激愤的表情，近乎小跑着出去了。

"你脱她衣服了？"

"闭嘴，小心她捆你耳刮子！"崔总惊恐地冲到阳台，王子也跟了过去。

"我不明白你为何让女人弄得头脑不清？"

"你若明白，你就是太监了。"

"两腿之间的球球与这有什么关系？我收到法院的传票了，她女儿起诉了我！"

"被告席的椅子对你还真合适！"

有些人就像水痘，害过一次病才能长长见识。这件事让王子明白，一个人无论贫穷还是富贵，与法院保持距离永远是理智的做法。

崔总早就看出来，对于一个不读书总醉酒爱抱怨的作家，写作，只是他避免自己蔑视自己的挡箭牌而已。

王子张口结舌，眯缝着眼，模样又气愤又挑衅，活像一张诉状。他不相信自己会被告上法庭，就像不相信冲锋枪将成为新娘的陪嫁品一样。他跟在崔总身后进了办公室，顺从的表情，像一条伶俐的狗做了错事似的。

单亲家庭长大的张薇脆弱、敏感，害怕落后和失败，所以学习特别用功，无论在师生面前还是在妈妈的同事朋友面前，都是一副干练而聪明的形象，是众同学里的佼佼者，是妈妈们眼里的好女孩。像核桃一样，脆弱的心需要坚强的外壳保护，反过来，越是坚强的外壳，保护的是更趋脆弱的心。

张薇一直为有英雄的爸爸自豪，自初中以来，她颇费精力地收集了大量刊登她爸爸的英雄事迹的报纸。对爸爸的印象一是来自妈妈的讲述，二是来自报纸。爸爸如此神勇、果敢、智慧和多情，怎么能容得王子的恶意歪曲，甚至把爸爸描写成一个愚蠢的土老帽。

雨夜，张薇捧着《我的老战友们》，盯着爸爸的照片，时间之长犹如漫长的开学季。然后，她转过头去凝视着那些敲打在玻璃窗子上的雨点。不知道是窗外暗淡的阴影，还是一抹伤感的微笑，在她唇边勾勒出一道既信心十足又无限残酷的线条。

这书只能忠于英雄，它不能既诋毁了英雄，还想得到英雄子女的感激。张薇仿佛看到了这书的死刑。带着虎门无犬子的狂妄心态，在同学们的鼓动下，起诉了王子。

> 诉讼请求：
>
> 1. 判令被告立即停止并收回所有"歪曲实事、诋毁战斗英雄形象"的作品《我的老战友们》；
>
> 2. 判令被告向原告公开赔礼致歉；
>
> 3. 赔偿原告精神损失8000元；
>
> 4. 承担本案的诉讼费、调查取证费等合理费用。

王子被张薇的起诉搞得心烦意乱，写战争回忆录只想还原战争的真实，从而纪念牺牲的兄弟们。没想到竟然要和战友的子女对簿公堂，这违背了创作的原则。他当然不怕法槌，因为那书无论从大义还是从细节，都尽可能尊重了事实，还原了战友们的本真。但无论谁胜谁负，伤的都是自己人。

王子本渴望赢得感激和赞誉，没想到收获的是带血的泪水和苦涩的诉讼。

法槌的回响能穿越时空，却不能唤醒那些酣睡的英雄。法槌的哲学能定义邪正，但邪正的界线从来都不会分明。

王子求崔总出面调解，力争庭外调和根本就不存在的争执。

如果要问独生子们不缺的是什么，那便只能靠幻想，然而，他们过剩的恰恰是无限荡漾的想象力。

九

这丈夫的信，虽是薄纸几张，却与青春等价。

这封污渍斑斑的众人尽阅的信，足以让界平痛恨丈夫的所有战友们，痛恨他们的眼睛和大脑，进而希望他们都变成瞎子或傻瓜。

关上门，洗净双手，界平虔诚地坐到写字台前。仅仅想到这是丈夫的字迹，就让她激动不已。有那么一段时间，她忘记了他的长相，怎么也记不起他的笑容。那个男人，给她搭建了二十年的婚姻框架，可他是什么性格，什么爱好？有过什么追求？她却像陌生人似的一无所知。

界平感觉自己的婚姻像精心准备的一夜情。"我爱你。"他上战场前的告白让其他一切都变成了谎言。这是一场空中楼阁的婚姻，有着海市蜃楼的虚无。婚姻就是一种妥协，有时最好的陪伴仍是自己。比起界平所经历的其他关系，这场婚姻又似乎给了她坚实的存在感。

时间是伟大的，它能消磨尴尬的记忆，平息懊悔和厌恶。

界平打开了被战友们传阅过的那封信。

亲爱的界平：

　　每次提笔给你写信，总有满肚子的话要说，可又拿不准该不该向你讲。战争似乎正在改变着我们，战场让青葱的战士迅速成熟。每场战斗都是残酷的，都是生死较量。那种对灵魂的震撼、对精神的冲击，没在枪林弹雨里站立过一分钟的人是如何也体会不到的。

　　战斗开始前，我觉得自己像坐在教室里的小学生，面对一张无法完成的复杂试卷，忐忑不安。我不知道自己是谁，更不知道如何使自己战无不胜。

我不能吓唬你，你纯净的心灵里不能装入太多血腥的色彩，我也不忍心让你感染着血腥的味道。嫁给军人，特别是战争中的军人，那种艰辛和折磨，我是理解的。仿佛我们的道路上撒满了荆棘，无法前进也无法后退。我们被永久地困在那里，看着时针一圈圈地空跑。

战友们总调侃我从河里捞了个新媳妇。是的，当把昏迷的你抱到病床上，你的长发遮住了半边苍白的脸，你红色的裙衣裹着瘦削的身体，我像被电击了似的，浑身颤抖。后来，我们举办了婚礼，战士们嫉妒得发狂，以至于有些战士没事就在河边转悠，也盼着捞个新媳妇。

亲爱的，嫁给我让你受委屈了吧？我不是优秀男人，但我是忠厚的有责任感的男人。命运总是出其不意地夺走我们的所爱，但我们必须永往直前地生活。有人说你跳河自杀，我从没问过。那夜洪水确实汹涌可怕，无论失足落水还是自杀，都不重要。活着，多么奢侈的享受，又是多么朴实的需求。战争意味着战士无权选择生死。两场战斗结束，我左右的战友们像被砍倒的玉米秆似的，永远埋在了南疆。亲爱的，活着，就积极地活着。

在你的注视下，我的过去付之一炬。没有人规定爱情是怎么样的，它无法被规定，也不会接受施舍。

我真想给你永生永世的快乐。如果有可能，我也不愿用你这个小女子去换乾隆后宫里的所有嫔妃。

可是，我突然发现，我们可以战胜敌人，可以炸飞喷吐着火舌的碉堡，亲爱的，有些内心的障碍、内心的碉堡，却不知如何攻克。

我像离群的小孤鸟得到了你撒的面包渣儿，这也算是优待了。不，亲爱的，这不是我想要的爱情。

结婚那天，站在树下的人是谁？你们聊了很久，可是当我出去时，他转眼间消失了，快得让人惊讶。亲爱的，他一定是你重要的人，原谅我胡乱猜测，如果是你的情人，如果你们彼此相爱，我宁愿退出，虽然新婚的酒宴还没结束！爱情是比欲望更原始的东西，也是生命中最坚强的盾牌。

我不会夺人所爱，更不想让人夺我所爱。趁一切还能挽回之际，我宁愿让所有战士嘲笑，宁愿不在乎军人的尊严和男子汉的自尊！

从那人消失的那一刻起，我决定绝不冒犯你的身体，除非你同意。我可以睡沙发，可以当你的警卫，守护着你的生活和你的梦。

我站在床边，看着你睡梦里甜美的微笑，它太珍贵了，像星光只能在暗夜里出现。你梦到了谁？我站在你床边，心酸得像醋。

三天后我们就要南下了。战士们处在战前的激动、惶恐和焦灼的复杂情势中。亲爱的，你幸福吗？我却是个幸福的男人。在那三天特殊的日子里，作为连长我的任务非常重，留给你的时间很少。我多么渴望我们能深入地交谈，彼此敞开心扉，让阳光灿烂地照进我们的生活。可时间太紧，压力太大，每天都像走在索道上。你不开心，这是我无论如何也不能忽略的！

有人警告我，军人就是军人，在床上也是军人。我懂他们的言外之意，我珍重你，像珍重我自己。也许直到生命的尽头，我都不会提到那个烧掉我舌头的烫口问题。

你满腹心事，仿佛走在梦里。我知道梦里的主人绝不是我，应该是那个树下的人。

我该怎么办？该怎么解开这错乱的结？有那么一刻，我曾希望射中战友的子弹射向我。如果洞穿了我的胸膛，也许这一切就解决了。

你说呢？

那位看似鲁莽的丈夫，却有着如此细腻的情感。二十多年来，界平强制自己不回忆那场精神似乎没参与的婚姻。那时的她像吸毒过量的女子，行为似乎不经大脑，未来也盲目地交付了别人。但是，借婚姻享受安逸的想法立刻招来了危险，犯错与失败让她付出了一生的代价，不多也不少。战争的烟雾让她喘不过气来，丈夫的信指引着她往尘封的记忆里挖掘，加深了她游走于婚姻边界的强烈的孤独感、罪恶感。

她感觉胃里的空洞加剧。

人生是一场际遇，那个三天的丈夫，竟然如此爱着自己，如此明了着她的心情。阅读的好奇心减退了，空洞而没有意义的感觉给她带来了一阵难言的痛苦。如果他没牺牲，二十多年后的今天又会怎样呢？

失意的老兵就这德行，至死都牢记陈年旧账，牢记别人的缺点，更无包容的可能。

怪不得战友们那么痛恨自己，都以为她是不忠的妻子。生活的土壤早已被闲言碎语收拾妥当了，上面播种的都是些陈词滥调和流言蜚语。

界平根本就不想解释自己。孤傲和不被理解也是她保护自己的两件冷兵器。当年被痛苦击倒的是脆弱女孩，而站起来的却是冷傲而姣美的女人。

亲爱的界平：

战争就是你死我活或我死你活！

该死的雨下个不停，我们已泡在战壕里好几天了，战壕里水多得可以养鱼虾，战士们轮流往外舀水。天像一个永远悲痛的女人，日日夜夜哭泣着，太阳似乎忘记了这片雨林，似乎永远也不想漏下一缕光线。

不烂裆的不是人。

亲爱的，真不想给你讲这些，我只是希望你作为军人的妻子，别像有些人，对战争有着理想化的狂妄。这里比地狱更糟，在地狱的大火里也比这里骨头发霉、皮肤溃烂强。不知道这辈子还能不能晒干身体上的雨水，还能不能看到干爽的秋天和灿烂的阳光。我宁愿横穿整个世界和你在一起，不愿这样给你写信。和你相识的那些日子对我来说水晶般纯净，永远折射着五彩的阳光和皎洁的月色，在寂静的战斗前夜，那是我心中最美的景色。

炮火撕裂世界的瞬间如此苍白，白得像阿司匹林。我突然觉得自己还没有长大，对为什么来这里一时茫然无知。真理和谎言之间布满了复杂的河道，人们凭着直觉前行。

回顾短短的一生，三天和三十年没什么分别，这是我的命运，也类似其他战友的命运。

阵地埋满了地雷。有时夜行的动物会踏响地雷，敌人以为是我们在进攻，我们以为是敌人在夜袭。方向错乱、信息杂沓，我们像站在绞刑架上等待赦免的囚徒。等待，等待着胜利，也等待着死亡。在这里，连上帝都沉沦了，每个人都是一副赌徒般虚伪的笑容。

灰色的雾弥漫大地，掩盖自然界变化的秘密。战斗打响了，轰隆隆的炮声地动山摇，天地之间被火光照得如同血色黄昏。我们愤怒地想把所有的子弹射向敌军，敌军也愤怒地射向我们。我们的130火箭炮、130加农炮和152榴弹炮喷吐着灼热的激情，像节日的礼花绽放在漆黑的夜空。曳光弹拖着金光闪闪的尾巴，邪恶地钻入敌人的阵地，在一片爆炸的火焰里，敌人的残肢在火光里一闪而过，阵地一片火海。亲爱的，战争并不是看电影，战场上没有英雄，只有子弹。子弹选中了谁，谁就得流血、牺牲，没被选中的就是英雄。冲锋时，我眼看着战友的双腿炸飞了，他茫然地望着我，像饥饿的婴儿看着母亲。几分钟后，他死了。亲爱的，我不是英雄，但我会愤怒，会从失去战友的恐惧中爆发，我和战士们冲向敌人的阵地，那个该死的碉堡，正喷吐着灼热的子弹。火红的海洋在我的眼前展开，仿佛所有的故事都在这里上演。我们越战壕，爬山坡，架起爆破筒，目标瞬间腾起一片灿烂的火焰和震耳欲聋的爆炸。遗憾的是，战友却被击穿了胸膛。他才十八，像个孩子。我很难过，他在他父母的生命里永远缺席了。

当灾难落到我们头上，我们根本不愿正视它，因为这太可怕，太不体面了。

胜利都是用悲痛换来的。

我该怎么向孩子们讲述战争?

我实在不愿让我们的儿子趴在灌满水的战壕里,不能容忍我们的孩子也享受枪炮的洗礼。一切,让我们这辈承担吧。爱你,也爱我们未来的生活!幻想未来让战壕里的我无比快乐,这种快乐是那么珍贵,就像沙里的金子。

结婚才三天,我却感觉我们已一起生活了三十年了。幸福的日子真遥远,你真遥远,那贴着红喜字的家真遥远。你还想他吗?一定想的。我理解那份感觉,但也请时常想想我,我是你合法的丈夫,是爱你的法定男人。如果子弹收走了我的生命,我不后悔,但我可惜,我多想和你长长地过一辈子,陪着我们的孩子们慢慢长大,看着子女们结婚成家。亲爱的,我向你坦白,在战友们问起你的时候,我总有股酸酸的味道浸入骨髓。我嫉妒那个人,我也曾希望射中我战友的子弹能射中那个人,这并不残酷,而是自私的最原始表现。情敌间的任何祝福都是虚伪的。

部队里,我是最木讷的一个。除非必要,我不喜欢说话,因为我感觉许多言语都是多余的。我不想出头露面,也不想争强好胜,我喜欢和平地隐藏在战友中,隐藏在大家都不在意的角落里。然而生活很幽默,无意中却让我成了英雄,成了报纸的头版头条。生命如此美丽,如此不真实,有时又如此残酷,令人措手不及,仿佛瞬间被抛入了深渊。

亲爱的,我不说如果我牺牲了以后的事,我无权说。我只说我爱你……许多话,还是留待战争结束后再说吧……

界平呆呆瞪瞪地坐了许久,觉不出自己醒着还是在梦中,只觉得听见脉搏在跳动,仿佛震耳欲聋的音乐。不知什么时候,泪水像洗过脸似的满面皆是。她深深地抽泣着,发现这场哭泣不是从现在才开始的,而是二十多年来从没停止过。界平当然理解战争并不像电影里演的那般简单和光荣,但也没想到丈夫曾那么艰难地沉浸其中。事隔多年,第一次读到丈夫战场上留下的字迹,界平备感内疚和羞愧。自己太对不起丈夫,对不起那个拯救过她生命的男人。她匆忙地又读了两遍。每读一遍,悲伤似乎都换了味道，仿佛抖掉什么东西似的抖动了一下身子。出身的真相、养父的猥亵、妹妹的去世、恋人的突然消失和孩子的夭折，让她变得麻木、冷酷、尖刻和自私，甚至对婚姻也缺乏热情。是的，她对生活缺乏热情，对婚姻缺乏期待，对未来缺乏期许。她成了一个机器人，一个军属，一个寡妇。她喜欢最后一个名字，这名字是她的盔甲，在寡妇的盔甲里，她平安地度过了二十多年。

悲痛再次灼伤了她，忧愁是自私的，伤感也是。她沉浸在扑通扑通的心跳中，时针每转一圈都是他……战场上血流满面的他，微笑着写信的他，幻灯片似的浮现在眼前。界平坠入无尽的过去，却无法找到出路。无论灵魂怎样辩解，身体号啕不已。过去的二十多年，一次也不曾希望得到别人的理解，但到了关键时刻，还是咽下了倾诉的冲动。这信使疾驰的生活中断，回忆也将中断，死是最终休息，但也不知丈夫是否在天有灵。此时，她却感到完全地、一无遗漏地被理解了，她第一次变成了空白，像轻飘飘的气球那样腾空而起。

一九八四年，北京举办了国庆大阅兵，各地方也以不同的方式庆祝建军节。界平和许多军烈属被邀请观看了庆祝"八一"演出。大礼堂闷热而欢乐的气氛始终让界平格格不入，节目尚未过半，她就盼着快快结束。歌唱家们上场下场，灯光明明灭灭，界平总感觉有人在监视她，向四周望去，除了一张张欣赏节目的笑脸，并没发现监视的目光。散场后，一位失去右腿的残废军人，突然用一支铝合金拐杖挡在了界平的胸前，拦住了她的去路。界平像置身于手电筒下的飞蛾，不知所措。那残疾男子凑近界平："潘金莲，滚出去！"

界平盯着那双黝黑而锐利的眼睛，不知哪来的勇气，朝那张标准国字脸狠狠地唾了一口，然后推开拐杖，众目睽睽下昂首离开了。

界平感觉那是作为英雄妻子的唯一一次英勇行为。

这次英雄行为却让她落下了心病，从此见了残废男子总是远远躲开，无论老少。仿佛那拐杖也不是拐杖，而是能击穿灵魂的老枪。

崔总曾和王子吵得像两只鹅。崔总说王子奋力铲平了英雄的宫殿，却又为英雄搭起了一个透风漏雨的茅草屋，而且满意地欣赏自己的善举。

王子大呼正义已亡，邪恶滋生。那场遥远的战斗犹如夜空中的明月，是作为黑暗的象征而打响的，因此，记忆中的战争总以四周的黑暗为背景，细长的炮火弧线、从枪膛穿出的红光，一动不动地呈现在记忆的夜幕上，忍受着四周的黑暗、时光的磨洗。而张连长并非神似的英雄，他的血肉之躯在绝望灵魂的支配下，走向了灭亡。

崔总挥动着诉状，让王子闭了嘴。还有什么比监狱更现实的地方？

崔总站在白鹭大学的白杨树下，他来等人。王子告诉他，仅就张薇的模样，第一眼就能认出是张连长的女儿。老连长的女儿就在身边读书，这么多年来竟然不知道，崔总感觉很惭愧，仿佛鼻头上长了个硕大的粉刺，严重影响了观瞻。

王子说张薇这只羔羊吓唬起人来倒像只猛虎。

白鹭大学的教学楼前，腾法哲站在丁香树边，等待着女友下课。

校园响起了一阵悠扬的音乐，学生们像开闸的水库，汹涌地奔腾而出。张薇兴冲冲跑出教学楼，奔向丁香花丛。

崔总再有十双眼睛也看不过来那么多女生，正懊恼间，突然发现了丁香花丛里的一对男女。是她，果然像张连长！崔总向丁香花丛走去，把欣赏这位女生的过程拉得很长。崔总挡住了一只野狗到垃圾箱边吃半块肉包子的路，棕色的瘦狗竖起了耳朵，仿佛要狂吠，也许发现这傻男人并无抢食的意图，耳朵又向后平了下去。

那对男女突然向校外走去。

"喂，我认识你，等一下！"崔总的声音惊起草地一群麻雀，盘旋成一团浅咖色的朦胧，颤动着飘向不远处的冷杉树。

听到声音，有好几个同学回头看他。法哲和张薇手牵着手离开了。今天他们约好的一起看电影《美国丽人》。

一群身穿篮球运动服的男生挡住了崔总的视线，他们不紧不慢地围着他向前走，仿佛他是这群大男孩的教练似的。

下班的高峰时间，出租车稀少得像大熊猫。法哲和张薇在校门口拦出租车，几辆车都被抢走了。时间不多了，两人非常着急。这时，一辆红色丰田停在了他们身边，车窗缓缓摇了下来。

司机就是陈文文，陈副市长的女儿。文文远远看到腾法哲，内心立刻痉挛起来。昨晚她梦到了法哲，法哲穿着一件黑风衣，帅气地在雪地上打鸟，子弹是一个个松软的雪球。文文在楼上偷偷欣赏法哲。雪花漫漫洒洒，大地洁白，雪松美丽……日有所思，夜有所想，文文正想着如何将梦告诉法哲时，抬眼看到法哲立在路边。

文文得知两人去电影院，便爽快地要把他们送过去。法哲介绍了张薇和文文相识。得知文文是法哲儿时的伙伴，又是副市长的女儿，骄傲的张薇像掉了鞋跟似的，瞬间矮了下去。张薇感觉文文不时从后视镜里偷窥自己，那审视的目光仿佛满含着讥讽和冷漠，坐在车里，比坐在电椅上还惊恐。敏感的张薇偏想读出隐藏在促狭的微笑之后的心绪，怀疑这位公主在享受着什么秘密。

困守在车里，张薇像笼子里的猫一样不耐烦。十五分钟的车程，比一年都漫长。

阴谋和嫉妒是两头尖的矛，伤人的同时也伤己。女孩子的心思比蚕丝还纤细敏锐。后视镜对视的瞬间，彼此就确定了敌友关系。

"什么味道?"文文嗅了嗅鼻子。

法哲便把丁香伸到文文面前。

"你还是喜欢野花，上不了大场面。"文文高贵地昂着头，优雅地转着脖颈，仿佛她是和太阳订婚的明月，姣美的容貌让丁香之类的花朵黯然失色。

"装甲车上得了大场面，你喜欢吗? 这可是丁香，你别不像中国人似的，小心嫁不出去。"

被法哲这么一呛，文文羞红了耳朵。

张薇奇怪法哲何以与文文相熟到如此地步。她感觉不舒服，周身的骨骼像轴承缺了油似的不灵巧。

法哲牵着张薇的手向电影院走去。

"文文不会抢你吧?"

"祝贺你又将多个手下败将!"

"她爸爸可是副市长!"

"与我有什么关系?"

文文看着他们亲密地离开，而自己甘愿做了他们的车夫，像被跳蚤叮咬、又被毒蝎子蜇了似的焦躁、愤怒。她没看到红灯，差点儿和另一辆车撞上。交警摆住了她，要她把车停靠在路边。她生气地一踩油门冲了过去。交警像发现兔子的老鹰追了上去。红丰田像娇娇的公主，华贵地停在了公安分局的门前。

文文非常气愤，不是气跟随而来的警察，而是气张薇，还有法哲。她觉得内心就像一块烧红的煤炭，不喝十杯冰水无以消解。那天与法哲聊天，她极尽柔美的表露了喜欢他的心意，辗转地倾吐了想和他在一起的欲望，可他根本没透露已有女朋友的事实。

张薇最大的过错就是不该使文文感到烦闷！不论过去还是现在，法哲的心应该永远是文文的私家花园。

文文以为，任何人如果心里有点诗意和浪漫，无论从长相还是从家庭的条件，对文文和法哲在一起的设想都不会无动于衷。

那可恶的张薇在文文看来并不怎么出色，法哲却当着她的面揽着张薇的腰，亲昵得像面前无人似的！

花猫一出现，老鼠就应该钻回到黑暗的洞里。

小交警停下摩托车，给文文开了罚单。文文像茎上的花一样优雅地侧过头，一副高贵温和的姿态，微笑着接过罚单。"喂，有女朋友吗?"

"改天请你看《美国丽人》，好不好?"她自以为正中靶心，抬起头嫣然一笑，倒车，差点儿撞到小交警的摩托车上。车像一团火焰消失在滚滚的车流里。她要的不是一场恋爱，而是一场恋爱的借口。

作为副市长的女儿，她的灵魂早已被锻炼成真金。在她眼里，无论是张薇或小交警，不过是一堆废铜烂铁，他们的命抵不上一张电影票。她觉得副市长之女的生活简直美极了，只要打开褡裢，金钱和机会就像雨点般落下来。她像调皮的渔夫玩弄着上钩的鱼。可小交警并不是钩上的鱼，他冲着那红色的车，痛快地骂了句妓女不如的脏话。

崔总猜测张薇起诉王子，根本没经妈妈的同意，不然，界平又怎么能答应呢? 毕竟审判这起版权案，总会涉及界平的夹生饭似的婚姻，总会拉出她情感的隐秘故事。无论由谁揭开伤疤，疼的只能是她们母女。

多年的创业经历让崔总明白，解决麻烦的过程就是建立新关系网的过程。当然，没有好处的事情，崔总无论如何也不会浪费丝毫心情。插手版权案让他隐隐感到，他会因此而拉近与界平的关系。界平内心世界同外界之间的那把生了锈的锁，将被巧妙地打开。崔总幻想自己像风一样自由自在地吹拂而过。

张薇以为自己的说服力与自信相符，岂不知是自掘陷阱。

学校正举办排球比赛，张薇作为班里的主攻手正和对方进行着激烈的淘汰赛。对方几次扣杀都没能接起球，瞬间丢掉了三分，队员们相当着急，情绪都很激烈。前面的怪后面的没接起球，后排的又怪前面的没让开位。崔总挤到班主任身边，装作看球似的喊了些建议：扣球了，一号位后撤一步接球，好球！拦网、拦网，六号补位，好球！

队员光有激情和决心是不够的，球场休息的时候，班主任当即抓差，让崔总给队员们指点指点。崔总是部队排球的干将，熟悉排球就像熟悉自己的五指。球队的灵魂还在沉睡，需要一次震撼才能把它唤醒。他从攻防两面分析对方的技术，设定破解的方法，及时协调场上的士气。队员们果然犹如神助，怎么打都顺手，怎么打都得分。气势越来越足，终于反败为胜，淘汰了对方。

同学们以为崔总是班主任请来的指导，班主任以为是同学们请来的专家。

"我是张薇爸爸的战友！"

"还真没法找我爸爸考证！"正在擦汗的张薇莫名其妙地瞪着崔总，大脑迅速旋转，心想肯定与那案情有关。

坐上崔总的宝马，嫉妒犹如一只飞翔的雄鹰，忽地一闪，从空中直冲下来，用它那利喙，牢牢地叼住了张薇的心。爸爸埋在了南疆，而这位战友却开着宝马享受着人上人的生活。更让她坚定了替爸爸翻案的决心，仿佛爸爸的牺牲是崔总造成的。

崔总问张薇想吃什么，今晚崔叔叔请她吃大餐。如果没有排球比赛的引子，骄傲的张薇绝对不会随崔总出来。当着师生的面，爸爸的战友找到学校，这多少让张薇挣了点面子。毕竟从小到大，叔叔辈的人到学校探望她还是第一次。崔叔叔的声音里有一种奇异的力量，他的眼神中有一种坦荡的激情。崔叔叔的到来，似乎填补了情感的某项空白，虽然她也不清楚到底空白了什么。

张薇不是一顿大餐或一件衣服就能哄高兴的小姑娘。她知道今天这莫名的晚餐定会有许多下酒菜，她得把应对的辞令考虑清楚。

"你长得很像爸爸！"

"机智也像我爸爸！"

其实，张薇更希望自己像妈妈，妈妈是极品级美女，虽然人到中年，那漂亮的五官依然让许多年轻的美女惭愧。可遗传就这么不给面子，偏偏没遗传到妈妈的美，反而克隆了爸爸的五官。张薇犹如在一片欢快而不安稳的大海上颠簸着，脸上却没有一点惶恐不安，甚至连一点异样也看不出来。

"你爸爸有时一坐就是几个小时！"

"爱因斯坦也是一坐就是几个小时！"

张薇像老奸巨猾的商人，偏偏不接崔总的话题。今天，她有的是时间和耐心。

"你爱吃什么？"

"我爸爸爱吃什么？"

崔总感觉到了张薇的尖锐，体察到了她的愤愤不平。她似乎善于用木棒把别人敲下马，但这举措并不能让她变得更聪明。

"老连长爱吃芸豆、土豆、粉条、茄子和肉片一锅乱炖，爱抽长长的旱烟袋。"

张薇头倚在椅背上，眼睛斜视着崔总，暗自思忖："他果然是王子的帮凶！"

"那今天就吃一锅乱炖！"

崔总猛然踩住了刹车，他本来想吃西餐的。"这个季节，哪里能吃到乱炖呢？"

他们终于找到了一个不错的饭店，点了菜和果汁，在等着的当儿，崔总才近距离欣赏着张连长的杰作。

"起诉王子，你妈妈不知道吧？"

"陪您吃饭，我妈也不知道！"

张薇一副初生牛犊般的天真，摆出担当大事的气魄。张薇太沉湎于爸爸当英雄的黄金时代、沉湎于英雄爸爸军绿色的疼爱里，没发现世道已变了，对英雄的记忆像蛇蜕皮一样，早已抛却了那星辰般的光环。

菜上来了，崔总把菜放在张薇面前，又给她续了果汁，把纸巾包打开，抽出两张餐巾纸，放在张薇的左手边。张薇有点儿小感动，内心翻腾着一股热流，但随即又强制把热流压了下去，提醒自己不上感情的当。

崔总倚在后背上，心想让孩子成熟是多么艰难的事情。

"把你爸爸的历史摆到法庭上，最好让你妈妈知道。"

"这是鸿门宴吧！"

"如果热爱你爸爸，就不要惊扰他的安息！"

张薇霸气外露的气焰突然被钟形罩闷熄了，"安息"两个字像定时炸弹，让她忐忑不安。

这个老家伙滑得像鳝鱼、刺多得像仙人球。在凶猛的一道菜肴之后，张薇决定还击。"起诉，让你和战友不舒服了吧？你们谁还记得我爸爸？谁还记得那个英雄——'闪电张'？你们升官的升官、发财的发财，我爸爸却埋在万里之外，包括你，你是记得我爸爸，还是记挂着我妈妈？你敢说你当年没惦记过那个漂亮寡妇？"

崔总像被敌方的炮火猛一阵扫射似的，一时不知怎么还口，吃惊地瞪着站起来的张薇。

"你的舌头叫人拔了吗？驳斥我啊！你开着宝马来接我，在师生面前装正人君子，背后也有小二、小三了吧，也用不道德的手段敛财了吧？别冒充长辈来说教，你们都没这资格！"张薇无情地冲击爸爸的战友，自己也很受伤。悲怆涌向双眼，咸涩的泪水就淌了下来。

"你爸爸没给你公开陈年旧事的权力！"

"他也没给你阻拦我的权力！"

张薇说完转身朝门口走去，端着托盘的服务生急忙给女孩让路。这个女孩处在人生旅途刚刚起步的年龄，起步时的精神面貌，正是她成长环境的综合反映。

崔总呆愣愣地坐着，他从未在这样短暂的谈话后感到如此筋疲力尽，心脏狂乱地哆嗦着，每跳动一下，胸骨都发出一声金属般的回响。他努力想挤出一个微笑，以表示大人不和小孩子计较的胸怀和大度，结果自己摇了摇头，像在驱赶围绕着头嗡嗡叫的苍蝇。好久，他才拿起筷子，慢慢独自品尝着那份怀旧的大餐。战场只有一位神——死亡。可他不能对这个小姑娘说，说也不理解。至于对界平动情，崔总倍感心虚，心虚到后背冒汗。当时对界平的那种迷恋、痴狂，以及痛到断臂割腕的思念，也许只有经历战争的人才能体会。这种迷恋像暴雨中的河流，迅速地、不知不觉地、不可抑制地沸腾了。现在想来，那时爱的也许不仅是一个美丽的女人，更多地宣泄着对死亡的恐惧，对战争伤痕的抚慰，对悲观人生的深度体察。

法庭只相信推理和证据，而非想象和热情。崔总被张薇死呛了一顿后，心里一直不踏实，如果将张连长的过去搬到法庭上，许多老战友将作为王子的证人出庭，张连长许多本真故事，会逐一被揭发出来。那不仅是张薇，也是大家都不想看到的。比如张连长和指导员起冲突，张连长擅自修改战斗路线，致使重伤了两名战士……

《我的老战友们》消极地塑造了界平的形象，她会是什么感觉，会有什么反应呢？

青春可以为一切狂躁买单，时间可以埋葬一切痛苦的记忆。而今那些心痛的伤疤将被一个小姑娘揭开，界平真的能保持沉默？

崔总被带回到从前，渴望着单独与她在一起。偶尔错身而过，他身上发抖，呆若木鸡，不敢说出朝思暮想的话。他惊恐地向周围张望，寻求援助，以免一头栽倒在地上。

十

作为陈乾坤副市长的女儿，介绍对象的挤破了门槛，不是博士，就是豪富的继承人，可文文像挑西红柿似的不是色泽不好就是形状不规范。人人都知道文文是挂在高处的金苹果。带隐喻，文文活在金碧辉煌又浪漫多情的童话里面。不撒谎就是诗，趋炎附势的陈词滥调高高筑起了通向爱情殿堂的阶梯。文文的骄傲与日俱增。

"妈妈，我要的是丈夫，不是男仆，这城市到处是趋炎附势的伪君子。"

"你想找个钢铁侠丈夫，去玩具店就行了。"

"我的丈夫将是优秀无畏、才华横溢、沉稳干练的美男子。"

"那你就当老姑娘吧!"

文文一直念念不忘儿时的伙伴法哲，那时文文上幼儿园大班，法哲是二年级的大哥哥。坏男孩抢了文文的玩具，法哲作为大院里的守护者，不但把玩具抢了回来，还把那男孩吓得尿顺着裤子流了一摊。

从那时起，文文就想和法哲玩过家家，扮成夫妻，养一大群兔子和猫。可是法哲根本不看她，甚至没把她当成能抱窝的母鸡。寒暑假，大院里的孩子一起玩耍，法哲是孩子头儿，无论是跳房子、捉迷藏，还是游击战，文文始终不能加入法哲的圈子。越是被疏远，她便越想往前冲。后来随父母工作的调离，彼此失去了联系。而今，文文再次遭遇了儿时的梦中情人，那种幸福感是酒杯里喝不完的酒。这次相遇带着启示录的预言，仿佛生活开了个天窗，通过天窗看到了一些崇高的境界，灵魂达到了空前的高度。

优越的成长环境也使文文养成了自我为王的个性，她可以甩掉别人，但不允许别人甩掉她！法哲对她的否定，让她相当失败。晚上质问镜中人，自己哪个地方不好，竟然被人如此漠视。

文文的特殊身份，给了她无与伦比的威仪。怎能容忍法哲的无视？

有能力的人干事，没能力的人惹事。连惹事也不会的人，就可以在背后嘲笑别人。文文无心工作，只想惹惹法哲。下班时，她给法哲打电话，约他晚上一起吃饭。已在英雄连建筑公司就业的法哲晚上要陪老总参加一个庆祝会。

"他竟然不高兴和我在一起？我可是女人中的上品！"

文文突然记起了前几天公司里也接到了庆祝会的请柬。一般这种庆祝会，举办家以庆祝为目的，邀请相关单位的负责人，相互联络感情，加强彼此的沟通。

生活中发狂的预兆已经开始，文文目标明确，行动专一。文文故意到洪院长办公室送文件，如果洪院长参加，肯定会带她去。洪院长从不带男生出门。果然，在她离开时，洪院长发话了："晚上陪我参加个活动吧！"

欢迎来到现实世界！文文暗自让快乐的感觉落进一个小小的杯子里。她要对每个经过她身边的帅气男人，散发出地狱般淫荡的诱惑，让法哲饱受嫉妒的折磨。

开发商的庆祝酒会在五星级酒店举行，邀请了众多建筑公司、设计单位、监理公司，以及政府各阶层的代表们。规模浩大，人数众多。伴随着夜幕下的星光、霓虹，呈现在来宾面前的是鲜花、电音、香槟、炫舞、美食等时尚元素。这里会集着一群世事洞明的人，熟悉人性的贪婪和欲望。美酒、笑脸、诗情画意、赞美别人、吹捧自己，人们用这样的方式定下了生命的基调：不确定和短暂。

界平和文文刚走进会场，崔总热情地迎了出来，崔总身后站着让界平怦然心动的法哲。崔总热情地把界平介绍给自己的朋友们，极力推举着界平高超的设计水平，张扬着界平获得大奖的历史。界平努力挂着笑脸，内心却像飓风下的大海，波澜壮阔又痛苦百转。她牵挂着法哲，余光寻找着法哲，事先没有一点预兆，大脑便泛起一片桃花般的灿烂。他的一举手一投足，都似乎在她桃花般的灿烂里吹起一阵微风。绷紧的和弦全断了，意外的狂喜涌向心头。她闪在人群后，远远地观察着，生怕那种疯狂激动毫无保留地写在脸上。她回想面试的事，还有之前发生的情况，简直像过了一百年。她对这个小伙子产生的感觉完全出乎意料，这感觉不仅是潜伏在心底的欢乐，更是一种难堪的、尴尬的担忧和恐惧。

打扮时尚的文文吸引了男子们的目光。崔总一向反对文文招摇过市，当舅舅的崔总谴责的目光投向文文时，文文像猫似的伸了伸舌头，撒娇地躲开了。

像蚊子总围着猎物飞似的，文文很快黏在了法哲身边。

崔总悄悄问界平："张薇起诉了王子，这事你知道吗？"

"起诉王子？你喝多了吧？"

"见了你，是有点儿晕！"

界平像脚下的地面坍塌、轰然掉进了陷阱里似的。刚想继续追问，现场的音乐声、说笑声在主持人的号召下戛然而止，全场的目光都聚集在东道主李虎身上，只见他用拉图侯爵起泡酒，随着悠扬的乐声浇灌在象征美好祝愿的香槟塔上。

崔总被人拉走了，界平悄悄退出人群。二十多年的寡居生活告诉她，有些话当说就说。她端着酒杯从容地走到法哲面前，微笑地看着他，像老鹰看着一只小鹰。

"腾法哲。"

法哲不好意思地看着界平，想起了辱骂事件。法哲只是不明白这个女人何以像苍蝇黏着血似的黏着自己。

"你长得太像我的一位亲人！"

"那是我的荣幸喽？"

"随时欢迎来设计院，大家对你评价不错！"

"谢谢大家，英雄连可能更适合我！"

每当把法哲招到麾下的想法袭上心头，界平总是竭力把它驱散，认为这很丢脸，她也分辨不清这是一种什么感情。

界平看出了法哲的不耐烦，渐渐有一种苍白的感觉，一种烟灰般失意的疼痛。她手指发酸，半杯红酒微微荡漾，为了掩饰浑身泛起的颤抖，她像个贪杯的酒鬼，一饮而尽，半晌说不出话来。

界平表情尴尬，像吃了酸葡萄似的。这瞬间的表情没躲过文文的眼睛。

崔总把界平带走了，他向界平介绍张连长的另一位战友。界平忽然记起了那位残废战友的辱骂，不由得腿就发软。丈夫的战友就是自己的朋友？丈夫去世了，自己却毫无悲恸地灯红酒绿。她不喜欢被人推崇，不喜欢被人当成英雄的妻子而受到关注。她不想生活在别人怜悯的目光里。

界平悄悄躲在二楼的栏杆边，目光追寻着法哲。法哲！他还没来得及问他的父亲，可问了又能怎么样呢？自己永远是高顿的第三者，是他遗爱的人。她时常感觉自己住在一幢玻璃房子里，随时会有偷窥的眼睛和薄薄的嘴、牛皮纸似的人脸向里张望，渲染着在妓院里才能看到的影像。所以，她家的窗帘总是紧合着。她家的两重门紧紧地锁着，像银行金库般的严密。她怕的不是外人，而是自己脆弱的心。

此时，界平像个偷窥者远远地盯着法哲，像观赏一尾游在水里的金鱼，体会着鱼的快乐和忧伤。

她用手机偷偷拍了法哲，目光借助镜头观察着这个人，这个让她心灵震颤的男生。界平感觉自己疯了，像当年在贝城似的疯狂。

手机里留下了法哲说笑、饮酒、观看的镜头。可她每回避法哲一次，就觉得应该再次靠近他。为了安慰自己，思想上又兜了一次不知兜过多少次的圈子，最终还是不由自主地恼怒。她不禁对自己感到害怕起来。

崔总带着法哲见识各路精英，以便让法哲尽快进入角色。这是没有硝烟的战场，滑过魑魅谍影，能在这里逞勇的都是妙手神偷，偷的是机遇和暴利，比拼的是智慧与手段。培养一个机智的设计师，对增加公司利益当然很重要。他发现界平和法哲聊天，内心不由得窃喜，在今后合作时，界平虽是专家，但法哲可以更好地贯彻他的意图，从而捍卫英雄连建筑公司的利益。

金钱和机遇，这两种元素组成了今晚的世界，任何其他的角色都不过是陪衬。人生就像是一场不知终点的过山车。一听见黄金和权杖的声音，来宾的脸上顿时奕奕生辉，照亮了所有的忧愁和欢乐。灯光下、酒杯里、音乐中，人人在伪装自己，而白鹭城就是一座伪装之城。

文文坚信金币耀眼的光芒，总会勾住法哲的神经，他会美到抽筋。文文像条潜泳的鱼出现在法哲的身边，她递给法哲一杯香槟，故意把目光引向正和地产老总聊天的界平。

"她好像用手机偷拍你了。"

"也许我长得像她的什么人。"

文文像侦探似的审视着法哲的五官，大脑翻动着这个问题的答案。

崔总刚好从他们身边走过，多疑的文文拦住舅舅指着法哲问道："他长得像你们的老连长吗？"

崔总上上下下地看着法哲，气得笑了起来。"如果你长得像他，那我就像刘德华了！"

文文拉住舅舅，不放他走。"那你看他长得像谁？"

崔总无法躲藏了，目光扫过法哲的面庞，瞬间意识吓得他说不出话来，终于做出了连他自己都想象不到的表情，莫名其妙地对法哲莞尔一笑。

法哲感觉自己成了一只走投无路的老耗子，恨不得找个能容身的缝隙钻进去。

崔总在和朋友聊天时，余光跟踪着界平。他深信她是个假装正义又一肚子淫欲的智深寡妇。在这宴会上，也许灯光是唯一纯洁的东西，而其他一切人和物都不配与纯洁为伴。她肯定也有男人，也许不止三五个。只要心中一出现界平和别的男人拥抱在一起的幻象，崔总就惊慌地倒抽一口冷气，胸中疼痛成一阵哽咽。她脸上是那种进行着微妙的内心活动的一贯神情，那是寡妇特有的忧郁、神秘，和这气质下隐藏的放肆和淫荡。一听见她的声音，崔总脸上顿时熠熠生辉，照亮了岁月赠送的忧愁。"她始终是我炉里烧红的炭，而我不是她眼里的火。"

一个建材老总喝醉了，不停地唱一首从妓女那里学来的低俗的黄歌。同行的人想制止他，也有人想看热闹。可这位老板像撒娇的孩子，越发现人们关注他，便越表演带劲儿。在界平匆匆而过时，他竟然唱着歌拉住了界平的手，一张油光光的肥脸贴在界平的脸上，胳膊像螃蟹的大夹子勾紧了界平的脖子，完全一副酒后嫖妓的样子，怀着丘比特的激情，表演着无赖的淫荡。

此时，发生的任何事情都是这环境孕育的一种疾病、一种癌症，没办法避免。人们哈哈大笑，崔总当然也夹在哄笑的人群里，仿佛只有出点故事，庆祝会才有看点。崔总上前笑着扯开淫迷的老板，拉走了界平。

在这个时尚之夜，放纵代替爱情，傻气代替勇敢，胡闹代替开创精神。敢于和陌生人调情成了圈里的时尚。前一分钟可以是有教养的先生，转眼间又成了狂乱的野蛮人。这些暴发户暴露的无知，比他们的贪婪更加突出。

崔总开车送界平回家，坐在副驾驶上的她气愤得像空中轰隆隆炸响的雷，雨哗哗地下着，仿佛给界平的愤怒充当舞台背景似的。

"野兽、野兽！"她抹了把脸上的雨水，可泪水又扑簌簌地掉下来，显然，她还没顾及到自己的泪水，恶狠狠地瞪着微笑着的崔总，"你竟然看他占我便宜，更无耻！"

崔总像天上掉了馅饼似的得意地笑着，本来嘛，如果没有这事，得费多大心思才能让这个女人如此亲近地坐在这里。"找点乐子而已，不必当真！"

崔总的话像火星瞬间引爆了焦灼的炸药，彻底惹怒了界平。她又想起那封被战士们阅读的信、战士们把她当成红杏出墙的人，内心窝着二十多年的火气，在酒精的刺激下，火山般喷发了。挡风玻璃上的刮水器不停地把雨点刮去，但对她涌出的泪水却无力应对。

"停车，我要下车！"

崔总猛踩油门，车撒欢地飞了出去，溅起的水猛烈地扑向路边的栏杆和广告牌。

"我跳了！"

界平手扶在车门上，声音尖锐像闪电，目光似火，像只发怒的猫。崔总不得不停车。雨中的街道一片五彩缤纷的景象，透着醉人的朦胧。崔总突然想起那晚的大雨，水漫济南，他们连队在抗洪的途中，他跟随着张连长跳入汹涌的河里……上帝注定把他和她纠结在一起！一些红色的圈子在他面前跳动，风雨、夜晚、美丽女子……孤独感及肉体上的疼痛融汇在一起。他一把搂过界平的头，狂乱地亲吻着。二十多年前他就有过这样的奢想，被折腾得发狂，二十多年后，竟然天赐良机地有了这样的机会。酒、爱、男女，激情左右了崔总，他狂乱地觉得喜欢她就吻她就上她，就把她紧紧地占有着。那是一种撩拨人的、兴奋的晃晃悠悠的感觉，简直近乎超自然的美，具有近乎肉体和精神完美融合的超自然的光彩。"凭什么那个醉酒的家伙可以吻她，而我不能!"

爱情这东西立于世间、高于一切，为了女人，哪怕为盗为匪。崔总好像一个亿万富翁对女乞丐那样得意、轻浮、恩赐般地抚摸着。

界平刚刚被那个肥猪非礼，又落入这个流氓的魔掌。一向洁身自好、守身如玉的她，突然掉进了时间的陷阱里，仿佛那位去世的养父在酒后把她搂在怀里，悄悄地抚摸着她的身体……屈辱、愤怒、咬牙切齿的仇恨……各种暴烈的情绪瞬间主导了她，她有想撕碎世界的欲望。上车时，一段尺把长的钢筋滚在她脚下，是中标单位的样品，这时却成了她的武器。她拿起脚底下的钢筋，出其不意地抢在了崔总的头上。崔总立刻血流满面，头像南瓜似的沉沉地垂到了方向盘上。

界平吓呆了，仿佛灵魂出窍、空留麻木的躯壳。她头皮发炸，血脉断流，真希望是噩梦，希望这一切是酒后的幻觉！世界突然静止了，雷声闭息了，风雨声消失了，她的世界只有血。她用那段钢筋创造了地狱般的世界，释放了所有的愤怒，一种可怕的平静使她的心飘浮不定。

无论如何，快去医院。她像扛着装满沙子的麻袋似的把崔总塞到后座上，暴雨哗哗地下着，鲜血和着雨水从皮球般的头上流到了界平的肩膀上、衣裙上。这仓促的过程暴露了杀人犯的恐惧和紧张。她驾着车疯也似的向医院开去。胸腔中吸进的仿佛不是空气，而是血腥的恐惧。她呐喊着，带着雨夜里特有的音响效果，这种无声的呐喊泄露内心无限的焦虑、悲愤、辛酸和痛苦。

医生刚刚把病人放到诊断床上，崔总就醒了。他清晰地回忆起受伤的过程。他审视着她，当他认出还是从前那个而又是另一个洪界平时，当他回忆与她接吻的感觉混在一起的雨腥味时，他深深地吸进一口冷气，迷惑地望着闪亮的水晶灯，觉得既置身仙境又坠入地狱，在仙境和地狱两极间不停地徘徊着。

界平往后座上拖昏迷的崔总时，被停车场的保安发现，及时报了警。当医生缝合完毕，警察便来了解情况。崔总承认是自残，并向警察讲述了荒诞的自残原因。他向那位吓坏了的女士求婚，她不同意，他就死给她看……为情所惑，好像也没有年龄限制。在鲜活的爱情面前，人免不了要精神错乱。自我伤害这种奢侈的享受使得情人们像喝足了葡萄酒般的陶醉。

崔总却并不陶醉！正如人们不能再被已揭穿的骗术欺骗一样，他气疯了！他像醉酒后思维短路的人，什么也看不清，什么也不明白，什么也听不见，只是偶尔在脑海里回忆起某些不连贯的印象。他那黑暗中度过的生活，突然被一棍子敲醒了。

界平焦急地徘徊在走廊里，脑子里生动地想象着，如果他死了自己会怎么样，那她的生活永远结束了……界平怎么也没想到自己癫狂到无法无天的状态。此生最怕就是失去，失去亲人、失去爱人、失去朋友和自由，而她差点儿受到法庭的审判。她逃过了法庭却逃不过良心的谴责，她难堪地守在床边，恨不得时间倒转，宁可跳车而亡，也不再挥起那个该死的钢筋。

一切静止了，好像风和它的路线一般了无足迹了。崔总那冷冷的像镜子般清澈的目光，使界平看不透他的内心。崔总像个大头娃娃似的倚在床头上，衣服沾满了血迹，身子被掏空了，手术注射的麻药使头脑变得像热气球般膨胀。乱梦颠倒、嘲笑、爱恋和疼痛等一系列怪异的感觉闪现后，他发现自己只能困在病床上。真想把医生痛打一顿。

界平愧疚得像一只失去配偶的豪猪。"对不起！"

"多优雅的凶手！我该说什么？'没关系，再来一棍子也无所谓。'是不是？"

"真的非常抱歉！"

"抱歉！大可不必，我本想强暴你的，现在，你这不解风情的老太婆，即便脱光了躺在那床上，我也不会看一眼了。滚吧，别再羞辱我了！"

崔总把脸摆向墙壁，不愿再看到她。自此他才明白，二十多年前就爱上一个始终不能唤醒的人，自取其辱。

界平感到心蜷缩着，只有豌豆那么大。她想伸出手抚摸他，哪怕头发也行、绷带也行，但他的目光如此锋利，让人无法触摸。她成了地牢里的战俘，被绝望和悲痛交替折磨着。

界平哭泣着离开了。一定是酒的作用，界平又不承认是酒精让她失常。养父，她永远不想记起的人，却像地雷似的埋在了心底的某个角落里，总是在某个特殊时刻爆炸，炸得她体无完肤、颜面尽失。她倒佩服妓女，至少，她们活得坦荡、活得自我。界平感觉自己被关进了记忆的牢笼里，不管笼子是金子做的还是铁条做的，她只能从缝隙里看别人男欢女爱、风花雪月。

这个疯狂的女人让崔总暴躁得想杀人！他一生中最尴尬、最心酸的时候又浮上心头，他记起了她躺在病床上的样子，她在舞会上的情景，她那纤细的脖子和双臂，她那忧郁如白玉兰般的面庞。于是，一种比从前任何时候更生动、更强烈的柔情在内心苏醒了，对她曾经的热烈的爱和柔情，再次海潮般涌向大脑，流淌在血脉里。为了爱情，不怕路遥。他那在黑暗中度过的生活，突然被一缕充满新意的爱情阳光照亮了。

他刚刚把她骂走，又想把她拉回来，他踉跄地扑到门口，拉倒了输液架，发现她奔跑的衣衫影子般消失在走廊的尽头。

"回来，巫婆！"走廊里回荡着他的声音，听起来竟然悲怆得很陌生。

他发现，二十多年后，自己再次爱上了这个残酷的女人。这惊奇的自觉，让他的眼睛热了、潮湿了。爱上这个女人对他来说就是一种享受、一种习惯，也是一种需求、一种折磨。许多年后，崔总总是向朋友调侃自己是被铁棍打出了爱情。

过于平淡的生活，文文会觉得寂寞。波澜起伏的生活才会凸显她作为副市长公主的独特才华与霸气。文文眼里不能有秘密，她必须是事件的知情者或参与者。文文胸膛里充斥着自己也不明缘由的愤怒，一种又恐惧又好奇的感觉激励着她。界平偷拍法哲的事使文文浮想联翩，不得安宁。"我不但要看透你，还能看透你。"文文借放文件的机会，进入界平的办公室。她无意中碰到了鼠标，电脑里正在拷贝着手机里的照片。法哲的照片一张张放大在电脑里：有和人聊天的，有独自沉思的，也有开怀大笑的，其中一张是法哲和文文举杯饮酒的。文文扮了个鬼脸，好像在尝一勺很苦的东西，紧张得心脏颤抖，悄悄退了出去。

文文慌乱地坐在椅子上，像被蛇盯上了似的一动不动。她想思考可又集中不了精神，她想工作，却又不知道干什么。生活的秘密隐藏于生活之中，而生活有时是一个彻头彻尾的荡妇。电话响了，恰恰是法哲的，他要来设计院取工业园的图纸。法哲的电话像兴奋剂，让文文恢复了愉快的心情。她像等待国王似的等待法哲。她的爱处于情感进化期，处在鸡蛋向小鸡蜕变的初级阶段。前方有无数种可能，她只在乎必胜的一种。

法哲刚到设计院大厅，就遇到了散会的界平院长，界平热情地把法哲带到了自己办公室，说有重要事情要问。

当法哲坐在沙发上，界平给法哲泡了杯咖啡，有那么一刻，她希望法哲慢慢喝，不要着急着离开。

她远远地看着这个男生，长长地出了口气。她已无数次告诉自己，不能在法哲的身上错乱了情绪，可是当再次看到法哲，她就无法不想起二十三年前的高顿，仿佛在玻璃球的彩色螺旋中，看到了自己苦涩而绚丽的一生。

酒瓶盖已打开，喝下的却是诱惑。

"崔总的伤好了吗?"

"还没拆线。不过这次摔得很厉害。"

界平从橱子里拿出两盒包装精致的海参，要他带给崔总。

法哲接过礼品盒，转身就往外走，界平建议他喝完了咖啡，她还有事要问他。

越接近目标，冲力就越大，正如一个落下的物体，越接近地面，下降的速度就越快一样。法哲坐在那里，像高顿从星星上掉下来似的。法哲是命运送给界平的一张王牌，界平欣然服从了命运的安排，这命运已等了她许久。

界平问起了他的爸爸。

"我八岁的时候，爸爸就死了!"

界平惊呆了! 她一直认为他就是高顿的儿子，美国炸南斯拉夫大使馆时，高顿还在南斯拉夫，人称关老板。

庄严的时候拖得太久了就会失去庄严的意义。界平感觉自己像一座出了故障的钟，咬不住齿轮，脱离了机械，时针任意地在表盘上晃荡着。

原来他和高顿并没有血缘关系，世上又怎会有这么像的人呢?

界平感觉自己好像落在机器齿轮里的石子。她一时难以理顺复杂的心情，仿佛时光在倒转，今年二十，明年十八。

界平像隔着云雾般看着法哲。时光所到之处，除了爱情，寸草不生。她的爱人虽然残酷，但依然是她的太阳。有了那份爱情，她像皇后，乐于迁就和宽容。

在温馨的办公室里，品着咖啡的香气，界平意识到，清算自己的时候到了。窗帘半垂，遮住了光线。界平想让阳光打在法哲的脸上，以便更仔细地看清这个"高顿"。她刚起身，被桌脚绊了一下，头重重磕在沙发木角上又弹到地上，昏了过去，脸坚实地贴在地板上，头发像刷子似的铺散着。

"洪院长、洪院长……醒醒啊……"法哲慌得像热锅上的蚂蚁，急忙高声呼救，掐着人中。

界平蒙眬中睁开了迷茫的眼睛，茫然地看着近在咫尺的法哲。"高顿……高顿……"

"我是法哲……"

界平麻木了，对周围一切视而不见，她眨了眨眼睛，像个婴儿，仿佛第一次睁眼看世界。"法哲……"界平仿佛在思索法哲是谁，她迷离地看着这张熟悉又陌生的脸，仿佛隔着千山万水，终于慢慢恢复了神志。

"对不起……"她消沉得像一摊烂泥，却露出丁香般甜美的微笑，那微笑幻化成白鹭湖黄昏般的恬静境界。法哲带点讽刺的敏锐的眼神，让她想起她宁愿忘掉的一切往事。

文文和同事们听到呼救声跑进来了，正好遇到法哲把界平扶起来，两人的胳膊亲密地绕在一起。他们吃惊地看着亲密的界平和法哲，法哲一脸的惊讶，而界平则一副根本不想解释的表情。

"洪院长，您的客人在接待室了！"文文迟疑地盯着他们。

"告诉他们，我有客人，五分钟后过去！"

在界平冷冷的几乎是暗含敌意的目光里，露出一种疏远人世间的神情，这更令文文多疑。

"她是下决心不让蚱蜢溜出手的人。"文文暗自猜测着。

口袋里藏不住狐狸，有时正大光明的东西反倒是流言蜚语的源泉。法哲没在意文文尖酸、嘲笑的表情，取了图纸就走了。文文追到走廊里叫住了法哲，告诉他明天是她的生日，大院里一起长大的孩子们都会来，要法哲一定要参加。

"明天我有约会了！"

"你约了谁，带朋友一起来吧！"

"我可不喜欢到外人盘子里抢食。"

"喂，我可不是外人啊！"

"不过，你也不是内人！"

阿莆从法哲身边走过，阿莆惊讶地捂着嘴，瞪大眼睛盯着法哲帅帅地离开了。

"太酷了，他是谁啊？"

"一个没食欲的人！"

"我有强烈的食欲了。文文，快介绍我认识吧！"

文文转身回办公室了，根本不理发痴的女生。他和洪院长绝对不是摔倒了扶起来这么简单！如果说他敢漠视她的生日聚会，那他无疑就是谋杀，谋杀她的信心、骄傲和她爸爸的尊严。如果法哲不是她网里的鱼，这比让人兜头踹一脚更难堪。

文文坚信一个经验丰富的猎人，知道如何让野兽受伤，知道怎么在受伤的野兽面前逞英豪。

生活在当下，要么傻，要么疯，别无其他！

远处，金属般的苍穹下，群山静立，蓝光幽幽，在昏暗中重叠着、陶醉着。

女儿张薇是界平娇柔的宝贝，是她骄傲的产品。一听见女儿的声音，她脸上顿时熠熠生辉，照亮了所有忧愁和欢乐。她不敢让女儿生活在养父的手里，她也没有心力去爱一个陌生的男人。女儿不是她的过去，但可以是她的现在和未来。

心理分析的理论提醒界平，没有父爱的女孩容易不自信。母爱再汪洋，也代替不了父爱的深沉和博大。界平以为多讲讲英雄爸爸的事迹，可以唤起女儿的自信，可以复苏"闪电张"在女儿心灵里的影响。可谁知，她对女儿的溺爱反使女儿走向了反面，凭着学习优秀、众人赞赏，慢慢滋生了骄横、自以为是的特性，还自以为这就是英雄后代的独特本色，就像奔跑是马儿的本色，耕地是老牛的本色一样。

从崇高到可笑一步之遥。界平小心地保护着那未愈合的伤口，不让它受到引起痛楚和令人屈辱的触摸。关于丈夫、关于婚姻，精心封闭在谎言营造的温室里。

自女儿青春期后，特别是进入白鹭大学，界平觉得越来越失去了对女儿的掌握，寒暑假不经她同意和同学们结伴天南海北地游玩，换男朋友像换手机似的频繁。她的理论很特别，选丈夫就得像大海捞金，不多选怎么能抓到那块真金。她们感受到新鲜的一切是无法用语言表达的，谈论任何生活细节，都会破坏青春的庄严和圣洁。

前不久她向妈妈声明，她捞到了真金，这男生是潜力股，绝对的白金版。妈妈只是女儿的听众，像枕头似的没有参与意见的必要。界平感觉女儿的未来与自己的希望渐行渐远，仿佛在某个十字路口，分道扬镳了。

张薇起诉王子的事，母女爆发了有史以来的第一次严重冲突。界平坚决反对起诉王子，而张薇坚信，只要妈妈反对，那她就真像书里说的，根本不爱爸爸，根本没给上战场的新郎写过一封情书，根本就是红杏出墙的新娘！

张薇悲哀的眼中饱含泪水。她突然问自己，妈妈到底是什么人？她陷入冷酷无情的困惑中，一种可怕的东西重重地撞击了她的心窝，她感到一阵刺骨的痛楚，体内什么东西断裂了。他们这一代从未见识过血光沙场，对尖锐而天真的他们，战争不过是传说中的游戏，是一场盛大的比武血会，男人们将在其中猎获光辉和荣誉。在过来的人看来，现今的年轻人是沉溺于歌谣和故事的小孩，小孩子总以为自己力大无穷。

之前对张薇讲的恩爱甜美的婚姻难道都是谎言？当然是谎言，全部都是。界平最清楚。她向女儿讲的英雄爸爸的故事全是高顿的形象，她所谓的恩爱甜蜜也根本不是她和张连长三天的婚姻生活，而是她和高顿在贝地城的三天美丽而浪漫的相恋。张薇了解的英雄爸爸，完全是另一个人。

那些闪光的词句终于就爆炸了，就像那些只在海洋深处生存的鱼，习惯于高压的海底，一旦被捞上来就炸开来一样。在女儿审判的目光下，界平难掩痛苦的事实。反复编织了二十多年的谎言被揭穿了，妈妈可亲可敬可信的形象轰然坍塌了。"是的，你爸爸很木讷，很慢，干瘦得三级风就能吹倒似的，他也没那么智慧，平凡得像工厂里的任何工人……"

她看着女儿气愤的表情，突然觉得整个世界只剩下她一个人了。

"我瞧不起你！"

"孩子，你没这权利！"

"鄙视不需要权利！"

"怎么可能，只要你是我女儿，就没有权利！"

"你不该骗我！"

"可怜的孩子，你不能选择父亲，正如我不能如意地选择丈夫。"

她们谈话的时候用的正是第二人称单数，这第二人称单数之帆，鼓满了怨恨和恼怒，沿着那几乎听不见的声线缓缓航行。界平的眼泪流了下来。她突然感觉自己是乞丐，在乞求女儿的慈悲。

"那，那……"女儿终于没问她是不是喜欢别人的话，满面泪水地摔门走了。

界平站在阳台上，模糊地望着眼前的黑暗，那黑暗善解人意，无比温暖。

没有人因为你流泪而表示遗憾。

十一

诉讼撤销了。张薇的利剑最终刺痛了自己的心。

张薇不怕故事的开头，但怕不知道故事的结尾。这件事让王子脱了干系，最终却使妈妈遍体鳞伤。母女间的鸿沟很窄，却很深，深得很痛。

母女或母子是世上最稳固的关系。两人各自疗伤，表面上弥合了鸿沟，却留下了一道疼痛的疤痕，母女俩小心呵护着疼痛的警界线。日渐成熟的张薇一直以为妈妈的过去像水晶般透明晶亮，而爸爸则像钻石般高贵、优雅。如果抵挡不了怀疑的冲击，刺伤妈妈的心也就一分钟的事。偶像破碎了，张薇像所有女孩，对妈妈的过去有着深度的好奇，对爸爸妈妈奇特的关系有着近乎病态的迷恋。来日方长，她有的是时间去勘查、去揭开所罗门魔瓶。

从一种认知向另一种认知过渡，从一种简单的认知特殊的认知过渡，张薇学会了伪装和遏制。她学会了若有所思地笑，对着镜子，对着同学，更对着妈妈。撤销诉讼使她产生了一种说不清的繁杂感觉。她想笑，胸腔里却充满着自己也不明缘由的泪水。

周日，张薇和妈妈说说笑笑地到商场购物，女儿试穿着衣服，在镜前转来转去，看到女儿凹凸有致的体形，界平内心像打翻了五味瓶。女儿长大的过程就像小鸟独自飞翔、离开妈妈的过程。她世界的中心就是眼前这个女孩，无论有多大的苦难，有过怎样的隔阂，她永远感激这份母女亲情。

"妈，合适吗?"女儿试穿着一件淡绿的连衣裙。

"真漂亮，很合适。"

"我出生时挤坏了脑袋吗？怎么一点儿不像你。"

"像我就会苦命，不像我倒是好事！"

"妈，我不会再让你受苦了。"

店员为了推销出衣服，愚蠢而热切地和张薇搭讪。

"你父亲是怎么死的？"

"因为忠诚。"

"忠诚还能死人？"

张薇不再理会多嘴的店员，开心地欣赏着镜子里的自己。从拐角处走来一位戴着墨镜的妇女，边走边侧头观看摆在过道上的服装，扎实地撞在了界平身上，重重地踩了界平一脚。慌乱中，妇女的墨镜和包都掉在了地上，在弯腰拾东西时，她偶然从镜子里发现了界平。当界平发现这妇女观察自己时，也扭过脸看她，她却迅速戴上了咖啡色的墨镜，提起包，匆匆走了。当发现镜子里也有一位自己时，才意识到误把镜子当成了过道。马上调转方面，像被人追赶的母鹅，昂首挺胸地踏着铿锵的鼓点走了。见妈妈盯着她看，张薇好奇地问道："她是谁？"

"我正在想。"

"她好像认识你。"

"我也好像认识她，但想不起来了。"

张薇去收银台付账了，界平沉浸在茫茫无绪的回忆中。那妇女打扮得精致高雅，提着普拉达的包，脖子上戴着油光透亮的翡翠，踩着镶钻的高跟鞋，通体散发着黄金味道。当服务员把包装好的衣服递给她时，她猛然想起，二十多年前，她敲开妹妹的门，迎接她的就是那妇女——崔梅，妹妹的室友。界平头晕目眩、喘不上气来，喉咙干燥冒烟，身后像着了火似的快速追了出去。界平焦急地在服装区里奔走着，寻找着那个短发、穿着紫色上衣的女子，随后她又下到另一层，依然没有那个女人的影子。优秀的足球队输了球，队员们总是相信，是在什么关键地方走错了一步，其实，每一步都受制于对手，每一步都有类似的错误，没有一步是完美的。

界平站在电梯边，望着进进出出的人。难怪认不出二十多年前的崔梅，那时的崔梅朴素得像村姑，单薄得像一辆不加装饰的自行车。二十多年不见，她丰韵了，腰身变粗了，脸也变圆了。界平多次返回贝地城，希望她能为妹妹伸张正义，可崔梅总是避而不见。

她在人群里四处张望，追逐一个二十多年前的证人，总给人以不祥的感觉。她更加清楚地意识到，清算旧债的时机错过了。

时光无情，人心冷漠，多少故事成了历史的悬案。

妹妹一直是界平内心深处的独特存在，是自己的影印版，是自己的镜中人。她总感觉自己是替妹妹存活着。自己的人生就是妹妹的人生，自己的爱情也是妹妹的爱情，因而自己的苦恼也是妹妹的苦恼。自从与妹妹分隔两世，某种情感就变得永远潮湿了。她总是估量自己走到了什么地步，评估心底的疯狂，可她的评估根本就没有健康的尺度，反而把自己引入了单身女人怪癖的情感误区。

人们像渗进沙土的水一样向着未来渗透，但有些人总是缠绵在回忆里。随着职务的上升，界平越来越体验到一种迷人的元素——财富和生命，假如还有什么价值的话，那就是财富的不可控和生命的脆弱。披金挂银掩盖不了心灵的贫血，美容塑身挽救不了五脏六腑的老化。

只有死者永远年轻。

这几年，妹妹成了贝地城的传奇，人们都称她为洪姑，求子女的、求婚嫁的、想升官发财的，都到她坟前烧香祈愿，据说很灵验。每当这时，界平就感觉某条肋骨扭得疼痛。被妖魔化的洪姑似乎不是她妹妹，她妹妹一直深埋在姐姐的心里。人并不是尘世永久的房客，终会像风过发梢般了无踪影，可是人们总想借助于非人的力量，让自己活得精彩。然而，精彩都是相对的。

人们的心灵在绝望与希望之间永不停息地摇荡，欲望之火，使生存变得野蛮而令人窒息。想拥有一切，却又不知道如何获取，逆时逆天正成了另一种存在的方式。人们无法亲吻思想，思想不会流血，不会爱，不能触摸。古代造神，现代人也造神。人们把心交给神，把希望和仇恨也交给神，神收不收无人知晓。然而天真的人们，交付了就安宁了，叩拜了就踏实了。人们宁愿被神奴役，宁愿依赖那虚假的依托，膜拜在自己垒起的红砖碧瓦下。

界平对烟熏妹妹的墓地相当气愤。如果妹妹真有灵气，为何不替自己雪耻！如果妹妹真有灵气，为何不替她找回高顿，那可是她的高顿！站在熙熙攘攘的商场里，界平错愕了很久，像被悬挂在铁丝网上的风筝。沉寂多年的积怨突然重现，依然保持残暴的活力，对旧债的裁决只有复仇。再没有比复仇更完美的舞台了。

真相有时是生活里可怕的错误。

女儿挽着妈妈的胳膊离开。珠宝总需要奢华的首饰盒，对女儿的关爱，界平可以倾尽最后一滴血液。

走到电梯口，女儿的电话响了，女儿悄悄地讲电话，红色的光晕弥漫着脸颊。界平笑了，这电话肯定是男生的。

恋爱中的女孩像花。女儿高兴地再次挽起妈妈的胳膊，像快乐的牡丹花。

回到家时，母女决定第二天请女儿的男朋友到家来吃饭。

交通便利、风光宜人的白鹭市吸引了大批开发商投资办厂，城南开发区成了现代化的工业中心。开发商老总李虎约崔总和界平一起勘察现场，就一些细节问题进行调研。李虎在工业园里增建文体娱乐区，包括游泳馆、网球馆等。承建单位的崔总当然又将大挣一笔。正如地震几分钟后才相信了地震一样，在洽谈会后，界平突然明白，这个英雄连建筑公司的老总，像一只勤奋的仓鼠，不停地囤积着过冬的粮食，而界平感觉自己不过在为他风风光光的事业不停地敲着边鼓。

这是一片肥沃的黑土地，白杨树抖动的树叶，闪烁着火焰一般的美。若隐若现的红瓦白墙的农舍，像一幅幅色彩艳丽的油画，给人以风景壮美、生活和谐的感觉。绿油油的玉米坦坦荡荡地铺向远方，风吹玉米发出模糊的喧闹声，就像六七架风琴奏出的低音。不久，处女地的印封就将被开启，挖掘机、推土机等将横冲直撞地开进来。至于丰收的景象，必将幻化成一场形象鲜明的皮影戏了。驴子爱秕糠胜于黄金，人爱黄金胜过粮食。

这是自发生流血事件后第一次见面。李总坐在副驾驶上，界平坐在后座，正好能看到崔总的后脑勺。再次面对崔总，界平难免尴尬、慌乱，在夏末灼热的天气里，界平却感觉到前所未有的寒冷。崔总像什么也没发生过似的，热情地为界平开车门，给界平旋开矿泉水的塑料盖，大大方方地开着天气和行人的玩笑。仓鼠在囤积粮食的时候，总是一副好心情。

"婚姻的魅力在于瞒骗成了夫妻生活的杰作。"李总像法官宣判似的感慨着，议论着某个局长的小道消息。

界平偷偷观看崔总右耳上方的伤口处，像高高的玉米秆和矮矮的花生秧似的参差不齐，寸把长的刀口依然清晰可辨。崔总兴奋地和李虎聊天，头转来转去的，仿佛在向界平声明："看吧，欣赏吧，这也是艺术，暴力美学的杰作！"

不，千万不能再和这个男人有半点儿亲近。

界平随他们在河堤攀爬，登到高处察看周围的境况。崔总像老朋友似的伸手拉界平一把，或在独木桥上搀着她稳稳地通行。当一个小把戏得心应手时，隐约觉得尚有更多的快乐潜藏其中。肢体的小小接触在崔总是有意的，在界平是紧张的。这其间的微妙，二人体察得很清楚。

察看规划图时，崔总接了个电话，是女人打来的，崔总细声细气地聊着，表情温柔，声音清甜，还宝贝、心肝地哄着对方。最普通的事，一经拿捏，便显得别有状态。界平听着肉麻，心漏跳了一拍，仿佛突然与同事观看了A片似的难堪，借喝水的机会，躲得远远的，直到飘进耳朵里的声音模糊成一团雾状的风景。

命运为界平准备了大喜大悲，她害怕了，转身躲开了。她总以为崔总在故意气她。这过度的敏感也许是独身女人特有的反应。平时，她也怕同事们当着她的面谈论夫妻间的诸多好处。崔总的甜言蜜语像一串机关枪震得她难受，刚刚还怕他向自己求婚，现在他却和另外的女人调情，界平的心像泡在醋里的腊八蒜，不由得变了色彩。

"女孩是现代生活中最美的陷阱，摆脱诱惑最有效的方法就是向诱惑投降。"李总仿佛用一句话概括了整个世界，递给崔总一支烟，自己也得意地抽了起来。

李虎的司机接他去济南，往回返时，界平不得不单独坐崔总的路虎。

崔总替界平拉开了副驾驶的车门，可界平根本无视他的殷勤，独自拉开了后排的车门，抬腿坐了进去。崔总扶着车门笑了，像一个得意的赌徒。

崔总不时从后视镜里偷瞥界平。界平突然感觉自己像法庭上等待判刑的囚徒，忐忑地熬着那心动的一刻。她透过玻璃看着外面，那里的电线在交叉、分开，无限地拉长着，田野里的树、低矮的房屋在飞快地向后跑去，一个骑着自行车的年轻女子飞也似的闪了过去。界平仿佛看到了十七岁时的自己，那时的阳光也曾这么灿烂，田野也曾飘着香甜。从过去到现在，中间恍惚一梦。看来一个人只能待在自己的宿命之地，每个人都逃不掉宿命的安排。

崔总正全身心地和方向盘交流着，车内寂静得有些尴尬、有点敌意，甚至还有那么一股嘲弄的味道，有一种要出事的感觉。界平抱着自尊心闭目养神，车子拐弯儿时，才睁开眼睛，但总能捕捉到崔总偷窥自己的那躲闪的目光。界平下意识地检查衣服的扣子是否扣紧了，裙子是否规整。

她身边已二十多年没有男人了，她已习惯了没有男人的生活。在遥远的贝地城，她和高顿并不理解那几天流泻出的疯狂和激情，像旋开的用之不竭的五彩牙膏，洗净了她的肉体和精神。而打那以后的多年，她的整个青、中年时代，都充满了那种毒药般的香味，那呛人的气息，麻醉了她的人生。在她的记忆中，许多事纠缠在一起，说不清哪件事在先，哪件事在后。

在激烈的生存竞争中，人们总想拥有某种经久不灭的东西，贪婪地把权势和黄金塞满脑袋，愚蠢地希望以此保持高贵地位。其不知，脑袋像一个古玩店，里面全是雾霾和尘土，价非所值。

界平偷偷瞥见崔总那出现污渍的格子衬衫，那刮过胡须的青痕的下颌，以及那带有烟痕的手指。她嗅到了雄性荷尔蒙的气味，抵触着气味带来的感觉。她闭着眼睛，像睡着了似的沉思着，周遭的空气爱抚着她的肌肤。她有男人，那个男人一直在她心里，在她的梦里。她的男人不必用语言哄她，他的一个眼神儿，就能让她幸福得像公主。

她不会向这些浅薄、窥探的目光敞开心扉，她的心绝对不能放在他们的显微镜下。

寂静能杀人。这个时间应该说点什么，界平在大脑里寻觅着词语，可一想到崔总那个暧昧的电话，那恼人的表情和口气，又把说话的欲望闷死在心里了。见异思迁的人只知道爱的小零小碎，而忠贞不贰的人才懂得爱的大慈大悲。

崔总一脸轻松。界平猜测那轻松是装出来的，甚至有点恶作剧的狡猾。

车径直开到界平家楼下，崔总非常绅士地给界平开了车门。他缓缓伸出手想握手告别，界平刚刚伸出手，他却又迅速缩了回去，好像烫了一下。

"想送就真诚点，假海参会导致不孕不育！"崔总从后备厢里取出了那两盒海参，塞到界平手里。

"我花了好几千块钱呢！"

"你害我还真下本钱！"

"你总这么多疑吗？"

"别忘了，头上有疤的是我。"

崔总仿佛不再参与意见似的，掉转车头开走了。云朵像一束光滑的白丝线，飘过干净的青石般的天空。这时界平才清醒地意识到，这个男人，不管你喜不喜欢，注定是让你难堪的存在。

就像囚徒不愿再重温坐牢生活一样，界平也不愿被男子羞辱。她愤怒地想骂人，想大吵一架。可这社区很和谐，没有她发怒的空间。旁边正好是个垃圾箱，她挥手把假海参扔了进去，垃圾箱草绿色的盖子像秋千似的晃荡了好久。

界平在沙发上发呆，大脑空空的，又似乎满满的，有许多问题要思索，那些问题却像蜻蜓似的在空中飞来飞去，总也抓不住。在许多相似的极度乏味的酒会上，几乎每位来宾都无聊得想来一场艳遇。他们喜欢和她交谈，总以为和寡妇发生恋情像诱人的无息贷款。他们的手像抚摸马匹一样轻轻滑过她的脊背，终于谁也没能打开她尘封了二十多年的身体。"别让我做不可能的事！"她伸出手打掉了放在屁股上的手，可感觉连自己的手都沾满了梅毒、细菌。经过可怕的羞愧与煎熬，她总是急速反省自己，身体为何总回荡着一种惴惴不安的感觉。岁月的流失与想象中的爱情收窄了她的生活，使她只为隐秘的梦想而活。她正变得不再那么热情洋溢，反而对男人谨小慎微。

"我是有毒的荆棘，别惹我！"当人们欢乐时，亦真且幻，时过境迁，红颜易老，千百年后，肉身无存。然而是狗就找主人，是和尚就找庙，是男人就找女人，或者相互寻找。

但是界平却认为除了女儿，万事不过一场美梦而已。

电话响了，是崔总打来的。"你不会把海参扔了吧？"

"扔了。"

"老天，谁敢娶这笨女人！"

界平急忙跑到窗口，运垃圾的车刚刚开走。

连狗也知道绊倒和被踢之分，连初生的婴儿都能分辨优美的音乐和噪声的不同。她恨透了这个总戏弄她的男人。

也许因为糟糕的起诉事件，张薇从不带法哲见家人，这让法哲很忐忑，总感觉张薇对他不满意。恋爱就是这样，只要还没得到张薇家人的肯定，法哲就会像站在钢丝绳上般的有悬空感。

"为什么不让我见你妈？"

"谈恋爱的是我，又不是她。"

"如果她不满意，你不也会甩了我？"

"你对我这么没信心？"

"我是对自己没信心！"

据说是张薇的妈妈主动提出来要见见张薇的男朋友，如果妈妈投反对票，这事还真有些麻烦。

终于要去见张薇的妈妈了，法哲在洗手间对着镜子梳理着发型，抹着发膏。"趁年轻，好好泡！"同事老胡解着裤子进了里间，过了好久才听到淅淅沥沥、断断续续的撒尿声。前列腺炎折磨着他，每次小便，用他自己的话说，比泡妞都难。

法哲和张薇的相识很浪漫也很暴力。暑假的日照海滨浴场，聚集了很多下海的大学生。海滩平滑，沙子细柔，海水也干净清澈。海浪翻卷着扑碎在海滩上，学生们在海浪里跳跃、拍照，欢腾得像激情无限的浪花。法哲和两个男生游泳累了坐在海滩上休息，欣赏着湿淋淋的美女们，不时给某个漂亮的美女打打分，亮晒着各自的审美趣味。他们寻找的是情绪，并非风景。

两位身穿比基尼的美女因购买海星与小商贩吵了起来。商贩坚持说她们把金黄海星的某个角弄断了，要赔钱或干脆买走。骄傲的女生们自然不吃亏，更不会让这黑心的商贩污辱她们的智商。于是你一言我一语，像两把刀，刀口对刀口，扎过来刺过去，越吵越凶。张薇像海豚般从海里游了出来，甩着头上的水走到中间，微笑着分开过度热情的双方。晒得像刚果人似的商贩以为不能与美女上床，与美女吵架也能释放荷尔蒙，骄傲的声音越喊越大，吵得越来越悠扬。法哲的同学小辛，举着手机啪啪地拍着美女与"刚果人"吵架的镜头。这照片一旦发到网上，点击率肯定像泡胀的海蜇迅速扩大。

张薇早就发现了他的卑鄙伎俩，以为他拍一两张也就可以了，他却像变态狂似的偷窥得没完没了。某些学生精神贫乏而欲望强烈，混淆了物质享受与精神愉悦的关系，总是以低贱当高雅，以诽谤当责任，以对着美胸偷窥当艺术探险。气愤至极的张薇两步蹿到镜头前，劈手夺过了手机，像甩头发似的把手机向背后扔去，手机像石子般嘣的一声落进了海水里。

一切发生得太快，法哲和他的同学们还没来得及回味，张薇扭着时装步，翘着骄傲的小屁股走了。

法哲仿佛置身于一个神奇的王国里，那里没一样东西与现实相像。他一直在欣赏，欣赏大海、欣赏那美女，他感到惊奇，那女生何以像海浪似的无所顾忌。

张薇的率真、自信和桀骜的天性，像花儿一样在日照的海边，开出了火红的、粉嫩的、娇黄的颜色，散发着青春、正直和迷人的香气。机缘就是这样，当爱情来临的时候，没有固定的模式，张开怀抱接受就是了。

法哲刚出办公大楼，一个百灵鸟似的声音叫住了他。那女生站在一辆面包车前，微笑地向他招手。法哲怎么也记不起这美女是谁。

"小时候你还把我按了个奶油大花脸呢!"

"小叶子!"突然遇到儿时的伙伴，法哲说不出的惊喜。时间仿佛开了个玩笑，那个干瘦的小叶子，瞬间成了风中摇曳的水仙，美丽高雅地散发着迷人的香气。

身着绿衣裙的小叶子，笑得神秘而诡异。一男子突然从法哲身后用紫红的布条蒙住了他的眼。小叶子握住法哲的手。"请大王猜猜小伙伴们的声音!"

"就不要把我当瞎驴了吧！"

"怎么可能，这机会我们等了十多年了。"

"我怎么觉得是前天的事，小叶子，好像你还当了我的压寨夫人呢！"

"新版压寨夫人可是金子做的，大王，小心被压扁了！"

从车上跳下两个男生，把法哲弄进了面包车里。法哲的双手也被反绑着。

这种绑架游戏是法哲当大王时经常带着小朋友们玩的。多少年后，这调皮的游戏，竟然差点坏了他的大事。

"别让大伙儿等得白了头。"是文文打来的电话。

"不照镜子就看不到白头！"

法哲不知道他们演的哪出戏，说说笑笑的人又是谁？对儿时的伙伴来说，每次相遇都是一场终结，又是新的一场开始。

小叶子从法哲的衣袋搜走了手机。

爱情绝不是唾手可得的，人们要达到爱情的殿堂有两条路可走，一条是使自己爱人，另一条是使对方爱己，情感上缺一不可，理论上却可以用金钱、权贵、美色等等元素代替。

他们说笑着、逗闹着到了酒店，押着大王进了香气扑鼻、美味四溢的大厅。文文费尽心思地把当年的二十多位小伙伴全召来了。有的是从外省赶来的。靠近文文，就是靠近机遇，这些正待毕业的学生们需要工作机会，需要坚实的关系网。

如果不是为了法哲，文文才不会花心思联络那些穷仔呢。自有阶级以来，社会就分三六九等。虽然解放后把穷富给均了，可这几年，穷富的差距慢慢显现出来，阶级的分水岭也会露出水面。有的人生来就靠太阳近些，生来就衣食丰足，而有些人天生一副穷苦相，只配给文文洗车或搓背。

文文透过玻璃窗发现被扶着下车的法哲，他迷人的形体甚至会令石头动心。她心里一紧，嘴里泛着酸酸的甜蜜。她觉得他那么美，那么与众不同，她害怕女朋友们像她一样，为他的皮鞋响板似的美妙声音而神魂颠倒，害怕她们为他那迷人的微笑而怦然心动，害怕她们为他健美的身材和善良的举动而爱得发狂。她急切走近他，害怕扼杀这痴痴傻傻的感觉。她一直以为她的爱情应该骤然来临，电闪雷鸣，撼天动地，比罗密欧与朱丽叶更痴情，比杰克和露丝更伟大，仿佛九霄云外的狂飙，吹过人世，颠覆生命。目前，法哲还不是她的菜，她必须设计、争夺，只有胜利，才让她的爱情更有意义、更有保鲜价值。她被自己想象的激情压得喘不上气来。

她已经不再是跟在别人身后被忽略的小不点儿了，而成了这个黄金和欲望王国的女霸主。她感受到升腾勇气的召唤，足以征服爱情的世界。今晚她煞费苦心张开了一面大网，只想笼到法哲这条特别的鱼。

法哲作为大院里的孩子王，统治了他们整个儿童时代，那时他带着男孩子掏鸟蛋、翻墙头、玩游击战、老鹰捉小鸡、打瞎驴……

文文party的第一项内容就是让法哲猜猜每个人的声音。发声者朗读一段徐志摩的《再别康桥》。如果法哲能正确说出朗读者的名字，那么朗读的人就喝一杯酒，如果说不出，法哲就会被灌一杯五粮液。

一位女生拿着准备好的诗，字正腔圆地朗读起来。

> 轻轻的我走了，
> 正如我轻轻的来；
> 我轻轻的招手，
> 作别西天的云彩。

法哲像品酒似的回味着绕梁的声音。十几年前，他们还是一群说着地方土语的孩子，相熟到放个屁都知道是谁的味道。而今不但声音变了，再加上普通话的掩饰，若辨别是谁的音质，确实太难了。

法哲像瞎驴分辨着声音的味道，文文像红萝卜兴奋地色诱着瞎驴。世界仿佛塌成了一条通道，一头是文文，一头是法哲，而这群儿时的玩伴，不过是通道里轻吹而过的风。

法哲已有了女朋友，文文不怕自讨没趣。然而，青春不就是一场自讨没趣的恋情吗？她忽而十分忧郁，忽而十分安详，忽而十分热情，又忽而十分寡淡，伙伴们在她旁边，总感觉一种冷冰冰的魅力。

"焦霞霞！一定是焦霞霞！"

"罚酒罚酒！"两个男生按着法哲的头，把一杯白酒灌了进去。现场一片笑声，音箱里放了一段《美酒加咖啡》的音乐。

第二个朗读的是男生，这男生像口吃似的读得大家哄堂大笑。

> 那河畔的金金金金金柳，
> 是夕阳中的新娘娘娘娘娘；
> 波光光光光光光里的艳艳艳艳影，
> 在我的心头荡荡荡荡漾漾漾漾漾漾漾。
> 大大大大王，猜猜猜猜我是是是是谁？

法哲也笑得肩膀直抖，在儿时的伙伴中，没有谁这样幽默过，他怎么也记不起这个声音是谁。他只能在调皮的男生里胡乱猜一个名字。

"土豆！"

瞬间腾起一片呼叫声，土豆不得不喝下满杯五粮液。

伙伴们守着自己的口舌，就像一只老鹰蹲在巢边防备着来犯之敌。假如法哲能猜透他们的声音，他们不知道应该高兴好还是应该苦恼好。

二十几个伙伴，有三分之一没能猜中，当摘下眼罩，和儿时的伙伴欢笑拥抱在一起时，法哲早就醉意沉沉了。他们回忆过去，畅谈儿时的欢乐和那些恼人的糗事。推杯换盏，美味佳肴，唱歌跳舞，极尽奢华。在这个如此局促、如此庸俗的时代，这个声色犬马、缺乏志向的时代，旧友聚会也是一种最舒心的快乐。在迷人的青春舞场里，年轻的心是爱情的玩物，他们心甘情愿地臣服在美酒和爱情的魔幻世界里。奢华的狂飙，香风习习，陶醉了灵魂，氤氲着欲望。鲜花和音乐的长处在于把纯朴的欲望引向歧路，而美酒佳肴的长处则在于让干净的灵魂学会感情用事。

人类过于装模作样了，这是人类的原罪。

法哲和文文相拥而舞，文文娇柔似水。儿时，这些女孩子争相做大王的压寨夫人，今天突然回忆起儿时的事情，感觉那么久远，仿佛过了几个世纪似的。文文捏了捏法哲的手，又温暖、又颤抖，如同一只鹦鹉，虽然被捉住了，还想飞走。文文幻想着两人在温馨的房间里，你望着我，我望着你，欲火如焚，心旌摇摇，色授魂予。

可法哲像木偶似的没有温度、没有激情。

"你还没祝我生日快乐呢！"

"我以为我可以省了呢！"

“你不祝福，我寝食难安！”

“你发射了那么多丘比特箭，足以让男士们夜不能寐了。”

“你呢？什么感觉？”

“喝高了，头昏，想吐，想好好睡一觉……”

法哲随着音乐飞快地旋转着，醉意沉沉地以为怀里拥抱的是他心爱的姑娘张薇。

青春的狂热使这些人挥霍如王侯，一腔飞天的野心和荒唐无稽的欲望，傲然于黑白之间，睥睨万物，不可一世。

一位身着巴莉宝T恤的青年从大厅门口走了过去，他突然收住了脚，倒回到门口，跟随着的几个青年也收住了脚。

这位巴莉宝青年就是开发商李虎的公子，叫李威政。

“这可是白鹭城的玫瑰！”李威政的同伴提醒他，“陈副市长的公主！”

李威政看了看同伴，又像盯着南极来的企鹅似的眯起了眼睛，闪烁着诡异的光彩。

在玫瑰的战场上，有谁不是赌徒？

伙伴们争着和文文跳舞。青春就是一场狂欢的盛宴，要享受青春，就只有干从前没干过的傻事。

服务生推来了999朵玫瑰的花车和巨大的生日蛋糕。惹起一片痉挛和尖叫。文文以为是法哲为他定制的，激动得像彻夜关在笼中的极乐鸟，嗖地飞出了房间，扑到刚刚走出洗手间的法哲的怀里。

小叶子拿起花车上的卡片，大声读着：“祝陈公主生日快乐！李威政！”

“谁是李威政？”文文像从梦里被叫醒似的懵懂。众人的讨好软化不了她暗淡的视线，她仿佛瞬间置身于一群牲畜中间，也像牲畜一样喑哑、失语了。

“来，为文文又多了一位崇拜者干杯！”电视台主持人绿茶建议着。

李威政竖起了新月状的眉毛，带着饶有兴味的微笑从办公室的视频里观看着文文的party，像从显微镜下观察着花蕊的开放。他是这酒店的老总。他相信多情是无所事事人的特权，是有闲阶级的一大特色。

加入文文的圈子，就要学会欣赏上层的奢华，学会欣赏绫罗绸缎的柔和光亮、名酒佳肴的馥郁美味、香精花露的迷人芬芳。学会赞美和追求这一切，跟随着燃起的欲望，一步一孤寂，一步一艰辛，也一步步失去幸福感。欲望一旦被唤醒，幸福的神经就脆弱地扯断了。

贫穷一旦钻进门，爱情就飞出了窗。

999朵玫瑰不是爱情，巨大的蛋糕也不能保鲜到明天。时间是无情的魔鬼。夜深了，成双捉对的男女生像两瓣花生米似的紧紧地贴着，随着音乐迈步在醉乡里。

遥望未来，迷人的日月悠悠展开，洒满了玫瑰花瓣。

有人躲到柱子的后面亲吻着，有人在洗手间里相互抚摸着。今夜确实很浪漫，不妨称之为青春的浪漫史，而浪漫史最坏的地方，在于它到头来使人不浪漫。

摆脱诱惑的唯一方法是向诱惑投降，倘若抵制，灵魂就会得病。文文搂着法哲的脖子，用额头摩擦着法哲的脸。可法哲躲开了。文文以为已经掌握了法哲，看来，酒精的作用仅仅是暂时的，清醒后的法哲依然距她非常遥远。她幻想着法哲深情凝视她的眼睛，她融化在他的爱情里。她和法哲骄傲地钻进蒸气浴室里，摊开身体，舒展四肢，暗自狂喜，把自己整个儿交给那热雾腾腾的爱情。

他是她独特的菜，没有谁能阻止她不把他吞进嘴里。

她要抓住机会，身体紧紧贴在了他身上。乳房像新出炉的面包散发着迷人的香气，陶醉着饥饿的法哲。法哲突然想起了张薇，今天约好去见岳母的。他看了看墙上的表，天哪，那里已是第二天了，怎么是四点多了呢！

他扯开窗帘，天空已有了黎明的青灰，河水曲曲折折，漫不经心，流过白鹭城的睡眠，柔软的雾气在酣睡的白杨树间浮过，仿佛细纱缠绕在树枝上。

法哲当头挨了一击似的呆住了。说不清是酒精还是友谊让他把灵魂毫无顾忌地交给了夜色，夜色飞速地吞噬了所有活着的人的时光。

青春的美本身就充满着不安，它永远不会完整，永远处在追索的过程中。青春又被唆使着去追寻下一个美、未知的美，而且预兆连着消逝的预兆。时光无情地消逝，形成了青春的主题，这种短暂而奇妙的美，原来就是生命虚无的开端，也是虚无时光的本身。爱情只不过是青春美好的证明，这是从人生中挤出来的，是从内在意志里开放的花。至此，法哲还是法哲，天亮了，他对着青灰色的天空，无力做任何辩解。

十二

女儿是妈妈的作品，独生女是妈妈独特的作品。阳台上，几株茉莉悄悄萌发着翠绿的嫩芽，界平懂它们在等什么——它们为怒放而生。孩子们把童年拥有的那种纯洁的光、天真的快乐，远远抛在了后面，迅速奔跑着进入现实，沉迷于青春的浪漫。岂不知，青春都是相似的，痛苦却各有不同。

每个父母都自以为是孩子恋爱的导师，孩子却认为父母是老朽的胡杨。同事老季的宝贝女儿，高三时狂热地和一男生相恋，全身心地当一个女人而不是学生，捧起了温柔，而放下了课本。高考落榜，男生进了复旦大学，第一学期就完成了分手的所有程序，而老季脆弱的女儿却进了精神病院，即便治愈出院，也无力捧起复读的课本。好端端一个家庭，像得了重病似的。

作为母亲，界平希望女儿未来的丈夫善良勤奋，甚至有才华，能给女儿一个完美幸福的人生。条件听起来很简单，可细究起来，这要求也很苛刻。看着女儿兴奋得像停不下来的电动玩具，界平有一种不可言表的失落。女儿大了，像燕子似的有了自己的天空，女儿不再是妈妈的私有产品。

在婚姻的舞台上，演员却十有八九搭配得不伦不类。

整个下午界平都在厨房里忙活着准备各种食料。糖醋鱼、香酥凤尾虾、三鲜猫耳朵汤……佳肴满桌、色香味齐全。约好女儿的男朋友五点到的，可是六点了仍不见人影。张薇打他电话，关机。恋爱跟某些异教仪式一样，既需要祭师也需要祭品，许多痴情的男女，不知不觉间成了青春的祭品。

晚上七点半，女儿与其说气愤，不如说担忧。

"会不会出车祸啊？"

"你小时候总问天会不会塌下来一样，别担心。"

"可我总感觉不踏实。"

妈妈劝女儿沉住气，他今天不来，明天会说明原因的。一切都会好的。

界平不得不这样劝女儿，可她自己也不相信这话。二十多年前，那个男人不就是突然消失了吗？再见时，自己已嫁作他人妇。

女人是用来爱的，不是用来等待的。

张薇不安地站在窗口，心里左一个假定，右一个假定，心思像空中的风筝忽上忽下，翻来滚去。

命运就像滔滔的洪水，奔泻而去，不知何往。

夜深了，界平听到女儿的哭泣声。哭吧，不哭不是人生！

人都是在各种各样的悲泣声中长大的。

这天夜里，时间好像凝固了，每分钟都慢腾腾走个没完没了。

酒醒后的法哲恨不得甩自己几个耳刮子，他如何也不敢相信自己竟然如此昏庸糊涂。张薇的妈妈该如何嘲笑这个混蛋男人啊，张薇一定气愤得像遇火的炸药。法哲借机去厕所，溜了出来，站在黎明将至的大街上，清凉的海风吹散了身上的酒气、烟气和香水气，清扫了附在身体上的那层麻痹。商场的橱窗反映着他的状态，影像冰凉，怒气冲冲。文文从窗口看到了法哲站在橘黄灯光下，刚想大声呼喊，他钻进了出租车，走了。

黎明莫名其妙的安宁使文文心神不定，繁华过后，她依然形影相吊。那激情像沙堡，风浪过后，坍塌如泥，无以言表。她渴望重塑世界，永远安坐在法哲的心上。当露水滴落睡意之时，她和法哲相互倾倒，燃尽时间。而现在，对法哲的操控让她无能为力，甚至暴露了她虚弱的内心。

她的爱像一把双刃钢刀，既能杀人，也能伤己。

谁都看得出，法哲是她盘里唯一的菜，使她由公主降为奴隶；谁都看得出，法哲漠视她的存在，冷冷地抛弃她的缠绵。

这也是爱情的常见病。

文文发誓一定要得到这个男人。

张扬飞舞后，时光安静下来。看到那个被切得七零八落的蛋糕，她才感觉到肠胃抗议了。切了一大块蛋糕，像即将走进赛场的角斗士，疯狂地吞着自己的欲望。

李威政从视频里看到狂吃蛋糕的文文，唇边勾勒出一道既诡异又欢乐的线条。他喜欢胃口好的女人，健康，生育力强，床上功夫当然也极佳。他坚信男人结婚是因为传种，女人结婚是因为好奇。尽管其貌不扬，他这架粗野的肉体却闪烁着精神的光辉。从来不缺女人，但他想要的就是这种能给家族事业增辉的玫瑰。

法哲刚下了出租车，就看到张薇像一只无家可归的流浪猫缩在楼梯的台阶上。

法哲像个嫖客在黎明的清辉里匆匆回家。

浓烈的烟酒气息和脸上红红的唇印暴露了他的形踪。

他惭愧地站在张薇面前，刚想开口道歉，张薇那张愤怒的脸让他闭嘴了。张薇有着冷若冰霜的线条美，即使在安静、愤怒中也显得生动活泼。此时，她盛怒之下，什么也说不出来，深深地呼吸了几口气，无声地从他身边走过去。她想痛哭，尖叫或抽打，但是痛苦一波波袭来，像棍棒般捶打着她，麻痹了她的动作与感觉，她只想离开，将神志抽离到远方。

法哲像做了一场噩梦，希望醒来后安然无恙。然而，他还不知道，这仅仅是开始。

法哲的手机落在了餐厅里。

文文浏览了法哲和张薇肉麻的信息，嫉妒他们卿卿我我。阅读他们的爱情，文文突然感觉到自己不过是在无饵垂钓。

她看好的货物，绝不允许被剥夺！她是白鹭城的玫瑰，是陈公主！世俗的狡猾，波浪似的撞击着她的耳壳，诡计的箭，从她指间弹射出去。

这世界很丑陋，很不公平，凭什么貌美价优的女子不能随心所欲地选拔丈夫。文文憎恨这不和谐的世界。这丑陋的现实逼她学会了官场的招牌外交：右手握手，左手握石头。

她把昨晚法哲蒙眼喝酒、与女孩们跳舞嬉闹等照片，一股脑地发给了张薇。

还是用法哲的手机发送的。

张薇看着这些照片，先是哈哈大笑，后来又突然收起了所有的笑声。

"法哲，你太幽默了！"

政府要在白鹭城南面建筑一架现代化的斜拉桥，大桥由主桥和引桥组成，总长八百二十三米，桥面分行车道和人行道两部分，仅车道就有双向十车道。国内二十多家设计院参与竞争，界平当然希望自己的方案能被选中。

成为一个城市或地区的标志型建筑，是设计者梦寐以求的心愿。

因为工作关系，界平虽然和崔总有过几次见面，彼此客气得像婚礼上新娘遇到前男友。界平总感觉崔总的平静只是假象，就像暴风雨前安静的天空。比起钱，他更多是为了有趣才游走在情感边缘。崔总无意间碰她一下肩膀，蹭她一下腰身，她有时会像一只巢穴被搅动的动物，愤怒得无以言表。

界平在窗口看到崔总的路虎拐进了设计院的大院里，崔总跳下车，站在车门边等人。阿莆蹦蹦跳跳地跑了出去，崔总的手扶在阿莆的后腰上，绅士般地替她关上车门。

界平突然觉得自己后腰的肌肉也收缩了一下。

直到路虎拐弯儿消失后，界平才收回目光。她的某条神经抽筋似的疼痛，仿佛不再年轻也是病症。是的，在设计院里，一批批年轻人在成长，自己虽不承认老之将至，可年岁在一年一年地递增。

阿莆和崔总？

她早就听人议论，阿莆的包是名牌的，衣服也是。界平不明白男人们怎么会喜欢拜金女。看来，金钱和尊敬、尊严之间有着神秘而诡异的关系。

看到崔总和阿莆搭肩搂背的样子，界平仿佛发现稀饭锅里煮着一只蟑螂，快速跑到洗手间，把早餐慷慨地送给了下水道。如果要问崔总不缺的东西是什么，那便要靠想象力了。

世界在变，变得界平都快不认识了。别人都活在二十一世纪，她却依然停留在二十世纪。如果丈夫知道了自己的战友像泡妓院似的时常换女人，并且越换越小，蔑视常规、挑战伦理，该怎么错愕、发呆啊。

世界在前进，路上挤满了各方天才。

这是一个绝望的时代，又是一个值得期待的时代！这是个色欲沸腾的时代，又是个肉体贬值的时代。

界平感觉肚子里被惊恐盘踞着，仿佛行走在钢索上，又仿佛有酸葡萄心理。她深深地舒了口气，如释重负，她并不感到害怕，说实在的倒有些失望。算了，何必替别人担忧？虽然这样安慰自己，却在随后的两三个小时里，怎么也集中不了心思。她矿石般的耐心不知如何软化。

她惊异于生活过于直白。

有些人想要什么就敢于毫无顾忌地索取什么，似乎上帝或道德法庭也对他们非常宽容。

女儿张薇和男朋友似乎和好了，再也没提带男朋友回家的事。人心都是一个封闭的世界，即便是爱人，又能理解多少呢？时间有条不紊地进行，对相爱的人来说，记忆的铁锚永远固定在最隐秘、最牢固的地方。岁月和波折可以让爱情变得沉默，却不能让爱情变得渺小。

"老妈，你说话的口气像一百岁似的。"

"我落伍了，跟不上时代了。"

"你没落伍，因为你从没入伍。"

"女孩子怎么能不在意节操呢？"

"如果都在意节操，世上就没有红灯区了。"

界平的大脑里立刻浮现出阿莆倚门卖笑的模样。

阿莆是去年招聘来的研究生，在美女如云的设计院，虽不是最漂亮的，却也在中等偏上。女生学得好不如长得好，长得好不如嫁得好。嫁得好是她的心愿，她是那种宁愿在宝马车里哭、不在自行车上笑的女孩。毕业不久就和某财政处长的公子勾搭上了。那公子是有名的白鹭四少，包里的钱像聚宝盆似的总也花不完，阿莆嗅到了贵族的气味，万元的包，几千元的鞋子，名贵的手表……可公子的热情像昙花般消失了，当宝马车上换了新面孔后，阿莆又回归到了素食时代。

阿莆的心却深深地被诱惑了。因为太明白，所以动不动就干出傻事来。她主动靠近文文，仿佛文文富贵的光环能照亮她的人生似的。

文文最瞧不起的就是白鹭四少，阿莆却被四少之一甩了。从理论上推算，文文自认为比阿莆高了三个层级。有了阿莆陪衬，文文的漂亮更显得天生丽质。

设计院谁都不知道文文的舅舅就是崔总，这是家族集体约定的秘密。因为崔总的公司总是轻易拿到政府的大单，所以在这网络极能曝光的时代，低调永远是行事的最高境界。

在一次关于工业园建设的联谊会上，得知富翁崔总是钻石级单身，阿莆频频向崔总献媚。人要做一件愚蠢透顶的事，往往借助于学习技术等崇高的动机。阿莆又是敬酒、又是赞美，把崇拜影星歌星的话语，倒豆子似的倾吐给了崔总。她坚信不管钱来源肮脏还是干净，一样都拿来喂饱肚子；爱情，计算到最后就是选择。狡猾的崔总笑纳之、赞赏之，兴奋得像得了奖的小学生。

文文替阿莆脸红，更替舅舅难堪。

"她会成为舅妈吗？"恶笑浮在文文的脸上，她幻想着膀阔肚圆的舅舅和披着婚纱的年轻的阿莆举办婚礼。

文文有意和阿莆侃起了这位建筑大亨，他多么富有，关系多么广大，生活又多么豪华，不是白鹭四少所能比拟的。文文的话像法槌，字字敲在阿莆心坎上，敲得她意醉神迷，恨不得立刻成为别墅的主人，开着法拉利跑在自家村子的土路上。

文文虽然恶意撮合，可她隐隐感觉到阿莆和舅舅没戏，她不是舅舅猎取的对象。舅舅撒的网很多，有医生，有大学老师，也有银行经理，但她们都是中年妇女，舅舅猎艳似乎有他独特的年龄品位。

界平从省里开会回来，行驶到市南郊区时接到了报喜的电话，她设计的桥梁方案通过了专家认证，被认为是近二十份方案中最科学、最合理、最美观又最前卫的。界平当即让司机开车到南河的工地上。能设计一架美丽的大桥，一直是界平的心愿。近年来，随着材料科学与计算机科学的发展，桥梁建设技术突飞猛进，斜拉桥以其跨越能力大、结构性能好、造价便宜和外形轻巧美观等特点，逐渐成了桥梁建设的新趋势。

混浊的黄河水缓缓流动着，从容、霸气、浩荡又幸福。是的，幸福，像人一样。能健康地活着就幸福，浩浩荡荡地流淌着就是河床的幸福。幸福就是不加形容的美的存在。界平站在河堤上，想象着斜拉桥飞架在两岸的情形，内心不由回想起另一座桥——贝地市的向阳桥。滔滔的向阳河水，日夜流淌在她的心头上，流淌着对妹妹的怀念和对爱情执着的追索。爱情和艺术都是对灵魂的模仿，灵魂是最难以描述的元素。在界平看来只有两种人最具吸引力，一种是无所不知的人，另一种是一无所知的人。

拐过风口，突然看到崔总带着一行人在考查地形。狂风吹得他们的头发杂草般东倒西歪，衣服也像雁子的翅膀起起伏伏。界平刚想躲开崔总的视线，却被环顾四周的崔总发现。崔总大声地招呼着她，连跑带跳手脚并用从河边跳到岸上。随行人员也跟了过来。

"这是桥梁设计专家洪院长。"

随行的建筑者们逐一递上自己的尊敬和礼貌。

界平突然看到了岸边的高顿，那侧身而立的姿势，那沉思时微微低头的状态，都太像高顿。界平瞬间感到地动山摇，仿佛跌进了黄河里，五脏六腑都湿透了。

法哲转身不见了，再看到他时，已从一个陡峭的悬崖边爬了上来。

界平努力掩饰慌乱的表情，不去看这位衣服上沾满了水珠的年轻人。错觉正像一道闪电，等不到人开口，就消失了。

风越刮越大了，乌云翻卷着在天空集结。岸边的树不时被吹弯了腰，河水也像闹脾气的小媳妇不时掀起巨大的波浪。

崔总用手遮着嘴挡着风，大声地说："你以后多和洪院长切磋！"

自上次界平在办公室昏倒，迷茫中把法哲当成了高顿，法哲对这位女院长有了新的认识。那个高顿一定是她至亲的人，不然不会如此痴迷。法哲对她的好感，像五月的花园，荡漾着关不住的芬芳。

"我从世界建筑杂志上看到您的文章了，您关于建筑与文学、绘画、音乐的关系论述的独到新颖。您说建筑是'凝固的音乐、印象的绘画'，真美。您从哪里获得灵感呢？"

界平已好久没见到这个男生了，这次突然相遇，好像是老天对她的奖励。界平明明知道法哲不过是高顿的替身，而她却宁愿沉浸在虚假的存在里，就像因为某个角色而喜爱某个演员一样。"建筑与其他门类艺术都遵循着共同的规律，那就是建筑美学的积淀、艺术修养的积累、发现美的眼睛和善良的心灵。"

"可怎样才能做到呢?"

"剑需要磨刀石,智慧需要书。"

"多少本书,才能设计好立交桥?"

"这取决于书的质量和用功的程度。"

"我原以为美女都不读书的,看来我错了。"

"这听起来像赞美哩。"

跟法哲交谈,就好像一把精致的小提琴,琴弓一抖一动,都会得到美妙的呼应。界平也承认,在法哲面前,她有表现的欲望,在慢悠悠低沉的嗓音里,有一种极为动人的东西。她甚至怕这偶遇结束得太早,怕崔总带着这个男生转身离开。

"再过二十年,你比她强一千倍!"崔总生硬地推开了法哲,借谈其他的事,像栅栏似的挡在了他们中间。

返回时,崔总让界平坐他的车,说有重要的事情要和洪院长商量。

界平的心一直停留在与法哲握手的感觉上。显然,他不是高顿,也不是高顿的孩子。可脸红心跳又为什么?她咬紧牙关,没让情绪从伤痕累累的心中滑落出来。她感觉自己很卑鄙,甚至龌龊,对这个男生有着不敢曝光的秘密。她觉得自己与崔总的淫荡没什么分别,只是他淫荡得大方,而自己却淫荡得隐秘。多少个夜晚,她梦想着高顿的样子,意淫过所有类似他的男子。她一心寻找获救之路,可除了泪水,还是强压在心头的泪水。

界平害怕自己的感觉,甚至怕再看到法哲。

崔总坚信只要方法得当,世上没有征服不了的女人。最近这段时间,他常常放下手中的事,凭着猜想四处寻找界平的踪迹,漫无目的地徘徊在一些可能的场所,制造了许多次偶遇,只要一刻见不到她,内心的渴望便一刻也不能停歇。在一次又一次的狩猎行动中,他最终明了这世界最幸福的就是寡妇。

"你设计我建造,咱们是天生的一对呢!"

界平想说阿莆也设计,话到嘴边还是忍住了。对于崔总这类商人,她必须有坚强的防火墙。

"到我家去,给你看样东西。"

"我没好奇心。"

"放心好了，绝不是床单和枕头！"

崔总的家是三层别墅，建筑公司的老板自然不亏待自己。别墅豪华得像电影里的画面，亭台楼阁、池馆水榭，花树参差、错落大方，整洁中透着高贵，繁华中透着典雅。

"你若喜欢，这一切都是你的！"

"我喜欢蓝天，可蓝天绝不是我的！"

"知识分子就这德行，至死都假装清高。"

"你真清高过？"

"我喝高过。"

界平像走在梦里。曾几何时，她的乐观曾给缺乏信念的人注入希望，然而，多年守寡的痛苦让她无法相信自己还是原来的自己，她变得谨慎、保守、不愿与人为友。

崔总把界平带到客厅，有位装束整洁的中年妇女上茶后，礼貌地捧着托盘退了出去。

崔总拿出一个塑料袋。"二十万，你的。"

"你不欠我钱。"

"工业园施工时稍做了变通！是你应得的。"

"我怎么不知道？"

崔总愣住了，仿佛楼板捅了个天窗、雨雪正簌簌落进来似的。"我以为他们请示过你了！"

崔总没想到设计人员隐瞒了这事，更没想到界平会像豹子似的发这么大的火。"她是真发火，还是装着对钱没兴趣呢？"崔总像例次带女人回家似的得意地幻想着，几分钟后他们像蜜月中的恋人，缠绵悱恻地滚到床上，激情荡漾地享受着彼此的肉体。

"告诉你吧，你们设计院的任何一个人都可以为我变通。"

"你真是上帝的亲戚！"

"我倒想成为你的亲戚。"

"幸亏不是。"

"就快是了。"

崔总掘墓人般的口气让界平的和弦走了音，她盯着他，像一只沉默的笼中虎。

崔总不怕她发火，倒怕她沉默，沉默的她总有股致命的冰冷的杀伤力，像锋利的宝剑，满含愤怒地藏于鞘中。

崔总不说话了，他知道犯了大忌，不应该嘲笑她的队伍，更不应该当面给她钱。她可能是那种需要层层伪装才会偷偷收取好处费的人。

崔总从书橱里取出一份图纸，是中国古建筑图纸的复印本。

这是设计院的保密资料，怎么会在崔总的书橱里？

"如果想要，我可以得到你们档案室里的任何一份资料！"

"阿莆偷给你的？"

崔总从界平的眼里看到了一丝火光，捕捉到一团酸楚。"你吃醋了？承认吧，就是吃醋了！"

崔总得意扬扬地看着界平，与其说她诱人，不如说她无助。

"你这个肮脏的……肮脏的……"

"够了！"崔总啪地合上图纸，愤怒地瞪着界平，就像他触了界平的底线一样，界平也伤了他的神经。"你喜欢法哲，就因为他比我年轻？"

界平中弹，感觉某个地方汩汩地流血。

"你用看法哲的眼神看看我，那样看看我。"

崔总激动地抓着她的肩膀，享受着一种难以形容的恶毒的美丽，这美丽来自邪恶的报复、刺激的兴奋和挑战的成功。

"你疯了！"

"我可不这么认为。我早就想拥抱你，一生一世在一起。当年我也跳进护城河里救你，你嫁给张连长我嫉妒得要死，我比他先爱上你，是我给你写的纸条，我写了上百首诗。你这个妖精，无权折磨我！"他从暴雨倾盆的那个午夜，开始回顾自己的过往，回顾了一桩桩猎艳的故事，以及那数不清的往事。可直到这一刻他才发现，自己的大半生几乎已经过去，他却无法摆脱初恋，无法清除这个安居在他内心的女人。

他看着她漂亮的脸，目光随波逐流，不知生活该从哪里继续。一个忧伤的寡妇比任何一个女人都可能藏着幸福的种子。在她冷汗涔涔的额头上，在她期期艾艾的嘴唇和迷惘的瞳仁里，他觉得有什么极端的、模糊的、凄惨悲切的东西，神不知鬼不觉地、轻悠悠地来到他们中间，冰冻着他们的热情。

"别演戏了，只是别糟蹋阿莆。"

"你的心真是监狱！我搂阿莆的腰，就是为了让你嫉妒。听着，法哲不是你的月亮，我才是……"

焦灼的气氛弥漫着，他们像两只斗鸡，高昂着脑袋、闪烁着愤怒的火光，等待反扑的时机。

"你想怎样？"

"我想怎样就怎样！"

"你敢动我一手指……"

崔总突然哈哈大笑，一把推开了她，像推开讨厌的乞丐。"别和老处女似的不可侵犯，还真把自己当回事了！我对你这堆老肉没兴趣！你和那些妓女没有分别，不过价码不同而已！"

界平疯也似的逃出了崔总的书房，咚咚咚踩在木楼梯上，当冲到一楼大厅，保姆正用吸尘器打扫卫生。界平稍迟疑，想露出一副和善的微笑，却比哭还难看。抬眼间，她发现了红木装饰橱上的茶具，鸭蛋绿色，精致漂亮，透着祥和宁静之美。她是第二次与这组茶具相遇了，二十多年前，那位在妹妹坟前祭拜的男人遗落了一个茶杯，随后她又在崔梅的房间里发现了这套神秘的茶具，当时，崔梅的室友说，茶具的主人正是崔梅的亲戚，难道把她推下悬崖的正是崔总？

界平像掉进豺狼窝里似的双腿发软、头脑发昏、惊出一身冷汗。自己保存着的茶杯杯底刻着"喜"和"禄"字，如果摆在这里的杯子是"福"和"寿"，那就确定无疑了。毕竟清初的古董"福禄寿喜"茶具已绝无仅有了。

界平像触电般迅速放下了茶杯，不由得回望半圆形的楼梯，仿佛那里将有猛虎俯冲而下。

正是"福"和"寿"字！他竟然是把自己推下悬崖的凶手！

这是培植罪犯的沃土！

崔总在阳台上望着逃跑出去的界平哈哈大笑，声音震动了树枝，摇晃了花草，在界平听来，那声音却像子弹般洞穿着她的灵魂。闪电炸亮，惊雷暴响，瓢泼大雨倾泻而下。

她后悔当初没一锤子把这个男人敲死！

人们往往把权力当作善良，把财富当作美好，那真荒唐。他是杀人犯，无论他多富裕多么有权，他依然是杀人犯。

一再被这个恶魔羞辱，简直忍无可忍！他一时暴怒，一时又无限温柔，一会儿像善良的天使，一会儿就像邪恶的撒旦。时光如梭，风魔人心。她和他的人生在二十多年前曾交汇在一起，茫茫宇宙中有些神秘的主使，而生活却被无形的吸尘器吸走了。

她一向凡事漠不关心，目光清冷，人情寡淡。今晚，冬眠的她苏醒了。

当害怕死亡的时候，就开始重视生命了。在无垠的时光倒退中，回忆对一名受害者意义重大。此时，她站在街头，随风摇曳，觉得全身都在颤抖，仿佛提琴的弓弦在拉她的神经。躯体依然活着，但灵魂却遭受了致命一击，这是一场完美的犯罪，以爱之名，差点儿扼杀了肉体和灵魂。

如果一个人甘愿遗世独立，在周围筑起自足的篱笆，那么，社会总会使她更孤立。此后的好几天，界平都像走在浓雾里，分辨不清路途，理解不了内心的感觉。崔总，这个凶手，丈夫的战友，当初为何要谋杀自己，现在又为何总纠缠着自己？怎样对付这条毒蛇？

界平坐在办公室里，长久地盯着电脑里的照片，手机里也藏着法哲的照片。这是她的秘密，是内心无法晾晒的情结。至于高顿，此时，他仿佛停在了她心灵深处，比一位国王的木乃伊在陵墓里还尊严，还安静。她享受着这份安静，陶醉着秘密的爱情。"我是不是疯了？"

文文通知洪院长开会的时间到了，洪院长急忙拿起笔记本往外走。

文文悄悄返回洪院长办公室，果然电脑上是法哲在河堤上、田野上的照片。文文气得脸都红了，仿佛界平抢走了她的新郎官似的。

门突然推开了，界平返回来取遗忘的手机。当发现文文惊慌地站在写字台边，不由得吃了一惊。

"我来取这个秘级文件。"文文用照亮了整个屋子的笑声，把自己从偷窥的罪责中赦免出来。

界平有被强暴的感觉，尽管不是生活在静界，也容忍不了一再被人出卖，甚至被人监视。文文和那些出卖设计院的人的行为，给她一种没有过去，也没有现在，更没有未来的虚幻感觉。

文文大大方方地拿着文件和界平告别。界平向电梯走去，意识到工作环境从没这样糟糕过。唯一免于痛苦的办法，就是在侵蚀着她五脏六腑的毒蛇窝里放一把火，可又怕灼伤无辜的灵魂。

文文回到办公室，心神不宁，一位漂亮的女生款款走来。文文永远也不会忘记她，法哲的女朋友——张薇，让文文嫉妒生恨的女人。

阿莆不知说了什么，张薇转身离开了。

自上次生日party后，文文多次约会法哲，他都以这样那样的借口推辞了，让文文的情感非常受挫，这激起了她争强好胜的欲望。真正的爱来自陶醉和煎熬。即使世界被核战争毁灭，蚂蚁也会活下来，而文文自认为是那个坚强的生者。她希望她和法哲能像两个鲁滨孙，一生一世住在洞天福地的世外桃源，心里惦记着不是如何觅食，而是如何缠绵，就好像天天在生死线上做一场场绝世之爱。他们为爱而生，渴望着法哲时刻像新郎似的探入自己那无法回避的湿热丛林，沉溺于她那片爱之隧道的神秘蒸汽。她通过触摸来认识法哲的那个昂首挺立的对手，认识它的体积、它那长茎的力量，也许会对它的凶狠感到害怕，又会对它的孤独感到同情。她带着细致入微的好奇，一点点地将它吞进自己的温暖而热情的幽深里。它就像人类的独生子，全力以赴地为了它，可到头来，它还是只做它想做的。

开发商的儿子李威政有的是耐心，时常来找文文，或者在文文的车上留纸片，或者邀请文文看演出。文文已被法哲所迷惑，在她心里，李威政不过是条价格昂贵的狮子狗。女人是风筝，只有一根受控的丝线。显然，文文的线不会交付李公子。李公子决定为文文牺牲整个世界的那一刻，让文文充满了对永恒的恐惧，培育了对男人的贪占的欲望。

文文急忙跑到阿莆的办公室里，问刚刚和她说话的女孩有什么事。

"她是洪院长的女儿！"

这消息来得太突然了，文文感觉骨骼都风干了似的发出叮咚叮咚的响声。

母女同恋一个男人！这也太他妈那个了！

文文惊恐地坐在椅子上，片刻的想象有着不可言传的美妙邪恶。

爱情就是这样，它繁花似锦又危机四伏。

十三

崔总杀人犯身份的确认，胜过了所有人间悲剧，每每回忆那晚的惊恐，界平便一阵紧似一阵的凄凉，直打寒噤，仿佛之前的生活处处陷阱。

然而发生的另一件事，更让界平躺着中枪，哭笑不得。

上周五快下班时，走廊里突然传来男女争吵声，女音像利剑似的能划破天花板。界平刚拉开门想看个究竟，一群人就拉拉扯扯地挤到了她的门口，洪水般涌了进来。一位又矮又胖的三十多岁的妇女，怒目圆睁地盯着界平、嘴唇颤抖，话都吐不出来，挥手给了界平一巴掌，界平本能地躲闪，指尖扫到了脸颊，立刻划出三道血印子。界平吓呆了，匆忙退到办公桌后面，可那肥胖的妇女不知哪来的力量，忽地一屁股滚到桌子上，瞬间扯住了界平的衣襟。玻璃杯带倒了，热水激情四溢，玻璃杯坠到地上粉身碎骨。这时，男男女女的同事像千手观音似的按住了那妇女。可那妇女的舌头却灵活起来了，破口大骂："破鞋、妓女、卖肉的，竟敢偷我家的汉子！他操透了你的洞吗？他捅得你很舒服吧？设计院这么多男人，都捅过你吧……"

许多高质量的脏话被一只男人的手闷在了嘴里。

界平的脸热辣辣地痛，她怒生丹田，且不管她丈夫是哪位帅哥，单是这狂妄的诬辱就让她想杀人。她伸出胳膊，狠狠地甩了出去，那一下就让妇女闭了嘴，牙龈浸出了血。

"谁的媳妇？"界平愤怒地问惊呆了的同事们。

"马工的。"

"马工？"界平不由得哈哈大笑，笑得眼泪都出来的，"马工……哈哈……马工……"

设计院的男人里，界平最讨厌的就是马工。

马工三十多岁，眼睛大而多白，弯腰弓背，貌似殷勤，却极度阴险、贪婪。几年前因把自己的妹妹嫁给前任院长的儿子，被提拔当了主任。春风得意，不免时常替姐夫指点江山，大有登高峰而小天下的骄傲。自以为聪明绝顶，喜欢挑拨离间从中渔利。人人敬而远之。

马工和情人暧昧的短信被妻子发现后，妻子用刑逼供，马工想借洪院长的招牌，灭掉妻子复仇的烈焰。马工猜想妻子怎么也不会和当权者计较的。没想到妻子魄力无穷，直闹到洪院长办公室。

第二天一早，马工夫妇低眉顺眼地到界平办公室赔理道歉。

"滚出去！"界平低头看文件，眼都没抬一下。

似乎只有痛苦才能让界平意识到自己的存在。她只以一场莫须有的艳遇，就把一类男人看透了。

这次事件让界平明白一个道理，就是人活着，无论多么正直，多么善良，甚至多么无辜，谣言总会像夏天的雷阵雨，说来就来。

男人是毒蛇。

在随后的工作中，界平总是避免和崔总碰面。可崔总每次远远看到她的影子，心都一咯噔，有时把持不住，就像醉鬼见了美酒一般。他越表现得发烧一样，她躲得越远。为了不让人看出她的恐惧，她总是抢先竖起一道屏障。她尽可能整理仪容，带着母亲生她时给予的全部高傲，无情地漠视那个男人，心中充满了对杀人犯的诅咒。崔总不敢靠近她，他明白这无异于靠近一只被长矛刺中的母老虎。

讨论方案界平让王技术员代理，勘查现场也是让王技术员代步，一些重要的问题由王技术员带回，界平解决后，再由王技术员向建筑公司解释。王技术员不善交际，口头表达总是直来直去。建筑公司总感觉设计院在拿他们开涮，半月来三次变更图纸，让他们反复做着无效劳动。建筑公司的人在和王技术员理论时，工技术员冲口而出："你们又不懂，照着执行就是了！"

这话很伤人，瞬间激怒了建筑公司的职员，小吴经理一把提起了王技术员的衬衣，推到了墙上，挥拳捣在了鼻子上，血线顺着鼻腔就流了下来。现在的年轻人血气方刚，自以为抱有海阔天空的热情，就会干出轰轰烈烈的事业。最庸俗的登徒子也念念不忘明星美女，再小的经理，心里全有亿万富翁的残膏剩馥。

自己的人被打，界平没找崔总理论，她有算账的机会。她带着女性的温柔和执着，一心一意沉浸在工作里，仿佛一位官太太，不拿银钱搁在心上，她也不拿仇恨放在眼里。

电视里报导距白鹭城五十公里的地方发生多处塌陷。地质专家分析，是由松散沉积物所致，也叫土层塌陷。这条冷冰冰的新闻引起了界平的警觉，虽然地质勘查部门没有提供白鹭地质异常的报告，但距白鹭五十公里的地方出现土层塌陷，说明在桥梁建设的地方也很可能是松散沉积物地貌。界平几次三番地跑勘查局，与地质专家研究相关数据，分析桥梁承建的各项指标。

勘查的结果还是比较满意的，但为了使桥梁控制在安全系数内，尽可能减少桥的重量，界平和她的团队日夜加班，重新估算，修改图纸，把之前添加上去的辅助设计全都去掉了。而新方案，既没改变大的框架，却简单、大方、稳重又实惠，无论从各方面分析，设计院做得都有根有据、合情合理。而崔总却气得差点儿以头撞墙，上千万的利润，河水般流走了。

从那晚界平气愤离开的那一刻，崔总就强烈预感到，他将跨过无数障碍才能得到这个女人。不论从哪个角度看，她都不是好报复的女人。他隐约预感到自己将很快赢得她的信任和喜爱，幸福地牵着她的手，逐渐把她领向自己的地下屠场。天堂的大门将为她敞开，久违的花蕾瞬时绽放。多次精心算计之后的爱情，寡妇生涩的味道将别有一番新鲜堕落的快感。

界平的心里充满了仇恨，完全与崔总为敌，没完没了。他总感觉她在耍女人脾气，过几天就好了。他觉得与她近在咫尺，一个热吻就会把她带走，可他总是吻不到她。他已心力交瘁，对爱情的遐想，比淫欲无度，还要使他疲惫不堪。由爱的不得而滋生的恨微妙地、静静地、秘密地啃啮着崔总的本性，就像苔藓紧紧咬住灰黄色植物的根，慢慢地除了恨之外什么也看不到了。

一场冲突在所难免。界平步步为营，没有半点瑕疵。她等着崔总的员工来向王技术员道歉，否则，工作绝不会顺利地配合，建筑公司的损失可不是一笔就能算清的。

爱上不可理喻的女人，崔总气得手脚冰冷，恨不得像在战场上，扛起130加农炮，冲着敌方阵地猛一阵轰炸。可她是洪界平。她接他电话的口气绝对冷静，这冷静就像盾牌，掩护着抑制的愤怒。

界平寒冰似的冷漠，反激起了崔总占有她的强烈欲望。幻想着有机会嘲笑她的雕虫小技，暴露她欲擒故纵的母狐狸伎俩。婚床上的她火热的瞳孔显示出魔鬼般的胆量，眯缝着眼，又淫荡又挑唆，彻底出卖灵魂。随后两人山盟海誓，缠绵到永远。对界平的迷醉，让他跌进幻想的陷阱，情难自已。人们关于自身的价值定义，从未超过画布上的士兵对画布上的战役所拥有的意识。把话扯远了。

文文正在办公室和同学电话八卦阿兰的传闻。阿兰是她大学同学，通过开发自身潜力，开上了法拉利。她常常在下午六点才只吃早餐，贵妇似的洗浴护理后，挂着明星般的妆容，出入高档场所。她拿色相充当拦路劫匪的尖刀，把它架在一个个男人甜蜜的脖子上：要么一夜良宵，要么性命不保。

一位帅哥捧着一束鲜花左右张望着顺着走廊走了过来。"不会是给我的吧？"文文心头一激动，水咽错了通道，呛咳起来。帅哥听到呛咳声便径直向她走过来。文文不为鲜花陶醉，而是为男生那韩国明星般清雅的外表而折服。她颤颤巍巍地站起来迎接帅哥，帅哥依然东张西望，仿佛他面前不是美女而是收垃圾的老太婆。

"请问洪界平在哪里？"

这声音像破锣般的难听，又像走了音的小提琴似的让人难以忍受。文文接过鲜花，签了收货单，可帅哥并不急于离开，向着光可鉴人的长长走廊吐了吐粉红的舌头，鬼鬼祟祟、缩头缩脑地做了个怪相。文文像被踢了一脚，按捺不住怒气，狠狠地飞了他个白眼。"美女，听说在这里工作，每年能拿到五六万呢，是不是？"文文说不出是可怜他，还是厌恶他，指了指电梯口，让他快走人。

有人注定是收鲜花的，而有些人只能为别人跑腿送外卖了。

那男子走路的姿势竟然像唐老鸭似的，简直是帅呆了。文文豁然明白：帅气仅仅是一个幸福的陷阱，而像法哲般帅气的优质男才是真正的潜力股。她闻着花香，傲形于色，胸脯也挺了起来，倒像这花不是送给洪院长，而是送给自己的。

她拿起插在鲜花里的贺卡："祝洪院长生日快乐！"没有署名，不知是谁送的。"难道是马工？当然不会，某位暗恋者吧？或者是舅舅？"文文早就看出舅舅的意图，可舅舅死不承认。

文文拨通了舅舅的电话。"舅舅，老土了吧，这年头谁还送花啊，都送普拉达了。"

"什么土啊花啊的，上次你开的路虎，三次闯红灯，一次违章停车，罚单全送来了。"

"我发誓下次不会了。"

"你上次发誓也这么说的。"

"舅舅记性真好，不过洪院长的生日可不能只送花就完事的。"

"她生日？"

"界平的生日！"崔总颇费心思地琢磨着，如何利用这个机会，改善刀口对刀口般的关系，抓住这位鲤鱼般裹着一身银鳞的女人，使她像打开一本书一样打开身体，进而打开人生。事实上，崔总一直都表现得像她彻头彻尾的丈夫：肉体上不忠，心灵上却死心塌地。崔总觉得未来的生活，仿佛披着一重诗意盎然的神秘纱幕，他不仅看不到界平的怨怒，而且隔着这一重诗意的纱幕，还幻想着他们婚后的生活既平和幸福又浪漫温馨。

前段时间崔总在酒桌上遇到了个叫李蓉蓉的女人，是某区的副区长。因业务需要，互留了电话。当晚，崔总就收到了那女人的信息。崔总躺在床上，与性感的美女区长互发信息聊起了人生。原来她的丈夫几年前去世了，没给她留下一儿半女。李区长因怀念前夫，没再结婚。李区长美丽、鲜艳，芳龄三十六。对李区长的倾诉，崔总回馈以大哥哥对小妹妹的安慰，两人以兄妹关系拉近了彼此的距离。崔总比李蓉蓉大九岁，九岁的距离、悲情的命运、相似的坎坷，立刻促成了床上的美丽。

崔总和女人们发生过擦边关系，彼此你情我愿，又因这样那样的原因不了了之。经历了几个女人后崔总发现，女人是被情欲支配的动物，有的女人条件允许就直奔主题，恨不得立刻让男人捣碎她，迅速而激情地一次次高潮，肆无忌惮地号叫。而有些女人温吞吞半天才有湿度，轻轻哼哼几声就完成了一场亢奋的偷情，事后的惊恐倒比激情来得惊心动魄。当然，这种关系不会持久，女人不会因为你的功夫强大而反复爬到你床上。

这个李蓉蓉倒是特别。两周后就在一次激情的做爱后，悄悄谈起了婚嫁。女人的陷阱很温柔，崔总发现自己不经意间掉进了她的旋涡。第二天便派人打听李区长的底细，这一惊，不次于战场上踩到地雷。这女人原来是某高官的情妇，因扶正无望，便想嫁人，目标是崔总。探子告诉崔总，李蓉蓉的丈夫就死得不明不白。

崔总立刻结束了和李蓉蓉的关系。任这女子怎样伤感、怀情，崔总都像个无赖似的搂着妖艳妓女晃来晃去，让正直、高尚的区长大人断了念想。

这次事故——崔总称之为事故，让他明白，官场上的女人要么是戏子，要么是妓女。相比之下，还是搞技术的界平朴素而踏实。

工业园的项目让房地产商李虎老总着实大赚了一笔，他要宴请参与这个项目的几个单位的老总。崔总知道，这样的聚会既奢侈又奢靡，豪华铺张自不必说，那香艳大餐更能搅乱世人的三观。本来嘛，燕雀安知鸿鹄之吃什么？这种聚会当然不会请洪院长，她修女般的个性与豪宴实不搭调。

这倒提示了崔总，他只有借名人的酒局，才有机会和界平和解。一个人只要脸皮厚，总会得意的。崔总在李虎耳边如此这么一番。李虎看出了崔总眼底闪烁的火花和几欲燃烧的焦渴。心想，这小子喜欢老姜，口味较重。李总当即答应由他设局，以几个朋友小聚为名，给洪院长过生日。崔总的面子他得给，毕竟他是副市长的小舅子。

李虎的私人聚会，界平是第一次参加。设计院的许多设计都是由李虎承接的，虽然有过几次交流，但交情也就停留在泛泛的工作上。这次李总的周全反让界平纳罕，仿佛前方是铁门紧锁的虎穴，饥饿的老虎就在咫尺之外，稍不留神一只凶恶的爪子就会伸出来。但她又不能不去，说不定设计院还会和李总配合，如果彼此起了摩擦，对谁都不利。去吧，吃顿饭也死不了人。

刚进宴会大厅，界平就被看台上用鲜花摆放的"生日快乐"的造型所震惊。心像镰刀碰石头，差点晕倒。女秘书明娜笑着说："今天李总生日。"

界平为自己多疑、慌乱而暗自羞愧。

李总热情地迎接洪院长。他说人到中年，时光像推土机，推着人身不由己地往前跑。怜悯无辜的时光是妙不可言的润滑剂，少了它，谈心的机器就不能顺利运转。在确定不同人群的谈题方面，李总胜过许多心理学家。

界平被李虎说得柔软起来，像挂在窗口的风铃，吹得晃晃悠悠、叮叮当当。李总热情地介绍他们合作的工业园项目，市领导是怎么表扬的，群众又是怎么赞美的，外省客人又是怎么惊叹的，李虎将百分之八十的功劳归功于洪院长的设计。界平听到这天外飞来的赞美，并没有受宠若惊，她突然明白李总的赞美是没有上线的，本来嘛，赞美别人无须交税。

灵魂之爱在腰以上，肉体之爱在腰以下。在看到界平的瞬间，李总断定，这个修女的腰以上或腰以下都不可能是崔总的菜。李总告诉界平今天来的客人有白鹭大学的女副校长、市委办公厅的高主任、英雄连建筑公司的崔总，还有他和女秘书明娜。当听到崔总名字时，界平多疑的神经又活跃起来，有那么一瞬间，她怀疑这是阴谋。

办公厅高主任热情地向寿星祝福，两人哈哈大笑，仿佛都挠着对方的痒痒肉。高主任今年是第几次给李总祝寿了，连他自己都记不清了。每每想解决棘手的问题，李总便以生日为由，设局灌酒，铺以金银，送以妙女，三下五除二，再刚强的正义，也柔软成风花雪月的故事了。

崔总像初临战场的新兵，心扑扑直跳。和李总、高主任握过手后，自然地把手伸向了界平，心底的那份得意、目光里那份贪婪，毫无保留地传递给了界平。界平只微微接触了一下他的手，他却像老虎钳似的紧紧钳住了她的手指。崔总像披露重大新闻似的，郑重宣告今天也是洪院长的生日。崔总的话很简短，但她却像罪犯被揭发一般，说不出多狼狈。大家果然惊喜不已，同时给两个寿星过生日，岂不更快乐更幽默。

界平深怪崔总多事，恨得咬牙切齿。她可不想成为众人关注的目标，不想成为他们娱乐的对象。她像刺猬似的抖擞起了每一根刺，如果有的话。她一直觉得她的生活是从老天那里租借过的，是高顿办理的租借手续。她不怪高顿，只怪生活，但高顿是生活中难以安抚的主角。

崔总偶尔和她目光相遇，心就荡漾起来，充满了罪恶的喜悦。界平的目光比手术刀还锋利，一直射到崔总的灵魂深处，不管是托词也好，害羞也罢，杀人犯藏在底下的谎话早晚会分解出来。

李总的手机响了，是白鹭大学的副校长打来的，对方奶声细气地说国家教委的领导来检查工作，不能参加聚会。李总无限遗憾地和对方告别，宣布开宴。那殷勤的表情，拉黑的脸色，让界平感觉这电话像小品里的道具，只是个借口而已。

在洗手间刚刚给李总打了电话的明娜进来了，殷勤地照顾着客人。吃得精致自不必说，喝的高档界平也是第一次见识。五十万一瓶的酒，界平比喝毒药还心惊胆战，这咽下的哪里是酒，分明是卑微的生活，是错乱的三观。

美酒下肚，热情浮上脸颊。大家说着祝李总和洪院长生日快乐的吆语，吃着快乐喝着幸福。界平的笑声像烟火，不带丝毫感情。

他斗胆设想，那种冷漠也许是掩饰激情的保护壳。

自开宴的五分钟，界平就明白了这是崔总和李总设的局，想找个借口抽身走开，可又不好意思挪动双脚，她感觉自己像只被围猎的兔子，努力寻找逃跑的机会。

这几位面孔红得像龙虾的食客，永远不满足自己的财富，却满足于自己平庸的智商。侃中有吹，吹中带侃，不经意间将平时把守的秘密泄了出来。谁又买下了东城区上千亩地，谁是省内第一富，谁和谁是亲戚……要修建双向十二车道高速公路，横贯全省。高主任声音颤抖着发布了绝密信息，像菜里的味精，调动着大家的味觉。这可是一座金山，如果能拿下，李虎的财富又会可喜地增长。李总的大脑里立刻有了行动方案，他今天收获不小，仿佛遍地黄金，只等着用推土机往金库里运了。

崔总的公司和李总比，像山羊和大象。李总了解崔总，转业军人，太情绪化，像今晚这酒席，专为中年寡妇而伤筋动骨，不是干大事的思维。在李总看来，女人只不过是冬天暖被窝的加热器，愿者上钩，不愿者离开。毕竟想上钩的人多如牛毛。

新的兴奋点刺激着李总，对界平频频劝酒，按照当地的习惯，界平不喝就是不给面子。

界平坚守着自己的尊严，她一直坚信，只要做到不求名不求利就不会得罪任何人，也不会让自己不自在。当年，她作为副院长第一人选，一直得不到提拔，排他后面的没什么成绩的反倒都升了上去。有人劝她活动活动，她却一副听天由命的心态，依然安心工作，不忧不喜，淡定得像设计院门外的石狮子。她不会向任何权贵低头，她知道，女人特别是漂亮的单身女人一低头，悲惨的生活就开始了。终于有一年，在男士们为争夺权力而斗得头破血流时，她渔翁得利，升为副院长。在这个位置上，她更有了淡定的资本，更不屑那些庸俗的噪声了。

一个巨人越过生活的沼泽向另一个巨人发出呼唤，不理睬脚下侏儒的放肆喧嚣，延续着崇高的灵魂对话。同样，要给一个女人定性，与其看她穿了什么牌子衣服、佩戴什么珠宝，不如看她以什么心态对待衣服和珠宝。

界平觉得房间对她来说变成了一座监狱，酒精占据大脑后，老油条们在狂热的胡言乱语中，什么都敢允诺，但过后，所有的事情又都搁置了。界平处在愠怒的边缘，不知不觉间也喝了不少，心律像敲鼓，脸也像火烤般的发热。她借口身体不舒服，提着包执意向外走，绅士们只好遂了她的心愿。明娜的车被派到机场接客人去了，界平想自己打车回去，崔总主动要求送她回家。界平虽一万个不情愿，却也不好在众人面前表现得那么不尽情理。

对付这个鳗鱼般光滑、刺猬般多刺的女人，崔总无从下手。仿佛这里有一种他不愿正视的东西，一涉及男女情事，真正的界平就隐藏起来，出现一个心理有毛病的老修女，裹紧那身自卫的黑棉布，只留一双多疑的眼睛提防着周围的风险。

崔总很有风度地出了大厅，甚至还带了点实属难得的优雅。界平像一只被捕的鸟儿般扑腾挣扎，向停车场走去时，趁崔总不注意，转身消失在秋风瑟瑟、草木摇落的大街上。崔总走到车边，给界平打开副驾驶的门，才发现身后并没有界平，他像丢了东西似的焦急地张望，远远发现界平钻进了出租车。他终于明白，一个男人若不跟女人睡觉，很难成为她的好朋友。

崔总坐在车里，懊恼地捶打着额头。好戏还没上演就搞砸了，本想借机向界平递上和平的橄榄枝，现在设想的程序全都省略了。开宴前构思的幸福生活能否实现，刹那间产生了怀疑，那团看不透的浓雾再次笼罩着他。

他第一次清楚地意识到，要让这个沉睡的寡妇苏醒，关键全在自己。他不断痛苦地自问：这个被从河里捞出来的女人，究竟有什么好？她完全不顾他的感觉，对他的痴情没有一丝一毫的尊重，甚至用寒冰般的侮辱冻伤着他的灵魂，让他心烦得喘不过气来。崔总火速向界平家开去，他要赶在出租车前到她家。当界平付出租车费时，崔总稳稳地掩藏在五楼的楼梯口。界平上楼梯的脚步，声声敲击着崔总的心，她旋转防盗门的钥匙，也旋开了崔总的心结。界平刚刚迈进门，崔总已挤了进去。

"出去!"

崔总微笑着，一把搂住了界平，像吻新娘的新郎官似的，无所顾忌又粗野狂乱。界平挣扎着，终于像甩掉夹着手的螃蟹似的挣脱了他的怀抱，气愤地赏了他一耳刮子。崔总像街头的无赖，又像调皮的情人，抚摸着热辣辣的脸，讪笑着。"今晚你得从了我，明天就去登记结婚。"

"我死也不会嫁给你这个杀人犯!"

"你也是杀人犯，你快把我折磨成干冰了! 干吗还和小女孩似的闹脾气? 我要动手了，你最好有心理准备!"崔总脱掉了浅咖色的夹克，扔在沙发上，随后慌乱地解着衬衣的纽扣，迫不及待地用力扯着，白色的纽扣崩到墙上又弹到地上。"你一再修改图纸，像小媳妇发脾气似的想惹怒我，可你知道我爱你，我什么都能忍!"

"是你的人先打了王技术员!"

"我会让他跪着给王技术员道歉，你得答应嫁给我!"崔总说着解开了腰带，裤子瞬间褪到了脚踝处，露出深蓝色的平角短裤和两条长满汗毛的长腿，裤头中间的饱满吓得界平直往后退。界平一把抄起放在茶几上的剪刀，气愤地对崔总挥着。"你是杀人犯，在贝地城，是你把我推下悬崖!"

"贝地城? 笑话! 我到现在还没去过贝地城，你是自己脱还是要我帮你脱……"崔总仓促脱着鞋，裤子缠在脚踝部。

"我会杀死你的!"

"那就杀吧，我脱光了让你杀。别招惹姓腾的小子了，嫁给我是正道!"

恰在这时，厨房的门开了，张薇双手举着切菜刀抖得像风中的树叶。

崔总慌乱地提上裤子，羞得无地自容。

界平惊讶地看着女儿，恨不得变成风，消失在门缝里。

张薇气愤地喊道："你想干吗？"

"不……不干……"

"不干你是干吗？"

"误会……真误会……"

界平在沙发上又是笑又是哭，酒醉情迷、全身颤抖，仿佛钢锯锯她的神经一般。尽管如此，她却意识到没有哪个男人是比他更好的生活伴侣了，如果他不是杀人犯。她迫切希望从对往昔的回忆中找到一条秘密之路，让自己得到发泄，她急需把灵魂从嘴里释放出来，可女儿并不是倾吐的对象，甚至没有人是她的倾吐对象。

此后的长夜，她极不情愿地想着他，越想越愤怒，而越愤怒就越想，直到无法忍受，几欲发狂。

此后的几天里，界平莫名其妙地支支吾吾、闪烁其词，就好像她不是比女儿大二十多岁，倒像比女儿小二十多岁似的。

张薇和法哲的这场战争，隆重而激烈，大有不可饶恕的地步。张薇的悲伤和狂怒冻结在体内。时间是解决恋人战争最好的媒介，一天天的推移，怒气也像开了瓶的白酒一天天减少。周五晚餐时，张薇的女同学惊讶地问她："法哲怎么那么瘦、那么疲惫，在大街上遇到他，差点儿没认出来。"

同学的话，收关了战争，让第一次矛盾成了永远的记忆。

周日下午，重修和好的法哲和张薇游白鹭湖。他们脚踩着船桨，慢慢向湖心岛划去。南风习习，波纹颤颤，满湖荡漾着甜蜜。鸟儿在湖心岛起起落落，旁若无人地叽叽喳喳，仿佛它们是世界的主人。

接连发生了太多的事，张薇颇感疲惫。约好请法哲到家里吃饭，他却鬼使神差地参加了同学聚会，搞得妈妈很怀疑这人的德行。崔总又追到家里，想想就感觉滑稽可笑，他匆忙提上裤子，抱起沙发上的衣服逃走了，可是不一会儿又回来了。他向张薇道歉，说他喜欢她妈妈，想和她结婚。他希望界平消除误解，认真考虑他的求婚。他说得真诚、大方，言辞透着恳切。在张薇看来，他这番表现，比刚才的肉体威胁还要危险，仿佛他已带走了妈妈。她不由得感到无名的畏惧。如果张薇不在家，那流氓肯定会把妈妈按到床上。他们会不会结婚？张薇感觉中年的他们，比年轻人还冲动，还不可理喻。

妈妈闭口不提被人推下悬崖的事，张薇便不再追问，毕竟一再展示疼痛的伤疤，并不表明就是英雄。伤疤永远留在她格格不入的记忆里，用钻石般的耐性埋葬着。

在白鹭湖的游船上，张薇突然意识到，她根本不允许任何男人来分享妈妈，不能容忍任何男人来干扰她们母女平和幸福的生活。

法哲温情地望着张薇，觉得人生从没这样美好过。他们不是头一回在白鹭湖里泛舟，不是头一回一起欣赏树木、蓝天，或听水声潺潺。今天却与以往不同，仿佛他们的恋爱才刚刚开始。时间是伟大的，它能消磨嫉妒的火焰，平息愤怒与厌恶的冲动。文文的恶作剧没能动摇张薇的信念，这确是令人高兴的事。有些人把宽厚的性格看得分文不值，而这恰恰是张薇和文文的区别。

"讲讲当大王的故事吧。"

"小时候我时常带着小区里的孩子们打游击战，也打群架。大王就是那个时候的外号。"

"真有压寨夫人？"

"女孩子们争着当压寨夫人，可以坐花轿，两个男生把四只手腕握在一起，压寨夫人就可以坐在上面被抬回家了。"

"你一定很得意吧！"

"哪有现在得意！"

"那些压寨夫人们一定很想你。"

"见到你，她们谁也不敢想了。"

"我就这么可怕？"

"当然，你不知道你多么美。"

张薇桃花般甜蜜地笑了，她难得有这种微笑，似乎它太珍贵了不轻易表露。她仰望着天空，凝视着那奇异的珍珠母壳般的朵朵白云，刚才云还像大山似的，而现在散成了一片一片的。岸边柔和的歌声飘散到水上，风带走颤音，从船上掠过，听上去仿佛翅膀在扇动。

张薇一直想去西藏旅行，妈妈觉得一个女孩子独自上路不安全。眼看着假期就要结束了，她心生一计，骗妈妈说和五位同学组团一起游西藏，其实，这个旅行团里只有她和法哲，这是他俩的秘密，是他们爱情的契约，他们都想把自己交给对方，把肉体和精神完全融合在一起。生命是他们的，爱情是他们的，未来也是他们的，他们从对方的眼中看到了自己，看到了一生。

"明天早上七点五十的飞机，可不能迟到啊！"

"奇怪，你才是迟到大王啊！"

两人索性不再蹬桨了，任船在湖里漂荡，伸直身体，晒着阳光，闭目畅游在湖上。她爱他，她是那种把爱情看成生活中至高无上的女人，不含半点杂质；而他庆幸自己遇到了她，庆幸及时抓住了这个热情、耿直、聪明的女孩，不然，此生会像瞎子般地生活。他望着她，好像望着一朵盛开的花，不知该怎么呵护、怎么珍藏，甚至怎么赞美，任何言辞在她面前都那么暗淡无力。

"想什么了？"法哲问张薇。

"我们八十岁的样子。"

"八十岁？一定是在海边的阳台上，每天清晨，我们喝着茶，看着太阳慢慢照亮大海，像莫奈的《日出》，美得无法形容。"

"那个时候，连家里的狗都不想理你。"

"为什么？"

"因为你是个难侍候的犟老头子。"

幸福就是爱人无语相守，就是一起设想八十岁的未来。每条路都是唯一，每人的目的都属于自己，包括梦想的，八十的。

如果神色可以传情的话，连云彩也猜得出他们在没命地爱着对方。

没有哪个城里人愿意到大山深处结识穷亲戚，而大山深处的穷亲戚却以有城里亲戚为傲，特别是攀上位高权重的副市长亲戚。文文家时常有满面土灰色的山民来访，说着古怪的土话，文文有时明明能听懂，也故意为难对方，让他们像鹦鹉似的反复饶舌，饶到乞丐般尊严尽失。当然，这些山民亲戚都源于文文的外婆，文文的外婆在大山深处，集结在老太太周围的亲戚们，自以为也是副市长的亲戚，兴冲冲地赶来体验城里人的冷漠。

外婆对女儿一家人的冷落极度愤慨，但当她坐在豪华的客厅，吃着皇帝般的美食，穿着公主般的绸缎，对城里人的冷漠表情，便也视而不见了。

周末，文文带着外婆到白鹭湖转转，吃点地方小吃，看看白鹭湖的风光。老太太不喜欢往人多的地方去，总是胆胆怯怯地混在人群里。

白鹭湖说白了就是一摊水，但和老太太村里的水塘不同的，水塘没有围栏，不小心就会顺着湿滑的水草溜进水里，惊起一片水蚂蚱。白鹭湖的岸边用光滑的大理石铺着，汉白玉栏杆围成长长的栈道。湖心里游船荡漾，穿梭往返，在老太太看来，这里的年轻人都不干活儿，懒得像病猫！

文文将老太太安置在栈桥的拐角处，她在距外婆五米远的台阶上给她照相。文文一向标榜摄影水平高超，能将静物拍出动感。设计院要举办摄影大赛，文文要以外婆为模特，拍出独特的沧桑感觉。

文文举着莱卡M相机，不时选择好的角度，抢着镜头。突然一条游船闯进了镜头。是法哲！文文将身体侧弯向湖边，穿过湖面闪烁的光彩，像植物追求阳光一样，追索他英俊的面孔，她要将法哲微笑的样子拍进镜头里。突然，镜头里出现了张薇。一条狗好奇地从条条腿脚中间探出头来，毛茸茸的耳朵擦到了文文的腿，文文心头一惊，脚下踏空，尖叫着像伐断的树干似的掉进了水里，在入水的一刻，还不忘高高举着相机。旁边站着的中年人本想拉住她的手，可只抓起了相机的带子，文文铁砣般消失在水里。

"有人落水了!"

呼救声四起，法哲的船刚好从这方划过，他立刻像海豚般跃入水里。岸边有位胖男生，不知是没站稳，还是被涌动的人群挤的，也坠入淤泥沉淀的湖底。法哲提起那个男生，像拖一头猪似的拖着他游到岸边。慌乱的人们指示着水里还有一个。他深吸一口气，鲸鱼般沉向了湖底。他再次露出水面时，胳膊夹着那个落水的女子。人们在岸边接应着，有人用手机啪啪地拍照着，也有人呼叫了救护车。

岸边的人们无论用什么办法也没能将文文肚里的水倒出来，她像一条离开水太久的鱼，无力地迎接悲惨的命运。法哲拦腰抱起这女子，使其背朝上、头朝下，反复抖着，果然，她的嘴像水龙头似的流出一摊水。救护车来了，他马上抱起她往救护车上跑，这才看清落水的竟然是文文。"是文文！怎么会是文文……"法哲焦急地随着救护车去了医院。

十四

湖水带来美丽的同时也带来风险。

岸边的游人再次恢复了欢乐气氛，落水的惊险不过是一个似曾相识的插曲。文文的外婆可吓坏了，眼睁睁看着文文落水、又被救护车拉走，她想跟着，可没人能帮助她，那偏远的农村话，也没几个人能听懂。她只好无助地坐在花坛边。夜深了，警察对独自坐在湖边的老太太很诧异，经了解，才恍然明白是陈副市长的丈母娘，安全地把她送了回去。

救护车上，文文苍白得像商场里的塑料模型，呆呆的眼睛没有一点生命的火花，心电图上出现了直线，医生两只大手叠压在文文的胸口，使劲地按压着，文文的身体也随着按压晃动着，像死了似的毫无知觉。法哲竟然感觉自己的胸口一起一伏地疼痛，窒息得喘不上气来。

文文被抬进了急救间，人命关天，得立即通知她父母，法哲拨打市政府办公厅的电话。

"请告诉陈副市长，他的女儿溺水了，正在医院抢救。"

"恶搞政府……会治罪的。你是谁？"

"我叫腾法哲，定罪时别写错名字！"

法哲啪地挂断了电话，转身向病房走去。两个值班的小护士惊讶地看着霸气十足的"英雄"，难掩羡慕敬仰的表情。

医生告诉法哲病人暂时脱离了危险，但因大脑缺氧太久，记忆还混乱着，能不能复原，看天意。

法哲好像在跟一批群众演员同台演出，大家拙劣的演技把整台好戏都糟蹋了。

文文湿漉漉的头发散在白色的枕头上，手背上打着静脉针，指头上夹着心电监护仪。

文文向法哲抬起了手。法哲急忙握着她冰冷的小手，坐在床边的凳子上。

"叫上小叶子、绿茶、土豆……我们做游戏吧……我要当压寨夫人……我一次都没当过……"文文直直地盯着法哲的脸，仿佛想起了什么似的，突然哭了起来。在文文的世界里，现在的生活已非常遥远，仿佛一场梦，消失在茫茫的时空中，而过去的生活、那些儿时的记忆经过编织后，美丽而诗意地呈现在大脑里。她爱慕地转向了法哲，转向了心灵深处，她迷失在自己的童话里。文文生日那天，借助于儿时伙伴的重逢，她身上欢乐的细胞曾震颤着法哲。此刻她在病痛中，法哲却只感觉疼痛，没有任何可亲之处。

张薇不知道救护车拉走的是法哲还是落水者，她退掉游船，焦急地赶到出事地点。当人们知道她是救人男生的家人时，便把文文的相机交付给她。

张薇乘出租车赶到了医院，她怕法哲受伤，毕竟在水下待了那么久，也希望法哲救的人能活过来。她在护士站询问是否有溺水的病人。"有，陈副市长的女儿。"

"文文？"

"她男朋友刚打了电话，是他救了她！"水灵灵的小护士激动得满面红光。"英雄救美！真感人！是不是？"

"感人？我可不觉得！"

张薇忐忑地向急救间走去，几步远的路却如此艰难漫长。

她悄悄靠近门口，仿佛在偷窥禁忌的画面。她正好看到法哲握着文文的手，微笑着替文文擦拭泪水。

张薇如雷轰顶，骨头都碎了。是该推门进去，还是该离开，张薇迟疑了很久。失去法哲，生存将是地狱。怎么会这么巧，文文怎么就在那个时间掉进了湖里。显然，是巧合，也是天意。灵魂到底是用幸福滋养的，还是用不幸滋养的？这的确是个谜。为什么总是文文在关键的时候捆住法哲？人们说，第一次玩纸牌的人，多半会赢——这或许就是新手的运气。文文是爱情赌台上的新手吗？

一个季节慢如一个时代，显然，却并不是张薇的黄金时代。人不能只靠面包活着，还要靠精神的供养。张薇感觉有人把她精神的面包偷走了。她把文文的物品交付给了护士。市政府办公厅的刘秘书和同事们赶到了，张薇悄然离开。往事的魅力在于已经成往事，而女人们从不知道帷幕是不是已降落或什么时候已经降落。

护士把文文的物品交给法哲，法哲才知道张薇来过了。

法哲慢慢走出了急救中心，夕阳西下，在树顶和高楼上留下了最后一抹光彩，人们急匆匆回家，享受着周末好时光。法哲像大脑缺氧似的，茫然不知身在何处，不知在想些什么。医生说文文也许会因长时间缺氧智力下降，成为智商低下的傻瓜。

怎么会这样？法哲检查文文的相机，果然拍了一组他的照片，那瞬间定格的镜头能锁住他什么，这个傻丫头，干吗非要做压寨夫人？可现在，如果成了弱智的女孩，可又怎么办啊？

法哲焦急地想着，他哪里知道，张薇就站在不远处看着他，她看到了他愁苦的表情，看到他痛苦的侧影，她感觉八十岁的幻想蒸发成了一团雾气随风飘散了。她又觉得自己太悲观，过于放大了悲催的感觉。自己应该和他一起面对许多诱惑和挑战。想到这，张薇便向法哲走去，她要轻轻牵起他的手，他们一起去饱饱地吃顿晚餐，好好睡一觉，然后坐上明早七点五十的飞机，开始梦想的二人旅行。

刘秘书急匆匆地跑出来，焦急地冲向院外，惊喜地抓住法哲的胳膊。"她直喊你的名字！"

"她也喊了上帝的名字。"

"可我找不到上帝！"

法哲转身向急救中心跑去。张薇感觉身体被掏空了，像风筝似的荡悠悠地飘起来。

文文陷入谵望中，拉着法哲的手，喃喃地闪着多情的眼睛说："法哲……我们去划船……拍照……"

世界本来是一所精神病院，人人都是病人。在文文疯言疯语的热情中，法哲不会听不到灵魂沉重的战栗。

张薇的双腿木棍似的笨重、麻木，不听使唤。她真希望掉进水里的是自己，也真希望重病的是自己。"明天法哲就会跟自己一起去西藏，明天他就会来……"

张薇像被放在凸透镜的焦点上，心被灼得生疼。除了尘世和人类，还有一个看不见的众神的国度，那里善良的众神会为她做主。张薇睡着，突然许多黑色的小虫子密密麻麻地爬到了她床上，正从她的脚开始咬她，吸她的血。她疯狂地抽打着，跳到地板上踢踏着，可那些坚强不屈的虫子依然从门缝里，从窗子上大军压境般前进着。张薇尖叫着冲出房间，跳进深深的湖水里，她似乎听到了自己扑通落水的声音。水的世界是安宁的，没有任何噪声，没有吸人血的虫子，可是她不会游泳，无论怎么挣扎都义无反顾地坠向黑暗的湖底。她突然从床上坐起，被恐怖的噩梦吓出一身冷汗。

张薇早早地赶到了机场，她本以为法哲会在那里微笑着等待着，可是，晃动的人群里没有他，排队办理登机手续的背影里没有他，急匆匆赶来的乘客里，也没有他。时间在一秒一秒地飞也似的过去，张薇觉得命运的法槌正一下一下敲着她的头盖骨。"他会来的，他会在关闭登机口的最后一刻，飞跑着赶来的！"

服务员再三提醒张薇登机，飞机马上要起飞了。张薇最后望了望整洁漂亮的候机大厅，好像回望她昨晚的噩梦，她绝望了，她的悲哀是属于哭不出来的那种。

"爬不上去的树，就不要看。"坐在机舱里的张薇错乱地自责着，"文文长得漂亮，又是市长的女儿……"

张薇记起了室友的一句话："教男人如何评价女人，就跟教公鸡如何打鸣一样多余。"

"难道法哲真的也用世俗的价值评价女人？"

文文一夜狂躁，哭诉着要当压寨夫人，死死抓住法哲不放手，甚至连法哲去厕所，她都大呼小叫地喊救命。她的语言和动作带有一种神经质的灵敏和妖媚，这在外人看来足以让年轻人神魂颠倒，现在却使法哲惶恐不安。黎明时分，她才昏昏睡去。当陈副市长带着北京的医学专家赶到抢救间时，法哲也趴在床边睡着了。

医生们为文文会诊，做各种检查。法哲退了出来，踩着大理石走廊疲惫地向外走去，迎面看到高高地悬挂在对面广场上的大钟。时间已指向了八点。"天啊，飞机……"

再没有比这个时间点更让法哲忐忑的了。他不知道将失去什么，但他知道错过了什么……清晨宁静而晴朗，微风轻抚，鸟儿轻唱，虽不优美，但那简单的旋律从第一个音开始便抓住了他的心，它悠悠升起，又融融而去。一想起爱张薇，便情不自禁，柔肠满怀，心中自然萌发出那种新的、突如其来的博大而深厚的感情，进而为站在医院的广场上而倍感羞愧、痛苦、伤心……

天空传来飞机的轰鸣，可白云朵朵，根本看不清飞机在哪里。甚至法哲分辨不清是飞机的声音还是耳鸣的声响。这时他才清醒地意识到，这个文文，不管你喜不喜欢，已是一个不能轻易推开的人。

那天崔总从界平家出来，非常惭愧，恨不得想变成蚂蚁消失在地缝里。酒真是可恶的东西，怎么就有了先睡他再娶她的肮脏想法，简直把她当成抱窝的母鸡了。他分析了这一切的根源，发现自己致命的缺点就是把自己的感觉当成了界平的感觉，他以为有着几千万的身价、有前途的公司，就可以皇帝似的支配女人。可是这一切在界平看来，像公路两旁的花树，只给行人的风景增添动感的色彩，行人并没有霸占的欲望。界平有着与生俱来的贵气，她是那种把爱和恨都掩藏起来的人。高调对她示爱，她会认为是鲁莽的冲动。她眼里的富贵不单单是金钱的多寡，还包含着修养、品格、气质等许多穷酸的因素。一夜暴富的自己无非是她眼中的暴发户，却大摇大摆地冒充优秀男人，真是臭到家了。崔总十指抓挠着头发，像抓挠着两把烦恼，灰色的烦恼弥散在整个空间，压得人喘不过气来。往事可以抹掉，手段是悔恨、克制或遗忘，但未来却难以避免。他的欲望总要找到宣泄的出口，幻想着飘浮的爱情有落地的可能。

战争的残酷或建筑的艰辛养成了貌似土匪的粗野、直率、坦诚的个性，他本能地以为界平会喜欢这种个性。她却把他当成流氓、恶棍、无赖……悔恨像食盐落入水中，在大脑的某个角落里悄无声息地溶解了，使情感也变得咸涩。他摆脱不了界平对他的憎恶，因为这种憎恶不是由于他坏，而是由于他粗俗，可耻而又可恨的粗俗。他交友广阔，但没有真正的友谊。他猎艳奇多，但没有终生可以相守的女人。他爱界平高深莫测的灵魂，爱她温润可爱的声音，爱她冷漠而疲倦的眼神，爱她的性格，爱她又白又软的双手。

"她会鄙视我的！"崔总坐在方向盘前，远远地望着四楼的窗口，那个让他心碎的女人一定在恨他、骂他，甚至诅咒他。就像动物能嗅到食物和危险一样，他感到她与他有着不共戴天的恶仇。她吐出的每一个字都像一条钢丝，慢慢勒住了崔总的咽喉，窒息着他的感觉。"可是她为什么说我在贝地城把她推下悬崖呢？"

如果不是界平气冲冲地提到技术员被打，崔总还不知道发生过这事。他立刻着手调查，很快知道了王技术员和小吴经理冲突的过程。设计人员的骄傲像末代皇妃似的不能挑战。作为建筑单位，工作就像战场作战，必须服从战争的统盘规划，否则会输掉战争。工程是输不起的。他要建立某种新的纲领，内含理性的哲学。一种新的工作主义诞生了，重建的不仅是公司，还是自己的形象。崔总发现自己的队伍存在着很多问题：第一，缺乏敬重客户的敬人精神；第二，缺乏克己容人的大将风度；第三，缺乏虚心好学的上进欲望；第四，缺乏团队合作的大局观念。崔总亲自给公司全体员工授课，对英雄连建筑公司丢失的这四种精神进行自我剖析，分析每个问题的危害。要求大家人人是讲师，人人是队员，阐述自己对公司管理的意见，痛批存在的问题。被观念洗脑的人是无敌的，像训练的警犬虎视眈眈，仿佛随时可以带着一颗骄傲的心和一个空肚子爬上高高的脚手架。

在英雄连建筑公司，唯一的真理就是崔总的怪念头。崔总营造了一个可以让他穷折腾的帝国，在这个帝国里，他可以是圣徒，也可以是魔鬼。遵照崔总橄榄绿一样诡异的想法，周一早上六点半，英雄连建筑公司机关男男女女三十八人，身穿草绿色工作服，站着整齐的队伍，像军人出操似的，整齐划一地向着设计院方向走去。走到半路，沉闷的雷声从西北滚了起来，不一会儿就飘起了小雨，步行到设计院时正好八点。队伍在崔总嘹亮的口号中，站成横向纵队，由崔总带头，响亮而整齐地喊道："向设计院赔礼，向王技术员道歉！"

"向设计院赔礼，向王技术员道歉！"

洪亮的声音仿佛军队开进了大院，整座大楼玻璃窗震得抖动着，就算水泥墙也不能不动情。

员工们好奇地扑到窗口。

界平打开窗子，突然看到站在队伍前排的崔总，气愤地想发火，可又不能发火，满腔的愤怒像被闷在了炉膛里的煤炭。

王技术员惊慌地跑进洪院长的办公室，尴尬得不知如何是好。本来挨打的事也只有两三个同事知道，现在却像感冒病毒，随风扩散，被一百个人知道，就等于挨了一百个耳刮子。

"不用理他！疯子！"界平冲王技术笑了笑，笑中饱含着岁月沉淀的忧伤，却又担心疯子会干出更让她尴尬的事情。剪短狗毛只是显得更凶狠罢了。许多年后，界平和崔总就这次道歉事件依然争执不休。界平怪他鲁莽，崔总坚持认为这是一次成功的军事化创意。

雨已越下越大，阴险的天气也在调侃他们的疯狂。

设计院的年轻男女像看杂耍似的兴奋。

院长劝他们速速返回，别淋出重病。

小吴经理突然站出队列，向院长深深鞠躬后，背诵了感动肺腑的道歉书。

界平偷偷寻找着法哲，法哲站在前排的右侧，雨水淋湿的头发，像皮帽似的盖在头上，他表情刚毅，神情严肃，站得挺拔威严。这造型让界平的心抖得像风雨里的蜘蛛网，她慌忙依着墙，像病了似的。

凡是灵魂存在的地方，高顿无处不在。

瞬间，界平恍然大悟，自己宁愿陶醉在弥天大谎中，她惊慌地问自己，怎么会如此残酷地让一个幻影久居心间。

"我的天啊！"她挥了挥手，试图把他从自己的生活中抹掉，却顺势擦了擦悄悄溢出的眼泪。她偷偷向楼下望着，明天仍是一处未知的悬崖。

崔总带着他的队伍直接开进了饭店，员工们要饕餮一顿了。

饭还没吃完，崔总接到电话，对方要法哲马上去医院。法哲不理解地看着崔总。崔总诡异地笑着拍了拍法哲的肩膀。"我是文文的舅舅！"

"我不是南丁格尔。"法哲气呼呼地埋头吞饭，像头饥饿的小猪。

"没错，也不是雷锋！"

"我没义务天天陪她。"

"可她想天天陪你。"

法哲吃着饭，可怎么也咽不下，仿佛食道某个地方发生了阻塞。他不得不习惯这突如其来的鞭笞，压制自己像鱼离开了水一样的不自在。从什么时候起，他躲不开这黏滞的空气，仿佛整个世界都糊里糊涂地融化在雾霾里了。

雾霾会让人喘不过气，法哲这几天的日子相当不好过，因照顾文文，错过了和张薇一起去西藏的旅行，害得张薇独自出行，手机关机，无任何音信，像没这个人似的。苏醒了的文文又死黏着他，那份小女生似的痴情，总让法哲像踩在沼泽上似的。他不得不用棒棒糖似的好脾气来化解心中的怨恨，舔舐心中因为张薇的离去而留下的累累伤痕。一个好男人不需要卓越的才华和特殊的身份，正相反，他应该具备哪怕一点点高尚的品质——爱、忠诚和担当精神。他知道自己必须抵挡各种欲望的冲击，他也知道这往往是瞬间的事，如果向欲望投降，今生就变了味道。

法哲感觉自己像丢了飞机的机长一样毫无用武之地。他懊恼地穿着那身军绿的工作服就去了医院。张薇在广告栏的后面，远远地看到了他，心像震碎的玻璃窗。张薇根本没去西藏，在起飞前又跑下了飞机。没有法哲，哪里还有风景！法哲天天来照看望文文，陪文文散步，眼看着文文一天比一天健康了，他却依然像情人似的出现在她身边。她曾和自己打赌，如果今天法哲再来医院，她将绝不原谅他。

在日照海边，法哲在人群里第一眼锁定了她，张薇总感觉自己幸福得不真实。为了套牢张薇，法哲混入张薇的同学中间。女生嫉妒她的运气，她们给法哲打了满分，男生嫉妒他的骄傲，那骄傲可是与生俱来的。虽然他外表英俊帅气，可精神世界依然比谁都富有，抱有一种难以拂除的使命感，认为自己是被悄悄挑选出来，这不也理所当然的吗？有的男孩子总觉得这个世界上的某个地方，存在着自己尚未知晓的使命，在等待着他去担当。

法哲正是被这种希望激励着。

是的，张薇也爱他。这种爱来得太直接太干脆太坦荡，也许会去得同样干脆利落，但是失去他之后，生存将是地狱。张薇独自进了医院前边的小饭店，她点了六瓶啤酒。法哲说以前追过一个女孩，女孩不同意，他一气之下就喝了六瓶，醉得连女孩的名字都不记得了。酒精相当于忘情水，对法哲那铁一样冰冷的灵魂来说，任何稍带激情的行为都是精神错乱。"法哲，我们干杯！"

一位帅气的男生给她端来了六瓶白鹭啤酒，他迟疑着启开了一瓶，张薇示意他全启开。

"真希望和老虎打一仗！"她宁可失败，却不愿不战而败。而爱情根本不是战争，也不是战争的借口。爱情就是爱情，没道理，没道理，还是没道理！

平时，张薇喝一杯啤酒脸就红得像煮熟的龙虾。她将啤酒杯倒满，倒得非常痛快，仿佛那不是酒而是心头汩汩流出的泪。她端起酒杯，像农民工似的咚咚地饮了下去，长长地出了口气，唇齿间回味着一股香甜，似乎没有平时喝啤酒时的那股淡淡的酸味。她倒希望这酒劲儿大些，能让她醉意沉沉，忘记压在心头的苦痛。两个服务生站在门口不时观看这位霸气十足的女生，根据以往的经验，这样狂喝闷酒的女生，首先是失恋所致，其次还是失恋所致，没有其他选择。不到十分钟，张薇两瓶啤酒灌进了肚里，可依然没有喝醉的感觉，仿佛今天的她成了钢铁战士。

闺秘胡安香曾说：如果男人想甩掉女人，一个比头发丝还细小的借口就会成为天塌下来的理由。但天从没塌下来，喜新厌旧的男人们却满意地离开了。

借口，法哲可以有很多借口，单是副市长的公主就是坚强的借口。张薇放慢了喝酒的节奏，大脑里放电影似的回忆着法哲守在文文床边的镜头：他握着她的手，殷勤地侍奉左右。她越想越觉得委屈，莫名其妙地被甩了，连半句解释都没有。她觉得自己有受虐心理，努力以胜利的姿态嘲笑法哲的背叛。她想笑，或者试着独自唱歌，眼泪莫名其妙地哽住了咽喉。喝到第三瓶时，张薇的泪水已流成了线。也许因为回忆让张薇想起了恋爱中忽略的东西，他们之间除了相爱和真诚还有一些别的东西，掩藏在幸福外衣下的阴暗的东西。

文文要法哲陪着到院外走走。文文明天就可以出院，他也不必再陪她了。可这话得在特定时机说出口，免得伤了文文的心。心软是法哲的一大缺陷，似乎不会拒绝，别人说他善良，其实，他知道这与善良无关，而是源自灵魂的不自信。

文文猜测到了法哲的想法，根本不给他开口的机会，如果能这样缠住法哲，她宁愿再掉进湖里。文文的心思总钉在一点上，都磨坏了，像一副运转过度的轴承。

文文挽着法哲的胳膊，无论以什么身份走在法哲的身边，她希望全世界的人都要关注这重要的现象，他们亲密地徘徊在街上，情人般地散步聊天。法哲希望这是最后一次陪她，最后一次任她把头放在胳膊上撒娇。文文走得亲密，而法哲则走得生涩而愤闷。

献身爱情和献身艺术一样博大和自私。文文突然看到了坐在玻璃窗前独自饮酒的张薇，"这个母猩猩，不是去旅行了吗？"嫉妒犹如一道闪电，瞬间惊吓了文文的某些神经。公主般骄傲的文文竟然有被戏弄的感觉，在看到张薇的几分钟里，她莫名其妙地觉得受够了张薇，受够了同这个女人的争夺战，必须尽快把这讨厌的女人从法哲身边赶走，不能让她有做梦的借口。

文文一再向法哲展示自己善良和大方的品性，试图博得法哲的青睐。她那么善良，见不得血，却津津有味地吃着铁板牛肉；她那么大方，从不吝啬，却暗示刘主任给她买了几万的补品和化妆品。她像一个走运的赌徒，疯狂地下注，并且总是能赢。

欲望过多，思想就会滴血。文文争分夺秒地享受这个世界，像担心下一秒钟不会来临似的。张薇躲在窗帘后面，她怕法哲发现，怕法哲走过来。她既怕法哲尴尬，也怕好戏早早收场。她倒要看看这出戏的结尾，每个故事的结尾都有个反高潮，不知她和法哲山盟海誓的爱情，是否也脆弱得像蜻蜓的翅膀。肚子渴求食物，心灵渴求爱情，嫉妒渴求啤酒，失意的她渴望出奇不意的结局。

一首赞歌拯救不了一个国家，一个媚笑也打造不了爱情。文文不懂老鹰纵使饥饿，也不碰稻谷。可生物课不是文文的强项，道德也不是。她缩了缩肩膀，好像很冷的样子，法哲赶忙脱掉草绿色工作服，披在文文的肩膀上。

　　文文偷偷看向窗玻璃，暗自估量着这个不识好歹的包袱有多重，看上去张薇已悲催得连啤酒瓶子也提不起来了。文文幻想着她和法哲精神和肉体十分完美地融为一体，散发着变幻不定、销魂夺魄的迷人魅力，让智力平庸的张薇嫉妒得发疯。

　　"听爸爸说，你爸和我爸像亲兄弟般……"

　　"黄泉路上吗？我想不会！"

　　"'文革'时，他们是朋友！"

　　"当然，是敌人就逃不出'文革'。"

　　"你时常想你爸爸？"

　　"我狼心狗肺，很少想！"

　　法哲心不在焉地应付着文文，他的心思不在文文身上，也不在这街道上。自那天没能赶上张薇的飞机后，就一直没有张薇的电话和信息。张薇在哪里呢？一个女孩独自去西藏是否安全、是否有高原反应。他懂她，知道她会痛哭长夜，他多想飞到西藏，哪怕跑遍每个角落也要找到她。可文文一直在生死线上挣扎，从道义、从良知，他真的不好脱身就走。

　　张薇苦笑着，看着他们温柔地兜圈子，他的一声一息都似乎在张薇身体内最隐秘、最敏感的弦上弹拨着。她感觉自己被放在凸透镜的焦点上，心被烧得生疼。他们多么甜蜜温馨啊，自己和法哲也曾这么甜蜜过。一场轰轰烈烈的爱情，难道就这样结束了吗？当初爱得那么真挚，那么缠绵，多少同学羡慕她有一个理想的真命天子，可是她的天子去牵别人的手了。

　　张薇不知道是该勃然大怒，起身去揍文文，让法哲目瞪口呆，还是该哈哈大笑，笑得连门口卧着的狗都发毛地瞪她。

　　人生就像是一次不知终点的破冰远航。金秋的天气出奇地晴好，比春天还温暖，在纯净的空气中一切都闪闪烁烁、耀眼发光。张薇觉得心里的怒火像一块烧红的煤炭，快把自己烧焦了。

　　"张薇今晚要回来了，我不会再来看你了……"法哲终于搬走了心头的一座大山。

　　在文文看来，最小的一点压力就足以使地狱的大门洞开，她第一次感觉到自己的美貌、自信和市长公主的身份竟然一文不值。

"是你救了我!"

"落水的是头猪,我也会救!"

"我猪都不如吗?"

"猪很高贵。文文,你再掉进水里,我也会救,这没什么!"

"你根本就不该救我!"

"好的,知道了。"

"张薇有什么好? 你这死脑筋!"

"既然我死脑筋,你根本就不该问。"

文文拒绝相信这末日来临的时刻。她一度以为张薇是最不构成威胁的一个女子,如今可没那么确定了。在情场上面对法哲,赢,就是爱情;输,却要失去一切。

苍白的树枝不肯结果子,半老徐娘的母鸡不肯下蛋,日子互不相同,又一模一样。和平的生活苦了新闻记者,他们只能把乏味的事情煽乎成世间奇观,用猎奇的标题吸引观众的目光。雨中一行穿着草绿色军工装的员工们,整齐划一地急行军,行人急忙让路、车辆刹车放行。信息灵通的记者便开着车追了上来,多情的镜头瞄准了长长的队伍。

李虎老总每每从报纸上看到英雄连的新闻,露出让人难以捉摸的笑意。跑得过快的马难免一输。他教育儿子李威政不能把自己的想法、希望、恐惧和秘密透露给任何人,即便面对老虎或狮子般的人物,也要保持若无其事的样子,因为你是老虎,对手就是兔子;你若是兔子,对手就立刻成了老虎。

上次为界平办了生日宴,得知崔总依然没能泡到那女人,甚至连手都没能摸一下,不禁对这半衰的美女产生了好奇。洪院长在白鹭城很有人气,许多人把这女子幻想成性爱对象,当成梦中情人。曾经有一位清华毕业的工商局局长,妻子去世三年后结识了洪院长,交往一段时间,双方感觉不错,有一次两人看电影,也许电影太煽情,那局长慢慢地把手就放在了洪院长的大腿上。局长感觉到了洪院长的颤动,以为那是鼓励,其实是咬牙切齿的坚持。局长的手慢慢向大腿根部挪去。洪院长猛然起身,头也不回地走了。任这位局长怎么道歉,她聋子似的充耳不闻。

像母蛤蟆总是能唤起公蛤蟆的性趣一样，这故事却激起了好多男人的雄性。

界平像尼姑般坚守在长夜的纵深处，永久地关闭着尼姑庵的大门。

李总认为享乐是天性，是区别于动物最显著的标志。穷人的真正悲剧在于，除了自我克制，他们什么都付不起。美丽的罪孽，像美丽的东西一样，是富人的特权。再美的中年女人也赶不上少女的青春之美。李总的床上不缺女孩，那些用钱买来的爱情，总是以明码标价收场。但庵里的女人就不同了，至此李总才明白为何崔总那么执着，为何那么多男人想得手这女人。她身上有少女们没有的味道，那是神秘的魅力，说不清道不明。

在李总眼里，只要条件合适，无论哪国总统的夫人，都可以弄到自己床上。

白鹭城设计院成立五十周年了，伴随着白鹭市的发展，设计了白鹭市甚至国内的许多重要的建筑，从最初的民用设计拓展到城市规划、环境艺术等许多领域，有些作品成了城市的标志、建筑界的杰作。

五十年大庆，是设计院的大事。设计院要借这次庆祝活动大肆宣传白鹭设计院的非凡成绩，提高知名度。庆祝活动分接待组、业务组、后勤组和现场组。界平负责业务组，是庆典的重点，展示五十年来的辉煌成就，形成品牌报告和优秀作品展。

业务工作组的七八位同事聚集在界平的办公室开会，文文替界平收了一个快递包裹，界平以为是女儿替她网购的，当场就拆了封。瞬间，大家呆住了，有个科长哈哈大笑，像得了笑病似的，怎么也止不住。洪院长脸红得像旗，羞得无处躲藏，匆忙扣上了箱子，让文文快快扔到垃圾箱里。

不出三分钟，整个设计院都知道洪院长收到了一个硕大的仿真男性生殖器。

界平永远也不知道是谁在恶搞她，几年、甚至十几年后，她都清晰地记得第一眼看到那玩意儿时的惊悚、羞愧和难堪。

在这个城市，只要名气响，有头脑，就足够让人对你说三道四。

十五

界平是挂在高处的红柿子。崔总很清楚，那火红的柿子能挑起他的食欲，同样也能挑起其他男人的食欲。生殖器事件及时传到崔总耳中，他不由得担心起来，害怕某天抬头看树，高高的枝杈上，像空气一样虚无——柿子成了别人财产。

崔总几次打电话给界平，她都以工作忙为借口推托了。工作忙是真的，不想见他也是真的。她一度怀疑那生殖器是崔总的恶作剧，但又一想他是最不可能的人选。

崔总怀着丘比特的激情，驾着他的爱情之车，随时准备毫无顾忌地驶向界平。但是不管他怎么加油，他们中间那段施了魔法的距离犹如幻影似的扩大着。

庆祝大会在市政府的大礼堂举行，全国各地的上千客人齐聚在这里，有著名的设计专家、政府高官、财团老总等。广场上，彩旗飘扬、锣鼓齐鸣，礼仪小姐如花似玉，贵宾佳客喜气洋洋。界平化了淡妆，穿了身意大利进口的淡绿色的裙装，曲线优美，典雅大方，比礼仪小姐更胜三分，在人群里迎来接往，极聚眼球。

不是哪个设计院都有"美女院长"的，不是哪个"美女院长"都收到过男性生殖器。人人都想多瞄几眼传说中的"美女院长"。"美女院长"出出入入异常繁忙，多次从李总和崔总面前走过，根本无暇打招呼。界平消瘦了很多，那漂亮的五官更显得韵味十足，清澈的双眸、清秀的眉毛、高挺的鼻梁和玫瑰般的嘴唇，均透着艺术的美。

"我床上的跳蚤如果像她一样美，咬死我我也愿意！"

界平引导着新来的客人从红地毯上走过，散落在院子里的客人们目光追随着、品评着。

崔总的心像水里的月亮，颤颤巍巍，抖抖擞擞，忽而明亮忽而混浊。在深渊的边缘，他竟步出了销魂的仙境。梦中的欢爱弄得筋疲力尽，虚拟的幸福更加深了他的感觉。

"就你这条件，挑选佳丽还不和组建后宫似的，三千个女孩不可能，三百个女孩会抢着吧！这个老女人有什么好的，估计她两腿间的那块肉也没闲着。我敢打赌，分开过她两腿的男人不下十个！有你吗？"李总眨巴着眼睛斜睥着。

"你一直这么臭呢，还是碰巧操了头猪！"

"你浑身飘香，估计也不是因为睡了美女院长。"

"管好你自己，别再糟蹋女孩子。"

"我是男人，又不是和尚。"

李总拍了拍崔总的肩膀，挺着怀孕六个月似的肚子和其他老相识打招呼去了。李总是崔总踏实而智慧的盟友，在过去的三年里才坑害过他两次，这绝对是李总的仁慈了。

崔总不相信世界上有女人能这样抵得住男人的好奇，如果有，一定是她。他已意识到，用惯常的手段，终究难以敲开被葬礼封死的大门。

庆祝大会开得隆重而热烈，院长主持，市长致辞，界平主讲设计院五十年来的品牌作品。她美丽大方，侃侃而谈，声音圆润而清亮。她停止讲话时，全场静得像午夜，她开口讲话时，全场又醉倒在她的声音里。女人是用来爱的，不是用来欣赏的。崔总坐在柔软的椅子上，感觉自己像青蛙似的被放在温水里煮着，温柔地享受着这个女人。他感觉那语言是对着他的耳朵说的，微笑是冲着他做的。他想起那次褪裤子的场面，界平吓得拿着剪子的样子……真想再踏进她的家门，温柔地说话。崔总想着想着，思绪像山洪似的倾泻而下。"她躺在床上是什么样子，是习惯左侧着睡还是右侧着睡，站在沐浴器下是什么样子？"崔总看着屏幕上放大的头像，听着她柔美的声音，幻想着把披着婚纱的她抱进新房，她幸福地吻着他，他们高兴地倒在柔软的婚床上。突然响起了一阵潮水般的掌声，打断了崔总的幻想。

矮小而敦实的李总碰了碰崔总，"她缺乏刺激男人性欲的那点东西！"

崔总听到这话，像吃了电棍似的打了个哆嗦。

"结了婚的男人都过着光棍的日子，而光棍们过的却是成家人的日子，寡妇的日子更丰富！"李总头靠在椅背上，眼睛眯着，盯着电子屏幕上的界平。

崔总不想让他评价界平。"你过的什么日子？"

"比皇帝更逍遥的神仙日子。"

"神经病日子吧，小心哪天你那操劳过度的蛋蛋罢工了。"

"我怎忍心让女孩们哭得死去活来啊。"

"你真是个伪君子！"

"你想数吗？大厅里这上千号人，个个都是伪君子。"

庆祝会的晚宴在白鹭大酒店举行，时装表演穿插为晚宴助兴。那些骨瘦如柴的模特们，画着魔鬼般的烟熏妆，踩着高跷似的高跟鞋，穿着气死爹娘的布片，冷漠而高傲地从临时搭建的T型台上走过，客人们犹如喝了五粮液又喝威士忌一般，醉意蒙眬、心荡神摇、精魄错乱。借着酒的魔力，口无遮拦。"我讨厌真心相爱的女人，心存嫉妒麻辣如火的女人更有味道。"

生活是一种极大的失望。

设计院的领导们逐桌敬酒。界平不胜酒力。今天特殊，第一桌的客人是省市高官、技术权威，市长盛赞洪院长设计的白鹭大桥，将成为白鹭市的标志，宾客们跟着起哄。在众人的鼓掌喝彩声中，洪院长不得不把满杯的白酒灌了下去。

"不能再喝了！"界平暗自叮嘱自己。

有了第一杯，就少不了第二杯。百里之外的朋友，千里之外的佳宾，难道还不胜洪院长的一口小酒。顶得住众人的劝说，可抗不住良心的多情。有酒下肚，万事无忧。敬过十多桌客人后，界平面若桃花、羞花闭月、醉意蒙眬了。混乱就是机遇，有人就恰当地利用这个机遇，"美女院长"的右侧屁股上留下了一个大大的油手印，界平却一无所知地穿插在客人们中间，频频举杯。她无意中创造了个宇宙，那是性感荡漾的世界。这些酒醉半酣的人士，眼里不缺美女，缺的是精神。像界平这样守寡二十多年的"美女院长"，在他们老狐狸般的眼里，便胜过上百名芳龄少女的性感。屁股上的大手印，像性感的招牌，诱惑着男人们想入非非。

好女人确是一帖特好的补药，高不可攀的女人拥有一种会当凌绝顶的残酷美。

崔总气得像关进瓶子里的苍蝇，恨不得以头撞墙。看着那只大油手，如果手里有把刀，定会断掉那人的胳膊。敬酒的院长们终于转到了李总和崔总这一桌，李总代表全桌的客人向设计院领导表示祝贺，像夸赞月亮似的说了一大堆不上税的好话。要是不够有钱，魅力也没什么用，李总享受银行数字带来的尊严。

崔总却像个吃醋的小丈夫，怨气十足地望着界平的背影。行为就像菜肴，思维和感情则像味精，谁要是在西瓜上浇醋，那也不犯法。

两个人之间的区别，绝对大于牛和狗的区别。嫉妒、贪欲、性感和爱恋，搅成了一杯魔幻的鸡尾酒，崔总喝着，体会着那种撩人的、兴奋的、晃晃悠悠的感觉，全身充满了痛苦的、美色的骚动。他一杯杯地灌着，听见回荡的自己的笑声，无意间泄露了内心的焦虑、热情和痛苦。

"不得不说，那大油手印比她的脸蛋更带劲儿！"李总端着酒杯，歪着头像要看清大油手印的指纹似的。"克制是不幸的，和谐像一顿发酸的饭菜那么糟糕，过度才像一桌盛宴这般带劲儿。"

"恕我直言，你和流氓没什么分别。"

"哪能这么说，至少我比流氓有钱，朋友也比流氓多。"

"只要开得出价钱，任何朋友你都乐于出卖。"

"知己啊，可惜你是男的，我对男知己没'性趣'。"

"别和个劳改犯似的！"

"我就是劳改犯，蹲了三年大牢！"那骄傲的口气仿佛在清华大学学习了三年似的。

李总借着酒劲儿兴奋地讲起了陈年往事。青春年少时，他和一个当官的儿子天天混在一起，有一天，为一点小事和另一个团伙发生了冲突，双方动了棍棒，结果出了人命。大家记得非常清楚，就像桌子上的肉必须先让当官的公子吃一样，打人必须让当官的公子抢得自在。那人当即瘫倒在地上。李总握着木棒，年龄最小的他，被地上的鲜血吓坏了。他的棒子上有血，竟然糊里糊涂地判了三年。三年足够他想清楚任何细节。他没动木棒，是那位当官的儿子塞到他手里的。他还拍了拍他的肩膀，在耳边轻轻地说了什么，原话记不得了。当时李虎便想着事后会被高官当成恩人般地照顾，会把他安排在银行或邮局上班。三年里，他时刻盼着高官或他的儿子去看他，可他们像死了似的音信杳无。

有些毒药难以捉摸，要了解它的性质，自己也得中毒。劳教所叫他的心变得麻木，头脑却变得灵敏，经过乱梦颠倒的挫折后，他想把过路的所有行人痛打一顿。当一个人奇怪地受着痛苦煎熬时，脸上无法佩戴假面具，也不可能阻止地狱的烟雾熏得脑袋混沌。谁都得为成长交学费，李总的这一笔交得很扎实，学得也很高效。

风从云影中拉出绝美的月亮，打包带走，随即乌云密布，闷雷滚滚。张扬飞舞后，时光安静下来，酒会进行到末尾，醉意昏沉的界平，大脑不受控制，被客人们拉去喝酒。来人都是客，她像新娘子似的再疲再累，也得露出灿烂而甜蜜的笑容。她送客人们到房间，沿着柔软的地毯静静地往电梯口走着。她的房间是2312，2312在哪里呢，她扶着贴着米黄壁纸的走廊，感觉这走廊像天边似的永无尽头，这米黄色的壁纸也像万里长城似的望不到边际。她头靠在"万里长城"上，似乎在想除了孟姜女哭过长城，还有谁哭过？

李总从电梯出来，突然看着"美女院长"在闭目养神，急忙问她的房间是哪个。"2312。"

李总扶着她拐向了丁字形的走廊。

界平微笑着，依然保持着惯有的矜持，轻轻推开了他的胳膊，走了两步，差点摔倒。李总赶忙架住了她的胳膊，因动作过大，碰到了她柔软的乳房。

李总不担心在自己的地盘上会偶然碰到一次诱惑。酒店是他的，儿子在经营。他见惯了见怪不怪的事情。经验没有伦理价值，良心不是生产力的积极因素，人们一度犯过的罪孽，又会在另一个时段愉快地重犯一次。感觉可以升华似雪，理智却可能堕落如泥。

他帮助界平打开了房门，这是个套房，外面是办公或会客的地方，里面有张柔软的双人床。界平踢掉鞋子就爬到了床上，像五天没睡过觉似的，酣然入睡。屁股上大大的油手印嘲笑般地看着李总。

李总站在床边，问她喝不喝水，可没有反应。界平发出轻轻的鼾声，柔软的头发半遮着脸。李总轻轻地挑开那绺栗棕色的头发，露出姣美的漂亮的脸。以是或否的态度对待生活是荒谬的，以美或丑对待女人、以忠诚或背叛对待朋友也是荒谬的。

李总认为人类降生到世上不是来发表道德偏见的，要是一个人吸引他，自己无论选择什么方式表达意愿，都是可取的。

天快亮的时候，界平口渴得难受，她渐渐醒了，仿佛做了个梦，梦到高顿来了，他们又像在贝地城似的幸福地缠绵在一起。梦境汇合在同一领地，与一切外界隔绝了。她睁开眼睛，昨夜的事情显得不真实了……漫画似的夸张和扭曲……怎么睡倒在床上的，可记忆一片空白。她坐起来，突然发现自己一丝不挂，并且连内裤都脱掉了。她简直像被雷击了似的，尖叫着倒在床上。她又被自己的尖叫吓坏了，那不是梦，而是一个男人，男人、男人……

界平不敢想，甚至连哭的力气都没有了，她真想一枪放倒自己，再也不想活了。她心里有一个深深的伤口，让她想哭、疼痛不已。多少年后，界平仍然记得怎样倒吸了一口冷气，那冷气仿佛是从魔鬼肆虐的灾祸里飞出来的。生活中真正的悲剧往往以非艺术的形式发生，以其赤裸裸的暴力，绝对的混乱和彻底的无定式，来伤害人们。悲剧像粗俗不堪的暴力危害人们。人们既是演员，又是观众了，兼有两种痛苦。

她匆匆地套上裙子，踩上鞋，发现内裤被扔在地毯上，她仓促地将穿着皮鞋的脚伸进内裤里，歪歪扭扭地提到了屁股上，披上风衣，像有老虎追着似的跑到走廊里。正好被崔总看到，崔总和朋友打麻将，刚送朋友回房间。界平本能地以为强暴她的是埋伏在门口的这个人，气愤地回转身来，啪地甩了他一个耳刮了，像在空中甩响的皮鞭。片刻的愤怒和惊诧，充满了对永恒的恐惧。

崔总懵懂地打量着界平，不明白她何以披头散发地跑出来，何以愤怒得像只暴躁的母狼。

界平恨不得把他咬碎了咽下去。她生怕自己会抽起风来，抱着拳，浑身哆嗦着，气呼呼地进了电梯。

一定发生了什么！2312房间的门没锁，崔总轻轻推开了门，当他跨过这道门，感觉有些奇怪。房间怪气刺鼻，精液的味道夹杂着酒精味道，呛得人喘不上气来。床铺零乱，床罩、毯子和一只枕头散落在地毯上，胸罩像鱼干似的吊在扶手椅上。时间仅仅是失踪的面具，在房间里见到的一切，都是没有来的意象，意象的碎片。强暴这个词露出了它不设防的恶意。这宽大凌乱的床铺像个快速挖开的陷阱，散发着令人惊慌的恶臭。任何事情都有可能发生，一切细节都不应该被忽略。

崔总捡起一团卫生纸，闻了闻，强烈的精液的罪恶。崔总气得牙快咬碎了，恨不得想杀人！崔总觉得那逐渐渗入室内的黑暗也正在穿透他的体内，把他的血液变成了毒气。界平身上有一种使谁都着迷的东西，犹如兰花的奇妙。这朵兰花被摧残了。对他来说，生活是残酷的，是最残酷的艺术，其他一切似乎是为这残酷所做的准备。

法哲连夜从工地赶回来，刚拐到楼下，就看到张薇骑着自行车消失在黑夜里。他边喊边追了上去，可自行车没有减速的意图。他一把拉住了自行车，拦腰抱住了张薇的腰。那女子嘶声尖叫，歇斯底里地大呼救命。法哲慌忙解释，可女子依然尖叫不止，法哲只好落荒而逃。

那女子那么胖，那么矮，怎么会看走了眼呢？

法哲到机场接机，可从西藏飞回的乘客都出来了，依然没有张薇的影子。法哲到服务台查询，才知道张薇根本没乘这趟飞机。难道她早回来了？或者还在西藏？

走出机场，一条长长的白云飘浮在西天上，夕阳从云团的下面射出，像巨大的五彩贝壳。当他凝视天空，一架飞机正缓缓地下降着飞来。他试图理解这一切的意义——天空、田野、嗡嗡的飞机声……他觉得自己正要明白的时候，那模糊的概念突然消失了。

张薇站在窗前，发现校园的丁香丛前站着法哲。其实她忍不住想回他的信息，接受他的道歉，可一想到他和文文亲密地在一起，心头的怒火便又熊熊燃烧起来。那天她醉醺醺回到宿舍，仰面躺了许久，已经没有哭的欲望了。她调整好呼吸，磨尖了爪子和利齿，下决心要撕断、咬碎与法哲的心酸的恋情。

折磨法哲让她心疼，可是不折磨他，自己心疼。折磨了他，自己也心疼。他如果不走，她永远也不下教学楼。

那几天守在文文身边，感受着文文戏子般的娇柔和沉醉，自拍般甜美的微笑……法哲更清晰地意识到品格的本真是无法用黄金装点的，天性的可贵也是无法用权贵烘托的。

法哲准确地估量自己走到了什么地步，评估埋在心底的癫狂，评估失误的罪过。没有张薇，明天怎么办，今后所有的日子怎么办？

教室里的同学都走了，有的去吃饭，有的去了图书馆，还有的去约会。张薇偷偷地向下望着，法哲像钉子钉在地上似的，一动不动。她仿佛看到法哲历次站在那里的情景，曾经的爱情天使般从身边飞过，她感到病弱、凄凉、无用，有一种想哭出来的急切渴望。

灯光亮了，晚自习开始了，秋天的蚊子像吸血鬼，咬人又狠又毒。没有几个人敢肆无忌惮地站在夜晚的空地里喂蚊子。法哲站在树丛下，啪啪地打着蚊子，一会儿是额头，一会儿是脸颊，一会儿又是胳膊或耳朵。显然蚊子替张薇报了血仇大恨。

"那二货，和母蚊子调情吧！"

张薇听到两位男生的谈话，气得转身冲了下去。

法哲应该采取一种比道歉更复杂的审核感情的办法，张薇又怎么能相信他的说辞。无论法哲怎么解释，都缓解不了张薇的愤怒。在白鹭湖边，两人吵得像一对斗鸡。空气里充满恐慌和伤悲，悲伤不慌不忙，折磨着两个人的心脏。

记忆可以使一切矛盾重现，但无法重现时光，尽管只有与之相联系的时光才能使感觉完全复活。夜晚的白鹭湖，游人如织，在半煌半暗的光线中一切显得很陌生，汽垫船的轰鸣、湖面闪出的微光、远处飘来的音乐，这一切比张薇和法哲的爱情要神秘得多、模糊得多。

冷战中的两人安静地出奇，有一种要出事的感觉。法哲的手机响了，文文说她爸爸为了感激法哲救了她，送给他一块瑞士手表，是特地请人从瑞士买来的。

张薇酸得像青杏。

法哲心生一计，要文文赶到白鹭湖边，他在这里等她。法哲主动相邀，还是破天荒第一次。文文兴奋得像得宠的妃子，拿着装有手表的礼品盒驱车前来，还没停好车，心率就加速了。

文文像只蝴蝶似的蹁跹到了法哲身边，法哲拉起文文的手，几步走到依在石栏上的张薇面前。不撒谎就是诗，此时诗意弥漫。一群白鹭鼓动着翅膀从湖面飞过，一群鱼啪嗒啪嗒地跃出水面，声音好似小雨一般。三人显然没注意这美好的自然景观。

"文文，张薇是我媳妇，我只是偶然救了你，明白了吗?"

"我只是感谢救命之恩罢了。"

"你很善良，但你的行为并不像你想象的那么美好。"

"你真无情!"

"张薇也这么说，可她这么评价我，我还真伤心。"

没想到热脸碰到了冰块，在冷漠而尴尬的话语中，文文的灵魂沉重地战栗着，她像因偷了一块橡皮而被开除的学生，怨气十足。她越发欣赏法哲新的魅力，那种敢于担当的坚毅的魄力，她觉得自己从来没有这么心甘情愿过。

张薇黑着脸转向湖面，隐隐的幸福在心底弥漫。这是一种需尽心尽力对付的煎熬、一种神秘的预知力，那曾经精心设计的骄傲，那场热心排演的分手大戏，像雾霾般被风吹散了。

文文体会到了一种来自骨髓的奇特的伤感。法哲用刺伤她的代价来激活他们猝死的爱情，用撑破她颜面的痛苦，赢得张薇的谅解!"太过分了!"

他们走了，文文木愣愣地站在湖边，别人以为她是被夜晚的湖光迷倒了，她却感觉被钉在了耻辱柱上。慢慢地拆了瑞士钟表包装，像杜十娘怒沉百宝箱似的生气地丢进了白鹭湖里。

当然，那表是别人遗弃在她家的桌子上的。

爱情这服毒药，越迷人毒性越大，毒性越大也越迷人。文文的恨意像夜晚的黑，浓重地弥漫开来。

"法哲早晚是我的!"

界平坐上出租车火速逃离白鹭大酒店，她惊恐地夹紧双腿，怕司机发现什么内情似的。她努力控制着情绪，遏制着不时打战的牙齿。马发抖不应该由骑手负责，路面颠簸与司机无关。夜里守候在酒店附近的出租车司机们见惯了奇人奇事，拉载过各种各样的癫狂的男女。司机木然地看着前方，仿佛唯有红绿灯才是他关注的重点。虽然如此，界平依然感觉自己赤身裸体般跑在大街上，仿佛全世界看到了她的狼狈相。她恨不得穿上厚厚的棉衣，或者缩进长及脚腕的鸭绒服里。今夜发生的一切跨越了时间和梦幻、跨越了荣誉和耻辱、跨越了清醒和糊涂，笼罩在没有是非、没有概念的陌生味道之中。

界平匆忙打开门，像小偷似的闪进家里，砰地关上防盗门，又用钥匙紧紧地反锁了，随后跑到窗前，把所有的窗子砰砰地关上了，不留一点儿缝隙，除了灰尘，毛也飞不进来了。生活中一些必不可少的习惯，对她来说都不再存在。她失去了时间观念，要是人家告诉她是晚上九点，她也不会感到惊奇。她有一些问题要问，可不知问谁。有一些事情要谈，可不知从何处开始。发生的一切过于简单又过于悲惨，悲惨得反而不能让人信服。她关门闭户的时候脑袋空空如也，既没有猜想，也没有回忆。周围是黑夜里纯柔的细声与流转的光华，她感到刺骨的冷。

界平旋开水龙头，浴盆里热浪滚滚。脱下那意大利进口的遮羞布，从梳妆镜前的抽屉里取出剪子，把那昂贵的、屈辱的、肮脏的淡绿色裙子，先是从前胸直割了下去，随后又横着一段段地剪碎了，直到碎成了一堆布片。随后把内裤也剪成碎片，连同剪刀一起扔进了垃圾筒里。昨晚发生的事情超出了生活的常规，仿佛是生活的地面被铲出了个窟窿，地狱的阴风正通过这窟窿灌进来，想要把一切吞没。

她泡进了浴盆里，大脑还停留在远方、停留在白鹭大酒店，或停留在寂静的午夜的街道上。生命都处在迷途中，终究会在意想不到的地方找错方向。发生了什么？乳罩丢在了哪里……温热的水浸泡着身体，会阴热辣辣地疼。她心一沉，仿佛一堵生命的墙坍塌了，悄然无声，就像默片一样。她将手伸进水里，注定握着一场空，她努力想抓住什么，避免沉向一个看不见的深渊。是谁？那个趴在身上的人是谁？显然不是崔总。答案多得可以塞满一个超市，如果手里有枪，她想放倒任何选中的目标。

尴尬的事时常发生。有一次界平从美容店出来，正下着大雨。她撑起一把紫红的雨伞，顺着人行道的花瓷砖走着。突然脚下一滑，瞬间跌倒在泥水里，双膝双手着地，两个膝盖的丝袜都磕破了，雨伞被狂风鼓荡着跑出了几米远。一对夫妇撑着雨伞从身边走过，那男子急忙伸出手想扶起界平。瞬间，两人认出了彼此，都惊呆了。界平不顾疼痛，迈动着流血的膝盖，追上自己的雨伞，匆匆逃走了。

那男子就是那位清华毕业的局长。

热气弥漫着，蒸腾着，界平的头昏昏沉沉想起了摔倒事件。她往水里缩着，热水泡润着乳房，突然疼痛难忍，乳晕周围竟然一圈红红的齿痕。一直没有哭的界平，终于控制不住，捂着嘴号啕起来。她痛痛快快地、上气不接下气地哭着。泪水顺着手指流向胳膊肘，落进了水里。破碎的心脏和咸涩的泪水在舞蹈，世界悲催多于欢乐，有什么可奇怪的呢？

哭吧，哭是她最坚强的抵抗了。二十多年的坚守，多少流氓恶棍的挑衅，多少坏蛋沾过手指的便宜，多少轻浮的小青年言语的挑逗，她都智慧地化解了尴尬，成就了自身的安全。而今，却被人强暴了！是客人、同事或朋友？是服务员还是闯入的陌生人？界平简直不敢想象，她把头闷进水里，久久地憋气，真希望这样死在水里。憋下去，干净地和世界告别……不，她要找到那人，要报仇，要杀死那王八蛋！昨晚发生的事，简直像过了一百年。登门求告犹太佬，冷板凳上坐到老。每当求助别人的思绪袭上心头时，她总是竭力把它驱散，这绝对是丢脸的事情。

时间像上帝一样诚实，天亮了。浴盆里活泼的肥皂泡，蓝莹莹、颤巍巍，闪着彩虹的光晕，亮晃晃的反射出弯曲的影像，慢慢胀大、破裂了，用比梦还轻的手指，将泡沫弹射到界平的脸上。

浴盆里的水凉了，她又换了新的水，第几盆水了，她也不记得了。她闭上眼睛，脑子里生动地想象着，当她不在人间时，那位害她的人会不会自责而死。她观察人生中每一个个灰色、贫瘠、痛苦的瞬间，其中有着自残的快意。一个人去死是不用介绍信的。她像走进一所安梦房，在梦的摆布下，发现为梦所困的猎物正是自己。太阳高高地升起来了，她还泡在水里，仿佛永远洗不干净似的。如果泡在水里能减轻她的痛苦，她宁愿跳进海里。此时，只有求助于象征层面，求助于苍天的神秘而不可知的力量，才能缓解内心的屈辱。

"高顿，你可……"高顿如果真的能感知，那猪就会讲话了。

她病了，发着高烧，筋疲力尽地睡着了，比以往任何一夜都更快地接近睡眠的底层。悬在生活的龌龊和刻毒之间，她对生或死都提不起兴致。世界没有神，人世间的邪恶力量无比强大，求生重建的能力弱如微风。

崔总非常担心界平，可又不敢去看望她，显然，她会把他的关心当成恶意的嘲笑。他依在树干上，模糊地望着眼前的黑暗。远处，金属般的天穹下，陶醉的群山静立，蓝光幽幽，在昏暗中重叠，像默哀似的。

一位站街女走在黎明的街上，冲着崔总提了提裙子，露出雪白的大腿。"美吗？"

崔总冲她笑了笑，也提了提自己的裤子，露出一段多毛的小腿。"我的也美！"

那女人笑着走了。崔总突然想起李总说的界平缺乏刺激男人性欲的话。人总想毫无恐惧地活着，而毫无恐惧活着的只可能是李总，他像杂耍的老手，随着命运的沉浮扮演着受害者和恶棍的双重角色。

得知洪院长病了，谁都以为是累病了，这段时间超常工作，病倒也是难免的。文文和几位女同事提着花篮带着礼物就敲开了界平的家门。界平果然病得厉害，发烧38度，整个人瘦了一圈。同事们要送她去医院，她坚持说吃了药就会好的。

大家围在她床边，叽叽喳喳地聊起了庆祝会，聊起了来宾中的帅哥、掉了鼻子的大象礼品以及把盐当糖吃的客人们的丑事、趣事。当然，她们也提起了"美女院长"的雅号，界平听到这个称呼，像注射了兴奋剂似的，心狂乱地跳着，震得胸骨欲裂。仿佛谁都知道了她悲惨的故事，仿佛这些开心的女孩们是来嘲笑她的。窗纱随风飘荡，极力让人相信南风也有点俗气。

文文突然看到摆在书橱里的两个淡绿色的小酒杯。"我家也有两只这样的酒杯和一把酒壶，可以看看吗？"

界平错乱得像烧糊涂了似的，茫然地点了点头。

文文扮了个鬼脸，好像尝了一勺很苦的东西。她轻轻拿起两只酒杯，像鉴定古董似的对着窗口的光线看着。"这两只是'喜'和'禄'，我们家的那两只是'福'和'寿'，正好凑成'福禄寿喜'，真是奇迹，竟然是一套！"

文文兴奋地说着，像遇到了多年离散的亲人似的。她可真没想到，她的话像子弹，声声击中了界平的身体，即便是钢铁之躯，也难抵这种语言的狂轰滥炸。生活，烦恼而沉重，充满常见的折磨。从得到第一只酒杯那晚起，走了那么远的路，受了那么多的罪，仿佛只为今天遭受各方的蹂躏。

　　"这酒杯摆在家里很旺家，特别旺财，我家的那套酒杯就被我舅舅抢走了。"

　　"你舅舅？"界平追着问，文文突然意识自己说多了，急忙收住了嘴。

　　这多灾多难的一天，似乎非要把界平彻底摧垮似的，努力遏制着情绪，内心里盼着她们快快离开，让她好好理理所有的事情。大事太多，太耗神了。虽然她是没有皇权的国王、没有喙的鹰、没有角的公牛，还是让庆祝会那些乌七八糟的事见他妈鬼去吧……她觉得自己成了被遗忘在世界上的人，已失去了生存的目的和意义。生活已不能给她任何印象，女孩们视为目标的东西，对于她显然不过是一种借口。

　　二十多年前，仿佛她刚一跨进门槛，就无奈地服从了命运的安排，这命运已潜伏在门后许久了。她惊慌失措，像一只被捕的鸟儿扑腾挣扎。尽管如此，在心灵暗处、命运的脉络里依然涌动着对未来的渴求。陈乾坤副市长难道是当年在妹妹坟前乞愿的男人，难道是他把自己推下悬崖的凶手？那酒杯为何在崔总的家里？难道他是文文的舅舅？

　　界平记起了带文文参加聚会的情景，文文果然在崔总面前像小孩子似的撒娇！那么说来，崔总是清白的，正如他说的，他根本没去过贝地城。

　　命运在与人交易时永远不会结账。

　　各人都过着自己的生活，却为别人的罪孽一而再、再而三地偿付着代价。她是被仇恨滋养的女人，随着女儿的长大成人，仇恨的火苗弱了，复仇的心愿也淡了。萌生过原谅那些欺辱妹妹的人，也原谅盗墓的人。可保存了二十多年的酒杯，为什么在今天得到解释？维护了二十多年的坚守，为何在今天被摧残？这难道不是上天的启示？界平感觉自己是一堆碎片，命运把她捏拢了又还给了她，她只有对镜数着自己的伤痕，才能证明曾经存在过。界平浑身打战，赶紧裹紧毛毯，像一只胆怯的刺猬。

　　界平努力沉到记忆里，可记忆一团灰暗。崔总，竟然是副市长的小舅子。她侧卧在床上，望着阳光霸占的玻璃窗，她突然意识到，清算那笔老账的时候到了。

一切仇恨都来自反抗。

崔总有要出大事的预感，就像老鼠能预感地震一样。他坐立不安，担心界平的安全。界平家阳台上挂的衣服像海豚似的，没完没了地翘翘趄趄翻跟斗，崔总恨不得想揍衣服一顿。

人人都在自己的路上逃亡。崔总对自己相当不满，原来果敢果行的男人，也变得如此犹豫不决、瞻前顾后。他砰地关上车门，健步向界平的单元走去。

管他有没有麻子，先涂上一层粉再说。

在楼梯上，他给界平打了个电话，要她开门。暴力可以成就许多人的非凡人生，他们膜拜丛林法则。歹徒们从《圣经》中偷出断章残句，以掩饰赤裸裸的罪行。崔总发现在这个世界，想达到书本上说的博爱，自己最终会无家可归。

崔总站在床边，惊讶地看着躺在毛毯下的女人。她面色蜡黄、眼圈发黑且深深地陷了下去，嘴唇干裂起皮，一副营养不良、久病不起的样子。

他伸手抚摸着她的额头，手心像放在炉火上取暖似的。遥远的不可能的东西，突然间变得近在眼前了。人不是因美才可爱，而是因为可爱才美。她深邃的目光里露出一种寒冬般的哀愁，好像除了她现在体验到的痛苦外，还有另一种更大的痛苦等待着她。

崔总拉开橱门，拿下一件裙子扔到床上。"快换上，去医院！"

界平一动不动地躺着，像没听到似的。

"那我让医生到家里来了！"崔总拿出电话就寻找号码。

水手想让美人鱼长出两条腿，猫却想让美人鱼彻头彻尾地变成鱼。崔总想让界平恢复平时那般健康快乐，而界平却缩在浓雾里。界平像哑巴似的侧卧着，眼睛湿润了。她还不知道该怎么面对这个男人，她不愿看他的脸。狮子咽不下黑人的肉，大灰狼不吃生病的鸡，野兽都很善良。她一会儿希望他永远不要出现，一会儿又希望他永远不要离开。

人们因为脆弱，会怜悯弱小的伤悲。悲惨的人得留在这里，留在格格不入的人群中间，以便人们用那种能穿透整个灵魂的目光评判你、折磨你。

卧室的门开了，崔总再次站在床尾，愣愣地忘记了之前想干什么了。二人面面相觑，仿佛都在睡眠状态里，不会思维，一切与外部声响隔绝。他看到她的船漏水，但他并没有去寻找漏洞，他是想和她一起下沉，还是随时准备逃走？

崔总脱掉鞋子，躺到界平身边，隔着毛毯，紧紧地把她抱在怀里。他感觉界平在微微地颤抖，后来才明白，颤抖的不是界平，而是自己。

两人哑巴似的，谁也没说话。她想用双手抓住头发，狠狠地撕扯，像拔鸡毛一样拔得光秃秃的。她还是忍住了。

没有判断力的感情的确淡而无味，但未经感情处理的判断却又太苦涩、太粗糙。崔总第一次如此亲密地搂着界平，心灵的撞击在昏暗和蒙昧中进行着，他却意外地发觉他们的距离正一步步扩大，界平的防护墙正一米米地加厚，把他远远地隔离在风景之外。界平一言不发地躺着，崔总想找个话题，似乎所有的语言都逃遁了，所有的神经都休眠了。从前的生活已非常遥远，仿佛一场梦，现在彼此非常陌生，仿佛中间隔着深不可测的鸿沟。

比起上次挤进这个家来的时候，他离幸福远多了。当时他认为虽没有得到幸福，但幸福就在前头，而现在呢，他觉得幸福的希望已经被毁了。他搂着她，好像嗅着一朵摘下已久的干枯的花。是谁糟蹋了幸福？

突然传来钥匙在门锁里转动的声音，崔总匆忙起身，像看家狗迎接下班的主人似的蹿到了客厅里。张薇惊讶地看着崔总，以为自己走错了家门。

"她病了，我来看看她。"这话就像对着熊熊的大火说"请别烧了"一样。

张薇礼貌地笑了一下，仿佛是笑给镜子看的，手指上钩着一串钥匙就进了卧室。妈妈果然侧卧在床上，无神地看了她一眼，像眼皮疼痛似的又闭上了。

房间像一盘僵棋，三种心情，无数尴尬。

门铃响了，崔总抢先开门，他请的医生到了。

医生检查了十多分钟，开了药，崔总便陪医生一起离开。

十六

　　第二次在自己家里撞见这个男人，仿佛这不是自己的地盘，而是误入了别人的领地。张薇体会到了被万物遗弃的痛苦，但还不至于涌出泪水来。从精神的摇荡中，她联想起了白鹭湖上的夕阳，她和妈妈手拉着手站在一起，那时，即使发生地震，她也坚信会永远和妈妈在一起。但现在她可没那么确定了。

　　显然，崔总无论以何种借口闯到家里，都让张薇反感。妈妈永远是她独自享用的领地，任何人都无权剥夺或侵占。方才的一幕虽不浪漫，也不够有趣，但在张薇的心头却激起了巨大的波澜。

　　张薇本想计划这个周末让法哲来拜见妈妈的，看来，机会不合适了。

　　界平躺在床上，目光转向了心灵深处。痛苦使她孤独，她不得不在孤独中渴饮着无尽的痛苦。夏天刮起严冬的风暴，积雪压坏了怒放的花朵，世界颠倒、错乱了。她好像躺在干涸的河床上，突然山洪暴发了，洪水一泻而下，可她没有逃跑的想法，更没有逃跑的力量，她虚弱无力地躺着，希望死去。她想到了自杀，上次自杀，以及妹妹的自杀。自杀的情节也许是遗传的，今天，自杀再次礼貌性地一闪而过。她仿佛看到同事们在她尸体旁的石化表情，转而又激情地投入新的生活，把她遗忘在尘埃里。自己成了自己戏剧人生的唯一观众，替自己预备了永远的泪水和掌声。不会自杀的，自己再也不是那个单纯的女孩。他是谁？一定是认识她的人、甚至是熟悉她的人……界平坠入推理的陷阱里，幻想着用冲锋枪，置强奸犯于死地。

　　一夜漫如一个时代，却并不是幸运时代。人不能只靠面包活着，还要依靠借口、靠记忆栽培的仇恨。

同情并不是每个人都能接受的，从某些人那儿得来的同情，是一种侮辱性的礼物。可界平没有力量将这个恼人的礼物扔还崔总。她不想成为他的调味品或配菜。他的同情让界平沦为乞丐。

当灾难落到头上时，她根本不愿正视它，因为这事实在太可怕，太不体面了。她不敢也不能像书本上的屠龙之士，迈着坚定的步伐，激荡着豪迈的复仇精神，鄙视险恶、挑战权威，渴望牺牲，如同渴望火红的玫瑰。得换一种活法了，虽然世界还是那个世界，已不容许悠闲地享受日光了。要么像刺猬浑身是刺，要么像老虎满嘴钢牙。命运重重地打击了她，她决心坚韧得像皮球，拍打的力量越大，弹跳得就越高。

夜好长，月亮硕大红艳，像一颗正在下沉的红气球，把它最后血红的一瞥投向那破碎而发抖的世界。

三天之后，洪院长精神抖擞地出现在设计院里，化着淡妆，自信而大方地和大家打着招呼，仿佛刚从夏威夷回来似的透着喜悦，完全不是从前那位沉默、谨慎而安静的女院长。上班的第一天便让男同事参谋买辆什么车，第二天就把一辆火红的丰田开了回来。当她开着新车去学校接女儿时，女儿惊讶妈妈的变化，仿佛妈妈是天后王菲，霸气十足又高贵典雅。

任何时候打破性格的坚冰都是不容易的。张薇提出带男朋友回家让妈妈见见，妈妈爽快地答应了。她发现妈妈异常高兴，便以为是崔总的关系，想问，却不敢开口。妈妈明显变了，再不像从前喜怒都写到脸上，而现在她的表情却像舞台的戏子，激情无限，却与己无关。

张薇感觉到妈妈热情下的阴冷，似乎心思总在遥远的地方，而非眼前的生活。不知哪个环节出了问题。

界平不再是那个甘愿遗世独立的人，她匆忙拆除了在自己周围筑起的自足且高傲的篱笆，她甚至用篱笆做了标枪，随时准备向那些转身而去的人投出自己的怨毒。

设计院工会要举办设计院收藏展，也就是将员工收藏的有价值、有意义的物品拿出来晒一晒，既开阔眼界、增进交流又活跃院里的文化生活。院领导带头，纷纷拿出镇家之宝，有的是民国时期的花瓶，或者一枚袁大头，或者拿出生平第一款手机。

院领导参观收藏展，大家前呼后拥地品评着，欣赏着。有位员工自创了一幅《蒙娜丽莎》，可这幅画像，员工是比着范冰冰的照片画的，所以，细心的员工从画里看出了范冰冰的影子。大家称赞着，也调侃着。界平盯着《蒙娜丽莎》，她没看出有范冰冰的影子，倒看出有魔鬼的影子，似乎魔鬼正通过画像的眼睛审视着自己。"是我心虚了！"界平深感自己活得表面化，活得镜头化。是的，她要的就是这种表面和镜头的感觉，她要把真实的自己掩藏起来。上帝的恩惠是等不来的，它并不降临到苦苦追求的人身上，上帝的苦难倒是很慷慨。

在几枚大小不同、质制不同的毛主席像章中，界平一眼就盯上了这枚金光闪闪的毛主席像章。记忆中谁向她提起过这样一枚像章？是的，是崔梅，她曾说过，随妹妹进入坟墓的像章，竟然被人盗走了。界平手哆嗦着伸向了那枚像章，金光闪闪、光彩熠熠。背面，果然用细细的针尖刻着"我爱你！顿！1975"。

不用说，界平已猜到是谁的展品了。

员工们围着看《蒙娜丽莎》。界平发现没人在意她，顺手将那像章放进了袖口里，随后热情地同大家一起欣赏了青花瓷的茶壶、红木奔马根雕等等。偷盗只有作为一种审美现象时，才有充足的理由世代延续，这恰好使人们相信，人生也不过是一种借以自娱的审美游戏。

下班时，组织者发现少了文文的毛主席像章。那可是副市长家的珍藏啊，工作人员恨不得掀翻楼板，可一无所获。

这是盗墓贼的证据，可是怎么会在陈副市长家里呢？从酒杯到像章，界平隐隐感到陈副市长和妹妹有着什么关系，至少和妹妹的坟墓有着什么关系。但愿这猜测不是拿花生穿针眼般的荒诞。

界平的大学同学吴军到白鹭市出差，吴军毕业后转行，为某私企做起了营销业务。白鹭市漂白公司欠他们公司上千万的款项，久拖不还。吴军是特地来催款的。吴军求助于界平，可界平和外界交往不多，帮不上什么忙。老同学的失望写在脸上。

包里揣着偷来的毛主席像章，像揣着从别人那里偷来的一段历史。经过复杂的心理反应，她还是给崔总发了信息："晚上六点请到凯龙酒店，有要事相求。"

崔总十分钟后才看到信息，激动得像清晨看到太阳的公鸡。"好的，不见不散！"

崔总眼睛盯着手机，唯恐漏下界平的信息，可信息像消失的彗星，再也没出现。

崔总觉得自己很二，应该发一条引导着聊天的信息，比如："有什么要事？"或者"改成七点可以吗？"等等。

毕竟，界平主动邀约，让看不到希望的爱情之路，闪烁出萤火虫般的光芒。他幻想着和她单独在一起，聊建筑、聊混凝土，进而聊哲学、聊人生。不会聊五十年院庆的事件，但恰恰是那夜的悲催，促成了今晚的约会。

崔总刚刚踏进大厅，心便像鸡蛋掉在了大理石地上。界平和一位男士安坐在靠窗的桌边。崔总整理了心情，收拾起碎鸡蛋般的惨痛，向界平走去。

"这是崔总——陈副市长的内弟……这是我同学吴军。"

崔总听到了自己的胸腔咚咚的敲鼓声，当然不是为吴军敲的，而是为刺耳的"陈副市长的内弟"。

为了能让崔总帮助吴军，界平喝起了酒。崔总诧异地掂量着酒的分量，像掂量毒药的分量。

一千多万的欠款有了解决的门路，吴军激动地敬崔总酒，当然也万分感激地敬老同学界平。事前就对崔总这位神秘人物揣着各种猜测，酒过三巡的吴军终于明白，界平求崔总帮助，反倒给崔总一颗大红枣，因为崔总像猴子似的兴奋而得意。

一位头戴绢制的大红花、身穿艳丽长裙的女人，安静地坐在角落里喝水。眼睛直勾勾地盯着过往的男人。当然，她也没放过崔总和吴军。服务生告诉界平这女人是神经病人，每天进来坐一会儿，她说是等她丈夫，其实她丈夫牺牲在越南战场上，永远回不来了。不过，她已等了二十多年了。

这疯子的经历让界平的内心刮起了风暴，痛苦的表情像刚失恋似的。

崔总送界平回家。这难得的机遇，像天上掉馅饼般稀少。

界平再次坐进了路虎的副驾驶上，上次挥铁棍的经历仿佛是遥远的事情，而被强暴的夜晚也是一万年以前的记忆。崔总刚把钥匙插进锁孔想启动车子，界平按住了他的手。

"坐一会儿吧。"

"坐在车里?"

"你出去坐在地上也行。"

崔总笑了，黑暗中，无人欣赏他的笑容。

崔总放斜了界平的座椅，这让她半躺的更放松、更舒服。

一轮清亮的明月挂在中天，连空气都显得那么诗意。

界平一直想着那个等待丈夫归来的疯女人。她的丈夫是谁? 配不配有这样的痴情妻子呢? 这女人眼里的世界是什么样?

两人沉默着，各想各的心事。但崔总感觉到，界平的思绪不在他身上，也不是吴军身上。要说她在想什么，只有上帝知道。

崔总喝了口水，舌头感觉一阵冰凉，随后又感到一股隐隐的甘甜。

"过去我一次也不曾希望得到别人理解，到了关键时刻，却唯独希望得到丈夫理解……可他永远也不会理解我……其实，我非常想他……他不能那样说我……有时，我感到我完全地被理解了，完全变成了空白……"界平的声音就像玻璃风铃，随着深夜的微风，发出零星的乐章，"讲讲我丈夫的事吧。"

"你这一说，我还真不知讲什么了。"

"想起什么就讲什么，讲他自杀式冲锋也行……讲他随地大小便也行……"

崔总斜倚在座椅上，思绪也放飞到很久很久以前的军营里，那里模糊一片，像搅乱的沙盘。

"我时常想他，非常想他。他如果不战死，我也不会受这么多苦……也会过简单平和的生活……谁知道呢……"界平悠悠的声音像梦中呓语。崔总没敢开口，继续听她唠叨。

"我时常梦到他穿着军装的样子，可我看不清他的脸……我忘记了他的模样……不得不翻出照片，才记起这个男人……我的丈夫……"

崔总静静听着，大气不敢出。这女人是说给他听的，仿佛又不是。

车内再次恢复宁静。

良久，崔总听到了轻轻的鼾声，他悄悄观察，发现她在酒精的作用下，果然睡着了。

他望着黑暗中酣睡的她，感觉他们的距离从来没这样近过，又从来没这样遥远。他距她有一梦的距离。

爸爸把毛主席像章像神龛一样供奉着，文文却把珍宝弄丢了。她徘徊在舅舅公司门口，受到委屈的时候，她想到的当然不是舅舅，而是法哲。也许在内心深处，丢失爸爸的珍宝并不重要，而法哲的安慰才是她想获得的。一旦向爱情宣誓效忠，就等于向疯狂膜拜称臣。法哲是她的，他根本就不该喜欢张薇。她灵魂干渴，却没有水喝，她心灵饥饿，却没有吃的东西。

法哲和张薇手拉着手走了出来。文文急忙闪到广告牌的后面，目光随着他们渐渐走远，消失在拐角处。

驴子爱秕糠胜于黄金！文文气得想骂人，又委屈得想哭。也许应该哭一场，为丢失的像章，为丢失的恋人。可她的泪终没掉下来。

设计院和建筑公司要到南河考察，文文猜测着洪院长和法哲一定会参加。文文以增加实战经验为由，也跟随着考察团出发了。

市长女儿的小小申请，谁又好反驳呢。

界平像提防着草丛里花蛇似的提防着文文。无论开会还是出差，不再把文文当成第一人选。残酷的生活让界平学会了尊重预兆，循迹而行。除了语言之外，还存在着另一种表达方式，那就是恐惧。恐惧命运无情的手，会出其不意地夺走珍爱的一切。

文文极其殷勤，跑前跑后地为大家拍照。

界平变换了穿衣的风格，以高雅时尚引领着设计院女性服饰的潮流。她不怕别人目光跟随着她，她要的就是这种目光跟随的感觉，就像植物喜欢阳光一样。

她早就料到会和法哲一起去南河。法哲，无论其父母是谁，她不在乎，她在乎的是他那副脸面和姿势给她的快意，那微笑的动作和说话的眼神给她的感觉。法哲是她心底的秘密，是关乎初恋的记忆。每当看到他的脸庞，就有一种宛如刀绞般的欢乐，一种甜蜜又辛辣的酣畅。

文文捕捉了许多界平和法哲一起工作的镜头：有的头挨着头地看图纸，有的相互看着说话，还有的紧紧地站在一起。

文文收集着洪院长母女共享一个男人的资料，她要让她们母女斗法，最终渔翁得利。她坚信人是最伟大的动物，有梦想就能将整个世界揽在怀里。

法哲早晚是她的！强调满足平静的生活是没有意义的，人心若想行动，即使找不到行动的机会，也要千方百计地去编造借口。

自上次把酣睡的界平送回家，崔总和界平很长时间没联系过了。虽然完成了界平拜托的任务，却只接到界平简短的感谢信息。崔总以为时间会帮他理清困惑，时间也会过滤烦忧。他惊讶地发现，两个月后和两个月前一样，他依然像一头蒙了眼睛的驴，围在原地兜圈子。他深刻反思，发现自己既没有强烈的同情之感，也没有造福社会的激情迸发，军人的那点正义之气，渐渐消融在市场竞争的大潮中。他的目光向内是热烈的，在意自己的七情六欲，向外却是冰凉的、木然的，仿佛一具日夜闪烁的电子屏幕。

在南河工地上，崔总突然从身后交谈的声音中辨别出了那个温润甜美的声息，那声息像毒药使他瞬间心律失常、呼吸急促，周身涌动着甜甜的酸楚，几乎要昏倒在冰凉的大理石地板上。他感觉自己是一个不可救药的痴情汉，用那种习以为常的方式在毁掉自己。

理智会消除痴想，判断力会减轻热情。此时，理智和判断力都迅速归零。

当界平站在河岸上，身后是夕阳下雪白的棉田、逐渐没入苍茫天际的黛色树林，崔总抬眼间看到了界平，此时，涌向他心头的是说不出的感动。只要拥有了这个女人的爱，哪怕全世界都与他为敌，他也不再体会孤独的滋味。

文文越是将目光聚集到界平身上，越是被她吸引。她始终以为只要详尽地了解名画所用的颜色和材料，就可以掌握对画意权威的解释了。文文发现界平看法哲的眼神，似乎具有巫师的魅力，总变换着迷人的色彩。法哲是圆心，而界平则在围绕着圆心画着圆，远远近近，不离左右。界平的语言和动作带有一种神经质的灵敏和妩媚，这让文文诧异又惶恐。

"法哲只能忠于我，他不能既忠于我，也忠于镜子里的形象。"文文有这份自信，她有信心和两只猛虎——嫉妒和绝望，决一死战，也有信心和她们母女决一死战。战斗让文文英姿飒爽，仿佛看到法哲挽着她的手臂，走在高高的南河大桥上。

文文把法哲拉到旁边。"我爸要谢你的救命之恩，请你今晚到家里吃饭。"

"饶我一命吧，我可不敢让张薇误会！"

"你以为我想啊，带她一起来吧。"

"省省市长先生的时间吧。我是雷锋，不用谢。"

法哲的拒绝让文文很不爽，好像一个人手指受伤，动不动就会让这个痛手指撞在什么地方。

有人把宽厚的感情看得分文不值，但此时文文觉得法哲刻薄得无法忍受。

文文望着无情的泥汤般的黄河水，像只小鸟在绝望中撕扯自己的翅膀，狂躁不安。

文文很聪明，可她没自己想象的那么聪明。法哲看透了文文的意图，甚至看透了文文三步之后的棋局。既然不想娶文文为妻，躲得远点是上上策，不然，烧伤的可不是别人。

以适应大自然而论，生于大自然的一切动物和植物都是极其完美的，人也极其完美地将许多东西变成了美食。一年一度的白鹭市美食文化节到了，通过弘扬美食文化、发展旅游业、群众娱乐等活动，展示白鹭市快速发展的崭新风貌，打造高品位、有特色的美食文化节名片。

今年的美食文化节以"天下美食，芬芳白鹭"为主题，汇聚全国各地风味特色小吃，重点展示本地特色。

各地特色小吃有：万和春、流亭猪蹄、小倩倩馄饨、十八街麻花、上海城隍庙小吃、台东大煎包等上百种，可谓游尽白鹭，食遍天下。

纵横各两条美食街形成"井"字形的美食天地，场面弘大，气势壮观。李总的两个饭店，均坐落于美食广场上。每年的白鹭美食节，他的宾馆都挣得盆满钵满，甚是喜庆。

为筹备好规模越来越大、影响越来越广的美食节，政府召开全市各大企业、餐饮旅游业、区县和部门等负责人会议，要求各企业员工和全市居民要广招客人，积极维护白鹭市的良好形象，提高白鹭市的良好声誉。

任何靠政治事件可以推广甚至解决问题的哲学，都是开玩笑和耍猴的哲学。

会议较长，所有的议程总在愚蠢中兜圈子。先是宣读市委文件，主办者宣布美食节的活动方案，最后将是领导讲话。会议开始还没有十分钟李总就跑去上厕所，还自我调侃道："膀胱小，一会儿就想射。"

今天李总早早地逃出会场，并不是因为膀胱的问题，而是借机换座位。等抽完烟，再进会场时，发现洪院长身后的一个座位空着，便像公交车上抢座似的，一屁股压了上去，椅子发出疼痛的吱扭声。

自设计院庆祝会后，一个多月过去了，李总再没见过洪院长，甚至不时地想她。李总认为时间不会带来任何的和谐或平安，必须在当下找到和谐。随心所欲是他独有的法律。丑和美、恶和善是一体的，是金币的两面，甚至丑即美，恶即善。如果人们没有一点哲学概念地活着，恰像盲人走在午夜里。

坐在洪院长身后，静静地观看她的背影，这是今天第一杯美酒。李总突然想起昨晚看的《埃及艳后》，那个爱上克里奥巴德的恺撒——高贵的恺撒，几乎为了一个女人而忘掉了帝国（安东尼却是完全忘掉帝国）。李总不为艳后慑服，而为两个英雄叹息。世上真有那种让男人筋骨爆裂的女人吗？李总相当怀疑。女人——简单、弱智，也仅仅年轻女孩的纯净，还能唤起李总的一点点美好。他是个吃嫩草的老牛，熟悉他的人都知道，对中年老花，他有着和贾宝玉一样的品位。宝玉曾说："女孩儿未出嫁，是颗无价之宝珠；出了嫁，不知怎么就变出许多不好的毛病来，虽是颗珠子，却没有光彩宝色，是颗死珠了；再老了，更变得不是珠子，竟是鱼眼睛了。"李总不是爱读古书的人，但《红楼梦》里谈恋爱的章节，他喜欢反复读，仿佛曹雪芹写透了他的心理，恨少时没有那样一个大观园。对于结了婚的女人，李总很少动情，但这位洪院长却是例外，在他眼里，像杯复杂的鸡尾酒，色彩缤纷、媚惑无穷。

他静静地坐在她身后，手托着下巴，仿佛认真听讲，也仿佛在盘算着今年的美食节能挣多少钱。其实，他仅仅看着洪院长的后脑勺，看着那栗棕色的披肩发，仿佛那下垂的头发是迷人的尼亚加拉大瀑布，他站在瀑布下面，沐浴着瀑布的飞沫。人们一向把观念和行动分开，观念属于过去，而行动属于现在。李总认为那是胡扯。行动就是观念，观念就是行动，像女人，喜欢就干，不喜欢就算。崔总依然远窥洪院长，这个笨蛋，依然那么无知。李总窃窃私笑，像海盗看到敌人被鲨鱼吃了一般。

会议结束时，李总早早站在过道里等着洪院长，像老朋友似的打招呼。

出会议室门时，李总的手就关怀地放在了洪院长的腰上，像护送着女朋友挤公交车的小青年似的。虽然仅仅扶了一下，洪院长的神经系统立刻处于一级戒备，警惕得连鸡皮疙瘩都起来了。身体间的无意碰触，既迷人又可怕，可也容易触及界平无形的伤痛。好像神经系统在密谋哗变，让她焦躁不安。

主办者在市委的餐厅里宴请与会者，李总大方地和同桌的新朋老友打招呼，大方地咨询洪院长建筑方面的问题，谁都知道，李总正筹建大型的娱乐园区，设计当然是重要一环。李总认真地咨询，洪院长便周全地回答，两人似乎也没什么特别的接触。一道道美味的菜肴端上来了，酒也一杯杯地灌了下去。人们争相着给李总敬酒，李总也兴致很高地为洪院长夹菜，像呵护一位花季少女似的热情大方而不失风范。一成的利润好过十成的一无所得，对女人也是这样。

宴会刚刚进入感觉，洪院长像携带着一笔散发着噩梦气息巨款的大盗，仓皇出逃，刚刚站到院子里，空气中的炽热就让她辨出了自己的灵魂。

李总的膝盖第一次碰她的膝盖时，她以为是无意的；第二次碰她的膝盖时，她心有所惑；第三次他碰她的膝盖时，她惊觉如兔。李总的筷子掉在了地上，他弯腰捡那只筷子，油亮的脑袋借机埋到界平的小腹上，深深地吸着气，嗅她两腿间的气息。界平往后挪了一下椅子，李总的头在她腿上滚了一下，兴奋地抬起来，高高举着那只筷子，像举着金条似的两眼放光。

认识自己是智慧的开端。界平恍然顿悟，自己一直愚蠢地存在着。

崔总在和朋友谈事时，突然发现界平急匆匆地走了出去。

崔总提议送她离开。界平缩在副驾驶上，像得了大病似的萎靡不振。很多时候，人都是自己的医生。

崔总感受着这个填满他生命的女人，她的悲喜就是他的悲喜，她的忧伤也是他的忧伤。他幻想着他们未来的家里，房间流淌着月华的宁静，他们随心所欲地阅读，不疾不徐地生活，吃饭、睡觉、散步，相拥着到天明。

两滴清泪从界平闭着的眼角流下来，崔总心碎得像砸烂的玻璃窗。

"你没事吧？"崔总悄声问道。

"我没事。"

"看起来不像没事。"

"那就别看。"

人们既怕已知的，也怕未知的。坐餐桌边，一股似曾相识的气味梦幻般地飘来。在哪里遇到过，这股冲击灵魂的气味，这股迷醉神经的气味……是的，是的，那晚在白鹭大酒店，就是他……界平头晕目眩，恶心呕吐，把中午吃的饭全倒了出来。模糊的记忆仿佛波涛滚滚的白色海洋，忽而晴空万里，忽而雾霾沉沉。她感觉自己就像一只海鸟，生在哪里、父母是谁全不知道。任何一个极端都包含着对立面：仇恨包含着宽容，生命包含着死亡。

不知道糟，知道了更糟。心里有美景，眼里就有美景，可心里有糟粕，眼里也全是糟粕。这糟粕只能强压在心底，不能让任何人知道，更不能给崔总带来任何麻烦。如果总是怪罪别人，其实也是一种高度自怜罢了。一直在给悲伤打工，一个人的不幸已经够悲惨了，何必传染给更多人呢？

设计院是知识分子集中的地方，内部员工大部分拥有本科学历，近几年，博士、硕士的比例逐渐升高。许多人对洪界平当副院长相当气不顺，总以为她是靠脸蛋上位的。可深挖浅掘，终也没找出那位让洪院长倾心的男人。男生殖器的包裹，以及诸多灿烂的流言，都是男士们泄私愤的表现。

界平从不为自己辩护，生活也无须辩护。一个个设计大奖，堵住了所有设计院同仁的嘴。像公鸡抱怨母鸡不下蛋一样，在某个成熟的秋天，母鸡以每天一枚鸡蛋的速度，证明了公鸡的尖刻。

界平设计的庙宇方案获得了古建筑大奖，古建筑设计专题会议在海南召开。这是第几次获得大奖，她自己都不在意了。当获奖的信息传到院里，谁都以为，评奖和选美一定有内在的关联，不然上帝怎么会总眷顾同一人呢。

界平刚刚坐在靠近飞机窗口的座位上，一位留着长长胡须戴着鸭舌帽的男子就坐在了她身边。

界平突然感觉这人好眼熟，似乎在哪里见过。仔细想了好久，记忆依然空白。他嘴唇虽然掩饰在油亮的胡须里，可那面庞的曲线、冰冷的眼神，还有那放松的坐姿，都让界平感觉遇到了故人似的。用记忆解读现实，只会让人变得越来越陌生，越来越拘束。

记忆里的宫殿，也可能仅仅是现实里的茅草屋。

飞机起飞了。那人安静地睡着了。鸭舌帽盖住了半张脸，嘴唇突然笑了，可能做梦了吧。那人的手突然从腿上滑了下来，碰到了界平的腿。那手就一直放在界平的腿边。那是一个宽大的男人的手，手指像握着鸡蛋似的卷曲着。界平几欲想握一下这半卷着的手。她的失落被一阵突然的绝望吞没了，飞机可载不动忧伤，也载不起放荡，她感觉自己骨子里是放荡的，如果可能，她也许会成为潘金莲。上帝他老人家总是个第三者，陪着心胸如此坏的女人，道貌岸然地生活着。

空姐推着车子送饮料，那人一动不动地对空姐说："来杯红糖水！"

界平吓了一跳，原来他根本就没睡。

"没有红糖水。"

界平要了杯咖啡，她喝出了酱油的味道，心情紧张得像绷紧的弓箭。生活让她的心智过于复杂，早已失去了单纯的特性。

飞机里，时间好像凝固了，每分钟都慢腾腾走个没完，界平很想和那人聊天，可他一直睡着，头歪向了界平的肩膀。界平闻到了一股奇特的香味，以前好像闻过，是什么香味呢。她贪婪地吸吮着。

界平轻轻翻动着建筑学的书，身体想休息，精神却无法平静，她等待着这位睡客醒来。

可睡客仿佛一万年没睡过似的，轻轻地发着鼾声。飞机降落了，才坐直了身体，对界平歉意地说了声："谢谢！"

界平不明白他为什么要谢自己，难道谢她借给他半个肩膀？他表情奇怪，仿佛是站在梦里不愿醒来的人。

界平向他露出蔷薇般的微笑，可他却瞎子般冷漠地移开了视线。人必须由衷地去了解一件事物，才会动用全部心力去觉察。他第一个下了飞机。界平很想叫住他，好像自己的什么行李或者心绪被他带走了似的。天意莫测，人如棋子，要么不被理解，要么彼此遗忘，人和人相遇大多惨淡收场。

界平发现书页里夹着一枝黄色的桂花，她突然顿悟了红糖水，那梦幻的三天，那落水后的康复……那时他们俩最爱喝的就是红糖水！红糖水也是那个时代的奢侈享受。

高顿！

她挤过人群，向前追去。可偌大的机场，人来人往的大厅，早已失去了他的身影。

界平扶在栏杆上泪流满面。其实，就在她身后不远的地方，那位鸭舌帽男子疼爱地看着她。他的眼里闪动着水光。他不敢开口说话，怕声音背叛自己。

高顿从来不曾真正孤独过，因为眼前这个女人充满了记忆，占满了内心所有诗意的角落。他之所以能摆脱种种险恶的困境，得益于爱情的富贵和精神的饱满。

今天的相遇是点燃系列联想的火源，惊怒之下，界平一动不动地站在那里，什么也说不出来。二十多年前第一次失去他之后，她以为生存将是地狱。她的整个情感被他占有，就像船在大海上，船属于大海，大海也属于船。当等待成为习惯，当宁静成为她生活的空气，他在她心里具有非凡的、坚固的美，成了一种象征、一种希冀、一种美好的意念。此时的她似乎比任何时候都爱他。期盼着他某天出现在身边，让她惊讶得想哭又想笑。

爱情彻底让心智空掉，把每天的渴望、快感和痛苦完全空掉，爱情就是一种更新，一种突变，一种莫名的开心或悲泣。此时，界平痛恨自己的麻木和他的无情。她凝视着远方，遥远的地方——望着世外。他走了，全世界都填补不了她心里的空缺。

十七

　　任何一个家庭的和谐都需要尽心维护，在张薇成长的二十多年里，界平给女儿制造了一个和谐幸福的成长环境。现在，在经历了许多内心的波折后，家庭的港湾也进入了多雨的季节。

　　总是因为机缘不凑巧，张薇始终没能带男朋友回家。自撤销起诉王子事件后，无论同学还是男朋友，张薇固执地隐藏自己的家庭。她不愿向人提起她有过一个英雄的父亲，更不愿提及她漂亮的妈妈，设计院第一美女守寡二十多年，还升了院长，总有巨大的想象空间等着人去八卦。越追求安全而稳固的人际关系，越会引发哀伤和恐惧。所以，法哲一直不知道张薇的妈妈就是洪界平院长，界平也不知道女儿的男朋友就是法哲。

　　界平喜欢雨天，特别是雨天里和女儿休闲在家的感觉非常温暖。有雨水的滋润，内心像大地一样饱满丰润起来。

　　张薇擀面皮，界平包水饺，素三鲜水饺像小雁子似的一行行列队在面板上。每次包水饺，母女总有过大年的感觉。只要桌子上有了饭，谁的胃里都不会孤单。

　　"妈，十一长假，我们想去贝地城旅行。"张薇的"我们"自然指她和那位神秘的男朋友。

　　界平像在泥地上滑了一跤似的惊恐。

　　"他家在贝地城。"

　　贝地城，一个不大的海边小镇。语言是最具神性的发明，界平无意间问了句。"他爸爸是谁？"或许问的时候，根本没指望能得到回答。

　　"肯定是个男的，叫腾四。"

界平拿着面团的手突然抖了起来，肯定与女儿的幽默无关。

张薇不解地看着妈妈，仿佛"腾四"这个名字像戴安娜王妃般的知名。但张薇直觉地意识到妈妈的警惕绝不是矫揉造作。

张薇的话立刻把界平带入了二十多年前的贝地城，前世今生的一切秘密，所有的悲剧都肇始于腾四和王香……界平无法掩饰内心的惊恐，她忽闪着的眼睛、翕动着嘴唇、不知所措的动作，仿佛身后暗藏着一条毒蛇。

在张薇的记忆里，妈妈永远是和善温馨的，可以完全沉浸在母爱的浩瀚和温暖之中。此时，界平以一种冷冰冰的甚至恶毒的眼神盯着女儿，好像母女之间有什么未了的死仇似的。

闪电突然照亮了窗外的世界，白杨树、梧桐树抖搂着晶亮的绿光，雨啪啪地敲击着玻璃窗。淅沥了一天的雨突然又加大了。快感和欲望主宰着这个荒凉破碎的世界，爱没有了立足之地。没有爱，每天的生活失去了意义。

界平不知道该怎么回忆那长长的血泪史，把沾着白面的拳头放在膝上，她那因激动而红红的脸蛋罩着一层冥想的云雾。回忆像锯齿一样粗粝，像岩石一样坚硬。所有的结论都导向了一个目标：他们必须断绝关系！

那天的水饺没能吃成。母女俩争吵得像窗外的雷电，激烈、愤怒、含雨夹风。触及灵魂的愤怒让她们忘记了彼此的身份，仿佛只有自己更沧桑、更坚定、更智慧。因为生活永远是，也仅仅是人们正在经历的这一刻。

张薇第一次知道自己曾有过一个小姨，长得像妈妈一样的女孩，十八岁，美丽得像牡丹花。因为腾四夫妇的恶毒被批斗，又因为腾四夫妇的贪婪，被盗墓。

爱不是臣服，当爱的时候，根本没有可敬或不可敬的分别。腾四夫妇罪该万死，可这一切又与他们的儿子有什么关系？妈妈根本不明白世上最重要的表达方式、人类最本能的语言，就是爱情！

妈妈是一个缺少情感的女人。

"绝不允许你和腾四的儿子在·起！"界平双眼红肿，声音嘶哑，恨不得紧紧挤住女儿的脑袋，把里面的坏思想统统挤出来。界平不会忘记自己不幸的一生正是和妹妹密切拼接在一起的，她一直认为自己是妹妹生命的继续。腾四和王香，不要认为他们穿了漂亮衣服就变成了陌生人，不要以为时代变了仇恨就失去毒性。

"你自欺欺人！我爸爸本来是个老实憨厚不会武功的普通人，你却一直骗我，说他是才智过人、武功超强的英雄！你根本不喜欢他，却装出多么爱他……你自私，你虚伪！你是木头、冰块！你无权阻止我们在一起！"

"只要你还是我的女儿，我就有权！"

"如果能重活一回，我宁愿……"女儿咚咚跑下楼的声音，敲击着界平的胸膛。对于一个二十一世纪的女孩，精神是无敌的。此时，界平心中一阵绞痛，像一位软弱的帝王，对反抗自己的大臣，却不忍下达惩罚的命令。她绝望了，她的悲哀是雷电交加的天气。

张薇孤独地立在白鹭湖木栈桥上，雨丝斜斜地落进湖里，映照着岸边五颜六色的光束，颤颤地迷乱着。张薇的心像这揉碎的光柱，痛苦地承担着风雨，冰冷地瑟缩在湖底。待在一个可以让她哭个没完的地方，真痛快。妈妈对她的待遇足以使圣徒变成魔鬼，足以逼人发疯。

"难道妈妈嫉妒女儿，根本反对女儿依附于另一个男人？"

灵魂存在的地方，张薇意外地发现妈妈的许多错处。或许妈妈像看淹死的小狗般惨凄凄地看着自己淹没在湖里，甚至妈妈也不是一块精致的钻石，而是一个凶恶的、无情的，狼一样残忍的女人。张薇肆无忌惮地夸大着妈妈的恶毒，像爱情遇到阻力的所有女孩，恶毒地攻击反对他们的亲人或朋友。

英雄连建筑公司的会议室里灯火通明，崔总正召开紧急会议。法哲的手机响了。

法哲冲出大楼，哗哗的大雨立刻迷失了他的眼睛。张薇站在路灯下，像淋雨的小树，浑身透湿。

最普通的事，一经掩盖，便显得神秘无穷。张薇真不知该怎么向法哲讲起。每个人都有一份等待发掘的宝藏，每个人的寻梦过程都是以新手为开端，以远征的考验来收尾的。

法哲把张薇带到宿舍，张薇脱掉透湿的衣服，躺到被子里。张薇依然哆嗦得像风中的树叶，牙齿也磕碰得咯咯响。法哲摸了摸她的额头。"烧得很厉害！"

张薇嗅着法哲被子散发出来的温暖气息，更坚定了她的意志。

法哲买了些药，扶着张薇吃了。她在法哲的手掌里微笑着，他的手掌就是她的世界，温暖而安全。眼睛能够显示心灵的力量，张薇在法哲目光的注视下，像贝壳里的珍珠，安静地睡着了。

阳光灿烂地投射到对面的墙上。张薇醒了，发现法哲躺在沙发上睡着，柔软的头发油亮地摊开在扶手上。她轻轻抚摸着他的头发，想把每一缕都珍藏在手心里。

他醒了，摸了摸张薇的额头，烧退了。法哲推开窗子，雨后清新的空气吹进来，肺腑似乎都清爽了。追寻天命的人，知道怎样把握未来。

"我抽时间回贝地城，如果真如你妈妈说的，我们俩就离开这里，到一个陌生的城市，自由自在地生活。"法哲坚硬得像钢镖，认定的目标，绝不会因存在障碍而退缩。这种愈斗愈烈的个性，从小就让父母头痛。

坚定不移倒是一种生活的姿态，也是很恼人的一种姿态。

爱是改造世界最原始的力量。张薇紧紧地握着法哲的手，辛苦地笑了。她的表情仿佛具有非凡的美，她眼里的亮光变成了一种梦幻的、忧郁的温柔，像常青藤缠绕在树上一样密密麻麻地缠绕在法哲坚定的意志上。

工于心计的女孩不讨人喜欢，工于心计的女人更招人嫌。文文正由工于心计的女孩逐渐向工于心计的女人过渡。她准备得充分，过度得自然。像一位专业演员，多次排练后，台词和动作都拿捏得非常恰当。

阴谋和暴力是两头尖的矛，既能伤人，也能伤己。明白这个道理，需要摔很多个跟头。

云朵像一团团好看的棉花，飘过好似掏空了的湛蓝的天空。张薇的性格像天空一样坦荡而正义，从不会向浅薄、庸俗和恶毒低头。她相信在妈妈和法哲之间总会有和谐的第三种选择。未来依然值得期待。

张薇正在超市购物，推着购物车一排排地选着喜欢的商品。文文的购物车突然碰了张薇的车子，文文道歉时，惊讶地认出了张薇。

文文邀请张薇到旁边的咖啡吧聊天。

咖啡吧里人很少，一对情侣占据着偏远的角落。文文和张薇选择了远离门口的桌子，仿佛彼此有许多私密要讲似的。

点完咖啡，服务生离开了。文文和张薇各怀醋意打量着彼此，权衡着长相、身材、学历、出身和谈吐等各种因素，她们用上帝的审美评判着彼此，张薇却像没看剧本就被赶上舞台的演员，仓促地把信任交给别人，别人却把它当作纸花似的插在了纽扣上。

"上次法哲救了我，害你们的计划泡汤。"文文偷偷瞥视张薇，"因为一起长大，我总把法哲当大哥哥……"文文故意把话题转向过去，仿佛有千万个故事要交代似的。

张薇浑身酸痛得好像刚刚走了万里长征，十分不自在。她似乎预感到，一种可怕的危机已迫在眉睫，她奇怪地哆嗦着，怎么也控制不住，不得不将双手紧紧地握在桌下。她感到命运的咖啡杯里已装满了大喜大悲，她害怕品尝，却又无处躲藏。

文文轻轻叹了口气，仿佛讲出心里话真的需要大量的氧气。她透过玻璃窗望着街景，人影匆匆，风景独特，其实她什么也没看到。"法哲经常跑我们设计院。"

"我们设计院有一位女院长，姓洪，守寡多年，总招些年轻英俊的男生，非常……"文文羞于启齿似的撇了撇嘴，"人们说她有一群能解夏娃之痒的亚当……还有人给她寄男人的那玩意儿……有一天，我和同事进去找洪院长，竟然看到她和法哲……有一次给洪院长送文件，我无意中碰了鼠标，突然发现洪院长的电脑里放大着法哲的照片。听说洪院长的手机里也有帅哥的照片，不知有没有法哲的，我……我只是有些担心。"

文文偷偷观察张薇的脸色，希望这句话比飞镖刺得更深些。

寒冷慢慢浸透了张薇的每个关节，心脏成了坏掉的水泵，狂跳不已，嘴唇哆嗦，目光散乱。服务生刚刚端上来的咖啡，她竟然像牛饮似的一口喝完了。一切发生得太快，同时又太慢。愤怒和自怜如鲠在喉。

文文露出了罂粟花般的笑容，诡计让她自感魅力无穷。"洪院长喜欢吃嫩草……我提醒你，看好法哲。"文文仿佛用一句话概括了整个世界，默默地转动着审视者的脑袋，宛如一只聆听猎物动静的猎犬。

"或许你看错了！"

"我倒希望是。"

"你为什么不去提醒法哲？"

"因为正巧遇到了你。"

"你真善良！"

"都这么说我。"

"假如能猜透我的心思，那你就是上帝的助手。"文文无限悲怜地看了看目瞪口呆的张薇，觉得自己很仁慈，生动地给张薇上了人生重要的一课，没收学费就走了。

张薇像青蛙遇到了水蛇，呆傻地坐在咖啡吧里，她得细细反刍这些信息。信息太金贵，一时消化不了。

"妈妈绝不是那样的人！"记忆像猪食一样乱七八糟，"谁又知道呢？她最近像换了个人似的，穿得越来越性感……还用了高档化妆品……"张薇感觉自己成了替身演员，扮演着剧本中没有为她而写的角色。

文文的文件袋遗忘在椅子上，照片露出来，张薇打开纸袋。二十多张工地参观的照片。有许多人合影的，有黄河滚滚的风景照，还有几张是界平和法哲肩并着肩或亲密交谈的照片。每一张都像利剑深深刺中了张薇的心。她听到心脏汨汨的流血声，也听到了骨头呜呜的哀鸣声。

文文又跑了回来，惊讶自己的粗心大意。她急匆匆地取走了文件袋，仿佛捡回了满袋子金币似的开心。

妈妈一直是张薇的偶像，是她崇敬的人。可如今，妈妈竟然是淫乱的女魔，她忽地觉得自己向来在火中穿行，但一直都没有察觉。

人一旦无耻，生活简直就美极了。可以为所欲为，挑战常规，妙不可言。帅哥和金钱就会像雨点一样落下来。"不，不可能！"张薇一再排除文文强加给她的信息。

这念头时而冒出来，如阳光般的真实。

妈妈还没回家，张薇开启了妈妈的笔记本。爱情是众多阴谋的兴奋点。文文的话像伊甸园蛇的邪恶，二十年的母女情，可能毁于这短短的一念之间。

侵入妈妈秘密的领地也不需要"芝麻开门"。

一个取名"迷"的文件夹引起了张薇的关注。果然全是法哲的照片，好像在聚会上拍摄的，有端着酒杯的，有说话的，有沉思的，有上楼梯的。妈妈费尽心机从各个方向捕捉着他的身影。

张薇像一个突然被叫醒的人露出了恐惧的眼神，脑门的某条血管敲鼓似的跳动着，绷紧的神经几乎要断了，悲催的泪水涌向心头，她控制不住地浑身筛糠。她努力回想从前那个温和的充满爱意的妈妈，大脑却一无所有，空空荡荡。从敞开着的窗口射进来忧郁的阳光，一片暗黄，到处弥漫着农药厂的气味。人生没有避风港。

罪孽是现代生活的唯一色素。

怀疑妈妈的品行，像怀疑糖不是甜的一样。眼前的一切非常不现实，仿佛二十年的记忆像黑板上的粉笔字被轻轻擦掉了。

门外有钥匙转动声，张薇啪地合上了笔记本，心怦怦直跳，像刚杀完人似的。

"我明天到贝地城。"

"那里有工程？"

"有点事。"

"明天不是周末啊？"

"明天也不是春节。"

妈妈放下包，钻进了洗澡间。

张薇困守此地，像笼子里的猫一样不耐烦，又像喝醉了似的飘飘摇摇。贝地城，今天法哲刚去，明天妈妈就要去了。

洗澡间传来哗哗的水声。

诚实并不是一件简单的事。张薇像贼似的拿起妈妈的手机，当然看到了法哲一系列微笑的照片。张薇想以头撞墙。

张薇努力调整着心情，但不知道该怎么和妈妈开始一场关于法哲的对话。

"只要她姓腾，就别妄想！"这口气好像不是对女儿说，而是在对全世界说的。

"他爸爸死了好多年了，何必再计较？"

"你爸爸也死了好多年了，你不也在计较。"

再和母亲多待一秒钟，天就要塌下来压在头上。她一副挨了打的小女孩的表情，强忍着泪水。

穿着浴衣的界平看着故作镇静的女儿，突然发现母女的距离竟然非常遥远。她孑然一身、一无所有的感觉潮水般漫上了心头。女儿大了，像燕子似的离开妈妈了。二十年前就应该明白的事情，仿佛现在才恍然大悟。在干燥的天气里，她发着抖，感觉前所未有的寒冷。

"你卑鄙、淫荡，我替你羞耻！你不配做我妈妈！"张薇感到自己的灵魂、头发都隐隐生疼。她摔门出去了。剧烈的角逐使母女都耗尽了心智，仅次于搞政治，为了各自的爱情，她们斗得像一对敌人。

气得要炸肺的界平一时没能消化女儿昂贵的临别赠礼。

"淫荡……你不配做我妈妈！"女儿的话像愤怒的子弹，击中了她。

"我要淫荡，就没有你了……"界平没把这话说出来，盛怒之下，她突然笑了，像笑给自己看似的，也笑荒唐的一生。她好像一张犁，不由自主地越陷越深，不犁到尽头就拔不出来。感情的长处在于把人们引向歧路，而爱情的长处则在于使人感情用事。人要讨回青春，只有干以前干过的傻事。当界平突然顿悟自己的失误时，已为时太晚。她无力地跌坐在沙发上，哑口无语，猛然发现这个家有一个无法补缀的漏洞，这天然的漏洞正无情地吞噬着她的情感。

人类过于郑重其事，这是世界的原罪。生活有诸多不如意，这是其一。

城市是一场由高跟鞋声、机车声、喊声、吠声、流行音乐声交汇而成的喧哗。你不喜欢什么就会听到什么。

第二天一早，界平去了贝地城。

火车上，法哲无心看窗外初冬的风景，他全身心地思索着父母的事情。如果父母真如张薇的妈妈所说的，那确实遭人唾弃。可是父母是那样的人吗？

小时候法哲最喜欢看火车在大地上运行，那种隆轰轰的前进声，总像战鼓般震动着他的头盖骨，给他以冲锋陷阵、永往直前的豪气。而今，坐在火车里，猜疑、颓废、审判父母的尴尬心情焦灼着他，他恨不得一步迈到贝地城。反省是人生的听诊器，可多少人不喜欢体检，怕肉体和灵魂的伤痛记录在案。

阳光下的原野升腾透明的梦想，天空与大地在遥远的地方粘合在一处，营造了一个不知忧伤为何物的光灿灿的世界。不论从哪方面看，和美的生活都是滋生爱情的摇篮，无论是人，还是牲畜。越是靠近贝地城，法哲越感觉自己成了故乡的陌生人。

火车站像热闹的集市，替旅馆拉客的、推销旅行的小贩，像蜜蜂围绕着花蕊似的围住了法哲。他走，蜜蜂团就跟着走。他停，蜜蜂团就争先恐后地展示手里的珍宝。人们什么价格都知道，就是不知道它的价值。

法哲买了一瓶矿泉水，站在店铺外喝了起来。每个人都有两种生活，一种是现在正经历的生活，另一种是期待中的生活。法哲正为梦想的生活而努力。

六十多岁的老板从侧面观察着法哲，当法哲喝完水，把空瓶子扔进旁边的垃圾箱时，老板叫住了他。"喂，你是不是腾四的儿子？"

法哲好奇地转过身，发觉自己根本不认识这个男人。

老板的目光依然在法哲的脸上扫来扫去。"真快啊，那时你才七八岁，现在成了帅小伙了！"

老板露出一副更适合火葬场而不是火车站的表情。

世间真有一种神奇的威力，在漫漫的时间长河里指点着人和人的机缘。法哲突然想起，这人就是撞死爸爸的司机！

那时他考进了离家较远的英才学校，成了住校生。当被从学校里接回家，才知道爸爸出了车祸，他始终没能看爸爸最后的遗容。少年的他燃烧着冰冷的怒火，他牢记肇事司机的面孔，发誓报仇。可大人们总是避谈爸爸的事，仿佛爸爸的死，像冬去春来季节变换般的自然，又仿佛不如邻家的猎犬突然丧命来得震撼。人们不必登上山顶才知道山有多高，然而仇恨却不同。整个青少年时期，对肇事司机的仇恨，囚禁了他。

而今突遇肇事司机，像无意间撞开了一扇尘封已久的木门，闯进了违禁花园。老板把他让到里间喝茶。

"这是日照绿茶，太阳茶！"

法哲对茶没讲究，心事重重地端起茶杯，轻轻地喝了一口，确实满口的清爽。但唇齿间却回味着背叛的味道，仿佛与这人喝茶对不起死去多年的爸爸。一只黑猫眯着绿松石的眼睛，仿佛在听他们谈话。法哲突然意识到并不是他在看猫，是那只猫在盯着他，仿佛看到了他内心的惊诧和不安。

"你爸爸如果不自杀，现在该多开心啊！"老板感觉谈论人家的伤心事是很卑鄙的行为，脸上挂着天津麻花的表情。

法哲的茶水突然喷了出来。"自杀？肇事司机都这么栽赃吗？"

"我发誓说的是实话！"

"以什么发誓？"

"我的性命。"

"我该在乎撞死我父亲的司机的性命吗？"

"我开车三十一年，从没发生过一起交通事故，甚至连小的剐擦记录都没有，年年被部队评为'优秀驾驶员'。可是你爸爸让我下决心放弃了方向盘。我开着黄河大货车从大桥上往下行驶，下坡的前方空无一人，更没有车或牛羊。突然，你爸爸像从地下冒出来似的，直直地站在车前不足两米远的地方。幸亏路边西瓜摊前围着的人们看到了你爸爸冲到车前的过程……"

"为什么自杀呢？"法哲不明白作为亲人，怎么会一直被隔绝在真相之外。

"你爸爸受了刺激，总说有女鬼日夜追着他，疯疯癫癫的，神经有些失常。"

怪不得家人总是避而不谈爸爸，像女人有过青楼史似的不想被人提起。法哲像嘴里咬着一颗柠檬，笑里藏着深深的酸楚。

"许多人能在汪洋中遨游，最后却在浅滩上溺了水。你爸爸是在自己制造的乱局中翻了船。"老板又给法哲斟上茶，"你该到洪姑庙去祭拜祭拜，让你爸爸心神不定的女鬼，就是洪姑。"

法哲感觉一股寒意从脚下升起，慢慢浸润到双腿，又及腰部和胸腔。他不由打了个寒战，脸上无法佩戴任何假面具，硫黄的烟雾梦呓般熏得他脑袋昏胀。

"洪姑，就是洪界凡吗？"

"当然，不会有第二人。"

老板吃惊地看着这个后生，没想到他能说出洪姑的名字。知道洪姑的人很多，但知道她真名的人却一只手就能数出来。

有些毒药难以捉摸，要了解它的性质，自己也得中毒。法哲喝了老板的茶水像吞下了荼毒生灵的毒药，走在大街上头晕恶心虚汗淋漓。来来往往的人像电影里的高雅角色，他们的欢乐似乎离你非常遥远，他们的忧愁却会骗下你的眼泪。在贝地城，灵魂也就是鬼魂，也就是老百姓迷信的魔法。人们能做的最痴心的事情莫过于接受未知。张薇和白鹭市仿佛是两万年前的事情，法哲感到自己像屋檐下的冰凌，正慢慢变得虚无。他发觉自己竟然无话可说，所有的目的和决心在走出车站的一刹那就消散了。

王香正在和街道主任聊天，得知宝贝儿子到家了，急忙收住口，兴奋得像出了笼子的鸭子，扭着肥大的屁股笑嘻嘻地回来了。拐过街角就扬着手高声和儿子打招呼，以便让四邻八舍的都知道才子法哲回来了。

看着妈妈兴冲冲地往回走，法哲竟然没有儿时见到妈妈的冲动。他为自己的冷酷暗暗自责。他背叛了她，却不会停止爱她。

妈妈为儿子擦脸、试洗澡水。在妈妈的世界里，儿子是全部，是世界的中心。

法哲穿着浴衣走出了洗澡间。王香把儿子按在沙发上，替他擦拭头发上的水。

"听说你和陈副市长的女儿文文在谈恋爱，太好了，真是上辈子有缘啊！"

"根本没那回事！"

"男情女愿，天作之合，老邻居们还和我讨喜糖呢！"

"我和别的女孩结婚，邻居们也会讨喜糖的。我有女朋友了。"法哲看着妈妈，"她是洪姑姐姐的女儿。"

王香仿佛有枪顶住了她的后背似的，张着镶嵌着银牙的嘴，愣愣地看着儿子。

从妈妈眼中看到的惊恐，法哲永生难忘，生平第一次感到恐惧。

"洪姑，千万别沾洪姑姐姐的女儿，千万离她远点儿！"王香颓然跌在椅子上，双手掩面，像哭泣又像在思索。

"我怀胎三次，都流产了。最后，也是去求洪姑，才平安地生下了你。我现在每月十五，无论刮风下雨都要到洪姑庙里祈福，你考上好大学、毕业，哪一步都是洪姑的功劳。你怎么能和洪姑姐姐的女儿恋爱呢？会遭殃的。"

贝地城的现实已让人享受到了一种人类和魔鬼的激烈较量的快感，谁胜谁负，看看洪姑的香火就明白了。人们想摆脱囚徒般无力掌控的生活，想逃避恐惧的胁迫，借助于想象出来的神灵满足现实的心愿。然而，人们总是在自制着坚固的囚笼，然后心甘情愿地待在囚笼里，隔着钢条看世界云卷云舒。

当归纳法则把人推向神灵的时候，人们往往既没有能力也没有智慧跑开。

"我和洪姑的亲戚结婚，洪姑自然会保佑我们的。"

"保佑？天哪，你疯了！"

"我像疯吗？爸爸是因为洪姑疯的？"

王香惊讶地站起来，后退一步，像猫头鹰似的瞪着儿子。"谁告诉你的？哪个头顶生疮、脚底流脓、烂嘴烂舌头的王八蛋说的？"

法哲绝望了，仿佛脚下发生了八级地震。

生活中制造重压的人正是自己，因为失败过，害怕再次失败。经验不是动力，像良心一样不是一种积极因素，人们一度犯过的罪孽，在不久的将来，又会愉快地再犯一次。

"只要你敢和洪姑姐姐的女儿恋爱，我立刻从六楼跳下去。"王香绝不欠缺横冲直撞的勇气。此时，她就像掉进了熊洞里将被撕碎一样。

母子关系也是沉重的承诺。法哲不得不接受母亲的警告。那一刻，法哲感觉和母亲之间像雪山般的冰冷和不可信。

从某方面说，每位都是流浪的人，只是一步步走向自己的目的地。法哲坚信人类有无数纬度。有靠近阳光的，有安居在地表的，还有沉醉在阳光照不到的地方的。他将和张薇远走高飞。

爱情是世界独特的物质，也是最灵性的存在。

法哲毕业后没有回贝地城工作，一是因为贝地城太小，他的工程设计专业不可能得到很好的发展；二是他不想过早地被妈妈像关兔子似的关在她宠爱的笼子里。

而现在，他依然是妈妈的笼中兔。

冬季是依山傍海的贝地城最骨感的季节。黄昏时分，法哲沿着棋盘似的小路向城北走去。晚霞烧红了半边天，云彩像蜡笔画似的镶着金边，北山笼罩在壮丽的霞光里。法哲深深地吸了一口空气，有点儿清凉，有点儿湿润，仿佛自然的精华都融化在这空气里了。夕阳恋恋不舍地洒下了最后的金辉，树叶上、山体上、飞鸟伸展的翅膀上，都缠绵着醉人的光彩。如果不做设计师，法哲便要做个生活在山水间的果农。

拐过果园，远远望见北山坡上一个飞檐翘角的建筑。随着洪姑声誉的远播，香火非常旺盛。每逢初一、十五，孩子上学、娶妻生子、盖房架屋、投资经商，甚至走亲访友的也都来祈求祝福。生活对有些人总是面露凶相，不是一时的运气不佳，而是厄运缠身，挥之不去。逼迫着他们弯下双膝，乞求自身之外的力量保护。人的心一定程度上就是魔鬼的玩物。生活在虔诚的牢狱中是自由的。

一些老农连骡子太瘦不拉车、母鸡太老不下蛋也来给洪姑下拜，求解困惑。

洪姑，张薇的姨妈，十八岁不忍迫害自杀身亡，第二天又被盗墓。不知怎的，慢慢在人们的思维中具有了神性。没错，神性是人自身赋予的，人们自愿臣服在神性的威力下，自愿将良心和道德的法庭交付虚拟的神来主持。二十多年来贝地人的精神一直在为这位洪姑翩翩起舞。

洪姑由人而神，满足了人们的几个条件，一是洪姑正好是十八岁芳华正茂的年龄，又是贞节的女儿身，符合了人们对神本体的想象；二是传说中她豪富的身世和优越的成长过程使她具备了高人一等的精神气质；三是传说她逐一报复了迫害她的人，也让那些心怀有鬼的人不得不跑到她坟前乞求原谅。而乞求了，心理释放了压力，就不会像腾四般疯掉了。人们通过恐惧发现了世界的智慧。人们烧香祈愿，如果应验了，就把功劳归于洪姑；失败了就归罪于自己心不诚。失败是自然的工具，用以向人们展示神性的道路。

就算停摆了几年的钟也能在一天之内两次指对时间。人们在自欺欺人方面，超过了世上所有的生灵。人们坚信，从毛毛虫到圣人，灵魂的位阶是渐次升高的。洪姑的神性越传越广，越传越神。正如那句话说的：只要灌输了信念，就可以支配信徒。

太阳落山了，灿烂的黄昏风景也迅速地被暗紫的余光笼罩着，几乎是抬眼之间，那暗紫又变换了色彩，山影带着紫色的余温沉沉地压向四周，和灰蒙蒙的大海融成了一片。

亭子里站着一个男人，正在燃香炉里进香，然后双膝着地，双手合十，非常虔诚地祈祷着。

每个背影都有着不同凡响的心愿，都有一颗欲望的种子。

男子竟然是白鹭市的陈副市长，文文的爸爸！

陈副市长更没想到会遇到法哲。文文落水，陈副市长曾在病房里见过法哲。

"我也是来祈愿的。"为了把陈副市长从惶恐不安中解救出来，他把自己也牵涉到焚香的队伍里。

文文早已把喜欢法哲的信息传递给了父母，陈副市长冷眼观之，对儿时调皮捣蛋的法哲没好印象。他不相信文文的热度能超过三天，所以任其自然，不阻止也不鼓动。

在这地方尴尬相遇，彼此有些难为情。傍晚暗紫的光使副市长的脸更生动鲜活。法哲突然想起妈妈说过，他哥哥曾是"文革"司令，而爸爸不过是副司令。他哥哥之所以能平安升官一路坦荡，都是因为他在洪姑去世不久就给洪姑上香，而爸爸固守着内心的纠结。

"出生就是原罪，孩子，虔诚点！"陈副市长的口气像九十岁似的，"命运就是命运，跟他摆架子毫无用处，生存是一种美丽而积极的野心。谢谢你救了文文！"

"如果是乞丐，我也会救。无关野心，不用谢！"

"这样说话，需要勇气！"

"听说勇气和愚蠢只有一线之隔。"

"那得找到那条线才成。"

"在洪姑墓前，我不敢说谎。"

"你会是虔诚的洪信徒！"

"我怎能配得上这崇高的称号呢？"

"很简单，弯下你的腰，也放下你的骄傲。"

朦胧中，法哲审视着陈副市长促狭的微笑，纳闷那代表着什么。这位副市长的神色总像在享受着什么秘密似的。

不知何时，躲在黑暗里的狂风像愤怒的巫婆，呜呜地卷过山峦，揉搓着树木，像挥舞着带刺的枝条抓挠松林里的空气，又像是刀蹭着磨刀石发出的砭人肌骨的声息。阴惨惨的北山，好像死掉了似的。法哲并不感到害怕，倒有些失望。不适当的场合遇到了不适当的人。陈副市长的表情生硬，像一场拙劣的排练。

"暴风雨中能伸能屈的树才不会折断。"陈副市长坐进银灰色的马自达里，摇下玻璃向法哲招了招手，车灯像两把利剑扫荡着下山去了。

叫人心绪不宁的月亮，晃悠悠从东海上升起。法哲惊异生活有时过于简单，有时又过于魔幻。

法哲转身沿着向东的小路下行到海边，天已完全黑了下来，狂风像千万匹狼在齐噑，海水拥挤着、碰撞着，把愤怒狠狠地摔到岩石上，仿佛自有海洋以来，海浪和岩石有着不共戴天的仇恨似的。

而今，海浪的每一下好似砸在法哲的心上。

远方渔船上的灯颤颤地晃着，像天上不安的星星。

法哲回头望了望山坡上的亭子，一个飞檐衬托在夜空中，其余部分淹没在山体的黑暗里。

法哲躲在背风的拐角处，这里竟然出奇的安静，一丝风也吹不进来，仿佛是另一个世界，一个与大海和高山完全无关的世界。不知是否有一种隐形的力量，控制着这个世界？法哲突然感觉自己是电动玩具，动力源却掌握在别人的手里。

他希望地球能倒转回到十岁的那一刻，质问父亲为何对那十八岁的女孩如此残酷！

人要做一件愚蠢透顶的事，往往也出于崇高的动机。

以是或否的态度对待生活是荒谬的，因为人们被送到世上不是来发表道德偏见的。人们不相信只有傻瓜才会幸福，但倘若真的必要，宁愿随时装聋作哑。

满载着背叛和诺言的大海却是时代永远的同伴。

法哲拨通了张薇的手机。

"薇薇，"法哲发现自己的声音竟然那么陌生，"我们逃走吧……"

"好……永远在一起。"

法哲泪流满面。他为父亲的惨死流泪，为母亲的惊恐流泪，为这风声、海涛声……为这瘦瘦的岩石流泪。

为了那不被祝福的爱情，他宁愿牺牲所有。冷气顺着鼻孔一直钻进了身体的最深处。穷人的真正悲剧在于，除了自我克制，什么都付不起。美丽的罪孽，像美丽的东西一样，是富人的特权。法哲觉得自己是生活的穷人，爱情的富翁。这足够了！

十八

每年的十二月六日界平都要到贝地城，这是她和高顿的约定。二〇〇〇年的今天她希望有奇迹发生。

在世人眼里，鬼魂代表着人们没有胆量涉足的罪孽。茫茫人海，如果没有一个肩膀让你依靠，没有一道目光给你温暖，没有一个人让你敞开心扉，你会感觉自己是生活的异类，甚至比乞丐还难堪，比白云还身不由己。尽管，困住自己的那张网不是别人织的。

每次抵达都是一场终结，又是一场开始。界平再次入住了二十多年前的宾馆。宾馆经过重新装修后，服务星级化了。

晚上她向着向阳桥走去。世界仿佛筑成了一条通道，一头是她，一头是二十多年前的承诺。

年年如是，岁岁不同。曲折的小巷，棋盘似的街道，古老的房屋和环绕小城的河流，鸟儿不看季节地在树间啁啾。河水滚滚而去，岁月也一去不返。月亮冷漠地划过天空，可界平依然不变地在这里等待着那个人。

她朦胧觉得自己卷入了一场莫名其妙的悲剧，这悲剧虚无缥缈，似梦似幻。是在等待那个人吗？有时，又忘记了高顿的模样。高顿成了影子，而钻进影子里的有时又是法哲。她不想由法哲主宰着影子，一再把法哲抹掉，可法哲却总像打足了气的排球浮出水面。她惊慌不安，想挖掉那个在内心深处为非作歹的男人，可他却像钉子似的，紧紧钉在了心脏里，稍不留意，就会绞痛难忍。女人痴情的心，比钻石还坚硬。

有一次和同事们去看一部美国的特种部队电影，电影开场才十五分钟，界平就被紧张的故事情节、艰难而惊险的使命而纠结地哭了起来。当别人沉浸在惊险的剧情里，她却体验在高顿的地狱般没有温度的生活中；当别人感悟特种部队战士的智慧和担当时，界平却痛惜高顿被使命绑架的惊险人生。她终因哭得太痛，声音嘶哑、头昏脑涨，像得了重感冒似的。

这电影就是界平的一场重感冒。

之后，所有的特种部队电影她都看，不放过任何体验悲情的机会。

同事们不明白这寡妇的纠结。要明白才怪。

上次在飞机上遇到高顿，使界平学会了观察，再不像从前漠视周围的人和环境，而是自然而迅速浏览周围的男士，迅速锁定可疑的目标。有一次在上海街头，界平竟然发现了刘德华，穿着寻常的T恤，不紧不慢地行走在人群里。

第二天，报纸上就刊出了刘德华在街头购物的照片。

此事让界平明白：遇到刘德华易，遇到高顿难。

今天，再次行走在贝地，会不会遇到高顿呢？

沉默的月亮是她心灵永远的同伴。

她希望贝地城的夜像北极的极夜一样长，她希望能吮吸月光如啜饮一杯绿茶，希望她和高顿再次新娘新郎似的在酒店里缠绵。她提出为高顿牺牲整个世界的决心，往往是可怕的，让人充满了对永恒的贪婪。

向阳桥已修成了四车道的拱桥。扶着雕刻精美的汉白玉栏杆，界平总有不是站在向阳桥上的错觉。头发正在斑白，皱纹也在悄悄升起。崔总曾骂她假装老处女，是的，这么多年来，她一直假装着，理解她的除了月亮，还有这具肉体。在那些幽暗的深夜，梦乡里高顿和她缠绵在一起，她湿漉漉地醒来，渴望着男人坚强地进入，渴望大山把她压碎如泥。那时的她是魔鬼，她见识了自己魔性的一面，在自我的安抚中，游走在高顿的温暖里，达到了只有高顿能托举的高度。她在自己的安抚中平息了荡妇的欲望。

往事的魅力在于已经成为往事，而人们却没意识到帷幕已经降落。没有男人，她发现自己依然可以是个幸福的女人。

崔总是个瞎子。他永远不会理解她，尽管有那么一刻她曾想要他。那片刻短如闪电。其实调侃崔总，让她有女王般的快意，也只有在这个男人面前，自己敢于本真地冷酷着。

陷入一场新的恋情就像等待处决的囚徒。她已经经历过一次无期徒刑的判决，所以绝不再犯同样的错误。她不想用语言编织内心的战场，不想回味那相恋失恋的两难处境。

　　生活的神秘有着跟调情一样的魅力。此刻，飞鸟为了觅食，振动、滑行，高飞或下潜，发出的噪声像伤痛中的爱人。苍白的月亮孤独地照着，晚风送来初冬的尖锐，她想驱赶满脑子乌七八糟的意念，那意念却杂草般地再次蔓延。如果女儿知道妈妈如此不纯洁，她该多么鄙视她。然而女儿四十岁后，终会明白，生活原本就乌七八糟的，唯有梦想值得回味。等到海水变成油，世界燃起大火，人人都会坠入地狱。

　　火焰消耗着煤炭，时间消耗着人们。界平习惯了空空的等待，也许她爱上了这种等待的姿态。

　　陈市长喜欢这个小城，喜欢这里的安静、纯朴和海浪温柔的轻拂。他的人生就是从这里开始的。每次回贝地城，都不希望有人跟随，仿佛贝地城是他老态龙钟的初恋的情人，让他尴尬又忐忑，只能在内心默默地珍记、细细品味。贝地城的居民竟然忘恩负义，根本认不出自己的老情人，仿佛他们一直是这个城市的主人。

　　人生是一张通行证，是可以通向天堂也可以通向地狱的门票，而陈市长在天堂和地狱之间来回地游窜，要风得风，要雨得雨。

　　腾四的儿子——那个青涩的男生，真幸运，遇到的可是市长大人，竟然不知感恩戴德。

　　"暴风雨中能伸能屈的树才不会折断。"陈副市长慷慨地和法哲分享了人生的智慧，估计他也不会理解其中的深意。腾四疯得很及时，去世得也很幸运，不然，虽然挥动着清洁工的扫帚，却难以清除心头滋生的垃圾。人世的幸运与他无关，满天的繁星倒可以属于他，但不知他有没有精力抬头看天。

　　人活在世上本身就是艺术表演。有些人没有艺术天分，只能被赶下舞台。

　　生活中潜伏着一种可怕的病毒，蚕食着陈副市长的灵魂。最近发生了几件怪事，让陈副市长心神不定，头上仿佛悬着达摩克利斯剑。文文在洪界平院长家里发现了丢失的两个酒杯，而那枚金光闪闪的像章，有人说被她偷走了。原来，洪界凡的姐姐就生活在白鹭市，就活动在自己身边。

成功没有模式，有些人是踩着厄运上来的。最近陈副市长经常被噩梦吓醒，或彻夜失眠，这世道，除了大海，竟然找不到任何可以倾诉的对象。一切哲学都是生存的游戏，陈副市长有自己的主义，无论时代怎么变迁，必须像狼一样，要么嗥叫得砭人肌骨，要么伪善成羊群里的梅花鹿。

一只海鸥带着监视者的眼神，滑过水面，飞往大海的远方，这次飞翔与猎物无关。陈副市长那些不愉快的记忆不可阻挡地溶解在海浪里，沉入到了大海中。世界真正的神秘不在于得到了什么，而在于得不到什么。

陈副市长开着车，缓缓驶上向阳桥。突然，洪界凡的身影闯入他的灯光里。不，不是洪界凡，是洪界平。他相信神迹，相信命运的资助，相信眼前的一切都有它必然的道理。陈副市长坐在车里，灭了灯，静静地望着界平。界平站在桥上看风景，看风景的人正在车里看她。瞬间，他错愕地心慌意乱："活着，就要把宝贵的内在活出来。"

他讨厌真心相爱的女人，心存嫉妒的女人更有味道。一旦选择了女人，就不能盲目地欣赏外面的风景。至于爱情也纯粹是个生理学上的问题，年轻人想要忠实，却不忠实；老年人不想忠实，却力不从心。妻子崔梅没什么不好，但一个女人睡久了，就像用了多年的床单，仅仅是习惯，看一眼都多余，缺乏了激情的美和变化的风采。男人结婚是因为疲惫，女人结婚是因为好奇。崔梅已习惯了丈夫的升迁，习惯了贵妇人似的生活。衣服越来越名牌，连内裤都要出自大厂名家。脸上层层涂抹的几千元的高档货，仿佛不这样，就不配做他的妻子。她知道丈夫不会动别的女人，他动不起，一旦遭举报或被女人缠上，他的仕途将会掉进深渊而永无出头之日。对于官场的男人，"爱情"一词听起来像在无马的马厩里抽鞭子。崔梅是懂他的，但崔梅又不真的懂他。他不是不敢拿前途打赌，只是赌物不够优质。他心动的女人留在了二十年前的贝地城，而今，却站在了向阳桥上。那个女人、以及这个相似的女人，让贝地城和白鹭市的男人着迷。美丽而神秘的面孔、凹凸有致的形体、高贵的气质，特别是智慧和高雅。和她站在一起，男人都会感到卑贱、浅薄，甚至想跪下来吻她的鞋子。

巴比伦人说，作为小偷烧红的烙铁是罪有应得的处罚。什么是小偷？

在陈副市长看来，人人都是小偷，只是有人会偷，有人不会偷。偷了时间，偷了功名，偷了情谊。越是得不到，越想偷；越是高不可攀，越想攀。像珠穆朗玛永远是登山者的梦想一样，界平界凡也成了陈副市长的梦想。他知道这梦想今生无望，但不影响他远远地观望。人们为了浪漫永传，却把浪漫破坏得一丝不剩，朝三暮四和永世相守的区别，在于前者比后者更持久。过分的期望自然带来过分的沮丧。有那么一刻，他为自己感动，又有那么一刻，他感觉上苍已冥冥中为他们相遇安排好了日程。管它有没有敌人，先放一阵枪再说。

像古往今来的任何月夜一样，这一天既无预感又无征兆，却成了陈副市长消灾解难的吉祥日子。陈副市长下了车，像悠闲的赏月人，慢慢走到了界平身边，既没望月，也没望河。每人都为生活付出自己的代价，有的还得一而再、再而三地偿付。

"你好，洪院长，我望您背影好久了！"

界平这才看这位打招呼的陌生男人，这一夜如影相随的非真实感有增无减。她诧异的眼神、严肃的表情让陈副市长相当失望。

"我是文文的爸爸，恕我直言，您和您妹妹真像！"

崔梅的亲戚、盗墓贼，曾在妹妹墓前乞求原谅的坏蛋："我妹妹真幸运，让你印象深刻。"

"所有人都享受着洪姑的恩泽，是贝地城的幸运。"

"这里的人也够健忘的，忘记'黑干将'的罪恶了。"

"您记忆可真好，那是上个世纪的事了。"

"陈副市长记忆更好，我妹妹在墓中最后的模样，也是上个世纪的事呢。"

"你肯定比你妹妹尖锐。"

"我哪比得上她，她能让盗墓贼断子绝孙，我却束手无策！"

陈副市长笑了笑，感觉这笑是从哪里借来的，很不习惯。

"可不可以请洪院长一起吃晚餐？我有话要对洪院长说。"

这话像命令也像请求。界平突然想起那两个淡绿色的酒杯和毛主席像章。那件赏心悦目的东西的背后，总有一段悲哀的隐情，连最不起眼的小花开放，也得经历阵痛。

界平坐进了陈副市长的马自达，市长先生开这种低档次的车，绝对与朴素、节俭无关。

他们在一个豪华饭店前停了车，进了单间，点了餐。界平感觉体内有个螺栓绷得过于紧了，甚至骨头都疼了。

"谢谢您对文文的关照！"

界平笑了笑，表示领受了，也表示，这话根本不是她想听的，所以无须应答。

"您对我这个人不着迷吗？我的意思是，不想了解我的过去？"一切罪孽都来自反抗，今晚陈副市长偏爱昨天的谬误。

"听说您是崔总的姐夫时，我还吓了一跳！"

陈副市长摇了摇头，他不知道这位洪院长是真糊涂还是在装糊涂，但无论如何，今晚必须摆平这个女人。

"当我听说您是洪界凡的姐姐时，我就一直期待着和您这样面对面坐在一起。"陈副市长严肃地看着界平，放下筷子，男人对漂亮女人只有一个想法，但现在他必须另有所谋，他抓住了她的手，"我一天不向你坦白，一天都过得不舒服！"陈副市长深深地舒了口气，如释重负，二十多年来畏惧的时刻到了，但他并不感到害怕，倒感觉缺乏了戏剧性。

这场面有些生硬，像一场双方都不满意的相亲。

"二十多年前，我是贝地城的'文革'司令，你妹妹洪界凡的死，我有不可推卸的责任！"

界平慢慢地喝了口茶，茶里似乎有老鼠药的味道。

陈副市长按下门锁，不放任何人进来。他转过身来，缓缓地弯下腰去，跪在了地上，双手贴在大腿上，仿佛那里很痛似的。

"你的膝盖病了？"

"不，是良心病了。"

"我不是道德医生，治不了你的病。"

界平往外走时，副市长一把拉住她的衣服，"您得听我忏悔，否则，我就到您办公室去……"

"那你打开门，好好坐着。"

陈副市长像个听话的小学生，听从老师的一切安排。

"二十多年前，我是贝地城的'文革'司令，你妹妹洪界凡的死，我有不可推卸的责任！"

即便去世多年的妈妈站在面前，界平也不会如此吃惊。她清晰地记起，报纸上刊登了跳楼自杀的消息。

"死的是我同父异母的弟弟……向上帝发誓，我就这么一次对世人撒了谎。"

"那你肯定极不尊重上帝。"

"我父亲去世得早，后母对弟弟陈文新非常疼爱，以至于二十多岁了，依然像长不大的孩子。他喜欢一个女孩，那女孩好像也喜欢他，新疆煤矿招收工人，煤矿的医院也招收护士，妈妈托了好多关系，才弄到他们一起去新疆就业的名额。可临走的前一天，弟弟才知道那女生跟着另一个人报名去了内蒙。她把弟弟给甩了。弟弟第二天就要开拔了，他跑到我那里喝闷酒。我却比他更郁闷，文化大革命突然结束了，清算运动肯定会开始，我绞尽脑汁不知如何逃脱即将来临的灾难。喝完酒后，我就去了女朋友崔梅那里，黎明时才返回住处。当时雾很大，几乎对面不见人影。当赶到宿舍楼下，我被地上横着的东西差点绊倒，本能告诉我是弟弟自杀了。我吓坏了，但很快我意识到是弟弟在救我，我们俩长得很像，好多人总分辨不清谁是哥哥，谁是弟弟。我立刻回屋以'文革'主任的口气写了封自杀忏悔书，塞在弟弟的衣服里，取走了弟弟到新疆上班的证件。替换了手表、皮鞋……其实，我多虑了，弟弟从五楼跳下，头部正好撞在一块石头上，整张脸像坏掉的茄子。我当即跑到崔梅那里，告别了崔梅，立刻去赶新疆方向的火车。几年后，当我以劳动模范陈文新的名字回到贝地时，人们已慢慢淡忘了'文革'，淡忘了那个自杀的'文革'主任。为了避免弟弟的熟人找麻烦，我换成了现在的名字，我是您的罪人，每根肋骨都在向您请罪。请容我说完……"

"骗子、杀人犯！崔梅也是！"

"这样评价我说明您太仁慈了，在您面前，我简直是跳梁小丑，罪该万死。"

界平端起茶杯，终于还是抑制住将茶杯砸向他脸的欲望。

"我因为记性好，能通背好几本《毛主席语录》，被破格提拔为贝地城的'文革'司令，像许多'文革'司令一样，热火朝天，激情无限，真的以为共产主义社会即将到来。"陈副市长激动地说着，而界平冷冷地将头转向窗外，似乎看一眼陈副市长，都会让她呕吐。

"我负责批斗过很多人，他们都是好人。可是那个时代，因为个人或家族的污点被打倒的又何止于贝地城？饥饿让人变成野兽。人越穷越革命，那时的贝地城，天灾加上人祸，许多人逃到内地当了乞丐……我真的以为精神能战胜肉体……你妹妹……被王香嫉妒而检举，被批成了……其实，那个时候，我真的非常难过，因为，因为……我虽然从没向她表白过，我非常喜欢她，甚至想过了春节，忙完那阵子就向她提亲的。她自杀了……"陈副市长泪水流了下来，但声音泄露了他的感觉，那泪水总带有表演的成分。如果泪水能表达忏悔的心意，大海会愤怒的。

"这世界是龙蛇杂处之地，每个人都扮演着命运指定的角色。腾四没文化，不识几个字，因为一无所有才被推举为副司令。女人代表物质对思想的胜利，男人代表思想对道德的胜利。他和妻子王香嚣张得像皇太子。王香嫉妒界凡的美貌，也嫉妒界凡的富贵，当王香把界凡的罪状提到革委会上后，我保护不了界凡。对她的处罚，如果稍有异议，那我立刻就会由'文革'司令变成反革命的'黑干将'。政治就是这么严酷、这么无情。王香曾讽刺过界凡葬礼的奢侈，曾嘲笑资本家小姐的虚伪。但我没想到他们夫妇会盗墓……界凡埋葬的衣服穿在了王香身上。我无法容忍腾四的胡作非为，痛斥了他不道德的行径。腾四让妻子王香当即送给我一套晚清时的酒具和一枚金光闪闪的毛主席像章。有的人用财富抵消愚蠢，用虚伪来抵消恶行。交友我很谨慎，交敌我更谨慎。我很快就说到重点上了……"回忆让他喉咙干渴不已，如同刚刚播下大麻种子就急于收割似的，陈副市长突然明白，陈年旧事已距离他很远，而界平却很近，这多少让他沉不住气。

胭脂和智慧过去密不可分，现在却不同了。

"事隔多年，想起往事，依然心如刀绞。界凡已成了古人，甚至成了仙人，对她的歉疚让我灵魂颤抖。这么多年来，我无时不在忏悔中度日，对人对己，再不敢像年轻时那么张狂。腾四终逃不过命运的谴责而死去了。也许一切都是报应。洪院长，我在想，您的出现，对我也是报应！"死人保守起秘密来安全多了，陈副市长感觉归类得很智慧。

走廊里人语和音乐的嘈杂让他深深地叹了口气，有种从阴间回到现实的踏实感。他想听听界平的反应。可界平像下决心不开口似的，一句话不说，表情生硬地转向黑得如镜面的玻璃窗。她养成了沉默寡言的坏习惯，她觉得有些话早被妹妹在二十多年前说完了。

谈天不会让人衰老，陈副市长感觉自己默默地奉献了对方一刀，还想再补上一刀。

"界凡和我汇报过黄金珠宝的事。我也调查过。入合作社前期，你爸爸把工厂变卖了，其实，你家有比黄金价值万倍的珍宝。于是你爸爸画了一张地图——黄金的地图。地图一分为二，你们姐妹俩各拿一半，只有合成一张图，才有效。你爸妈借出游乘飞机准备逃往香港，根本不敢带你们。可惜飞机失事，无一生还。

"这故事很长，我得慢慢讲——一八五六年，太平天国领袖杨秀清居功自傲，逼洪秀全封他为'万岁'。九月初，杨秀清及其部属数万人被韦昌辉残杀。相传恰在太平天国内乱之际，洪秀全将两箱珍贵的黄金珠宝辗转出南京，以备不测。考古学家分析这两箱珍宝应该属珍宝中的珍宝，比曾国荃家里珍藏的洪秀全的翡翠西瓜要昂贵百倍。后来，太平天国被斩草除根、踪迹全无。这支负责保管财富的队伍发生了内讧，世俗的狡猾和贪婪，波浪似的撞击着他们的耳壳。智慧超群的主管哑巴怕出人命，在月黑风高的夜晚，像杜十娘怒沉百宝箱似的，把财富全部葬送进了海里。

"那批遗落的财富成了历代寻宝人执着的目标。人们会相信任何事情，除了真相。哑巴对这个臭气熏天的世界丧失了耐心，成了乞丐。他诅咒世界，憎恨罪恶和战争。一九二六年张作霖宣布东三省独立时，九十高龄的他流落在上海街头，因为挡了洪老爷的道，仆人们最擅长的就是鞭子。姓洪的老爷发现了高龄老人，急忙阻止了鞭子，并下轿把老人扶了起来，让家人好生照顾。这位游历了大半个中国，经受了种种艰难困苦的哑巴，恨不得跪下来舔他的靴子，他不是感恩，而是感谢遇到了善良人。他从南到北、从北到南，只求遇到善良的人，可他像在飞雪的冬天里寻找燕子般的失望。那些财富唯一的主人就是老乞丐的怪念头，他终于决定把心事托付给洪家的当家人。

"抗日战争时期，洪家捐助了大笔资金给国民党，国内战争时期，洪家又捐赠了巨额财富给共产党。你们父辈的生活简直美极了，打开钱柜，金钱就会像雨点一样随心所欲地落下来。

"近几年，人们从散落在各地的珠宝中发现了太平天国珠宝的踪迹，断定还有至少一箱的珠宝依然酣睡在某个地方……上帝看重人的心灵，而不是人的装饰。街头巷尾喋喋不休的趣话会把生硬的地瓜烫个烂熟。

"乐观主义的基础纯粹是恐惧。洪界凡死后不久，许多城里的人做同样的梦，总梦到一个披头散发的女子，赤裸着身子穿着大衣，浑身颤抖，像一朵摇曳的水仙，见了批斗过她的人就喊：'冷……冷……'从冬天喊到夏天，从傍晚喊到黎明。许多人被吓醒、吓病，更有些人逃离了贝地城，可人逃离了，梦依然又回到了贝地城的街道，依然被那女子追赶着喊'冷……冷……'直到人们给洪姑烧香求愿，才消解噩梦的纠缠。洪姑像个教皇似的，乐于迁就和宽容，拯救了消沉的像一摊烂泥似的人们。与她相比，整个世界都微不足道。现在想来，只有畜生，没有良心的畜生才会中伤那样的女孩。

"洪姑神性的报复，让贝地城的居民浮想联翩。她的美艳和财富犹如火舌，将欲望点燃。"陈副市长忆起尘封已久的往事，仿佛一根猎鞭抽打在他脸上，他双眉紧锁，筑起了一道楔子似的鸿沟，他痛苦地抽搐着，一副仙人掌似的表情。

"现在，我不得不戴着面具活着，说着许多言不由心的话，做着许多表面文章，像木偶似的被推到前台，假笑地对着镜头、对着记者、对着可怜的听众。我喜欢看虚假做作的电视剧，因为那比生活真实多了。如果能重活一生，我希望我能成为你这样的技术专家，活在自己的世界里，不看任何人的脸色，钻研技术，受人尊敬！"贬低自己、赞美别人是他的家常菜，每每端出来，效果总是出奇的好。悬而未决的问题就像癌细胞，迟早得要了命，好在今天这意外的机会，让他把内心的癌细胞切除了。

陈副市长的故事，是良好的背景音乐。界平拿起筷子，像饿坏了似的，狼吞虎咽。

"您吃饭的动作都和界凡很像。"

"吃毒药的感觉也像了。"界平放下筷子，用餐巾纸擦了擦嘴，十指交叉合在胸前，静静地盯着陈市长，"您一定听说过这个故事：当人们把一个大家都认为有罪的妇人带到基督面前，问他该怎么办时，他用手指在地上写了擦、擦了写，似乎没有听到他们所说的话，最后，当他们一再逼他回答时，他说：'让你们中间没有犯过罪的人先拿石头砸她吧！'"

"那只是讲故事。现实是，人们把石头抢光了！"服务生进来添茶水，陈副市长顿了顿，扫了一眼漂亮的女孩，换了一副心满意足的快乐表情，"崔加人不错，希望我们能成为一家人！"

"崔梅人也不错，你和她的缘分缘于一起美好的刑事犯罪吧！"

"哈哈，洪院长真幽默！这事得一分为二地看……并非所有的犯罪都能结出爱情的果实……"陈市长眼神包含着诡异的讥讽。"省省吧，可惜强暴你的，不是我！"最后这句话，他仁慈地咽了回去。

"但也并不是所有的果实都那么甜美。"界平内心窝着一团火。

"你喜欢吃甜食？"

"我们是来谈我的口味的吗？"

"谈谈也不错，没准哪天我能下厨为你做饭呢。"

"肯定比吃毒药有食欲。"

"上帝啊，那你就大错特错了。"

"你相信上帝？"

"不，是上帝不相信我。我信洪姑——你妹妹，她一直在保佑我。"

"那她肯定不辨是非……好好享受你的大餐吧，我走了，免送。"一阵冰冷的感觉蹿过界平体内，仿佛血液、心脏、思绪全都停摆。这个男人的话比刀剑更伤人，她可不想再多待一分钟。

"这美女处于仇恨的黑暗中，而我是唯一的灯塔，看我怎么将她引向礁石！"陈副市长没把这话说出来，也没拦她，他知道，今晚目的已达到了。"这个被宠坏了的美女，今晚尝到了恐怖的滋味……这仅仅是开始。比起敬重，让人心生畏惧更有效。"他缓缓拿起筷子，独自吃了起来。很久以来，这是吃得最轻松的一顿饭了。基本的德行抵不上一道不冷不热的菜。自己是英雄，骗人，面不改色，还充满激情，这是必须的素养。通往时间隧道的入口是不存在的，聪明人总会找到平衡自己的方法。

陈副市长在这个不寻常的夜晚用一两个诱人的小故事，摆平了两姐妹，结清了阴阳两界的旧账。

"今晚可以睡个好觉了。"

十九

故乡之行，揭开了法哲记忆深井的井盖。

上小学时，有一次周六下午回家，爸爸一直醋睡着，晚饭都没吃。妈妈说爸爸感冒了，吃了让人睡觉的药。半夜里，爸爸的尖叫声能冲破房顶，吓飞了房梁上醋睡的雁子，闻声而至的爷爷和邻居们冲进爸爸的卧室，连夜把爸爸拉到了医院。

法哲惊讶地站在院子里，脖子上流着血的妈妈告诉他，爸爸可能吃错了药，高烧不止，必须送医院。法哲站在凌乱的卧室，发现床头、衣橱和镜子上全是飞溅的血迹，床脚处横着一把锈迹斑斑的铅笔刀。

几天后，爸爸出了车祸。

就像一切审判是对是非的审判一样，疼痛的回忆也是对历史的清算。世上没有一个可以逃避烦恼的幽谧洞穴，也没有一个在静谧中哭泣而不被打扰的家园。这是个卑鄙、狭隘、荒谬的时代，是不堪重负的时代，它用岩石为成功者建造宫殿，却不会为失败者提供一处遮雨的茅草屋。

每次回贝地城，法哲都要沿着河岸走很久，这条滔滔的河水记录了他的成长史，他和小朋友们在河里游泳、捉鱼虾，还在河里冲浪，玩漂流。那些童年、少年的记忆，像珍宝般镶嵌在大脑的底板上。月光和河水幽远的音乐融汇在一起，很容易感动那些纯洁的人们。谁都有条灵魂的河，将自己的疲惫放逐在河水里。

人们走了那么远的路，受了那么多的罪，只是为了光荣地死在错误的一岸。妹妹上演了自己最出色的悲剧，她化入艺术之境，她的死具有那种殉道的悲哀和徒劳，有一种荒废的美。

"宽容些吧，每个人都有一场硬仗要打。"界平这样想着，又觉得丢掉了什么，似乎哪里有个漏洞，漏掉了细节，但一时又想不清楚。

有些事情不知道的时候很苦，知道了更苦。

生活中真正的悲剧往往以非艺术的形式发生，以其赤裸裸的暴力、绝对的混乱和彻底的无定式来伤害我们。然而，有时生活中的悲剧会产生喜剧效果，我们不再是演员，而是观众了，或者二者兼而有之。界平坐在河岸的石头上，苦难像一串珠子项链，滔滔不绝地滑了出来。女儿张薇竟然骂妈妈是荡妇！荡妇？如果早是荡妇，就应该睡一百个男人，就应该过另一种人生……当她弯身捧起一捧水时，四十多年的岁月在她手指间流走了。那水滴闪烁的微光，是她能够感受到的不多的东西。对她来说，爱情是一个长做不醒的梦。在明月之夜，向阳河边，她已头脑发昏，神志在拙劣回忆中挣扎消融。这夜的痛苦是需尽心尽力对付的煎熬、一种神秘的预知力，无声地隐入月夜的灰暗之中，仿佛传递着一种奇特的伤感。

从来没有人把爱关在门外。世界上没有一所监狱是爱不能撞开其大门的。

法哲从界平的背后走过。

法哲上了向阳桥上，月亮明净而清爽地悬在天空。世界真干净，月亮真干净，贝地真干净，爱情真干净。

界平一直坐着，处于一种奇怪的疲惫状态，时而倾听飞舞的风息，时而什么也不想。今年夏日有个周末，她午睡了三个小时，梦中和高顿游历了三个小时。他们一起登北山，一起下海，还一起在向阳桥上看河。浪花飞溅、洁白如雪，两人在河水的滔滔声里缠绵……回想旧梦，界平突然感到孱弱不堪，晕眩，困顿得要命。界平起身准备回宾馆。她站起来，远远地向桥上望去。她突然看到了高顿，对，是高顿站在栏杆前，在悠悠地望着中天的月亮。他果然来了，二十四年后的十二月六日，他果然来赴他的承诺了。"高顿！高顿！"界平在心里呼唤着，急忙向桥上跑去，脚下碎石杂沓，她被绊倒了，摔到石头上，额头渗出了血线，手紧紧地撑着石头，手掌撑破了皮，指缝里抓了些绿苔。她爬起来急急地追上桥面。

桥上已没有了高顿。

"难道是幻觉？不，绝不是！"

世上只有一种流派，就是幻想派。她焦急地四处张望，东方的路灯下，竟然走着的就是高顿。界平不顾一切地边跑边喊："高顿，高顿……"

法哲转过身来，界平毫不犹豫地扑到了他的怀里，又惊又喜地紧紧抱住了她等待了太久太久的男人。

"高顿……"界平在法哲的肩头呜呜地哭着。

"洪院长，我是法哲！"法哲本能地照顾这个女人，纯属怜悯她病态的痴情。

一个不敢喊却无意中喊了无数次的名字，将她所熟知的身影从虚幻的夜影中拉出来。界平趴在肩头不敢动了，仿佛在试探自己是不是做梦。怎么可能，十二月六日，在向阳桥上，她和高顿二十四年前就约好的，怎么成了法哲？

"您的头受伤了。"

"受伤的何止是头。"

"我能做什么？"

"告诉我，你是谁？"

"我……应该是我。"

界平再次认错了人。人生在世真正拥有的东西不是幸福而是忧伤。她的眼睛像星星一般闪亮，看着法哲的时候，再次湿润了。

界平尴尬地站在路灯下，不知道怎么办好，感觉灵魂有自己的秘密需要袒露。每个人身上都有天堂和地狱。她觉得风声把时间切成了细微的痛苦，每一丝痛苦都激烈得难以忍受。

额头的血继续往外渗着，法哲到药店买了创可贴贴在了伤口处。

远处传来轮船呜呜的鸣笛声，哀愁得就像大海干枯了似的。树的阴影黑黑地铺展在月色银亮的草皮上，街道那些叫人感伤的灯光，无精打采地颤动着，装模作样地显露它们惯常的魅力。

一再被洪院长当成情人似的拥抱，法哲说不清内心的感觉，把握不住那份荡漾的甜蜜或酸楚。真有那么像的人吗？那人真的那么让她着迷吗？被洪院长拥抱，被她关爱，法哲竟然也飘飘然起来。毕竟她是设计专家，是副院长，是白鹭市的玫瑰。她身上有一种使人着迷的东西，类似兰花的韵味，甚至连看她一眼也是一种享受。他感激上天让他们交织在一起，知道她的秘密越多就越想知道，产生了一种越喂越饿的饥饿感。法哲感觉内心涌动着什么，但又不知道是什么情愫，是甜蜜？是痛苦？是无奈还是无聊？

显然，所有的言辞都表达不了瞬间的感觉，那种默契的、心领神会的感觉。可是丝丝缕缕的隐痛依然存在，就跟明明知道而又一时记不起来的诗句，会隐隐约约闪现着情感一样。

界平回宾馆了，法哲走向了回家的路。可他没有回家，连他自己也不清楚为何站在树的后面，静静望着界平的房间。灯亮了，拉上了窗帘，她可能在洗澡，灯关了，她睡了。只是为了朝那个窗口张望，看窗口的杜仲树叶，没完没了地翻跟斗。他把好奇当作一种审美。今晚他很讨厌自己，很想变成另一个人。

法哲回到家时已快三点了，怎么也睡不着，他一遍遍回忆着界平扑到怀里的感觉，那么热烈，那么激情，那么不顾一切。

当一种温情向另一种温情过渡的时候，从一种简单的温情向特殊的温情蔓延的时候，法哲没意识到应该遏制住自己。

界平洗完澡，浴室里充斥着乳白色的雾气，镜面上结着一层朦胧。界平用毛巾擦掉玻璃上的水珠，镜中映出一位身穿白色浴袍、头上包着白色浴巾的美女。界平轻轻抚摸着潮红的脸。"我是美女院长……设计院里的女一号……白鹭玫瑰……可我是个失恋的寡妇……被抛弃的烈属……清高、虚荣，想淫荡而不敢的女人……我是被强暴的女人……更年期将至的女人……高顿，你再不来，我就老了……"

电话响了，是设计院一位高主任打来的。这位高主任非常虚伪，总是当着许多人请示上级问题，大声地讲电话，伪造他与领导的关系多么铁，以便对其他人狐假虎威。这次也不例外，界平听出酒桌上的碰杯声和说笑声，匆匆就某个设计问题讲了几句，挂断了电话。界平突然感觉好饿，胃肠抗议地叫嚣着。她不得不抱着一副空肚子，爬到床上，枕着疲惫睡着了。

清晨，法哲以会同学为由，快速起床，妈妈坚持要他吃了早餐再出门。他冲进厨房，快速地喝完一杯奶，仿佛有人和他抢似的。对妈妈的感觉，孩提时代那股热烈的感情早已换成了微妙的迁就和博大的容忍。

法哲像有老虎追赶似的快速地赶往宾馆。黎明的烟灰色越来越淡，街道苏醒了，失去了朦胧的魅力。法哲用新鲜的、怀着爱意的目光注视街道上的一切。当远远看到幽静的宾馆大楼时，他多情地意识到，能见到洪院长是多么快乐的事情。才六点过五分，洪院长肯定还没起床。这样匆忙赶来又是为何呢？他检点自己的行为，显然，情感有些发烧。兴奋得像报晓的公鸡，有说不出的愉快。

昨晚，当法哲陪着界平回到宾馆时，早就被站在窗口的张薇看到了。张薇和妈妈大吵一架后，得知妈妈果然去了贝地城，而法哲在前一天也回了贝地城。她不怀疑法哲的真诚，但她信不过谎言连篇的妈妈。她当即买了车票，赶到宾馆时，第一眼就看到了妈妈的车子。

敢于行动、勇于冒险是张薇的特点。在她涉世未深的眼里，容不下疑惑和朦胧。凡事必须弄个一清二楚，当然，她也会为这一清二楚的个性吃大亏。阳光里的赤橙黄绿青蓝紫是不容分清的。真分清了，也未必那么美、那么可爱。人本来微若尘埃，家庭里相互关照。可张薇感觉自己长大了，已是一只羽毛丰满的小鸟，离巢之后便会拥有整个蓝天。

张薇不知道妈妈去了哪里，也不知道法哲在忙什么。她只想了解妈妈是否和法哲在一起。她守候到了他们，也看到了法哲站在树后仰望妈妈窗口的样子。他们都度过了一个不是滋味的夜晚。这偷窥就是生活的偷窥，张薇变得更加绝望了，在普通的绝望之上，又新添了一种特殊的可怕的东西。在失意人的眼里，世界本是无情的、残酷的。

生到世间没人知道为了什么，人们必须甘自屈辱，学会享受清冷寂寥失败痛苦的美妙。

妈妈是荡妇，法哲也不是好东西！理想破灭了，爱情粉碎了。世界原来如此肮脏不堪。张薇绝不原谅他们，但揭露他们又没有什么乐趣。让妈妈或法哲难堪，自己也会心痛。丑恶始终让她讨厌，但丑恶却给她一种生存的真实感。周围充满了诈术、背叛和贪婪，似乎反能证明他们对人生的诚实。

张薇第一次闯入了人生黑暗的禁道。他们卑劣的行径激发了她前进的勇气，无论如何，这仍是人生啊。她当即决定去美国留学。之前还因舍不得妈妈和法哲而迟迟未做决定，现实给了她坚实的一棍，使她溃败如泥。

法哲徘徊在宾馆前的院子里，他很想打电话问问洪院长睡得好吗，是否吃过药了。可他不敢打扰她。椭圆形水池里风波颤颤，楼的光影在水潭中摇曳着化成了碎片。法哲焦急不安地等待着，却惊喜地收到了洪院长的信息，问他今天是否回白鹭市，如果回，可以搭她的车。

似乎真的万事如意！十分钟后，法哲陪洪院长到餐厅吃了早餐，他如经验不足的新郎，满脸羞红地瞥了界平一眼。小时过得像分钟一样快，分钟过得像小时一样充实。

法哲到洪院长房间提行李，帮着办理退房手续。三楼窗口的张薇看到法哲将妈妈的行李放进后备厢，两人说说笑笑地坐进车里，启动车子，掉转车头，驶出了宾馆，驶上了张薇心碎的大道。

张薇带着痛苦和蔑视的心情，回顾这一天一夜的生活，相信自己是这场噩梦的牺牲品。

她像做了个梦，不慎踏空了，跌入万丈深渊。然而现实比梦更生硬，跌得也更疼。她固执地以为，人世不过是一座监狱，而亲情正是那冰冷的一条条铁栏杆。总有几个时候，像今夜，世界看来也不过房间那么大，而且充满了恐怖气息。

文文的世界却不是一个地球能容纳的，如果高兴，想象的翅膀可以扇动银河系。烫伤的孩子爱玩火。一向悠闲自在的文文被内心的焦灼烧得像炽热的炭火，呼出的气体带着烈焰的温度。照片已给张薇看过了，可生活依然如常，不见风雨，不闻雷鸣。文文给法哲打电话，请他和张薇去看"美在白鹭"大型晚会，许多影视明星、港台和海外歌星将登台表演，门票十分抢手。文文以为一向喜欢娱乐的法哲会毫不犹豫地接受她的邀请，在全场狂啸中，自己的热情肯定能盖过冷漠的张薇，自己张扬的美肯定能压过张薇的呆板……可法哲说有事，淡淡地拒绝了，甚至连句谢谢都没有。文文觉得这种拒绝，比起当面斥责还要危险，不由得感到一种无名的畏惧。不撒谎就是诗，她倒希望法哲对她撒一次谎，那种虚拟的爱情挑逗使她高兴，她宁愿屈服于邪恶的诱惑。

被爱的痛苦追逐，像特务被追杀、跟踪的感觉一样刺激着文文。她得像爸爸一样，只能胜利，不能失败。总是拒绝别人的文文不得不习惯被法哲拒绝。法哲像一颗挂在枝头的香梨，摇摇晃晃，引诱着文文，却又嘲笑着文文，有种莫名的失意、烟灰般无奈。妈妈亲自下厨做了文文爱吃的蟹黄包，当香喷喷的艺术品似的蟹黄包端上桌时，任妈妈怎么叫，文文都是生硬地回道："不饿，不吃！"

吹打在玻璃上不安的树叶，酷像文文徒劳的决心和狂乱的恼恨。

女儿的坏脾气像北方的冬天，雨雪交加、地冻天寒。女孩情绪不稳，多半为情所困，但不知哪个傻小子让女儿心烦。

文文焦急地踱着步子，在房间里徘徊，她觉得人生从没这样糟糕过。她无法把法哲的影子从身边赶走，更不能把他从心里驱除。生活中一些必不可少的习惯，对文文来说都不复存在，她失去了时间观念，窗纱华丽地飘荡着，仿佛有什么喜庆的事似的。文文一把扯开窗纱，生硬地塞进窗钩里，风仿佛再也不敢进来了。

爱情是文文真正的激情，与其他形式的爱相比，就像把红酒与洗碗水相比一样。她的房间华丽，陈设温馨，如果法哲在，一切似乎还有意义。她宁愿与他颠鸾倒凤、色授魂予，哪怕仅有一天，今生足以。在法哲湿汗涔涔的额头上，在他期期艾艾的嘴唇上，还有那清亮的瞳仁里，文文定能胜过世上所有女人。她觉得自己有潘金莲的所有潜质，他们的爱情像醉鬼见了烈酒一样，永远新鲜如草莓。

伴随着父亲官职的上升，成长在副市长的家庭里，文文见多了那些蜜蜂般围着爸爸转的人，阿谀奉承、鞠躬尽瘁。无论年龄大小、职位高低，进得这家门，哪能不把身段放得卑微，哪能不把媚笑拉得灿烂？文文领受着却也鄙视着，她瞧不起他们的软骨，也漠视着他们的尊严，仿佛他们不配做朋友，而是奴隶。时间久了，她自然感觉自己是贵族，是高等血统的后代。爸爸的脸像严霜凝结在草地上，无论对客人还是对妈妈，都一副太平间的表情。文文不会想到，也许想到了也不想承认，她的爸爸对上级也阿谀奉承、低眉垂眼。

对比这些男女，法哲的自信、清高、冷漠和阳光般的微笑钻石般珍贵。社会自然分了三六九等，她的贵族血脉配合着法哲的清纯、刚强和阳光，必是最佳的组合。法哲一旦和文文在一起，副市长先生自然会给他指明一条通向光明未来的高速大道。

　　暗恋的生活苦不堪言又妙不可言。有生以来，文文还是头一回玩味，头一回奴隶般地伏就，头一回魂不守舍地迷失。就像沉入绮梦，千丝万缕，缠在里面无法自拔。为了安慰自己，文文思想上又转了一次不知转过多少次的圈子，到头来还是那样恼怒，她不禁对自己感到害怕，害怕对法哲毫无对策。她不顾死活的妒意一转眼变成了不顾死活的狂恋，她打开手机里法哲的照片，贴在脸上，热泪盈眶。

　　爸爸这种人做丈夫，没有爱情的热度，没有激情，甚至吃了兴奋药也会自制着。除了官场的得意，作为生活里的丈夫似乎没有生命力，没有爱情的创造力。世界上最可怕的是厌倦，爸爸妈妈的关系就像一对习惯了对方的老鸟，视激情是生活的异类。只有在升职时，两人情有所盼，心如捣蒜，才喜上眉梢，五官灿烂。

　　文文觉得自己的存在仅仅是他们生育能力的证明，仅仅是爸妈结过婚的证据。文文也曾想如果自己是个男孩，爸爸和妈妈是不是更兴奋、更关注，会不会给她规划更美好的前程？而现在，她像爸爸衬衫上的一枚纽扣似的无足轻重。女人的娇媚可以出神入化，无迹可循，让男人欲罢不能。而妈妈却活得像台机器，定期工作，定期休养，吃得好、穿得好、养得好，像没有欲望的中性人。审判他们可不是自己的事。文文仿佛在家具店购买食物似的，颠来倒去地堆砌词语。

　　文文的电话响了，是电视台主持人绿茶打来的，他问文文去不去看演出。绿茶是和文文联系最多的儿时伙伴。联系多并不等于关系好。在那个一同长大的充满虚情假意的城市，存在过的关系就有无形的价值。绿茶深知主持人这行当的艰难，如果没有坚实的关系网，很容易被后起之秀代替。作为一名主持人，舞台就是饭碗，失去了主持的职业，就像农民失去耕地。可是最近有几位女生，莫名其妙地握起了主要节目的麦克风，显然，陪睡的高效，上位也很迅速。这让绿茶心生恐慌。

　　世人是自愿走向祭坛的。绿茶每周都要给文文打电话，夯实一种关系基础，像结网的蜘蛛似的，用细微的丝线，筑牢和陈副市长的关系，借以光大自己的存在背景。

　　无聊和庸俗是二十一世纪无法解释的两件事。

绿茶问文文看没看他做的专题，是关于贝地城历史的。今后，他将把全省大中城市的文化专题全做一遍。他滔滔不绝地说，文文把电话放到一边，根本不想听。文文在想着自己的心事，怎么能抓住法哲的心呢？怎么能让他深深地爱上自己呢？对了，做儿时伙伴们的专题节目！文文建议绿茶做他们儿时伙伴的专题节目，拍个电影短片，以纪念他们的成长史。绿茶当即夸文文的创意好，适合当电视台台长，他将立即着手这个选题，一定会非常出彩，也会非常感人。赞美也是有时效性的，绿茶的赞美像薰衣的香水，弥漫到文文的灵魂深处。

托词也好，真情也罢，藏在底下的谎话统统以诚实而坦率的气息蒸发出来，达到了美妙的目的。

只要脸皮厚，总会得意的。

留下童年印记的贝地城是一个诱人的城市，具有来世的一切魅力。绿茶设想得周密严谨，只要这个专题让文文满意，让副市长高兴，那接近副市长的想法就又近了一步。有副市长做后台，不要说当一个普通的主持人，就是当主任或当个台长都是可能的。进出电视台，需要政治人的庇护，就像冬天需要帽子一样。

与绿茶聊了半天成长短片的事，文文的心情比刚才晴朗多了。再高明的医生，轮到自己生重病时，手都会抖。她明白绿茶的意图，就像明白蚊子为何围着人飞一样，她说不出有多么可怜他，可这怜悯也像空气一样不值钱。

没有专注力的人生，仿佛睁大眼睛什么也看不见。文文从书橱里拿出影集，坐在沙发里，一张张欣赏着儿时的照片。有妈妈抱着照的，有爸爸拉着手照的，终于找到了这张照片，背景是儿时的大杂院，她在蔷薇花前，法哲作怪地将头伸进镜头里。

不知羞耻地索取，毫无感激地接受——典型的官二代的特点。人们或者屈从于你，或者放弃你，没有别的选择。文文很想大吵一架，她久久地望着这张照片，似乎望到了八十岁的生活，他们将这样一起笑着。她觉得他近在咫尺，一个眼神就能让她放弃所有的原则，一个热吻就会把她全部生命带走。

文文将妈妈放在桌上的蟹黄包向卧在门口哈士奇扔去，雪白的狗儿张口接住了包子，瞬间吞了下去，不知感恩的眼睛贪婪地盯着盘子。文文跑过去，搂着狗脖子，亲吻着毛茸茸的头。文文仿佛亲吻着法哲。如果法哲也能伸出舌头舔她的脸该多好！

又一个失望的"十二月六日"。界平开始期盼着明年的这一天。没有等待过的人，理解不了漫长的概念。漫长就是望着秒针没完没了地转圈。

不知是因为法哲坐在车上，还是因为其他，拐弯儿时差点撞倒一位遛狗的老人，过十字路口时，又闯了红灯，更可笑的是，在相当熟悉的主干路上，两次跑错了方向。虚荣心是知识分子佩戴的一朵优雅的花，简单的生活，深刻的思想——今天似乎一样也做不到。

界平和法哲终于驶出了贝地城，驶向了高速公路。阳光明媚、视野开阔，两人的心情异常的轻松自在，还有点说不出的小兴奋。他们聊建筑，古代的、现代的、中国的、外国的，似乎有说不完的话题。界平看法哲忽远忽近，远则像天边，像梦里，像失去的青春岁月，像那个让自己心碎的男人；而近则像个大孩子，像自己的下一代。如果有高顿的孩子该多好，如果那个孩子没死该多幸福。人生就是这样，总是失去最珍贵的。

法哲看界平，起初是崇拜的设计专家，而现在有那么一点点痉挛的感觉，似乎想和她黏在一起，想这样守在身边，感受她的亲切、她的智慧，甚至她的微笑。

最卑下的动机、最低级的欲望、最世俗的激情，对迷醉的法哲来说都成了至高无上的条规。他像一头跑进屠宰场到处乱撞的牛。无论谈什么话题，心情都像喝了葡萄酒般地摇曳起来。有多少颗心就有多少种冲动。成为天下最幸福的人，或最不幸的人，完全取决于自己，取决于如何控制这躁动的情绪。一些模糊而令人渴望的幻想盘桓在心中。他希望路再长些，车子开得再慢些。和界平在一起，大脑像上了油的轴承，异常灵活，口才滔滔，逗得界平哈哈大笑。他讲了崔总的笑话：崔总和同事们一起喝酒，庆祝拿下了南河桥建设的合同。同事们你一杯我一杯地敬他，他渐渐就喝多了，同事们打出租把他送回家，他却坐在出租车的副驾驶上，焦急地招手站在车外的同事，邀请同事们到家里坐坐。把出租车当成家是崔总的酒后创意。

界平笑得眼泪都流出来了，一阵无疑是自我毁灭的震颤传遍了肌肤，向外溢展，突然使情绪暗淡下来。事实上，有些语言太过晦涩，没法看透暗藏的机密。人和人之间潜伏着微妙的、难以言传的东西，原来一个人对另一个人可以有这样的威力，原来一切如此轻易地就被完全颠倒了，变得面目全非，他一再让她错乱。她要赶走这个孩子，他是个孩子，是个危险的孩子。

爱的快乐就是思想的快乐。

界平打开了车载音箱，贝多芬的《月光曲》小溪般潺潺流出。这是界平最喜欢的音乐，节奏缓慢平和，像躺在湖心船上静静地望着满天的繁星，又像在寂静的深山里，倾听泉水自岩石间汩汩涌出。

"这曲子真美，梦游似的。"

"我第一次听这曲子时，也是这感觉。我以为是在做梦，醒来时，楼上的窗口飘着这首乐曲，寻找了好久，才知道叫《月光曲》，贝多芬的。"

"我这习惯于流言蜚语的耳朵，听这还真洗脑。"

"听到什么流言蜚语了？"

"我从来不信流言。"

"真高尚，但你还是听了。"

"都传您和崔总……"

"关于我的啊，那你可以再高尚一次……"

车驶进了服务区。阳光无意乱迷人眼，天空湛蓝，浮云如缕，真是好天气。法哲在洗手间长长的镜子里审视着自己，年轻帅气，他第一次享受自己的外表，第一次由衷地感谢父母赐予的好皮囊。这副模样却为洪院长打开了一个怜悯的源泉，竟然把她从孤独的流放中假释出来。界平夹在人群里向外走去，法哲静静望着她的背景，像吃了一枚青杏似的酸楚难忍。人活着得经受多少考验啊，他突然感觉很对不起张薇。

他们的车被前前后后乱停的车子给堵住了，根本出不来。界平焦急地望着人来人往的人群，希望那些司机们快些把车子开走。法哲暗喜，焦急已毫无用途，他建议界平到咖啡间去喝一杯。

界平看了一眼法哲，奇怪他怎么有喝一杯的想法。但又一想，这样干着急没用，与其傻等，不如休息一会儿。

他们坐在靠窗的座位上，有那么一瞬间，界平仿佛发现对面坐着的是高顿。心瞬间沉了下来，忧伤像浮云似的遮住了她的脸，内心涌起无限的自责和惭愧。激情可以达到千奇百怪的程度，她这大半生都是在用麻木与激情作对。法哲最多算是一只天真的云雀，和他在一起也许不必那么敏感。高顿——那次海南之行浮出水面，随后又消失了。她真想生他的气，可就是生不起来。她知道他爱她。每时每刻都爱。

法哲每次和她目光相遇，内心像火一样燃烧，仿佛身体像热气球似的飘起来。

今天如此不同凡响。

"洪院长，我和高顿很像吗？"

界平觉得法哲的话有点味道，像试探雷区，这是禁止的。她警惕地看了他一眼，想说却又没说。

"真荣幸！"

仁慈点吧，人生很长，别自落陷阱。界平的心思变得十分敏感，飘忽不定，就像天上的云，说来就来，说去就去。

这不是界平第一次和男同事喝咖啡。几年前，留美博士贾定突然约她晚上一起喝杯咖啡，这突然的约定让她飘忽了好几个小时，以为贾定对她有意。当然，任何一个有头脑的人，都会这样猜测。谁都知道贾定已有相恋八年的女朋友，三十四岁的他依然未婚。

精致打扮后，界平忐忑地赴了约会。入坐才一分钟，界平忐忑的神经就完全放松下来，差点因贾定世界末日般的表情而开怀大笑。原来贾定约界平出来，并非出于男女之情，而是因为主任在某项设计的预算上出现误差，贾博士纠正了主任的错误。因而怀疑主任对他打击报复，少给了他一百四十三元奖金。他找过主任，主任答应下月替他补齐，但贾博士却认为，他应该公开道歉，并辞去主任职务。

那位贾博士调走了，多年的研究室生活，让他与现实格格不入。那晚咖啡是AA制。

今天的咖啡也应该是AA制。

"小时候，妈妈带我去看白雪公主，我却对恶毒的皇后一见倾心……"法哲想讲个笑话，刚开了头，却又感觉说错了话，脸突地红了。他突然意识到，男女之间除了爱情，应该有更真挚的感情，那种纯真的忘年友谊。"如果你痛苦，我也痛苦，如果你流泪，我的双眼也会溢满泪水。"法哲没勇气说出来，但内心却为自己的心音感动着。

　　张薇办理了退房手续，坐上了开往白鹭市的长途汽车。

　　张薇坐在靠窗的位置，一路默默不语。透过玻璃窗望着一闪而过的风景，这一切与她的生活无关。当客车驶入隧道，车玻璃成了一面灰底的镜子，张薇看着镜子里苍白的自己，也夸张了她忧伤和惊恐的脸。玻璃窗上没落的样子，令她异常难过。自己太渺小，却觉得太重要。悲哀一下一下地敲打着她的窗，她却把门敞开，让悲哀堂堂正正进来。

　　当法哲和界平坐在窗前喝咖啡时，张薇的车也拐进了服务区，张薇透过车窗，第一时间发现了他们。张薇惊讶他们竟然如此有情调、如此亲密，她抽筋的世界观再次错乱如麻。阳光在车窗上一闪，张薇马上转过脸，怕他们发现她，好像偷情的是她，因而满脸羞愧，躲躲藏藏。张薇感觉重要的东西不重要了，高贵的品质、修养、亲情、博学和仁慈统统成了玩笑，成了教育别人的道具。在绝对的孤独中，她不得不承负难以忍受的羞耻和悔恨。生活是一场盛大的游戏，张薇觉得自己成了游戏里一个没有筹码可输的英雄。

　　如果说法哲和妈妈在贝地城的相遇仅仅是一种巧合，那么能悠闲地坐在这里喝咖啡，就足以打碎自己所有的宽容。是不是当面指证他们，或像突然遇到似的打招呼，让他们窘态十足、丑态败露？不，那是妈妈！

　　他们的行为改变了张薇所呼吸的空气、所喝的水的味道，他们一个太卑鄙，一个太恶心。

　　减了压的乘客陆续回来了，几位买了水果或黄瓜的乘客站在车边吃着，仿佛张嘴就是为了吃似的。司机鸣笛，乘客都上车，客车也像放了水的乘客一样轻松愉快地驶出了服务区。张薇的心越来越沉重，在驶离服务区的瞬间，她盯着那个窗口，妈妈和法哲依然欢笑地品着咖啡、品着淫荡、品着恶毒。

　　"他们想怎样？"张薇狂乱地猜测着，尽往悲观一面想，越想越悲催，"法哲玩弄了我们母女，这个混蛋！"张薇强制着不流泪，生怕那种疯狂可怕、荒谬可笑、令人怜悯的激动，使她浑身瘫痪。张薇执迷地泡在回忆里，失败没有未来，时间已经停摆。她宁愿出车祸，无论葬身火海，还是翻身桥下，就此和这个世界告别。

坐在张薇身后的一对中年妇女，眼睛到处窥探，舌头喋喋不休，一路狂谈婆婆的不好、小姑子的不仁不义、同事的狭隘奸诈……人生多奇怪啊，如此邪恶的世界上，还有什么美好值得追求。她们的谈话正好成了张薇忧伤情绪的背景。她凝视着自己的掌心，试图洞见另一种人生，另一种平衡的人生。不管伟大的人还是渺小的人，除了用自己毁灭自己之外，没有人能毁灭它。张薇决定活得光鲜而自在，要向他们两人昭示，他们是垃圾、是废品，不是他们弃绝了她，而是她弃绝了他们。

在法哲的请求下，界平聊起了高顿，二十多年来，界平第一次向人谈起这段往事，更是第一次泄露心底的秘密。她也奇怪，怎么会如此轻易地就将尘封了那么久的心事倾吐给一个年轻人，也许仅仅因为长得像，也许因为尘封得太久。爱使人成为奴隶，界平知道这是事实，但界平也明白如果没有爱，她将在生命的隧道中摸索，永远见不到阳光。

"你和他非常像，任何见过高顿的人，在看到你的第一眼，一定会以为是高顿。你们微笑的样子，甚至举手投足的动作，都极为神似。"界平停了停，仿佛在审视他的五官，在近距离寻找他们的区别之处，也许大脑走神了，好久没发言。她端着咖啡，咖啡杯触到嘴唇，却没喝。法哲暗自紧张，怕因为自己哪个地方不像高顿，而损害了洪院长的感觉。他像猫似的悄悄待着，轻轻呼吸，透过咖啡的香味，向着回忆的小窗口窥视，暗自窃取了一阵甘美甜蜜的亢奋。

"他是非常智慧的人，武功高强……他创造着奇迹和传说……用一句格言概括一场战争，用一句警句概括……"界平突然不说了，法哲静静等着，等着她把故事像挤牙膏似的一点点挤出来。

"你知道美国的海豹突击队员吗?"

"特种部队。我也差点儿成了特种兵。做了很多测试，终因很小的原因没能录取。"

界平突然体会到第一次驾驶汽车似的新奇，静静看着法哲。"你有种硬汉特质。"

"是表扬吗，我会牢记的。"

"那就不是硬汉了。"

"他是吗？"

"与你无关。"

"什么与我有关？"

"你的这杯咖啡与你有关。"

界平突然想起了什么往事，沉思着。拒绝谈论高顿，就是自己对自己撒弥天大谎，无异于否定灵魂。但灵魂满满的，不但有她的灵魂，还保存着妹妹的灵魂。

界平转向窗外，突然发现堵她车子的司机正在启动车子，她放下咖啡杯。"走吧，车可以出去了。"

界平率先站了起来，她突然肚子像被针扎了似的尖锐地刺痛了，痛得她眉头紧皱。法哲在超市门口处买了两个青绿的苹果，像翡翠。

界平忐忑地坐进车里，仿佛在感受肚子里的异常，想弄明白那间歇的疼痛是怎么回事。因为法哲，她不好将手放在肚子上，可肚子里阵阵绞痛，像盘着一条毒蛇。当然与青苹果无关，法哲的苹果没给她带来半点胃口。她启动了车子，驶出了服务区。那青苹果成了车子里的装饰，直到慢慢腐烂，几天后，被崔总扔进垃圾箱里。

车子飞速跑着。法哲发现界平脸色苍白，额头上竟然渗出了细汗。

"您怎么了？"

界平突然眼前一黑，车子冲向高速护栏，卡在了路边。

法哲被这突发事故吓坏了，打开驾驶室的门，抱起昏迷的界平放在副驾驶上，系好安全带，启动撞坏了车灯的车子，飞也似的向白鹭市奔去。那是最近的城市，足有八十公里。

彩虹般的血液在界平的心里汹涌，她像一个游泳运动员，潜伏在血红的大海里。她时而能听到法哲说话，时而又听不到。在血红的海洋里，她不再是自己的主宰者，不再是自己灵魂的船长了。

人们在暗室里做过的事，过一段时间后，就会被人从楼顶上高声喊出来。波斯人说睡眠像一朵玫瑰，界平正在奇特的玫瑰园里打盹，朦胧中思索着今天的破碎是哪次震动的因果。

"求你，可别死啊！"

可界平像死人似的没有一点反应。

法哲感觉自己快急哭了。速度已开到了一百九十五公里，可白鹭市依然遥远！

法哲发疯似的左突右挤，一路鸣笛，箭一般往前狂奔。再没有比看到一个朋友突然昏迷更凶狠无情的了。灰色的高速公路无情无义地向前延伸，阳光嘲笑般地闪着光点，耀得人眼迷离，仿佛考验法哲的耐性似的。人们试图去购买金钱买不到的东西，苍天试图夺走人们仅存的生命……

下了高速，直奔医院。界平血压极低，呼吸微弱，医护人员快速为界平输了液体，吸上了氧，接上了心电监护仪，被推到CT室。病人输卵管破裂，大出血，必须马上做手术，刻不容缓！

"马上？"法哲一时没明白是怎么回事，追问着医生，"要我做什么？"

"要想救你妈，快签字！"

法哲感觉脑子不够用的，像坐落在一个被炮火轰炸过的废墟里，景物凄凉，城市破败，一切都肮脏、破裂、死气沉沉。痛苦是模糊的、黑暗的、醇厚的，且具有永久的品性。他晕头转向。处男暴露的无知，让世人笑破肚皮。在现实面前，这种人免不了要精神崩溃。

有时候喜剧的缘由和真理的缘由是相同的。

"医生，我不是她儿子！"

"那就快让她丈夫来！"

"来不了，去世好多年了！"

医生不知说什么好了，双手掐着腰，盯着法哲，好像法哲的脸是电视屏幕似的。"看来，你也不知道谁让她怀孕了？"

"怎么可能？她是寡妇！"

"寡妇不能怀孕吗，先生？胚胎破裂，大出血！她有什么亲人，快找来签字！"

法哲成了迷茫、慌乱又弱智的硬汉了。他只知道她是寡妇，听说有个女儿，可不知道她女儿的电话。这可怎么办呢？法哲快急疯了……监护仪上，血压的指数依然在往下滑，鲜血快速地往里灌着。瞬间，法哲觉得医院、医生和还有这长长的走廊、手术推车都极其肮脏、破败、悲催。

他突然想起了崔总，可崔总在工地，最快的速度赶到医院也得五十分钟。崔总要法哲签字，救命要紧。

法哲沉重而神圣地在手术合同和麻醉合同上签了字。生平，他第一次签属生命攸关的文书，握着笔的手指不停地颤抖，仿佛那不是笔，而是一颗随时会爆炸的炸弹。

只有一种景色是完美的，那就是心地纯洁，而世间所有景色不过是粗制滥造的复制品。他写的字是纯洁的，正在为挽救一个生命而担当着只有亲属才会担当的责任。像命定似的，这责任来得恰如其时，既不稍前，也不稍后。

法哲乞求地望着气冲冲的主治医生和一群实习医生。他觉得他们每个人都是上帝，都是太阳，恨不得给他们跪下。可他们根本不在意他的殷切，像漠视一副输液架似的漠视他的存在。

界平被推进了手术室，法哲像战败的士兵似的瘫坐在大厅的椅子上，这时才细细回味医生说的话。

"怀孕……宫外孕……"有关这一话题的所有意向刺痛了他，虽他的每一个毛孔都散发着宽容，但仁慈是有限的，正如太阳光也是有限的。

法哲感觉像生吃了癞蛤蟆似的恶心，如果说天使怀孕他信，可洪院长怀孕，他不相信。现实重重地击了他一棍，不但怀孕，还宫外孕、大出血。老天真幽默！

"会是谁？"法哲掉进问题的陷阱里，"难道是崔总？或者是设计院里的男人？"

法哲感到一阵哽咽，却捯不出气来，憋得异常难受。他始终把洪院长看作是品格高尚的人，而这个品格高尚的样板，却有了贪淫好色的证据。如果不是亲历了整个过程，法哲还不会这么难过、这么焦灼。他惊慌地倒抽一口冷气。时间一秒秒地退去，法哲看到了自己灵魂深处的好恶，不得不陷入自己制造沉默、孤独、羞辱的混乱之中，承受肉体的羞辱和灵魂的刺痛。

二十

　　张薇出了车站，行走在白鹭湖边，阳光清澈，乱迷人眼，湖水粼粼，闪闪似泪。张薇正好遇到逃课的四个同学，他们是去车站接老乡的。同学们提议去喝一杯。张薇心情复杂，无心假装笑脸，便没坐他们的车。

　　喝一杯的建议不错。张薇转身进了酒吧，要了瓶白酒，像喝水似的坐在靠湖的窗口，边喝边望着湖光。其实她望到的都是悲伤。她想哭，却没有哭的地方，她想骂，却又不知道该骂谁。爱情是剪不断、斩不绝的，但她希望忽视它、搞乱它，并永远从心中挖掉。多变的生活驱使她寻找一种新的自我认知的方式，她必须把自己从怨天尤人的痛苦中解放出来。只要心中有爱，那么，即使冬天在冰冷的草丛中安睡，也毫不在乎。然而，爱被践踏了、出卖了、污染了。她不想清算，清算反承认了他们的存在，她只想冷漠地离开，让自己背离的行径，成为他们良心永远的刺。

　　酒让她那双漂亮的眼睛变得朦朦胧胧、迷离恍惚了，她疯狂地追踪妈妈和法哲不忠实的苗头，嗅迹那么细微，实际上很难确信那就是证据。酒使她产生了狂暴的绝望、无力的暴怒、痛恨的侮蔑和高声哭泣的怨恨。道德无法帮助她，它们逼迫她成了反道德论者。她坐在那儿，脸上洋溢着恼人的红光。

　　一个很高很瘦，留着一头卷发的男子微笑着问张薇："美女，这里有人吗？"

　　"有人。"张薇的心咚咚敲着，坏男人这个名词还是很恐怖的。

　　"我观察好久了，没发现有人陪你。"

　　张薇刚想说话，手机响了，是班主任打来的。"看……陪我的人到了。"

那男子微笑着很绅士地走了。张薇边讲电话，目光尾随着男子的背影消失在拐角处。

上菜的漂亮服务生告诉张薇，那男子是坏种，几年前因试图强暴一位妇女，被切掉了蛋蛋。现在是专营皮条生意的太监——专门盯梢独自喝酒的妙龄女孩。

张薇的酒醒了大半，仿佛他那微笑的询问、礼貌的态度都有着动画片中毒蛇的影子。"好险！差点儿被系在皮条的这端上！"

压惊用酒。她猛地灌下了一大口，再灌下一口……接到崔总的电话时，她前面的瓶子已空了。酒吧里涂满了香槟色，服务生个个漂亮帅气，来来往往的非常殷勤和善，像丁香花、像桂花、像蔷薇或茉莉，像一切芬芳的植物。而独她，像野生的茭芨草。连法哲都被妈妈抢走了！妈妈生来有林下风度，性情高傲孤僻，从不示人。原来她和法哲鹊桥有路，红楼飘香，所以才过着碧海青天的日子。

"张薇，马上去医院，你妈出事了！"崔总的口气像天塌下来了似的。

"崔叔叔，喝高了吧！她正和小情人在高速上喝咖啡呢！"

"喝咖啡喝不成大出血，别胡言乱语。"

"胡言乱语的人刚走……"

挂断电话，张薇像做了个梦似的，分不清哪是梦话，哪是崔叔叔的话。贝地城和服务区发生的事，像烈性传染病，或像梦里的道具，没有办法控制，也无力避免，梦和现实混成了一团。

崔总赶到白鹭湖酒吧时，张薇瘫醉在桌子上，崔总架起她往外走，她又哭又笑，烂醉如泥。

崔总把张薇扶到副驾驶上，系好安全带，驱车去了医院。一路上，张薇睡得像注射了麻醉药似的深沉。人必须接受这样的事实，人们会因为做过的坏事受惩罚，也会因为做善事而受惩罚。

名誉和不名誉之间只有一步之遥，如果有这样一步的话。

有时人们自以为给自己的生活注满了欢乐，喝到嘴里才知是烈性毒药。

法哲像盼着救星似的终于盼到了崔总，他急忙把发病的过程交代了。法哲正说着时，手术室的门开了，界平被推了出来。输液和输血两条通路往静脉里灌着。她闭着眼睛，面色苍白、披头散发。她的酣眠使平淡的空气变得安宁，苍白的美丽使病房像日光下海滩似的简单、自然。悲哀和美是一对孪生姐妹，具有同样的意义。法哲以为她活不了，吓得目瞪口呆。他用手捂着脸，不禁扑簌簌地掉下泪来。他生来还从没流过这样炽热绝望的泪水。

崔总询问病人的情况，医生示意先安排好病人再解释。

医密像精神上的淋病，必须忠实于当事人，以免传染给别人。

法哲跟在手术车后面向病房走去，一种可怕的躁动使他的心飘浮不定。界平被推到了重症监护室。医生说失血太多，休克时间太长，能不能脱离危险要看血压恢复和其他生命特征的表现。因为右侧输卵管妊娠破裂，不得不切除了，左侧完好，不影响任何能力。

法哲听得糊里糊涂，崔总着急地咨询着医生，似乎有什么话难以说出口似的。"医生，病人是寡妇，如果传出去宫外孕肯定对她的声誉不好，能不能在病历上不写宫外孕？"

诚实成为人们负担不起的奢侈，而撒谎变成了一种美德，一种要常常练习的习惯。

"当然不行，就像说我不是男人一样，可不敢伪造。这样吧，我理解你们的感受，病历照样记录是宫外孕，但大家口头上只说是卵巢囊肿破裂，对来访的客人也说是卵巢囊肿破裂。"

崔总对医生千恩万谢，刚要转身，发现张薇醉意十足地倚在门框上，像倚门卖笑的妓女似的怪笑地看着他们。

法哲立刻抓住张薇的手，吃惊地问她怎么来这里。

张薇看也不看法哲，像甩掉手背上的苍蝇似的甩开了他的手。

"医生，我妈是什么病？"

"你妈？谁是你妈？"法哲焦急地摇晃着她的肩膀。

"她妈是洪院长！"崔总低声说着，非常不情愿似的。

法哲茫然看着崔总又看看张薇，仿佛这近距离的关系，却远在天边似的。他觉得自己像一个孩子，上学的第一天，坐在陌生的教室里，面对一群不熟悉的小伙伴，无助地想哭。

崔总用力往外拖张薇，可她猛地推开了他，抓住医生的胳膊，质问道："宫外孕？宫外孕是吗？"

法哲像被闷棍打昏了头似的，一时还不能从洪院长是岳母的推理中清醒过来。他拉着张薇就想向外走。"走吧，你喝多了！"

"你没喝多，却让她怀孕了！"张薇一巴掌打在法哲的脸上。

"你胡说什么？"

"难道医生也胡说！"

又瘦又高的医生见惯了病人家属的争吵，低头写着手术记录，胳膊上残留着橡胶手套上的白滑石粉，身上散发着手术室消毒液的特殊气息。生活在继续，医院不过是病人特殊的中转站。

当人们失去还没来得及尊重的东西时，脑子抽筋是难免的。最可怕的不在于撕碎了她的心，而是把心变成了石头。她似乎只有用嘲骂的嘴唇，才能把这一天挨过去。处在叛逆状态的她是不能接受现实的，反抗的情绪关闭了灵魂的通道。张薇痛哭流涕，她的哭骂泄露了内心无限的焦虑、悲惨和痛苦。这痛骂叫法哲灰心丧气、呻吟不止。

"我要杀了你……杀了你……"白酒让张薇乱梦颠倒、狂躁不安，恨不得想把医生也痛打一顿。

医生给张薇输了药液，在另一个房间安静地睡着了。

这突然的变故让法哲如坠云雾。关键时刻，他不知道自己是谁，更不知道如何面对混乱的局面，如何从呆傻中清醒过来。生活有无数诱惑，法哲一向能在关键时刻分清是非。初中时，班里的漂亮男生总是被语文老师留下写作文，传说中那长得像章鱼似的老师，特别善良，通过免费辅导，义务给男生进行了性知识教育。当法哲被垂恋时，女老师的手放在他的腿上，女老师的气息喷到他脸上。他大脑充血、身体发烫，但他果断地背起书包，打开门，仓皇而不知感恩地逃走了。洪院长生命垂危的威胁、张薇的错乱、宫外孕的怪事，使他陷入癫狂的无序状态，心脏歇斯底里地狂跳着，像那次仓皇出逃似的。

为何张薇以为罪魁祸首是自己呢？法哲非常痛苦。唯一的错误在于把自己晾晒在阳光照射的那一面，而忽视了有阴影的那一面。法哲羞辱、悲哀、痛苦，像行走在荆棘上似的。他守在张薇的床边，握着她的手，内心像暴风雪下的大草原。两天来，和洪院长密切接触，确实有了一种说不出的好感，一种甜蜜的温暖情绪。这情绪是罪恶的，是不应该的。法哲非常自责，非常惭愧。如今知道了洪院长就是张薇的妈妈，法哲又觉得冥冥中有一种缘分，这缘分的线让他在关键的时候守在洪院长身边。

创造悲哀的上帝总是比世人聪明。让洪院长怀孕的人难道不是崔总吗？男子汉就应该敢做敢当。法哲越想越生气，生崔总的气，生洪院长的气，似乎也生张薇的气。他对着高高挂起的输液器和滴答作响的监护仪，咬紧牙关，欲望中的所有恶魔都聚集到咯咯响的牙齿上。他想回忆从前那位文雅、高贵的洪院长，可怎么也记不起来，昨晚的相遇，仿佛也是非常遥远的事情。发生了什么？记忆怎么了？法哲混乱得像黄河水，越想越恨，他想暴打崔总一顿。他以流水线作业的效率肢解着崔总的生活，混淆了是非。

逝去的日子沉淀出冰冷的分量，足够打碎所有的梦想。

眼泪织成的雾显现出生活丑陋的一面，并把悲剧的庄严性和纯粹性融为一体。爱是世人丢失的秘籍，只有通过爱，才能找回自己。知道洪院长宫外孕的隐私，这是多尴尬的事情啊。崔总进来了，法哲生气地别过头去，像头犟驴。崔总像没看到他的脸色似的，坐在床边的凳子上。

"张薇为什么揍你？"

法哲放下张薇的手，站起来，走到窗前，仿佛距离崔总远些，才能拓展思维空间。

"她应该揍的是你吧？"

"我倒宁愿是我！"

"那是谁？"

"肯定是个男人。"

"为何不找几个人痛扁他一顿！"

"照顾好张薇，其他与你无关！"

"与张薇有关，就与我有关。"

"有关个狗屁！"

法哲气得眼睛瞪得像夜间的猫头鹰。

走廊里治疗车的声音扰乱了法哲的感觉，这些毫无意义的声音与生命到底有什么关系。

在黑洞的边缘，崔总无法前进也无法后退，似乎被永久地困在这里，洞察一切却无人诉说。这一瞬间拯救了崔总，他终于领悟到，他唯一能做的就是接受一切。人灵魂的终极本质，在许多方面都曾是自己的敌人。

崔总厌恶地在衣袋里摸出了烟和打火机，他刚点着烟，床上的张薇就呛咳了一声，似乎要侧翻身，法哲马上过来帮助她。张薇睁开了眼睛，迷惑地看着病房，看着法哲和崔总，似乎记起了些什么，又似乎把握不准。

崔总熄掉了香烟，握着张薇的手。"你妈妈病情很重，还没醒。"

"宫外孕！"张薇的泪水向耳边流去，盖在胸口的薄被也一起一伏的。显然她酒醒了不少。

"五十年大庆的那天，你妈妈出过事，还记得医生到家里给她看病吗……"

一个人不可能从荆棘里采出葡萄，从杂草里采出雪梨。"是他……"她哭着指着法哲，法哲站在床边，可不敢握她的手，也不敢辩解。他渴望自己的热情能渗透她，砸碎她结了冰的灵魂，驱赶心底的阴霾与寒冷，已经没有东西能温暖她的灵魂了。

"法哲仅仅长得像你妈妈初恋情人，你别胡猜！"

"她总玩小男生……连我的男朋友都不放过……"张薇激动地坐起来，带动的输液袋乱晃。

"你胡扯的技术登峰造极。"

"胡扯吗？我本不想怀疑她的名誉，可她根本毫无名誉感。"

"你是个被宠坏的孩子！"

"我不要这样的妈妈！"

"你还真不配做她的女儿！"

张薇显然被崔总的话气傻了，像笑又像哭地说："我是不配，我没她漂亮，可你们却都想睡她是吗？你们都睡了她是吗？"

她的血液里还残留着不少酒精分子。

崔总气得想打她一巴掌，被法哲拉住了。那愤怒的手掌热辣辣的像淬火的铁饼。他真想告诉张薇，界平为了抚养她，做了一位母亲能做的一切，为了不让张薇生活在后爸的手里，她拒绝了许多求婚者。

生活只是过程，不是结局，相信生活，哪怕奇迹发生。所有的仇恨都是反精神的，当人们被仇恨点燃，就像从五月的花园钻进黑暗的地道里。

张薇像被风雨蹂躏的丁香花，哆嗦成一团，额头上大颗大颗的汗珠像带有毒性的露水。法哲紧紧拥抱着张薇，两只受惊的鸟抱团取暖，相互慰藉。生活像光鲜的舞台，揭开幕布，丑陋的故事一个不少地发生着，不伦不类，而故事的结尾总是反高潮地讥讽着。

谁的靴子不沾着过往的泥浆，谁的眼里没流过咸涩的泪水。

"是哪个王八蛋……我要杀了他！"张薇痛哭不止。母爱是应该跪受的圣礼。

"杀他，何必你动手……不过得先知道他是谁。"

"他是谁……那该杀的是谁？"张薇的声音里有火药的怒气。

从昨天到今天，发生了多少可怕的事情啊。自己竟然对张薇的妈妈发生了温情，是的，是罪恶的温情。好在这一切及时阻断了，好在遏制了，不然，会滑入那可怕的泥潭。

他们都需要空间，需要安宁，需要慢慢消化长长的青春路程。

白鹭市睡了。人们眼中的白鹭市该有多么不同啊，一个没有夜之罪与昼之霞的白鹭、一座罪恶累累的城市。人们是否了解它的辉煌与耻辱，它黄金般耀眼的欢乐，和那灭绝人性的欲望，以及它在晨昏之间造就和毁灭的一切。崔总站在界平的病房里，透过窗子向外望着，他觉得他应该是勇士，是铁血的男人，应该为自己喜欢的女人报仇。那个差点儿葬送了界平生命的坏蛋正是李总。他已确定无疑地感觉到是他。上次在酒桌上遇到李总，他一脸讥笑地问什么时候能喝上喜酒，洪院长可是白鹭的牡丹花，喜欢的可不止十人八人。

"别让花儿等得太久，小心花蕊招虫子。"

男人的直觉也是无敌的，从李总调侃的口气、讥笑的眼神和得意的眉梢间，崔总嗅到了这个男人的恶毒。这条毒蛇！毒蛇！他应该去抹了他，至少狠狠地揍他一顿，或者把他关进监狱。谋杀跟宗教仪式一样，既需要祭师也需要祭品。要想把他关进监狱有的是手段，毕竟他的事业根本就是坑蒙拐骗起家的。上次他强制圈地，特意以车祸制造了一死一伤的惨剧，达到杀鸡吓猴的目的，逼迫住房搬迁。证据还保留在相关人的手里，死者的亲戚正好是崔总的战友。这证据一旦被揭穿，一系列的罪恶将像土豆似的给挖起来，足够李总在监狱里待二十年的。如果真有正义的公堂，那他的嘴就是李总的毒气室，足够置李总于死地。

精神要搏斗，肉体却滑走了。

人是活在自由的高台，还是站在桎梏内，完全取决于自己。

崔总回头看了看昏迷不醒的界平，又面向窗外。那里阳光明媚，空气清新，是一个不错的冬日。李总像一只毒蜘蛛，在白鹭市结下了巨大的网。如果招惹了他的毒性，遭殃的何止是自己，还可能涉及陈副市长，这步险棋可谓步步惊心。

姐夫陈副市长经常告诫他要低调、谦虚，千万别出头。一旦有了仇人，不用动刀枪，几封上访的信就足以让大半生的辛劳付之东流。近几年，许多省部级的干部因为小小的检举就轻易被摘了乌纱帽，换上了监狱服，不但自己进去，还像端掉老鼠窝似的，全家都被拉进了监狱。悲伤烫伤了他，忧愁是自私的，伤感也是。毕竟，这年头，在商和官组成的家族里，谁都不是纯粹的干净人。

在矛盾的铁链上，是矛还是盾，由不得自己。

人真是奇特物种，就像海市蜃楼，一会儿清澈透明，一会儿雾气朦胧。起了风，浮云突然盖满了天空，离奇的寂静笼罩着四周，一大群乌鸦无声无息地从枝头飞过。天说变就变。

人情如纸张张薄，世事如棋局局新。复仇的这局棋，军人出身的崔总还真没有了冲锋的豪气。他长叹一声，似乎把胸中积压的怨气全呼了出来。前几天姐姐又催问他和那位医生的恋情。姐姐希望家里有位当医生的弟媳，家人的健康就不用操心了。而那位医生很会讨姐姐欢心，花言巧语直达老姐的心窝窝。

现在崔总不知道该和谁结婚，为什么结婚。有人看好他的财产，有人看好他的社会关系，还有人看好他的身体，而唯独没有看好他的精神。一位大二女生在床上等待着他，她水嫩的肌肤、姣美的脸蛋和敢于贸易的天分，让他犹豫了很久。他还是丢下钱，转身离开了。他精神阳痿了，道德、品格、灵魂和责任，成了他床边的绊脚石。离开之后，他没觉得自己伟大或善良，反觉得自己异常肮脏，仿佛自己是一个小瘪三。这是那女生的第一次，要价一万。买卖双方，用灵魂签订了无字合同。这件事让崔总思索了很久，女人、家庭、社会、未来……最后，所有的指向竟然都是界平，尽管界平和这事没有一点儿关系。

睡处女有罪，睡妓女无罪，不知这是不是嫖客的道德？

为什么还要留在这里？喜欢过界平，却又不敢真刀真枪地帮她。面对正义，灵魂是一场缠绵不尽的挣扎。几年前在工地，月黑风急，他起身到工棚外尿尿，在尿膜的热气中，隐隐约约听到女人的呼救声，断断续续的，像被风吹散了似的。他提上裤子，向着挖土机掘开的土堆奔去，果然，两个男子正撕扯着一个女子的衣服。他瞬间跳下土坑，还没来得及站稳，就被人当胸捣了一拳。那晚，他保护了那女子，却被人揍得遍体鳞伤。两男子得知揍的是老板，当月的工资也没领就逃跑了。而那姑娘也悄悄回到老家，再也不敢到建筑队工作了。

英雄主义的豪气消失已好多年了，正义的自豪感不再光顾，也已好多年了。

今非昔比，悲哀的后面始终潜藏着悲哀，向卑鄙者复仇，就要把自己弄成了一个低贱的人。崔总感动于自己复仇的心愿。然而良好的动机毫无价值，有些杀人犯也曾源于良好的心愿。

崔总觉得自己是情感的边缘人，既不能像当兵时那么热情，也不能像学生时那么简单。用厚颜无耻的面孔面对世人无疑是不错的选择，独自一人时，为了呼吸，也要拿下面具、本真地生活。灵魂是铝合金的颜色，闻起来有六六六的味道。对界平的好感，从天堂瞬间摔到了地上。也许觉得界平因被玷污而肮脏了，又因宫外孕而再次削价处理了。

婚姻就是赌博，赌徒总是被赢的希望所误导，被输的恐惧所激励。每当崔总禁不住思考这被强奸的关系，他就幻想那些失败的赌徒，假想着他们在赌桌上自取其辱，他便从自己的借口里逃跑，逃脱一种不知餍足的痛苦。然而界平又是特殊的，在他心底有着特殊的颜色、气味和感觉，他幻想着用冻僵的钥匙开门，用冻僵的心邀请界平进入没有生火的屋子，希望她是站在门口的陌生人，甚至希望她主动离开。社会不同部队，在森林他已学会随着野狼一起嗥叫，学会因绝望而发狂，学会因报复而得意。如果疯狂是真实世界的边缘，崔总感觉自己已半疯了。

世人都听说陈副市长家规森严，对妻子女儿要求极其严格。家庭生活不应该被当作街上飘扬的旗帜，把家庭拉出不合适的场所，就像衣衫不整地跑到大街上。妻子背了两天的名牌包，便责令她锁起来。网民的喋喋不休确实会把地瓜烫个烂熟。识时务的聪明人是不会挑战网民的视力和嗅觉的。媚俗是这个没有灵魂时代的主流思潮，权贵的人是不必向公众展示他的生活的，因为公众没有理解力，只有想象力。

公主般骄傲的女儿，哪能体会副市长的心情，趁他到北京培训时，母女瞒着他买了车。陈副市长相当生气，责令退掉，如果不退也可以，只要再看到文文开那车，他就拿着斧子砸碎玻璃。崔梅领会过丈夫的冷酷无情，便找到4S店，本以为会费尽口舌，没想到供货商相当痛快地原价退掉了跑了两个多月的车，还白送了五千多元的加油卡。聪明的崔梅知道这里面有猫腻，装聋卖傻，慢吞吞地一脸无奈地走出了4S店。

吃早餐时，陈副市长听说文文要和朋友拍贝地城的专题片，放下碗，询问了具体的细节。

"就是拍拍大杂院里，小伙伴童年的故事。"

陈副市长没再发表意见，默许了女儿的计划。其实，每当有人提起贝地城，就像揭开他伤疤似的疼痛，这内心的隐忧，女儿理解不了，妻子也理解不了。人人都有自己的真理，拥抱故乡，有时不小心就拥抱了敌人，就会感受到敌人的匕首触碰了自己的肚皮。

说出真话是一件痛苦的事情，但说谎更痛苦。关于贝地城的记忆，真话可怕，谎话也可怕。陈副市长的忐忑别人不懂。

幸福有时分配得不公。妻子对陈副市长的过分谨慎相当有意见，同是政府官员，为何别人的家人可以坦坦荡荡地吃好穿好，贵妇似的享受、公主似的生活，而他们家却收敛着骄傲，小心谨慎地喘气；为何别人家的子女亲戚可以跟着升官发财，而文文只能从小职员做起，像农民工似的辛辛苦苦。

十三年来，陈副市长的职务一直原地踏步。时间在这个被施了魔法的地方悄悄流逝，眼睁睁盼着换届改选，即便他在后备干部里位列第一，可总是被后来人穿插到前头，灭掉了他的升职想法。在官场，不同人种的友谊，不超过一只看家狗和它的主人之间的关系，却又没有狗的忠诚。一旦升职无望，那些嗅觉敏锐的人，立刻归附于新的权势下。陈副市长像失宠的后妃，不得不享受孤独和没落。妻子和女儿稍有不满意，陈副市长反责备她们嘴太碎，怨气太大。妻子知道他的怨气比谁的都大，但只要走出家门，他便立刻戴上副市长的面具，办事认真、言辞谨慎，尊重班子，团结同事，不议论、不评价。人们觉得陈副市长才是真正优秀的干部，是当下难找的好领导，是圈子里唯一的活人。赞美对当官的人来说是绝好的氧气，但是如果大家夸赞你，你就无法走在属于自己的路上。

虽然所有橡木桶里盛满了红葡萄酒，但你的小杯子也只能盛下一杯的容量。有时命这种东西，不认也不行。

陈副市长渐渐相信了命运说。善于观察的他发现那些官运亨通的人，确实有些命运的暗示。上次调职，省里的哥们儿传递了可靠的消息，眼看着自己就要升上去了，内心正暗自高兴，幻想着应该感谢哪几位帮助过自己的人。可红头文下发时，还是没有自己的名字。原来排序老末的副市长，他爷爷在战争年代曾救过一个人，那人的儿子便动了一下手指，照亮了别人的命运，也截断了陈副市长上升的运气。对林中伐木者讲树的感情，正像对蚊子讲人的感情一样，无聊透顶。

陈副市长越来越相信上天冥冥中注定的一切了。也许自己应该像老式挂钟似的，安静地待在角落里，每到整点，悄悄地报一下时间，证明自己的存在。

文文要和儿时的小朋友到贝地拍片，陈副市长就洪姑庙的事想叮嘱她几句，但最终还是没开口。

文明人看来，这是文明时代；功利人看来，当下是功利时代。功利人甚至会把善良和优雅关在门外，心甘情愿地把自己变成家族的守财奴。男人总是把事业的成功归于家族的功德，无论官还是商，都希望后代继承并超越自己。像李总寄希望于儿子李威政主持大业，陈副市长也精心培育着女儿，他惊奇地发现文文有官二代子女的全部优点：爱好虚荣、生活浮夸、狂妄自大、奢侈享乐，不屑于干一番事业的智慧与才情。以女儿浅显的智慧，她斗不过小三，争不过情人。对女儿的认知，让陈副市长感觉很失败。

其实，陈副市长太着急了。女人的成长总伴着一系列的伤痛。文文的伤痛才刚刚开始。对于一个年轻人来说，爱情是最高贵的表达。对法哲的迷恋让她抽筋似的难过，也许这是女人成熟的必修课。如果一个人喝醉了，他喝的是白酒还是红酒并不重要。文文也有小小的狡猾，有玩耍阴谋的独特的手段，有挑拨是非的思维基础。这些潜质，虽非遗传，也是家教的硕果。安静的生活里，陈副市长看到女儿的傻，却看不到女儿的狡猾。文文依然生活在哥白尼之前的时代，觉得宇宙都围着她转。

文文、绿茶和小叶子等赶到贝地城，马上联系法哲，本以为法哲在贝地城，才知道他前一天刚刚离开。文文失落得像丢了双翅膀的鸟，绿茶懂得文文的心思，取景的第一家就到了法哲家。法哲妈妈王香热情地接待了文文及伙伴们，恨不得把自己的灵魂端出来招待客人。如果儿子能和文文结婚，那可真是前世的姻缘。王香搬出法哲的影集，从他满月的第一张照片起，绿茶拍下了法哲成长的影子。当然也拍了小叶子、土豆等许多小伙伴，拍下了贝地城唯一的医院，伙伴们出生的妇产科病房，还拍了几个孩子的出生记录。

文文充当主持人，采访了几位当地的老人。镜头里的文文像风中摇曳的水仙，美丽而大方，一阵风吹过，干枯的芦苇也优雅地向她行屈膝礼。绿茶真不明白，这样姣美的女人，这样有身价有背景的女人，这位蚌中之珍珠，法哲为何敬而远之呢？

二十一

午夜时分，病房里传来护士轻轻的脚步声，走廊回荡着某位胸宽体胖老人的鼾声。病房楼前的灯光映亮了天花板，风吹的窗帘轻轻地摇晃，发出沙沙的声响。界平努力感受着周围的一切，却一片烟灰的苍茫。所有的善恶在她心中腐烂，她什么也不记得了。

界平直直地盯着天花板，护士进来巡视时，被她亮晶晶的眼光吓了一跳，急忙打开了灯。趴在床边睡着了的张薇睁着迷茫的眼睛看着惊慌的护士。护士则示意让张薇看她妈妈。

界平圆圆的眼睛直瞪着护士和张薇，像外星人似的那么惊恐、好奇。

张薇惊喜地叫着妈妈，可界平像看陌生人似的疑惑地盯着张薇。

界平不认识张薇，不知道她为何叫她妈妈。她不曾记得有个女儿。

张薇不理解妈妈的世界。如果医生打开界平的脑袋，一大群疯子就会蜂拥而出。

能脱离危险，已很庆幸了。医生安慰张薇不要着急，慢慢来，会好起来的。

张薇却感觉从没像今夜这样没有信心，她感觉正在一步步失去妈妈。记得上初中时，半夜被低低的哭泣声惊醒。她轻轻推开妈妈的门，妈妈满脸泪水、双眼红肿。原来那天是养父的忌日。每年的这天，妈妈都要回家祭奠，也正是每年的这天，妈妈总是情绪起伏不稳，阴晴不定。但无论张薇怎么肯求妈妈，妈妈从来不讲外公的故事，仿佛把妈妈抚养长大的是只猴子，而不是外公。

在张薇的眼里，妈妈是一个大孝女。可在妈妈的心里，她总不知该如何祭奠那位曾经的父亲。

妈妈死守着过去的秘密，仿佛妈妈的世界里，只有这个宝贝女儿。今夜，张薇可没这么确定了。

天亮的时候，妈妈又睡着了。

似乎妈妈并不怕死，却怕从梦里醒来。

守候在妈妈病房里，张薇害怕说话，不知为什么，她觉得一说话就会哭出来。张薇焦急地走来走去，如果妈妈丧失记忆怎么办，如果妈妈真的神经异常怎么办？医生说精神受刺激的人，往往会有这种反应，要家属做好心理准备。

每颗良心在某个地方都有一个开关，刺激妈妈的开关设在了哪里？

"她受了太多苦了！"张薇这才明白妈妈被强暴的后果有多严重。妈妈一直压在心里，直到宫外孕这一炸弹爆炸，炸碎了她的自尊和信心，炸碎她存在的基础。

当界平再次醒来时，崔总站在她床边，她依然像午夜时的表情，呆愣地看着这个男人，诧异这位陌生人为什么干扰她的休息。一些红色的圈子在她的眼前跳动，对陌生人的恐惧和肉体上的疼痛融合在一起。

她仿佛是为风才苏醒过来的。

"认识我吗？"崔总冲界平笑笑，"我是老崔。"

界平像个胆怯的孩子，吓得拿被子盖住自己的脸。崔总轻轻拉下被子。"我们正一起建南河大桥。"

受侵害就会反抗。界平吓得紧闭着眼睛，极力往被子里缩着头。他们一眨眼的工夫像泄了气的轮胎，打心眼儿里希望自己能被她认出来。

张薇泪流满面。是的，妈妈，疯了。

法哲赶到的时候，妇科医生和精神科医生一起在给界平会诊。

界平侧脸时看到了法哲，像孩子似的惊喜地向法哲伸出了手，身子也倾到了床边。

在界平的意识里，今天和二十四年前没有分别。

"高顿……"她惊喜地、声音颤抖地叫着。

法哲惊讶地张大了嘴，张薇和崔总错愕不已。她的智商似乎在手术中退化萎缩了，她又嗅到了初恋的气味。

"洪院长，我是法哲！"

界平像触电似的收回了手，像遇到坏人似的急忙将被子拉到脸上，随后又露出眼睛，偷偷地看着法哲。

"高顿……"托词横行、理念乱飞。一只苍蝇在空中飞旋，像中了毒的死亡天使。张薇拿着苍蝇拍猛拍了一下，苍蝇逃脱了。

病房里好像不习惯界平这样的病人，然而在法哲的陪伴下，她沉入了一种平平静静、无知无觉的状态，像一个孩子般的满足。

界平握着法哲的手，像握着一只鸟，怕松手就飞走似的。法哲尴尬地看着张薇。张薇非常难过，不知该怎么办好。

有时，界平神经质地瞪着围在床边的人，仿佛他们都是强盗、骗子，要抢她的财宝、骗走她的情人似的。手术的创伤夺去了她的体力和精力。她像个孩子般单纯，植物般无辜。

病人因长期的压力、压抑和突发事件的刺激，导致精神分裂症。将过去发生的事情和现实发生的事情拼接，选择性地保存记忆，表现为痴呆、紧张和妄想。能不能治愈，医生也不敢保证。

天气晴好，阳光灿烂，愉快的时光和悲催的消息十分不和谐。界平像终于等到约会的情人似的那么幸福，重回初恋时光，错意十足地盼着法哲出现在病房里，又像三岁的小孩子盼着爸爸买棒棒糖。她不是生活在现在，而是生活在过去。"高顿……"她紧紧握着法哲的手，脸偎在法哲的手掌里，那么陶醉，那么幸福。在她的眼里，法哲是她的世界，其他都是多余的存在。

"我的勇士。"她不止一次自言自语，坐在窗前，一动不动，仿佛倾听这静静的日子在怎样地流走，倾听走廊里法哲的脚步声。医生说一旦进入那个疯傻天地，只有乖乖地屈服，任何激动、不安都是合情不合理的。她安静地坐在屋角里，不走动，也不说话，像一个雪娃娃，目光善良而迟钝。宁静而温暖的空气、柔和的轻风，星空平静的闪光，仿佛都以别样的方式渗入了这个可怜人的心灵。

张薇眼睁睁看着错乱的妈妈把自己的男友当成她的初恋情人，心中的酸楚和伤悲无法描述。而法哲却成了高顿的替代品，不得不承受着情感的折磨。一种难以启齿的尽乎乱伦的罪恶感像决堤的河水，迅速地、不知不觉地、不可抑制地流开了。如果知道自己是艘破漏的船，有必要天天被提起吗，有必要博得世人的怜悯吗？

"她的世界里只有那个人，连自己的女儿也不记得了。"张薇默默在花园里垂泪，法哲将她拥在怀里。

"她是病人。"

"我忘记了吗？"

"这不是世界末日。"

"我倒希望是，至少大家能同归于尽。"

"亲爱的，不要让她丢脸。"

"可她对你的喜欢已让我很丢脸了……"

"她仅仅活在回忆里，意识错乱。"

"意识错乱就是借口吗？"

不知道如何才能让界平从尴尬的思维中清醒过来。生活真能开玩笑，越是尊严地活着的人，却活得越尴尬；越是无耻混蛋，却活得越自在。

崔总每次看到界平错乱的状态，都不忍再面对她美丽的五官，仿佛她痴呆的脸都是一种控诉，一种对罪恶的控诉，对责任的控诉。其实没有人控诉他，也无权控诉他。看到病中的界平，总让他想起战场上阴雨连绵的天空和血流成河的战壕。与崇高的正义和仁慈的天空相比，人多么微不足道，浅薄的虚荣和财富积累的快乐，多么卑微。

得知弟弟总往医院里跑，去照顾疯了的女人，崔梅真想甩他两个耳光，把他打清醒点，可这没用，她知道最终只会打痛自己的手。她电话里动员那女医生，希望她主动些、殷勤些，男人是山，总有征服的可能。

良心的不安至少说明比动物高尚。世界有两件事是不能算计的——精神分裂和良心的谴责。一个男人不能过分内省，这会使他软弱。在崔总的意识里，对老战友妻子的关怀，已尝到了黄连的味道。崔总越往深处挖掘，越发现爱情、同情、怜悯没有明显的界限。

崔总有几次在医院里遇到那位女医生，女医生一直对他散发着玫瑰的芬芳。可崔总总是拿女医生和界平比：论文雅，女医生比界平更世俗；论素养，女医生比界平更功利；论宽容，女医生比界平更计较。女医生唯独有界平没有的媚惑。

为了促成弟弟的婚姻，姐姐崔梅进行充分的推理。

"这世上能找到一个从不说谎、从不虚伪的人吗?"

"能，疯子。"

"那你娶个疯子当媳妇吧!"

"还真有可能。"

"你是疯了还是想故意气我?"

"你看我像故意气你吗?"

"贫嘴! 娶个女医生有什么不好?"

"我家又不是医院!"

一度冷淡的关系，再次升温。每当崔总走进医院，女医生总是尽可能陪他，尽显她职务的方便和得意。在医院的走廊里，他们远远看到张薇陪着妈妈坐在花园里的晒太阳，界平安静得像个孩子，眯着眼睛像睡着了似的。

"可惜了她的美貌!"女医生像观看一只猫似的，内心止不住小小的得意，"这年头，一只公鸡要想捞点好处，也得甩点儿奸猾。"

"真智慧，你连公鸡的想法都知道。"

"我也知道你的想法，信不信?"

"信。因为我连鸡都不如。"

她用一阵柔软皮拳头的捶打，化解了自己言语的尴尬。她善于用半开玩笑的口气对待无聊的事情，而又能装出一副淡定的姿态。把重大事件调侃成小事一桩，还是把小事渲染成塌天大事，全取决于她的立场。

崔总突然感觉这女人有一种发酵的残酷，一种只有吸血鬼才会有的冷漠。当她走过，也许整个世界会在她身后冻结。他因这一发现而激动地屏住呼吸，正如一个热恋中的青年，一旦渴望的时刻到来，他身上发抖，不知所措。他惊恐地向周围张望，想寻找一个可以迁延时间或逃掉的机会。

"她女儿也许盼着她出门就遇上车祸吧，这样没有尊严地活着，对谁都是负累!"女医生仿佛自言自语，又仿佛在问崔总。

"只要你不是肇事司机，张薇就不怕让妈妈出门。"

"与我有什么关系?"

"不是你提的车祸吗，难道我听错了？"

崔总感觉这个女医生比他更不理解女人，甚至不理解生命的意义。张薇不怕冷，她心里有个太阳，对母亲的爱，正是寒冬那团高悬在天空的火球。

崔总把女医生带回家住过两次。在她的概念里，两次比一次的爱多一倍。有两次，就会有第三次……她把崔总当成准丈夫。言语过多，难免不泄露内心的小我；表达过深，难免不招惹崔总的禁区。"我可不上苹果的当，这女人压根儿就不在乎亚当的梦想。"

男人有思想，女人的梦想就成了妄想。她使尽浑身解数都无法让他说出那个词。她郁郁不乐，一阵毁灭自我的震颤传遍肌肤。作为儿科医生，她可以让小朋友时哭时笑，却始终没找到让这个男人兴奋的穴位。

界平是崔总的伤痛，这一点，崔总埋得像假寐的火山。

崔总再怎么有钱有势，再怎么追求奢华派场，骨子里，他依然是传统男人，能娶到家里的女人依然要忠贤孝义，再漂亮、再娇媚或再年轻，都搭不上他那列婚嫁的火车。

中年男人和年轻男人对待感情最显著的区别是，当断就断，不留残余。那天走廊里简短的会面后，崔总再也没接过女医生的电话。虽然她像个教皇似的，乐于救死扶伤，面对崔总也会露出蒙娜丽莎的微笑。但崔总却糊涂到忘记慈悲的程度，再来医院时，副驾驶上却坐着一位年轻漂亮的女孩。女医生只能忍受辛酸痛苦，像冰上的鱼儿似的挣扎。

每天晚上，界平都要等待法哲出现，否则，她就焦急地张望，把药扔到地上，不打针。只有在法哲的安抚下，像喝足了奶的婴儿，才美美地进入睡眠。她的行为是无意识的，像学徒似的嘴里唠叨着巫师的咒语，让人不能责怪，也不忍责怪。

怎么办呢？法哲永远是妈妈的"高顿"。每当看到法哲亲吻妈妈的额头，张薇的心就扭得像麻绳似的疼痛。难道妈妈要糊涂到底吗？意识的混乱和恋爱的天真，使界平像着了魔一样变成了过去。当张薇扼腕哀叹时，界平却握着法哲的手，安静地睡着了。医院的夜晚是个好客的城堡，五方杂处，来者不拒。大凡肉体、精神有瑕的人，莫不享受特别的殷勤。张薇久久地坐着，两手蒙着眼睛，很想走进妈妈的世界，可妈妈根本不想看到她。

张薇回家拿换洗的衣服，出租车上，流火似的灯光，在车玻璃上忽隐忽现，像一张张无法认清的面孔。哭吧，只有哭能平衡焦灼的情绪，只有法哲的胸膛能承受她的悲伤。

回到家里，张薇把自己关在洗手间，穿着衣服站在冰冷的水幕里，泪水和着冷水一起流下。她双手捂着嘴，努力压抑着号啕的声音。她有白鹭市最漂亮、最特别、最悲惨、最荒诞的妈妈……她记起小的时候，和小朋友们在楼下玩，有个男孩子抢她的花皮球，她不给，那男生摸起一个石子投了过来，额头上立刻鼓起了个大包。邻家一位老大爷把哭得上气不接下气的张薇送回家。妈妈气得像疯了似的，放下正在揉的面，没来得及洗手，就冲下楼去，一把抓起那男孩子的衣领，像提一只正待屠戮的鹅，不顾男孩子的尖叫、哀求，拖着他去找那父母了。长大后，那男孩成了张薇的同学，他告诉张薇，当时他被那两手都是面粉的妈妈吓傻了，以为是她要把他扔进油锅里炸呢。

如今，那位护驹子的妈妈不见了，张薇却又不知怎么帮助妈妈。

在哗哗的沐浴里，张薇尽情地哭泣。

法哲隐隐感觉有什么异常，便推开了洗手间的门。果然，衣服贴在了张薇身上，她哆嗦着、牙齿打颤、眼睛哭肿了。法哲急忙用浴衣把她裹了起来。张薇捧着法哲的脸，仿佛又看到妈妈痴情的样子、妈妈撒娇的样子，以及法哲亲吻妈妈额头的样子。嫉妒、贪婪、爱……混合成了一杯复杂的鸡尾酒，瞬间醉了大脑。她疯狂地亲吻着法哲，报复性地亲吻着，不顾死活地在他嘴上、眼睛上、鼻子上亲吻着，像不这样就会死似的。心灵所发生的一切却是言语所不能表达的，这是一种奥秘。她的欲望犹如盲目的火舌，欲将他吞没。投入地爱比探索爱要好得多，选择忘记也是片刻的解脱。她感到一种空虚，急不可待地想重新找到那个可以将她填满的人。

法哲想制止她，在她停止的片刻，泪水带着无限的委屈涌了出来。"爱我吗？"法哲没有回答她的问题，把她抱到床上，帮她脱了湿衣服，给她盖上被子。张薇在被子里痛哭了，那憋闷的哭声，像惊雷一样震得法哲头盖骨疼痛。他脱光了自己，钻进了被子里，紧紧地拥抱着张薇。双方陶醉在灵感、幸福和肉体美之中，爱悠悠升起，融融而去，触及了世上一切善良、隐秘、神圣的东西。这对苦难的恋人，不顾一切地向着太阳飞升而去。在无限的时间里，在无限的物质里，在无限的空间里，分离出一个雄性水泡和一个雌性水泡，他们在相遇的一刹那心甘情愿地升华了。

他们吻着彼此的世界，男人或女人的世界，那足以软化灵魂的处女地，那足以催生一切的动力源。张薇在黑暗中打开了身体，她的柔软融化了法哲昂扬的激情，她的甜蜜，吸纳了法哲幸福的浆汁。法哲甜蜜而幸福地陶醉在那幽深的领地。

那一夜，是他们的第一夜，他们一遍遍地做着，不要生，不要未来，都想精尽而亡，幸福地死去。

一想起他爱她，张薇便情不自禁，柔肠满怀。她感到羞愧、痛苦又幸福，然而她心中既无怀疑，也无恐惧。

她对他同样太珍贵了。她诚实地爱着，美丽地爱着，不怕任何威胁，终生无悔。法哲感到任何强力也不能拆散他们。

耶稣主张人应该过如花岁月，认为孩子的状态应该是人们努力效仿的样板，每个人的灵魂应该是"边哭边笑边做游戏的小姑娘。"生命是变化的、流动的、活泼的，耶稣说如果把生命铸成一种形式，那就等于它的死亡。

界平安居于疯的形式里，拒绝生，却也拒绝死。

午夜，界平在药物的作用下像婴儿般安睡着，即便地动山摇也和她没有关系。一个陌生男人像树一样立在床边，静静地看护着她、欣赏着她，像梦里虚拟的角色，像电影里抓不住的虚幻人物。那人抓起被子，轻轻地盖住她裸露的肩膀，悄悄地拂开遮在她脸上的一绺浅棕色头发。他欣赏着这张脸，慢慢地弯下身子，屏住呼吸，想要吻界平似的，鼻子俯向了界平，像是闻她的香气，又好像陶醉在回忆里。就在他的嘴唇接近界平的嘴唇时，他又抬起了头，依然静静地观看着她，仿佛要把她记到骨头里似的。

只有电影里的人才有这样的微笑——温和而又镇静。这陌生男人安静地坐在床边，疼爱地注视着界平，潮湿的嘴唇轻轻吻着界平的手指，脸上洋溢着恼人的红光。界平像甜蜜的婴儿，梦中露出天使般的微笑。时间是水平的，它在一条地平线上移动，永恒是垂直的，是深度和高度。那一

283

晚，界平在睡梦里达到了前所未有的深度。

第二天，当张薇和法哲一起走进病房时，界平愣愣地看着他们。那个吻手指的男人，不是他吗？顿时，她嫉妒得像得不到枣儿的猴子，抓住法哲的手不放，并且对张薇横眉冷对。仿佛张薇偷了她的糖果似的，嫉妒、贪婪和尖刻，毫无保留地写在脸上。

法哲轻轻地抚着她的脸颊，微笑地亲吻她的额头，她才慢慢平息嫉妒的怒火。

张薇不再嫉妒妈妈。昨晚，她怀着丘比特的心愿，已嫁给了法哲。实际上她很难与一个疯子一争高下，不敢残忍到剥夺妈妈唯一的糖果。她和法哲彼此的拥有，是无敌的，她已融进了法哲的骨头里、法哲的呼吸里、法哲的血脉里。张薇感觉自己尽管算不上漂亮，可精神世界比谁都富有。抱有一种难以拂除的痴情，认为自己是专为法哲挑选出来的人。她信心十足地觉得这世界上的某个地方，存在着尚未知晓的使命，在等待着她去征服。

妈妈会好起来的。

人们没有理由向公众展示他的私生活，因为公众的理解力像风，完全凭借世俗的推力而行。忏悔自己的罪过是一件痛苦的事情，品评别人的痛苦则是另一种高尚且娱乐的行为了。白鹭市的夜晚当然也不似白鹭那么白。

李总和几个朋友一起喝酒。酒桌上聊起了洪界平院长的事。大家都惋惜白鹭玫瑰成了疯子，正常人和疯子仅仅半步之遥。大凡相貌出众的才子佳人，都会在劫难逃，古往今来，这劫数一直尾随着帝王们蹒跚的步履。

李总突然感觉某条神经抖动得厉害，难道真是一箭中的吗？自己无意的耕种就让那美女怀孕了？宝刀不老的自豪让他情难自禁，破除了魔咒的命运之根，让他想再睡一次洪界平，哪怕她是疯子，哪怕她酩醉如泥。他是那种人，只要给他一次微小的机会，就会创造一个全新的上帝。他觉得命运已赋予他能醒人耳目的能量，激情愈发膨胀，简直就像一头牛。

世界上只有一件事比被人议论更糟糕了，那就是没人议论你。但这样被人提起，李总的心仿佛悬在吊车上。她可是白鹭市的玫瑰……

"她疯了也是风中的玫瑰！"有了酒的李总感觉身体异常地激动着，恨不得把疯了的洪院长搂在怀里，放在床上，趴在疯了的她身上，也许更刺激，更有味道，更迷人。无论是时装队扭捏作态的美女，还是夜店风情万种的女神，与洪界平在李总心头勾起的那种心醉神迷的渴望相比，都算不了什么，压根儿算不了什么——那是一种撩拨人的、兴奋的晃晃悠悠的感觉，简直近乎超自然的享受，近乎神性的大美。

每当情难自禁，李总就取出光碟欣赏。他的酒店，想录什么，他说了算。

李总把光碟放在机器里，电脑就出现了他和洪院长在一起的镜头。她声音里带着晨风的端庄和清新，她的脸，即便在酒后，依然是一副拒绝世界的模样。到此李总才明白，其她美女的脸是被世界拒绝的。

李总从电梯出来，突然看着"美女院长"在闭目养神，急忙走过去，扶着她的胳膊，问她的房间是哪个。界平冲李总笑了笑，"2312。"

界平微笑着，依然保持着惯有的矜持，似乎很不好意思让李总扶着她的胳膊。她轻轻推开了他，尝试着歪歪斜斜地走了两步，差点摔倒。李总赶紧架住了她的胳膊，因动作过大，碰到了她柔软的乳房。

李总站在床边，一时不知所以，问她喝不喝水，可没有反应。推了推她，除了轻轻地呼吸声，再没有其他动静。李总围着床转着看，界平睡得很沉，发出轻轻的鼾声，柔软的头发半遮着脸。李总轻轻地挑开那绺栗棕色的头发，露出姣美的漂亮的脸。她沉睡着，毫无知觉。

整个世界就是一个奇迹。李总坐在沙发上，没开灯，院外灯光将模糊不定的图案投射在墙壁上，一圈圈地擦来抹去，好像无声爆炸的烟雾。他不断用新鲜的、怀着爱意的目光注意周围的一切。李总感觉肉体不可阻挡地溶解了，溶解在诱惑里，好像一条不再是河流的河，或者像一棵正在燃烧的树。床上传来轻轻的鼾声，他环视着幽静的房间，清晰而无情地意识到，今晚的空气如此躁热，像擦一根火柴就可以引爆似的。

界平侧卧着，李总想抽出压在她身下的毛毯，给她盖上。他这么高尚，连自己都被感动了。可毛毯被压得很紧，李总抽动毛毯，界平像圆木似的滚了一下，趴在床上，一条腿半曲着，露出了咖啡色的内裤和雪白的大腿。那一角咖啡色的内裤，似乎诱导着李总，他弯腰向那神秘的地方偷窥着，像偷窥藏着机密的仙洞。他的手就慢慢伸向了裙子里，摸到了内裤的边缘，触到了让无数男人着迷的地带。界平依然酣睡着。李总感觉自己的米老鼠像火箭似的昂扬了。他轻轻褪下了咖啡色内裤，像欣赏一条名贵犬似的，在床边站了好久，掂量着怎么脱掉她的裙子，或是不是要脱掉她的裙子。他又感觉自己像在死兽前逗英豪的猎手，这感觉有些不爽。管它呢！善于思考显示了他性格中至关重要的一面：贪婪、凶狠，且镇静如剑，又充满激情。

房间光线很暗，像浪漫的黄昏。现实生活如同舞台布景被李总无情地扯破了，背景倒地后，露出了欲男欲女媾合的本色。李总把自己脱得一丝不挂，他要和这个女人合二为一了。这女人是尤物，胜过他干过的所有女人。她的美在于她重门紧锁，在于她二十多年看家护院的奥妙。一想到崔总如此耗费苦心，却连毛都没能摸一下，李总就有了帝王般的自豪和淫欲。他正置身于一个神奇的王国里，他一直在欣赏，感到惊奇，为没有人共同欣赏而惋惜。人是为幸福而创造的，幸福就滋生于霸占别人的宝贵东西。这大餐要慢慢享用！他用多情的探测器，感知着这女人珍贵的仙洞。她梦呓着、呢喃着，鼾声再次扬起。李总触到了那柔软的两片肉，找到了打开桃花的方向。原始人没有语言，他们像动物那样通过心灵得到沟通。李总觉得他也像原始人般的高贵了，不需要语言，达到了性爱的终极目标。李总认为，一切都是运气和人生带来的际遇，浪费机遇是可耻的，尽管道德也很值钱。

只有圣洁的东西才值得去贪占。李总像皇帝吃满汉全席似的，一点一点地品，一口一口地吃。"先吃哪里呢？崔总，我替你先吃哪里呢？"意识里把崔总拉进了，更增强了他的快感。可见，性爱在攀比中更有刺激性！出于某种连自己也说不清楚的奇怪的本能，他恨那个人高马大、帅气十足的崔总。正因为这样，矮小而粗肥的他，恨也就更刻骨铭心。他轻轻地吮着雪白的乳房，用舌尖触摸了乳头，火箭被夹在了两片粉红的花瓣里，终于，到达了发射的目的地。李总感觉自己登上福布斯排行榜也没有今晚活得刺激、活得霸气、活得神仙。有了这一夜，他可以嘲笑设计院的所有男人了，可以嘲笑五十年庆祝会的所有宾朋了。他内心充满了模糊不清的快乐，这不是由于性爱本身，而是它那神秘的含意。在这里，上帝沉沦了，李总那赌徒的脸上露出幸福的笑容。

界平呻吟了一声，李总马上停止了动作，那一刻，他怕她醒来，其实又不怕她醒来。醒来会怎么样，孤男寡女，烈火干柴，岂不更有味道。界平又呢喃着睡着了，仿佛为李总的动作添加点兴奋剂似的。李总在她身上折腾了两个小时，她像人偶，被翻过来、正过去，上上下下地折腾，她的每一寸肌肤都留下了他的舌痕，她二十多年无人打开的仙洞，成了他迷醉的源泉。他宁愿醉倒在那里。想着勾起无数男人淫欲的"美女院长"的美名，他昂扬地射了一次又一次；想起那屁股上的性感大油手印，他又激情地喷薄而出；想起人高马大的崔总，连这女人的屁股都不曾摸过，他体内积聚的精华，再次激昂地流了出来。得吃多少滋补品，才能滋养今夜的亏空。崔总真是调皮到家了，对女人还停留在眉来眼去、抄情诗的幼稚时代。对于残暴色情狂和流氓，醉意强暴是最性感的结局。李总从没有如此销魂过，从没有如此皇帝过。他看着床上这副被自己干过的肉体，这一夜如影相随的非真实感有增无减。从崇高到可笑一步之遥。洪院长一向闭紧眼睛，不敢看生活的阴云，不敢面对因残酷而美好的现实。他突然觉得回忆过去，会破坏今晚的庄严和圣洁。他感到屡弱不堪，晕眩、困顿得要命，仿佛刚经历了一场漫长真刀真枪的战争。他感到又累又饿，打开冰箱，打开一瓶饮料，一口气喝了下去。还是感觉有些对不起这身体，又剥开了一块巧克力，咬了一口，边吃边向浴室走去。一般说人们行善后，就可以幸福地生活，因为上帝保佑你，安拉真主保佑你，佛祖保佑你。李总很得意。

李总忽而觉得，他的全部生活，似乎都浓缩成了今晚尽善尽美的欢愉，忽而又觉得，与迷人的未来相比，今晚又实在微不足道。只有畜生，没有良心和同情心、不辨是非的畜生才会嘲笑他如此浸淫女色。

喝了、吃了，痛痛快快地洗了。李总从容地穿上衣服，拿起没吃完的巧克力，离开了，那份从容淡定像无数个太阳照常升起的日子。房门的铜把手似乎都是温暖的，这温暖让他留恋肉体的风景，但身体有些虚脱，下流的感觉也需要身体做后盾。

走路时，他的双腿抽筋似的难受，胯部酸疼，生活如此美好。李总意识到，除了那个床上的形体之外，"美女院长"并不存在，也不可能存在了。

录像带结束了，电视屏幕上一片雪花点。李总陷在沙发里，久久地一动不动。他在回味着那一晚的美妙，咀嚼着那一晚的癫狂。不癫狂不是男人。一种快乐的自由感，那种人类所特有的、完全的、不可剥夺的自由感，充满了他的心灵。他一直苦苦追索的东西——人生的目的，不存在了，它不可能有了，女性的美似乎在这里完结了。

他起身倒了一杯五粮液，相对于那些外国名酒，他非常爱国，只喝中国货。他坐在沙发上，酒杯在扶手上轻轻地晃荡着，每当他思考什么问题时，他就会这样晃荡酒杯。

当年那位害自己的公子哥，后来读了医学博士，再后来成了一名某大医院的医生。某一天，博士坐门诊时，李总就坐在了博士面前。博士像接待病人似的，先问了姓名。李总没开口，像哑巴似的静静地盯着博士，直到博士认出这位病人，李总不需要讲出那个又苦又甜的故事，博士就紧张得心跳加速，呼吸急促。还没给李总诊病，博士倒像是病了，急忙跑出了门诊。

几天后，博士发生车祸，高位截瘫，终生需要人服侍。这位让小伙伴们骄傲的博士，同样让小伙伴们唏嘘不已。

李总不知为何突然想起了博士。那是十五年前的事了。十五年，人们向上帝窃取的时间过得真快。如果是现在，他还会不会以那种方式复仇。也许不会，也许与博士牵手成为朋友。李总为自己虚拟的善良感动了，长长地叹了一口气，享受着魔术师成功表演后的爽快心情。

岁月的积累让人变得和善，几杯酒入肚，李总会感到周身难以言出的舒服，体内涌动着惬意的温暖，对身边的人产生一种柔情。头脑愿意对各种思想做出肤浅的反应，不去探究实质。人活着都不易，那些官员，大都是他的朋友，他了解他们，夜夜像走钢丝，听到纪检委的动静，就心惊如鼠。既想当狼，也想当羊，表面上装模作样，背地里丑态百出。家资豪富，却不得不俭朴穷酸，良心暗自纠结，活得极其尴尬。

人都有几笔账要清算，不是今天，就是明天。各走各的路，大家都是上帝的孩子，谁也别轻易招惹谁。

如果人类只用理性来支配，那就不会有生活了。洪界平的那一幕结束了，最后一个角色演完了，谁也不需要为最后一次行为辩护。

安慰自己时用一套理论，对付别人用另一套理论。李总活在强有力的证据里，他变得更加自在，他总是若有所思地笑，而且只有他这样深思熟虑的人才能做到若有所思地笑。

儿子李威政长大了，接手的一些工作甚至比爸爸都老辣，大有青出于蓝的快感。他办事条理分明、思路清晰。那么多女孩围着转，小有名气的电影明星，海外归来的美女博士，可他的方向是陈副市长的文文。陈副市长上升的呼声很高，有这样的岳父做基础，家族的事业便会像秋天的果园。儿子的成熟也预示着老子的衰退，儿子成熟一分，老子衰退一米。儿子总擅长在棋盘薄弱的一角施加压力，屡次稳操胜券。为了家业发达，儿子认为所需要的不是努力，不是勇敢，不是恒心，只需巧妙地讨好、威胁、诱惑那些有权势的人就行了。儿子的冷静和狠毒让父亲得意又心寒，对儿子的掌控渐渐变成了默许或不得不默许的状态。控制别人是李总的一种享受，一种习惯，也是一种需求。然而，李总感觉自己正慢慢退出舞台，虽然那舞台是他一砖一瓦建起来的。他已渐渐靠近风烛残年，只能拾年轻人播种的禾谷残粒了。历史像瞎子又像聋子，对那些不尊重别人的人都不能恶有恶报。如果要找罪人的话，照照镜子就行了。

李总感觉自己陷入一种莫名的伤感里，心事沉重得好似靴子，可以把脚踩疼。杯中酒一直晃荡着，并没沾唇，心绪却像黑云似的压迫着，怎么也轻松不起来。他想找人聊聊，却又懒得理会任何人，他想喝酒却又不想一个人独饮。他昏昏欲睡地放下了晃了半天的酒杯，像死鱼合上了鱼鳍。

二十二

　　绿茶很用心，立足于孩童、少年和青年三种元素，将片子拍成了贝地城极富有时代特征的成长文化。运用大量镜头记录了大杂院里孩童们欢乐的童年、求学的艰辛、成长或恋爱的甜蜜。内容非常丰富，既有他们生活过的学校、出生的医院，玩耍的街道和游戏过的大海；也有打鸟的弹弓、踢破的皮球和因逃学而上交的歪歪斜斜的检讨书。疲累时看看少时的乐事，总会引起心灵的愉悦，情感的陶醉。

　　文文盯着电视里法哲的镜头，既幸福又辛酸。如此不顾一切地喜欢一个人的感觉，让文文很有存在感。她所有的设计里都有法哲，睡梦里也是法哲。文文将拍摄的风光片洗了出来，她几次去英雄连都没见到法哲，听说法哲在医院陪洪院长，便买了个花篮进了医院。

　　洪院长说疯就疯了，这让文文感觉好奇怪。人生下来都是诗人，长大后是贼，死后是空无。疯掉的人处在哪个阶段呢？"文革"时有人装疯，以逃避批斗，战争年代也有人装疯，以躲避抓捕。白糖溶化在水里，瞬间失去了原形，傻乎乎的洪院长是什么样子，仁慈的文文非常关心，甚至想带上相机，替洪院长拍一张特殊状态下的艺术照片。

　　刚走到病房门口，就看到法哲服侍着洪院长吃药，洪院长甩着头，躲避着法哲的手。文文审视着她，当她认出还是从前那个而又是另外一个洪院长时，她倒抽一口凉气，庆幸疯掉的不是自己。

　　法哲陪着她坐在凳子上，轻轻托着她光亮的手臂，顺从的微笑给人以不祥的感觉。

　　洪院长躲避着，惊慌失措，像一只被捕的鸟儿那样扑腾挣扎。不小心碰掉了药片。

"不听话我就走了！"法哲吓唬她。洪院长果然一副害怕的神情，乖乖地吞下了药，静静地瞪着文文。文文以为洪院长认出了她，微笑地走了进来，洪院长却害怕地躲在了法哲的身后，像小孩子似的偷偷看着。她像一朵被霜打的花，虽然鲜艳，却没了香气。

文文将花篮放在窗台上，不知说什么好。

洪院长的眼睛像花朵，窥视中变换着颜色，就像在梦里追逐猎物。她竟然把法哲当成了初恋情人，这怪异的行为，实在让文文不知所措。记忆里的洪院长不断地消失在暴雨后的泥泞中，消失在发烧的长夜里，消失在此起彼伏呻吟的病房里。文文根本无法估量法哲的痛苦有多深，无法评估洪院长的癫狂有多严重。

洪院长慢慢起身，像电力不足的玩具，迟疑地走向花篮，从里面摘下一枝白百合，举到鼻端，深深地嗅着，像缺氧而深呼吸似的。她抬头看到了法哲，远远地向法哲递过去。法哲接过白百合，嗅了嗅，转身插在床头橱的空瓶子里。洪院长满意地看着法哲，像看那朵娇艳的白百合。

法哲把洪院长安抚到床上，等着护士来打针。

文文从包里取出一沓照片，法哲一张张看着，洪院长像孩子似的好奇地拿起照片。突然她紧紧盯着医院的风景照，苍白的手指捏着照片，像捏一颗昂贵的红宝石，举到眼前，久久看着。

法哲和文文感觉好奇怪，那张医院的照片，对她又有什么意义呢？

原来疯子就是疯子，当文文明白完全可以无视这个疯子存在时，她悄悄地向法哲聊起了这次回贝地城拍片的事，聊起了许多童年的伙伴，小叶子的糗事、绿茶的尴尬。不论在什么场合，装腔作势也许能欺骗最精明老练的大人，但即使掩饰得再巧妙，也仍然骗不过敏感的恋人。法哲不知说了什么，兴致极高的文文突然扯起法哲的耳朵，像拉橡皮条似的。这一幕正好被张薇看到，一股无名的怒火在心头燃起。文文和法哲说说笑笑地守在床边，仿佛嘲笑妈妈的疯傻似的。张薇怒气冲冲地走了进来，文文马上站起来，赔着微笑，低垂着纤细的双臂，屏着呼吸，用闪光的受伤的眼睛看着张薇，一副准备承受最大快乐和最大悲哀的表情。

文文是那种能从别人的悲剧里榨出笑声来的人。

张薇怎么也不会忘记她是如何诽谤妈妈的，她不会让她在妈妈面前玩弄假慈悲的。她认清了文文的恶毒，看透了她黄鼠狼给鸡拜年的真相。她还感到某种模糊的、微小的、几乎是下意识的嫉妒。她指着窗台的花篮说："你的？"

　　文文还没开口，法哲却抢着替文文回答了。张薇根本不看法哲，提起花篮，几步走出病房，将花篮掼在走廊上。

　　"你疯了？"法哲像吃了尖辣椒似的。

　　"有一个疯子还不够吗？"

　　"文文是来看望妈妈的，你怎能这样？"

　　"别装傻，到底来看谁她心里最清楚。"

　　文文感觉自己有必要站出来替法哲说话。"张薇，请相信我。"

　　"相信你，就是相信骗子。"

　　"你太过分了！"法哲插嘴道。

　　"文文，你还不如骗子呢，简直是跳梁小丑！"

　　"法哲说你像个孩子，果然不错。"文文翕动着嘴唇，挑衅地看了张薇一眼，扭着屁股走了出去。弯腰提起花篮，挺直了胸膛，像T型台上的模特似的，摇摆着性感。她感觉自己表演得不错，眼睛也润湿得很及时。身后，法哲和张薇必定有一场硬仗要打。

　　文文提着花篮进了电梯，电梯挤满了病人，花的芬芳和病人梦魇般的神情，以及这些人身上散发的虚汗的酸臭，让文文正坠入一种完全的黑暗里，消失在不见的地方。

　　从走廊拐出一个推车，文文随手将花篮放在病人的脚上。"送人鲜花，手留余香！"她记得爸爸在教训人时说过这话。当推车整体拐出走廊时，文文发现盖住双脚的白被单，也严严实实地盖住了那人的头。长得像烤地瓜似的卫生工冲文文露齿一笑，推着车子向太平间走去。文文惊出了一身鸡皮疙瘩。

　　张薇就像拔掉了一只痛了很久的蛀牙，忽然发觉那长期妨碍她生活并且让她痛苦、紧张的东西不再存在了。

　　文文猜测得很正确，张薇和法哲像一对疯狗似的恶目相向，彼此谁也不退让。其实，一段时间来，张薇和法哲照顾病人，身心疲惫，精神压力极大。张薇内心的焦灼是外人体会不到的，眼看着亲爱的妈妈疯疯傻傻，内心有挖肉似的疼痛。可她是女人，无力抗拒社会的欺压，无力复仇那该死的强奸犯。失去了妈妈，就失去了整个世界。她每天都像走在悬崖上似的紧张，每天都是在高压下呼吸着。偏偏文文总来搅乱她的生活，总是悄悄接近法哲。法哲是文文的盘中餐，这谁都看得出来。她为法哲过生日，为法哲拍片，又为法哲带来儿时的照片，哪能不让张薇发疯地嫉妒。文文窒息了张薇的爱情，窒息了她身上一切有生气的东西。文文不能留在张薇和法哲中间，可法哲似乎并不拒绝文文，觉得文文单纯、善良。张薇责怪法哲喜欢文文，就应该去追求副市长的千金，去过人上人的生活，不应该虚情假意地侍候在病房里。而法哲怪张薇小题大做，无事生非，不应该这么心胸狭窄。两人在公园里吵着，用语言折磨对方、麻醉自己。空气里充满恐慌和伤悲的气味。

法哲转身走了，咚咚地逃出了石子路，仿佛再也不回来似的。

刹那间张薇觉得一生的命运或者现在决定，或者永远不能决定。她一屁股坐在铁椅上，想痛哭一场，可又哭不出来。此时，除了医院上方的天空，一切都是虚无，一切都是欺骗，除了寂静与风以外，什么也没有了。

"好吧，这就是结局！"张薇内心对自己说，这话又仿佛说过好几次了。正如一个失恋的青年，一旦那悲催的时刻到来，留下她单独存在时，她浑身发抖，呆若木鸡，思维错乱，努力寻找一个可以远远逃掉的机会。

张薇无处逃脱。她服侍妈妈吃药，妈妈抗拒着不吃。因为久不见法哲，妈妈狂躁不安。

"吃药，别让人看笑话了！"

护士进来了，帮助她喂妈妈吃药，可妈妈一把推开了护士，恶狠狠地瞪视着靠近她的人。

"妈，醒醒吧，没有人怜悯咱！"张薇眼泪流了下来。护士越劝她，她的眼泪竟然越汹涌，最终化成了一场号啕痛哭。法哲走了，崔叔叔也不再来了。妈妈这样卑微地活着，这样没有尊严地存在着，耗尽了平生的所有激情，成为别人的笑料，成了文文的笑料。张薇真想抱着妈妈一起去死，一起跳楼或一起吃安眠药，永远不再醒来。

总可以找到一个让她暗自哭泣而不被打扰的角落吧。

生活是多么卑鄙、狭隘，是多么不堪重负。看着妈妈空洞的眼睛，张薇搞不懂生命的真实意义，搞不懂命运的魔掌为何伸向了美丽的妈妈？她坐在床边，出神地看着酣睡的妈妈，心里一紧，仿佛灵魂还有一种深沉、持久的哭泣，驾乎尘世的所有声音之上。

张薇体会不了法哲的感受，也没心思领会法哲的想法。一度让法哲崇拜的洪院长，甚至让他有点小小依恋的洪院长，转眼之间疯掉了。他们一起在高速路上说说笑笑，一起在咖啡屋里回忆她的初恋，听她讲那位优秀的高顿。在向阳桥头，她激情地扑在他怀里，误以为是高顿来赴他们的永世之约。那种异性的温暖和感动，曾一度左右过法哲。而就是这个女人，在他的眼前疯掉了，完全把他当成了初恋情人，要他关怀，对他撒娇，他不得不进入角色，软语款款地哄她吃饭、洗脸，亲吻她的脸颊，照顾着她破碎的生活，抚摸着她破碎的记忆。从来没有人把爱关在门外，即便是世上最冷酷的监狱，爱也能敲开它的大门。洪院长的变故如电光闪闪，惊雷炸响，仿佛席卷大地的狂飙，把美好的生活整个带往深渊。法哲的自责和伤痛，无法用言语表达。他感觉他欠了这个洪院长什么，可到底欠了什么，他也不知道。她是在他的眼前疯掉的，她是把他当成情人来依恋的，这种错意，让法哲徘徊在黑暗中，看不到光明，走不到尽头。法哲想逃到一个地方，认认真真地想清楚。可是城市就像一座疯人院，从这里逃到那里，也不过是从一所疯人院逃到另一所疯人院。没有一个地方可以容纳灵魂的自由歌唱或痛苦的叫嚣。

晚上，他独自坐在白鹭湖边，想着最近发生的乱七八糟的事情。崔总对他相当冷淡，他误认为自己和洪院长一起回的贝地城，一起在贝地城游玩。其实都是巧合，是冥冥中躲不开的纠缠。法哲认为崔总并不真的喜欢洪院长，他仅仅喜欢她的光鲜，她的招牌，以及她的美丽，而真实的洪院长他并不了解。他好像知道谁强暴了洪院长，却沉默不言。他和那位女医生出出入入，这哪是照顾病人，分明是泡女人。洪院长两重天的生活，中间隔着一段遥远的距离，隔着人情的冷暖、爱恨的本质、是非的错乱。想到人性的冷漠，法哲肌肉疼痛，胸膛发紧，无法呼吸。人心难测，天意难猜，等完成南河大桥，就辞职离开公司。

人不能用污秽的器皿去装纯净的甘露，再评判甘露的纯度。只有靠内心的自我净化，自我升华，才能保持甘露的纯洁度。

对于一个良心还没被污染的人来说，爱是重要的生活内容，也是唯一的存在方式。法哲坐在河边想着，一个头上戴着兜帽的男子站在离他不远的地方欣赏风景，那人无论从哪个方面看，都极像法哲。法哲太专注于自己的世界，他根本没发现这位围着他转的男人。显然，这个男人就是高顿。

一个小偷从法哲身后走过，瞬间抽走了裤兜里的钱包，转手递给了接应的同伴。高顿旋风般将两人横扫在地上，瞬间让他们手脚疲软，像烙饼似的踏实。高顿从他们身上搜出了七个五颜六色的钱包。法哲以为有人斗殴，忙转身离开。高顿啪地将钱包扔在了法哲的脚上。法哲诧异地看着自己的钱包，不明白为何由身后的裤兜里跳到了脚前面。

两个瘫软的小偷虫子似的在地上扭动着，被许多人紧紧地围着，等待警察的到来。法哲四处寻找智斗小偷的人，却只发现一个头兜遮着脸的男子消失在人群里。许多年后，法哲都一幕幕复制着那兜帽男子消失的背影。

法哲的电话响了，他以为是张薇的，却是文文打过来的。这瞬间的错愕似乎以前也发生过，也是把文文的电话，当成了张薇的。心理学家认为出现这种似曾相似的情景，一般是疲劳过度所致。

文文猜测到张薇会和法哲吵架，便以道歉为借口要见见法哲。

十多分钟后，文文赶到了湖边，在如蚁般的人群里找法哲，发现并没有人陪伴他时，内心像当了压寨夫人似的甜蜜。她安静地坐在法哲身边，低声软语地说了句："对不起，给你惹麻烦了！"

"麻烦本来就在的。"

"可我内疚得像……像……醋。"

法哲看了文文一眼，随后望着幽暗的湖水，像欣赏水影里那流光溢彩的风景似的，叹了口气，什么也没说。酝酿时觉得很聪明的话，一到嘴边，就觉得愚蠢了。安静是最好的保护。

文文坐在他身边，一脸的骄傲和喜悦，心头品尝着幸运的味道。

湖面波纹颤动，揉碎了灿烂的光柱，没有人懂得它们在经受着什么，又想表达什么。法哲不想说话，只想静静地待着。可怜的人只会注意自己。文文安静不下来，她想聊儿时的故事，以唤起法哲美好的回忆，她想聊未来的前程，以引起法哲对权势的憧憬，她还想聊聊重病的洪院长，以勾起法哲的苦涩。所以，文文开了好几次口，法哲总是哑巴似的笑笑，听着，不发表任何言论。所有的光彩靓丽都抵不过沉默的魅力。但是，一种甜蜜的感觉渗透了文文的欲望，好像一阵狂飙，香风习习，吹遍她的灵魂，氤氲着欲望飞旋。

文文感觉她距法哲很近，心却很远。她处心积虑地捕获着法哲，李威政则想尽计谋地讨好着她。人真是苦命，轻易得到的不珍惜，而得不到的却又当成无价之宝。世界就是交织着爱和恨、聪明和愚蠢、简单和复杂的一池混沌。

"到我家去欣赏拍的短片吧？"

"打扰你爸妈多不好！"

"他们不在家。"

"可今天实在没心情。"

"看了短片你就有心情了，儿时的大王多霸气。"

"我现在能喘气就不错了。"

"别说得那么可怜。"

文文不容法哲分辩，拉起他的手便向车子走去。她的车已换成了几万元的自由舰。

副市长的家果然豪华气派，宽大的房间，红木家具，厚厚的地毯，精致的装修，让法哲顿觉自己朴素得像农民工。阳光是画家的朋友，财富是权势的朋友。屋子里的安逸和他嘴巴里的苦涩融为一体。文文真幸福，生活在这样的家庭里，现在的张薇又多么可怜啊。瞬间的感觉像闪电击中了法哲的心灵，他恨不得拔腿就走，赶到医院，赶到张薇的身边。无论逃得再远，让他心疼的人依然是张薇。

文文给法哲倒了杯现榨的苹果汁，自己也端着半杯，坐在沙发上。两人像二年级的小学生，像看露天电影似的专注。文文的心思萦绕在分分秒秒的指针上，萦绕在未来一两个小时的幻想里。而法哲则完全被画面吸引。

电视里出现了贝地城的大杂院，一沓小伙伴们的照片跳跃着闪现在屏幕上。画面和音乐制作得都非常精细，当出现医院的镜头时，法哲按了暂停键：电视上是贝地医院高高的门诊楼，青灰色三面红旗的浮雕，又窄又长的窗子，阳光中闪着血红光芒的十字……法哲仔细研究着医院的风景，猜测是什么让洪院长激动不安。

屏幕上出现了贝地城的第二小学，他们的母校，一位小女生的照片微笑着闪现出来。法哲怎么也认不出这位女生，文文告诉他，这女生叫关京红，曾考过全市第一，后来又以高分考入北京，是第二小学唯一一位留学美国的学生，现在取得了绿卡，定居在美国，听说混得不错。

流云南飞，仿佛要把记忆带走。一只老鹰在万里无云的天际盘旋，一旦发现猎物，就扑到垂涎已久的时刻。童年如梦，这梦是那么沉，那么深，坠入大海，带走过去时光，永远不再回来。

画面出现了法哲的镜头，从小到大能收集到的照片一股脑儿地穿插闪现着。法哲感觉自己的好时光都已过去了，而烦恼却像时针一样不离不弃。

记忆里那条宽阔的大河，成了涓涓小溪，这让法哲有种沧桑难共的感觉。夏天放学后，法哲把书包挂在树枝上，脱掉上衣，一头扎在潭水里，像鱼儿似的自在，像野鸭似的轻松。当他深吸一口气，一个猛子游到对岸时，看到树下一只黄狗骑在一只白狗上。当时他还没理解那对狗儿的爱情深意，他向那对狗儿泼水，可狗儿看看他，一动不动，他又向那对狗儿扔石子，那对狗儿才迟疑地分开。

吃晚饭时，他向爸爸妈妈讲起了那对贪玩的狗，爸爸一巴掌掴到他脸上，让他好好吃饭，不然就拿去喂狗了。

那潭水早已成了臭水坑，最后一次看它时，周边还漂浮着垃圾袋。

过去的是那么美好，美好的记忆都已过去了。

纪录片放完了，法哲和文文正说说笑笑地讨论着，文文的妈妈崔梅进家了。法哲急忙站起来，礼貌地叫了声阿姨。

没有理由向公众展示市长家的生活，公众没有理解力。崔梅讨厌女儿往家里带同学或朋友。她脸阴得像雨夹雪似的，根本没看法哲。妈妈冰霜般的冷漠，让文文很焦急，为了缓和气氛，急忙介绍："妈，你还能认出他吗，腾法哲。"

崔梅换上了一副温和的笑脸，迎着这位男生。可是当她看到法哲的脸时，惊讶得像遇到了鬼。这哪里是腾法哲，分明是许多年前把她撞到河里的高顿，是让她暗恋的高顿，是洪界凡的男朋友。她惊讶的面容充满怪异的魅力，一如明月有各不相同的造型。

说出真理是一件痛苦的事情，但怀疑真理更痛苦。

崔梅像小脚老太太似的跟跟跄跄差点摔倒。法哲伸手扶住了她的胳膊。她哆嗦着，惊讶地盯着他的五官，好像扶她的是霍乱病人似的。

将手放在钢琴上并不意味着是音乐家，坐在副市长的客厅里，也不意味着是市长家的朋友。法哲匆匆告别。崔阿姨的反应就像洪院长第一次见他时一样，法哲已见怪不怪了。

文文对妈妈的表现相当不满意，她觉得妈妈瞧不起法哲，甚至瞧不起法哲的妈妈。

妈妈瞪着一双花猫似的眼睛努力回忆着久远的事情，过去的记忆有时也会变得和未来一样模糊。

"他要是腾四的儿子，你就是美国总统的女儿!"

"妈，你要是真和美国总统有一腿，他是不是腾四的儿子都不重要了。"

"他很像一个人……不可能……也许……"

"妈，你怎么像做梦似的?"

"比这更荒诞的梦也做过。"

"疯掉的洪界平院长误把法哲当成了初恋情人。"

"洪……界……平?"

真相源于谎言。崔梅一屁股坐在沙发上，回忆一幕幕浮云似的飘出了记忆的天空。二十多年前，高顿和洪界平先后去找过她。再后来，人们传说界凡的姐姐和高顿相爱。有些流言蜚语，比河底的泥沙更沉重。崔梅像观察实验室的小老鼠那样审视着过去，她感到一种空虚，急不可待地想重新找到那个可以填满记忆的人。

"他绝不是腾四和王香的孩子!"

"但肯定是父母的孩子吧?"

"那得看父母是谁。"

"什么意思?"

"这……肯定很有意思。"

文文从妈妈茫然而又沉思的表情里看出，她好像知道些事情。

高顿像一顿难消化的晚宴多次在崔梅的梦里重现。邪念诞生的地方，厄运将至。这么多年的人生经历让她学会了辩证分析。

"高顿！法哲分明是高顿的翻版！"条条道路通天堂，但没有一条回路。那故事有洪姑，她不敢轻易抖出来。

当年自己被陈文革强暴，痛不欲生。界凡的姐姐界平为妹妹报仇，要上告"文革"司令批斗和盗墓的事件。她动员知情者崔梅，准备了大量砖块，一旦时机成熟，就往他身上扔。陈文革感到后怕，执着地向崔梅求婚。陈文革声明早就爱上了她，早就崇拜她，真心地追求她，并且要为她的幸福而奋斗终生。陈主任嘴甜，像抹了蜜糖似的，把崔梅说得天花乱坠，神魂颠倒。他有把死人说活的本领，把一场强奸罪行说成了因痴情、迷恋、着魔、癫狂的表现，好像有罪的不是陈主任，而是她漂亮的崔梅，是崔梅的眼神、崔梅的身段、崔梅的气息。"文革"司令是那个时代最可靠的职业，但从精神层面讲可不轻松，一个神志清醒的人，不可能总批斗同事、朋友或无辜的市民，却不会失去自我。他要么找借口发泄自己，要么铁石心肠而无视自己的罪恶感。

崔梅没有分析她和陈主任将是一种怎样的恋爱，是高尚的还是庸俗的，是规矩的还是不规矩的。那段时间，每逢有人祝贺她找了金龟婿，她总是笑中含泪；没人知道那泪水的味道，也没人知道那笑的深意。她时常被一种似曾相识的刺痛折磨着，有时像得了绝症的人等待死神来临似的，等待刺痛再次造访。毕竟一个被强暴的女孩，没有多少选择的空间。

他们从不谈论界凡，不谈论贝地城，不谈论"文革"，那是夫妇的禁地，是良心的禁地。所以由陈文革复生成"陈文新"，再更名为"陈乾坤"，这其中的艰难、机智和神秘，也只有他们夫妇共享！

最好的敌人是死掉的敌人，但相对于这对夫妇，死掉的洪界凡却是最危险的"人"。

寂静是崔梅的家园，沉默是她的粮食。她安生于以强暴为开端的婚姻之上，一如桨手坐在小船里。陈副市长履行了对崔梅的诺言，让她幸福，给她快乐。随着官职的一路升迁，崔梅过起了富足的官太太生活，无论走到哪里，都有一群人献媚着、服侍着。工作越换越好，职务也越来越有脸面，出国像赶集般随便，保养得像明星似的精致。但夫妻毕竟是夫妇，强奸的阴影像堵墙似的横亘在婚床上。有很长时间，崔梅不让丈夫近身，睡觉也要划出三八线，如果新郎敢越界线半只手，新娘就紧张得呼吸急促、面色苍白、颤抖得像踩在电门上。

新婚的他们有时竟会怀疑春天存在过。蜜月过后，夫妻依然没能同房。新郎生气地说即便他干一头母猪，也会听到它尖叫了。言外之意是崔梅猪都不如，这让她很伤心。她好比一朵美丽的花，花瓣还没脱落，就已萎靡不振。艺术家着重观察事物的不同点，庸人只会注意事物的相似之处。酒后的陈乾坤不得不婚内强奸酒后的崔梅，这次相当成功，不但干出了激情，还唤醒了崔梅的女儿身，从此过上了正常的性生活。

婚姻的新鲜味过去后，漫长的平淡日子考验着每个人的耐性。婚姻的一大魅力在于瞒骗成了夫妻生活的绝对必须。职务不断上升的陈乾坤身边总有不少姿色绝佳的女人。有些男人为了升官，不惜让年轻的妻子陪酒陪唱，也许还会陪睡。崔梅声明再三，如果陈乾坤敢对其他女人下手，她就离婚，把强奸、假死及"文革"的一切坏事公之于众。陈乾坤大度地拥抱着妻子，声明今生今世只爱妻子。妻子是上天送给他的宝，他会好好呵护，地老天荒。情话说得无比动听，崔梅再多心就很卑鄙了。但她的内心深处，一切东西凝滞而沉重，阴沉而浑浊。这个华丽的家，像不牢靠的幻觉，似乎装饰的木纹里严严实实地塞满了不祥之物。

沽名钓誉，飞黄腾达，这是丈夫灵魂里的全部内容。

多年之后崔梅像泥泞中的乌龟，只管无忧无虑高卧不起。

陈副市长明时事，辨是非，知道有些事是惹不起的。"文革"中张扬的他试用了崔梅，让他一生都在服用苦涩、难咽的后悔药。摆平崔梅的方式很多，结婚可能是下下策。青春不慎的思维，葬送了美好的一生。不是崔梅不好，而是总睡在掌握自己把柄的女人身边，很难产生美感。看到别的夫妻手牵手地散步，卿卿我我地聊天，陈副市长就感觉自己丢了钱包又丢了家门的钥匙似的。火是玩不得的，聪明的人不玩明火，更不能惹火烧身。他已将把柄授予了崔梅，就像把炸弹埋在了自己脚下，而开关却掌握在崔梅的手里。不要说时常做噩梦，就是天天关照崔梅的心情，就让他颇为疲累，颇不自在和率性。带着隐喻活在婚姻里面，示弱就会挨刀子，身上有多少伤口，又怎能数得清呢。医生只负责治病，不负责病人的人生，陈副市长不得不自我疗伤，就像鞋后跟不断磨损一般，他被婚姻不断消费着。

陈副市长虽然竭力想做个体贴入微的丈夫，却总是不能牢记他是个有家室的人，在外的感觉总胜过家里。女人比男人更讲究物质，她们把恋爱看得很伟大，却总是很实际。随着年龄的增长，崔梅再不会拿着证据威胁丈夫。肆意享乐是当下所能找到的最有价值的哲学思想，欺骗是留在现代生活中唯一的色素。两人像所有恩爱的夫妻似的达到了更高程度的和谐。丈夫的事业就是这个家的事业，家的荣辱就是夫妻共同的荣辱。但崔梅依然不了解丈夫，看不透丈夫的本质。他像影子似的简单，又像影子似的有无限的内涵。也许，丈夫生来就是个政治人，生来就是那种永远让你看不透真相的朦胧人。也许丈夫一路绿灯的升迁，与他这种老练的性格有关系，也许真像他说的，有神灵在帮扶着他。他迷信洪姑，祭拜洪姑。崔梅因为曾和洪姑同宿舍从不轻易谈论洪姑，只是每次丈夫悄悄回贝地城祭拜时，崔梅心里总会异样的难受。除了保留在黑暗中的一小片温暖，在记忆的幽谷，洪姑还认识他们吗？

"我要去贝地烧香，一起去吗？"陈副市长关心地问妻子，好像他不是去烧香，而是到夏威夷消夏似的。

"怎么又要去？"

"下月换届了，提前祭拜。"

"我怎么总觉得不对劲儿？"

"因为你善良，总为我职务担心。"

"也许不是为这？"

"烧香的时候，我会替你念叨念叨的，那时你就会踏实了，睡眠也香甜了。"

"我睡眠一直很好。"

"是的，鼾声响起来不亚于一头大象。"

崔梅的鼾声一直是丈夫调侃的对象。生活的快乐是那么微小，就像沙里的金子。许多年后，崔梅才明白丈夫去烧香时烧出了什么，又为什么那么频繁、那么虔诚、那么热情洋溢。

崔梅喜欢蜷曲在沙发上，躲进黄昏美好的余晖里，一些清晰而令人渴望的幻想往往会盘桓在心中。每个人的心里都有一个让他心痛的或甜蜜的人。崔梅念念不忘高顿。是她把高顿带到贝地城的，是她首先看到高顿的。可高顿却和界凡偷偷地恋爱了。这么多年过去了，每当看到帅性十足的男生，崔梅都会不由自主地想到高顿。她总盼望着也许会有那么一天，在人来人往的大街上，突然看到高顿。若没有幻想，人间如同地狱。但崔梅早就知道她期待的销魂梦幻，只会徒增伤感。一人独处的夜晚，一种因孤独、无所事事和青春不在而产生的惆怅，揪住了她的心。事实上，当年自己被高顿惊吓到河里的行为太过晦涩，没法看透后面暗藏的讥讽。"吓我一跳，不会敲门吗？"当时错乱的开始，早就预示了错乱的结局。

　　原来一个人对另一个人可以有这样的威力，原来一切如此轻易地就被颠倒了。崔梅幻想着，如果嫁给英俊潇洒的高顿会怎么样呢……她突然想起了韩剧中的帅哥，脸不由得热了。她清楚地意识到，要把如此乏味、空虚的金笼子里的生活变得有生机、激情和浪漫，关键全在上帝。

　　丈夫向她提供的仅限于世俗的美好：安全感、衣食无忧、尊严的生活，这些东西一旦相加，或许看似爱情，也几乎等于爱情，但终究不是爱情。这些疑虑一度增加了崔梅的彷徨，因为她也并不坚信爱情当真就是生活中最需要的东西，爱情不等于面包。

　　婚姻就是枷锁，夫妻关系就是一种形势。趴在崔梅身上，陈副市长幻想着趴在了界凡、界平和其他让他眼亮的女人身上。睡法定的妻子，有睡妓女而不交钱似的得意，让陈副市长品味到性的快乐和婚姻的香甜，这虽然有点阿Q精神，但也有王者的快意。陈副市长不怕崔梅有外遇，因为在崔梅的眼里，男人的权和钱永远是第一位的，没有钱和权，性感就无从谈起。对付这样的女人，也很简单。终其一生，她不过是他的调味品或配菜。一生只爱一次的人是浅薄的、低能的，他们自称忠诚和忠贞，在陈副市长看来这恰恰是缺乏创造力和想象力的体现。有时，他倒希望崔梅能有点激情。

　　与崔梅的婚姻是他青春错误的补丁，是他一生不可修补的纰漏。好在官场险恶，步步惊心，分散了他绝大部分的注意力，没多少心情关注夫妻的纠结和女儿的事情。

　　女儿是这场无奈婚姻的副产品。

二十三

夜灯悠然，病房安静，愉快的午夜和病人的鼾声十分和谐。护士手捧一本官场小说，像和情人约会似的那么专注。午夜的梦魇和对官场权色交易的好奇，吸引着护士的注意力，走廊晃荡着失眠的病人或陪人，权当是楼下花园里出行的野猫。

一阵杂沓的脚步声从楼梯上传来，间夹着人群的低语。敏感的护士立刻将书推进抽屉里，装作观看记录的样子。

查夜班的工作人员走到护士站，护士悄声介绍了几个特殊病人的抢救情况。他们在病房里巡逻了十多分钟，然后拖着疲惫的身体向楼上走去。

今夜没有重症病人，病房重归安宁，这是难得的存在。

界平病房里传来轻轻的鼾声，她的手里依然捏着那张医院的图片。她瘦了，脸颊明显地凹陷了，苍白的手背露出了经脉。中年男人轻轻拨开界平脸上的头发，久久端详着这张苍白而安宁的脸。他从界平的手里抽出那张照片，是贝地城医院门口的风景照。中年男人将照片放进了衬衣口袋里。

中年男人坐在椅子上，守护着睡眠中的界平。地灯神经质地在墙壁上荡漾着一圈圈涟漪，让人感觉这里不是病房，而是某个电影场景或梦境里的画面。他无声地和她的梦交谈，好预支下一次相聚，也好让自己在梦的气息里享受浪漫的种种往昔。他轻轻握着她的手，像握着一只刚刚孵化出来的小鸡。醇醇的爱情之酒，迅速地、不知不觉地、不可抑制地醉倒了心灵。他在病房里待了两个多小时，当听到护士开始做晨间治疗时，才悄悄地站起来，和护士错身而过。

张薇走进病房，发现妈妈焦急地寻找着什么，嘴巴也一张一合的，像困在网里的鱼。后来才意识到那张引起她兴趣的照片不见了。照片怎么会不见呢？一张医院的风景照有什么稀奇的呢？护士说可能是张薇的男朋友拿走的，夜里他来过。真相是这个世界的可怕错误。提起法哲，张薇心中经受着可怕的羞愧与煎熬，急速地反省因那个名字而回荡的令人惴惴不安的感觉。

法哲和崔总一起走进了病房，他们刚刚从南河大桥的工地回来。有崔总做证，法哲根本没来过病房。

护士皱着漂亮的额头，诧异地说："可半夜时从我身边走过的就是你啊！"

"说谎可不是天使的特长！"

"看来，听实话肯定不是你们的特长！"

"你撞了我的药杯，还迅速接住了，难道这也是我编的？"

"肯定不是我编的。"

"无聊！"护士气呼呼地走了，她刚刚交完班，准备回家休息了。

大家宁愿相信护士说的是梦话。

界平的伤口已愈合良好，治疗精神疾病是当务之急。崔总联系了到疗养院治疗的事项，并特邀了上海精神病专家来会诊。崔总说关于南河大桥，洪院长做了很大贡献，这费用是他欠洪院长的。

如果在这个世界，你想帮谁就帮谁，终会发现自己无家可归。

无论承认与否，人们都在自己的路上逃亡。

精神分裂的界平丧失了辨别是非的能力，也丧失了对白天和夜晚的掌控。她的眼睛里饱含着不可原谅的相思。洪院长像个孩子似的拉着法哲不放手。法哲给洪院长梳头、洗脸，剪指甲，换上干干净净的居家服。

法哲不惧崔总的眼神，就像人无法与牛争论一样。界平的"亲近"把法哲和崔总之间的距离扩大了一百公里。空气里留下了愠怒的气味。

法哲去办理出院手续，在电梯里遇到了那位穿着红风衣的夜班护士。

"帅哥都好说谎吗？"护士微笑地质问法哲。

"不如美女会说谎吧！"

"可你明明碰掉了我的药杯啊！"

"那我可能梦游了……"

护士梦游似的看着这位执着于谎话的男生，电梯开了，她抢先出去了。新的一天，她可不想从谎话中开始。

崔总提着装有界平衣物的旅行包在前头走着，法哲和张薇扶着界平慢慢在后面跟着。天空如同水晶般的梦，那朵朵的白云轻纱似的缥缈，界平显然不想往前走，她怕人群，怕车来车往的街道，仿佛这不是她生存过的世界，不是她的立足之地。

树下站着一位戴墨镜的中年男子，远远注视着他们四人。这是个奇怪的巧合，有显而易见的解释。

张薇打开了车门，可界平不上车，她仿佛嗅到什么，左右望着，像似寻找援助者，又好像在等待什么人。

法哲和张薇还是把她推进了车里。未经修饰的阳光直直地照在停车场上，鸟儿在树间鸣叫，仿佛真的能表达什么思想似的。

崔总不时地从后视镜里观看界平，她依然那么美丽，握着法哲的手那么安静，仿佛睡着了一般。"如果她没疯的话，我们也许会成为一家，也许是不错的幸福之家。"没人能理解那一夜流泻出的疯狂，是怎样破坏了她的生活。那个恶毒男人随身携带的宝物，对她犯下了多大的罪过，毁掉了几个人的生活。欲望来时，男人们会把它掏出来，事后又若无其事地把它收回去，仿佛根本不曾见过什么女人。而这个女人却被毁了。

南河大桥的施工进入了关键阶段，崔总没时间关照界平。有事业活得才有信心，人生大戏似乎在按自己的剧本进行着，可随着年龄的增长，总有些荒谬的压力，像影子般追随着。崔总迷失在自己的剧情里，仿佛坐错了火车，速度越快，偏离得越远。界平的影子已像钉子似的镶进了他的木板里。其他任何女人，无论是女医生，还是女律师，以及漂亮的空姐，都不能让他维持三天的热度。男人离不开女人，可真要寻找离不开的女人，也很难。缘分这东西很怪，像磁场、像电力、像风、像梦，无形无影却又主宰着人心。姐姐曾骂他是瞎子，看不清好女人。他第一次失败的婚姻总是被姐姐作为案例抬出来，作为反驳他的证据。崔梅反对弟弟接近这个疯女人，她觉得弟弟也处于疯狂的边缘。人总选择简单的路走，没有人甘愿受伤。崔总不想和姐姐辩论，因为从姐姐的神情上看，她虽不明说，总为自己嫁得好而倍感荣幸。正因为她嫁得好，弟弟的事业才发达，也正因为她嫁得好，亲戚们才跟着荣华起来。

在姐姐的唠叨和牢骚里，崔总学会了微笑着沉默。即便同母所生的兄弟姐妹，思想和意识差距之大，也不是一张世界地图能描绘的。

每次看着界平，崔总惭愧得恨不得马上消失得无影无踪。虚假的悲伤是件有趣的事情，他不想以怜悯者的身份出现在她身边。为了把她从惶恐中解救出来，崔总真希望把自己也牵涉到这疯狂的不幸当中，希望界平那特殊的世界向他敞开，并且把他也吸进去，一起感受，一起抗争，一起苏醒。

有一次崔总在医院走廊里遇到李总，李总刚从彩超室出来，一副心满意足的样子。他告诉崔总："刚做了个全身彩超，除了头发有些变白外，其他零部件都很正常，像十八岁小伙子。"

"多少女人要倒霉了。"

"是女人要幸福了！"李总调侃道。

这时，彩超室的门开了，女医生提着李总的包出来了。看到崔总和李总在聊天，不由尴尬地想背过身去，可还是被热情的李总拉住了。"这是心脏病专家李医生。"

崔总急忙伸出手，想说祝贺她由小儿科转职为心脏科了，可嘴巴还是软了下来。

"改天让她给你查查心脏吧，看看正常不？"李总大方地推荐着。

"肯定比小孩的心脏大。"

"你又不是小孩，干吗和小孩子比。"

"我怕李医生把我当成不熟的小孩。"

李医生的脸顿时红得像朝霞。

李总揽着李医生的细腰走了。

"真像一对小朋友。"崔总自言自语。

魏博士是著名的精神病专家，能把他请出上海，不仅仅是钱的问题，崔总上海的朋友下了很大的人情功夫。单单出诊费就四万，还不包括往返的机票和住宿等费用。魏博士讲课是以分钟计算的。看来，任何行业只要做到精专，都是王者。

疗养院在白鹭市的东北郊区，附近有白鹭度假山庄、高尔夫球场、国家森林公园等等。这里远离城区，环境幽静，依山傍水，是绝佳的疗养康复场所。服务好，收费也高。崔总让界平在这里疗养，并非一时头脑发热，而是受某种解释不清的东西所鼓动。李总，这位白鹭市的重量级人物，自己挑战不起，内心的那份歉疚，只有崔总明白。他所表现的不是勇气、不是爱心，而是毫无用处的怒气。他很想手起剑落，就像摩西开辟红海一样，可他不是摩西，生活也不是红海。

所以，帮助界平是必须的，不管下多大气力，需要多久，他都不会放手。他希望找到类似爱情又没有爱情之烦恼的东西。他体内的动力源无法受控，而它所带来的那种心慌，足以使一切缺憾变得值得。

白鹭疗养院里绿树成荫、溪水潺潺，亭台坐落于树林里，瀑布流于假山石上。曲径通幽，花香遍园。张薇高兴地扶着妈妈在院子里呼吸新鲜空气，闭上眼睛，倾听大自然的声音，也变成了另一种阅读，一种高贵的阅读。

此时，日坠西天，落日的余晖扇形地铺展了半个天空，飞鸟在天空里尽情地追赶、飞旋，仿佛它们是这世界的主人似的。

一行白鹭打开了它们那天使般的翅膀，不紧不慢地扇动着，在空中舞蹈着。在如此美景的衬托下，张薇的心情也爽朗了很多，坚信妈妈一定能康复，坚信美好的生活一定会到来。一个奇怪的意念漫入张薇的大脑，大自然修复事物的能力，远比人的破坏力更强大。命运就是命运，跟它怄气毫无用处。

一旦有两个人在场，对妈妈来说，就会感觉和两百个人没有差别。这里人少，又安静，相互间打扰的就少，界平似乎安静了许多，不再那么胆小怕事，不再那么死抓着法哲不放。

在这优美的环境里，似乎每个人的灵魂都荡漾着诗意，在没有醉酒和疯掉的情况下，人人都是诗人，人人又都是诗人的听众。

张薇试图通过分析妈妈梦呓般的语言，把她迷茫中的航海图拼凑起来，穿行于那不可计数的秘密岛屿之间，试图在一些支离破碎的心灵中，寻找抹平旧日伤痛的慰藉。

魏博士认真地了解病人的情况，发病前的身体状况，以及发病后的各种反应。魏博士模仿着法哲的行事风格，陪着界平在疗养院里散步。开始界平拒绝，根本不听他支配，坐在椅子上，安静得像本书。魏博士轻轻地讲贝地城的故事，讲从张薇和法哲那里了解的她从前的小事，界平的眼珠子慢慢灵活起来，闪耀着未知的光芒，甚至主动向魏博士伸出了手。魏博士牵着界平的手在院子里慢慢走着，轻轻地聊着，一上午就轻松地过去了。界平已对博士相当信任，像信任法哲似的允许他给她倒水或盛饭。在摸索房间钥匙的时候，她仿佛想起了什么，又仿佛那想法不重要似的摇了摇头。

魏博士给界平开了处方，在镇定药的作用下，界平酣然入睡。她弄坏的只是一段生命的过程，不是全部。魏博士对崔总、张薇和法哲交代他的诊断。因为发病时间短，诱因又非常清楚，治愈是不难的，但得对症。病人精神系统受到了破坏，像蚊帐破了个大洞后，一批批的蚊子飞进去，睡眠受到了干扰。采取以药物治疗、行为治疗、药膳食疗为主要手段的综合疗法，最后还可以配合心理治疗等等，以消除或减轻病者的种种障碍。当前最重要的是消除她的心病，心病不除，很难突破，就像蚊帐的漏洞不堵，无论怎么驱赶或用杀毒剂，都无济于事。

崔总的心咯噔一下，像石头落进了水塘里似的。心病，可如何去除她的心病呢。崔总突然感到一种巨大的自卑，他觉得自己可怜、丑陋、低贱，像在战场上突然看到战友牺牲时的感觉，他觉得不仅配不上界平，而且也配不上世界上任何一个女人。

这一天将尽结束时，崔总开车，法哲和张薇坐在后排座上，他们像三个哑巴似的一语不发，各自思考着可能或不可能的事情。崔总幻想自己能像贝多芬那样弹奏钢琴，幻想自己像蜘蛛侠那样快意恩仇，像上帝那样让界平回归健康。时间是人类的一种发明，二十年后，崔总的良心都在谴责着自己不作为。

车子开进了城里，在等红绿灯时，法哲告诉崔总，他直接去张薇家。如此直截了当地提出住宿的目的。崔总气得牙痒痒，他嫉妒法哲，嫉妒他的幸运、他的爱情、他的年轻和是非分明的闯劲儿。那是他们年轻人的生活，谁也复制不了，盗取不到。

人不是从娘胎里出来就一成不变的，相反，生活会逼迫他一次又一次地脱胎换骨。崔总眼看着他们手牵着手上楼去了，而他和界平本可以如此。一想到界平的前途，他就觉得被活埋了。

李总终于把贯穿全省的高速公路的大单拿了下来，这次接手，不但会让他财源江河般滚滚涌来，而且让他结交了更权重的人物。有了与这些人的交往，今后的业务肯定会像发酵的面包，几倍地放大。只要懂得生活要领，自己就是上帝。活着真好！可有些人就是不知道怎么活，为何活。上次在医院里遇到崔总，崔总和李医生瞬间的反应没逃过李总猫头鹰似的眼睛。原来崔总早就上过这个美女医生。对于朋友或熟人干过的女人，在李总眼里就成了破旧的抹布。他可是那种高贵的人，穿一次性内裤，用一次性牙刷，干一次性女人。李总终于将这位同姓医生美女，从花名册上抹掉了。

李总和朋友约好在白天鹅夜总会喝酒或打麻。一掷千金的生活让他有帝王的感觉。白天鹅夜总会的花魁们，像后妃侍候皇帝似的争先恐后，香语软体，温情款款。李总知道她们看中的是他的钱，那又怎样，钱不就是一个数字吗，而这些姣美的女孩们，却是青春、美丽、香艳、激情的代名词。有了她们，男人才真正是男人，有了她们，生活才值得一过。就像狗讨厌狐狸，魔鬼讨厌好人一样，姑娘们讨厌贫穷，贫穷不是现象，而是卑鄙的证据。花魁认为穷鬼就是一群猪，她说这样称呼他们的话，反而侮辱了农场的畜生，因为猪肉也很值钱。

李总刚刚在门口下车，花魁们早就笑语盈盈地来门口迎接了，李总认为姑娘们的热情既非来自生存的需要，也非来自遗传，而是源自一种爱的雄心。无论这个世界，还是另一个世界，任何艰难险阻都无法将男女之爱摧垮。他浑身荡漾着热流，大脑也轻飘飘地盘旋着香气。李总希望夜晚更长，蕴藏着更多的惊喜，希望投入月光般投入女人的怀抱，犹如啜饮一杯大红袍，希望能绽放出男人的那种恬静又惬意的微笑。

李总像首长似的走在美女们自然分开的过道里。

"为好人服务！"美女们站着整齐的队伍、高高地挺着胸脯，齐声高呼。

"美女辛苦了！"李总像检阅部队的将军似的优雅而庄严地挥挥手。

夜总会就像一片美女鲨鱼云集的凶险海滩，而李总是养鱼人。在花魁们的引导下，李总进了他的包厢，客人们早到了。如果客人喜欢唱歌，李总便陪着客人唱一会儿。花魁们都知道，唱歌之后，李总要搓几圈麻将。李总喜欢搓麻将，他觉得唯有搓麻将才是运气和智慧的完美结合。

两个姑娘服侍着李总搓麻将，其中头牌花魁给李总添茶时声音低柔又像自言自语地说着："明天要来一位新生。"

李总知道这话是说给他听的。在白天鹅夜总会，只要有新姑娘进来，老板总是先让李总品评，姑娘们都以服侍过李总而得意。李总高兴了，她们就是得宠的皇后，如果李总讨厌了某个姑娘，那就别在白鹭混了。在姑娘心里，李总就是她们的皇帝，她们的万岁万万岁。一百个夜晚她们都试图了解这个男人，可他根本无法掌控。

"学表演的大学生，长得像范冰冰。"头牌花魁极力替明天招来的姑娘美言，那是她表妹。她得意于夜总会的生活，银行账户的数字上了七位数了。打仗父子兵，上阵亲兄弟，把表妹弄来，远胜过同行像冬天树林似的不友好。

"表演就是骗人的招术。学校不教姑娘们好好读书，只教她们好好散发香味。"李总虽是随口一说，花魁还是紧张得肩膀抖动了一下。她们就像耗子似的胆怯，到晚上才伸出脑袋来看看外面的情况。李总在她脸蛋上捏了一把，感觉到她冷汗涔涔，于是用一个不被人察觉的暗号安慰了她。

女孩的心计不过是茶壶里的风暴。

关于"范冰冰"的信息，还是乱了李总的手指，运气突然下滑，连玩了四局皆输得干脆利索。

李总切断对方运气的方法就是到走廊的公共洗手间减压。

这座仁慈的夜总会悄无声息地潜入了黑夜，每个角落都笼罩在那种虚假的、魔幻的光线之下，不再依赖月亮的光辉。从营业之日起，这里的生活就变得没有人格、无情无义了。没有钱，就休想参与其中。洗手间装饰得非常漂亮，每面墙上都贴着精美的瓷砖，瓷砖上烧制着古希腊美人图，无论男女，个个体态丰腴，有的在花园里坐着或躺着，有的在天空飞着，还有的在泉边休闲着。洗手间艺术透着性感，就像金钱总昭示着权威一样。这些西式图画让人相信，看别人和让人看都是欧洲皇室和贵族的雅好。

李总刚进了小隔间，一位中年男人迅速挤了进去，贴着他的背后，瞬间捂住了他的嘴，在他胳膊上扎了一针。李总立刻瘫软得像煮熟的面条，任那位男子将他放到坐便器上。他内心里明白遇到了孬种，可眼睛睁不开，嘴也喊不动。男子把一顶花魁小姐的帽子扣在了他头上，盖得还相当不规范，帽檐盖在了眼睛上。李总以为这人是同性恋，在玩他的鸡巴子。

如果这人是条狗，就扔给他一块骨头；如果他想要钱，就给他几刀子。

被麻痹了的李总突然感觉自己绵软得很仁慈，毕竟上帝对一个不怕死的人也会感到恐惧。在药物的魔力下他开始变得魂不守舍，双眸出现了一种奇特的光亮，幸福和甜蜜的时刻就要降临了，生活中不可能有比性爱更好的享受了……变态狂关上门走了。几分钟后，麻药失效，李总完全清醒了。血染红了便池，他这才发现，自己的一个睾丸被摘掉了。他惊恐得像女人似的歇斯底里地大叫。瞬间，白天鹅的保安们齐集到洗手间，用那令人无法忍受的热情，扰得他尊严尽失、狼狈不堪、丑态毕露。此刻，他再也没有心思去怜悯明天的像范冰冰的女孩了。

消息像风一样刮遍了三教九流杂汇的夜总会，早有记者跟随着警察破门而入。

那天是李威政的生日，在白鹭大酒店，李威政邀请了文文等几个公子哥和姐妹们庆祝生日。谁都知道文文是李威政的美味，他一直像蜜蜂似的围着这朵花转。他知道文文心有所属，但他不怕，他喜欢持久战，笑到最后的才是王者。

可是在外人看来，李威政在不停地敲一个聋子的门！

李威政不相信只有傻瓜才会幸福，但倘若有必要，他会随时装聋作哑。他不会气馁，因为他感到自己受到一股升腾的勇气的召唤，足以震撼这个世界。他觉得她那么美，那么迷人，重要的是背景那么五彩缤纷，所以不能理解为何别人也敢像他一样，为她的脚步那响板似的美妙声音而神魂颠倒！

有那样的爹，毕竟也少不了这样的儿子。

女孩追求天长地久、白头偕老。法哲是白头偕老的典范，而李威政绝对是美女如云的楷模。虽然现在装得严谨自律，但性格的本质，总会像狐狸的尾巴，不时暴露出来。

上帝和魔鬼，一劳永逸地统治着世界，他们俩一个建设、一个毁坏。

矛盾着，也和谐着。城市如此、生活如此，爱情也如此。

大家举杯相庆，李威政正得意间，服务生用托盘端着一个精致的礼品盒进来了。李威政惊喜又诡异地看着文文，像是识破了文文送礼的小花招似的。

文文头摇得像拨浪鼓，不敢冒领送礼之誉。文文越声明，李威政越坚信是她。仿佛礼品的甜美气味飘散到了盒子外面。

礼物送上门，学着打开就是了。

只有快乐的哲学，才是纯粹的哲学。在众人的喝彩声中，李威政解开了系在礼品盒上的红丝带，打开了礼品盒，手指伸进礼品盒里，本以为里面是一块时尚的手表、或者矫情的巧克力，但温温滑滑的感觉，突然让李威政紧张，大脑飘过一团阴云，预感有什么坏事发生，冷气顺着鼻孔一直钻进了身体的最深处。他急忙抽出手指，捏起盒子，将里面的东西倒在了托盘里。一个酱紫色的睾丸在托盘上颤动了一下，像个狗腰子似的横在李威政眼前。

小伙伴们都惊呆了，不知道这血淋淋的东西是该蘸着辣根吃、还是蘸着醋吃？

"这玩意儿泡酒才成，我爸就……"见多识广的文文还以为谁送给李威政有壮阳功能的狼宝贝呢。有人曾送给他爸爸一对这玩意儿，到现在还泡在酒里呢。

李威政豁然顿悟，这并不是为这见鬼的爱情准备的——这是一个陷阱！猛地扯住服务生的前襟。

"一位客人……祝……"服务生很有风度地退了出去，甚至还带了点实属难得的优雅。在春风拂面的夜晚，李威政颤抖着，感觉前所未有的寒冷，一时间找不到合适的话体现他的尖刻。

这次经历虽然短暂，却给他上了生动且残酷的一课，而且也让他有了一个模糊的信念，那就是不管有没有良心，有没有上帝，甚至有没有法律，如果生日宴会上没收到礼品盒，总是值得庆幸的事。

李威政立刻给警察朋友打电话，几分钟后，警车鸣着笛停在了酒店门口。李威政吩咐警察立即着手调查这是谁的睾丸，谁给他的生日送了这样的厚礼。

第二天，许多人都知道白鹭首富在夜总会被摘掉了一个睾丸，并当作生日礼物送给了儿子。

当一个人在乎自己的生殖器时，对抗看不见的力量就要承担风险。

这个世界从冒失鬼到疯子，从疯子到囚徒，往往是瞬间的事。崔总看到这篇报导相当震惊，仿佛有惊雷在头顶炸响。显然，有人在替界平报仇，这人是谁？

恐惧比勇气更能杀人，更能令人仓皇失措。如此高明的身手，又如此巧妙的设计，绝对不是一般人所为。据说整个过程李总都没能看那人一眼。但那盲视的几分钟，就把恐惧的囚室永远带入了他的内心。

然而，谁都猜得出，李家父子正磨刀霍霍，仿佛整个白鹭市的夜空警报似的响着砭人灵魂的噪声。

李总这条毒蛇曾给界平带来多大的摧残与恐惧。崔总回忆起那天晚上，他和界平静静地坐在车里，又圆又冷的明月斜挂在东天上，稀疏的星星淡然地漠视着宇宙。界平半依在副驾驶上，闭目沉思，车里静得像午夜的梦。崔总知道她在想什么，却又无力和她讨论那个勒紧她灵魂的问题。那时她那么智慧，那时她还没疯。

崔总拿着报纸驱车去了疗养院，护士正陪着界平散步。信任疯子绝不是一种冒险，对她的爱，曾是他一生中最炽热又荒凉的感情。崔总拉着界平在亭子里坐下，把报纸摊开在膝盖上，故意夸张地说着李总。界平的表情没有任何变化，依然呆呆地望着花坛里起起落落的一群鸟儿。

在那些不幸的日子里，无法想象有谁比他们此刻更幸福，有哪对夫妻比他们更般配。与其说她痴傻，不如说她沉默。

报纸的油墨味很适合留在一个幸福下午的回忆之中。

崔总便一句句地读起了那篇报导。周遭的空气爱抚着他们的肌肤。她闭上眼睛，倾听鸟鸣，仿佛也倾听着这个陌生人，又仿佛将此情此景留在记忆深处一般。当读完时发现界平竟然双眼含泪，一把夺过了报纸，揉成了一团。无形的伤和有形的痛都是疼痛，看来，她不会说谎，不过也不会说实话。

崔总又惊又喜，犹如打了胜仗似的开心。

崔梅怎么也搞不明白为何他们家总是和姓洪的黏在一起。女儿在洪界平手下工作也就罢了，还和洪界平的女儿抢同一个男人，而弟弟却不知好歹地照顾着神经失常的洪界平。在结婚的前几年，她一直觉得她的婚姻是从洪姑那里租借的，从不阻止丈夫祭拜洪姑，她却无法忍受回忆那段日子带来的痛苦。那么多年过去了，和洪家姐妹的关系，竟然又像埋在土里的种子，在她的生活里遍地开花、盘根错节。

除了偶然，没有什么比命运更不可预测、又出人意外的了。

下班后，刚进家门的文文就被妈妈尖厉的争吵声吓了一跳，像撕破布匹似的，直刺耳膜。爸爸也英勇抗敌，毫不相让。文文收住了脚步，站在门厅像兰花似的安静。

"文文不能在洪界平手下工作！"在离太阳近的地方给文文安排一个位置，一直是妈妈的心愿。

"你干吗对一个疯掉的女人那么敏感！"陈副市长看着这位睡了一辈子却不愿正眼瞧的女人，她脸色苍白、神情慌张，似乎身后有蛇在追赶。折磨她的已不是将来的事，而是过去的事了。

"她妹妹是怎么死的？"

"过去的事我都忘了，我只记得洪姑保佑了我。"

"你可真混蛋！"

"谢谢表扬！"

"那我就再'表扬'一次，腾法哲可能是洪界平的儿子，文文和洪姑的外甥女结婚，会遭殃的……"

崔梅感觉自己说多了，赶忙收住了嘴，像抬起脚踩住了自己的灵魂。多少年来，生活像瞎子似的前进，他俩夫妻相敬如宾、搁置争议，尽量避免踏进那片充满恶臭、令人厌恶的沼泽。彼此的忍让和沉默不过是抵抗恐惧的保护壳。

"你胡说什么！"爸爸的声音带着难言的愤怒，"别对没有根据的事乱猜测！"

"我宁愿文文嫁给一头猪！"

"法哲又怎么会是界平的儿子？"他带着抛弃副市长职务的忧伤与她凝视，希望她懂得他的沉重。窗外天气晴好，阳光灿烂，愉快的春光透过玻璃射到室内，和室内的气氛不太和谐。

"二十五年前，和洪姑姐姐相爱的高顿，简直就是法哲的翻版。她待产时曾来找过我，当时王香也到了临产期。那天，当我一看到法哲，差点儿没昏过去。这事没那么简单。"

房间里安静了，爸爸和妈妈都在想着心事，连风吹窗帘的沙沙声都听得像音乐。"是不是真有因果报应？"妈妈的声音像暴风雨中的小鸟，忐忑又凄凉。二十多年过去了，无论是他还是她，都没有找到一条灵魂的回头之路，因为每条路都被他们暗中捣毁了。

"如果真像你说的，也许是好事。这么多年来，我们虔诚地供奉洪姑。如果文文真能和洪家的后代联姻，也许……你还记得洪家的那笔已埋藏了半个世纪的珠宝吗？"他像一头被关在笼子里的狮子，似乎分辨不清现实如何结束，梦幻又在何处开始，恍惚间，仿佛看到了那堆璀璨的珠宝。

"我真佩服你的勇气。"

"二十多年前的那个夜晚，你就该这么说。"

"你这个卑鄙的强奸犯。"

"别装了，顶多算通奸，或者是试婚。"

富贵而尊严的生活让崔梅闭了嘴。

生活是勇敢的、慷慨的、不可逆转又充满希望的，这重大的信息，让文文一时难以消化。她回到自己房间，坐在椅子上，望着窗外摇晃的石榴树，痉挛地、抽筋似的狂想着。"法哲是洪院长的孩子？那张薇和法哲岂不是兄妹……"文文感觉世界向她打开了幸运大门，自己苦苦追索的爱情，将以出其不意的美好结局出现。"我和法哲……永远在一起！"文文越想越兴奋，越想越得意。长久以来的挣扎就此结束了，与她预想的形式相反，这并不是一次心灵的地震，而只是胜利的庆典。

文文兴奋得在床上打滚，她太得意、太开心了。她心中的天堂，染上了西沙群岛的湛蓝。她是那种一听见音乐就忘记了身体存在的人，随时飘扬起那卖弄风情的衣裙，没有任何内心的斗争，只有天真的轻浮和欢乐。

证明这件事也很简单，做个亲子鉴定就可以了。

文文按捺不住内心的喜悦，拨通了法哲的电话。竟然是张薇接的电话，张薇说法哲正在洗澡，如果有事，待会儿再打过来。

"洗澡?"文文像在梦里似的辨不清方向。"在洗澡?"文文像突然明白了什么似的,拉开门就往外跑。

文文开着车冲出了小区,再次接通了法哲的电话,说有急事相告,十万火急。

傍晚的天空幽黑神秘,月亮像个空心的大浮标,在昏昏沉沉的东方天际里浮动。人就是这样,没有诱惑,兴奋不起来。

法哲的头发湿淋淋的,浑身也透着刚刚洗澡后的清爽。迎面扫过凉凉的春风,法哲接连打了两个喷嚏。

见到他的那一刻,文文便知道一件无可挽回的事情终于发生了,小心翼翼地不流露任何异样的表情。她突然觉得有千言万语,不知怎么开口了,仿佛嘴从来没有这么笨过,语言从来没有这么贫乏过。他立在眼前,那么英俊帅气,无法复制,他的容貌和嗓音就像这春天的夜,永远值得让她义无反顾地狂奔。正如一个热恋中的女孩,一旦渴望的时刻到来,她身上发抖,呆若木鸡、双颊飞红。

"你千万不能和张薇在一起,"文文像只饥饿的灰鼠,咬住了就坚决不放松,"你可能是洪院长的亲生儿子!"

法哲像看一个怪物似的看着文文,"你胡扯什么?"

文文怕法哲跑掉似的紧紧抓住他的胳膊,焦灼的表情像衣服着了火似的。"我偷听了爸妈的谈话了,我妈说,你的确和一个叫高顿的长得很像,而那个高顿和洪院长相恋。"

"这些我都知道啊。"

"洪院长在贝地生产的时候,你妈妈也到了临产期。"

"这奇怪吗?同时生孩子的人总是很多的。"

"可抱错孩子的机会还是有的。"

法哲看着怪异的文文,突然不知说什么好。手机的信息响了,可在打开的瞬间,他把全世界都忘掉了。那是贝地医院的住院登记表,用手机拍下的。日期正是法哲出生的那一天,最关键的是,在入院的栏目里,赫然列着"洪界平"。

"洪院长在我生日那天也住在贝地城的医院里?"

瞬间,法哲有掉进深渊似的恐怖,胸口像堵了巨石般压抑。没有张薇的世界是不完整的，可又没有世界能同时容下这样的兄妹两人。在这一刻，法哲觉得与他崇高的、公正的、仁慈的天空相比，自己的生命竟然那么微不足道，竟然那么轻易地被踩蹋、被摧残、被抹杀、被嘲笑，自己的快乐竟然那么卑微!

难道注定成为彼此的悲哀?

这是谁发的信息呢? 法哲打回电话，电话关机。这个信息能发到法哲的手机上，就绝非儿戏了。

法哲在楼下的小公园里坐到半夜。这打击太大了，他没有告别，拖着沉重的双腿回到宿舍。一步步地挪，三公里，路不长，相对长长的一生，这混乱的几步算个屁。他气得像头熊，却无从抱怨，只把恼恨、悲催、眼泪、混乱交付春风。

二十四

　　陈副市长正在电脑里看女儿参与拍摄的贝地城的录像，看到第二小学那位品学兼优的关京红的介绍，内心有些不爽。对一位从"文革"走来的政客，旧日世界就是一座地狱。片子还没看完，秘书通知调研团来了，他没关电脑就匆匆离开了。

　　一位工作人员打扮的中年男人，进了办公室。目光像扫瞄仪似的，环视着房间。书橱里昂贵的鸡血石碗没引起他的注意，写字台上镶金的佛手托金也没吸引他的眼球。电脑里继续播放着纪录片，贝地城医院的图像呈现出来，纪录片专注于法哲出生的报导，中年男人恍然记起了界平手里紧握的照片，大脑犹如被电击了般混乱。突然传来开锁的声音，他像泥鳅似的滑进了老板桌的下面。

　　门开了，一双晶亮的黑皮鞋咚咚地走到写字台前，拿起桌子上的笔记本和笔，又走了出去。中年男人缩在桌子下，竟然发现橱壁上有四个螺丝钉。经验丰富的他从身上摸出一枚硬币，快速地取下了螺丝钉。果然，这是个暗抽屉。中年男人轻轻拉开抽屉，里面有一个印着青岛栈桥图案的红色笔记本，笔记本的封面赫然写着"洪界凡"。抽屉里还有一本叫李忠心的护照，却是陈副市长的照片，护照里塞着李忠心的身份证。中年男人快速地扫描着笔记本和护照的内容，然后完璧归赵，旋紧了螺丝。许多天后，这位中年男人又偷走了洪界凡的笔记本。这是后话。

　　中年男人就是高顿。他一生都在做死亡游戏，他的哲学里只有生死，一瞬只为死，一生却为生，一瞬到一生的距离，其实也就是生与死的距离。

　　界平对照片如此牵挂，一定是有原因的。高顿根据那照片和纪录片的指引，找到了贝地城的医院。他用几天的活动，试图填满他们思念的二十五年。

午夜，他飞墙越户，犹入无人之境，潜入了医院的病案室。他是那个地方唯一的顾客，像条鱼似的在一个空寂的水族馆里走动。果然，界平在这里住院、生产。档案显示，洪界平在这里生了一个女婴，出生就死了。同时和她一起住院的还有腾四的妻子王香，和界平同一时间，产下了一个男婴。这重大的线索立刻引起了高顿的警惕。高顿以特工的本能猜测法哲就是洪院长的孩子。可现在，他正和他的亲妹妹相爱！这层挑战性的恋情，带着乱伦的罪恶气息，他隐隐感到有点不安。

高顿第一时间把这信息传递给了法哲，力图阻止不伦行为的发生。

痛就是痛，谁也代替不了。

"法哲是我的儿子！我是一个多么愚蠢、羞耻、滑稽的父亲啊！"高顿的灵魂早已被锻炼，锻炼成钻石，可面对这一猜测，他激动得像沸腾的大海。他无法让头脑清醒，灵魂突然亮了起来。尽管还需要做亲子鉴定，但心灵的预感已让高顿激情澎湃。事实上，那隐忍的激情太过晦涩，没法看透命运暗藏的讥讽。

他和界平还有孩子，多么幸福的三口之家，可他们却彼此陌生彼此遥远彼此不知道对方存在！高顿非常难过。当初为何参加那个选拔，为何会鬼使神差地踏上不归路。他早该知道那幸福的三天，不会亏待他们长长的爱情。生活用二十五年的滋养，结出了今天让为父羞愧的果实。这么多年的特种部队生活，过着高压、紧张、连梦都不敢做的魔鬼般的日子，在枪林弹雨里讨生活。特别是禁锢在道义的监狱里，连自己的女人都保护不了，连自己有个儿子都不知道。

世事如此玄妙，宇宙如此练达。再没有比一个惭愧的父亲更柔情百结、温绪脉脉的了。人和人之间存在着微妙的、难以言传的东西，一个人可能是另一个人的延续，一个人可能是另一个人的影子。

高顿像无形的海风穿行在贝地城的大街小巷，没有人记得他，他可以走访任何人；没有人知道他来的目的，他可以探听所有的事情。二十多年前的贝地，还发生过什么事情，腾四和王香怎么会抱错了孩子？月光下的记忆犹如清澈的湖泊，人是里面自由自在的鱼。没有哪个父亲会希望自己成为儿子的陌生人，可是命运那冰冷的眼神像瞎子似的无视一切。

高顿行走在生活之外，一直被排斥在人群之外，仿佛住在凄凉的荒原，风呼呼地刮着，沙尘扑扑地旋转着。他只能像看电影似的，看着别人男欢女爱、子女绕膝。

那晚离开法哲，文文连夜赶到了设计院，作为副市长的公主和办公室工作人员，进出洪院长的办公室是非常自然的事情。加班搞设计的同事发现洪院长的灯亮着，便好奇地推开了门。文文蹲在办公椅边，像肚子疼似的。

"文文，深更半夜的，你在干吗？"

"怎么不敲门，吓我一跳。"

"这里可不是女厕所，干吗蹲着？"

"洪院长的女儿要我找把钥匙。"

"找到了吗？"

"找到了一点灰尘。"文文从桌子脚旁捏起了几根头发。这足够了。

文文和法哲约好第二天带着洪院长的头发去做亲子鉴定。

法哲接了文文的电话下楼去了，说公司有事，一去不回。公司里的事怎么会与文文有关？为何文文一出现，就麻烦不断？这一夜张薇睡得极不安宁，仿佛有什么大事发生似的。后半夜唰唰地下起了春雨，伴随着呼呼的风声，吹过窗口的全是凄凉，和史前时期一样的雷声，不停地在头顶上轰轰作响。张薇凝视着敲打在玻璃窗子的雨点，窗外暗淡的阴影，和着摇晃的树叶，像巫婆的黑风衣似的荡来晃去，诡异又神秘。

霓虹灯照着发青的街道，像惊悚的魔幻世界。

美国两所大学给张薇发来了带奖学金的邀请，她还没和法哲商量该怎么做。其实，也没什么可商量的，妈妈病重，又怎么能离得开。上帝距离她很远，而疗养院却很近，这让她对妈妈和梦想有了真切的体悟。她听见自己对着阳光喊叫，带着时间、风的音响效果，这种效果泄露她无限的焦虑、热情和痛苦。读书让她找到了蛰伏在内心的某样东西，好书的力量迫使她思考以前从未想过的事情。喜悦和恐惧在内心交错，她发现，世上所有的书都能诠释自己复杂而错乱的感受。

雨后的城市在晨曦的照射下，闪烁着金灿灿的光芒。天一亮张薇就赶到了学校，忙到中午时才发现没有法哲的任何消息。他急忙给法哲打电话，电话关机。张薇沉不住气了，她拨通了崔总的电话，崔总也联系不上法哲。

她赶到疗养院，可那里并没有法哲。张薇沐浴着妈妈那静谧无声的目光，仿佛她在责怪张薇的慌张。张薇暗自猜想，也许她根本没疯，或已经康复了，不然，那眼神为何脆弱得让人心软。

万般无耐，张薇忍不住打通了文文的电话，那时节，文文已知道法哲和洪院长亲子鉴定的结果。文文的心情极好，即便向她借五十万，她也会爽快地答应。她告诉张薇，她马上赶到疗养院，有重要事情相告。

张薇觉得自己给文文打电话是犯的最没智商的错误，不该相信文文，也不能招惹文文。文文是那种能从干草堆里榨出鲜果汁的人。

悬而未决的问题就像癌细胞，让人胆寒。张薇陪着妈妈在疗养院里散步，护士告诉张薇，她妈妈恢复得很快，这两天过得很安静。护士建议张薇多和妈妈说话，不要在意她是不是明白，尽管说，有利于她恢复记忆。

今天，张薇莫名其妙地感觉受到了孤寂的侵蚀，也需要有人陪伴和照料。心脏是一个不大可靠的器官，仿佛在歇斯底里地躁动着。

张薇看着安静的妈妈，可什么也不想说，心事像石头似的堵在胸口。如果法哲有个三长两短，自己也会疯掉。疯掉是多好的状态，什么也不用管，什么也不必在意，想哭就哭，想笑就笑。如果要问疯子不缺的东西是什么，那便要靠想象力了。世界是人神杂处之地，每个人都扮演着命运指定的角色，我是张薇，而你只能是法哲。

张薇对着斑驳的斜阳和正在兴起的苍然暮色，咬紧牙关，把欲望中的所有恶魔都散发到飘着花香的风里。张薇牵着妈妈的手散步，妈妈走到昨天她和崔总坐过的椅子边，似乎想起了什么，对，一张报纸，那报纸上有什么消息。界平左右寻找着。

崔总一身灰土，显然是从工地上赶来的。他为没有法哲的消息担心。

人是在磨难中长大的。自界平住院以来，张薇成熟了不少，大大小小的事都是她操心，给界平洗澡、喂饭，陪着界平做各种治疗。

"如果张连长……守着这么个好女儿，该是多么高兴啊。"对越自卫返击战仿佛是十万年前的事情，崔总突然有说不出的惭愧，好像遗念也是一种不可饶恕的罪过。

崔总和张薇彼此间没有过多交谈，但是他们俩都明白，妈妈的这场病，让他们亲密了很多，生出了类似父女情的隐隐感觉。

"文文正往这里赶！"张薇知道崔总是文文的舅舅，对文文的反感掩藏在内心深处，仿佛处在烟雾弥漫的仓房里，暗火炽燃。新闻的发布权、处决权都握在文文手里，这加深了张薇处于爱情边界的强烈危机感。也许自己不该往惊险的地方挖掘，也许一切都是误会和幽默。一想到自己爱法哲，便情不自禁，柔肠满怀。心中刚刚萌发出那种新的、突如其来的感情，就被义义粗暴地搅乱了。张薇的眼神温和而缥缈，她盼着出现在门口的不是文文，而是让她惊喜的法哲。无论法哲以什么借口离开的，她都会原谅他。

张薇还不了解人性是多么复杂，不知道平和的生活中含有多少陷阱，高尚的情操里蕴含着多少卑鄙。她就像蜜罐旁的胡蜂，每走一步，都会被某处粘住腿，或粘住翅膀，受尽折磨。今天同班同学告诉她，比她们低一年级的一位女生，因失恋，伤心欲绝，写了封爱情血书，就从高高的教学楼上跳了下去。女生家属包围了办公楼，校长吓尿了裤子。原来移情别恋的人正是他的儿子。经风历雨的校长不会为儿子的前女友的自杀而操心，让他心动的是那封生命的血书里，竟然揭露了校长收贿的许多事实——这本是家庭机密！而死者家属要求严惩贪污犯和帮助父亲收贿的花花公子。

张薇记得那位校花级美女，她美得像画上的人，可意志却像脆弱的宣纸。为一个男子浪费掉生命是何等愚蠢的行为。

崔总不明白法哲在文文和张薇中间搞什么鬼，南河大桥建设的关键时期，法哲是不该旷工的。

其实亲自将消息告诉张薇，文文还是感觉很难开口。实话像涂过药的刀子，从谁嘴里说出来都带着致命的毒。文文迷路了，怎么也找不到疗养院的路口。原来她下了白鹭东城的立交桥后就走错了方向，应该向东北走，她却向着东方直奔而去。当她赶到白鹭疗养院时，崔总已在门口等得不耐烦了。

文文一向怕舅舅，这位军人出身的舅舅总是对她很严格，上初中时就训她衣着太花哨、太前卫。她专横跋扈，虽然受到亲人或朋友的娇宠，却非常孤独，极力寻找内心的安慰。法哲的事让她总算明白，一切皆有可能的。只消一个机会、一个时段，幸福之门的钥匙就握在了她手中。

迎接爱情之神，只是时间问题了。

刚刚拐过路口，就看到舅舅像站岗似的直直地立在门口，今天，她特别期待着舅舅。舅舅虽然关心洪院长，但他们之间根本不会再有任何可能了。舅舅再怎么痴情，也不会对一个疯子动心。让舅舅向张薇解释，自己便可金蝉脱壳。在心计方面，文文感觉自己可以和爸爸比试，可在爸爸眼里，文文并不像他想象的那么聪明。

关上发动机，她调整心态，似乎肩负着拯救全人类的重任。

舅舅像雕塑般一动不动地站着，那张通晓世故的脸上，棕色眼睛像射灯似的盯着文文，无形中透射出来的虎气，还是让文文紧张，仿佛文文开口就是谎话似的。

不被人理解已成为文文唯一的自豪，所以她也不在乎舅舅的表情。

文文左右看了看，像是怕人听到似的，敛了敛表情，忧伤又神秘地说："洪院长是法哲的妈妈！"

"胡扯！我还是他爸爸哩！"

"我陪法哲去做的亲子鉴定！"文文欣赏着这重大消息在舅舅心里引起的地震。舅舅就像坐在一辆刹车失灵的汽车上，冲下山坡时不知如何全身而退。

"文文，这开不得玩笑。"

"我辛苦地跑到这荒郊野外，是为别人讲笑话的吗？"

"为别人，你是没这么勤快过！"

"舅舅的表扬真暖心。"

"你的消息可真刺心。"

"法哲说谁也不要找他，他离开一段时间。我也不知道他去了哪里。"文文隐忍着残酷的微笑，犹如洒满霞光的树冠，璀璨夺目。

两人刚刚转身，发现张薇惊呆得像一条落网的鱼。爆炸性的消息震傻了大脑。不必任何人开口，却已让她全身都是在受刑，彻底丧失了生存的魔力。命运不会赋予她任何能醒人耳目的东西，绝望突然膨胀，就像一头运到屠宰场的猪。

"你撒谎!"

"我可没这胆子!"

"你太恶毒了!"

"我是和平鸽，是来中止危险关系的。"

张薇近乎歇斯底里地痛哭着，情欲混杂着仇恨，泪水夺眶而出，扭头就往院子里跑去。她慌乱地以为是在睡梦中，而这只不过是众多睡梦里的一个，她在梦里奔跑着。巨大而沉重的黑暗，铺天盖地地向她逼来，声音里裹挟着死亡的呼号。

张薇大脑如惊雷炸响，她被世界拒绝着。

崔总和文文急忙追了出去，可张薇正处在疯狂的边缘，奔跑的速度像有狼追赶似的。她咚咚跑上疗养院的六层楼顶。当命运把人推向深渊时，人们既没有能力也没有智慧跑开。每层台阶都是思想，每级台阶都是疼痛。"法哲怎么会是妈妈的儿子？我怎么和哥哥……不，不可能……他是妈妈的儿子……他不会再喜欢我了！他会恨我的，会恨我的……他恨我!"她像足球运动员临门一脚，错失了千载难逢的机会似的懊恼。

张薇向楼顶跑去，每一步都是摧残，都是挣扎，都是心灵的呐喊。她终于跑到了楼顶，转身落了锁。

夕阳、浮云、淡星和山峰连接成天空的风景，命运的背叛是澄澈的背叛。她只是屈身于爱的秩序，却成了一个笑话、一个过冷的幽默。哪里还是她的天地？哪里还容她落脚？这错乱的关系让她痛不欲生。她站在楼顶的矮墙上，清澈明亮的天空充满了飞鸟的韵律，向前或向下，她眼中满是罪恶，就像掉进了熊洞里被撕碎一样。她想痛哭、哭到喉咙嘶哑，恐惧一波波袭来，像棍棒般捶打着她，麻痹了她的动作与感觉，神志仿佛抽离到了远方，不再控制躯体。"不如死了好……妈妈……对不起……他会爱上别的女人……别怪我……"

门被踢得咚咚向，声声震撼着张薇的心灵。她高高地站在楼顶的边缘，广阔的世界就展现在眼底。苏州园林式的公园、蜿蜒的河流、层峦叠翠，飞阁流丹……可张薇什么也看不到，一动不动地站在那里，忍受着灵魂的黑暗，仿佛乘坐着被烟熏黑的列车，轰隆隆地开往死亡的终点。她痛苦地呐喊着，恨不得打烂什么、破碎什么。

社会是个大舞台，总是从每个人身上榨干最后一滴戏剧效果。

张薇突然觉得与法哲的恋爱是场幕间戏，小丑般逗人玩笑。"法哲，你在哪里……法哲……"她的眼睛里饱含着不可原谅的相思与愤怒，她的渴望、她的灵魂、她的骨头仿佛在燃烧，燃烧的烟火充满了毒药般的香味，那种呛死人的气息。

在夕阳的映照下，人工池面犹如生了锈的古铜镜，大楼的影子垂直地投落在上面，映出傍晚的天空，澄澈明亮，储满了诱人的寂光。

门被踢破了，崔总、文文和一群医护人员跑了上来。

"别过来！"张薇泪流满面地喊着，她讨厌他们，恨他们，想破口大骂他们。

张薇还想再说什么，身子一歪，松动的砖块使脚没踩稳，滑了下去。

死亡不是游戏，却是一场郑重的仪式。

崔总感觉心破裂了，扑倒在楼檐上，绝望地往下望去。

"完了……什么都完了……"他往地面探去，目光却被二楼的阳台截住了。二楼是疗养病人的喝茶室，伸出了两米宽的小阳台，那探出的木板，正好接住了张薇。张薇像睡着了似的躺在水泥板上，保安从二楼的窗口迈出去，把昏迷的张薇抬进来。

医生们立刻进行急救，口对口呼吸，胸外心脏按压。幸亏发生在疗养院，抢救得及时，张薇的命终于保住了，左胳膊却摔断了。张薇睁开眼睛，望着陌生的人们，仿佛躺在没有硝烟的战场，周围滑过了魑魅谍影，能在这里逞勇的都是妙手神偷，偷得生存的智慧与力量。她感觉自己瞬间石化了，意志、欲望、所有的一切都石化了，外界与内心无关，它再次坚定地退缩到石洞里。崔总紧紧握着她的手，抚摸着她热泪滚滚的脸颊。"傻丫头……"

白鹭市的战市长突然被双规了，白鹭市政坛地震。战市长一向保持着良好的形象，非常亲民，当市长的五年里，到距市里六十公里的山区视察就有三次之多。农村考察时，突遇大雨，路面泥泞，战市长宁可让村民在路上铺一公里长的草垫子，也不愿住在村里、给农民添麻烦。他做人非常谦虚，妻子移民荷兰，他对外声称妻子在河南，因为荷兰和河南读音差不多。他总是早上静悄悄出门，回来时却闹哄哄，浑身荡漾着飘飘然的幸福。

战市长认为，一个好统帅不需要天才和任何特殊的品质，正相反，他认为生活在一切都是明码标价的时代，对人、财、物、女人，应该事必亲躬，才能发挥人类最美好、最高贵的品质——亲民，播送爱和柔情。

基于他高尚的从政哲学，要求白鹭市的干部要勤奋、清廉、亲民、敬业，如果达不到这个标准，就实行末位淘汰。两年时间，把前任班子留下的干部，无论多么积极、多么勤奋、甚至群众威信多么好，他大笔一挥，就砍去了三分之二，有几位是李总的亲戚。

不知是谁胆大包天，悄悄跟踪了战市长在夜总会亲民、飞到澳门赌场调研工作的过程。战市长在开党委会时，被纪检的人带走了。战市长的亲人们蚂蚁般忙着托关系，试图将他的罪行大事化小。可上告的人也很有战略，把搂抱美女和赌博的视频，及时共享到网络上，并形成了连载系列。残害耶稣的刽子手是犹大的整个身子呢，还是一部分，这已不重要了，重要的是他成功了。

饿鼠轻松爬进小麦筐，等它吃圆了肚子后，就再也爬不出来了。一批跟随着战市长出入夜总会和赌场的肥鼠们纷纷被带走了，正是这些不义之徒，举证了事实。本来嘛，丢了脑袋还哭头发有什么用，谁喜欢招什么就招什么吧。战市长第一次体验到生活的神奇——他努力建造的权力和财富世界，像是海市蜃楼，风一吹就消散了。

陈乾坤副市长成了唯一没有与这事有任何瓜葛的班子成员，自然由他主持白鹭市的日常工作。代理仅仅是暂时的，扶正势在必然。非常时期陈副市长绝不容许有任何意外发生。大是大非面前，他知道该怎么做。

李总被施行了半个宫刑之后，谢客绝访，闭门思仇。陈市长的车子刚刚停在家门口，李总就得到了消息。他稳坐在太师椅上，闭目养神，像和尚入定似的。

进了这个门，金钱万能，尊严滚蛋。

仆人把陈市长请到了书房，过了五六分钟，李总踩着厚厚的波斯地毯健步走了进来，那轻轻的声息，在陈市长听来，确有太监的特点。

一番客套之后，陈市长直截了当地表达了他的心思，希望李总健康，希望白鹭安宁。李总静静地看着陈市长，像看着自家养的那条心思沉重的德国犬似的。他们的心思在进行你死我活的较量，他是来交友的，不是来交恶的。交友交恶仅仅是一秒钟的事，如果错过了这一刹那，机会就不再有了。

白鹭地震，政权更迭，任何有想法的人，都将面临新的情势，计算到最后就是选择。想要争得一席之地就得排挤他人，犯错与失败都会立刻付出代价，代价就是自己的政治性命。选择在己，成败在天。

一个人若要攻克堡垒，先攻克自己的灵魂。

李总的沉默比坦克的冲锋都厉害，他眨巴着毛茸茸的阴囊似的眼睛，盯着陈市长，突然一种新奇的、前所未有的灵感飘进了他的沉默，把他的沉默搅得粉碎。仿佛不但能看透陈副市长，也能看透他脚下三尺深的地方。

"咱们的文文公主好吗?"李总开口直言文文，这让陈市长有些乱了阵脚。在他们的战争里，不应该以后代为法码。但自古以来，利益的双方不可能有比联姻更好的联盟关系，从文成公主到奥地利皇后，无不如此。

"她李叔关心她，是文文的荣幸!"

李总眼睛眯成一条线，伏着身子，仿佛怕隔墙有耳似的。"还有更荣幸的事，文文当我的儿媳妇怎么样?"

"骐骥才郎，我还求之不得呢!"谁为自己辩解，谁就揭发了自己。陈市长像得了大奖似的异常惊喜，仿佛女儿一向嫁不出去似的。同时，另一个陈市长在心底哀叹，哀叹女儿成了他晋级的石子。

如果一个人能从李总这里找到庇护的话，那他也休想从这里逃走。从踏进李总的门，陈市长就决心和他捆绑在一起了。

婚姻不是请客吃饭，而是生活中最美好的事。命运是一个彻头彻尾的荡妇，陈市长像一个走向命运的赌徒，疯狂地投下全部赌注。

"他们俩会给我们生一个霸气十足的帝国的!"

"托李总的福。"

"哪里，托后代的福……"李总眼睛眯成弯弯的线，透着忽冷忽热的光。他是条被阉割了一半的毒蛇，毒性更大，摧残力更强。化敌为友，化友为亲，也是陈市长谋事之道。此时，陈市长肚子里的机谋比海里的鲨鱼都多。

两人像同胞兄弟似的品起了茶，聊起了市里的帮派、围绕政权而集结的团伙，间或还扯扯国际金融风暴。陈市长离开时，两人相互拥抱告别，仿佛都抱着大美女似的。李总咬着陈市长的耳根子低语了好久，字字珠玑、句句枪炮。陈市长感慨自己来得太晚了。

"亲家以前就是个混蛋，现在是个被阉割了一半的混蛋！"李总自我调侃着。有些人一分钟之内历尽了一生，从李总家出来，陈市长感觉自己至少也经历了半个世纪。

灾难来的时候总让人头晕目眩，失去判断能力。张薇必须转到白鹭医院做手术。张薇神魂不定，像那片刻的坠落，摔得灵魂疼痛，震得大脑发昏。

众人抬着张薇穿过花园时，发现界平紧张地望着。担架上的张薇在看到妈妈的瞬间，心碎了。手伸向妈妈，痛哭不止。妈妈神情紧张地看着这个哭泣的女孩，不由得后退着。

"对不起……妈……妈……"癫狂和暴躁弄得张薇筋疲力尽，她几乎被痛苦炼成了人渣，她希望能避免如坐牢般的梦魇，可现实比坐牢更黑暗。此时她才体会到，疾病才是妈妈的安宁之岛，疯狂是妈妈逃避的平安之家。

躺在救护车上，张薇说不出是哪里疼痛，或者根本就感受不到疼痛。大脑依然停留在坠入空无的瞬间。她曾以为自己必死无疑，片刻的惊恐冲刺在记忆里的，只有不绝的哀号。

救护车呼啸着，交通拥堵，跑得并不快，车流声、音乐声、风声似乎不绝于耳。张薇闭着眼睛，听着血液汩汩地流淌，也许顺着伤口流到车里、流到车下，一路星星点点，直到死亡……她伤感地体验着，泪水向耳际涌去。崔总一把抹掉了她的泪水，那粗糙的手掌带着焦灼的温度。这不是第一次坐救护车，九岁时，张薇在湖边玩耍，那时的白鹭湖周围还没有大理石护栏。湖边水草蔓生，泥水湿滑。男孩子们在玩跳水游戏。穿着宽大短裤的男孩，在岸边助跑后，看谁能远远地跳进水里。张薇突然出现在芦苇边，已经助跑的男生收不住脚，把她带进水里。可那男生以为张薇会游泳，便独自往深水里游去。当回头寻找张薇时，才发现水面连一点绿衣裙的影子都没有。

几分钟后，张薇被大人们从水底救起，她面色死灰，嘴唇青紫，已百呼不应了。人们从她肚子里倒出一盆的污水。救护车上，渐渐苏醒的张薇感觉到妈妈怀抱的香甜。她的脸始终捧在妈妈的宽大而温暖的手掌里。那时妈妈那么年轻漂亮，那么机智勇敢。

"如果刚才不慎摔死了，妈妈还记得女儿吗？"

张薇进了手术室，崔总和文文等在门口。两人谁也没说话，却各自怀着忐忑。崔总的电话响了，是南河工地经理打来的，发生了一起脚手架塌落事件……

崔总吩咐了文文几句，匆忙离开了。

二十五

再没有比发现洪界凡的日记更让高顿惊讶的了，不亚于基督山伯爵发现那巨人的财富。他一生截获过无数绝密情报，破解过超难的密电码，一举一动曾涉及国土安全或成千人的性命，但从没像今天这么激动，这么忐忑。他像站在历史的彼端展望着现在，又像站在今日的山巅，回望过往那个衣袂飘飘的女子。

界凡的日记截止到她被批斗前的一个月。之后发生的情况，应该记在另一个笔记本里。七万多字的日记，详细记载了抚养洪界凡的奶奶告诉她的家族的事情，以及她生活里发生的事情。

这笔记本曾随着界凡的遗物，埋葬在坟墓里，却落在了陈副市长手里。二十五年后，能读到界凡的心声，高顿感觉自己是地球上最特别的人，仿佛游走在两个世界里，牵手着两个世界的姐妹。他得到的爱最多，享受的爱却最少，这奇特的双方矛盾地组合在一起，让他无法改变，也无力抗争。再次聆听界凡的声音，仿佛看到她熠熠生辉的表情，照亮了记忆中的忧愁和欢乐。在简朴的文字里，在界凡委婉的诉说里，高顿再一次领悟，生命的伟大是可以通过简单的事情呈现的；爱的力量可以穿越生死、穿越灵魂，而抵达亲人和爱人的身边。

在法哲消失、张薇住院、崔总忙着南河大桥这段时间，每天陪着界平的就是高顿。高顿和疗养院的工作人员混得很熟，他总是早早就来到疗养院，陪界平散步，坐在亭子里给她读书。界平第一眼看到高顿时，她呆呆地瞪了好久，高顿琢磨不出界平的心思，不知那片刻她想起了什么。也许又把他当成了法哲，也许真的当成了记忆里熟悉的朋友。总之，当高顿轻轻挽起她的胳膊，像法哲一样慢慢陪着她向院子里走去，几分钟后，界平像个小孩子似的熟络起来了。高顿最终也不明白在界平眼里，自己是高顿还是法哲。

一切存在都是有意义的，细微之物都应该被珍重怀恋。高顿希望通过界凡记录的生活片段，唤起界平的记忆。

1974年10月3日。

今天奶奶给我讲了爸爸的故事，奶奶说，从今天起，陆续地给我讲洪家的大大小小的事情。我一直梦想着了解儿时的生活，重新回到有爸妈存在的世界，但当我置身于现在的城市，这个梦想却渐渐消散了。

奶奶说，爸爸认识妈妈的时候，爸爸刚从英国留学回来，爸爸会英语、法语和意大利语，长得非常帅气，家境异常富有，开着造船厂、印染厂等，是许多大家贵族千金小姐们求婚的对象。但洪家非常传统，拿着媒人递上来的生辰八字请大师测婚姻、看吉祥，不是八字不合，就是面相不好。洪家老太太到寺院里上香时，看到一位小姐在石榴树下乘凉，石榴花鲜艳如火，碧绿的树叶像翡翠，这时飞来一群喜鹊在树上唱着闹着，甚是喜庆。洪家老太太突然感觉吉祥、喜庆，身体涌动着一股温暖，迷信地以为是上天在暗示着什么。马上让人打听是哪家的小姐。八字测算，果然大吉。妈妈似乎就是为洪家培养的媳妇，琴棋书画无所不通。爸爸和妈妈竟然也彼此欣赏，结婚的第一年，就为洪家添了长孙，四年后，又生下了双胞胎女孩，就是姐姐洪界平和我。

任何美丽的故事都有童话的色彩，我和姐姐像童话里可爱的公主。可是现在当我站在街头，看着高举着横幅、戴着红袖章的行人，给人一种没有过去、没有现在，也没有未来的感觉。

高顿慢慢地读着，发现界平无声地听着，仿佛在思索。当高顿停止阅读时，界平转过脸，用温情而失望的眼神望着高顿，似乎在问为什么停下了。脸上保留着内心活动的一贯神情，但此刻却闪耀着完全不同的光辉，那是一种悲哀、祈求和希望的动人神情。高顿握着界平的手，轻轻地吻了一下，界平似乎微笑了，随后又感觉荒诞不经轻轻地抽出了手。

高顿发现阅读果然对界平起着积极作用，正像专家说的，记忆的片段有助于思维拼接，从而唤起大脑的感应。界平的迷狂是由恐惧引起的，恐惧使大脑迷乱，灵魂错位。真正的爱来自陶醉和煎熬，这份煎熬就让人直不起腰身。在这个世界上，也许每一步都是到达，今天正是昨天的果，今天的美丽正是昨天经历一切的总和。

> 姐姐洪界平比我早出生十分钟，奶奶说，我们俩长得非常漂亮。从出生起，姐姐就比较安静，我比较好动。姐姐总是安静地拿着玩具玩半天，我总是拾起这个扔掉那个，不停地挑选，不停地闹腾。从小看老，现在的姐姐也应该是个安静的大家闺秀。可是，姐姐，你在哪里呢？什么时候来找我？

界平静静地听着，她的脸让人想起商店里的塑料人，固执地无灵性地美丽着。她仿佛在没完没了地冥想着，却又像木偶似的发呆。高顿先前的兴奋已然在胃里凝结成一团酸楚的失望。他轻轻叹了口气。

二战时有一个著名案例，英国秘密抓捕了一名德国间谍。这位间谍逃跑时跌下悬崖，导致记忆丧失。这是位掌握重要信息的关键人物，捕捉他意义非凡。他们聘请了著名的精神病专家们会诊，根据病人喜爱音乐的事实，尝试音乐治疗。几天后，效果出现了，并成功策反了这位特殊人物。这个案例让高顿明白，精神世界无论多么复杂，内心关闭得多么严密，只要方法得当，总会找到那把开启大门的钥匙。

界平也喜欢音乐，记得有一次在海边散步，不知谁的收音机里播放着一首叫不上名字的音乐，界平固执地坐在石头上，直到音乐节目结束才离开。

高顿也想试试音乐疗法。音乐和阅读两服药液同时服用，也许会创造奇迹。

崔总火急火燎地赶到工地，工人们已开始重新搭建脚手架了。因工人们偷懒，安装不紧，造成钢管脚手架上的螺杆脱落。好在没有人员伤亡。

这事让崔总着实紧张了一把。脚手架问题暴露了管理的松懈，这是很危险的信号。最近因时常往疗养院跑，靠在工地的时间少了，管理也放松了很多。他正盘算着如何加强管理时，远远看到一群人在围观喝彩，间杂着斗殴的呼叫。

事件源于一辆红色丰田车。几名闲散的建筑工人好奇地围着新车看。男人爱车，仅次于爱女人。紫红的车体映着工人们变形的脸，车体上就留下了工人沾满泥土的手印。

"我见过这车，是设计院的美女院长的，这车肯定是相好的男人送的！"一位长着龅牙的又瘦又高的年轻人说着，目光里流淌着淫荡和邪恶的影子。

"别胡说，她是非常好的女人！"说这话的是又矮又瘦的男子。怒火烧得他两耳通红，仿佛别人嘲笑的是他的女人似的。

"你怎么知道她是好女人，她睡谁还告诉你不成？我要有钱我就睡她！"龅牙男认为，普天下的男人都会干同样的勾当。他的认识也许不错，但这样指向性地说出来就要惹祸了。

几分钟后，停车的地方聚集了很多工人，他们好奇地看着同伴像猴子似的扑打在一起，那情景不像打架，倒像是两个挂在一起的曲别针。上帝的疏忽造就了人性的弱点，词语和性的困惑惹恼了一颗颗未经打磨的心灵。就在此时，一位帅哥开着那辆红色丰田，惹起一路尘土，离开了，而地上的两个农民工却越缠越紧。

这些长年在外的工人，工作辛苦，生活单调，趣味低俗，情绪像飓风下的大海，很容易失去控制，群殴的事时常发生。一旦出了伤病，甚至死亡事件，都是建筑公司的麻烦。

崔总发现自己生来是为了处理琐事的。热茶袅袅飘着清香，散发着痛饮的诱惑。高矮两个男子你望望我，我望望你，不知这位老总葫芦里卖的什么药，只要不开除，什么都认了。

"坐下，喝茶！"崔总命令着，他们两个屁股上沾着黄土，不好意思落座，但看到崔总严肃的表情，还是欠着屁股坐在了沙发边上。

崔总坐在了工地经理的老板椅里，香香地喝干了杯里的茶，一身微汗渗出了皮肤。他异常疲惫、闭目养神，根本不想理会这两个浅薄的家伙。控制别人意志的过程本身，对他来说就是一种习惯，也是一种需求。

两杯热茶后，其实两人的气都消了，崔总总是用这种热疗的办法化解员工的矛盾。让矛盾的双方冷却，拖着时间，抻着不解决，直到大事化小，小事慢慢化成了玩笑。

两人都不好意思说话。

"总不会为一只母猪吧？"崔总逗弄着他们。

"洪院长……"矮子像三天没吃饭似的低声嘟囔着。

崔总立马坐直了身子，以为听错了，眼睛直勾勾盯着矮个子。

"他骂洪院长，说她的车是睡出来的……我和洪院长丈夫是同村的……"侠义之举犹如糖炒栗子的甜香，迅速飘了出去，崔总的眼睛里立刻饱含着不可遮蔽的光彩。

张连长的老乡，这倒引起了崔总的好奇。他赶走了龅牙男，关上办公室的门，又为矮个子添了水，他像抚摸一匹马一样用手滑过他的肩头，终于使他打开了那段尘封的往事。

所谓回忆，恍如被隔断了人生意义的隔离病房。

"连长去世后的两三年里，父母相继去世，他的女儿被洪院长接走了。"

"等等，他的女儿是怎么回事？"

"张连长第一个媳妇生孩子时难产，去世了，一直由她爷爷奶奶抚养，爷爷奶奶去世后，张连长的新媳妇就把女儿接走了。他攻击洪院长……还说是你给她买的车。我很生气……"

"原来张薇根本不是她的亲生女儿！"崔总猛然抓住矮个子胳膊，差点儿亲他一口。

"还有一件事，不知当说不当说？"

"当说，快说，不会是张连长又复活了吧？"

"去年中秋节前一天，一位失去一条腿的残疾人、脸烧得像魔鬼……在张连长父母坟前烧纸，看到我，急忙钻到停在路边的黑色轿车里，开走了。开车的是位妇女。"

"当真？"

"若有半句假话天打五雷轰。"

"你认为是谁?"

"残疾人? 我谁也不认识。"

"也许是我们的战友。"

"天知道。"

回忆过去, 就像旋开了一个香水瓶盖, 充满了迷人香味。不知怎的, 崔总感到仿佛有一群小小的彩色旋涡, 柔软在灵魂的池塘里。要做的事情还真多, 张薇的, 张连长的。

崔总快速发动车子, 飞也似的向医院奔去, 心里充满了异样的惊喜, 仿佛他第一次入洞房似的。

他知道那都是别人的惊喜, 是张薇和法哲的惊喜, 可又感觉是自己的惊喜, 是出其不意的惊喜。他隐约感觉, 必须下很大功夫, 才能了解那个残疾人是谁。当然, 许多日之后, 他把残疾人的消息告诉张薇和王子时, 还真有了战斗英雄般侠义而善良的感觉, 这是后话。

当崔总赶到医院, 张薇的手术已经结束。躺在床上的张薇在药物的作用下昏沉着。文文在走廊向几位学生们介绍张薇"跳楼"的过程。

这几位男女生是张薇的大学同学。张薇被推进手术室时, 更换手术服, 护士把手机和钱包等物品交给了文文保管。文文便翻到电话, 及时搬来了救兵。

"有点好消息吗?"崔总问正在聊天的文文。

"手术很顺利, 张薇醒了, 就是不想讲话, 医生让加倍提防, 说不定还会自杀。"

"肯定不会了。"

文文诧异而又怀疑地盯着舅舅, 似乎怪罪他这坚定的口气。

"你又不是上帝!"

"上帝才不关心这小事!"

崔总推门走了进去, 搬了把椅子放在床边, 沉重地坐了下去, 心情却不像他疲惫的身体那么沉重了。

他轻轻拍了张薇打着吊瓶的胳膊, 像准备讲一个长长的故事似的缓缓说道:"张薇……"他发现病人的眼睛虽然没睁开, 却眨动了睫毛。她果然醒着。

"孩子，我得告诉你一个重要消息。你不是洪院长的女儿，你是张连长和他前妻生的孩子……你和法哲不是兄妹……"

这消息像晴天霹雳，炸得张薇晕头转向，一时还不能理顺所有关系。她嘴唇翕动着，眼皮快速地眨着。"你们都是骗子！妈妈是骗子，法哲是骗子，你们都来骗我……"情绪激动的她两耳通红、泪水涟涟。

"我刚刚得到消息，是你爸爸的同乡告诉我的。"

"你骗人。她是我妈妈，是我妈妈……"

"她是法哲的妈妈！"

得知妈妈不是自己的生母，张薇生平第一次感到害怕，似乎自己的一切都有可能被夺走。猛然间她发现自己的生活有一个无法补缀的洞，无数的悲伤，正从洞里蜂拥而至。

人生起了皱纹，犹如睡衣的褶皱。嘲笑和污辱远比同情更合张薇的心意。骨骼摔断了，她莫名其妙地深信，命运以虚无的力量扼杀了她真实的存在。

站在床边的文文惊呆了，而张薇的同学们却替张薇高兴得满面红光。

文文以为舅舅骗张薇，仅仅是为了安抚刚刚手术的张薇。

文文把舅舅拉到走廊里，焦急得像拔了毛的孔雀。"你怎么能编这种谎话！"

"当然不是谎话。"

文文感觉脚下的地板突然倾斜了，而自己怎么也站不稳了。

文文坐在车里，既没发动车子，也不知道该到哪里去。她本以为法哲和张薇是亲兄妹，法哲就是她的了，而今，张薇并不是洪院长的女儿。他们两个明明已山穷水尽，却又像已经举办了婚礼似的。自己成了拿橘子蘸盐吃的傻瓜，成了怕淋湿衣服而跳到海里的呆子。

文文异常痛苦，五脏六腑都被人摘走了似的。

关于界平的治疗方案，高顿决定分两步走，先听音乐，后阅读。

他像往常一样，陪着界平在院子里散步，散步时播放着轻音乐，MP3握在手里，将耳塞分别放在自己和界平的耳中。听音乐时，界平果然很安静，当听到《命运交响曲》这种情绪激烈的音乐时，她的手紧张地握着高顿的胳膊，指甲在胳膊上留下了深深的凹痕，似乎怕他逃跑。

界平喜欢舒缓的抒情音乐，得到这条经验，让高顿很欣慰。走累了，他们便到亭子里继续读日记。

1974年10月6日。

在我模模糊糊的记忆里，我和姐姐坐在大厅的地毯上，妈妈穿着漂亮的裙子走来走去，可我从不记得妈妈的脸了……我总追着妈妈的花裙子跑。奶奶说，妈妈很忙，给哥哥找了三个家庭教师，教哥哥英语、法语和钢琴。妈妈还要管理整个家庭，也只有在晚上睡觉时，她才会坐到我们身边，给我们唱儿歌，哄我们入睡。哥哥什么模样，记忆里没有他的一点影子。奶奶说，哥哥总喜欢和两个小妹妹玩耍。大人们把他放在了知识的小泡泡里，活在家庭教师、书本以及各种玩具组成的世界里。如果有一天，哥哥真的出现在我面前，我该多么高兴。

高顿停住了，他突然听到界平轻轻地说了句："哥哥。"

界平茫然地看着高顿，仿佛高顿是天空，她必须这样空洞地看着他。"哥哥。"界平突然紧紧抓着高顿的手，像一只巢穴被搅动的胡蜂，沉浸在如此的慌乱当中。他缓慢打量她，她似乎不是向外看，而是内视的眼神中，有一种几乎是敌对的内容，露出一种疏远人世的神情。

高顿无比兴奋，界平对妹妹的故事有感觉，对从前的记忆有补充，这是好事，是康复的迹象。

高顿牵着界平的手在疗养院里散步，给她讲贝地城的海、向阳桥和北山，也给她讲操场、街道，凡是他们一起走过或一起经历过的点点滴滴，都被高顿搬出来，像数珍珠似的一再地数着。相信爱，奇迹就会发生。在痴迷的神经错乱的人面前，无辜的人也会觉得自己有罪。

现在的界平，经苦难和黑暗滋养的界平，更显得别样的安静和纯洁，别样的生动和强大。瞬间，高顿感觉这不是界平，而是那个天使般的界凡，那个永远不识人间烟火的界凡。高顿的心突然不安起来，仿佛后背挨了一梭子子弹。

这天上午，高顿刚刚走进疗养院，护士长就对高顿说："她自己梳好头，像约会似的，等你了。"

这消息让高顿很振奋。走过洁如镜面的大理石，走过一间间或开或关着门的房间，每向前迈一步，都仿佛更靠近了界平，更靠近了他疼痛的梦想。果然，界平安静地坐在椅子上，头发光滑地拢在脑后，用一个棕色的发带束着，她侧向窗外的脸庞，那高挺的鼻子、明亮的额头和紧闭的嘴，瞬间击碎了高顿的坚强。由于命运的悲哀，此时的界平显得更是超凡脱俗，更接近想象中的界凡，超脱现实世界，或者就成了界凡。她从未显示过这样的美，它拒绝所有的意义，拒绝所有的解释，她的美从未显示过这样的辉煌。

高顿不知道这是通向界平的门还是通向界凡的门，或者，她们本身就是一个人？

界平优雅地转过头来，冲高顿微微一笑，像当年的界凡和界平，像那时美丽的她们。高顿以为能替界平打开一道通向现实的门缝，却发现，那道神奇的门缝足以能让整个世界通过。

"你漂亮得像丁香花！"高顿轻轻地握起界平的手，热切地看着她。

"你好像知道我喜欢丁香花？"她想了想，又转向高顿，"谢谢你总来给我读书，我该怎么付费？"

界平的表情很奇怪，既出神，又出奇地专注，仿佛一个行走在梦里、不愿醒来的人。高顿无意间向窗外望去，一群义工在修理花坛。他笑着对界平说："我和他们一样，都是义工！"

界平能主动交流了，这是多么大的进步啊，高顿如喝了蜜般的喜悦。他们一起向外走着，界平的步态不再像之前那么拖沓，神情也不再像之前那么犹疑。高顿不敢开口说话，怕声音背叛自己。并非因为不敢打开珍藏了二十五年的宝箱，而是因为直到开启的那一刻才发现，他根本没做好准备。

倘使真的有未来，他愿意和界平有任何一种未来，哪怕一天也行。

他们像小学生上课似的坐在了亭子里，界平看着义工们修理花坛、清扫枯枝败叶，又看了看打开日记本的高顿。

"你们真好！"

高顿温和地笑了，领受了界平的美意。

"可我的音乐呢？"

高顿是故意打乱程序的，没想到界平早已对音乐有了条件反射。今天他下载了新的曲目，他要用不同的音乐点燃她醋睡的神经。

音乐轻轻地放着，他们一圈圈地走着，当MP3里出现《月光曲》时，界平突然站住了，静静地陶醉在旋律中。此时，夕阳落山、白云游荡，飞鸟起起伏伏，享受着搏击长风的快乐。高顿研究着界平的五官，可他看不出她内心是什么感觉。当音乐结束，界平突然夺过MP3，反复在手掌里翻动着，似乎在寻找什么，那种焦急、那种迫切，像被人夺了玩具的孩童。

《月光曲》。高顿记下了这个名子。

1974年12月6日。

这个月，先是奶奶病了，后来我又感冒了。现在一切都好了。奶奶说，疾病带走了一切灾难，以后我们就平安了。奶奶是旧时代的女人，自然带有那个时代的痕迹。她从十几岁到我妈家来，先后带大了五个孩子，陪他们上学，照顾他们的生活。别人滔滔不绝地说，奶奶喜欢默默地听，时间长了，竟成了智慧的老太太。

记忆的铁锚没有固定的地方，有时奶奶用沉默把我变得渺小而又听话。

简单的事情最异乎寻常，只有聪明人才能体会其中的奥妙。

奶奶是个非常感性的人，每当做噩梦，她总是很迷信地烧香叩头。如果烧香叩头能管用的话，全国人民都烧香，共产主义岂不是就立刻实现了。

她总是迷信一个算卦的人，每次做噩梦后，都要大街小巷地寻找那个流浪的算命先生。她在混乱的大街上穿梭，不曾与任何人相撞，就像黑暗中飞翔的蝙蝠。

奶奶说我的姐姐快来找我了，她会带来半张地图，和我保存的一半拼在一起，就是家族财宝存放的地方。她说我们家的财宝可以买下半个上海。

生活仿佛生了锈一般，既让人轻蔑，又让人害怕，让人意识不到时间的流逝。我和奶奶天天都盼着有客人来。

财富也是恶魔，至少财富总是招来恶魔。在我们出生后的几年里，家里似乎总飘荡着一股阴霾，人人都不安宁。似乎洪家的每一砖每一瓦都要充公，似乎每一个姓洪的人都要进行改造。终于有一天，为了安全，爸爸妈妈突然决定让奶奶把我带走，让另一个人把姐姐带走，十几年后，姐姐会来寻找妹妹。不久就听说爸爸妈妈和其他家人乘飞机离开了大陆。

"我的孩子，我得再活二十年，才能把这一切讲给你听。"奶奶长长地叹了口气，仿佛全世界的重量都压在了老太太的肩膀上。

爸爸妈妈又在哪里？姐姐会来吗？我好想她，知道世上还有一个姐姐，我的心就美得像熟透的无花果。

高顿读到这里，无意中听界平说了句："妹妹！"

高顿惊讶地看着她，轻轻点了点头。界平转过脸，望着高顿的眼睛，缓缓地说："我好像听过这个故事。"

高顿咬紧牙关，怕真相从伤痕累累的记忆里滑落出来。他迫切希望从往昔的回忆中找到一条秘密之路，让界平情感得到发泄，理智得到矫正，把迷失的灵魂从狂乱的大脑里释放出来。

"明天再读吧，天凉了。"

界平看了看那些正在收工的义工，不情愿地接受了高顿的建议。

每次走出界平的房间，就觉得自己又一次利用了骗术。高顿再次经历着内心无望的斗争。一个女人，她不属于他的世界，却又彼此诱惑着，而这个女人一生却成了这种诱惑的牺牲品。他欠她一场爱情，一场永生永世的承诺。他应该在人生的后半期和她相守，可他已无权就范。抉择权已不再属于他了。他像溺水者寻找木板一样寻找补救的机会。躯体虽然活着，但灵魂迟早会遭受致命一击。疯傻的世界太大了，边界遥不可及，令清醒的人倍感渺小。高顿曾仰躺在沙漠里，望着满天的繁星，完全沉浸在自然的浩瀚和威力之中，他顿悟到世上最重要和最智慧的表达方式，这就是爱情。

对界平的爱仿佛金沙似的沉淀在高顿的记忆里，永远放射出刺眼的光芒。

进入二十一世纪，随着经济的快速发展，政治、经济、法制领域的相关制度及过程监管都明显滞后于时代的需求，腐败的毒瘤成了万众痛恨的顽疾。因此，反腐的呼声很高，一度出现了台上大呼反腐、台下伸手索贿的双面脸官员。但反腐的现实，也像隔墙扔手榴弹，炸着谁是谁。只能说天上掉馅饼的同时，也布下了深不见底的陷阱。

市里召开廉政大会，陈市长要在会上做报告。秘书起草的报告，他总感觉不满意，廉洁的理论说足了，遵章守纪的重要性也表达得很明晰，可就是缺那么一点色彩。反复地打回去修改，把汉语言博士秘书急出了青春痘，不得不请求经验老到的秘书长。秘书长在博士耳边秘传了的一二真经，博士醍醐灌顶，立刻在原稿上加了几句古今中外的廉洁名言，像孟子的"穷则独善其身，达则兼善天下"……既恰当表达了文章的内容，又传达了陈市长博览群书的信息。对文章的修饰就好像一盏灯笼，先前看起来似乎普通、灰暗，没有吸引眼球的地方，一旦从里面点亮灯泡，就显示着意外的美。

一片热烈而持久的掌声，像承受暴风雨的森林似的，经久不息。主持人对着麦克风使劲鼓掌，那咚咚声像口令似的回荡在会场里。陈市长无意间打开了自己的讲稿副本，突然一幅照片跃入眼里，惊恐的他立刻合上了副本，他瞬间忘记了身在何处。

他定了定神，又偷偷地看了看照片，那是他化名李忠心的护照的照片，怎么会在这里，是谁在侦察他的生活？是谁放在讲稿里的？此时的陈市长狂乱的心像中了毒箭的鹰，扑打着翅膀，死命挣扎。

陈市长不明白大家为何都是一副怀抱美女的兴奋表情。他像一个人在噩梦中挣扎，却动弹不得。

他恨不得立刻钻到写字台下，单独地与存放他秘密文件的暗箱幽会。他惊恐地向周围张望，寻求援助，或寻找一个可以逃掉的机会。地狱的气味弥漫了会场的每个角落，逐渐淹没在黑暗之中。

陈市长感觉像一把消音手枪架在了后脑勺上。一切都支离破碎了，只剩下一些毫无意义的现象。过往的人、朋友、同事或对手，一个一个地在他大脑里闪过。大脑太乱，根本无法系统思考。

那人一定像观察显微镜下的虫子似的观察着自己。又一阵掌声响起。这掌声是送给自己的，这一切都值得欣赏，但已经欣赏过很多次了。他想微笑，眼泪却哽住了喉咙，像憋尿似的把泪憋了回去。

主席台上的声音越充满诈术，声音越大，就越能证明骗子的坦诚。

鸡蛋教训母鸡了吗？

众人自然闪出了一条通道，一张张幸福的脸朝向陈市长，他挂着温和的笑容，行走在春光和花丛中，他感到从没有过的忐忑和虚空。毫无疑问，阳光是不能渗进他那坚硬的肌肤的。

李忠心的护照是他亲自办理的，不会有第三者知道。他只有一个假名的护照，这已很给大众面子了。有些官员，化名护照多达八九本，还有的早已持有了外国国籍。这护照不常用，但每次用都怀着难以言出的快感，像趴在美女身上似的。护照是进出境的凭证，没有它就走不出国门。他也是怕万一发生什么状况，好像换掉一件衬衣似的，换掉自己的历史，轻松地踏上幸福的异国旅程。

而今，陈市长感觉那幸福的旅程上布满了荆棘。

人生就像是一艘不知道终点的海盗船。

到底是谁要整他，搬掉他？

李总崇拜毛泽东，几乎搜罗到了所有毛泽东的个人传记或中国当代史。他崇拜毛主席的智慧、性格的霸气和不竭的求强精神。李总也崇拜比尔·盖茨和洛克菲勒，他欣赏他们用智慧换取财富的技能和构建经济帝国的豪气。

李总也想组建自己的帝国，虽然帝国有大有小。他相信自己的智慧和能力，只要用心，就有足够嘲笑世人的权力。有权嘲笑别人，那是王者的风范。在李氏帝国里，他当然是显赫的第一代传人。

"贵族和暴发户，压根儿就不是一回事。"李总非常注重生活质量，不像暴发户似的活得那么盲目、粗糙。

生活永远是，也仅仅是正经历的这一刻。

晚餐时间到了，李总、妻子和儿子分别坐在各自的座位上，厨师长打开钟形罩，盘子里并不是热气腾腾的清蒸鱼头，而是孤零零呈三点放置的三枚小睾丸。每枚小睾丸都放在绿榆树叶子上。睾丸鲜血淋淋，像五月的草莓般新鲜。厨师长以为是做梦，眼睛瞪得像睾丸一样大。父子俩惊呆了，像即将决斗的狗，你望望我我望望你。这时，院子里突然传过来歇斯底里的尖叫声。原来李总十几万元买来的两只名犬，无声无息地放倒在地，鲜血顺着狗腿在石板上流着。

狗的睾丸被切掉了。

太好了，省了一笔阉割费了！

李威政像野人看到霓虹灯似的目瞪口呆。李总生平第一次，几乎站不稳，需扶着宾利的后视镜才勉强保持着和地面垂直的姿态。父子俩什么话也没说，甚至目光也很少相遇，但是他们俩都明白，这个夜晚让他们两腿中间的东西异常紧张。

警察无论运用什么技术，都没有得到任何蛛丝马迹。密布在各处的监控器，没捕捉到任何可疑的人。

害怕遭受痛苦比遭受痛苦本身还糟糕。为狗切掉睾丸，比上次为他切掉那枚睾丸更让李总胆寒。在人来人往的傍晚，凶手深入到他家里，无声地制服两只凶猛的狗，自由地出入厨房。那三枚鲜血淋淋的睾丸是在提醒李总父子，如果再不住手，他们父子身上的三枚睾丸就会成为盘中餐。

自然界一物降一物，没有真正的老大。李总最大的问题是他成了奴隶，却不知道谁是他的主子。他在每一粒尘埃里看到神，从三粒鲜红的睾丸里看到了神的宽容。

关于李氏帝国的梦想，瞬间成了海市蜃楼，这让李总疼痛难忍，几乎吞掉自己的舌头。

贵族和穷人在时间面前，根本是同桌的你。聪明的李总放弃了所有寻找仇敌的眼线，叮嘱儿子安分为本，千万不可再惹是生非。

但李总知道，这人一定和界平有关。

法哲无法接受自己和张薇是兄妹的事实，也无法面对自己是洪院长儿子的事实。他和张薇激情地做爱，烈火干柴、欲海翻波，像不顾廉耻不顾一切的爱昏了头的男女……这又如何收场？在世上，每个人都有一份等待去发掘的宝藏。现在属于自己的宝藏是什么呢？对自己的考验又是什么呢？难道这尴尬的关系是考验？难道这无颜面的恋情是等待挖掘的宝藏？

法哲深知那些天的快乐是偷来的。对那些向魔鬼敞开心扉的人来说，那兄妹之恋充满了危险的欲望。张薇是毒品，让他欲罢不能。不是他属于那份如火的恋情，而是那如火的恋情属于他。夜色宁静而清朗，他沿着深夜的白鹭湖走着，黑灰的湖面透着危机与不祥。一想起他爱她，便情不自禁，柔肠满怀，忽而又羞愧、痛苦、绝望。她对他太珍贵，这爱又太残酷了。

那位一度追逐过他的洪院长，被他污辱过的洪院长竟然是妈妈！而他一度从她身边走过，嗅过她身上的气味，迷醉过她头发的芬芳。是的，仅仅是幻想，可现实多么罪恶，多么嘲笑，多么尖刻。

法哲感受到了天使和魔鬼的激烈较量，谁胜谁负，属难预料。怎样才能摆脱囚徒般无力掌控的生活？他总觉得这个世界上的某个地方，光荣而重要的使命在等待着他。情感的萎缩，身体的倦怠，错误的选择，诱惑的迷乱，命运的不公……这一切的一切，都会扼杀爱情、扼杀生命。

错乱的法哲很想回到远古的中国，那时兄妹可以通婚。相传在远古时代，天和地是由雷公弟弟和哥哥高比分别治理。大家合睦相处，人民也能安居乐业。高比有一双儿女，儿子叫伏羲，女儿叫女娲。十分讨人喜欢，一家人生活得很快乐。随着生产能力的增强，人类开始不敬奉天神雷公，挑起了雷公和高比兄弟的斗争，导致风云突变，飞沙走石，山洪暴发，洪水淹没了大地。小兄妹俩却钻进了葫芦，逃到了昆仑山上。经历了这次洪水，人类被消灭了，世间只剩下这对兄妹了。他们感到很孤独，如果他俩死了，世上就再没有人类了。于是伏羲和女娲结婚了，繁衍人类，世界才有当今的繁华。

虽是传说，可兄妹通婚并不是不可能。日本皇族为了保持血统的纯正，反而默许同父异母兄妹结婚。多任天皇的皇后，正是自己同父或同母的姐妹。而在日本民间，兄妹通婚也大有人在。

法哲查阅了大量资料，证据确凿，事例鲜多，可这在中国、在现代，法哲依然不敢说服张薇，当然也没能说服自己。

城市让他窒息，错乱的法哲只有逃避才能呼吸。他住到贝地渔村的一位高中同学家里。读高中时，法哲和这位叫阿峰的同学非常要好，阿峰因坐错了公交车而考试迟到，没能考上大学，便赌气回家。这几年养殖海参，发了大财。

他每天随阿峰侍弄在养参场里，关掉手机、不上网，过着隐逸的生活。人一辈子，总有些不体面的时刻会永远留在脑海里。

午夜的海风激烈而凄凉，像惹怒了的巫婆，挥舞着带刺的枝条抽打着空气，发出刀蹭磨刀石的沙沙声。法哲一夜未眠，眼睛肿得像得了传染病。

海参的生长速度很慢，从参苗开始养殖，一般三年后才能上市销售。海参在10-18℃的水温下，生长速度较快，水温20℃以上时基本停止进食，进入休眠状态，水温达到30℃，海参就非常危险了。

去年，阿峰海水养殖海参，像许多养殖户的一样，遭遇了恶劣的自然灾害。7月一直在下雨，养殖池里进了很多淡水，随后持续高温。有些海参受不了高温，把肠子吐出来了，只剩下一层薄薄的皮了，还有一些已经化成水不见了。

法哲走在去海边的路上，天地净明，异常清爽。一头乱发在风中飘舞，看上去不像个人，倒更像砍掉了树枝的树。如果未来只留下纯洁和无垢的话，那么谁又有必要预见自己的纯洁和无垢呢？

本是繁忙的收获季节，今年却冷冷清清。法哲陪阿峰到海参池，收集蛙人从水底捞上来的海参。眼看着今年的价格比往年翻了一番，却也无奈地看着别人发财。看来，厄运不是法哲独有的，每位活着的人，都要经历这样那样的考验。任何时候，人们身上有两种生活，一种是现在已知的生活，另一种是人们一直期待的生活。

照照镜子吧，好好看看自己。

法哲从水池里看到了一个陌生的面孔，清瘦、痛苦和病态的痉挛。法哲像吞了一只青蛙似的哽住了，喘不过气来。水中的蓝天，白云朵朵，法哲竟感到人世间也是抒情的。

一位五十多岁的蛙人，总是早早出现在养殖场，蹲在池边，安静地抽着烟，那横亘的皱纹和黄褐油亮的脸，像海参似的透着深沉。法哲来一周了，竟然没听过蛙人说过一句话。如此沉默不语，让法哲好奇。

阿峰告诉法哲，蛙人是一种特殊的职业，自古以来，每个家庭只会在众多兄弟中推荐一人当蛙人。一旦当了蛙人，就等于葬送了大半辈子的人生。蛙人需要长时间泡在海水中，极其辛苦，对骨骼和五脏六腑的摧残也极其厉害，所以蛙人大都短命，并且没有姑娘会嫁给蛙人。

这位叫槐的蛙人，自从父母决定让他当蛙人的那天起，他就不想说话了。那一刻，法哲对蛙人冰山般的不信任，融化在养殖场温暖的阳光下。

每个人都有自己的悲情故事。目睹蛙人沉入水中，法哲很想当蛙人，也沉入那个世界，与海参为伴，不再受良心的摧残。人们不是为了将船停在港口才去造船。逃到这个渔村，为何不能再逃到水下，逃到水草里。

法哲黏着蛙人，要他教当蛙人的技术。蛙人给法哲带来了厚厚的棉裤，再套上潜水服，戴上潜水镜，用皮管将一个绿色的网兜系在腰部，然后又穿上长长的脚蹼，戴上遮住脸面的呼吸器，像坠入爱河般缓缓坠入水中。

这是水的世界，海参的世界，海参自由自在地游动着。阳光穿透水面，气泡和悬浮物在光线里浮动，像失重似的。那种飘浮仿佛又躲进了母亲的子宫里，沉淀在史前的记忆里，泡在母爱荡漾的羊水里，永远放射着希望的光芒。

水底的世界美不胜收。当水温达到20摄氏度时，海参就会转移到深海的岩礁暗处，潜藏于石底，背面朝下不吃不动，整个身子萎缩变得石头般紧硬。海参一睡就是一个夏季，等到秋后苏醒过来才恢复活动。如果人也如海参般睡上一个季节，等风和日丽了再苏醒过来会多好。

在水里，人们都是诗人。

生活中制造各种重压的人正是自己。一种奇怪的感觉漫进法哲的心里，好像时间变得遥远，现实与他毫不相干，他仅仅是一只海参，柔柔滑滑地生活在海底。可是有时候，无论他往哪个方向转，都会看到张薇。他好几次把眼闭上，可她依然存在，活像奇怪的珊瑚盘踞在海底。沉浸在如此的失败中，这是一段时间来感觉最好的时候。他努力笑着，才不会哭出来。

法哲像蛙人似的用脚蹼控制着平衡和方向，双手不断地捡起水底个头较大的海参，装进腰间绿色的网兜里。捡着海参，可他捡的都是自己破碎的心情。

蛙人和法哲浮出水面。蛙人腰间的网兜已经装满了海参，递到岸上一称，有三十多斤，法哲才三斤多一点。法哲没感到羞愧，却异常开心。蛙人告诉法哲，前几年在海参成熟期，一天就能捞一千多斤。

　　法哲好像看到了丰收的喜悦，其实，他喜悦的是，他可以逃得更远更深。他选择遗忘，让生活遗忘他，他也不负责任地遗忘生活。可这里不是祭坛，他也不是祭品。在水下，他感到自足，在水浮和生物中，他不再羞耻和虚空。

二十六

当别人说李威政是富二代时，李威政很不服气。他非常喜欢看《三国演义》，在他自我意识里，他既有周瑜的雄烈，又有孙权的胆略，如果人们勇于慧眼识珠，也会发现他有诸葛亮的智谋。至少诸葛亮根本不会用高科技窃听或跟踪对手。

李威政一直觉得爸爸像大山般的坚实，爸爸是他佩服的英雄，对爸爸的崇拜让他成了富二代中最勤奋敬业的年轻人。发生了狗睾丸事件后，李威政看到了爸爸软骨的一面，看到了爸爸也无力摆弄的局面。第一次体会到权力的渺小、势力的无助。上帝他老人家眼睁睁看着好人倒霉。

爸爸会逐渐老去，最终会成为不识人间烟火的老小孩。有人断言失去他之后，生存将是地狱。对未来假设的孤独感深深折磨着李威政，此时，他深感没有兄弟姐妹的孤苦，深感一人游走在世上的微弱。与其说他是黑富二代或富黑二代，不如说它是一种顽固的精神，以一种比肉体更坚固的东西而存在于意识里。人们以为不借助于镜子就看不到自己，但李威政总是把别人的表情当镜子，从那里看清自己的风采和威力，每当此时，他就忘记了周瑜、孙权之风度、之魅力、之智慧了。

超越父辈一直是子辈固执的心愿，李威政也如此。父亲帝国大厦的建立基于那个时代，从监狱出来，没有单位或企业接收他，他只好自谋出路，从路边卖杂货起家，后来租了店铺，成就了一番天地。父亲八面玲珑，建立了强大的关系网，许多人像巴结亲王似的巴结父亲。政府的要员是他的朋友，夜总会的老总是他哥们儿。可是世界在变，变得越来越不可爱了。政府定期改选，还不时地调换官员，这导致关系网时常出现漏洞，原本夯实的关系基础，像沙滩上的长城，一个浪头扑来，瞬间瓦解了。所有的诺言都是相对的、两可的，特别是想到明天也许会失去权势，朋友间的许诺就无足轻重了。李威政渐渐感受到了一种无论人间或地狱都不能保全的惶恐，感到有一种无止境的忐忑，仿佛用烧红的钳子拔神经似的疼痛。

"骗人，面不改色，还充满激情。"爸爸的哲学越充满诈术，似乎就越证明对人生的诚实。这个城市，愿做老大的人有的是。南河大桥的建设使城市的地皮价值翻番。有块地皮父亲盯了好久了，可总没到手。最近，一位浙江富商，竟然非常轻松地办理了所有手续，这让李总恨得牙根发痒。一些趋向他的朋友，却纷纷向那位来路不明的浙江富商暗送秋波。更可气的是，在距离白鹭大酒店一公里的地方，将又建起一座五星级酒店，近日将破土动工。若在前两年，没有父亲的同意，谁敢有那种想法，都会付出血的代价。两座五星级酒店相对而立，必然打破李威政的垄断地位，这像情人被人睡了似的悲催。

这世界变化真快。今天的财富不知还能不能带到明天，今天有盘中餐，明天的中餐还会不会有盘子都是个问题。这不痛快的感觉像一缕残雾掠过李威政那年轻气盛的脸，心头一阵郁闷，胃沉甸甸的。

和文文结婚是缔结强大联盟的重要手段，生一群孩子是组建强大帝国的血缘路线。目标明确，情感攻势就提上了日程，再不像从前眉来眼去、水光山色。这一刻，李威政觉得与他看见的那个崇高的公正的天空相比，之前游荡在美女群里所热衷的一切，是那么微不足道。

李威政知道文文动情于腾法哲，而那位法哲却有了自己的女朋友。文文这种女孩，越是吃不到嘴的，偏偏以为味道是最好的。其实，这样的文文最单纯和不费力的。一只手触摸残酷，另一只手触摸爱情，李威政觉得是完全能做到的。

法哲的消失，让文文颇感烦恼。李威政了解到，文文夹在法哲和张薇之间，连灯泡都算不上，顶多算是防寒手套。

李威政对文文采用了别样的狩猎技巧，圈而不围，围而不堵，慢慢喂养，直至脖子套上缰绳。李威政和他的狗都认为在女人身上下太大功夫是浪费生命，他觉得所有的爱情都可以明码标价。

李威政运用了一切关系，甚至请私家侦探搜寻法哲的消息。

爸爸向文文提起了李威政。爸爸弱弱的口气、犹疑的眼神和沉思的神情，暴露了他的心思和目的。他金属般冷冰冰的神情盯着文文，像守财奴紧盯着别人帮他数金子一样，使她颇感窘迫和不自在。文文有一种预感，渐渐萌生了一种与亲情不相容的东西，有种背叛的味道。

"白鹭大酒店李威政管理得很好，政府的贵宾都在那里接待。"

"听说夜总会他管理得也不错！"

"社会就是丛林，适者生存。"

"丛林？我倒向往丛林了。"

"你挑的是丈夫，不是社会。"

"我可没挑，是爸爸奖励的。"

"既是奖励，就好好珍惜，也许一生就这一次。"

文文知道爸爸代理市长很辛苦，知道爸爸在官场攀升中遇到了很多无奈。几丝的怜悯左右了文文。她没答应爸爸，但也没反对爸爸的建议。她的心仿佛火柴在潮湿的磷面上摩擦，她磨了一阵子自己的心，不见冒出丁点儿火星来。烦闷的情绪像默不作声的蜘蛛，暗地爬过了心的每个角落，秘密地结了张忧愁的网。上帝要谁灭亡，必先使他发狂。

李威政没什么不好，甚至可以好过法哲千万倍。单是那亿万财富，就让许多美女头拱地地想嫁给他。嫁给李威政，一生的荣华就有了。可是法哲总是法哲，他身上有李威政永远也学不了、买不来的特征，那种纯真、热情、善良、阳光和果敢。他几乎是李威政的反面。嫁给正面还是反面？

家是文文的温室，始终保持着适宜的温度和湿度，却没有亲情的热度。爸爸很少在家，只有睡觉的时候，才会躺在他那半边床上。妈妈每天精致地装扮着，对着镜子涂着一层层的化妆品，可无法让爸爸多看两眼。文文是这个家庭的纽带，似乎只有关心文文，他们才有夫妇的温情。自尊好强的妈妈挥霍如王侯，一腔没有着落的野心和荒唐无稽的爱情，傲然于市长的阴影之下，睥睨众人，不可一世。由于地位特殊，她混淆了物质享受与精神愉悦、举止高雅与感情细致间的区别。对爸爸的下属吹毛求疵，对亲戚尖酸刻薄。

爸爸活在面具里，妈妈也是。文文看够了他们面具式的生活，她自然向往法哲的真诚、阳光、天真和快乐。那种赤诚的爱和恨，那种坦荡的笑和痛彻的哭，李威政会有吗？文文实在把握不住。午夜，她站在月光洒落的阳台上，朦胧的空气沉重而奢华地包围着她。她心旷神怡，深深地沉浸在爱情的感觉中，她渴望法哲出现在月光里……风吹拂着她的脸颊，一股战栗流遍了肌肤。

李威政终于得到了法哲藏匿的地址，他看着法哲走在渔村和站在养殖场的一组照片，心想，今天是和文文摊牌的日子，要么娶她，要么永远不。这个只对美的亵渎感兴趣的人，确实有纤细的另一个侧面。他对美所持的理论，不是用语气，而是用咬紧的牙关表达的。

李威政觉得爸爸老了，正在失去性格的锐利。他一直坚定地相信，掌握主动权的人就掌握着胜利的商机。那个想害他们家断子绝孙的人，是人而不是神，他有能力摆平并制服他。凶手使李威政浮想联翩，激情澎湃。

李威政开着凯迪拉克直奔设计院，他自以为不但能看透文文，还能看透文文的灵魂。文文和阿莆、关红正热切地聊着张薇跳楼的场面，重复当时那片刻的惊恐和壮烈。文文张开双臂，做出母鸡想飞又飞不起来的样子，抬头看到一位身材不高、留着板寸头的男子健步走来。阿莆还以为是推销保险的，催促文文继续讲故事，不必理这个野小子。只见这长相平平、目光炯炯的男生，像冲向自家餐桌似的，自信而坚定地走了过来。文文感觉到李威政要有惊人的动作，大脑快速地反应着，却像挂了空挡而又踩了油门的汽车，空转着。

"三个女人一台戏，今天唱的什么戏？"

"不卖票！也不剧透！"文文生气地说。阿莆、关红发现文文和这男子相熟得很，便不敢开口了。

"那我包场了，全包！"

"豆子吃多了吧，不该跑到这里来放屁。"

"别人可没你这么敏感的嗅觉，你不就喜欢这味道吗？"

"真了解我，可你也得了解我并不喜欢你。"

"你会喜欢我的，就像喜欢我带来的消息！"

"什么消息？"

李威政拉起文文的手就往外走，文文像一只被捉住翅膀的鸡，咯咯地叫着。她想笑，或者试着气愤，但被追求的快意哽住了喉咙，一种又高兴又痛苦的感情激荡着她。

阿莆和关红惊讶地看着，像看电影里男女兴奋的表演，只是男主角不太漂亮，女主角又不太讨人喜欢。

李威政要带着文文跑二百多公里的路程，去见法哲。文文既惊喜又忐忑，她非常想念法哲，有许多话要对法哲说，可这个讨厌的李威政在场，会让文文很尴尬。自从爸爸和她提起李威政后，文文就避而不见他了，她发现自己越来越难以容忍李威政山羊似的眼睛、猴子似的脸，也越来越讨厌他铁蹭磨刀石般的沙哑而带点尖锐的声音。

李威政陪她寻找她的梦中情人，再怎么不情愿，文文还是为他那亿万资产的金光露出了笑脸。文文那么善良，热衷于帮助别人解决矛盾，李威政便助她一臂之力。

路上，他们谈明星，也谈歌曲，偶尔也谈谈天下的美食。李威政见识过各种各样的女人，在他接触文文的十分钟里，就判断了文文是想狡猾还未被狡猾开光的女孩。也许几年或十几年后，文文会像情场或夜总会里讨饭吃的女人似的狡猾辛辣。但现在，文文还是温室里的花朵，汁水丰沛、温润鲜艳、色香味绝。

远远看到稀疏的集市，以为车子可以轻松穿过，可是越往里走商贩越密，赶集的人越多。车在商贩和人群里穿行，犹如乌龟爬山。车外的农民个个满面苍黑，皱纹纵横，小摊贩也挂着辛苦的笑容。有卖鲜鱼虾的、海瓜子的，还有卖烟叶的、野菜的，城市里见不到的稀奇粗货，似乎这里都有。文文下了车，踩着镶水晶的高跟鞋，穿着齐臀毛呢短裤，涌动水纹的打底裤修饰着一双长长的腿，米黄的圆领蝙蝠衫，露出玉一般光洁的肩膀。这美丽的女子往集市上一站，商贩或赶集的人便像看明星似的盯着她了。文文大有孔雀走在鸭群里似的自在高傲和不可一世。

文文买了半斤海瓜子，又买了一把焦黄的大烟叶。听爸爸说过，爸爸小时候总给爷爷卷烟，卷好后，爷爷奖赏似的让爸爸吸一小口。这烟叶虽比不上爸爸的真龙盛世和九五至尊，但放在装饰架上，也别具风味。渔村集市的味道很适合保留在这个重要下午的回忆之中。

李威政开着车缓缓往前挪着，欣赏着文文穿梭在各摊贩前的样子。心想，女人最本真的任务就是生育的机器，只是有的机器精致，有的粗糙而已。纯金比废铜烂铁好得多，市长家的千金，且不说那值得期许的强大关系网，单是保养得健美的身体，就好过那些风骚的二流明星和装模作样的艺校女孩。李威政记起了初次见到她时，她热烈的表情和爽朗的笑声感染了他，一种比从前任何时候更生动、更强烈的柔情在他内心苏醒了，心里塞满了崇高的情欲。与其说她漂亮，倒不如说她美味。

白云朵朵，南风吹起层层浅浪。连接着大海的河水曲曲折折，漫不经心地流过洼地，阳光蒸腾的雾气在白杨树中间浮过，仿佛细纱挑在枝头，迷蒙一片。法哲和蛙人刚刚穿上潜水服，就看到一美女像电影明星似的款款走来。法哲悄悄向阿峰摇了摇手指，示意他保密。阿峰瞪着嫉妒流火的眼神，眼瞅着文文和法哲擦肩而过。她微笑着向大家打听这里有没有一位叫腾法哲的人。大家在阿峰的授意下，否定了法哲的存在。法哲和蛙人从容地落入水里。所有的逃避都抵不过时间，失败的感觉渗透了他强压的欲望，好像一阵狂飙，掀起了水底的泥沙，洗涤了灵魂，吹遍了肌骨，氤氲了整个养殖场。

"你好，腾法哲是不是在这里?"文文问戴着草帽的阿峰。

"你认识这个人吗?"

"认识!"

"那你看看我们谁是腾法哲。"阿峰故意摘下了草帽。

文文知道这讨厌的渔夫在调侃她。可这不是白鹭市，没人在乎她是不是公主。

"这里全是养殖海参的吗?"

"是，你不看我眼熟吗?"

"我好像没见过你吧!"

"我像海参啊，又黑又丑。不过，很有营养。"

文文不觉得他的幽默可笑，甚至感觉他的话里有那么点淫秽的成分，于是急急地离开了。

当从水底浮上来时，文文早已离开了。法哲没捞几个海参，他的心思不在海参上，也不在深水里，不在任何地方。他感觉这地方已藏不了自己了，文文能找到这里，那也能找到任何地方。有征服者，就有被征服者，法哲感觉自己被追杀着。

回到渔村，刚拐过敬老院的围墙，就看到文文像只花蝴蝶似的立在花坛边。法哲被文文逮了个正着。文文久久地候着，心中的愤怒越积越多，像气球似的快被气爆了。这家伙竟然如此不将文文当回事，这么多天来，至少给文文发个信息报个平安，枉自浪费了文文春风般柔软的爱心。多少个夜晚，她躺在床上，黑暗笼罩着她，思潮像一股混浊的洪水向她涌来。她本想在看到法哲时，气愤地扇他一耳光，可是在遇到法哲的瞬间，她竟卑微如尘埃。

"真可恶，你以为你是谁?"

"我不知道我是谁，我也不知道我爹是谁?"法哲愤怒、粗暴，声音里有一种奇异的力量，他的眼神中有一种古怪的激情。文文第一次看到他发那么大火。她像被钉子钉住了，心中惶恐，不知该往前走，还是往后逃。他身上的每个细胞都震颤着文文，即使在疼痛中，也仍然可亲；即使心灵的大厦坍塌了，也仍然是文文的最爱。

阿峰、蛙人和几位村民惊讶地看着他们。法哲气呼呼地从文文身边走了过去，文文一把抓住法哲。

"张薇自杀，骨折住院了! 她不是洪院长的亲生女儿!"

法哲转过身来，气汹汹地对着文文。文文的泪瞬间流了出来，一分钟之内好似历尽了一生。

"你敢胡说一个字，我拔掉你的舌头。"

"你是大傻瓜、白痴、笨蛋……猪……狗……"

"我倒宁愿是猪狗……"

多少个日子，文文遥望未来，她和法哲恩爱的生活悠悠展开，好像没有尽期。法哲这个名字充满她的灵魂，可是当站在他面前，他又禁止了她、阉割了她。

远处，李威政鸣了鸣汽笛。他欣赏了刚刚那一幕。文文哭着跑向了李威政。人斗不过天，人拗不过天使们的微笑，人不由自主。两分钟前文文还以为自己可能是法哲的新娘，现在却连伴娘的份儿都没有了。

骄傲的公主羞愧得无地自容，恨得咬碎了玉牙。同情并不是每个人都能接受的，从李威政这儿得来的同情，是一种讨厌的侮辱性的礼物。文文真想臭骂一顿。讨厌的月亮硕大红艳，把它血红的目光投向这是非混乱的世界。

李威政问她要不要喝口葡萄酒定定神。此时的文文只想一醉方休。李威政边开车边把一瓶葡萄酒递给了文文，他伸出的手似乎又想收回来。文文却一把夺过瓶子，豪放地对着瓶口，像喝可乐似的喝了起来。饥饿这只兀鹰把它酒醉的喙和爪子伸入文文的身体，破坏是必然的。

几分钟后，文文就失去了知觉。那是一瓶特制的酒，李威政本不想这样对待文文，可又一想，这样对她也没什么不可，毕竟今天他给她当了司机，那他就得享受驾驭的特权。

市长和副市长的最大区别在于，市长是皇帝，而副市长是皇帝的从属。

什么活动市长可以参加，什么活动不想参加，完全取决于市长的大脑。人们对市长惊惊战战守护，毕恭毕敬的仪态，让陈市长感慨于"副"字的疼痛。

全省农产品展销会在白鹭召开，这是陈市长努力争取的。智囊人士告诉他，如果能有两三次这种高调展示白鹭市的机会，不出一年，他将由代理市长变成名正言顺的陈市长。

陈市长刚刚走到农产品展销会的大厅，就看到电子屏幕上播报的新闻：美国小学发生枪击事件，一位青年男子持枪闯进校园，向正在放学的小学生们扫射，当场死亡六人，另有五人在医院抢救，其中一位是美籍华人小学生。镜头就转向了那位受伤的华人小男孩，小男孩腹部中枪，伤势很重，他微睁着眼睛，惊恐而凄凉，轻轻地喊爸爸、爸爸。那微弱的呼救声，瞬间刺痛了所有父母的心。

一种意外的悲催情绪支配着陈市长，人生的全部意义……破碎如沙的感觉。陈市长紧紧盯着屏幕，忘记了身在何处，完全被枪击事件震惊了，被那小孩的呼喊震惊了。随行人员也怀着一颗颗同情的心，随市长阵痛着。陈市长那冷冷的湖水般的目光，使人看不透他的内心。新闻又播放了美国的枪支问题……工作人员提醒陈市长该进会场了，可陈市长像聋子似的，兀自脸色苍白、双腿打战、心如捣蒜。幸亏迎面来了一位省里的客人，陈市长握着那人的手，就像扶着拐棍似的，走了进去。

陈市长说了什么自己也不记得了，台下一片掌声，甚至还有偶尔的欢呼声。农民真可爱，他简直怀着感激的心情爱上了农民和农产品。他说了些愚蠢的话，但大家对他的话琢磨不已，总是从里面寻找连他自己都不知道的深意。掌声在为最后的收尾辩护，那一幕结束了，角色演完了……枪击事件的新闻，突然间变得近在眼前。

陈市长突兀的反应引起了高顿的警惕，第六感告诉他，复仇的时候到了。高顿很快了解到，那七岁男孩子的妈妈叫关京红。高顿突然记起在陈市长办公室的电脑里，在文文拍的纪录片里曾有一位女生叫关京红……

孩子的父亲是谁？关京红有何收入来源让儿子上贵族学校？令人心醉神迷的新闻如此短暂。

高顿一生都在执行任务，各种各样的惊险而艰苦的任务。如果活得像树篱中的一对鸟，安逸快乐，那该多好。最近，高顿时常反思这个问题。他并不是把生命置之度外的人，相反，他非常珍重自己的生命，他怕死，怕像许多同事一样早早地报销了人世的这段历程。他曾深情地望了一眼中弹的同事，目光之亲切有如一吻。生活对于特种兵显然不过是一种借口。

特种兵是一群特殊的人，连做梦的自由都不能有。他们学会了在悬崖上安睡，学会了在狼群里嗥叫。别人睡觉时安全放松，他们睡觉时必须有一半的神经在站岗，不然，十条生命都会早早地报销九条，何况他仅有一条生命。特种兵觉得自己是一个特意被播种在世界上的人，已模糊了死亡的目的和意义。

岁月的流失与惊险的成功收窄了高顿的生活，使他只为更高的目标而活。他正变得不再那么热情，反而对任务谨小慎微。他觉得自己的一生都是一种形式，一种说不出内容的空壳。为自己活的就是贝地城的那短短的三天。三天就是一辈子，三天就是他一生的天堂。对命运，他像咬着一枚泻火的黄连，笑里藏着深深的恨意。无论是斩首行动、骚扰行动、护卫行动、反恐及救援，他对任务的了解，如同对枪了解得一样透彻。失败就是死亡，有无数次他像蜥蜴般舍弃尾巴，脱身而去。

往回追溯，高顿觉得他此生的主题早以片段的方式隐藏在过往的部分中。生活就像一条嗅觉灵敏的狗，有时也对着明亮的月亮狂吠。他觉得自己在月亮和狗之间空悬着。

文文不是李威政瞄准的第一个高枝苹果。之前他曾对省里某高官的女儿盯了好久，省里高官对李氏家庭的前景也比较看好，双方青年互赞美好，出双入对，彩蝶翩翩。可当女方正式向李威政抛出绣球时，李威政没有伸手接，而是让绣球空空落在地上，滚到了泥水里。

原来，游戏规则是不能改写的。省里官员的女儿和妈妈一起移民到了加拿大，只留省里的官员在国内当裸官。李威政父子非常爱国，他做梦也没想到到加拿大去当黑老大，去黑白通吃。李氏企业是中国土地上的特产，自然对加拿大的某个富裕的移民女不会产生爱情，否则就是对中华良心的背叛。

不得不说李威政的感觉是对的。几年后，中国清理裸官，第一批倒下的就有那位曾经的准岳父。

李威政飞也似的往前开去。他抱着文文进了宾馆。虽然这馅饼早晚都是他的，今天他饿了，并且很有胃口。命运是一个彻头彻尾的好赌徒。李威政疯狂地下注，并总是赢钱。

"市长的女儿，我得盖上我的印！"他把文文横在床上，文文像个人偶似的毫无知觉。在夜总会一道道菜肴之后，他想换换口味。好在在夜总会传染的幸福病及时治好了，不过他从不把这些当成病，而只当成战利品。

李威政一件件地给她脱着衣服，除了文文的社会价值，她就是一个普通的女孩。但人是社会的人，社会价值自然大于肉体本身。今天，他征服的是陈市长的公主，他仿佛看到了陈市长愤怒的表情，也看到了爸爸邪恶的微笑。黑暗中影影绰绰，两人的衣服东鼓一堆，西鼓一堆，仿佛巨大的黑浪，翻滚向前。李威政心里前一个假定，后一个假定，仿佛大海上破碎的船板，随波逐浪，翻来滚去。

"要不要拍张裸照？"李威政看着这具漂亮如玉般的肉体，还是放弃了。"人不能太邪恶，太邪恶会遭报应的。"这是爸爸告诉他的。他为自己的善良感动。

文文竟然是处女。这让李威政实实在在地幸福了一番。

这样睡市长的女儿，让他很有成就，又让他很失败。没有感情基础的做爱确实淡而无味，如果文文能自己在他面前脱光衣服，娇柔似水地侍候着他，那该是另一番美意。不过，任何时候打破习惯的坚冰都不容易。

文文从桃花般的云彩里醒来，她看到法哲正生气地离开。她望着陌生的天花板，突然发现自己睡在一个男人身边，这男人赤身裸体，自己竟然也一丝不挂。瞬间的惊愕让她像遇到眼镜蛇般地跳了起来，伴随着歇斯底里的叫声。李威政缓缓地转过身来，脸上没有一点儿惶恐，没有一点儿担心罪行败露的恐惧，甚至连一点儿异样也看不出来。

"啊……"仿佛世界上所有的音乐都集中在文文的喉咙里。

李威政像没睡够似的，转过身又睡着了。

文文宁可永久住在地狱里，也不肯这样赤裸着躺在李威政的身边。她错愕、呆傻，浑身上下酸痛得好像跟一大队鬼子打过仗似的。

文文像蚊子叫似的哭着。李威政经历多了，女孩哭够了，再送以重礼就万事大吉了。过些时候，有些女孩会求着李威政带上床。

女人就是这样，没什么复杂。市长的女儿也一样。

李威政无所谓的眼神像飞镖似的深深刺伤了文文的心。她就像个越狱犯似的，盲目地套上衣服，连跑带跳，飞也似的冲出了宾馆。

那天晚上，李威政牵着文文的手向陈市长求婚了。他虔诚得像个乖孩子，一时间找不到合适的话来赞美文文的善良和宽容。陈市长满心欢喜，文文像挨了一顿揍的新娘子，低眉侧目、目光游移。一切都支离破碎了，只剩下一些毫无意义的片段。

文文摆脱不了对自己的憎恶，这憎恶不是由于她坏，而是由于不幸，可耻而又可恨的不幸。该不该死死抱住这个虚假的救星，文文游移着。李威政向文文表白了长长的情话，笼络了文文受伤的心灵。"每天夜晚，我对着你的照片又是苦恼又是微笑。文文，你说什么也不知道，在我心里，你就像一位白雪公主，又坚固又纯洁，没有你，我活不下去。你给我一个微笑，我就受宠若惊，殷勤趋奉。文文，你怎么没发现呢，我这个可怜的人，距你说近也近，说远可也真远……"

那天晚上，李威政把文文抱在腿上，文文陶醉在偷来的情话里，走进了热情、销魂、酩酊的恋爱世界，而心底的哀号却在遥远、低洼、阴暗的山谷里回荡。她脸色苍白，身体也抖得厉害。上帝给了人十字架，也给了人忍受的力量。李威政嘲笑而多情的目光，追求她就像植物追求阳光一样。而文文却不得不感谢他的求婚，好像一个人脚趾受伤，动不动就会踢到什么地方似的。她心里忽而疼痛，忽而高兴。

命运就是命运，跟它怄气毫无意义。

"官越大越多疑。"这话还是很有道理的。陈市长倒希望自己的多疑是没有道理的。除了傻女儿，他觉得没有一个正直诚实可靠的人，甚至连影子都诡计多端、居心叵测。

从看到李忠心护照照片的下午，陈市长从最久远的记忆开始回顾自己的过往，回顾了一桩桩猎艳的或惊险的事情，可直到这时才发现，自己的一生几乎都已经过去了。这段时间，陈市长总感觉身后有人跟踪。难道是多疑？作为公众人物，陈市长不怕人看，不怕人议论，也不怕人调侃或玩笑。可是，陈市长怕跟踪，跟踪和跟随有本质的不同。没有什么比看不见的手更可怕，陈市长的肩膀似乎总等着一只看不见的手，脖子也准备随时转过去。他不是那种神经过敏的人，但也不是那种欣然服从命运安排的人，虽然这调侃的命运已等了他许久。

文文和李威政亲亲了，这是家里的大事。

"他应该也算是一个好青年，显然也有他爹在夜总会里的好名声。"陈市长不愿往深处想。人命天定。

官场是鳄鱼出没的浅滩，看似风景秀丽、阳光灿烂，转眼间就可让人消灭于血盆大口中。李威政也许不是最好的人选，但对于这个家庭来说，却是最恰当的人选。不枉疼爱文文一场，她也终于悟到了其中的深意。

李威政三天两头地跑到岳父面前，像儿子似的殷勤屈奉，汇报探听到的有利或不利的消息，很快成了陈市长顺风耳和千里眼。李威政渐渐了解到岳父大人的心病，悄悄派人侦察那些阴谋力量的动静，保护岳父大人的政治前途就是保护自己的前途。

人生在世真正拥有的东西难道不是未来吗？

李威政想着他和岳父大人的未来，眼睛便像星星一般闪亮，并且湿润了。

幸福的源泉不在于外面，而在于内心。李威政如此快速地融入到这个家庭，赢得爸爸妈妈的喜爱，这很让文文得意。对李威政的爱，由虚拟的想象，慢慢变成了真实的感觉。毕竟李威政给了她甜言蜜语，给了她异性的爱抚和性爱的享受。文文像刚刚睁开眼睛的小鸟，从第一次发现李威政的美后，天天都有惊人的发现，他那么果断，那么智谋，那么有男人的气概，特别是床上的技巧那么……对他的爱铺天盖地，肉体加上灵魂……至于腾法哲，那简直是小孩子做游戏。法哲曾皱皱眉头就足以抵得上文文的死刑了……文文羞愧得面红耳赤，恨不得找个地缝钻进去。而此时李威政山羊似的眼睛、猴子似的脸和铁蹭磨刀石般的沙哑而带点尖锐的声音，都有着无穷的艺术魅力，让文文喜欢得无法描述。

生活有两种不幸，悔恨和生病。好在文文没让自己悔恨，在悬崖边是李威政帮助她勒住了狂乱的烈马。

文文用一块湿巾，将有关腾法哲的记忆全部抹去，那片记忆长出一群仙人掌。那一页永远翻过去了。文文惊讶自己的恋爱变化得这么快、这么彻底、这么干净利索。管他呢，让别人在情场上受骗吧，她已了解了生活，那诱人上当的一厢情愿的生活已经结束了。一切静止了，缥缈了，好像月亮和它的光影一般。

贝地城的阳光和海滩仿佛是一万年前的事情，高顿感到自己变得脆弱，像起伏翻涌的浪花，在经历漫长的旅行后，在看到海岸的瞬间，就心甘情愿地陶醉了。是的，在这里，他寻找过那枚金玉饰品，他在这里唱过、喊过……

带着探寻的使命和疼痛的回忆，再次站在贝地城的海边，让高顿感觉自己从没离开过，只是在时间的旋涡里小睡了一会儿。醒来时，世间变换了风景和人物，仿佛由侏罗纪，直接到了二十一世纪。而自己不过是某只迷失的恐龙。

关京红是一位普通的农家女孩，生得五官端正，学习非常好，一直是班里的尖子生，升入大学后，一年土，两年洋，三年不认爹和娘。其实是爹和娘不认识自己的女儿了。女大十八变，女儿淡妆清雅，漂亮的衣服加身，出落得天仙似的。后来又得了出国留学的机会，据说是国家委培，待遇很好，嫁得也好，生了个好儿子。关京红坐拥着豪华别墅和巨额财富。儿子自然是关京红的生命之柱。

洪姑庙依然是贝地城的香火妙地，前来求子求学的非常多，许多外地的达官贵人也纷纷来烧上一炷香。

高顿像只火蝎子，心里发毛，毒中有美。没有一丝一毫的矫饰，却又负载着重若千金的精神力量。他孤零零回来，再次感受贝地城纯柔的细声与流转的光华，像喝了酒般陶醉着。

高顿在山下丁字形路口处买了两束白菊花，刚转身，就发现一辆轿车拐向山路。高顿的心一沉，像从牢房里逃出来的危险罪犯，悄然无声，默片似的。

香炉里袅袅上升的香味犹如面包的甜香，飘荡出去，总给人甜美祥和的感觉。一位虔诚的老汉叩头及地地跪在洪姑庙里，极其虔诚地上香，伏在地上口中念念有词。随后，抄起倚在松树上的扫帚，义务地清扫庙里的卫生。一次牙疼会输掉一场战役，一点懒惰会输掉一次虔诚的祈祷。时常有这样虔诚的人，上完香后，总要找点事做，奉献了自己的爱心后，才有信心离去。

庙是一所安梦房，在梦的摆布下，人不过是为梦所困的猎物。庙里庙外都没有高顿要找的人。高顿弯腰驼背地将垃圾抱到设在悬崖边的焚烧炉里。怕引起山火，垃圾都是在这焚烧炉里焚烧。焚烧炉的北面有一块巨大的山石，不知是天然存在还是人为放置挡风的，高顿轻轻引着火，耳朵却极力探听着巨石后面的对话。

人一直在和神低语，以风和石头都不理解的方式。烟火和香是阴阳两界交流的媒介，这是人的可爱，也是神的无奈。

原来，高顿略一沉思，便和卖花的老头商量着更换衣服。老汉遇到了千载难逢的好机会，当既脱掉了污迹斑斑的上衣，穿上了高顿送他的皮衣，高顿也穿了老汉的油污味刺鼻的上衣，戴上了帽檐已磨破了、露出白板的遮风帽，踩上了老汉从垃圾场里捡到的翻了帮的破皮鞋。

离开洪姑庙，高顿眼睛里饱含着不可原谅的相思，心中经受着可怕的羞愧与煎熬，每迈出一步，都感觉那好像已经不是自己的脚了。他快速下山，急速地反省全身回荡的那种惴惴不安的感觉。不单单因为巨石后的两人，不单单因为界凡，因为很多……他的渴望、他的灵魂、他的头发都仿佛在隐隐生疼。这就是他崇高的使命，他一生沉淀的雄心……为了否认爱情的绝非偶然，为了抵挡死亡的热情邀约。

下山的路很长，他任由时间冲刷记忆，任由大海的波涛无止境地拍打。海面上那些叫人感伤的灯光，在暗沉沉的波浪间颤动，装模作样地显露它们忧愁而迷人的魅力。站在海边，高顿变成了一个易怒的、沮丧的失眠者。在他失去她芬芳和双唇的二十多年里，不是第一次，却可能是最后一次来洪姑庙了。

从贝地城回来，已是晚上七点多了，陈市长打开办公室的门，顺手打开照明开关，灯却没亮。窗口透过的院子灯光衬托出椅子上的人影。陈市长吓了一跳。

"谁？"

"问坐在黑暗里的人有意义吗？"

"你想干吗？"

"我坐在这里，你站在那里，像不像我在审你？不过，这个国家还没给你这种模范的人物准备法庭。"

"你想干什么？"

"我不是因为我想干什么而来，而是因为你干过什么而来。这椅子很舒服，请坐吧。"高顿站起来，从容地走向窗台，像只蝙蝠，忽地消失在黑暗中。陈市长胆怯地立在那里，不敢前进，也不敢后退，良久才扑到窗口，希望那人摔死，可八层楼高的墙壁上没有人，地面也没有人。市府大院里灯火通明，假山耸立，池水高高地喷着水柱。

陈市长比刚进来时更恐怖了。在这一刻，他觉得与房间的黑暗相比，之前所关心的一切利害是那么微不足道。那人散布的恐怖气氛，使他备感弱小、卑微和无助。

然而被吓倒也不是陈市长的风格，他如此这般地和李总父子密谋后，又找回了自己——强大、仁慈、残酷无情却又禀性善良。换了别人都会觉得身上的压力不堪重负，可他却在人前表现出一种无所不能的自信、轻松和愉悦。

二十七

人与疯子的距离，永远大于或小于疯子与人的距离。高顿不懂界平，不知道她的内心……这难言的困惑，让这位功勋卓著的战士非常无奈。

好在持续的治疗，带来了出其不意的惊喜，医护人员也和高顿探讨音乐和阅读给她带来的冲击。看来，治疗的方法很多，但适合病人的也许仅仅是一两种。

医护人员本能地以为高顿就是她的亲人。至于是丈夫是情人还是兄弟，没有人细究过。因为对一个疯子调查越深入，距离真相便越遥远。

高顿刚刚赶到界平的房间，界平站起来，给高顿让座。走廊里传来崔总的声音，他在和护士聊天，询问界平的情况。

崔总的皮鞋像穿透人心的鼓点，一步步踏来。

崔总推门进来了，谨慎地问："你好吗?"

界平惊讶地盯着洗手间。

"你想去洗手间吗?"

界平摇了摇头。

崔总上上下下打量着界平，发现她的面色好多了，眼睛也晶亮有光，人也似乎精神了很多。

"南河大桥的建设很顺利。"

界平轻轻点着头，好像真听明白了似的。崔总盯着界平，他突然意识到并不是他在看着界平，而是界平在盯着他，想看透他的心思似的。护士进来给界平发药，界平接过药，放在嘴里，自己从水壶里倒了水，把药冲了下去。一套动作，做得非常流畅干净。

崔总惊讶地对护士说："她真了不起……"

"你不是第一个表扬她。"

"第一个肯定是上帝。"

"那可未必！"

护士不小心把药液洒在了地上，崔总到洗手间拿拖把，界平惊讶地睁大了眼睛，像个寻愁觅恨的少女。崔总拿出拖把，拖完地面，再次把拖把放回去。界平像是倾听树木生长似的，紧张而安静地待着，目光盯紧崔总的一举一动。在疗养院，时间的节奏由疯子掌握的，她什么时候疯，什么时候不疯，上帝也说不清楚。疯子似乎随波逐流，不知生活该从哪里继续，但每天都在继续。

崔总走了，界平紧紧盯着洗手间的门，高顿微笑着从里面走出来，界平也笑了，仿佛两人联手打了一场胜仗似的。界平在一种几近幻觉的状态中，站起身，飘飘然地挽起高顿的胳膊，头偎在高顿的胳膊上，像委身于一种无梦的睡眠。

他们听了半小时的音乐，《月光曲》结束后，他打开日记本，开始读书了。

1975年7月9日。

今天，我正在提水的时候，一辆吉普车突然在院子里停下了，崔梅湿淋淋地跳下车，她好像很开心。一位小伙子帮助崔梅把货物提下来。

"我差点儿被凶恶的帝国主义的鱼吞没，是这位共产主义战士英勇地救了我！"原来，崔梅洗脸时滑进了河里，这位叫高顿的青年救了她，但崔梅说得很幽默，高顿反被崔梅的幽默弄得很尴尬。

高顿坐车走了，崔梅恋恋不舍地挥手告别，直到听不到吉普车的马达声为止。崔梅说在人生的旅途中，总会在最恰当的时刻遇到恰当的人。

这天晚上，崔梅就不停地说起高顿，说高顿多好，多帅，多文雅、智慧和勇敢。她渴望再次掉进水里，再次被高顿救上来。

这次一定不会那么仓促、那么盲目……窒息、昏倒，被他口对口人工呼吸，一定把英雄救美的剧目演得精彩绝伦。

我倒没觉得高顿有多么好，甚至都没看清他的模样。

1975年8月10日。

也许因为我是双胞胎，每次看到一模一样的双胞胎走过，总感觉特别惊喜，仿佛看到一对稀有的大熊猫似的。

多神奇的双胞胎，从一个受精卵慢慢变成胎儿，睡在子宫里，姐妹俩就手牵着手一起成形，一起长大，然后商量着谁先谁后出生，前世的缘分是任何语言也描述不了的。当第一次听说我有个姐姐时，我感动得差点哭出来。那个姐姐也一定和我一样，每时每刻都想着团聚，想着姐妹永远在一起。

人们从远古时代就试图用爱来理解世界。爱是一座魔法的桥，能让人们从可见世界进入不可见世界，能从物质世界上升到精神世界。我内心的呼唤，姐姐一定会产生心理感应，一定能感受到我的存在。人生是一场盛宴，如果姐姐来找我，那人生就是我们两个人的盛宴。

我时常遇到一对四五岁的双胞胎女孩，她们的父母是叛徒，被关在监狱里，双胞胎被奶奶抚养着。这对小女孩过马路很不安全，每次看到她们，我就拉着她们的小手送回家。

一个篮球突然滚到了我的脚边，一个青年走过来弯腰抱起了球。我突然认出了他——高顿，吉普车上的男子，没想到他竟然说了句让人惊愕的话："为人民服务！"

我也赶忙随了一句，真不爽，他这是逼着我开口。

我和双胞胎离开时，高顿大声地喊了句："嘿，你带子开了！"

我羞愧死了，以为是腰带，快速地摸了一下腰。

"鞋带！右脚的！"

他真讨厌！更讨厌的是他竟然在我身后大喊："明天晚上十点，我有重要思想问题要向你坦白！"

像阴天的干雷，一种突然的信任感蓦地拨响了沉闷的空气。

他什么意思，在约会我吗？那可不行，他是崔梅的梦中情人。

回到宿舍时我才知道崔梅回家了，我又没办法通知她。

界平突然开口了，愣愣地说道："我认识崔梅。"

"是吗？"

"她休了三天假！"

很多时候精神的变化没有任何解释，现在没有，将来也不会有。

1975年8月11日。

高顿为何要约会我？他看我的眼神是那么怪异。这一天我像走在梦里。难道他对我……我竟然睡不着了。最近这段时间，我时常遇到他，现在想来，也许是故意的……噢，简直不可想象……半夜时雷声轰轰，硕大的雨点啪啪地砸在玻璃窗上，现在已是午夜，高顿肯定不会去桥上的。可他去过吗？还在桥上吗？我越想越不安，风雨中似乎听到有个声音在呼唤我，一声比一声急切……我竟然披上雨衣冲进了电闪雷鸣的夜里。

狂风大作，几欲把我卷走，我踉跄地抓着护栏。

只有狂风、暴雨和愤怒的河水。他根本不在！那呼唤的声音来自哪里？

一道闪电劈开了雨夜，站在我面前的竟然是他。我瞬间感动了，眼泪和着雨水喷涌而出。天地间只有我们两人，风雨里只有我们两人。突然，一股神奇的力量让我们紧紧拥抱在一起，我竟然爱上了他，也许并不是从今天才爱上他，也许是上天注定的缘分。我感到好羞愧，如此义无反顾地爱上一个男人，全心全意地投入他的怀抱，这是生命的第一次，却也是永远。我会永远永远地爱他，他给我的美丽是我今生最大的幸福。只有伟大的先知，才有沉默的心。有时候，上帝的祝福是以出其不意的形式降临的。

"高顿……高顿是谁？"

高顿摇了摇头。"我也不认识！"

界平迷惘地望着前方，视野里仿佛又空洞无物。她的表情是那么美、那么纯真，甚至那么圣洁。高顿窥见她独特的美。这样圣洁的人绝不会有对手，一切丑恶都将崩溃、逃遁。

光明磊落、充满热爱的心，是一切力量的源泉。

空气要经常流动，海浪要不停拍打，情感也要一直保持运动状态。

1975年9月27日。

每年秋天，都要到北山植树，此时地温较高，树根易愈合，来年缓苗快。

植树时，有的负责挖坑，有的负责运苗，我们却负责了最艰苦的提水工作。

我从山下往山上提水，有两个小青年故意给我一个大水桶，还把水装得满满的。其中一个小青年对我说，如果亲他一下，他就替我换小水桶；另一个小青年说只要亲他一口，就给我装半桶水。之前早已有姑娘们玩过这种亲吻游戏，所以，大家都想看我该选择哪个方式。两个小青年都闭上眼睛等着，我害怕极了……

这时，五辆军用大卡车拉着军人们到了山下……

"高顿。"界平像明察秋毫的判官似的，以肯定的口气说着，"第一个跳下车的是高顿。高顿替她提水的时候，还偷偷拉了她的手。"

"你认识高顿？"

界平眨着眼睛，沉默了。

当人们嘴巴紧闭时，往往是因为他们要讲述一些重要的东西。

1975年10月19日。

我和高顿手握着手在午夜的大街上走着，光滑的石子路，留下了我们缠绵的脚步。我自以为是熟悉贝地城的大街小巷的，可是在街道的"米"字形路口，我还是迷了方向，坚持把西方说成是东南方向，固执地向西方走去，直到发现在西方的小学，才明白错了方位。

或许我一直争取着本不值得争取的东西。许多人拿无知当借口，拿谎言当武器，我可以入乡随俗，或许也可以充耳不闻。我退回到"米"字形的路口，站在街心的圆石上，看着延伸出去的六条街道，像看着六条不同的人生路。往任何一条走也许都是对的，但会有六种生活、六种过程、六种不同的结局。选择其一，必丢掉其五。这时，突然有一道灵光击中了我的大脑，像有一盏灯照进我的心灵。也许在这个圆石的地方，在这个街道上，我还会再迷路，还会再次找不到方向。

人生本来就是一次次的选择，人生本来就走在不可预测的过程里。那个"米"字形的街道，却魔法似的印在了我的心里。

界平一把夺过高顿的打印纸，低头翻看着，然后焦急地对高顿说："我去过那里！"

"是吗？"

"我想去看看！"

"为什么不呢！"

界平所给予的陶醉，让高顿灵魂战栗。

高顿启动车子，这次不但走远，而且可能会走得更远更远。

那次坠落导致张薇肱骨骨折。肉体的伤痛可以治疗，可心头的伤痛不知怎么办好。妈妈怎么样了，法哲又在哪里？生活真幽默，榨取了每个人的能量，考验了每个人的耐心。她从没像现在这样想念法哲，又从没像现在这样痛恨法哲。

张薇不是妈妈的女儿，法哲不再抽身世外了。傍晚，他赶到了张薇所在的病房，透过橘黄而温暖的灯光，张薇像被暴风雨折磨的柳叶似的无力地躺在床上。一种宛如刀绞般的痛苦、一种甜蜜又辛辣的欢乐，折磨着法哲。潜逃的日子里，他曾拼命地给地狱铺路，像一个痴情汉，用习以为常的方式试图毁掉自己。

他曾想法设法把心灵深处对张薇萌发的爱情连根拔掉，在隔着玻璃窗看到张薇的瞬间，那一度埋葬的爱情，又坚实地弥漫开来，使他除了爱情，什么也感受不到了。他回来可不是为这个家庭敲敲边鼓的，必定要参与其中。

法哲轻轻推开病房的门，像走在结了冰的湖上似的忐忑。张薇睡着了，睡着了的她是多么安宁。

张薇苍白如纸，乌发丝绸般摊开枕头上，嘴微微闭着。这柔软的嘴，法哲吻过多次。他永远不会把她当成妹妹。他乐于培育而不是摧残，渴望赢得爱情，但不要泪水。人和人的关系并不像人们想的那么复杂。一旦爱过，其他感觉必须让步。爱人就是爱人，其他一切关系都是爱人关系的附属品。爱情是那么特别，那么唯一，那么我行我素，那么刻骨铭心。

法哲沉思似的坐在椅子上，久久地望着睡眠中的张薇，真想变成一缕空气，随着呼吸进入她的身体，摸清她大脑里在想些什么，是怎么看待他的。

张薇苍白而细长的手指微微弯在床单上，法哲非常喜欢她的手指，他曾开玩笑说应该给手指加保险。而今，还是那手指，法哲却胆怯地触摸过去。刚刚接触手指，一股刺心的痉挛就滑过了全身，法哲闭着双眼，任那酸楚在身体里来来回回地激荡。

张薇却从法哲的手心里抽走了手，把胳膊缩进了棉被里。

她一直醒着，只是不忍看法哲，不忍再回忆那锥心刺骨的疼痛。她努力在法哲面前表现得坚强，可泪水还是泄露了内心的秘密。她的灵魂还在沉睡，还需要一次震撼才能唤醒。

法哲伸手欲替她擦掉泪水，她侧过头去，拒绝他的殷勤。法哲伸出的手停在了半空中。法哲想告诉张薇时间是伟大的，它能平息心中的愤怒。可他开不了口，任何语言都是对张薇的伤害。他太了解张薇了，她越是刻薄得无法忍受，就说明她越在意，她越表现得乏味可鄙，说明她越伤心。

一个侧卧在床上，一个沉思者似的坐在椅子上。良久，房间寂静无声。多次在月光下，他如同饮水一般在她的后脖颈上吻过，月光又把她推入了他渴念的手臂。而今，虽在咫尺，生活对他们面露凶相，病房的夜晚笼罩在那种买来的、虚假的光线之下，显示着病痛的残酷美。

既然她和洪院长没有血缘关系，那自己和她就不是兄妹，就可以结婚！法哲忽而有些生她的气，忽而生自己的气，如此明了的关系，她又何必折磨自己呢？

"你和洪院长……"法哲从嘴里说出"洪院长"三个字，突然感觉很罪过，她现在已是他的妈妈了，是他的亲生母亲。

"你走吧，她更需要你！"

张薇冷冷地甩出这句话，让法哲忐忑不安，他有许多话想和张薇推心置腹地谈，想和她滔滔不绝地交代个明白。他的思念、他的爱、他的梦想……可现在，张薇拒绝他的存在，她有把他扫地出门的感觉。法哲感觉自己像离群的孤鸟，根本没得到她的面包渣儿，这啬蔷也算是优待了。

"可我需要你！"

张薇闭上眼睛，那淡然而略带讽刺的表情似乎嘲笑法哲没有智商的话。她以一副准备承受最大苦难和最大悲哀的心情，面对着空无的前方。她处于灾难的低谷，变得非常顽固，非常疲惫，不相信有未来和希望。

"我不想听。我死了。"

"谁都无权死。她需要我们！"

"出去！你怎能连谁是妈妈都不知道！"

法哲想说"你不也不知道吗？"他没敢开口，含着泪走了，每一步都像上刑场似的沉重和艰难。不，不应该是这样的结局，不应该这么对待相爱的人。张薇太冷酷了、太绝情了。

法哲站在医院院子里，巨大的梧桐树在风中瑟瑟抖动着，偶有枯叶从法哲的肩头滑落。秋风风干了法哲的泪水。他仰头向病房楼望去，不知哪个窗口的灯光是张薇的。张薇很危险，像只小鸟在绝望中撕自己的翅膀，狂躁不安。生活已没有出色可言，可法哲相信他们俩是最出色的倒霉蛋。

法哲走了，张薇用心体会着他渐渐远离的脚步。她像一个蜷在母亲肚子里的婴儿，懒得思考。他可以走向任何人的怀抱，但唯独不能再是她的了。他不会是她的爱人了，是哥哥吗？不，也许是，也许不是。但当他成了小老头，小便尿在裤子里的时候，张薇觉得自己也将是唯一一个继续爱他的女人。

张薇这一天都好像在给子弹上膛，等待那不可避免的冲突。她从没像现在这样怀念她的爸爸，如果爸爸还活着，她一定会在爸爸怀里痛哭一场。现在，这世界上竟然没有一个让她流泪的肩膀。她真想喝醉，真想再次体会从楼顶坠下的感觉，周身涌动着惬意的温暖，空气也产生一种柔情。现在，她对一切都做出肤浅的反应，不去探究其实质，渐渐地，半个枕头都湿了。

护士给张薇送来了一束鲜花，只有法哲知道她喜欢白百合。一束白百合中，像花心似的中间点缀着一枝火红的玫瑰。护士嗅了嗅花束，像浸饱了香气似的。"真香啊！如果有男人能给我送这花，我一定就心有所属了。"

张薇从花束里抽出五枝白百合，递给漂亮的小护士。

送人快乐果然是不错的感觉，张薇看着小护士高兴地跑了出去，仿佛自己的忧郁也跑掉了似的。她从花束中间抽出那枝玫瑰，放在鼻端嗅着。与百合为伍，玫瑰的香味被掩盖了。她合上双眼，玫瑰红色的世界笼罩着她，周遭的空气爱抚着她的肌肤，恋爱的思潮像一股裹挟着黄沙的巨风。她突然感觉某个地方很疼痛。

法哲还没有做好去见洪院长——妈妈的心理准备，这确实是一条很绕的路程。洪院长，他倾慕的洪院长，或者被他讽刺过的洪院长，竟然成了他的生身母亲，这做梦似的怪事，荒诞地发生在他的生活里。宇宙果真有一条适用的普遍法则，有缘的人总是以这样或那样的方式撞到一起。

最近法哲才明白，这一切的导演是他的姑姑——爸爸的姐姐，她曾是医院的助产士。妈妈几次怀孕都流产了。姑姑在为弟妹接生时发现又是一个死婴，正中了街头巷议的流言：凡是参与盗墓的都断子绝孙！难道腾家就真没有后代了吗？姑姑当即把昏迷的洪院长生的儿子抱给了等候在产房门口的哥哥，恭喜他添了个大胖小子。

姑姑已去世六年了，把这秘密也带入了坟墓。秘密已不重要了，空缺的故事也无人在意。只是那流传的魔咒真的那么灵验吗？

妈妈王香到现在也不知道自己的儿子不是亲生的。那就永远不知道吧，不知道是幸福的，混沌是幸福的，清醒了反而更痛苦。出生就是原罪。人本应该像猪一样快活，也应该像猪一样善良。

"洪院长——妈妈，怎么样了？"法哲绕不开这个问题，毕竟是她孕育了他，毕竟那才是妈妈。她疯了，待在疗养院里，孤独地退缩到她的世界里。她病弱的存在震颤着法哲，逃避是可耻的，一种在心底蔑视自己的痛苦刺痛着他。

最近以来，有两个法哲不停地决斗着，一个是洪院长的儿子，一个是她的女婿。他们不停地辩论，不停地争吵，一会儿儿子胜利了，一会儿女婿又占了上风。一切都支离破碎了，只剩下一些痛苦的底片，不能抹去，却又不敢正视。

法哲赶到疗养院，目光搜寻着洪院长的身影。她会认出他吗？或者，她依然把他当成她的情人？

生父到底是什么样子呢？

法哲感觉自己是一粒小种子，刚刚掉到土壤里，需要水和阳光，可是，水和阳光都不来关照他。他很想那个无比优秀的爸爸，那位让洪院长着迷了一辈子的男人。走在疗养院里，法哲的心情十分激动，就像听了一半的故事，急于了解后一半的情节一样。他的灵魂干渴，却没有水喝，他渴望妈妈，却又不知道如何面对她。世界上所有的疑问似乎都浓缩在他不知如何摆弄的舌头上。

法哲对人生的理解是从这年的秋天开始的。这个季节就像一辈子那么长，这个世界就是泪谷。

医生告诉法哲有人接走了洪院长，说是去一个地方，过两天就会回来。

可崔总接洪院长去了哪里呢？

一辆车突然鸣着笛停在了法哲身边，正是崔总的车。法哲本能地脸红了，他以为洪院长就在这车里。崔总摇下车玻璃，一脸的灰土色，显然是从工地上回来的。"臭家伙，你……你妈好吗？"

崔总的质问使他产生了一种说不清的繁杂感觉，目光在崔总脸上晃来晃去，胸腔里充满着法哲自己也不明缘由的泪水，仿佛行走在梦里，从前的生活已非常遥远，眼前的崔总是那么陌生，那么深不可测。

"她，她……她被人接走了……"

崔总不满意法哲的错乱，一踩油门拐进了疗养院，停下车就咚咚跑进了大楼。

法哲坐在喷水池的台阶上，此时阴云密布、北风呼啸，不时有喷洒的水珠落在他脸上。他抹一把水，像抹泪似的。

这些天来，一直有位中年男人陪着洪院长，天天给她听音乐、读书信，帮她唤起从前的回忆。今天刚刚接走她，说是去一个地方，是书信里说的地方，洪院长也对那地方有记忆。

"书信？谁的信？"崔总焦急地问医生。

"当然是病人的信，《出师表》对她可不会有用！"

"我怎么不知道有信？"

"我也不知道。"

"那人什么样？"

"你虽帅，但还不如他帅。"

那陌生的中年男人使崔总浮想联翩，不得安宁。当他看到坐在台阶上的法哲，不由得血往上涌，脸涨得通红。虽然不能怪罪法哲……那个带界平离开的男人……一定与法哲有着什么关系……

他们离开时，下起了雨。雨刷刷着玻璃，却刷不掉崔总的愤闷。他气呼呼的，一句话不说。内心的某种珍宝被挖走了，空空得家徒四壁似的。病人不是只靠药物治病的，有时还要靠回忆、靠看不到、抓不着的精神。法哲偷偷看着崔总，大气不敢出。那位照顾洪院长的神秘男人，一定是那位出手非凡、才智过人的特种兵爸爸了。听说他有着天才的智慧和高尚的品质，还有着浓浓的爱、诗意、柔情，以及哲学的求知精神。幻想着这样一位爸爸，法哲内心竟然升腾着一股说不清楚的凄凉。是的，他很想见见他，见见爸爸，和爸爸在一起，爷儿俩一起喝一杯，洪院长给他们俩炒几个小菜，多么和谐的一家。可是张薇呢，张薇当然和妈妈在厨房里做饭，然后四个人一起吃饭，天伦之乐。

"爸爸来了，爸爸……"法哲突然激动地想哭，眼睛竟然酸楚地流下了泪水。秋雨冰冷地飘着，雨中的树木向后倒着，仿佛都有家可回似的。秋雨平添了人的伤感情绪，法哲脸贴到玻璃上，泪水和着窗外的雨水一起流淌着。他记起了小时候同学们说他是没有父亲的苦瓜儿，他和他们打架，衣服和书包都被撕破了。此时，他心里对这个陌生爸爸充满了热烈的爱和怜悯，并感到了满满的幸福。儿时爸爸丧事和这次喜事同样超出了生活的常规，仿佛是生活的漏洞，通过这些漏洞漏掉了一些真情，使他活得模糊而盲目。有洪院长这样的妈妈和高顿那样的爸爸……法哲感觉整个生命都处在返家的途中。

悲伤的酒瓶已打开，崔总装着没看到似的，任法哲哭着。他有太多理由痛哭了。

　　崔总认为界平的失常、高顿的出现以及法哲身份的确立都来自命运的残酷，来自对他痛快淋漓的折磨。高顿像大神似的现身于洪院长的生活里，他们有情人终成眷属了。崔总抽筋似的难受，仿佛被人当胸踢了两脚，但仍然盼望着在意想不到的地方找到求胜的方向。

二十八

　　把界平带回贝地城是一次冒险的赌博。高顿不喜欢赌博，他总是做有把握的事情，总是能控制惊险局面。时间以秒计算，距离以毫米为标准。而对界平，他感觉仿佛是两个世界的概念，根本无法操控，无法沟通，甚至不知道阻力来自哪里，希望又何在。

　　他已没有多少时间可以浪费了。赌注已全都押上，希望奇迹发生。

　　高顿接上界平向贝地城开去，给界平讲贝地城的风光，讲丁香、桂花、海滩、向阳桥、北山和中秋的月亮。界平陶醉地笑着，她笑得那么迷人，仿佛初识她时的样子。倘若一个人没有灵魂，一个脑袋不能思维，痛苦的不是病人本身，而是她的亲人们。

　　五首不同风格的音乐不停地播放着，每次《月光曲》出现时，她都异常兴奋，像完成作业的小学生似的轻松自在。

　　高顿把车开进了服务区，《月光曲》还没听完，就关掉了电源。界平茫然地察看着那一片按钮，不理解到底谁吞掉了音乐。高顿替界平打开车门，牵着她的手，扶她下车。界平想起一件事，忙问道："你结婚了吗？"

　　高顿摇了摇头。"我想找一个和你一样漂亮的姑娘。"

　　"我漂亮吗？"界平摸了摸自己的脸，似乎拿不准是不是漂亮。

　　"像《月光曲》一样漂亮。"

　　"我听过，在海边……"

　　"从收音机里？"

　　"好像和一个人……"

　　"和谁？"

界平呆呆地望着人来人往的超市，忘记了自己是谁，又在哪里。

等从洗手间出来，高顿惊奇地发现后备厢被盗了。

总是他盗别人，如此不谨慎，还是第一次。理论上说只要界平安全，其他一切都不重要。但他还是向保安报了案，抗议停车场的混乱，详细列出了失窃物品。

人们总是不得不失去曾经拥有的东西。

高顿和界平继续向贝地城开去。回想这几天发生的事情，简直像过了一百年。他们驱车由北往南，而天空的浮云由南往北流去，仿佛要把记忆带走似的。高顿的一生，都在为大事忙碌，不能也不敢为自己的事操心。活着就是国家的人，活着就是国家的子弹。只要世界还有争斗，还有掠夺和战争，他们就有存在的可能。哪里有法庭，哪里就有冤案，在文明的社会里，杀人最多的不是子弹，而是那些纸制的条文。洲与洲之间，国与国之间，均没例外。他却为条文的背景呼吸着。他的过去已变得和未来一样模糊，贝地城像一顿奢侈的晚宴在他的梦里重现。他的耳朵满是青春的低语，嘴里却有黄连的味道。

世界在前进，携带了梦游者。

此时，界平坐在副驾驶上，高顿心中太阳般照耀着，虽然下着大雨。他很想握着界平的手，可他不敢，他很想吻她，像二十多年前一样。每当这种欲望袭上心头，他总是竭力把它驱散。人们一只眼睛透过真理，消失于无限，而另一只透过谎言连自己的手指也看不见。界平陷入谎言里，迷失自己，也排斥别人。高顿重复着过去，妄图把界平从怪圈里救出来。情欲和贞操不愿挤在同一条路上，它们彼此蔑视又彼此欣赏，这其中的真味，谁又能理解呢。高顿想念的是界平的肉体还是精神？界平捍卫的是肉体还是精神？爱情又是什么？

世界之大，没有高顿的喘息之地。寂静是他的祖国，沉默是他的粮食，他的生命安于沉默之上。他并非不想向她打开珍藏了半辈子的情感宝箱，可在开启的那一刻才发现，她什么都不会要了。

如果不选择这样的人生，高顿就会选择当诗人或农民，没有谁能比诗人更会歌颂生活、赞美生命，也没有谁能比农民更善良、更有爱心！

许多发生过的事情，像泡泡似的浮出水面。医生说界平苏醒是迟早的事，也许今天，也许明天。高顿静静地看着界平，脑子里生动地想象着，当自己不在人间而只给她留下一个回忆时，清醒了的她会有什么感触？

越靠近贝地城，界平的表情越紧张，仿佛受到什么压迫似的。

高顿将车停在路边，挽着界平的胳膊向"米"字街走去。雨停了，空气清新、微风吹拂，磨损的石板路油光光地折射着天光，路边的店铺叫卖着各种货物，音乐飞扬着，各色招牌热闹地挤在一起，像夜店里的漂亮女郎。

界平盯着卖糖葫芦的，像嘴馋的小女孩。高顿买了一串，递给界平，界平诧异地看着高顿，像是怀疑高顿的行为似的。很久很久以前，高顿也这样给她买过一次。界平仿佛不是吃糖葫芦，而是在咀嚼一颗回忆的果子。她踱着庄严的步伐，在人群里缓缓穿梭，觉得人生从没这样好过。

记忆的风筝没有固定的地方，时间有条不紊地进行，界平用沉默把"米"字形街道变得渺小而安然。

高顿做梦都希望一生一世都住在这小地方，只要两个人能在一起，哪里都是洞天福地，都是世外桃源。他像头一回看见这海滨小城，像第一次走在这光滑的石板路上，徘徊在林林总总的店铺前，毫无疑问，他从来没像今天这样激动，这样心旷神怡。

"我好像来过这里！"

"和谁来的？"

界平望着长长的石板路，望着如流水似的行人，以及墙体上的广告牌，茫然地说："一个男子。我想我一定很喜欢他。"

高顿咬紧牙关，害怕真相从他伤痕累累的心中滑落出来。许多天来，他吃不好，睡得更糟，一心寻找获救之路的标记，但此刻，面对界平的低语，他发现，他根本就没做好准备，根本没勇气、没有信心面对心爱的人。因为他除了梦想，什么都没有，什么都不能许诺，连梦想都是从魔鬼那里赊来的。看到她痴情地望着街景，他忽然感到一种似曾相识的刺痛。他决心以等待一位朋友来访的心态，等待哪怕是死神的拜访。

界平站在街中心的圆石上，向六个方向望去，似乎每条街道都吸引着她，六条路在围着她打转。她呆呆瞪瞪地站了许久，听见自己的脉搏在跳动，仿佛震耳欲聋的音乐，在街道里汇成一片，又仿佛从对往昔的回忆中找到一条秘密之路，把灵魂从藏匿之地解禁出来。

在外人看来，崔梅的生活无可抱怨，丈夫有辉煌的事业，给她带来无上的荣耀；女儿也成了待嫁的姑娘，有着不错的未来。生活在二十一世纪，有了这些，似乎就无所不能。然而，人们看到的是外表的光鲜，无人在意心灵的温度。丈夫忙于工作，对她的关注，并不多于家里的鹦鹉；女儿新的人生阶段刚刚开始，需要妈妈参与的仅仅是饱满的银行卡。崔梅月经量的减少，丈夫的漠视，老之将至的尴尬，退出生活舞台的恐慌，导致脾气像液化气似的一点就着，稍不如意就发火。用人、亲戚或有求于她的朋友们都成了她炮火轰击的目标。大家以极好的脾气容忍着她、以疲惫的耐心适应她。特权的女人像火热的沙漠，有时候会让人发疯，令人渺小在权威里。

对于崔梅来说，这种生活是不需要练习就能达到的。

她觉得自己是这个族群里的女王，虽没有王冠可戴，但人们的敬爱可以胜过任何质量的王冠。可有时又没那么确定了，疯子洪界平无疑也是女王，是弟弟和丈夫的女王，当然，她是疯女王。他们时常讲起那个女人，时常讨论关于她的任何一种未来。这让崔梅相当恼火。

李威政知道岳母大人对这个女婿并不满意，甚至一度坚决反对丈夫的决定。岳母大人最后之所以放弃原则，还是知道女儿早已成了李公子的事实女人之后。破了处子之身的公主含金量必定打折。最关键的是文文对准老公百依百顺，言听计从。

私家侦探搞到了绝密资料，李威政立刻赶到市长家，可市长不在，岳母大人正对用人发火。用人浇水太勤，把一棵名贵的兰花养黄了叶子。每次走进岳母之家，空气中的炽热就让他辨出了自己的灵魂，总会嗅到一股皇宫般的贵族气息。

李威政进了客厅，好奇的崔梅便向女婿打听了事情的原委，李威政把微型摄像机的资料在电脑里呈现给了岳母大人。既有美国校园枪击案的小男生的镜头，也有关京红的特写。关京红的资料特别详细，被资助上学，又资助出国留学，最后定居美国，生有一男孩子，男孩子的爸爸叫李忠心。随后电脑里就放出了李忠心的护照和身份证，护照和身份证上的照片当然是陈市长。最后录制的竟然是陈市长到洪姑庙里烧香，然后会见关京红父亲的镜头。陈市长提着黑色的旅行包走到洪姑庙后面，和关京红的父亲聊了几句话，双手空空地走了出来，还警惕地左右望望。

这个世界从冒失鬼到傻子，从傻子到囚徒，往往半步之遥。

不论从哪方面看，贝地城是个雾霾沉重的地方。每次噩梦醒来，崔梅都毫无保留地痛恨那个城市，痛恨那里的山和水、街道和供销社。贝地城总让崔梅招来痛苦的悖德、良心的渎圣和难堪的罪恶，而这些却又照例使她生硬地切断过去，堵塞回忆的任何通道。但是，生活总与她作对，贝地城的故事像十五的月亮，每隔三十天就圆一次，圆得让人痛苦和难堪。

向岳母大人展示智慧，慢慢骗得这老女人真心的佩服，也是李威政的短期目标之一。许多信息都和这位骄傲的女王共享，重要事情也和这位跋扈的岳母商量。

李威政毕竟年轻气盛，缺乏李总的沉稳和老辣，却比李总更大胆，更有行动力。他还没来得及将得到的材料细细咀嚼就本真地带到了市长家。宽容的崔梅立刻意识到那位关京红是丈夫的小三，在美国给她买了别墅还生了儿子。以前听丈夫说过，他曾在洪姑庙遇到过一个乞求女儿考好成绩的老汉，那老汉希望女儿考第一，能免去学杂费。热心的陈市长想在洪姑庙前证实自己的善良，表达自己的爱心，便给了老汉一笔钱。没想到那女生就是关京红，成了他跨国的二房太太。

"从哪里搞到的录像？"

"从一辆汽车的后备厢里。"

"不会是一辆无人驾驶的汽车吧？"

"也差不多，这人来无踪去无影，侦探们忙了好久也没捞到半点资料。"

"他为何要陷害老陈？"

"为钱、权或者这一切也许都是假的，是故意设的圈套。"

"你看像圈套吗？"崔总指着屏幕上关京红的照片。

李威政突然觉得自己差点儿掉进了自挖的陷阱里。"任何一环都可能是，包括爸爸的照片——高科技都能合成。"

此时的崔梅冷静如冰，让李威政走了。她看出了这男人的狡猾，也看透了这男人的多端的诡计。她很为女儿担心，可女儿却万分地喜爱他。可怜的孩子。

崔梅独自沉浸在自己玷污自己的痛苦中。李威政怀疑岳母大人的冷静，但又不好说什么，觉得很扫兴，就像一个人围好了围巾、穿好了新衣服却不让出门那样失落。

崔梅放了用人的假，她甚至也想让那只鹦鹉闭嘴，如果有可能。

崔梅关门落锁，仿佛天与地在她的院子里合在了一处，沉沉地封锁了所有的喧嚣，可锁不住内心的狂乱。她两眼放出半睡半醒的光来，像钉子一样紧盯电脑屏幕，怎么也拔不出来。其实，哪头被压迫急了的畜生不会发疯呢？

祷告是修女的特权，崔梅不知该乞求谁。她有了不被祝福的爱情，有了这破碎的人生，她不怪任何人，只怪自己，内心的自己。她觉得这一切都是对她的惩罚。这惩罚来得虽晚，但最终还是来了。她当年参与陷害了洪界凡，掩盖了丈夫是"文革"主任的事实，一直以为界凡饶恕了她。洪姑报仇，三十年不晚。然而如果不是丈夫花心，她本可以随心所欲地养花植草，不疾不徐地生活，家中自然会流淌着教堂般的宁静……

大事来临，崔梅看上去像是过度的狂喜，又像是过度的绝望。崔梅像尊神似的安坐在椅子上，她觉得到今天为止，不是她爆炸而死，就是那位关京红枪杀而亡。怪不得丈夫这些天心神不宁，原来他的儿子生命垂危！她有两次接到小男孩的电话，那小男孩要找爸爸，说他爸爸是市长，叫李忠心。当时还以为别人打错了电话，或有人在恶搞。现在才明白，原来一切都是真的。这么多年来，自己一直生活在谎言里、陶醉在陷阱中、安睡在丈夫的阴谋里。自己不过拥有二分之一的丈夫，甚至是二分之一的影子丈夫，而真实的丈夫却随时准备抽身而去，像蛇蜕皮似的只给她留下一个丈夫的空壳，甚至留下监狱的铁窗或家产清算后的一无所有。

夜幕降临，自会有风把白天的痕迹抹去。街道让人迷惑，许多建筑物都已经历了半世纪的风雨。白鹭市的街景看上去是半透明的，有着梦幻般的美丽。这个城市只认可权钱和欲望的艺术。

背叛是重要的手法，如果不适应，说明落伍了。

世间真有这种男人吗？在虚伪的舞台上表演着真实的戏剧，而在真实的生活里，却戴着虚伪的面具，过着虚假的生活？自己嫁给一个强奸犯，一个"死去"的活人，一个市长，一个在美国另有家室的重婚男人，而他却独独不愿担当丈夫的身份。这个魔鬼、这个狡猾的精英！阳光照耀过他的脸庞吗？他那滔滔不绝的讲话，也激荡过他的血液吗？崔梅觉得她的人生被蹂躏、被侮辱了，这比肉体被强暴更恶劣一万倍。一股不可名状的憎恨感沉重地涌上了心头。

太卑鄙太无耻了！气疯了的崔梅，想破坏，想杀人，想摧残一切。

从读到界凡的日记时，高顿就意识到这条"米"字街将是界平故事的中心。在界平的思维里，有无数条射线向外散发，却不知哪条最重要，不知哪条是应该走的路。那光滑的圆心石安静地等待了她二十多年。此时界平吃着糖葫芦，迷醉的心在二十多年前和眼前的街景间来回穿梭、碰撞、呼唤、游移……

街心的巨大电子屏幕上正播放着一个访谈节目，许多人被这节目吸引，一个个像树桩似的立在街上观看着。访谈的是贝地城的名人——"老将军"。"老将军"是贝地城非常出名的老人，兄弟五人分别参加过平型关战役、淮海战役等，四个哥哥都牺牲在战场上，只有他活了下来。老人既是战争的活化石，也是生活的照妖镜，更是一位非常善良智慧的老人。

在主持人的引导下，"老将军"滔滔不绝地讲起了洪姑庙的兴起，告诉大家不必迷信。"洪姑叫洪界凡，是位非常漂亮的姑娘，只要她上班，小伙子大姑娘都去买东西，其实都想看看她天仙般的美丽。"老人讲述时，屏幕上播放了几张洪界凡年轻时的照片。观众惊呼着、轻叹着。

当凝视春天的大自然时，人们有时竟会怀疑冬天从没有存在过。就像现在听"文革"的故事，年轻人会怀疑故事的可信度一样。

在"老将军"皱纹重叠的额头上，在这凄凄凉凉的嘴唇上，在这双深邃又迷惘的瞳仁里，一个悲伤的故事模模糊糊地、神不知鬼不觉地，飘荡到人群中。

"没查到是谁盗墓的吗？"主持人问。

"没查，或者也没有人查。"

"现场没留什么痕迹？"

"当然有。"

"你相信洪姑有神力吗？"

"不相信，神力来自内心。不做亏心事，不怕鬼敲门。那些盗墓贼，心惊胆战，难免精神紧张而出这事那事。"

高顿惊讶地看着，心如捣蒜。难道冥冥中真有一个神奇的手在指点着江山，他一直寻找的不就是事件的旁观者吗？有些回忆是碰不得了，一碰之后，就有阴影留在手上。在他的周遭，一切东西都凝滞而沉重，神秘而浑浊，像不牢靠的幻觉。高顿突然再次体验到了战友在身边牺牲的感觉，躯体死了，灵魂正遭受致命一击。也许每次出征都是一场完美的犯罪，不知道谁谋杀了我们的生命，什么原因招致这一切，以及罪犯藏在哪里。这一切不再是生命的盛宴，而是一场被什么人设计好的游戏。某一刻，灯熄火灭，城市安寝、星月告退，太阳又照常升起。

界平忽然被老人带进了故事里，妹妹的照片，妹妹的故事，妹妹被人盗墓……界平的大脑里电闪雷鸣、惊涛拍岸，揪斗声、游行声、谩骂声……界平一阵紧似一阵的凄凉，打着寒噤，心像死了一样，大脑沉入绮梦，千丝万缕，缠在里面无法自拔。她仿佛听到妹妹在呼喊她……突然一辆摩托车飞也似的冲向"米"字路的中心，根本来不及减速，一头冲向了界平，把毫无防备的她撞了出去，头重重地磕在石板上。人群一片惊呼，当高顿一步抢过去时，石板上已黏黏地流着血了。倒地的黑白拼色的摩托车依然响亮地播放着《命运交响曲》。

界平昏迷了，一点呼吸也没有了。高顿立刻进行口对口人工呼吸，可一点儿作用不起。高顿将手伸进她的口腔，才发现，里面有嚼碎的山楂。一定是山楂堵塞了气管，堵塞了呼吸道。高顿立刻从腰间摸出瑞士军刀，左手固定住她脖子下的皮肤，按住气管，右手将刀片干脆利索地刺了下去，他咬破签字笔筒，将透气的笔管插在了气管上，建立了呼吸通道。自主呼吸恢复了，胸部随着呼吸一起一伏地动着。

高顿紧紧地抱着病人，吻着病人的额头，雕塑般一动不动，直到救护车赶到。

救护车火速地往贝地城医院赶去。做CT检查好在没有骨折，颅内也没有出血。救病人一命的是气管切开，为抢救赢得了时间，不然病人几分钟内就会因窒息身亡。

高顿守着昏迷的界平，心里却想着今天发生的事情。仿佛上天安排好似的，让他和界平再次看到界凡的影子，听到界凡的故事。界平是第一次看到妹妹的照片，第一次像是和妹妹对话似的守在一起。不要说界平，就是高顿也是心里一咯噔，差点把持不住，就像醉鬼见了烈酒一样昏了头脑。

人们怕的不是死亡，而是对生命奇迹的麻木不仁。

人们可以在每一粒尘埃里看到神性，但这阻止不了用一块湿海绵拭去灰尘。在那个简朴的医院里，在界平睡梦般的神态里，高顿再一次领悟，人世的伟大可以通过简单的事情呈现出来。他不怀疑信仰，却开始怀疑人类。一切存在都是有意义的，细微之物都应该被深思冥想。

高顿内心有异样的涌动，每次有这样的感觉都会有大事发生。他听从内心的召唤，感悟着潜意识的安排。他闭着眼睛，看到了一场大雪，看到了微笑的界凡，她脸上的纹路活像一张诉状，眯缝着眼，又甜蜜又无辜。她想说什么，她在说什么？

人们仿佛生活在净界，不知道在自己的国家和其他国家发生了什么事情。在这个世界上，高顿需要的不过是一点儿安静而已。此时，他的面具掉在了舞台上，生活的舞台上。因为戴面具太久，都忘记自己什么模样了。在一个病毒可以摧毁整个人类的世界，任何阻止病毒的产生或摧毁核暴力的行为，又是多么有意义，多么伟大，多么神圣。

但话又说回来，即使明天世界被核战争毁灭，也会有人活下来，也会有人拿愚蠢当借口，拿蒙骗当武器。人们一生都在争取着本不值得争取的东西。

在界平这样的人面前，高顿觉得自己有罪，且罪名繁多。

生活如果是一盘棋，那现在的张薇不得不重新开始，重布棋局。过往的一切仅仅是上一盘棋里的车马炮兵，上一局已结束，输赢无关现在。

张薇非常想念妈妈，可一想到自己不是妈妈的亲生女儿，就好像自己被送人了似的。原汁原味的母爱打了折扣。法哲以这种身份挤进她们的生活，也让她没有准备。她感觉自己成了一片木屑，不慎落在了一台运转正常的机器里。她阻止了齿轮，齿轮也挤压着她。

"她骗过了可怜的爸爸，又骗了我这么多年。"

张薇对妈妈的怨怒像饱胀的气球，一碰就会爆炸。幸福像网里的水，拉一下，就涨起来，可是一旦拉出来，就什么也没有了。有那么一刻，张薇觉得自己成了多余的人，成了没有翅膀的燕子、没有壳的蜗牛。无论咬哪个手指头，都一样的疼。可自己不是她的手指头。

她非常怀念单独和妈妈在一起的甜蜜岁月。她不怕死，却怕失去妈妈的爱。

一夜之间大雪覆地，天地间白茫茫一片。张薇吊着左胳膊站在雪后的公园里，暗绿的青松威武地扛着厚厚的雪，像一位坚实的父亲。张薇弯身抓起一把雪，幸福的生活在手指间碎成了闪光的霜尘，随风飘逝。那片闪烁的微光，使她头脑发昏，神志在挣扎中消融。

张薇站在雪地里，北风吹着她不由得向后退去，就像一座钟，脱离了机械，咬不住齿轮，时针任意地无目的地在表盘上转动。

湖心的亭子里正举行一场盛大的婚礼，远远地看到新娘子穿着露肩的薄婚纱，她竟然是妈妈。妈妈结婚竟然不邀请她！一位牧师高高地站在台阶上，盛装的客人们散站在雪地上。法哲身穿礼服急急地往婚礼现场跑去。张薇想喊住他，可一股寒风噎住了她的嘴，她想追上他，可怎么也拔不出雪地里的脚，她扑倒在地上了。

原来是梦。张薇被自己的梦吓醒了。这怪异的梦预示着法哲是新郎，而妈妈是等待他的新娘。

张薇被梦弄得心神不定。

走廊静悄悄的，偶尔回荡着病人们的鼾声。张薇再也睡不着了，她想着梦里的情景，但似乎感觉房间里有人。她猛然坐起来，透过蓝悠悠的光亮，法哲果然坐在窗前的椅子上，像刚从月亮上掉下来似的。她长长出了口气，侧卧着躺下，背对着法哲。

房间就他们两人，黑暗静静布展在他们之间。他们各想各的心事，各叹各的忧愁。苹果青的时候不能摘，假如在青的时候摘，只能糟蹋苹果和树。法哲本想告诉张薇，妈妈正在康复，妈妈被人接走了，接走的人正是高顿。可法哲又没敢开口。远处传来火车呜呜的鸣笛声，哀愁得像载不动许多愁似的。走廊那些叫人感伤的灯光，暗沉沉地闪动，装模作样地揭示着医院的魅力。

法哲内心充满了模糊不清的感情，这不是由于生活本身，而是它那神秘的含义。

时间嗒嗒地跑着，时而听到某个病人疼痛的呼喊声，时而听到护士治疗车的转动声。法哲和张薇各自思索着杂乱的事情，彼此谁也没有说话的欲望。他们太了解，了解对方就像了解自己。

张薇心灰意冷，闭紧眼睛，不敢看法哲，不敢面对现实，她小心地保护着那未愈合的伤口，不让它受到痛楚刺激。她觉得，谈论妈妈的任何细节，都会破坏过往生活的庄严和圣洁。

天亮的时候，法哲起身走了。他刚跨出门口，张薇就欣然服从了命运的安排，这命运已等了她许久。

"谁都不容易。"张薇望着天花板，两行泪顺着眼角流了下来。

护士在走廊里和帅哥错肩而过，漂亮的男生像缕晨光洒进少女的心房。护士进来进行晨间护理，问张薇。"刚才出去的是你哥哥？"

张薇刚想说不是，可又收住了嘴。如果回答说"是，也不是"，护士肯定会糊涂的。

"你说是就是。"

"我说了算吗？上帝可从不逗我开心。"

"上帝倒是很能拿我开心。"

没有人知道疯子的世界里是什么色彩，疯子的大脑分泌着什么特殊的物质。尼采为何抱着马脖子，不让马夫抽马；梵高不忍妓女的羞辱，用锐利的剃须刀割下耳朵……心理学家说，每人都有疯的基因，只是没被激发。不要夸口自己坚强，在自然面前，人类不过是一枚小小的鹌鹑蛋，有鹌鹑蛋的前景和脆弱：可能会孵出鹌鹑，也可能被蛇吞掉，还有可能天热变质或破碎而亡，还有可能成为一个化石，在几万万年后苏醒……

界平渐渐苏醒了，她像做了长长的梦，从一个幽暗的隧道里走出来，发现自己站在陌生的地方，甚至忘记了为什么来、是怎么来的。良久，她望着天花板，望着输液器里缓缓滴下的液体，记忆的海洋卷起些微的浪花。在获得自我意识的最初一刻，像落水的人终于甩掉了系在脚踝上的石头一般，她觉得太幸福了，幸福得简直不可饶恕，像重生了一次似的。

一位实习医生巡视病房，刚要转身离开，听到界平像戴着口罩似的沉闷的声音。"别走。"

实习医生细细地观察着界平，伸出一个手指头。"这是什么？"

"我老年痴呆了吗？"

"老年痴呆？不，比这严重！这是什么？"小男生固执地伸着手指。

"中指，英文叫Middlefinger。考我有意思吗？告诉我，那小伙子怎么样了？"

实习医生的脸突然红了，马上意识到病人已苏醒了。"那个中年男人吗？他说有急事，这会儿出去了。"

界平皱了皱眉头，仿佛很痛苦似的，记忆像浮云般飘忽不定。"我和一个年轻人在高速上，撞了……"

实习医生摇头笑了，这才明白病人依然处在脑震荡的余波里。"你是在贝地城的米字街上，被摩托车撞的。你和一位中年人在一起，不是年轻人。"

实习医生的语言和动作带有一种不容置疑的肯定和讥讽，让她备感惶恐，就像被钉在耻辱柱上示众似的难以接受。一艘船无论向哪里开，船头总要激起波浪。界平突然意识到这位实习医生说得对，她依稀记起了米字街，她吃着糖葫芦，正在看电子屏幕。痛苦的是，她怎么也不能把往事和现实统一起来。

界平像隔着深深的湖水看湖底的风景。当模糊的读书人的形象，同那雾气飘荡的高速公路、苍茫的田野和逐渐没入天际的山影融成一片时，涌向她心头的不正是一位中年人的形象吗？

错乱的回忆像一场没有邀约的宴会，是人生一场无奈的狂欢。墙上的日历显示着"二〇〇一年九月二十九日"。

界平专注内心的问题，中间的时间又丢在了哪里？她就像考试不及格的留级生，又停留在原来的教室里。

界平得知在米字街被摩托车撞飞后，她的同伴技术高超地做了气管切开，挽救了她一命。她顿时意识到，那个中年男人就是高顿，为她读书的也是高顿，陪她来贝地城的正是高顿。是的，高顿——回来了！

每次病房门被推开，界平都惊喜地以为是高顿。医护人员知道她在等那个人，她痴迷的眼神暴露了她所有的秘密。她爱他高深莫测的灵魂，爱他意味深长的微笑，爱他醇厚如醉的声音，爱他疼痛的眼神。她记起了初次见到他时的情景，记起他那英俊的面庞，清澈的眼眸和善良的微笑，于是一种比从前更生动、更强烈的柔情在内心苏醒了。

设计院的生活已非常遥远，现在的生活又那么陌生，陌生地甜蜜着，深邃而富有内涵。心灵的撞击在昏暗和蒙昧中进行着，界平幸福地哭了。这泪水不是流给今天，不是流给自己，而是流给那长长一生的爱情；流给一生的守望，流给还没倾吐的思念。

人们总夸李威政有将帅之才，能干统领千军万马之事。可他无意军旅，从没想为国土安全披上过绿装。这应该是军人们的极大损失！虽然部队也不缺英才，可像李威政这种无事可以乱事、乱事又能成事、成事必将坏对手之事的稀有之才，还是非常难得的。

李威政一直以为，是岳父大人的政敌在制造假象，在搞乱岳父大人的生活，毁坏他的形象。但岳母的反应却提醒了他，他突然意识到，也许那一切都是真的。这岂不是给岳父大人捅了娄子！女人是坏事的行家，这节骨眼儿上，可不能出任何偏差。李威政立刻给岳父大人打电话，在他进家门前，把他请进了自己车里，如此这般说了那些资料的内容。陈市长果然面色苍白、冷汗直冒。妻子不可怕，她再闹也是家务事。可是，谁想搞掉他，这些资料是否给了纪委，那位闯入办公室的人是怎么说的来——审判，对，他是说"像不像审判"。难道，纪委在调查他吗？自己也会像前任市长成为阶下囚？

陈市长很快调整了情绪，不能在李威政面前惊慌失措。但是那一刻，面对慌乱的声音和诡异的眼睛，他不得不接受一个事实：让女婿探知了他的伤疤是非常不爽的事情。信任别人是一种冒险！一种无法想象的疼痛刺穿了他的胸膛。陈市长自以为能在汪洋中遨游，绝不能浅滩上溺水。其实，任何阶段，敌人一直都存在，像矛盾的两方面，否则的话，剑会因不常使用而在鞘里生锈，人会因长期麻痹而失去应激能力。在矛盾的斗争中，对陈市长来说，有错的永远是别人——这是他的原则，也是必须的。

陈市长依然保持着城市一把手的风度，散发出权势的魅惑，视家事为芝麻，视内人为敝履。

李威政面庞和善，眼中闪烁着狡猾和不忠。他看透了陈市长的心思，心想，这对模范夫妻今晚可有场战争要打了！

陈市长让李威政继续寻人，尽量私下摆平，下多大的本钱都可。

李威政临危受命，得令而去。当一个把戏得心应手时，李威政从中体验到一种神奇的快乐，隐约觉得尚有更多的快乐潜藏其中。如果护驾有功，那以后他可就成了岳父大人的心腹，陈市长无论升到哪里，他都是岳父大人的二把手。

陈市长和崔梅的那一仗打得丢盔卸甲、被骂得狗血喷头，前胸后背留下了一道道鲜血淋淋的指甲痕。在陈市长看来恐惧比勇气能杀人，他不喜欢自己的家变成交火的战场，这比战争更可怕。家是他和谐、宁静的避难所。珠宝总需要精美的首饰盒，为了这个避难所，他什么身段都可以放下，任何面具可以统统烧掉。崔梅气得以头撞墙，泣不成声，哭声里有着地狱般的绝望。崔梅以为号啕的泪水是从看到这些资料时开始的，其实不然，是从二十多年前那个夜晚，从陈文革撕破她衣服时就开始了。

"信任我，是你做过的最不明智的事。"这是陈市长永远不会说的真心话。

对于这场实力悬殊并对外封闭的战役，崔梅唯一的子弹就是发泄。崔梅要陈市长立刻干干净净地断绝和那母子的一切关系，不然她状告到纪委，大家一起完蛋。陈市长完全而彻底答应崔梅的所有条件，洗心革面，心甘情愿做崔梅的奴隶。今后家庭支出每一分钱，都要由崔梅审核。

"我要修改全部银行卡的密码！"

"你当家，你做主！"

"自从你代理了市长，就变得越来越冷酷了。"

"金玉良言说完了吗？我要睡了，今天太累了。"

"你真是个说谎专家，但比我见过的略逊一畴。"

"我听着像表扬，心里很好受。"

关京红就是毒品，定让他欲罢不能。关京红母子姣好的容颜，带着毒蛇般的邪恶，令崔梅无法安宁。崔梅如果相信丈夫断绝与关京红母子的一切关系，那她就是大傻瓜了。她永远记得他的眼神，像一个孤独忧伤的孩子。他装得越可怜、越可叹，崔梅越气愤。崔梅气病了，心理病更严重。为了保持姣好的容颜，天天做美容，顿顿喝昂贵的保鲜汤，试图以此博得陈市长的喜爱。其实陈市长无心看任何美女了，他像被箭瞄准的鸟，惊恐地扑打着翅膀，连放屁都要看看身后是不是有人。即便崔梅姣美得胜过女儿，依然不是丈夫的点心。

夫妻间的那种亲睦消逝了，生活被抛弃在相对之中，唯有时间在流动。

爱是一座充满魔法的桥，有人绞尽脑汁也得不到爱的承诺，有人又轻易践踏爱的桥体、毁坏桥面。失败是上帝考验的工具，可是没几个人能承担得起。天地间有一部大哲学，无声的和谐原则统领着一切。

出来混，总是要还的。

陈市长生活在水深火热中，儿子在美国的医院生死不明，后院又突然燃起大火，那火源还不知是谁点燃的，会不会引爆炸药。每分钟都过得像月、像年，盼着这些惊恐的事情快快过去。屋漏偏遇连阴雨，恰在此时，电视里又播放了"老将军"的访谈。怎么没早想到呢？所有问题的答案应该是这个人啊。陈市长突然为自己的愚蠢而自责。从那夜盗幕后，陈市长再也找不到自己的饭卡了。贴着照片的饭卡会丢在哪里呢？他一直怕丢在墓地，若被人发现，那可是盗墓的铁证。陈市长自认为是一个优秀的战略家，只为大事操心，但这件小小的缺漏，却是他无法修补的漏洞。

问题已在陈市长的嘴里滚沸了，他莫名其妙地对着电视里的"老将军"莞尔一笑。"老将军"暗示了在现场有物品发现。难道一直没露面的半张藏宝图也在他手里，如果真在他手里，从疯了的洪院长那里搞到另一张藏宝图，那就再也没有当市长的必要了，带着那富甲天下的财富，移民海外岂不更好。内弟崔加一定会从洪疯子手里拿到另一张的。只要李忠心能安全地走出国门，一切万岁，万岁，万万岁了。

二十九

　　如果心头压着一个难以解决的重担，那就不怕十个相似的负担。高压下的生活不是生活，而是活着。最近，崔总感觉活得相当艰难，怎么也看不到希望。

　　南河大桥正如火如荼地进行着，崔总吃住在指挥部里。崔总召开调度会时，接到了陌生人的电话。那人说他叫高顿。听到这个名字，崔总像石头落入湖水般的荡起了疼痛的涟漪。这出乎意料的邀约，使他无法保持内心的宁静。他声音浑厚而坚定，不容听者有任何怀疑。"请你务必来一趟，我晚七点在贝地城天缘咖啡厅七号桌等你！"

　　崔总本想再细问，可高顿非常无礼地挂断了电话。听到高顿的声音，崔总莫名地有点紧张。这个影子似的男人、传奇式的男人、顽固地影响着界平的男人，到底有什么特别、有什么了不起的？

　　崔总对即将和高顿的会面，拿不准将出现什么状况，猜不透他为什么要把自己约到贝地城。他不得不承认，对这个神秘人物，他有着隐隐的畏惧。

　　崔总提前半小时赶到了天缘咖啡店。刚进店门，就看到靠近窗子的七号台桌已坐了一对夫妇，两人面前各放着一杯咖啡，表情似乎很不和善，何止不和善，甚至在争吵，目光像刀剑般扫来射去，夹杂着手势和火药味道。时间未到，崔总远远地坐在了靠近吧台的位置，不时盯着咖啡店的门口，猜测着那位即将来赴约的高顿。自己和高顿联在了一起，似乎明白了生活的另一面。

　　他们似乎比刚才吵得更凶了，虽然是低声争吵着，可口形动得更频繁、目光更尖锐，手势也劈砍得更果断，简直是互不相让、互不服输。

男子低头看了看表，那女子站起来，狠狠地扔掉餐巾纸，目光恶毒毒地盯了丈夫一眼，气乎乎地向门口走去。做丈夫的头也不回，像没那女人似的。崔总这才顿悟，那丈夫正是高顿，而那气走的女人，正是他的妻子。

这意外的发现，不次于哥伦布发现新大陆。原来高顿早已成家了，而界平却傻傻地等了他一辈子。他的心情瞬间像酒走了气一般酸涩难忍。现在一切都支离破碎了，为了界平，他似乎无法不跟这个坏蛋决斗。

崔总站起来，健步向七号桌走去。他刚刚靠近七号桌，高顿就站了起来，表情依然严肃且沉重。他竟然像老朋友似的免去了一切客套，握了一下崔总的手，示意他坐下，直入正题。

"之所以把你叫来，是为界平的事。界平已苏醒了。"

崔总没插话，他在静静观察这个男人，果然和法哲长得神似，岁月的磨刀石磨粗了他的肌肤。崔总自己也没意识到会全神贯注地听着，不漏掉一个字，不漏过他的声音的每一次颤抖。

"我是读洪界凡的日记让她苏醒的。"高顿从黑色皮包里取出了两个红色日记本（他根本不想交代两个笔记本的不同来历），放到崔总面前，"现在把日记交给你，也把苏醒的界平交给你！"

崔总被高顿弄蒙了。这短短的几句话，怎么就能决定了他和界平的幸福？那他算什么人？对界平又算什么事？

他果然是个混蛋！

"你怎么能这样对她！"

"你的行为也并不光彩，不然，她怎么会用铁棍敲你的头？"

"可她空等了你一辈子。"

"一辈子？不。她的好生活才刚刚开始！"

原来界平幻想的英雄，却是一个玩弄感情的已婚男人，一个吃里扒外的无耻之徒。认清这个男人和审判这个男人，使崔总产生了一种说不清的繁杂感觉，胸腔里哽噎着不明缘由的酸涩，一种又高兴又痛苦的感情交错激荡着。

"你有一个儿子！可你真不配做他爹！"

"你配，可他长得不像你！"

"你就一点不牵挂这母子？"

"你要是我肚子里的虫子就好了。"

高顿根本不看崔总的脸，似乎人在这里，眼睛并没有带来似的。崔总被他的冷漠气疯了。高顿刚刚端起咖啡杯，被崔总的巴掌打掉了，咖啡洒了高顿一身，杯子滚到了地上。高顿拿纸巾慢慢擦着，似乎根本不在意崔总的怒气。如果理性完全能支配生活和梦想，那就不会有人类了。在崔总看来，这个无赖根本不想为自己辩护。他不能容忍这个已婚的男子一再欺骗界平。一拳捣在了高顿的脸上，高顿没避让，结实地吃了一拳，鼻子出血了。高顿起身往外走去，崔总从高顿的身后直扑上去，高顿一个闪身，脚抬手落，崔总瞬间像落在沙地上的鱼。高顿蹲在他身边，把界凡的日记本放在他胸口上。"对界平好点儿！不能让她脸上有泪……雨水也不行！"

剧终了，最后一个角色演完了。在他的话里、他的语调里，特别是在他那生硬的表情和冷冷的几乎是含有敌意的目光里，露出一种疏远人世的神情，这让崔总感到无由的紧张和害怕。他们默默对视了几秒钟，原本遥远的不可能的东西，突然间变得近在眼前了。崔总疑惑地盯着这张脸，仿佛再不好好看就看不到了似的。内心突然涌起一股特别的感觉。许多年后，他都反复品味这瞬间的复杂感觉。

等崔总从地上爬起来，根本就没有了高顿的踪影。

崔总恍然明白，从他进入咖啡厅的那一刻起，高顿就发现了他。

理解一个人很难，有些人只能望其背景，而不能知其真面目。高顿的灵魂像铜的颜色，闻起来有子弹的味道。崔总不得不听他的话，带着那两个日记本直接赶到白鹭医院。

政治能扼杀一个人的天性，也能毁灭人的好奇心和求知欲。这世界很丑陋，很不公平，但陈市长对这个世界很感激，而战市长却毫无感恩之心。一位被战市长整下台的前处长到监狱探视，两人的对话逗乐了狱警。

"战市长，你只是条寄生虫。"

"你也是，只是西服精致点。"

"这身狱服真适合你？"

"也适合你，也许用不了多久，你就可以称心地穿上了。"

"呸!"

通往权力的道路,由伪善、欺骗和狡诈铺成。这又能怪谁呢?陈市长深知坐在主席台上从嘴里吐出的话连狗吠都不如。信任的萎缩,情感的倦怠,精神的麻痹,欲望的诱惑、女人的长腿、命运的不公……这一切的一切,都颠覆着他最初的信念,动摇前进的航标。人不能在恐惧中度过一生,为了摆脱因徒般无力掌控的命运,陈市长以为,逃跑也是一种自我修复的艺术人生。人人都有自己的道理,令陈市长无数个午夜念念不忘的母子,黄金般美丽又神奇。

陈市长呆呆地望着发电厂的烟囱冒出的缕缕轻烟,也并非烟雾引起了他的兴趣,他觉得……心思也像烟雾那样没有主心骨。忽而冰冷、忽而炎热,忽而斑驳,忽而又条纹。

陈市长太了解"老将军"了,为人质朴、光明磊落、品格高尚,与这种人打交道也很简单,只要你交出一颗赤诚的心就成。赤诚的心,陈市长有,两颗也有,十颗也有。他本想带两瓶茅台酒和两条九五至尊烟,可又一想,见上级领导不带不行,见"老将军"带了就肯定不行。他一个人开着小小的自由舰直奔贝地城,当然还要到洪姑庙好好烧烧香,这么多年来洪姑保佑他升官发财,现在更离不开她的神佑。

从启动车子的那一刻,他就莫名地伤感。这不痛快的印象像一团乌云掠过陈市长那油光放亮的脸。他一路向南开着,缀满了苹果的果园随风飘散着阵阵清香;举着红灯笼似的秋柿子,密集地挑在枝头;鸟儿群飞群落,无论从哪方面看,都是一幅盛世太平的和美景象。陈市长无心欣赏路边的风景,他认为这始终是老百姓的风景,而不是他这种成功人士的风景,他甚至有些怜悯那些果农、怜悯他们的卑微和低贱。陈市长的风景应该在山巅、在云端,在统治他人而运筹帷幄的霸气里,或富甲天下为所欲为的豪气里。奔驰在果园旁边,陈市长涌起一种痛切的感觉。他想摆脱周围的麻烦事物,摆脱这些事物所喷发的腐蚀灵魂的气味。

一位七八岁的小男孩吃着苹果站在路边。陈市长不由得多看了一眼那孩子,长得甜美可爱,让他想起了自己的儿子,正在美国抢救。他欠儿子一场父爱,上次出差去美国,当把儿子紧紧地抱在怀里,竟有一股酥骨般的疼痛,恨不得永远不再回中国,不再担任那诱人的市长职务。许多次等待和儿子视频时，由于激动和期望而屏住呼吸，像一个热恋中的情人，听到娇嫩的声音喊"爸爸"，他竟然全身发抖，血液里涌动着初为人父的快意。

冰冷的蛋白色的云朵包含着伤感的光辉，在这不平静的天空下，可以远望到贝地城的群山。三十年人间沧桑，世界已经浑然不同，或许一些事物并没有变化，但更多事物瞬间即变，甚至来不及咀嚼。

那是一个遥远的秋天，北山红叶灿烂，果园飘香，临崖望海，别具一番心旷神怡。他给洪姑上香，遇到了关京红的爸爸，从此开始赞助关京红上学。从初中到高中，陈市长并没见过她，不知道自己赞助的女生长得什么模样，直到她考入北京某大学，而陈市长到北京开会，会期较长。周末，别人都走亲访友，他便想起了关京红。见到关京红的第一眼时，他突然像吃了今生的第一口红富士苹果似的陶醉。那晚，他请她美美地吃了北京烤鸭。第二天是周日，他又带她到燕莎商城扫货，一次就为她花了两万多元，买了关京红从没敢奢望过的衣服。颇有心计的关京红立刻芳心乱颤，灵魂撞鹿，两人眉来眼去、色授魂予，她心甘情愿地成了他的女人，极尽姿势地侍候在床上，娇柔似水地瘫倒在他身体里。世界仿佛被一轮新太阳照亮了，一切都变得更加有趣、更快活、更哲学，也更有意义了。陈市长动身回白鹭市时，关京红用满含着泪水、略带伤感的眼神痴痴地瞧着他。他才体会到爱情的真正美味，不由深受感动而备加珍惜，恨不得留块肉在关京红的身体里，以缓解两人焦渴般的思念。

对她的爱，是陈市长一生中最炽热又苍凉的情感。把她安排在美国，对他来说，那是最安全、最完美的藏身之窟了。

关京红是个目标明确、思维清晰、考虑周密的女孩，当初，她的密友劝她脱离陈市长那种不清不楚的关系，干一份喜欢的工作，找个不错的男人结婚成家。关京红早就望见了同学们描绘的人生：奔波在拥挤的地铁里，求生在辛苦的工作中，每天为房子、孩子、公公婆婆等小事争吵……十年后，当她们再次相遇，关京红俨然一贵妇的风范、归国华侨的身份，令那些黄脸婆的女生和辛苦的男生们仰慕不已。人就是这样，路摆在面前，选择权归你时，你却往往总是趋向辛苦的那一条。人们尽可以瞧不起关京红，尽可以骂她、鄙视她、捣毁她的灵魂和肉体，可看到她的几十万元一个包，上百万元的首饰，瞬间闭了嘴，难掩一副羡慕的本相。刚上大学时，同学们认为精神的存在才是真正的自我，而十多年后，经历生活的淘洗，他们却听凭活跃的兽性和贪婪的欲望支配。当初他们带着热情极力要解剖这个世界，而今，这个世界的一切简单明了，除了趋利，似乎没有其他解释了。

应该说这十多年来，正因为有了关京红，陈市长才活得如此有生命力，如此像个光明而温柔的成功男人。陈市长看到了一种无论人间或地狱都不能破坏的利好，感到一种无须付费的幸福。

关京红不但美丽，而且很懂他。她听从他的安排，到美国留学，还没毕业就交付了五十万美元办了绿卡，不久给他生了个儿子——小雪。儿子是他的生命，他打破了洪姑的魔咒，说什么参与盗墓的都断子绝孙，绝对瞎扯。只要把虔诚交给洪姑，洪姑自会保佑他多子多福、万事如意。至于爱情，陈市长认为那纯粹是生理学上的问题，与个人意志无关。外界都说他挺自律的，因为没有人从他那里捞得好处。

为了那对海外母子，陈市长的胆子也越来越大，手伸得也越来越长。他从不亲自往美国汇款，都是借去洪姑庙烧香的机会将钱款交给岳父，由那老人转移到国外。他之所以办理了假身份证和假护照，就是怕国内一旦有风吹草动，立刻金蝉脱壳。至于崔梅和文文，他反倒觉得，她们已跟着他享受了足够的幸福。有些亲情比飞镖还冷，睡了一辈子的女人，未必是最贴心的那位。

人们为了使浪漫永驻，却把浪漫破坏得一丝不剩，在有些人看来，朝三暮四和永世相守的区别，在于前者比后者更持久些。

界平相信医生，却又不相信医生的所有话；她相信自己，却又感觉自己也迷失了自己。如果真如医生所说，是位中年男人当即进行了气管切开，建立了呼吸通道，不然，她在"米"字街就身亡了。

界平睡着了，一个湿热的嘴唇轻轻地碰触着她的嘴。是高顿，天啊，真是高顿。英俊的五官，甜美痴迷的气息……她激动地搂着他的脖子……突然传来了敲门声，界平惊醒了，原来是梦。

门被推开了，一个人影堵在门口，逆光中的身影庞大而威严。她急忙坐起来，脖子上包扎着白纱布，思绪在梦际和现实中来回摇摆，口腔蕴藏着爱的味道、梦的变化，甚至男人独特的气息。

界平看着崔总，像不认识似的。错误的场景出现了错误的人。拜他所赐，界平从梦想的边际慢慢回到了现实，她低下头，看着自己的掌心，使自己越发显得渺小。沉默的味道越来越浓，弥散在整个空间，压得人喘不过气来。

崔总已好久没遇到这独特的眼神了，有怀疑、有质问、有不满。她的嘴很紧，像上了锁一样，不动声色。是的，他以前习惯了界平的这种眼神，被这眼神折磨，又深深恋上了这种风景。她果然清醒了，再次用冻僵的钥匙开门，用冻僵的心邀请他进屋。

界平像在看一部突然换了主角的电影般的不习惯。应该是高顿，怎么会是崔总。内心有一种声音在对她说：他走了，是的，他又走了，这次把他们的希望、爱情和恐惧一起带走了！

"是我，没想到吧？"

这话听起来不像问候，倒像个裂口。她不想说话，怕语言暴露心底的悲伤。

"这是界凡的日记。"

她记起了高顿阅读的那些日记，他们在房间里读，葡萄藤下读，在喷水池边读，夕阳的余光里读，在长长的雁阵划过天际的时候读……界平抚摸着笔记本，泪流满面。她终于明白，高顿再也不会来了。她的高顿再次离开了她，她仿佛看到了他消失的背影，甚至体会他孤独而绝望的心情。界平突然发现，原来悲伤是一块站在上面俯瞰自己的高地。痛苦不再属于她，她感觉自己已经挥霍了所有狂热的精力和眼泪，她曾沉沉地睡过一个世纪，疲惫地醒来时，虽然心脏依旧疼痛，无药可治。

她再次被他抛弃，这次比任何一次都坚决。二十六年前在贝地城，他留给她一场爱恋，一个儿子；和张连长结婚的那天，他留给她一个魔幻的童话；去海南的飞机上，他给了她一枝桂花，一片陶醉。而今，他什么也没给他，甚至没让清醒的自己看他一眼。

界平瞥见墙上镜子里自己的脸，一张已被岁月侵蚀得树皮一样的脸，自己一辈子都在逃避，逃避面孔下真实的自己。今天，她莫名其妙地觉得受够了，吞噬一切的时光，如同巨大的吸尘器，把她的情感都吸走了，把她的积怨也吸走了。

通向过去的门紧紧地关上了。界平想纪念，却又不知如何纪念。她心里储满了泪水，却不知如何释放。

病房窗外是一片湖，青灰的湖水、遥远的山影和天宇的美，以及柿子树上高高挑着的无数火红的柿子，在崔总打开窗子的一刹那，给他一种头晕目眩的美。任何伤感的故事在这风景里都化解成了风和云。他感到体内涌动着一种情绪，似乎想唱歌、想朗诵诗或拥抱一个女人。他回身看着界平，满脸挂着解释不清的笑意，因为抱着并不同于她的心情而感觉像个骗子。

医生进来给界平换了脖子上的药。"明天你可以回可爱的家了。"

"医生，家并非都可爱。"

"那就努力让它可爱。"

"这建议也收费吗？"

"这条免费，不过下条可要收费了。"

"那还是别说了。"

医生为病人的机智感到惊奇，他们哪里知道，这位断篇的女人曾是设计专家和副院长。

家，她已好久没回过自己的家了，好久没在自己的床上睡过了。生活的轮回鼓舞着痴迷的人，真荒谬。

崔总坐在床边，轻轻吻着她的额头。在崔总吻她的瞬间，她大脑里不停在闪现着高顿的影子，仿佛吻她的是高顿，而不是崔总。这片刻的错愕让她既兴奋又痛苦。她不会对内心的高顿表达歉意，因为她并不感到抱歉，却感到羞愧。她的激情，不管多少都来自他的快乐，她必须相信他已离开，从此每个白天都要对自己说一遍，每个夜晚都将他揣在胸口。难道爱就是距离、就是永远的告别……

界平突然发现爱神和爱人如此不同，她感觉自己像街上的流浪狗似的推算不出人和神之间的距离。她、妹妹、高顿……她不想错乱在回忆里……

她突然发现，爱就在身边，而她却狠狠地关在了门外。妹妹和高顿是她的神，而崔总是她的人。

界平脖子上的纱布脱落了，崔总给她粘上。界平似乎根本不在乎脖子，也不在乎是否弄坏了那两针缝线，她抚摸着崔总的脸，轻轻扯着他厚实的耳垂，脸上荡漾着温暖的光彩。

"我大半生都是替妹妹活的，今后，我要为自己活了！"

明天仍是一处疼痛的悬崖。

能看透市长的女人不多，崔梅算一个。

崔梅试图通过封锁账号控制丈夫对女人的欲望，这简直是拿猪当战马骑。

陈市长几千万的资产转在了儿子名下，那是他们三口之家将来幸福的支柱。可是贴近嘴边的肉不吃也是犯罪。陈市长从没像现在如此这般奢望那笔财宝，他眼前幻想着那些稀世珍宝，比天上的星星都璀璨，比明月都亮眼。陈市长查看了许多历史书籍和皇家珍宝大笈，洪家秘藏的瑰宝正是价值倾城的极品。为了这些极品，他做了一辈子的美梦。他怕的不是死亡，而是对目标的冷漠和无视。易经早就对天意做了深刻的解释，而陈市长是位读懂天意、并深深为之感动的人。在他的记忆中，考古学家的探宝传奇和洪家财宝的故事纠缠在一起，打了个死结，说不清哪个故事在先，哪个故事在后。

陈市长先到洪姑庙上香，这是每逢大事，必须进行的程序。他用湿巾擦了擦双手，取出香，慢慢燃上，郑重而虔诚地插在香炉里，手不小心被火星烫了一下，迅速缩了回来。陈市长双膝跪地、叩头，双手合十乞求儿子小雪健康、乞求李威政出师顺利、乞求会见"老将军"马到成功。

简单的乐趣是复杂所能找到的最后一个避风港。

这世界早已无关一份耕耘一份收获了。每次亲自燃香，闻到那特殊的香气，陈市长都会生出赤胆忠心的感觉。这次也不例外。他叩头及地，额头坚实地与冰凉而多情的地板砖亲密接触，甘愿臣服于这柔软的香气里、臣服在洪姑威仪无边的世界里。他知道自己这一生坎坷起伏，许多像他那样的人，不是在政治的欲海里溺亡，就是在运动的悬崖上摔得头破血流。而他能左右逢援，上下弄权，完全得益于他不再相信别人，而相信自己。

相信别人，一切会变得很困难，生活会变得尴尬；相信自己，相信内心的力量，一切就变得强大。

生活本身就是选美大赛，他总是让自己在任何时代的舞台上成为最吸引眼球的主角。他阅读书籍，哲学的、历史的、文学的，深知文化绝对是一种从官的品牌。当他向权贵低头，认权为父，事实证明，他是对的；当他纳关京红为小三，私养在美国，别的高官傻傻地在身边养女人，不是祸起萧墙，就是红颜革命，他又是对的。他不得不承认，王侯将相是有种乎的。他这种人，在任何朝代都会是王侯将相的材料，而其他人只是小燕雀罢了。挑战陈胜"王侯将相宁有种乎"的定论让他带有一丝保皇派的气息和老成持重的魅力。

罪孽是现代生活中唯一的色素。只有聪明人，才懂得供奉的伟大，每次额头触地，陈市长犹如进入一种仙境，在那样的仙境中，他获得的不仅是一种精神力量，更重要的是无形却有力的神仙力量。他无法让舌头说出"伟大"这个词，事实上，每次迈进庙里，都无法理解洪姑的笑意，那微笑太过晦涩，没法看透暗藏的深意。

人世间如此微妙，有如此多难以言传的东西，原来庙宇对一个人可以有这样的威力。罪恶得到原谅而变得心安理得，阴谋诡计在这里变得堂堂正正、从从容容。瞬间，一股火热的电流由额头涌向全身，仿佛他的前世今生，都为这深深的叩拜而来，他的罪孽和不安，也随着深深的跪拜顺着冰凉的地板流走了。

每次进洪姑庙的时候，陈市长比进大会堂都郑重，提前关掉手机。当他走到自己的车前，重新打开手机的时候，办公厅主任的电话就打进来了。一种美好的预感，像流星划过视野般的划过他的心灵，声音也像播音员似的柔美起来。

果然，办公厅主任预告了天大的好消息，他正式任命为市长了，文件正在印发中，消息绝对可靠。

好运跟上了他。他长长地出了口气，北山清新的空气携着氧气和好运浸润了他身体里。

在这个如此庸俗的时代，在这个声色犬马、缺乏良知的时代，他胸有成竹，像革命的前夜，一切势在必得。他已拥有了成功的符咒，拥有常盛不衰的图腾。他养成了沉默的好习惯，那是对清廉和理智的暗算。

陈市长的车停在了"老将军"的小区里，安静的小区像世外桃源，阳光混浊得像睡着了一般，连猫都懒得睁开眼睛，一片枯黄的白杨树叶飘飘摇摇地坠了下来。四周静得出奇，有一种要出事的感觉。陈市长定了定神，目光扫射着周围的环境，恰巧看到"老将军"从外面散步回来。这老人让他浑身发热，心漏跳了一拍。老人比电视上看着更年轻，岁月似乎在他身上停滞了，他眯缝着眼，似乎又顽固又刻薄。

陈市长微笑地迎接着"老将军"，"老将军"却侧头从他身边走了过去，他闻到了一股老年人散发出来的暖暖的酸腐味，凭借这股气味，陈市长终于发现，"老将军"也老了很多。

"'老将军'，您好吗？"

自我意识的强势和年长者固有的顽固，使"老将军"变得要么沉默寡言，要么怒气十足。陈市长以为，这么多年过去了，老人一定认不出他了。没想到老人在看他的瞬间竟然叫出了他的名字，不是叫他现在的称谓，而是喊他"文革"时的称谓，好像在故意揭他的伤疤似的，这让陈市长相当不舒服，像吃错了药似的后怕。"陈文革，'文革'司令，听说进中央了，怎么有幸在这地方见到你呢？"

"您认错了，那是我哥哥。"

"别逗了，没有谁能把谎言带进坟墓。你不来，我还真不知道你是谁？你一来，我就知道了。"

人类的记忆过于实事求是了，这是社会的原罪。陈市长摸不清老头子话的温度。彼此之间的疏远像是一场精心设计的骗局，像舞台上上了妆的演员，念着言不由衷的台词。

"我是来道歉的，您是老英雄，我应该早来看望你，可总是忙。"陈市长还是把包里的一万元钱拿出来，放在桌子上。这是他的第二套方案。

"陈司令真好，我养了一只藏獒，那货吃肉非常多，不瞒你说，这钱也就够它吃三个月的。我和我的狗都感谢你！"老家伙故意出卖自己，把话扯远了。他的口气绝对冷静，这冷静就像盾牌，掩护火热的讥讽。

感恩和钱财过去密不可分，现在却不同了。陈市长没理会老头子讽刺的意味，直入主题。他说他现在和洪界凡的姐姐在一起，是好朋友，她生病住院了，拜托他来取洪界凡的东西。

"早就听说洪姑有个姐姐，你们一起共事吗?"

"没有。不过都是好朋友!"

"'好朋友'这个词我可领教过，'文革'中出卖自己的都是'好朋友'。"

"时代不同了。"

"到了共产主义了吗?"

"初级阶段!"陈市长意识到老头子在调侃他，恨不得一拳捣在他皱纹如绳的脑门上。

"马克思说过，阶级一旦形成，那么出于各个阶级的人，想打破阶级的鸿沟壁垒几乎不可能……"他哆哆嗦嗦地看着陈市长，严肃又谦虚地解释道:"我年龄大了，记不清楚了……"

老头子嘴里嘟囔，目光在市长脸上扫来扫去，愣愣磕磕地思索着，老天创造的这个市长在他看来是一个秘密，他带着老年人执着的热情想要解开这个秘密。在老人炯炯有神的目光注视下，陈市长感到别扭、羞臊，并能听到自己的脉搏在狂跳。那一刻他极度厌恶这个不死的老头子。

老人掏出钥匙，摇晃着脑袋，仿佛躲避蚊子叮咬似的。他打开木箱子上生着暗绿色锈的铜锁，取出了一个涂着绿漆的铁盒。

"这可是我保存了几十年的材料!"老头子的表情像初雪似的那么纯洁。

陈市长的心瞬间被太阳照亮，一切都变得更加有趣，更快活，更有意义。眼前仿佛是那阿里巴巴面对四十大盗的藏宝山洞。他喘不过气来，胸脯活像要开裂了一样，接着心头涌起舍身的念头，几乎喜不自胜。一个人的发财梦总是以自欺欺人开始，而以欺骗别人告终。

连老头子脸上松垮的皱纹都透着藏宝图的神韵。

盒子里空空如也。老人惊慌了，像衣服着了火似的慌乱地寻找木箱子，里面根本没有任何资料。

资料被盗了!

老人告诉陈市长里面有一个饭卡、有洪界凡的日记，还有半张地图。

陈市长差点没昏过去，来自心底的寒意，瞬间石化了他。想起丢失资料的价值和灾殃，陈市长不由得转开了头，似乎空气里另有一种毒药，比心里的毒药还猛，惹他恶心。

陈市长无力跌坐在椅子上，感觉左手食指热辣辣地疼，才想起在焚香时被火星烫了一下。迷信的他心头突然飞过一片阴霾，不吉利的预感浮上心头。

突然，"老将军"颤颤地举着一张纸，像交白旗似的踉跄到陈市长面前，把那张写满了字的纸递给他。"在窗下发现的，肯定是小偷不小心掉的！我老眼昏花，看不清写的什么！"

陈市长读着蚂蚁似的密密麻麻的日记，脚下像地震似的感觉自己正迅速坠入深渊。

那页日记详细地记录了"文革"司令如何调戏、引诱界凡，甚至逼婚不成，就把她列入了反革命、黑干将的过程，以及她想自杀的想法……

"写的什么？"

"一堆梦话。"

"他们偷一堆梦话有什么用呢？"

"也许当柴烧！"

陈市长倒觉得在这老家伙天真的外衣下，掩饰着一副凶恶的嘴脸，恨不得兜头给他一拳，让他命归西天，免得在世上糟蹋粮食。

陈市长两眼空空，已没有风景。他由着自己滑入深渊，谛听天鹅之死的哀鸣和枯枝败叶的种种响声。

陈市长走出了冰冷的墓地般的房间，本想挥手再见，可胳膊沉重得像铝合金。灵魂中存在着动物性，肉体中存在着灵性，感觉可以升华，理智可以堕落，谁能说得出何处是肉体冲动的终点，何处又是灵魂冲动的起点。有时，人们一度犯过的罪孽，真想愉快地再犯一次。

"是谁呢？那钻到办公室里的人和偷'老将军'的人是不是同一人，和录制他进洪姑庙的人又是不是同一人呢？"

法官用法槌思考，市长用权力思考。陈市长坐在车里，没起动车子。一场严酷的战争摆在了面前。一九七六年，政治观念大翻转，他由"文革"司令瞬间变成了革命的罪人。如果不是用弟弟的死及时替换了自己的身份，哪有这尊严而富贵的一生！

"无论面对多么糟的情况，都能找出对自己有利的一面。"这是陈市长的求生哲学。辩证法的伟大之处就在于能让陈市长及时找到积极的理由和上进的信心。今天，对他有利的一面是什么呢？

生活里，仿佛一张巨大的网罩在了他头上，前任市长的囚徒形象不时跃出大脑，他是个卑鄙的杂耍老手，随着命运的沉浮扮演着正义者、受害人和恶棍的三重角色，而自己比前任市长更智慧、更跌宕，也更传奇。

陈市长坐在车里胡乱地想着过往的生活，希望出现转机，希望有奇迹发生。当问题出现时，他从不逃避，而是尽力寻找能解决的幸运之门。

他注视着街区，这里曾是他的地盘，是他向江湖骗子致意的完美舞台。他仿佛是破产的商人，隔着玻璃窗，遗憾而伤感地看见别人坐在自己的客厅里打麻将。

真相是城市可怕的错误。

前方是贝地城繁华的街角，每次开车穿行在城里，都如穿行在梦里，仿佛拐角就会遇到某个被自己批斗过的人，心里怯怯的。其实，亏心的何止自己！多少人从典籍中偷出断章残句，以掩饰赤裸裸的罪行，又有多少人明里装贤士，暗地里却是魔鬼心肠。陈市长这样火刀敲石子般，敲了一阵子自己的良心，疼得骨髓发酸。回忆像冬天的阁楼那样冷，而烦闷的时候还应该多向前看。出于某种连自己也说不清楚的奇怪本能，他恨这个城市的繁华，正因为这样，他的恨也就更刻骨铭心。

等红灯时，陈市长突然看到十字路口电子屏幕上正播放着美国校园枪击案的画面。他立刻旋开了车载收音机的旋钮，果然，播音员正以标准而忧伤的语调，播报着美国枪击案的受害者小雨不治身亡的消息。陈市长的头轰然胀大了，仿佛如惊雷在车顶炸响。后面的车笛响成了一片，他才意识到该往前走了。

没有什么巧合，只有巧合的假象。他麻木了，或惊呆了。开车的并不是他，他也没意识到自己正开着车，而是另一个机械的自己。小雪死了，他的儿子死了！他曾那样呼唤过爸爸，他是那么聪明可爱，可他死了！他是天使，美丽、聪明而天真……这悲剧骤然来临，仿佛九霄云外的狂飙，雷声隆隆，颠覆生命，席卷意志。他嘴唇颤抖，脸格外的蠢，牙咯咯地响，似乎天地间结了厚厚的冰。

三十

　　这一天如此漫长……这个秋天如此漫长……新世纪的第一年也如此漫长……

　　陈市长曾有过这种漫长的感受，那是"文革"结束后的那年——一九七六年，政治出现了断崖，前途如鲨鱼沉浮的凶险海域。首都举行了一百五十万人参加的粉碎"四人帮"大游行，全国各地也纷纷组织游行，打倒王、张、江、姚的口号响彻云霄。然而，在"陈文新"的名字掩护下，这位"文革"司令成了积极的煤矿工人，深深地藏到地心里，躲避了政治的清算。

　　陈市长曾真切地希望新世纪会给他带来新能量、新动力和新机遇，他准备用自己所有的能力为白鹭市做点好事，为市民谋取幸福……可，今天，又像一九七六年的那一天，时针像生了锈一般，咔咔地走不动……晃晃悠悠地像做梦似的……

　　机械的陈市长终于开出了红绿灯闪烁的贝地城，雾气开始下降，月亮从雾幕后缓缓升起，朦胧地照着这个不清不楚的世界。他把车停在路边，机械的陈市长和呆愣的陈市长终于合二为一了。儿子没了，他要到哪里去？没有了儿子，没有了希望！三口之家团聚的美梦破碎了。他伏在方向盘痛哭流涕。儿子，他的希望，他的生命，他的全部的爱和未来，他死了……以前和儿子隔着十二个小时的飞行路程，现在却是茫茫的生死两别。他痛苦地抽搐着，咬着下嘴唇，像活了一百岁似的。他惊异于生活过于简单，又惊异于生活过于残酷。

　　人总希望毫无恐惧地活着，但这是不太可能的。电话响了，是李威政的电话，陈市长擦掉泪水，清理了哭泣的喉咙，努力保持正常的音质。年轻人不知道该怎么用舌头，李威政向岳父报告他侦察到的情报，岂不知这情报让他一步步失去了市长岳父。

李威政告诉陈市长腾法哲并不是腾四的儿子，而是洪界平的儿子……另外，那位曾跟踪陈市长的男人来历复杂，行踪诡异，无论如何也查不到他是哪里的人、从事什么工作、受什么人指使。探子们说这种人物很有来头，至少是北京的……千万小心！

腾法哲不是腾四的儿子？也就是说腾四断子绝孙了？难道参与盗墓的真的都断子绝孙？所以小雪也才必死无疑？不，不，洪姑不会这么对他的！洪姑曾保佑他一路升官发财！洪姑绝对会保佑他的！可是小雪死了、死了、死了……

那个跟踪他的人、坐在办公室里的人是谁？真的是纪检组织的？受谁指使？只要可能，送他多少钱财都可以。

陈市长一向认为天下没有摆不平的人，没有攻不克的难关。手起剑落，应该像摩西开辟红海一样勇往直前。可是今天，他被儿子的去世搅乱了方寸，根本不会思维了。电话又响了，是陌生来电，他忐忑地接起了电话，喂了一声，自己都被自己的声音吓了一跳，声音里带着哭腔，夹杂着颤颤的抽泣。

陈市长的心突然异常痉挛。"是谁？"

"我也不知道是谁。是陈文革呢，还是陈乾坤，或者是李忠心、陈文新？"

陈市长头轰的一声，像爆炸了似的。他努力平复着情绪，尽可能有点风度地和对方谈判。

"很高兴为您服务！"

"可惜，我不需要市长公仆的服务！"

"你想怎么样？"

"那就想想！"

"老天，我或许知道你是谁了？"

"我有过很多外号，但绝没叫过'老天'。"

"别万物不侵、丝毫不吐的样子，也别低估了我的慷慨。"

"谢谢陈公仆的慷慨，你说过没有秘密就不是自己，还记得吗？"

"我说过很多话……"

"除了梦话，都是义正词严的谎话……"

电话啪地挂断了，陈市长再打过去时，电话关机。

什么时候说过这话已不重要了，陈市长像掉进了螺旋桨里。故事没按陈市长的剧本进行。那些陈年往事，已尘封在心底最隐秘的地方。自一九七六年十月的一个可怕的漆黑夜晚，他就强迫自己粉碎性地毁掉过去的记忆，永远不提当年的辉煌。

陈市长望着东方的夜空，烟灰色的天幕上，海鸥漫不经心地飞过，淡淡的雾气在山岩间飘浮，迷蒙一片。

人人都为自己活着，为自己享乐活着，所有关于真善美的话语，全是欺人之谈。思想无法亲吻，思想不会流血，不会爱，不能触摸。

他的灵魂从没像这样混浊过，生活也从来没有这样混乱过。他已经很久没有幸福地度过一个傍晚了。长期以来戴着面具生活都忘记自己是谁了。他模模糊糊想起了强暴崔梅的那个夜晚，他本以为崔梅会心甘情愿，以为她平时的媚笑是求欢的信号。没想到她生硬地拒绝，而自己年轻气冲，犯下重错。他又想起那些花边女人，多数是官场的交际花，给她们以利好，她们就爽快地脱衣解裳。而睡这种女人总让他有受辱的感觉，她们和妓女没多少差别。脱掉关京红的衣服，才真正让他体会当新郎的美味。生活无所谓背叛和忠贞，钱财可以弥补一切，崔梅如此，其他女人也如此。陈市长总是用生活的迷雾遮盖回忆的风景，用光鲜的行为掩盖魔鬼般的心灵。忘记法则，向前看，过好每一天。

陈市长像被捉住的小野兽茫然失措地四下张望，寻求逃生的奇迹。他突然看到了洪姑庙的飞檐翘角，朦胧的黛色里，那飞檐翘角的轮廓像一位飞天的仙女，正抖擞着长袖，翩然起舞。啊洪姑，是的，幸运女神洪姑，洪姑会救他的。他刚想启动车子，一辆警车闪着警灯停在了旁边。两位警察下车，威武地走过来，敲了敲玻璃窗，陈市长迟疑地摇下玻璃窗。在白鹭市，哪有警察敢敲市长的车子？可这里不是白鹭市。

"驾照？"

陈市长从车体的小盒子里找到驾驶照，递给警察。警察接过驾驶证，像看一位杀人犯似的盯着他。

"身体不舒服，刚吃了药，休息一下。"陈市长为自己说谎的本领惊叹。许多时候，根本不用打腹稿，张口就是，并且理论性极强。

警察又把驾驶证递给另一位年长的警察。年长的警察毫不客气地拿手电筒在陈市长脸上扫来扫去，仿佛要用光给他洗脸似的。"刘建明，是你的吗？"

"当然是。"陈市长马上露出微笑的表情，果然和驾驶证上的照片神似。那是六年前的照片，自然比现在年轻多了。

他们终于放行了。陈市长启动车子时，发现前方上山的十字路口，也有警察布防。陈市长的后脊梁骨突然如蛇爬过似的又凉又滑，不由惊出了一身细汗。盗贼夸耀他们的偷盗，妓女夸耀她们的淫荡，警察夸耀他们的镣铐，是的，他们的腰间晃荡着银亮的镣铐。

"他们是来抓人的！"抓谁呢？陈市长狂乱地握着方向盘。上次在北京培训，刚刚步入餐厅，一位同学——某市的当家人就被人请走了。这位同学的盘子里横着一只黑黑的海参和一枚白白的鹌鹑蛋——有一种独特的静物美感。这位同学高兴地和大家打招呼，他有充分理由相信，今晚有朋友请他去吃大餐去了。

从他家里翻出了九箱的存款，价值半亿的金玉首饰。更可悲的是他父母亲住在武当山的深山里，过着被当地山民救济的贫穷生活。

那陌生人是谁？是不是纪委的，或者那些资料是不是寄给了纪委。办公厅主任透露出自己提任了市长，是不是放烟雾弹，引诱自己回到白鹭市，像猎人捕获落入陷阱的梅花鹿似的。陈市长突然想起，上次后备干部的测评时，他给这位主任打了个最低分，因为他是前任市长的人。难道他在报复？

警察们是不是协助纪委抓捕的？当陈市长再次看那飞檐翘角时，那里竟然悬着一团白雾，像一块裹尸布。陈市长骇得面色苍白，浑身筛糠。贪污犯、包二奶、挪用资金、强奸犯、"文革"司令的几笔人命案……左手食指突然抽筋似的疼痛起来，像牙齿在啃咬着似的，他不得不高高地挑着食指。这阵疼痛突然让他意识到自己走到了人生的尽头，什么理论都多余了，什么护照都作废了。陈市长有一种灵魂把肉体甩掉的感觉，一种脱离形体的感觉，好像一伸手就能触摸到儿子，仿佛关京红就在眼前……他好像同飒飒的风、同苍茫的雾、同明亮的月色息息相通……他觉得自己就是上帝……

这些奇怪的巧合，显然有神秘莫测的解释。自己的尊严不值多少钱，但这是真正拥有的东西，是最后的东西。让全市人嘲笑、唾骂、讥讽，在人前受审、承受世人鄙视的眼神……凡人的性命如风中之烛，丝缕弱风皆能吹灭……在这个世界上，死亡是离人最近的朋友……往前冲去，悬崖下就是波涛汹涌的大海。他突然想放声大哭，想撕心裂肺地号啕。他这一辈子可没掉过几次眼泪，眼泪是他的稀缺资源。此时，他真想痛痛快快地号啕一场，为洪姑的背叛，为儿子的去世，为自己耗尽的好运……陈市长太熟悉这地形，他闭紧双眼，忍住了泪水，像再也不愿看这肮脏的、背叛的世界似的，加足油门，紧握着方向盘，冲破了悬崖的护栏，在空中划了条笨重的弧线，重重地坠到海里。

海水贪婪而健忘，一点也不心疼和感动！

贝地城的北山树木苍郁，山顶笼罩在淡紫色的雾气里，霞光透过云层喜洋洋地铺展在山间或空中，没有一种单纯的色彩，没有一处不变的风光。一切都在运动，一切都在交融、渗透，天地间呈现一片宁静、柔美和无与伦比的灿烂。界平的心曾是不毛之地，没有东西能够生长，现在她已能面对现实，完全振作起来了，仿佛在光秃秃的高山上，学会了无氧生存。

车子驶到北山时，遇到了交通堵塞，听说出现了车祸，有车冲破护栏，掉进了海里，正在打捞。

从事故现场缓缓驶过，崔总突然感到压抑、忧伤，甚至难过，情绪像鱼离开了水一样的不自在。界平摇下玻璃窗向悬崖下望着，崔总一把拉回了她。

他们一路聊着高顿，仿佛高顿是他们共同的朋友。界平唠叨着高顿的英俊、智慧、武术高强，崔总却强调着他的无礼、粗鲁、强硬；界平表述着高顿的善良、爱心、温柔，崔总历数着高顿的尖刻和凶恶。界平试图神化高顿，而崔总却一再让界平气愤。是的，那个高顿走了，不会再来了。他只能活在两人共同的回忆里，埋藏在过去的生活里。就好像随着一口一口呼出的空气，可以把那段储存的爱情都驱走似的，而新的爱情将独特的激情注入了她的躯体里。如果说以前她是枯木，而现在是枝繁叶茂、风情万种的大树。幸福的世界里没有钟表，只有急促的嘀嗒声。

"无论如何，是高顿安排了这一切，我得感谢他！"崔总终于放宽了心态。

"你我是棋子，他是布下棋局的人。"

"我曾绝望过，以为这是一盘死棋。"

"可我不明白，他为什么不让我看看他……"

"真傻，他陪了你那么多天，怎么能这么说呢？"

"我宁愿倒回到疗养院里。"

崔总左手抚着方向盘，右手握着界平的手，轻轻地捏了捏，仿佛那手是熟透的柿子。"别那么残酷，现在有我。"

界平看了一眼崔总，转过头去，继续看前方，她还拿不准前方有什么，但她必须向前看。这令她感到安全，却也感到悲哀。高顿把爱情郑重地交付给别人，这寓意和太阳升起一样确凿无疑。

车刚到一个十字路口，就遇到了长长的结婚车队，加长的新娘车，张扬着婚姻的价值和骄傲。

"离嫁给我还差什么？"

"差一场历时二十三年的感情和一个豪华的婚礼。"

"这，好办！但得颠倒过来，先举办本世纪最豪华的婚礼，再培养一百个二十三年的感情。"

快到白鹭市时，一轮滚圆的月亮从树梢上升起，黄里透红地悬挂在烟灰色的东天上，它那么亲切，那么柔软，那么温暖。界平像第一次遇到这样的月亮，突然按住崔总放在方向盘上的手，半天没说出一句话来。

崔总把车停在路边，两人像孩子似的静静地观看着那轮月亮。它真美，真安静，那么空灵。它千年万年地普照着，却无欲无求，它永远赐予人间光亮，却从不贪图回报，不在意是否感恩。人间的恩怨情仇、争权夺利，在月亮光辉的映衬下是那么狭隘，那么肮脏，那么微不足道。月亮是人间的知己，界平突然觉得自己是它的情人，有在它面前流泪的欲望。

界平终于毫无顾忌、毫无风度地号啕起来。

这是一场决别的盛宴！眼泪是断魂汤，哭声是对以往生活的绝唱。结束了……结束了……高顿终于吹响了终结号……界平想悼念过去，却又不知道失去的是什么？她想破碎，却也不知道自己得到的是什么……

车子停在了界平的小区里，界平下了车，仰头望着自家的窗口。

邻居刘大妈领着三岁的孙子走过来，像看到动物园跑出的老虎似的突然收住了脚，惊慌地将孙子藏到身后，满面惊愕，一双老昏眼直直地瞪着界平。

"洪院长，你好了吗？"

界平知道刘大妈依然把她当成了精神病人。"这是我男朋友，我们要结婚了！"

"结婚？医生允许吗？"

"我嫁的不是医生。"

"国家法律能允许吗？"

"我还真回答不了，那您老得去问国家法律。"

"赤脚人找鞋子，受冻人寻棉袄，什么人会和……"

"是我和疯子结婚，大妈，让你多操心了，快走吧，不送！"崔总嘲笑的表情和尖锐的眼神快把她吓尿了裤子。

刘大妈拉着小孙子的手，像逃离传染病人似的离开了。不出半小时，关于疯子结婚的消息就会像风一样传开，成为四邻饭桌上有趣的佐料。

脚下是舞台，世界被束缚在这个小小社区里。

"家里一定全是尘土。"界平的家已几个月没有住人了。

"何止是你的家，除了狗猫，这里的人心上全是尘土。"

"别那么刻薄。"

"刻薄是对那老太太的优待，如果是年轻人，我早就狂扁一顿了。"

崔总拉起界平的手，转身上了车。

崔总像抱着新娘子似的把界平抱上了别墅二楼的卧室，那晚，他们做着人类居住在洞穴时就已经喜欢做的事。她太漂亮，也太有激情，在崔总渴望的床上，就太有存在感。面对世人的嘲讽，她又哭又笑，她在最快乐的地方寻找痛苦，因为她觉得自己不配幸福；她又在痛苦的酒杯里酝酿着幸福，因为她有过各种各样的苦，都已成为酿造幸福的原料。

界平不是第一次进这个家，却是第一次以女主人的身份睡在这里，这让她体会到生活充满了幽默。

以前她曾把硬币扔进许愿池，希望梦想成真。真的成真了，却是崔总的高地。她对深渊没有兴趣，虽然却深陷了那么多次。

第二天，他们选购了结婚戒指，骄傲得仿佛世界只剩下他们俩。

整台大戏里，法哲明明是舞台的主角，却又是货真价实的跑龙套的人。自从亲子鉴定后，没有人关心他、关注他，也没有人祝贺他或安慰他。毕竟，他也在经受心灵和情感的大地震。

洪院长回来了，却住在崔总家。这让法哲像走在结冰的湖面上似的忐忑。他由此讨厌崔总、甚至憎恨崔总，仿佛是他夺走了他的妈妈、玷污了他的妈妈。如果魔鬼有居住的地方，肯定是崔总的家。或许是崔总赶走了高顿——法哲的爸爸。挣扎是为了存活，不是为了屈服。无论如何，法哲的血液里流淌着高顿的基因，对爸爸的深情与日俱增，上天注定，无法阻挡。这个潜藏在他过去的男人，这个潜藏在他灵魂里的男人，或多或少，也是个疯子。

法哲嫉妒、心酸、亲情等等复杂因素造成的情感休克，有飘浮在太空的奇异感觉，有泡在醋缸里透心的酸楚。一切似乎生机勃勃，而法哲和张薇却无法参与其中，这很不公平。圣洁的人也会突然被恶魔迷住心窍。洪院长纯洁而高雅，温和而智慧，而现在的妈妈却像换了个人，根本不惧流言蜚语，豪放地和崔总同居，仿佛怕世人不知道似的招摇过市。

也许疾病改变了她，或者什么事情刺激了她。法哲相信那个从前的洪院长，那个紧紧地跟踪着他的女人，那个偷拍他照片的妈妈。他望着风云翻卷的苍穹，涌起了一股难以言说的酸楚。法哲无力再做回自己，再做回从前那个意气风发的男生。显然他和世上所有人一样，需要父母的承认和亲情的温暖才能幸福，才能找回前进的动力。

无论在工地，还是在宿舍，法哲都盼望着有人在背后喊他的名子，或轻拍他的肩膀。他天天等待着，却什么也没有。

同事们调侃他有了一个好妈妈和好爸爸，可法哲感觉那是空头支票，徒有其名罢了。可他又明明知道那不是空头支票。有一次同事调侃他说妈妈来找他。

"法哲，美女院长找你!"

法哲急忙从工棚里跑了出去，心跳得像万马奔腾。门口是一个腰弯成句号式的老太太，问法哲有破烂要卖吗?

法哲的心像掉进泥地里般的缠绵。他真想痛打同事，可没有举起拳头的力量。

晚上，突然传来敲门声，正在上电脑的法哲突然觉得可能是爸爸，对着镜子理了理头发，兴冲冲开门。是同事小孙，还法哲的移动硬盘。

法哲天天等待着，不见妈妈的影子，竟然也不见崔总的影子。至少看到崔总，崔总总会向他透露点妈妈的消息。

世界仿佛遗忘了他，又仿佛抛弃了他。

他从没像现在这样需要父母。他感觉自己好小好小，需要父母牵着手才能行走。

界平正在北山脚下散步，突然看到高顿拉着美女的手急匆匆地跑了过去。她急忙追上去，才发现和高顿在一起的是妹妹界凡。界平激动地想拥抱妹妹，高顿和妹妹双双消失在云雾里。界平丢失了他们，无论怎么喊，除了翻涌而起的浓雾，什么也看不到了。

界平哭醒了。是梦。她觉得不吉祥。也许高顿出事了。

起风了，黎明时滴下了小雨，风携着雨滴飞进窗口。崔总早已起床了，界平慵懒地躺着，回忆着梦里的情景。她是那种寻觅生活启示的女人，是那种能品味内心真感觉的女人。她越来越真切地感受到，一个时代正悄悄结束，而另一个时代在无声地到来。

走廊里传来崔总的歌声。"弯弯的月亮下面，是那弯弯的小船……"

界平第一次听他唱歌，崔总惊讶地发现，自己也会独自哼歌。以前只参加部队里的合唱。

法哲错乱，张薇更错乱。至少法哲是得到，得到父母亲，找到了亲人，而张薇却是失去，正失去了一种纯正的母爱。不得不承认，这变故让她有了孤儿无助的感觉。

医生给张薇拆除胳膊上的缝线时，妈妈走进了病房，随后跟进来的是崔总。妈妈悄悄站在张薇身后，轻轻抚摸着她乌黑油亮的头发。张薇太熟悉这个动作，惊喜地抬起头，再次看到慈祥而自信的妈妈，不由得眼含热泪。

妈妈终于回来了，妈妈是唯一的，无法复制。

女儿以受虐的方式沉浸于疼痛的海洋里，下沉得太低，竟然看不到希望。界平看到女儿长长的伤疤、钉书针似的缝痕，不由心酸落泪，感觉五脏六腑都碎了，那些黑暗的日子，给女儿带来多大的痛苦啊。

妈妈坐在床边，轻轻牵起女儿的手。这是妈妈的手，妈妈的手掌里全是爱。张薇如在月亮上行走，沉醉在失重的环境里。张薇突然发现了妈妈手指上闪闪发光的钻戒。瞬间，钻戒把她们之间的距离扩大了十公里，张薇的心像石子落入深井般的扑通，荡漾着疼痛的波澜，泪水再次涌了出来，带着冷汗的味道。

她已是二分之一的妈妈了，另一个二分之一已划归了崔总。或许，她仅仅是三分之一的妈妈了，还有一分寄存在了法哲那里。

生活用比梦还轻的手指，剥夺了她的亲情。

生活的辛酸似乎让母女俩更亲近、更融洽，这是她们的回归。可她们都知道，生活已永远回归不到从前的状态了。那是昨天，这是今天，张薇不想让昨天成为过去，但是又不得不成为过去。生活的飓风把每个人都卷进了它的威胁中，不必看站牌，也不必知道终点。

崔总去办理出院手续了。界平告诉女儿，她已住在崔总那里了。女儿直视着妈妈的眼睛。妈妈真的完全恢复了吗？如果完全恢复，她怎么能堂而皇之地住进崔总家里呢？窗外，天空开始实施闪电计划，凶猛的势头如同无数的子弹从天空射到地上。母女相见的感人场面全被这场雨水浇灭了，世界留下的只有暗淡的灰色。

界平告诉女儿，如果女儿想回自己家，那妈妈也会回到自己家。张薇含泪点了点头，虽然这泪花闪得比较复杂。她想起那个遥远的清晨，牵着妈妈的手走在去幼儿园的路上，妈妈讲着善良的松鼠和小鸟的故事。张薇不舍地走进幼儿园，妈妈在门口挥手，太阳高悬在楼房间，妈妈的微笑那么美好。回忆的道路像绵长的海岸线，却不慎被一场飓风摧毁了。

界平正在整理女儿的物品时，崔总惊慌地跑了进来，那错乱的表情仿佛世界末日似的。

"南河大桥塌了吗？"界平不安地问到。

"宁可大桥塌了……那天掉下悬崖的是我姐夫……"

"别说没凭据的事。"

"死亡可不需要任何凭据。"

生活好像早就被原谅了，但又好像从没被原谅。

界平恰如被人兜头泼了一盆凉水，又尴尬、又愚蠢、又兴奋。陈乾坤——陈文革，那个把自己推下悬崖的人，那个"文革"司令、盗墓贼。岁月无法消融仇恨，风雨也无法消解怨怒。但活着，就逃不过命运的磁场。

命运无形，但太有存在感。

界平和崔梅的怨仇，她从没向崔总提起过。崔梅背叛了她和界平的联盟，而投降了"文革"司令，这是界平永远的恨。那么多年过去了，岁月无情地把她们拖到了脾气渐消、怨仇渐弱的中年，拖到了一笑泯恩仇的二十一世纪。

那次两人在商场偶然相遇，让她们惊讶不已。崔梅感觉世界太他妈小了，洪界平是她今生最最不想遇到的人。而当界平猛然想起那个圆润的女人是崔梅时，涌向嘴边的又是那个烫掉她舌头的问题。

崔梅曾坚决反对弟弟和界平在一起，但当听说界平已住进了弟弟的别墅里时，她觉得自己打了一场败仗，今后将逃脱不掉界平谴责、鄙视的目光，逃不掉良心的折磨和清算。怨仇对双方来说就是一次竞拍，对外人来说就是一个低俗而没有笑点的小品。

生活，烦恼而沉重，充满常见的折磨。

报纸对陈乾坤市长的去世进行了长篇报导，他到贝地城走访一位老革命，那天通过了市长的任命，他终因疲劳驾驶而冲破护栏，掉进海里。他是一位好市长，廉洁自律、勤勤恳恳、兢兢业业，对子女和家人要求极其严格……

陈市长的追悼会隆重而威严。前呼后拥的省重要人物前来慰问死者家属，那尊严的嘴巴一张一合的，像困在网里的鱼。一只苍蝇打开了它那天使般的翅膀，不紧不慢地在他肩膀上用力一扇，飞到了空中，诡异而讨厌。崔梅哭得稀里哗啦,她哭得极其繁杂。如果丈夫不死,有一天也许会成为省里的领导,那作为妻子的她也会被前呼后拥,比当市长夫人更风光、更霸气。她握着省重要人物的手,就突然嫉妒他的妻子。悲伤成河,河面上浮起一层疼痛的迷雾,水流低沉寒冷,沉稳深邃。

虚假的悲伤是一件有趣的事情。当省重要人物挂着沉重的表情撤离时,撒泡尿的工夫,跟随的人群就消失得干干净净。

陈市长葬礼冷清得出人意料,陈市长人情偏冷,或者是外热里冷。对下属的升职,不是积极提拔,而是压而再压,直到同事们绝望地离开,让跟随着他的同事寒心彻骨。陈市长骨子里非常骄傲,自认为是时代的精英,他的沉默是精英的沉默,他的低调也是精英高贵的低调,根本不会用欣赏的眼光看下属的特长。他本能地以为,下属既然官不如他高,那才华自然也低下。幸亏陈市长对身高不在意,如果下属身高也必须低于他的话,那下属一是要削一层头顶或实行刖足之刑。下属们实没良心,一点儿也不感激陈市长对身高的宽容。

崔梅被遗弃在追悼的大厅里,花儿的芬芳让她莫名地撞进了那种空无境界。此生是一次吊儿郎当的行走,是一次不负责任的奢靡狂舞。

丈夫死了,崔梅突然感到一股掺杂着得意扬扬和刻骨误伤的复杂触痛。没有丈夫的世界是不完整的,可丈夫并没有给她一个完整的世界。没有世界能同时容下两个妻子、两个家。

丈夫没有了,她不明白为什么突然觉得整个世界只剩下她一个人了。她哭红了眼睛,她不知道有多少泪是为自己流的,有多少是为丈夫流的,还有多少是为美国那未曾谋面的女人流的。是的,恨到极致也是痛。关京红有别墅、有绿卡,还有巨额的存款。而自己有什么呢?没有了丈夫就什么都没有了。连市长夫人的名声,也像过期的彩票,失去了迷人的色彩。那次与丈夫最后的争吵,他无力的辩护、慌乱的眼神,以及尴尬的表情,成为她今后无穷无尽的回忆、揣摩和痛苦的源泉。

对女儿暖暖的爱,曾是界平生活的全部。上小学时妈妈给张薇的发辫上系着粉粉的蝴蝶结;三年级时,妈妈替参加夏令营的女儿系白白的运动鞋带;五年级的六一儿童节,妈妈给女儿穿上洁白的公主裙。妈妈给女儿无数的吻、无数的拥抱、无数的叮咛和唠叨……家里挂满了母女欢笑的照片、张薇生日的照片……家曾是母女共同的摇篮共同的世界。

界平和女儿回到了自己家里，母女终于在一起。起床、洗漱、吃早餐，一天的生活再次从平淡中开始，像她们度过的无数个清晨、无数个平淡的过去。

生活可以把美少女蹉跎成老枯的仙人掌，这台残酷的时光磨具无人能逃脱。当知道自己并不是妈妈的亲生女儿，又怎能对一位待自己如亲生的养母提非分的要求，又怎能不抢着洗碗干家务，又怎能不做一个勤奋懂事知道感恩的好女孩。母女间那种从容自在的感觉找不到了。在彼此的话语里，在应答的腔调里，特别是在体察对方的目光里，露出一种刻意亲近的不自然神情，这使母女均感到害怕或恐慌。界平想摆脱这种夹杂着虚假成分的关系，可每亲近女儿一次，就感觉她又倒退得更远了一步。

香甜的蛋糕尝起来竟然有着辣酱的味道。

法哲是这个家里的禁忌。张薇总想借各种机会提起法哲，总想不自然地聊聊法哲，可界平总是岔开话题，仿佛那名字是个疼痛的穴位，一碰就会旧病发作。既然她不是妈妈的亲生女儿，那她和法哲就不是兄妹，他们就可以结婚的。

可法哲终究是存在的，又怎么能避而不谈。法哲毕竟是妈妈的亲生儿子，难道她真的不想认他。

崔总时常出没在这个家里，像男主人似的进进出出。有时他们两人正热聊着，张薇进来后，他们便突然收住话题，仿佛张薇是外来人似的。两人非常关心张薇，将餐桌上最好的食物堆满张薇的盘子，这更让张薇感觉自己是闯入者。张薇不由多心，妈妈之所以避谈法哲，正是因为妈妈想贪占法哲，不想和自己共享那个失而复得的儿子。如果自己远远离开这个家，他们母子就会毫无顾忌地相认，也会和和美美地生活在一起。从崇高到可笑一步之遥，张薇难免心灰意冷，不敢面对现实，小心地呵护着那疼痛的伤口，不让它受到泪水的浸润。

张薇感觉被生活抛弃了，妈妈夺走了她的法哲，法哲又夺走了她的妈妈。

其实张薇仅仅猜对了一半，妈妈也不想失去女儿，她不想把女儿当成儿媳妇。人是为幸福创造的，幸福在于自身，在于满足人类自然的需求中，不幸不是由于贫乏，而是由于不懂珍惜。

张薇动了去留学的念头。既然没有角落属于自己，那又何必霸占别人的精神空间。她只想求得内心的宁静，保护这颗不被过多恩赐、过多情感压碎的心。

既然知道法哲是她的儿子，可她从不打听法哲的事，甚至故意避开法哲的一切消息，这种弃绝让法哲自卑又惭愧。可他不敢挑战妈妈，不敢毫无顾忌地和张薇在一起，毕竟妈妈是刚刚康复的病人。在妈妈的小区里，在妈妈时常路过的公园里，法哲远远地跟随着，静静地观看着妈妈。莫名的感动总是悄悄在内心里发热、激出滚烫的泪来。

妈妈的每个眼神、每个动作都震颤着他，她是法哲的心灵宝库，即使一万年不见，也仍然是他的宝库。

"妈妈！"法哲这样叫着，看着她消失在楼房里，内心充满了模糊不清的快乐。他想起当初妈妈跟踪他的情景，他尖酸刻薄地讽刺了这个女人。每每回忆起那些狂言乱语，法哲都羞愧得想找个地缝钻进去。但又一想他是自己的生母，一切过错又瞬间释然了。

你如果不了解妈妈，就还不了解自己。

张薇提出去美国留学，妈妈欣然同意，丝毫没表现出一点挽留或不舍的意思，这让张薇有被扫地出门的感觉。张薇忽而为责备妈妈后悔，忽而又感觉自己被妈妈冷落了。她就像一只被风刮进屋内的冻僵的鸟，瑟瑟地乞求保护。

张薇睡了，妈妈进来了，像往常一样挤到女儿的床上，搂着女儿躺一会儿。小的时候，妈妈就这样给女儿讲故事，长大以后，妈妈侧在女儿身边，抚摸女儿的头发或轻拍女儿的肩膀，每周至少一到两次。张薇很喜欢妈妈的亲近，很享受妈妈的关爱。她们是母女，怀疑这点都是对天意的不敬。有时她感觉自己和妈妈永远连在了一起，爱上了妈妈的过去，明白了从前不明白的生活的另一面。

今天，妈妈又挤到女儿身边。张薇往里面侧了侧身子，给妈妈腾出地方。妈妈轻轻抚摸着女儿的头发，亲吻女儿的额头，妈妈那独特的温暖气息熏陶着女儿，瞬间把女儿带回到了童年、少年，带回到了所有美好而幸福的时刻。在妈妈无言的关爱里，在暖融融的气息里，张薇的眼睛湿润了。几分钟后，妈妈离开了，张薇的泪水像失控的雨天，肆意澎湃。这泪水是为自己，为妈妈，为这抽筋的生活而流。

张薇感觉自己的心已放在了圣坛上，周围已是熊熊燃烧的大火，它不久将成为生活的祭品了。

界平积极地为女儿准备出国的事项，不惜本钱为女儿买昂贵的皮箱、衣服等各种必需品。

虽然如此费心掩饰，崔总还是直入主题，她终要讲出那个又苦又涩的心事。

"把张薇送到美国，你就踏实了？"

"世界没有踏实的地方。"

"你想拆开张薇和法哲。"

"这世上还有比母女更亲近的关系吗？"

"别打岔！"

"除了你我的关系，我还能拆开什么？"

界平的语言和动作带有一种神经质的灵敏、执着和优雅的妖媚，这使崔总神魂颠倒。

张薇留学的日期越来越近了，日子珍珠般地数过。界平、张薇、法哲和崔总，像颜色不同的珍珠，生长在不同的蚌中，由几千层珍珠质包裹叠加而成。张薇希望在家里看到法哲，法哲也想走进那个温暖而幸福的家里，可界平始终沉默，那沉默像蚌的沉默。

坚持到底有时不是胜利，法哲和张薇无望地坚持着。张薇回想相恋的幸福日子，简直像过了一百年。她生出一种感觉，近似于一匹马被人摩挲着，戴上笼头、套上车子时的感觉。生活疲沓了，甚至停顿了。

显然，界平只想选择简单的路走，想左手儿子右手女儿。从她第一次遇到了法哲，她就预感和这个男人有说不清的关联。这个家是奇怪的巧合，有显而易见的解释，有不可知力量的主导。也许在外人看来，她的亲情不值多少钱，但这是她真正拥有的东西。人总想毫无恐惧地活着，她不想让自己排斥在儿女的情感之外。如果法哲和张薇结婚，那就等于自己被年轻人扫地出门了。这怪异的想法让她变得冷漠、甚至残酷。仿佛眼里只有怨仇，怨仇禁锢了她，教她怎么吃，怎么喝，怎么生活。想当年，自己的儿子被别人抢走，别人的死婴却塞在自己的怀里，为那短命的女婴，她流了多少绝望的泪水啊。她觉得现在是最好的，有儿有女有准丈夫，只有这样才是幸福的女人。她确实很幸福。

张薇睁着眼躺在床上，思想又兜了一次不知兜过多少次的圈子，到头来还是那样无奈。张薇还是决定走之前见一见法哲，无论彼此的心有多疼痛，都不能漠视地离开。她很长时间没打扫过自己的灵魂，从来也没有像这样沉重过，梦想和现实从来没有这样不协调过。

法哲点了张薇爱吃的菜，买了冰淇淋，可两人都难以咽下，心也像冰淇淋般瘫软了、融化了，变成了无奈的泪。

"东西都带齐了吗？"

"带不齐……也不会带齐……"

法哲像被捉住的小野兽茫然失措。张薇理解他的心情，就像理解自己的心情一样。张薇摇摇头，想摇掉什么不愉快的想法，她尴尬的情绪一转眼变成了不顾死活的狂恋，她幻想着搂住法哲的头，在他的脸上、脖子上印满数不清的热吻。

"你多吃点儿，好像瘦了。"

"妈妈说我胖了呢。"

突然提到妈妈，他们俩都闭了嘴。今天的一个多小时里，两人都避开这个词，仿佛这个词是弹药的引线似的。自从他们明白妈妈的心意、尴尬地回避着内心的感觉时，他们就不再憎恶谁了。

沉默像黑暗般在两人间流淌。"为什么会这样？"张薇暗自问了无数遍，可不敢寻求答案。天堂还是地狱，由妈妈决定。审判她可不是子女的责任。

一个人通向什么样的未来是不用介绍信的。

"我走了，照顾好妈妈！"张薇本想轻松些，可话音刚落，一股心酸的情绪、一种异乎寻常的感情瞬间俘获了她，泪水悄悄沾湿了双颊。

法哲"嗯"了一声，那声音仿佛是从地底下发出来似的，连自己都感到陌生。他赶忙端起酒杯，一饮而进。每当悲哀的思绪袭上心头，他总是竭力把它驱散。张薇看到了他沉醉的泪光，看到蹙眉强忍的酸涩，急忙低下了头，说了句"保重，我走了"。

疼痛使她脚步踉跄，差点撞到车上。

"再见！"法哲默默说了句，他知道这话是说给自己听的。他依然坐着，透过泪水，静静看着那金黄透亮的液体，仿佛第一次认识啤酒似的。

对生活的占有欲是李氏父子呼吸的真正激情。财富是爱，把它与其他形式的爱相比，就像把战马与流浪狗相比，把公主与妓女相比。李威政用自己的婚姻做了赌本，结果失了手。在婚姻的赌场上，最大的罪恶是背叛。岳父陈市长背叛了婚姻的誓约、违反了婚姻的条规……舞台上，没有演员真正关心角色的爱恨，何况，这不是舞台，生活也不是演戏……"没有了市长做爸爸的文文不配得到我的爱。"爱是不能买卖的，商贩的天平对之毫无用处。

人类制造了科学和斗争，权势和奴役，放纵无度、挥霍钱财，就为了人前的风光。李总父子竟然不出面了，没有了市长的靠山，这门亲戚就失去了存在的根基，女儿成了被退货的商品！女儿曾像女皇，骄傲地纵横在市长爸爸的世界里，而今却石化般站在那里，被人参观又被人遗忘。

葬礼过后，文文不相信李威政单方面解除了婚约，她打通了电话。"威政，你哪儿去了，我好想你！"

"文文，要节哀。"

"你快来吧，或我去找你，我怕和妈妈单独在一起。"

"文文，你还记得那个加拿大移民女孩吗？她回来了，带着我的儿子。真遗憾，文文，我别无选择。"

"我也会给你生儿子！"

"幸好没生，不然，就是重婚罪了。文文，我们曾经幸福过，还有比这更美好的吗？"

文文突然觉得自己被这些美好的语言杀死了。

许多年后文文才知道，那个加拿大女孩根本没回来过，关于儿子的故事也纯属子虚乌有。

一个奇怪的瞬间，崔梅感觉现在并不是现在，又重新站在了二十多年前的起点上。自己的婚姻也是从明码标价开始的，价格就是监狱。要么把强奸犯陈文革关进监狱，要么嫁给强奸犯从而进入婚姻的监狱。她成了富贵的犯人，但最终失去了做妻子的福利和指证强奸犯的双重机会。她被遗弃在这里，不是被丈夫遗弃，而是被命运遗弃。她不相信丈夫是车祸，她坚信是自杀。北山下，在洪姑庙旁，他飞进了大海。与人结仇尚可活，与鬼结仇就不可说了。腾四的儿子死了，他陈乾坤的儿子也死了。崔梅暗自庆幸文文是个女孩，突然顿悟弟弟将和界平结婚也是上天的安排，是洪姑的授意。也许界平能解除洪姑施加在这个家里的魔咒。

文文只看到婚姻的开头，看不到它的全部了。人不能一次把生日的巧克力全吃掉，可她仿佛把一生的好运全用完了。生活对文文开的玩笑太冷太幽默，文文目瞪口呆，丧失了轻松应对的能力。仿佛世人都过得称心如意，只有她像衣帽架似的待在角落里。她捉摸不透魅力无穷的生活，只觉得心头有一种无法摆脱的沉重压力。一个人总会在困境中学会判断，苦苦思索，明白一切思想都是真真假假的。它之所以假，是因为人们不可能掌握全部真理，不能看透生活的奥秘；它之所以真，是因为人们总有追求真理的一面，永生都奔波在探寻的路上。

哪里有契约，哪里就有背叛！李威政的背叛给文文带来的疼痛，好像有人正锯她的胸骨。

三十一

日子水晶般的透明，又大海般的沉重。

送别的日子终于到了，清晨，大地盖着一层薄薄的雾气，东方破晓，微弱的曙光映在薄云片片的苍穹上，映在绿色的小草和繁茂的大树上，像做错事的孩子似的纹丝不动。

张薇从白鹭飞北京，在北京和同学会合后一起飞美国。崔总和界平到机场送行，安慰和祝福的话说了一箩筐，惜别的泪水也流满了盆盆碗碗。机场广播催促着乘客，张薇紧紧地拥抱了妈妈，拥别了崔总。界平哭得一塌糊涂，仿佛不是送女儿去读书，而是去当家奴似的。

生活改变着人们的世界观、价值观，一切决定取决于她经历的生活，也取决于她对未来的期许。女儿转身离开的背影太像丈夫张连长了，那摆动肩膀的样子，那甩动手臂的姿势，勾起了她早已遗忘的片段。界平突然感到某个地方疼痛难忍，仿佛被烧红的烙铁烫了一下。女儿不应该长大，应该永远是可爱的小女孩。她想起初次把张薇接到身边的情形，她那么干瘦，那么倔强，拒不接受她的亲近，直到带她去了儿童乐园，买了许多好吃的和好玩的，才慢慢放松警惕。界平回味着女儿在心里唤起的惊讶、怜爱和同情交织的甜蜜感情，不禁又可怜起她来。不让她和法哲见面，这确实像狠心的后妈。界平不想面对这个问题，甩了甩头，仿佛把这折磨人的想法甩掉了似的。

"妈，我走了，你要照顾好自己！"

"吃好点，别心疼钱！"

"妈……"

"好孩子，时间不多了，快安检吧！"

张薇当着妈妈的面不想流泪，不想表达任何心酸的可能，也不想宣泄对妈妈的不满。她因担心亲情而不知所措，因痛苦而茫然，但她不会恨妈妈。"我必须把爱留在心里，否则生活怎么继续。"

可转身离开的瞬间，泪水崩溃而出。她看到了站在咖啡店门口的法哲，她不想和法哲告别，不告别就没有离开，不告别就是不需要告别。

她感觉自己好像一炷香，终将被侍奉的虔诚烧成灰烬。

张薇走了，法哲感到极其寒冷、孤独和沉重，就像刚到一个新地方，有时会莫名其妙地产生的心情。妈妈和崔总就在百米外的人群里，法哲已盯着他们看了很久了，像每次见到妈妈一样，内心总是涌起海洋般的怜惜，海洋般的温暖。奇特的母爱使法哲忘记自己，忘记自己的处境，把他带进一个新的境界，感到了原来没有感觉到的东西，懂得了原来没有懂得的道理。

妈妈和崔总要返回了，法哲转身想躲起来，却与一位短发的妇女撞了个满怀，妇女手里的文件散了一地。妇女那双犀利的眼眸扫射着法哲，像鉴定一件古董似的，甄别着每道纹路。她看法哲的时间足够让法哲思考人生。

他体会到一种异乎寻常的感觉，脊背掠过一阵阵寒意，喉咙仿佛有细针在扎。

"对不起！"法哲急忙蹲下收拾落在地上的文件，那妇女也忙着收拾，旁边是来来去去的皮鞋和滚动的皮箱，大厅里回荡着优美的广播声。法哲被一张照片背面的文字吸引了：高顿，我的至爱！

法哲翻过照片，呆住了，这是极像自己的照片，是爸爸，是高顿和这位妇女的合影。真理让猪吃掉了！人们的心是多么容易被嘲弄——相信太阳会为自己升起，玫瑰会为自己而绽放。法哲从来没想到会有另一个女人分享着他的爸爸。自从他明白自己的身世，他就再没放开过对爸爸的想象。他茫然失措地望着这位妇女。那位妇女试图抽走照片，法哲却紧紧攥着，显然，他想听听这位短发妇女的解释。

"腾法哲！"

这位陌生的女人匆忙收拾起文件，在纸片上写了一个地址，要他今晚赶到那里，她会给他讲一个长长的故事。

法哲还想问些问题，可那妇女像有急事似的匆匆消失在出站口。法哲像留在梦里，人来人往和时常响起的广播声，都是梦里的陪衬。聪明的赌徒总是留一手，不至于下次没有了赌注，但邪恶的赌徒却直探向人们灵魂的宝藏，取走所有足以让人生疼痛的东西。

法哲看着那个纸片，看着那急急写出的一行字，仿佛看到了爸爸出没在自己的房间里，感受到爸爸的温情。方才跟那妇女谈话的时候所体验到的沉重心情至今没有离开他。她脸上有一种可怕的精神恍惚，甚至带有心怀不满、又霸气隐现的的欲望。一股透心的寒冷像鞭子一样抽打着他，他体会到一种从体内开始冰冻的感觉。

界平和崔总向停车场走去，两人的手机同时发出来信息的声音。"我是高顿的朋友，今晚七点，请到白鹭机关接待处三楼贵宾室，有要事相告。老罗。"界平本能感觉出了大事。她急忙把手机递给崔总，奇怪的是，崔总也收到了同样的信息。

白鹭机关接待处，在市府大院里，说明这是政府的人。崔总本能地认为高顿反悔了，上次在贝地城，高顿把界平交给了他，几个月过去，难道他又有了想法？

界平午休时做了梦，梦里下了场大雪。当她走到窗口，发现外面已是白雪覆盖的茫茫世界。她有一种怪异的感觉，梦和现实在什么地方衔接起来了。这时，窗外的树枝上落着一只红得像火似的鸟，它黄色的爪子踩在白雪上，脖颈上绸缎般的羽毛闪着朝霞的光辉，圆圆的黑眼珠好奇地瞪着界平。界平推开窗子，想吸引它飞进来，它像得宠的皇后似的，一副典雅傲慢的姿态，细细尖叫了一声，飞走了，震落了枝头的一小团雪。

界平的心突然疼了一下，仿佛这火红的鸟儿是信使，界平却不理解它的语言。

界平和崔总赶到白鹭机关接待处，贵宾室暗红色的门轻轻合着。门上干枝梅花的浮雕和祥云的图案，让界平感觉吉祥，可转念一想，那梅花太像雪花，心情瞬间又阴沉下来。灾难总是让人迷信而多疑。

崔总推开门，椭圆会议桌旁，迎门坐着一位短发中年妇女。崔总当即认出了这位短发妇女，她就是高顿的妻子，曾和高顿在咖啡馆争吵。

那妇女伸手迎接客人，表情淡然，仿佛向来人示好是很丢人似的。

界平看到了法哲，法哲急忙站起来尴尬地笑了，这笑比哭都难看。他不希望成为妈妈的陌生人。这是DNA鉴定后，母子第一次见面。界平却连笑的心情也没有，这陌生女人要谈高顿，让她多疑，甚至没有考虑为何法哲会出现在这里。界平那么压抑，无法喘息，像一座冰雪覆盖的火山。

她说她是高顿的同事，老罗。那冰冷的眼神像透湿的煤球。她坐在会议桌迎门的一面，崔总、界平和法哲坐在靠近门口的一面。

老罗其实不老，比界平和崔总都年轻很多，看上去也就刚刚四十。

老罗那样典雅、自信，仿佛电视直播的镜头正对着她。她郑重地问界平，有一个好消息和一个坏消息，先听哪一个。

界平从看到老罗的第一眼起，就感到莫名的恐惧，那严肃的表情比刀剑都伤人，冷硬的口气拒人千里之远，界平像只神经紧绷的兔子，实在猜测不透这姓罗的在兜售什么。她选择先听坏消息。

老罗将黑色手提包放到桌子上，拉开拉锁，右手便伸进去摸索着。在界平、崔总和法哲的注视下，将右胳膊长长地伸向界平，向下张开了拳头，只听嘣的一声，手掌里的东西落在了桌面上——一枚金镶玉的首饰。看着这枚黄金玉饰，界平瞬间悲催，捂着脸痛哭流涕。崔总急忙搂住界平的肩膀，问是怎么回事。可老罗并不回答崔总的话，安静地、甚至有点戏谑地看着痛哭的界平，仿佛看一匹受伤的马垂死挣扎似的，毫无怜悯之情。她此时的地位，给了她无与伦比的威仪，嘴里像咬着一枚黄连，唇齿间藏着深深的恨意。

生活的道路撒满了倒钩，逝去的岁月沉淀出冰冷的分量，此时老罗和界平同时处在黑洞的边缘。让如此美丽的女人哭泣似乎也是罪过。但想到过往的一生，老罗的恼恨就很难驱走。和高顿同处一室，每寸肌肤都在渴望他的碰触，渴望在温暖的月色里手挽着手，像个爱昏了头的女人。可他却不高兴碰她。她曾自认为是美女中的极品，至少是团队里的女极品，而高顿却像对待妓院里的极品似的，拒之万里。

哭泣的界平依然那么美。老罗盯着她，她宽宽的额头、弯弯的柳叶眉，白得像玉脂似的透亮的肌肤……仿佛从她的伤悲里看到高顿曲折而执着的爱情。恋爱是一种灵魂的妥协，有时候最好的陪伴仍是自己。当失去还没来得及珍重的东西时，灵魂就开始疼痛，纠结的只有野心了。老罗将双臂交叠在桌子上，表情平静，嘴紧紧闭着，仿佛绝不让人看到牙齿似的。

法哲从纸巾盒里抽了两抽纸，想替妈妈擦掉泪水，妈妈却泪眼汪汪地瞪了他一眼，突然搂着他的脖子哭了起来。没有天赋的启示，只有巨大的悲伤。她以生命的脚步追逐着高顿的气息，却混淆了生和死，还没来得及反省，他就成了上帝的牌了。

母子拥抱着哭成一团，对去世的高顿来说，这就是世界的中心，他偏离中心而去。想到此，老罗涌起一股热流，不得不强制压了下去。

崔总被弄得更糊涂了，时而望望这对母子，时而瞧着老罗。他感到自己变得麻木了，像路边的水泥柱。

"高顿死了！"声音从老罗的嘴里冷冷地说出来，像演员念台词似的生硬和干脆，又仿佛在故意伤害崩溃的界平母子。

界平被永久地困在悲哀里，洞察一切却无人倾诉。她渴望高顿的目光能渗透她，驱赶骨髓里潜伏的阴霾与寒冷，已经有数不清的岁月，没有东西能温暖她的灵魂了。在经历漫长的时光旅行后，界平发觉自己竟然无话可说，所有的目的和决心在听到消息的一刹那就消散了。

"我记得你，在咖啡馆……别胡说八道了！"

"我不胡说八道，你听什么？"

话语从来不能从本质上说服人们，但是那一刻，面对老罗痛苦的声音和闪烁着雾气的眼睛，界平不得不接受一个遥远而又近在眼前的事实，一种无法想象的刺痛刺穿了心灵，空气中的寒冷让她辨出了自己脆弱的灵魂，从此之后每个清晨醒来，她都会不知疲倦地纪念这一天，如同认识高顿的第一个傍晚。

"那晚我早就看到你了，在3号桌，要了杯拿铁咖啡！你穿了件浅蓝色衬衣，提着一个浅咖色袋鼠牌手提包，像个失意的人口贩子。"

崔总目瞪口呆，半响没有答话。一生的英名、半世的骄傲，在这女人平静的口气里瞬间贬值了。他自以为手里有枪，临到发射时才发现没有子弹。他想挽救别人，自己却坠入深渊。

"把你邀来，与你的身家地位无关，别摆出一副屈尊的表情。"

老罗像瓶名酒一样高贵，四十年人间沧桑，把她酝酿得又辣又醇，仿佛在任何酒桌上都可以威武称王。

崔总就像听一个疯子梳理自己的思想，胸膛里激荡着怒火，两眼灼灼放光，恨不得把这女人推到墙上。可老罗镇静的目光像寒光闪闪的刀剑，崔总仿佛感受到刀剑在半空激烈地挥砍碰撞。他突然想起咖啡馆里曾被高顿一个动作放倒在地的情景，顿时有虎入平川被犬欺的落魄。他盯着这个跛鼋的女人，不由得相信某些女人是世界最差劲的动物。

界平将手放在崔总的手腕上，示意他沉住气。

姐夫去世后，崔总的业务备受掣肘，以前坚实的客户群开始离散，纷纷被别人策反；曾经像亲兄弟似的朋友，也生疏起来。到某些熟悉的部门办手续，竟然出现脸难看门难进的现象。生活在这个城市，要么疯，要么醉。这个城市只认可官权艺术，早已淡忘了友谊和真情的概念。他不喜欢自己的周围变成各种矛盾交锋的战场，这比战争更可怕。经过一系列的打击，崔总的心越来越敏感、越来越脆弱，也越来越依赖界平。界平营造的氛围是他和谐、宁静的避难所，她的安慰、开导和分析，成了他最需要的良药。

法哲像坠入冰河般的震惊了，那位把他背回家的爸爸去世了，给他洗衣服的爸爸去世了，那位悄悄关爱他的爸爸永远走了。法哲觉得自己的腿软了下来，肠子里灌满了鸦片和死亡的味道，他再次像个孩子似的呜呜哭了起来。

"高顿几个多月前查出得了白血病，可刚刚办理住院手续，他就消失了。"老罗讲到这里，停了停，看了看偶尔抽泣的界平和泪水涟涟的法哲。

"他来白鹭市了？"崔总表达了自己的猜测，缓解了刚才受辱的心情。

"对他来说，除了白鹭市，再没有牵挂之地了。"老罗停了停，仿佛在等着秒针走到某个地方似的，又仿佛故意拖延，以最大限度地引起他们的好奇心，以增强戏剧效果。

"两个月前，他出现了，医生检查，癌细胞已扩散到所有角落，十五天后去世了。那段时间，他天天欣赏你们母子的照片，那是他的全部财富！"

坏消息就这样讲完了。可听故事的人并没有过瘾，仿佛才听了个开头似的。她一定有许多故事要讲，可她像讨厌这群听众似的拒不开口了。

"他临终时一定说了些什么？"界平浑身发抖，生平第一次感到害怕，虽然崔总和法哲就在身边。

老罗眨了眨眼睛，做了个吞咽动作，仿佛把厌恶的情绪也咽了下去。"他说他有个儿子！"

所有的目光聚集在法哲身上，法哲泪眼蒙眬地抽泣着，他太激动，太错乱，也太悲伤。他无法原谅别人、无法原谅爸爸、更无法原谅自己。界平为儿子擦掉泪水，轻轻搂着儿子的肩膀。为了这一个动作，她等待了整整二十五年。在妈妈的安抚下，法哲慢慢回忆起他和爸爸唯一一次交往。

有同事过生日，法哲下班后便和同事们一起到酒店为同事庆贺。年轻人在一起，在酒的催促下，很快就情绪热烈、豪气冲天了。他们为同事的生日举杯、为大桥早日建成举杯、为升官发财举杯。远处坐着一位中年男子，独自在喝啤酒，有时就着啤酒吞下一把药丸。这群男生开始喝酒时，中年男人就坐在那里了，一直到凌晨一点。中年男人一直慢慢地吃着、仿佛那菜永远也吃不完，那啤酒永远也喝不尽似的。

年轻人胡言乱语、东倒西歪地挤出了酒店。法哲站在酒店门口，凉爽的风吹着他燥热的肌肤，他仰望着夜空，望到了一片黑暗，在那遥远的世界里，那个比星星还要深沉的世界里，缘分无坚不摧，创造着奇迹。同伴们搭车离开了，法哲独自回宿舍。他城里没家，或许有，可又不像他的家。妈妈是他的家，可妈妈并不想见他。妈妈如果想要这个儿子，就不会住在崔总家了。她不想承认这个儿子吗？她为什么不来找他，他每时每刻都盼着她来找他，可她为什么不来？他想与妈妈分担，非常想和妈妈在一起。引人疯狂并非是这样那样的事物，而是彼此的隔阂。

他冲着黑黑的夜空撕心裂肺地喊了声"妈妈！""爸爸！"声音被风卷走了，像抢劫似的。法哲冰凉的泪水顺着脸颊流了出来。起风了，降温了，似乎要下雨。一阵狂风噎得他胸口冰凉、胃里翻江倒海，他伏在一棵树上干呕着。

"你们都不要我！为什么都不要我？"

橘黄的灯光很漂亮、似乎也很善良，却帮不上什么忙。

从夜店里出来几位年轻人，单薄的衣服不胜突然的寒冷，个个抖擞着肩膀，四处张望着出租车。大街睡着，天地间只有渐渐没入黑暗的楼房、昏沉的路灯和那个呕吐的男人。有位长发男子向同伴努了努嘴，他们便像一群猎狗围堵一只兔子似的。法哲发现有人向他围拢过来，急忙往前走。可他早已是陷阱里的猎物，前后左右的路全被堵上了。一位高大的男子伸手取法哲肩膀上的包，像从挂钩上取自己的包似的从容。法哲死死地抱着。酒足饭饱的男人正好想找个倒霉蛋练练手、热热身，于是拳打脚踢地扑了上来。他们扑打在一起，法哲倒在了地上。突然，法哲虽然听到拳脚声，可呻吟的不再是他，那群男人们像受伤的老鼠似的在地上乱滚乱爬，吱呀乱叫，一点也没有泡夜店的帅气，没有刚才横行的霸气。那位中年男人把为首的长发男子推到树上，那男子踢蹬着双腿，圆瞪着双眼，呼天抢地地喊大哥饶命。

正是对意外之财的希冀让他们突临地狱，可见世上有两件事不能做，一是国家的法禁止的，二是拳头的法不允许的。那群酒足饭饱的人被活血化瘀、爽筋乐骨后，舒坦地倒在午夜冰凉的水泥路上，数着天上的星星。可惜这晚阴云密布，无星可数。

中年男人背着法哲往宿舍楼走去。烂醉如泥的法哲伏在那男人身上，兴奋极了，他称他是李连杰，他要拜他为师，又说他是活雷锋，他要请他喝一杯，他要真心实意地感谢他。大侠默默往前走着，像聋子，又像哑巴。每人都是独一无二的，都有自己的特质与天性，法哲却希望自己像这中年男人般威风、神武、风度翩翩。他从法哲的背包里摸出钥匙，开了门，把深醉的法哲放到床上，替他脱去湿漉漉的衣服、鞋袜，盖上被子。法哲瞬间就发出了鼾声。他不知那鼾声多么美妙、多么陶醉着这个中年男人。这个男人渴望热烈地爱这个儿子，明白爱和死一样强大，却也明白爱没有极限，或者极其短暂。

太阳金灿灿地照到东墙上时，法哲才从睡梦里醒来。他隐隐回忆着昨晚发生的事，似乎有人抢他的包，又有人像扑打苍蝇似的把那群家伙揍了一顿。那位中年男人背着他回家，生平第一次被人背回家，他记得自己伏在他的后背上，胳膊紧紧地搂着他的脖子。他恍然惊醒，环目四顾，发现包还在，笔记本电脑也在，没有失窃的迹象。他重又躺回床上，细细回忆着每个细节，那中年男人似乎吻过他的额头，紧紧握着他的手，还替他擦洗了脸……坐在床边看着他入睡。

法哲双手撑床，斜坐在床上，大脑依然像隔着毛玻璃似的回忆着昨晚的事情。他甩了甩头，似乎这样能清醒些。是的，他明明知道他的住址，是他背他回来的。

法哲想穿衣起床，可发现床边根本没有衣服。

法哲赤裸着走到洗手间，他所有的衣服都湿淋淋地挂在铁丝上，洗得干干净净，衬衣、休闲服、裤子、内裤、袜子……还帮他打扫了洗手间，连擦脸的毛巾都叠得整整齐齐。

他急忙赶到厨房，厨房的卫生也彻底清理了。原本烧黑的铝锅被擦得银亮银亮。

"爸爸！是爸爸！"法哲急忙拉开门想追出去，仿佛爸爸刚刚离开房间似的。突然意识到自己赤裸着身体又猛然关上了门。他从衣柜里找出衣服，匆忙套上。可哪里还有中年男人的身影。法哲倚着门呜呜地哭了。他多想能和爸爸待一会儿，他多想亲亲地喊他爸爸，他多想让他再吻自己的额头，再握着爸爸的手啊！麻痹是因为醉酒，也因为习惯。

每一种亲情都包含着世界的成长。爸爸喜欢他。他好想撕碎这死气沉沉的生活，重新来过，全家人幸福地在一起。

法哲在房间里逡巡着，努力寻找爸爸的痕迹。他突然发现，他的照片没有了。他还发现，他的包里有一个牛皮纸信封，信封里是一张一半的地图。

法哲听张薇说过地图的事，那是妈妈和她妹妹的故事。

在法哲看来，父亲是永远具有健全的理性和绝妙主意的。他从包里取出爸爸送他的半张地图，所有人的目光都集中在那张慢慢展开的地图上。

这地图和界平保存的地图同是左半边。

没有人不为法哲伤感，没有人不为高顿伤心。一世的父子深情难道必须这样收场？为使命而生的英杰难道就这样绝世而去？

老罗终于装不下去了，眼睛也湿了，她强制着终没流下来。"高顿曾给我讲过这地图，这是著名的苏美尔地图，相传在亚述帝国时期，因连年的战争，妻离子散，手足形同陌路。一位聪明的父亲感觉自己保护不了双胞胎儿子，便匆匆在羊皮卷上画了藏宝图，然后一分为二告诉年幼的孩子，这两张地图只有合在一起，才能找到收藏宝藏的地方。当年幼的双胞胎长大后，各自流落到不同的敌对国，他们正是因为这半块羊皮卷，才历尽千辛万苦，终于找到了对方。根据羊皮卷指示的地图，挖掘宝藏，发现那里埋葬的不是宝藏，而是这对双胞胎小时玩过的一对铁钩。兄弟俩顿时明白，父亲仅仅是让他们彼此寻找，只有亲情才是值得永生珍藏的无价之宝。这故事记载在苏美尔词典里，所以也叫苏美尔地图。你们姐妹手里有的都是地图的左半边，而那右半边随你父母带走了。前几年打捞飞机残骸时，听说还曾见过，但字迹肯定都没有了。"

界平紧紧握着儿子的手，哽咽难言。他们悲伤着彼此的悲伤，哀痛着各自的哀痛。老罗自看到法哲的第一眼起，就想伸手抚摸他的脸颊，一定意义上，他也是她的孩子。此时，看着法哲绝望地哭泣，她想要伸出手擦掉他脸上的泪水，但她不敢、也无权表现出那样的同情。此时，母爱之举犹如面包的甜香，迅速飘了出去，而且由于无法想象的原因，仍熠熠散发着母性的光辉。

"骨灰埋在哪里？"界平泪水涟涟的脸上闪着天花板的灯光，像涂了层光亮的油彩。

"尊重他的遗愿，在贝地城附近的海上，伴着鲜花散进了海里。"

界平突然想起遥远的夜晚，她和高顿手挽手站在海边，星光如米般灿烂，海鸟鸣叫着飞旋。高顿从海滩上拾起一颗海螺，放在耳边听着，他说能听出大海的心声。那心声来自大海深处，波涛起伏、万物倾诉。

崔总轻轻搂着界平的肩膀，安慰她，怕她承受不起这突然的打击。崔总的亲昵动作引起了老罗的反感，她皱了下眉，双手交叉在一起，拇指甲抵住了紧闭的嘴唇，仿佛把许多话都闷在了嘴唇后面。

界平突然感到了一种敌对的情绪，她记起了这个女人，她瘦了，似乎也比照片里的高了。

"你是他妻子，在中东，在一艘轮船上经营餐厅！"界平坚定的口气瞬间击碎了老罗的心墙。

这次轮到老罗惊讶了，她以为不被外人知道的秘密，却被界平这个在她看来近乎愚蠢的女人发现了，这比让人兜头端了一脚更令她难堪。她一直认为漂亮的女人智商都不高，就像有些母马根本不值得调教。

那是很久以前的事了，餐厅爆炸了，她作为高顿曾经的妻子，一起生活了好多天。那是最幸福，也是最痛苦的一段时间。她调整情绪，嘴角扬起微笑的曲线，端直肩膀，挺起上身，像面对镜头的演讲者。

"你一定嫉妒得冒火吧？"

界平不想回答，她觉得这个女人一定隐藏了许多秘密。界平无数个思念的日夜，无数等待的岁月，盼着那个身影出现，盼着哪怕有高顿一点点消息，他却和这个女人表演着夫妻泡沫剧。界平心灵的净土仿佛被玷污了，痛苦得想号叫。没有高顿的世界是不完整的，可是有高顿的世界他们依然没有夫妻缘分。他们注定成为彼此的悲哀，也注定成为彼此的至爱。

"我和高顿，在那个战火燎原的地方生活了许多天。这故事说来很长……"

"你喜欢他！"

"我们像一个豆荚里蹦出来的俩豌豆。"

"可他并不爱你！"

"这并不重要，关键是我爱他，我有权力靠近他……他刚入伍不久，我和他的战友相爱了，我怀孕了，我的恋人却牺牲了……他倒在高顿的怀里，呢喃着要求高顿照顾好他的儿子……我是部队的高干子弟，战士们甚至称我是公主……我悲恸欲绝，父亲怕我想不开，派人跟守着我……有未婚先孕的女儿……爸爸便托人说媒，让军中英模娶我。我对高顿一直怀有仰慕的情怀，我同意了，可高顿不同意。这让我很恼火、很丢脸，绝望地自杀……我把自己吊了起来，脸发紫的时候，却就被人发现了……也许出于这个原因，高顿对我很好、很温暖。但我们始终没有肉体接触。他意外撞到了你的婚礼，执行完任务后，我们就登记结婚了，因为是在孕期，我们甚至都没挨过对方的皮肤……但从那时起，我就下决心一定要得到他的心。儿子出生一个月，得急性脑膜炎去世了。这场婚姻成了一个冷幽默。高顿总是主动请战，一个任务又一个任务，似乎他就是为紧张的生活而生。他一次次受到嘉奖，可他宁愿冲锋在最前线……他在逃避自己，逃避婚姻。我知道，即便他回到我身边，心依然想着那个嫁给他人的女人……可我的骄傲也不容蔑视，毕竟我是高干之女，我也漂亮，我也是不错的女人，我有夺回他的信心和能力。我们约定给自己六年的期限，如果六年他还不能爱上我，我就放手，就离婚……其实，六年，仅仅是我的一个阴谋，我以为不出两年，他就会像罗密欧爱上朱丽叶一样爱上我。但六年后，我们还是分手了。但我们依然像"夫妻"似的存在着，他的一位朋友一直从事着与南斯拉夫的业务，人称关老板，他邀请我们去那里游玩，那是我们唯一的一次长假。战火突然来临时，关老板却逃到伦敦，高顿临时代替关老板打理船形餐厅……他喜欢那种具有挑战性的生活，喜欢帮助处于烽火边缘的人……我们相约，如果我有了喜欢的男人，他有了靠近你的理由，我们就结束现在的'夫妻'关系，真诚地祝福对方……我想我该告诉你那个喜庆的消息了！"老罗从不抱怨命运，只把烦恼交给未来。她的灵魂早已被磨炼，锻炼成真金。

界平早已被悲伤和醋劲两发炮弹击中了，有了这两处重伤，绝望到死的感觉都有了，还在乎什么好消息。再说了高顿死了，把一切希望都带走了，任何喜庆都是虚假的表演，都是对高顿的伤害。界平已挥霍了自己的疼痛和眼泪，因绝望而发狂，因打击而迟缓。她站起来，愤怒地看了老罗一眼。

"好消息你就自己留着吧！"转身向门口走去。

"你丈夫，张连长还活着！"老罗像一条发动攻击的蛇，喷出了一股毒液，仿佛观看毒液的效果似的直直地、残酷地盯着界平。吐出好消息让她嫣然一笑，她坚定不移的沉稳，获得了坚定不移的进攻。

界平以为听错了，转过脸看了看崔总，崔总显然异常恼怒，再也不能容忍这个胡言乱语的女人，当着界平的面揭开那个尘封的秘密。右手食指指着老罗的脸，恶狠狠地命令道："闭嘴！"

"那你们就什么也听不到了！"

"他是烈士，当时报导得非常详细……"界平感觉自己的舌头被猫咬了。语言在带来光明的同时，也让黑暗暴露无遗。

老罗那样高贵、自信从容，仿佛她一动全世界的记者都会架起摄像机，她的姿态令人不可抗拒。她沉默着，像观看斗鸡的观众，根本不想为这既定的问题再开口。界平瞬间理解了这不容分辩的表情，明白了她沉默的言外之意。

"他既然活着为何不回来，为何让我守寡一辈子？"

"我要是你，就不问为何！"

"你根本不懂寡妇的感觉，有些羞辱连男人也没办法带进坟墓。"

"可你好像是个快乐的寡妇！"

"你无权这么说我。"

"可有权的人永远走了！"

老罗露出一副更适合妓院而不是会议室的笑容，从包里取出了一个信封，推到界平身边。

界平恼怒地打开了信封，惊讶得像正对着猎枪的猴子。

张连长右半边脸像魔鬼似的恐怖，但依然从破损的左半边脸隐约看出他的原样，他的右腿也被炸掉了，挂着拐……

当那么多重要的事情都已改变，世界怎能依旧如故？

界平泪水像黄河似的咆哮着。这确实是好消息，可这好消息也太残酷了。界平不希望成为丈夫的陌生人，可丈夫却在另一个地方存在着，二十多年音信杳无。界平像条神经紧绷的狗，不知道该向谁狂吠。一段时间来，她养成了只看阳光、不看阴影的个性，而现在，她整个一生，却成了别人的阴影。她和她的家庭在战争制造的乱局中翻了船，她甚至没有暴跳如雷的理由、不知怎么清算罪魁祸手。

老罗静静地观看着剧目一出出地演下去，因为抱着并不属于自己的同情心而感觉像个骗子。

当时在越南战场上，伤亡较大，当炸弹把战士推向死亡，谁也没有能力跑开。张连长和吴连长同时受伤，在转移到战地医院后，张连长昏迷，吴连长脸部开花而身亡。护士误把掉在地上的吴连长的身份牌，当成了张连长的，把张连长的自然换成了吴连长的。吴连长去世了，登记册上的却是张连长，而昏迷的张连长却永远成了吴成刚。

张连长成了英雄烈士，事迹在全国宣扬，他的壮举鼓舞了那个时代的每一位英气勃发的男孩。从此，真正的张连长却昏迷达四年之久，只能永远呼吸在吴连长面具的后面了。医护人员和吴连长的家属都以为他成了永远的植物人，会老死在部队疗养院里，然而奇迹总是造访不经意的人群，这位炸毁了半边脸，炸掉了一条腿的植物人，四年后，却神奇地苏醒了。

他说他姓张，不姓吴。医生护士自然以为他被炸坏了脑子，他们注视着他，仿佛看清了战争的魅惑，看到战争如何让人如此疯狂、如此错乱。

张连长发现自己没有了右腿，又变得面目全非，特别是没有了自己的姓氏，非常气恼，发疯似的将病房的门窗猛砸烂砍，扬言要验明正身。要验明正身并不难，凭借那残存的脸，就可以分辨出真情实况。

他有家，有个美丽的妻子和女儿，他要回家，要像树篱中的小鸟，安逸快乐地生活。

可是，他改不回去，他也回不了家。因为"英雄已永垂不朽了"。他的永垂不朽曾感动过几亿人的心，曾在全国掀起学习的热潮。他是政治，他的名字、他的身份都是政治。张连长牺牲了，张连长是时代的英雄、英雄的形象是不能玷污的，是不容开任何玩笑的。张连长感觉人生与责任隔绝，他不得不逃避，心已变成了不毛之地，没有东西能够生长，他不想面对别人的现实。他的肉体背叛了他的身份，或者他的身份背叛了他的肉体。他的肉体还活着，身份却加官进爵似的交给了冥符。他可是到地狱门口才得到的吴成刚的名字，他只能以受虐狂的方式沉浸于此，沉浸于别人的人生。

那时界平刚刚大学毕业，把张薇也接到了身边。

聪明的张连长知道自己的名字死了，同时死的还有那名字的全部意义。他永远不能回到妻子和孩子的身边。他是活着的死人，或死了的活人。

一九八四年的某一天，高顿负责一项非常机密的军事活动，到当地的军事疗养院执行任务时，发现院长桌子上界平的照片。也是从那一天起，高顿的心永远封锁在笼子里了。

界平一张张看着照片，房间里静得连呼吸声都能听到。一系列照片宛如一份难以解读的手稿，各种恐惧的念头悄然袭来。时间在这个房间里被剪辑了，记忆也被剪辑了。如果，如果还有如果的话，真希望一切重来。

界平全部的人生交汇在一起，一切重要的事情发生在同一瞬间。茫茫宇宙中有神秘的和谐，有不可抗拒的元素，她感觉生活的片段像吸尘器吸纸屑一样被吸走了。

界平要的是一个婚姻，不是一个借口。显然她的婚姻成了她存在的借口，成了她身为英雄寡妇的笑料。婚姻的屋梁曾在二十多年前就已折断，砖瓦已经磨破，墙体透风漏气。婚姻成了一场没有激情的性爱，就像男人趴在对他感到失望的妓女身上一样。界平感觉自己被遗弃了，不单被丈夫遗弃，也被生活遗弃。这一生走过了多少街道，多少桥梁，做过了多少梦，度过了多少个鞭炮齐鸣的除夕，每时每刻，他在她的生活里缺失着，他却活着。

再好的手捧水也会漏，命运把她漏掉了。

"我要去找他！"界平推开摆在面前的茶杯，仿佛茶杯碍了她事似的。左手的钻戒闪烁着神奇的光彩，界平急忙摘下手上的订婚戒指，猛然塞到崔总手里，仿佛戒指有毒，再戴一分钟都会要她的命似的。

她不会在一个戒指里颤抖。任何珍宝、任何许诺都填补不了她内心的空缺。世上只有一位神，它的名字叫恐惧。恐惧太可怕了，尤其是现在。

"还有一个消息也许你们比较在意，昨晚拘捕了李总父子。高顿掌握了他们的犯罪证据。他们曾用一千万试图贿赂警察们……之后，他们又想灭口！他们的罪恶够判两百年的了，如果刑期可以累计的话！"

这消息像飓风吹得界平和崔总灵魂呻吟。他们突然觉得老罗也可爱多了。

三人告别，老罗送他们到门口，界平突然回过身来，拥抱了老罗。"谢谢你爱过他！"

过往的无数个日夜，老罗嫉妒、甚至痛恨这个主宰着高顿的女人。整个会面老罗非常强势，带着一种复仇的快感，可界平的话让她瞬间碎了心墙，竟然在界平肩膀抽泣出声来。这一刻，老罗突然明白，她将会和这个女人成为朋友。她们回忆的中心将永远是那个已逝去的人。

界平的人生就分成了会面之前和会面之后。

雪带来了冰凉的解脱，界平仰起脸，迎接着落下的雪。那雪从黑暗的天幕飘落下来，柔软的雪落在她发烧的眼睛上、额头上、鼻子上，瞬间化成了冰凉的水。

界平坐上崔总的车，崔总拉过界平的手，界平却收回了手。崔总看了看惊慌而生气的她，把戒指嘛的一声扔到仪表盘上。他启动了车子，发动机的声音哭声似的，雪在玻璃窗上化成了水，看上去像一道道泪痕。

界平一夜未眠，大脑风起云涌，折腾着许多事情，有些片段像电影镜头般反复在大脑里涌现。界平无神地望着黑夜，像是孤身处在满是蜡像的房间里。她总觉得老罗没把故事讲完，省略了故事最核心的部分。万物创造之初，包括过去、现在和将来，过去和未来交融在当下，一如糖浸在水里。

时间过得好慢，街道上的除雪车开始工作的时候，界平发动了车子。大雪启动它的遮掩计划，世界的色彩全被这场暴雪磨灭了。世界也有无语的时候。

三十二

老罗像守着巨大珍宝的基督山伯爵，她的财富是过往的"夫妻"生活。她没有基督山伯爵似的仇恨等着去报复，只有慢慢地品味、细细的纪念、真切地感悟……等退休之后，一切尘埃落定，她就写一本回忆录，她和高顿生活的、惊险的、幸福的回忆录。

老罗没想到敲门的是界平，她带着股寒意进了老罗的房间。界平为贸然闯入深感抱歉，客气一番之后，两人坐到了沙发上。

虽然经过一夜深思熟虑，可当老罗问她有什么事时，她竟然哑口无言，不知道要问什么了。

"你是想了解高顿还是张连长？"

这两个人，她没法选择，更不能当着老罗的面选择。鸟鸣表达了森林的思想，目光透露了界平的尴尬。老罗理解了她的感受，低头搅着咖啡，放到界平面前。"关于张连长，我没有多少消息能给你了。可关于高顿……"老罗端起自己的咖啡，轻轻喝了口，放下杯子，拿纸巾擦了擦嘴上的泡沫。"关于高顿，该说的我全说过了。"

虚假的同情是一件有趣的事情。界平没想到老罗会这样死守着高顿的秘密，她看着老罗像吃了柠檬似的表情，猜测那嘴唇后面就是她要的珍贵的信息。她幻想着老罗和高顿在一起的日子，属于他们的每一瞬间，都不由分说地耗去了青春的碎片。界平长长地叹了口气，站起来，走到窗前侧身向外望着。东升的太阳光像一抹橘黄的油彩射到界平的脸上，那漂亮的五官在雪后朝阳的映衬下，显示出奇异的美，那睫毛上的光束、鼻梁挺拔的侧影以及……老罗似乎忘记了呼吸，忘记了身处招待所，忘记这个雪后的早晨……她以为这是哪部电影的仙境，或是高顿给她讲过的海市蜃楼。她终于理解，高顿为何爱上这个女子，为何为她痴迷一生、奉献一切。屋子里已一片红光，和室外的光明融为一体。一阵又一阵炽烈和冰凉的疼痛交替着流动在老罗的身体里，仿佛体内流过了一年四季。

"你在看我吗？"界平欣赏着朝阳下闪闪发光的雪景，她本能地感觉老罗盯着她。昨晚像一顿难消化的晚宴在她的梦里重现，昨天分手时，她就感受到了一种特别的亲情，那是对同一个死者的爱恋所产生的亲近感。世界无论走到哪个阶段，人和动物一样，本能地寻找着同类。

阳光透射着空气中漂浮的微尘，让所有的一切像是看倒叙电影一样朦胧。

"他说自从吻过你之后，就再也不想吻其他人的双唇了！你是他梦想的一切！"

"我和我妹妹是他生命里的一条特殊的河，他累了就在河里洗洗澡、钓鱼或踏浪，之后，他又回到他的生活里，像风一样消失得无影无踪。河依然是河，奔波是命运，孤独是灵魂。我安生于他的风景里……他依然记得他的河，就像人们无论走多远，总会记得故乡的老宅一样。有一天，河被污染了，治理自然就成了他的责任，他便又出现了。你说这是爱情，我倒觉得这仅仅是爱情的概念。我希望我是你，能和他天天生活在一起，你可以吻他，可以牵他的手，在他生病时可以喂他水喝，还可以抚摸他的眼睛、耳朵，可以听他的心声，你有这个活生生的人，真实、鲜活、温暖……"那种"夫妻"关系散发着销魂夺魄、阴险狡猾的奇特魅力。界平有些激动，顿了顿，脸又侧向窗外，看着雪地上晶莹的反光，美丽而冰冷的灿烂。

界平闭上眼睛，回忆也变成了另一种阅读，她仿佛在树林里穿行，柔和的月光融化了她的眼睑，时间转化为蜜糖。她弄坏的仿佛不是自己的人生，而是一只脆弱的蛋壳。

"可我有什么，只有思念，只有奢望，只有一次次的追忆和无尽的幻想……幻想成了我的粮食，成了我不切实际的咏叹调。我不敢接近任何男人，因为他不在我幻想的路上，我拒绝靠近我的男人，因他不是高顿的模样。我把一辈子活成了一种象征。你说这是爱情，也好，这就是爱情。可我想变成你，我想要你那种存在。看着心爱的人，伴随在他身边。在他生命最后的时刻，将他搂在怀里……"两行泪水光亮亮地滑下了界平的脸颊，老罗被感动了，之前的一切嫉妒都瞬间消失得无影无踪。

"他……是自杀！"

界平泪眼蒙眬地望着阳光下的雪地，耀眼的光芒像无数的匕首在舞蹈。她早就猜到了……

"上个世纪七十年代，国际冲突激烈，中国军事、科技和能源的发展一直是西方或敌对国家的心病。得知中国将进行秘密核试验，西方试图破坏中国的发展。高顿也正是那次来不及告别，被从你身边带走了。这次任务机密，事关国家大事。高顿能给你写信吗？不！一个逗号都不行！

"一九七五年，越南国内的排华事件频频发生，直接导致大量越南华侨返回中国。越南在边境则挑起武装冲突，越界侵扰，蚕食边境，制造了浦念岭等事件。高顿正是背负着特殊的政治任务而赶到济南的。他巧遇你的婚礼差点让他思维错乱，也险些丧命于匕首下，肩膀上留下了一道深深的伤疤。他说那是爱情的纪念——为了能看到你，他宁愿再挨一刀。

"他这辈子救过许多人，做过许多惊天动地的大事。可他也杀过许多人，一定意义上，所谓救人，就是谋杀。这是考验灵魂的时代，世上的强势集团，可以凭着各种理由挑起战端，点燃遍布全球的利益之火。政治展现人类最丑陋的一面，而战争则让恶劣的权欲熏天。就像狗讨厌狐狸，纳粹讨厌犹太人一样，讨厌不需要理由，随便某个人或某件事就足以成为战争的导火索。有一次执行任务时，黑暗中误杀了一个三岁男孩，这让他难过了好久。

"从那之后，他变了，像换成了另一个人。他开始反思人生，开始思考以前从不涉足的领域。他时常自言自语：'也许这辈子过得不对头。'他开始回忆，记忆总让他温暖，他给我讲你，还有你妹妹洪界凡。回忆让他很幸福。

"他有一次受伤休病假，陪你坐了一次飞机，并在海南休养了几天……他开心得像个新郎……他没敢暴露自己，因为他知道你丈夫一直活着，打扰你，或打扰你的婚姻，以及惊扰你的'寡妇'生活，都让他感觉很罪恶……其实，还有一个更重要的原因，张连长是英雄烈士，处于舆论的巅峰，是亿万群众心中的英雄。作为一名战士，高顿深知道义的风险，他不敢、不能，也无权打破英雄的形象。他爱你，却又无权爱你，只要张连长活着，他就无权破坏军婚，更无权破坏英雄的形象。这样说吧，如果不知道张连长活着，在我们六年婚约结束后，高顿就会毫无阻碍地和你在一起，结婚、生子，幸福地生活。而现实，却把他逼进了死胡同。他的尴尬和心痛，你永远不懂……

"最后一次执行任务时，他突然昏倒，发现得了白血病。他没告诉任何人，立刻申请退役。脱掉橄榄绿、卸掉沉重的英雄盔甲，重新回复到老百姓的自由自在。就在那时，得知你出了车祸，他消失了。天意莫测，人如秋草，大多惨淡收场，要么不被理解，要么被人遗忘！

"等他把你的事摆平后，他已失去了治疗机会。他告诉我，他有个儿子，他的儿子很棒。他说人生如果重新来过，他会选择平凡的生活，当个工人或农民。他幻想着能随心所欲地阅读，不疾不徐地生活，家中流淌着和谐的旋律。回顾这一辈子，他说没有几天是为自己活的，都是为使命、使命……他说虽英年早逝，但上天是仁慈的，又给了他个儿子。天意难违，他坦然接受，像接受任何一次惊险的任务一样。在他生命最后几天……他说的话比十几年都多。他相信宇宙间每个作用力都有相等的反作用力。所有的暴力无论用怎么虔诚的招牌都难掩真相，魔鬼有时就是戴着面具的上帝，只会用武器思考。贪婪让这个世界回到混乱中，要么成为腐化坠落的毒虫，要么是作恶多端的先锋，对他们的裁决只有复仇。对不起，我不该对你说这些。那天我们道过晚安，第二天他却再没有醒来。他服了……"

冬天总给人不友好的感觉，语言没有半点温度，灵魂充满了寒气。老罗把一切告诉了她，仿佛从身上卸下了全世界的重量。

"睡前他说了些什么？"

老罗低下了头，像是整理思路，又像缓缓口气。"他整晚都给我讲佛教的轮回，他相信轮回，他说下辈子要和你结成夫妻。"她再一次咬紧牙关，真相从她伤痕累累的心中滑落出来。

"我曾非常恨你，是你害了他，是你霸占了他一生。我恨你，可是我又不敢伤高顿的心，他那么爱你，你又让他当了父亲。这最后的身份，让他很幸福。"她平静地望着界平，像望着一个高不可攀的神物。此时，她赖以安身立命的一切，突然随着高顿的去世而黯然失色，一股没落的情绪揪住了她的心。

"他说看着你睡眠是最幸福的时刻，看着你们出院离开是最痛苦的……高顿退伍后开始写日记，在日记里这样写道：

在贝地城医院，界平已恢复了记忆……

界平的身体还很虚弱，承受不起情绪激烈的波动。在安神药的作用下睡着了。医生告诉我界平苏醒了，恢复了记忆，虽然有些片段还不连贯。

人生就是一场没有终极目标的探险。金秋的天气是那么不寻常，出奇的晴好，阳光透过窗子照射到病房里，比春天还温暖。我静静站在床边，看着酣睡的界平，脸上挂满了泪水。看着她睡觉是最幸福的事情，是一生奢侈的享受。我轻轻为界平披了披被角，盖住她露在外面的肩膀，然后悄悄退了出去。我知道这次别离的全部意义，知道这是永别，强忍着情绪，泪水还是浸满了眼眶。

我必须这样，不能在她疼痛的大脑里再增添哪怕一点点错乱。她病了太久，她压力太大！

界平猛然惊醒，她也许已意识到我就站在床边，可床边空无一人。她急忙赶到护士站，问那男人哪去了，护士说他刚刚离开。界平像情窦初开的少女，慌乱地追了出去。她没看到我，我就站在距她几步远的白求恩塑像后面……

办完出院手续离开时，崔总和界平一起向停车场走去。花坛里玫瑰红的月季花怒放着，崔总不惧路人谴责的目光，弯腰折了一朵，送给界平。在停车场上，崔总给他讲了会见我的过程，讲了我的"妻子"，以及我们夫妻火药味十足的争吵。他想让界平走出自虐，走出旧习，走出妄念。

界平苦笑了，她不相信我结婚了，就像不相信自己会长出第三只手。

"和我在一起，想他就属于杀人放火了！"这话像刀刃一样锋利，让界平周身发烧。

界平的脸红了，这是她康复以来第一次会心的微笑。她不知是该依赖内心的那个人，还是依赖崔总，她微闭着眼睛，头靠在椅背上养神，假装没听到崔总的话。崔总走到副驾驶边，替她束上安全带，身体伏向她，借机吻了界平柔软的嘴。我大脑涌血，有想揍人的冲动。吻她嘴唇的人应该是我，那个人绝对应该是我……可我只是个将死的人……我已没有资格、没有权利、没有未来，为她做任何事情了……

界平依然假装睡着了，当崔总启动车子时，发现界平的脸上满是泪水，嘴角却挂着微笑。时针跑着，灵魂满着，每个人都忙着快乐，或者忙着忧伤！她突然意识到她有两个男人，一个是太阳，一个是月亮。太阳关照着她的生活，是崔总，而月亮关照着她的梦想，是内心的爱人。离开太阳不能生活，而离开月亮，就像蒙着眼睛在悬崖边跳舞。

在不远处的车里，我静静地看着他们欢喜地走来，真希望那花是我送的，真希望搭在她后背的手也是我的。我闭上了眼睛，满脸泪水。

我知道这一别就是永远！我爱得并不智慧，却很美好。我已站在人生的尽头，也是所有生命的尽头。当身体依然坚固，抵御着风的肆虐，人们不去想深处的泥土，不去想生命的彼端，不去想灵魂的温度。

我明白爱和死一样强大，一样高贵，一样无敌。当生命成了海市蜃楼，爱依然是里面最迷人的风景。

亲爱的，我在来世等你……来世的十二月六日……来世的北山，来世的向阳桥……来世的洪界平……不见不散……

读完高顿的日记，界平感觉自己骨架都散落了。她已不知自己是谁，又为何会在这里？她急切地想赶到下一个世界，那里高顿在等着她，那里也有十二月六日。

"你为什么没再结婚?"

"你真傻还是装傻，"老罗轻蔑地看了界平一眼。"我有爱人，一直爱他……现在，我相信，他也是爱我的……"

界平向老罗索要高顿的日记，老罗拒绝了。我说日记里也有她，那是属于她的遗产。

告别老罗，界平难抑激动的情绪，独自来到白鹭湖边。

真正的爱来自陶醉和煎熬，在这个世界上，每一步都是到达。界平感觉胸膛里燃烧着一团火，可以把全世界的积雪融化。她坐在白鹭湖边，静静地望着寒波微荡、雾气袅袅的被湖冰包围的一片湖水。一群野鸭瑟缩在湖水里，一动不动，像在反思冬季。

界平反复咀嚼着老罗的话，回味着自己和高顿的一生。初升太阳照在她身上，像月光似的没有半点温暖。她闭目沉思，犹如倾听欲望深处的回声，高顿的每一场充满血腥的战斗，仿佛鲜血奔流地重播着，淹没了她整个人生。她和高顿总是匆匆一瞥，旋即离去，一次惊喜或悲怆，紧接着又一次漫长的别离，他们的哲学就是等待，似乎那是命运的唯一轮回。一想到那场疯病，她就深感屈辱，她宁愿继续疯下去，只要能留住他的身影、能捆绑住他的关爱。她在他身上看到了似火的激情，谁知道竟然是他最后一次燃烧。他的热度洞穿了她全身，充满了原本虚弱的生命。

人生就像一场游戏，悲喜交替，情难自已，时常拿无知当借口，拿谎言当武器。人活着不是为了死，虽然死就在那里，虽然那么多亲人先后去世了。

她命里注定要遇到三个让自己失去平衡的男人，要想不被历史的洪流淹没，唯一的办法就是逆流而上。她仿佛童话里面临两难的英雄，危险和毁灭就在眼前，她只有战胜心魔，才能得救。当初，结婚才三天丈夫就去了战场，一别差点是永远。他冷落着她，明明知道她存在，却远远地看着身为寡妇的她艰难地活着。他是谁，姓张还是姓吴？他的故事听起来像个谎言，界平的人生也跟着成了谎言，她才意识到茫茫宇宙中有些神秘的力量统领着一切，如果不相信这种魔力的话，那就和死人没什么分别了。

如今，对丈夫的回忆成了一种腌制起来的毒药，痛苦又幸福地腐蚀心灵，增强着自己的失败感，美好的、善良的想法瞬间变成了灰烬。

崔总大清早就来敲界平的门，他们曾约好到南河大桥工地。崔总进了客厅，发现界平正在往行李箱里放衣服，他诧异地看着界平。界平一副不需要解释的表情，冷冷地叠着衣物。

"我去找他！"

"二十多年了……何况，他现在是吴成刚。"他焦急地把行李箱里的衣服扔回到沙发上。

"我糊涂地活了大半辈子，忘记了我的身份，这真可怕！"

"可怕的是你去冒充另一个人的妻子！"

"崔先生，恕我无礼，你太自私了。"

"你把自己慷慨地横在他床上，他也不是你的丈夫了！"

"你的建议真不错，我倒要试试！"

崔总心痛地拉起界平的手，内心窝着一团火，却强压着唯恐喷出灼人的火焰。

界平突然冷笑了，她笑他，也是笑自己。自己这荒唐的几十年不也是一场冷笑话吗。愿意等的人终会有好报的，在无垠的时光倒退中，她总感觉会有特殊的结局在恭候着她。

"我不是寡妇，听到这消息多高兴啊。"

"是很高兴，从把你抱到我床上的那天起，你就不是寡妇了！"

"那没有意义！"

"我不要意义，我要你！"

"可我是谁？我是他妻子？还是他的寡妇？我到底算什么？"

崔总把界平搂在怀里，他理解她，也心疼她，他只想这样分分秒秒抱紧她，不让她受任何伤害。

界平到今天才明白自己并不是和亡魂订婚的人，根本没理由沉湎于苦难和悲伤中。她成了拿西瓜蘸盐吃的傻瓜。她片刻间似乎又找回了自己，强大、仁慈、冷酷无情却又秉性善良，换了别人都会觉得尴尬难堪，可她却感觉到一种无所不能的轻松和幸福。

时隔二十六年，二〇〇二年的元旦刚过，界平仿佛真的要继续那未完成的蜜月，仿佛丈夫依然是那个爱着她的新郎官。

这让崔总很生气。

"我得去问问他，为什么让我守寡！"

"他结婚了，并且生了一男一女。"

"你发烧了吧，尽说胡话。"

"别让自己难堪，听我的，留下来吧。"

"别人说的我信，你说的，根本不信。"

"天哪，死脑筋，你到底想要什么？"

"为了得到我，编这些谎言，有意义吗？"

界平不知道是崔总让她感到陌生还是他的话让她陌生。寒冷的风正激烈地冲进骨骼里，在她身体里流窜。她瞬间冰凉刺骨，甚至像冰雕似的晶莹剔透。她感觉自己不是死了，就是冻住了，根本不会思维。确实有这样尴尬的时刻，在她很久以前听到妹妹死讯时，在一种几近幻觉的状态中，她飘飘然地踢掉鞋子，蜷起身子缩到沙发上，委身于一种无梦的睡眠、一种虚空、一次死亡。

天国意味着善，天国无处不在，这是佛祖悟出的道理。《旧约》贩卖恐惧和罪行，《新约》则贩卖与人为善的道德准则。界平却被幽默击倒了。这个世界真出了问题，人们却不能责怪上帝的存在，也不能责怪上帝的缺位。没有任何一种司法制度可以避免人为的错误，也没有任何一场战争，能洗清敌对双方的怨仇。

崔总突然感觉自己像玻璃窗上的苍蝇，看似前途光明，却根本没有出路。

得知张连长还活着，并且妈妈要去找张连长，法哲急忙打通了张薇的电话，原来张薇早就知道爸爸张连长活着，这倒让法哲惊讶得如坐在火山口上。

如今，每人都有秘密！

当初，张薇得知自己不是妈妈的亲生女儿，便霜打的白菜似的萎靡、失落，闹着要到老家去寻根。崔总便悄悄告诉了张连长还活着的事实。

"你爸爸可是又丑又残！"

"刘德华再帅可不是我爸！"

"有些话说着好听……可做起来是另一回事……"

爸爸——单是这简单而深沉的称谓，就激起了张薇无穷的想象力和热情。这是生命中的大事，无异于自己的降生。何时降生自己不能做主，可何时寻找爸爸，自己完全说了算。

张薇去寻找爸爸，在一个四面环山的深谷里，坐落着一座白墙红瓦的疗养院，远远望去，像镶嵌在大山深处的一枚珠宝。湖光、山色和天宇的美，令人头晕目眩，惊叹不已。这里空气清新、绿野环抱、高山流水、飞鸟翔集，湖上也好，山上也好，空中也好，没有一根简单的线条，没有一种单纯的色彩……可真是个天堂般的地方。长途奔波的疲劳、内心的零乱一扫而光，她忽然感受到美好生活的欢乐。

疗养院的篮球场上，几位坐轮椅的残疾人在打篮球，那磨损了颜色的篮球在他们头顶上飞来飞去，不是传得太高没能接着，就是碰在了轮子上弹了出去。他们有的没了腿，有的没了脚，还有的膝盖受了伤，就连围在篮球场四周的观众，也有的少了一条胳膊或瞎了一只眼。她弯腰拾起滚过来的篮球，立刻有两个轮椅滑到她身边。她迟疑着不知该给谁？那一刻，她感觉自己四肢健全的很罪恶。

"把球抛出去！"一个略带沙哑的声音从背后传来。张薇急忙转过身，呆住了。

来人太丑了，简直是魔鬼，右半边脸狰狞得可怕，右裤管挽在大腿根处，显然，他就是爸爸！张薇瞬间把持不住，哭得像跟爸爸要糖吃的孩子……

爸爸以吴成刚的身份成家了，妻子是疗养院的护士，生有两个孩子。女不嫌父丑！张薇和这家人相处得融洽又欢乐。这里有爸爸，这里也是她的家。

王子的《我的老战友们》被某影视公司赎买了版权，正在改编成三十集电视连续剧。小说也先后获得了军旅文学等几项大奖。《我的老战友们》带来的成功和喜悦，启发了王子的创作欲，使他想继续围绕着老战友们做文章，探索战争对这代人的影响。崔加的发迹，某位战友肺癌的去世……促使他创作《我的老战友们》的续集，继续挖掘老战友的情感世界，展现战友们中年后的生活百态。

王子从素材积累开始，他不停地采访、游走、寻觅，得到了许多意想不到的信息，挖掘出许多被生活的流沙埋没的情感。崔总感动于王子的执着，便把张连长的事告诉了他。他在张薇赶到疗养院的第二天也赶到了疗养院。老战友相聚，又有女儿相守，张连长那份惊喜、激动和错乱是难以用语言表述的。

以下是王子新书草稿的章节：

"我现在是吴成刚！"

"一个假借的名字能垄断你的肉体，能阻止你去找自己的妻子？"

"你说谁，洪界平吗？她不是我的妻子，也不曾是张连长的妻子，她真爱的人叫高顿。我和界平好像一车黄豆里两颗做过记号的黄豆，不可能一直挨在一起。战争让我们成了陌生人，谁也怪不了谁，这是命运。我叫吴成刚，我已结婚了，你已见过我妻子了，她是疗养院的护士，我的儿子上初中了，女儿也上五年级了。"

"你不能这样！界平还在守寡，并且她一直养着你的女儿！"

他看了看我，那目光像刀子，仿佛要刺透我狂跳的心似的。

"我的女儿？是的，是我的女儿！那是她们母女的缘分！她有一个寡妇的身份，有一个依靠着她成长的女儿，界平就安全了，她就可以尽情地思念她的老情人了。她是那种需要别人存在于她生活里，才有安全感的女人。婚姻和女儿是她的伪装服。和我结婚本来就是错误，是她要的一种婚姻的空壳。我知道这么说不道德，我也想要回我的女儿，可政治不允许，通向过去的门被英雄烈士的名誉紧紧地封死了，我也早已死在她的记忆里了。我不是英雄，所谓英雄是你们强加给我的。随便哪个无赖，只要想找，总可以在别的无赖身上找到不如他的地方，英雄也一样。我的婚姻就那么回事，等于做了一笔买卖，把一个肉体天真、精神不天真的姑娘卖给一个假设的英雄，并且在买卖时举行了军中狂欢的仪式。"

"你真无情！"

"看和谁比？你我半斤八两！"

"别把我扯上！"

"算了吧，你的《我的老战友们》出卖的就是友情！"

"可你呢？出卖的是妻、女！"

"妻、女？"吴院长，大家都这么叫他，指了指自己的脸说："看看我这副模样，如果半夜站在界平的床边，站在女儿的床边，又会怎么样？你不是被我吓得差点尿裤子吗？你真以为战争让我那么是非不辨吗？说我卑鄙也好、冷酷也罢，你不是我，体会不到我的感受。在我面目全非而昏迷不醒的四年里，吴成刚的父母精心地照顾着我。我已是他们的儿子，享受了儿子的待遇，也延续了他们儿子的义务。我的父母在得知我牺牲后，不久相继去世了。对吴成刚父母的爱成了我镇静自己、反省人生的独特良药。战争时代，战士只是上帝选中的小小工具。正是因为战争，让我的肉体永远套上了吴成刚的外衣！我讨厌以正义之名、英雄之名造成的伤害。以前遇到挫折，我总是希望时来运转，获得大满贯，所以还能忍受。可战争之后，每次遇到挫折，即便仅仅是小小的不如意，我都会悲观失望，丧失信心，甚至和医生护士大吵大闹。自从明白自己的恶劣、憎恶自己的时候起，我就不再憎恶别人了。一个给自己挖下无底深坑的英雄，必将陷入无路可逃的境地。"

"借口！即便是吴成刚的外衣，也束缚不了你的手脚！从结婚那一晚，你就开始逃避，逃避你的生活，逃避你的责任，逃避你的一切！"

被激怒的吴院长一把揪住我的衣服，两眼冒火，酒气喷在我脸上。"你无权这样说我！你们这些王八蛋无权指责我！当我昏迷在战场上，躺在森林里、半个身子泡在弹坑的污水里、整夜的暴雨淋着我时，你们这些王八蛋又在哪里？我多想把头放在战友的膝盖上，等着你们替我止血，告诉我还有希望！可你们这些王八蛋比鬼都无情！"

"可我们以为你……"

他松开了我的衣服，徒然坐回到椅子上。内心的平衡被破坏了，好像有人把他里子朝外翻了个个儿。

　　"是的，我死了，在你们心中，在报纸上、电视上，我死了，死得很悲壮，你们都以老连长的壮烈而感到光荣！你们接受采访、演讲，把我屁大的小事也挖出来，无数倍地扩大它的意义……回忆让你们感觉那么美好，因为战友们死了，你们却健康地活着……

　　"歌唱家在歌颂他们……"

　　"可死去的人什么也听不到！你虽然经历了战争，可你不了解什么是失去。我昏迷了四年，当我醒来，这世界繁荣祥和，仿佛根本没有过炮火。战争成了一场不必记忆、不必强化的短梦。眼前的世界变得光怪陆离、风花雪月、繁荣昌盛了。如果不是我这张脸和这炸掉的腿，谁还想起战争。是的，我成了战争的证据，当别人忘记战争的时候，我就是战争的代言人。我一再对人说：看，我是英雄，我是战争的勇儿！可人们只抱以淡淡的冷笑，像看一个怪物似的。

　　"旧梦重温就是破坏旧梦。我进过一次城，我为那里的高耸入云的大楼、宽阔的街道、熙熙攘攘的人群而兴奋，我为保卫和平而奉献过生命，至少奉献了半张脸和一条腿。可当我站在大街上，人们像遇到魔鬼似的远远绕开，一个五六岁的小孩子被吓得毫无顾忌地大哭起来。我能怪谁，怪那孩子？怪那些人们？我就是一个怪物，是战争造就的怪物。没有人能了解怪物的深度！没有人能进入我的世界，我的人生撕裂了！人们用满含着同情、厌恶、或者略微斜睨的眼睛瞧着我，那美丽的、珍贵的、健康的生活一去不复返了，我感到很凄凉。我曾凭借那热烈的性格，彻头彻尾地投身于人们所赞扬的战斗的生活中，而今，那生活被风吹走了，我找不到了真正的自我，不知归宿在哪里？金钱、荣誉、不朽、工作、家庭……所有这一切，仅仅是为了证明人生下来纯属偶然，仅仅是抵挡死亡引发的恐惧的一种方式。

　　"我经历过一段痛苦的煎熬，仿佛独自挂着拐摸索在漆黑的夜晚，不知道该怎么埋葬过去，不知道该怎么习惯吴成刚这个名字。他替我死了，我替他活着。人人都为自己活着，为自己享乐活着，所有关于伟大和善良的那些话，仿佛是欺人之谈。有的时候我心生疑问，为什么人们如此趋利、媚俗，弄得大家为利薄情，为权受苦，不知魇足。

"人们不理解纳粹怎么会向妇女和儿童开枪？纳粹回答：有什么难的？只要你别把他们当人就成！你看，世界没有神，世间的邪恶力量无比强大，求生重建的能力寄希望于什么呢？

"我常希望没遇到界平，这样我就可以睡个好觉，也不必担心睡在她身边的是别人而不是我！

"界平和女儿是我的奖券，我有千百万奖券，却窝囊到不敢去兑现！在她离开我之前，我只好先离开，这是残疾人的自卫。残疾成了我的特长！我被肉体的残疾打败了，精神再也站不起来，再也不敢对人生下赌注了。有一段时间，我眼里只有怨恨，怨恨禁锢了我，教我怎么吃，怎么行，怎么生活，我以为我死去时血管里会充满怨恨，但是后来，我幸运地遇到了她。一个女人对我的影响胜过了一场战争。一个护士看上了我，她也是残废，她失去的是左腿。有一次她远远看到我，我们都笑了，这是我们的一见钟情。她拄着拐，现出那种善良的、苦涩的、完全出于自然的笑容，露出两排好看的牙齿。我们就结婚了。《水浒传》阮小五阮小七拍着脖子说：这腔热血只卖与识货的。她爱我，崇拜我，她是识货的！男人只会找真正喜欢自己的女人。她的存在是我每天起床的理由。"

爱的快乐就像思想的快乐。爱的目的就是爱，不多也不少。他的话把我带进一个新的境界，我感到了原来没有感觉到的东西，懂得了原来没有懂得的道理。当英雄不容易，得忘记自己的原则，也许根本不能有原则。但是无论什么情况，人们都能找出有利的一面，勇敢而真诚地面对生活。我们都是命运的舵手，随着岁月的沉浮扮演着成功和失败的双重角色。

再没有比生活更完美的舞台了。

采访结束时，张连长恳请王子保密，不要打扰界平母女的生活，也不要把"吴院长"的生活写入新书里。

界平从白鹭山晨练结束，刚刚走到广场，就看到梧桐树下的女子向她走来。界平内心一阵激灵，寒战像电流般扫瞄了全身。

"你好，我等你好久了。我是崔梅。"

界平没想到以这种方式见面，崔梅依然那么霸气，仿佛还是本城的皇后娘娘。

界平的心思快速漫游，寻找她来这里的理由。

"过去的事，我知道，无论我怎么道歉都很虚伪……今天，我是为崔加来的。"

"他怎么了？"

"他昨晚喝醉了，在我家哭了一宿……我来求你，能不能不去找……张连长……"

"你不该说这话！"

"是的，可是该说的话，就一定有意义吗！"

"我得去找我丈夫，就像你当初嫁给你丈夫一样！"

"也许根本就不一样！昨晚我梦到……我们是一家人。"

界平呆呆地站着，反思着崔梅的话，一时不知怎么回答。

崔梅沿着下山的路走了，他们姐弟的步态还真有些相似。

界平执意要去寻找张连长，并且拒绝崔总的陪同。

崔总把她送到机场，在通过安检时，崔总拉住了界平的手。

界平轻轻推开了崔总的手，摇了摇头。

崔总吞吞吐吐问道："你是否……是否曾喜欢过我？"

"你刚刚问过了！"

"可我不记得你是怎么说的了？"

界平的泪溢出来了，她的目光温暖地在崔总脸上荡来荡去。她轻轻地转过头，吻住了他伤感的双唇，随即转身走入安检通道，头也不回地消失在候机大厅里。

躲在人群里的法哲及时发送了一条信息。

界平拐过候机厅，发现张薇静静地站在那里，像巧遇似的。

机场停车场，崔总坐在车里。他不知道接下来要往哪里去，要干什么？爱情跌落悬崖、人生出现了天空般的空当期……他不知道如何开始被界平搅碎了的生活……

突然，张薇、法哲陪着界平出现在五彩的瓷砖路上，他们正说笑着向崔总走来……

雨林仍在进化，海洋依旧沸腾。在这比月亮还要朦胧的世界里，无论人们行走多远，经历多坎坷，笑中沉淀着多少岁月的沧桑——爱，依然无坚不摧，创造着奇迹，并且永远真实而隐性地弥漫在时空中、氤氲在任何一个苏醒或酣睡的心灵里……

图书在版编目（CIP）数据

所惧何处 / 张冰丽 著. -- 北京：作家出版社，2015.4

ISBN 978-7-5063-7825-3

Ⅰ. ①所… Ⅱ. ①张… Ⅲ. ①长篇小说 – 中国 – 当代 Ⅳ. ①I247.5

中国版本图书馆CIP数据核字（2015）第029145号

所惧何处

作　　者：张冰丽
责任编辑：赵　莹
装帧设计：张晓光
出版发行：作家出版社
社　　址：北京农展馆南里10号　　邮　　编：100125
电话传真：86-10-65930756（出版发行部）
　　　　　86-10-65004079（总编室）
　　　　　86-10-65015116（邮购部）
E-mail:zuojia@zuojia.net.cn
http://www.haozuojia.com（作家在线）
印　　刷：三河市华业印务有限公司
成品尺寸：152×230
字　　数：432千
印　　张：28.5
版　　次：2015年4月第1版
印　　次：2015年4月第1次印刷
ISBN 978-7-5063-7825-3
定　　价：48.00元